FANTASY

R. A. Salvatore wurde 1959 in Massachusetts geboren, wo er mit seiner Frau und seinen drei Kindern lebt. Bereits sein erster Roman »Der gesprungene Kristall« machte ihn bekannt und legte den Grundstein zu seiner weltweit beliebten Reihe von Romanen um den Dunkelelf »Drizzt Do'Urden«.

Von R. A. Salvatore bereits erschienen:

Aus den Vergessenen Welten:

Die Vergessenen Welten 1–6: 1. Der gesprungene Kristall (24549), 2. Die verschlungenen Pfade (24550), 3. Die silbernen Ströme (24551), 4. Das Tal der Dunkelheit (24552), 5. Der magische Stein (24553), 6. Der ewige Traum (24554)

Die Saga vom Dunkelelf: 1. Der dritte Sohn (24562), 2. Im Reich der Spinne (24564), 3. Der Wächter im Dunkel (24565), 4. Im Zeichen des Panthers (24566), 5. In Acht und Bann (24567), 6. Der Hüter des Waldes (24568)

Das Lied von Deneir: 1. Das Elixier der Wünsche (24703), 2. Die Schatten von Shilmista (24704), 3. Die Masken der Nacht (24705), 4. Die Festung des Zwielichts (24735), 5. Der Fluch des Alchimisten (24736)

Die Vergessenen Welten, weitere Bände: 1. Das Vermächtnis (24663) [= 7. Band], 2. Nacht ohne Sterne (24664) [= 8. Band], 3. Brüder des Dunkels (24706) [= 9. Band], 4. Die Küste der Schwerter (24741) [= 10. Band], 5. Kristall der Finsternis (24931) [= 11. Band], 6. Schattenzeit (24973) [= 12. Band]

Von der Dämonendämmerung:

Dämonendämmerung: 1. Nachtvogel (24892), 2. Juwelen des Himmels (24893), 3. Das verwunschene Tal (24905), 4. Straße der Schatten (24906), 5. Der steinerne Arm (24936), 6. Abtei im Zwielicht (24937)

Aus der Drachenwelt:

Drachenwelt: 1. Der Speer des Kriegers (24652), 2. Der Dolch des Drachen (24653), 3. Die Rückkehr des Drachenjägers (24654)

Weitere Bände sind in Vorbereitung.

FANTASY

R. A. Salvatore

Brüder des Dunkels

DIE VERGESSENEN WELTEN

Roman

Aus dem Amerikanischen
von Rainer Gladys

OFFICIAL Wizards OF THE COAST LICENSED PRODUCT

BLANVALET

Die amerikanische Originalausgabe erschien 1994
unter dem Titel »Forgotten Realms®/Siege of Darkness«
bei TSR, Inc., Lake Geneva, Wisconsin, USA

Umwelthinweis:
Alle bedruckten Materialien dieses Taschenbuches
sind chlorfrei und umweltschonend.
Das Papier enthält Recycling-Anteile.

Blanvalet Taschenbücher erscheinen im Goldmann Verlag,
einem Unternehmen der Verlagsgruppe Bertelsmann.

Deutsche Erstveröffentlichung 1/97

Published in the Federal Republic of Germany
by Wilhelm Goldmann Verlag, München
Deutschsprachige Rechte beim Wilhelm Goldmann Verlag, München,
in der Verlagsgruppe Bertelsmann GmbH
Umschlaggestaltung: Design Team München
Umschlagillustration: Agt. Schlück/Jan Patrik Krasny
Satz: deutsch-türkischer fotosatz, Berlin
Druck: Elsnerdruck, Berlin
Verlagsnummer: 24706
VB · Herstellung: Peter Papenbrok
Made in Germany
ISBN 3-442-24706-3
www.blanvalet-verlag.de

3 5 7 9 10 8 6 4

Für Lucy Scaramuzzi,
die beste aller Lehrerinnen,
die mir beigebracht hat,
wie man ein Buch schreibt –
auch wenn all meine Ideen
damals in der zweiten Klasse
von Snoopy geklaut waren!

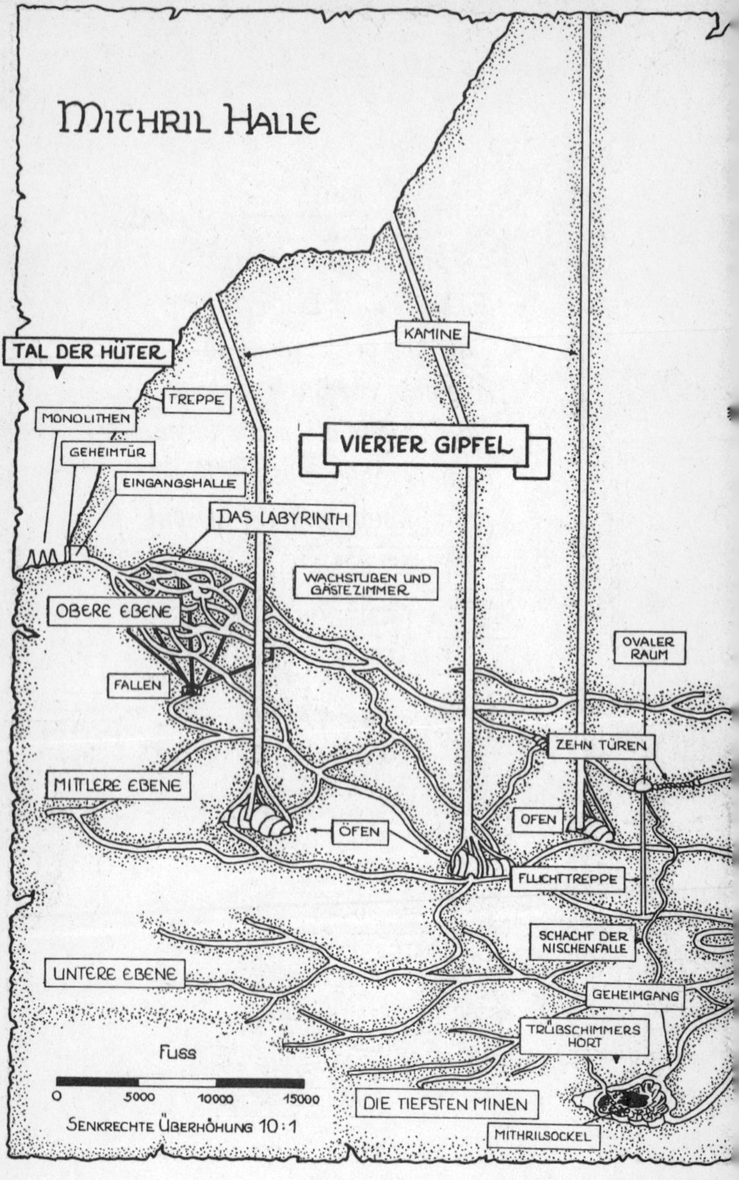
Mithril Halle
Tal der Hüter
Kamine
Treppe
Monolithen
Geheimtür
Eingangshalle
Vierter Gipfel
Das Labyrinth
Wachstuben und Gästezimmer
Obere Ebene
Ovaler Raum
Fallen
Zehn Türen
Mittlere Ebene
Ofen
Öfen
Fluchttreppe
Schacht der Nischenfalle
Untere Ebene
Geheimgang
Trübschimmers Hort
Fuss
0
5000
10000
15000
Die tiefsten Minen
Senkrechte Überhöhung 10 : 1
Mithrilsockel

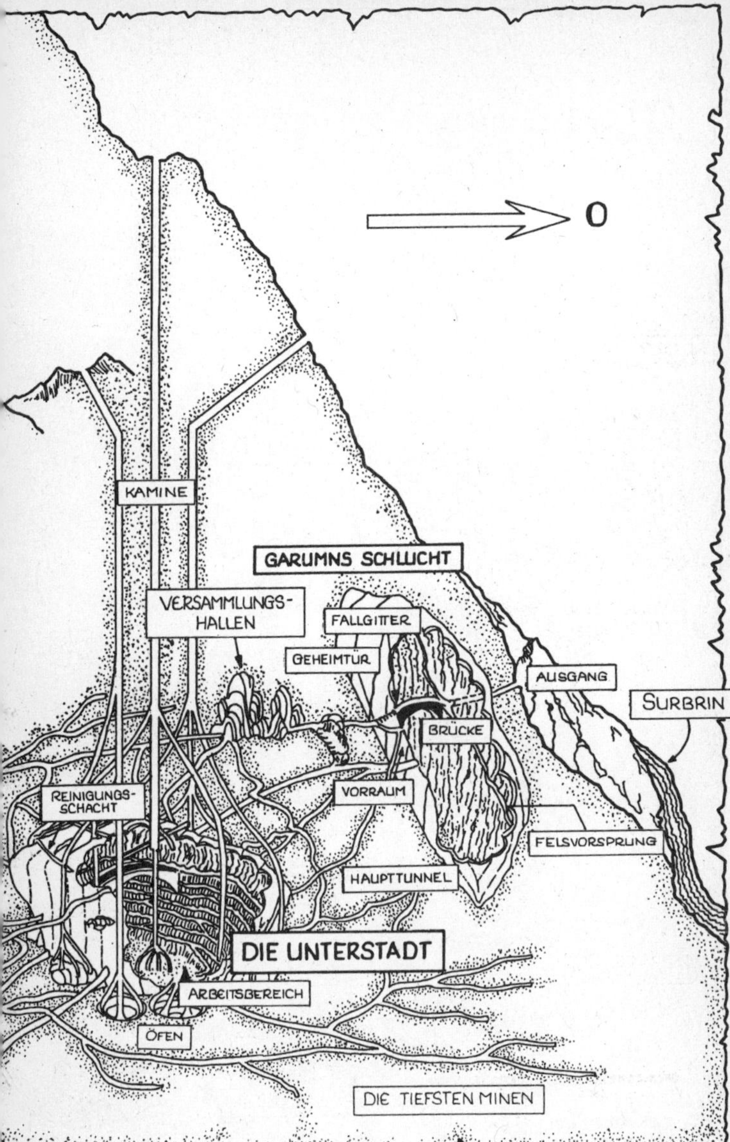
O
KAMINE
GARUMNS SCHLUCHT
VERSAMMLUNGS-
HALLEN
FALLGITTER
GEHEIMTÜR
AUSGANG
SURBRIN
BRÜCKE
VORRAUM
REINIGUNGS-
SCHACHT
FELSVORSPRUNG
HAUPTTUNNEL
DIE UNTERSTADT
ARBEITSBEREICH
ÖFEN
DIE TIEFSTEN MINEN

Prolog

Sie war eigentlich viel zu schön, um sich mit dem Schlamm dieser rauchverhangenen Ebene des Abgrundes abzugeben. Ihr Gesicht war gut geschnitten, ihre Züge fein gemeißelt; glänzende, ebenholzfarbene Haut ließ sie wie eine zum Leben erwachte Skulptur aus Obsidian aussehen.

Die Geschöpfe um sie herum, schleimige Schnecken und Kreaturen mit Fledermausflügeln, beobachteten jede ihrer Bewegungen, behielten sie mißtrauisch im Auge. Selbst die größten und stärksten unter ihnen, gigantische Monster, die eine Stadt von beträchtlicher Größe vernichten konnten, hielten Abstand, denn das Aussehen konnte trügerisch sein. Obgleich diese Frau nach den Maßstäben der grauenhaften Ungeheuer des Abgrundes zart, ja sogar zerbrechlich wirkte, war sie in der Lage, jedes der Monster, die sie argwöhnisch beäugten, mühelos zu vernichten – oder auch zehn oder fünfzehn von ihnen zugleich.

Die Ungeheuer wußten dies und stellten sich ihr nicht in den Weg. Sie war Lloth, die Spinnenkönigin, die Göttin der Drow, der Dunkelelfen. Sie war das fleischgewordene Chaos, ein Instrument der Vernichtung, ein Ungeheuer wie die anderen, nur hinter einer zarten und schönen Fassade verborgen.

Lloth durchquerte unbeirrt eine Region, in der sich große, dicke Pilze inmitten des schwappenden Schlammes auf kleinen Inseln zusammendrängten. Sie schritt unbekümmert von Insel zu Insel, und sie trat so leicht auf den gurgelnden Schlamm, daß nicht einmal die Unterseiten ihrer zarten schwarzen Sandalen besudelt wurden. Sie fand viele der stärksten Bewohner dieser Ebene schlafend in Pilzhainen vor, darunter sogar Tanar'ri, und weckte sie grob. Jedesmal erwachten die reizbaren Kreaturen mit einem Knurren und versprachen dem Störenfried ewige Folterqualen, und jedesmal waren sie dann erleichtert, daß Lloth von ihnen nur eine einzige Antwort auf eine einzige Frage erwartete.

»Wo ist er?« fragte sie immer wieder, und obgleich keines der Monster den genauen Aufenthaltsort des großen Unholdes kannte, so wiesen ihre Antworten Lloth doch den Weg, wiesen ihr die Richtung, bis sie schließlich die Bestie fand, nach der sie gesucht hatte. Es war ein riesiger, zweibeiniger Tanar'ri mit einer Hundeschnauze, den Hörnern eines Stieres und enormen, lederartigen Flügeln, die er hinter seinem mächtigen Körper zusammengefaltet hatte. Er sah außerordentlich gelangweilt aus, wie er da in einem Sessel saß, den er aus einem der Pilze geschnitzt hatte. Seinen grotesken Kopf hatte er in die Hand gestützt. Mit dreckigen, gekrümmten Klauen kratzte er sich rhythmisch über die bleiche Wange, und in der anderen Hand hielt er eine vielschwänzige Peitsche, die ab und an zuckte und gegen die Seite des Pilzsessels klatschte, wo jene geringere Kreatur kauerte, die er sich für diesen Moment der Ewigkeit zur Folterung ausgewählt hatte.

Das kleine Wesen jaulte und winselte erbärmlich und zog sich dadurch einen weiteren schmerzhaften Hieb zu.

Plötzlich grunzte das Monster, hob wachsam den Kopf und spähte mit roten Augen prüfend in den Nebelschleier, der um den Pilzthron herumwaberte. Etwas war in der Nähe, etwas Mächtiges.

Lloth trat in sein Blickfeld, ohne ihren Schritt zu verlangsamen, während sie das Ungetüm, das größte in diesem Gebiet, forschend musterte.

Ein kehliges Knurren kam über die Lippen des Tanar'ri – Lippen, die sich erst zu einem bösen Lächeln verzogen und dann ärgerlich erschlafften, als er entdeckte, was da seinen

Schlupfwinkel betrat. Zuerst hielt der Unhold Lloth für ein Geschenk, eine herumirrende Dunkelelfin, die sich weit von der materiellen Ebene und ihrem Zuhause entfernt hatte. Das Monstrum brauchte jedoch nicht lange, um die Wahrheit zu erkennen.

Es schoß mit unglaublicher Schnelligkeit und Geschmeidigkeit aus dem Sessel hoch, so daß es mit seinen ganzen zwölf Fuß über dem Eindringling aufragte.

»Setz dich, Errtu«, befahl ihm Lloth mit ungeduldiger Geste. »Ich bin nicht gekommen, um dich zu vernichten.«

Wieder knurrte der stolze Tanar'ri, aber er machte keine Bewegung auf Lloth zu, denn er wußte sehr wohl, daß sie mit Leichtigkeit tun konnte, was sie gerade behauptet hatte nicht vorzuhaben. Nur um ein wenig seines Stolzes zu bewahren, blieb Errtu stehen.

»Setz dich!« stieß Lloth plötzlich heftig hervor, und ehe Errtu es noch recht merkte, fand er sich bereits auf seinem Thron wieder. Frustriert griff er zu seiner Peitsche und prügelte die schniefende Kreatur, die an seiner Seite hockte.

»Warum bist du hier, Drow?« grollte er, und seine tiefe Stimme kippte in ein schrill krächzendes Gewinsel um, das wie Fingernägel auf einer Schiefertafel klang.

»Du hast das Grollen des Pantheons gehört, oder?« fragte Lloth.

Errtu dachte eine lange Zeit über die Frage nach. Natürlich hatte er gehört, daß die Götter der Reiche im Streit miteinander lagen, daß sie sich gegenseitig mit intriganten Machtgesten herausforderten und intelligente geringere Wesen dabei wie Spielfiguren benutzten. Hier im Abgrund bedeutete dies, daß seine Bewohner, selbst größere Tanar'ri wie Errtu, sich oftmals ungewollt in politische Intrigen verstrickt wiederfanden.

Und genau das war es, was Errtu jetzt befürchtete.

»Es wird eine Zeit des Haders heranbrechen«, erklärte

Lloth. »Eine Zeit, in der die Götter für ihre Torheit zahlen müssen.«

Errtu kicherte. Es war ein widerwärtiges, raspelndes Geräusch. Lloth musterte ihn ärgerlich aus rotglühenden Augen.

»Warum sollte ein solches Geschehen deine Mißbilligung erregen, Herrin des Chaos?« fragte der Unhold.

»Diese Streitereien haben nichts mit mir zu tun«, erklärte Lloth ernst, »sie haben mit uns allen nichts zu tun. Ich werde es genießen, dabei zuzusehen, wie die Narren des Pantheons herumgestoßen werden, wie sie ihres falschen Stolzes entblößt und einige vielleicht sogar erschlagen werden. Aber jedes Wesen, das sich nicht vorsieht, wird in den Ärger hineingezogen werden.«

»Lloth war nie für ihre Vorsicht bekannt«, warf Errtu trocken ein.

»Lloth war nie eine Närrin«, erwiderte die Spinnenkönigin sofort.

Errtu nickte, saß aber einen Moment lang schweigend auf seinem Pilzthron und grübelte. »Was hat das alles mit mir zu tun?« fragte er schließlich, denn Tanar'ri wurden nicht angebetet, und daher bezog Errtu seine Macht auch nicht von den Gebeten irgendwelcher Gläubigen.

»Menzoberranzan«, erwiderte Lloth und meinte damit die legendenumwobene Stadt der Drow, das wichtigste Zentrum ihrer Anbeter in den Reichen.

Errtu legte den grotesken Kopf schief.

»Die Stadt befindet sich bereits im Chaos«, erklärte Lloth.

»Wie du es haben wolltest«, warf Errtu ein und kicherte. »Wie du es arrangiert hast.«

Lloth widersprach nicht. »Aber da liegt die Gefahr«, fuhr sie schließlich fort. »Wenn ich in die Unruhen des Pantheons hineingezogen werde, werden die Gebete meiner Priesterinnen unbeantwortet bleiben.«

»Erwartest du, daß ich sie beantworte?« fragte Errtu ungläubig.

»Die Gläubigen werden Schutz brauchen.«

»Ich kann nicht nach Menzoberranzan gehen!« brüllte Errtu plötzlich, als sein Zorn – der Zorn über jahrelange Verbannung – überkochte. Menzoberranzan war eine Stadt im Unterreich von Faerun, in dem großen Labyrinth unter der Oberfläche dieser Welt. Doch obgleich es durch Meilen dicken Felsens von der Region des Sonnenlichtes getrennt war, blieb es ein Teil der materiellen Existenzebene. Vor Jahren war Errtu auf Anrufung eines geringeren Zauberers auf dieser Ebene gewesen und hatte sich dort auf die Suche nach dem Crenshinibon gemacht, dem Gesprungenen Kristall, einem mächtigen Artefakt aus einem vergangenen und größeren Zeitalter der Zauberei. Und er war ihm schon so nahe gewesen! Er hatte den Turm betreten, den das Crenshinibon nach seinem Ebenbild geschaffen hatte, und er hatte mit seinem Besitzer gearbeitet, einem erbärmlichen Menschen, der sicher bald gestorben wäre und den Unhold im Besitz seines gehegten Schatzes zurückgelassen hätte. Aber dann war Errtu einem Dunkelelfen begegnet, einem Abtrünnigen aus Lloths Herde, aus Menzoberranzan, jener Stadt, die er jetzt anscheinend für sie beschützen sollte!

Drizzt Do'Urden hatte Errtu besiegt, und für einen Tanar'ri bedeutete eine Niederlage auf der materiellen Ebene hundert Jahre Verbannung im Abgrund.

Jetzt bebte Errtu sichtlich vor Zorn, und Lloth trat einen Schritt zurück für den Fall, daß die Bestie angreifen sollte, bevor sie ihr Angebot erläutern konnte. »Du kannst nicht gehen«, stimmte sie zu, »aber deine Untergebenen können es. Ich werde dafür sorgen, daß ein Tor offengehalten wird, selbst wenn alle Priesterinnen meines Reiches sich ständig darum kümmern müssen.«

Errtus donnerndes Gebrüll übertönte die Worte.

Lloth verstand die Ursache dieser ohnmächtigen Wut; das größte Vergnügen eines solchen Unholdes war es, frei auf der materiellen Ebene herumzustreifen und die schwachen Seelen und noch schwächeren Körper der verschiedenen Rassen herauszufordern. Lloth verstand es, aber Errtu tat ihr nicht leid. Die von Grund auf böse Lloth hatte niemals mit irgendeiner Kreatur Mitgefühl.

»Ich kann mich dir nicht widersetzen«, gab Errtu zu, und seine großen, vorquellenden, blutunterlaufenen Augen zogen sich tückisch zusammen.

Er hatte nur zu recht. Lloth hätte sich seiner Hilfe versichern können, indem sie ihm im Gegenzug einfach sein Leben anbot. Dazu war die Spinnenkönigin jedoch zu schlau. Wenn sie Errtu versklavte und anschließend tatsächlich, wie sie befürchtete, von dem nahenden Sturm mitgerissen wurde, könnte Errtu ihrer Gefangenschaft entkommen oder, schlimmer noch, einen Weg finden, sich gegen sie zu wenden. Lloth war bösartig und gnadenlos bis zum Äußersten, aber vor allem war sie intelligent. Sie hatte ein wenig Honig für diese Fliege parat.

»Ich will dir nicht drohen«, sagte sie dem Unhold ehrlich. »Ich mache dir ein Angebot.«

Errtu unterbrach sie nicht, doch noch immer bebte er am Rand einer Katastrophe.

»Ich habe ein Geschenk, Errtu«, schnurrte Lloth, »ein Geschenk, das es dir erlauben wird, die Verbannung zu beenden, die Drizzt Do'Urden dir auferlegt hat.«

Den Tanar'ri schien dies nicht zu überzeugen. »Kein Geschenk«, grollte er. »Keine Magie kann die Bedingungen der Verbannung brechen. Nur der, der mich verbannt hat, kann das Abkommen beenden.«

Lloth nickte zustimmend; nicht einmal eine Göttin hatte die Macht, sich über dieses Gesetz hinwegzusetzen. »Aber genau darum geht es!« rief die Spinnenkönigin aus. »Dieses Geschenk wird dafür sorgen, daß Drizzt Do'Urden dich wieder auf seiner Existenzebene haben will, in seiner Reichweite.«

Errtu schien noch immer nicht überzeugt.

Nun hob Lloth einen Arm und ballte fest die Faust. Ein Signal, bestehend aus einem Sprühregen vielfarbener Funken und einem krachenden Donnerschlag, erschütterte den schwappenden Schlamm und zerriß für kurze Zeit das allgegenwärtige Grau der schrecklichen Ebene.

Verloren, niedergeschlagen und mit gesenktem Kopf – denn es kostete jemanden wie Lloth nur wenig Zeit, jeglichen Stolz zu ersticken – trat er aus dem Nebel. Errtu kannte ihn nicht, aber er verstand die Bedeutsamkeit dieses Geschenkes.

Lloth ballte erneut ihre Faust, ein weiteres, explosives Signal erklang, und ihr Gefangener fiel zurück in den Vorhang aus Rauch.

Errtu beäugte die Spinnenkönigin mißtrauisch. Das Interesse des Tanar'ri war jetzt natürlich geweckt, aber ihm war klar, daß fast jeder, der einmal der teuflischen Lloth vertraut hatte, einen großen Preis für seine Torheit hatte zahlen müssen. Und dennoch, der Köder war zu verlockend, als daß Errtu hätte widerstehen können. Sein hundeartiges Maul verzog sich zu einem grotesken, bösen Lächeln.

»Schau dir Menzoberranzan an«, sagte Lloth, und sie schwenkte ihren Arm vor dem dicken Stamm eines nahegelegenen Pilzes. Die Fasern der Pflanze wurden glasig und spiegelten den Rauch wider, und einen Augenblick später sahen Lloth und das Monstrum die Stadt der Drow. »Ich versichere dir, daß deine Rolle in dieser Sache klein sein wird«, sagte Lloth, »aber gleichzeitig von entscheidender Wichtigkeit. Enttäusche mich nicht, großer Errtu!«

Der Unhold wußte, daß dies ebenso Drohung war wie Bitte.

»Das Geschenk?« fragte er.

»Sobald die Dinge im Lot sind.«

Erneut flackerte Errtus mißtrauischer Blick auf.

»Drizzt Do'Urden ist nur ein unbedeutender Wurm«, sagte Lloth. »Seine Familie, Daermon N'a'shezbaernon, existiert nicht mehr, und so bedeutet er mir auch nichts. Aber dennoch würde es mich freuen zu sehen, wie der große und böse Errtu dem Abtrünnigen all die Unannehmlichkeiten heimzahlt, die er verursacht hat.«

Errtu war nicht dumm; im Gegenteil. Was Lloth sagte, klang absolut schlüssig, und dennoch konnte er die Tatsache nicht ignorieren, daß sie es war, die Spinnenkönigin, die Herrin des Chaos, die diese verlockenden Angebote machte.

Ebensowenig aber konnte er darüber hinweggehen, daß ihr Geschenk ihm Erlösung aus seiner unbeschreiblichen Langeweile versprach. Er konnte jeden Tag Tausende kleinerer Unholde schlagen, er konnte sie foltern und sie in erbärmlichem Zustand in den Schlamm zurückschicken. Aber selbst wenn er das eine Million Tage lang tat, würde dies nicht den Genuß einer einzigen Stunde auf der materiellen Ebene aufwiegen, in der er unter den Schwachen dahinschritt und jene quälte, die seiner Rache nicht würdig waren.

Der große Tanar'ri stimmte zu.

TEIL 1

Grollen des Haders

Ich beobachtete die Vorbereitungen, die in Mithril-Halle getroffen wurden. Vorbereitungen für den Krieg, denn obgleich wir – insbesondere Catti-brie – dem Hause Baenre in Menzoberranzan eine schmerzhafte Niederlage bereitet hatten, zweifelte keiner von uns daran, daß die Dunkelelfen erneut angreifen würden. Vor allem war Oberin Baenre höchstwahrscheinlich äußerst verärgert, und da ich meine Jugend in Menzoberranzan verbracht hatte, wußte ich, daß es keine gute Sache war, sich die Erste Oberin Mutter zum Feind zu machen.

Dennoch gefiel mir, was ich hier in der Zwergenfeste sah. Am meisten und vor allem genoß ich den Anblick von Bruenor Heldenhammer.

Bruenor! Mein liebster Freund. Der Zwerg, an dessen Seite ich seit meinen Tagen im Eiswindtal gefochten hatte – Tage, die jetzt schon so lange zurückzuliegen schienen! Ich hatte befürchtet, daß Bruenors Geist auf immer gebrochen worden war, als Wulfgar fiel, daß das Feuer, das diesen starrköpfigsten aller Zwerge bei seinem Unternehmen, sein verlorenes Heimatland wieder in Besitz zu nehmen, über scheinbar unüberwindliche Hindernisse hinweggeführt hatte, auf ewig verloschen war. Aber dem war nicht so, und das konnte ich in diesen Tagen der Vorbereitungen deutlich erkennen. Bruenors körperliche Narben waren jetzt tiefer – er hatte sein linkes Auge verloren, und eine bläuliche Linie lief von der Stirn bis zum

Kieferknochen –, aber die Flammen seines Geistes waren neu entfacht und loderten hell hinter seinem gesunden Auge.

Bruenor leitete die Vorbereitungen, von der Genehmigung der Befestigungsbauten, die in den untersten Tunneln errichtet wurden, bis hin zum Aussenden von Boten zu den Nachbarsiedlungen, die nach Verbündeten suchen sollten. Er bat bei solchen Entscheidungen nicht um Hilfe, und er brauchte auch keine, denn er war Bruenor, der Achte König von Mithril-Halle, ein Veteran zahlreicher Abenteuer, ein Zwerg, der sich seinen Titel verdient hatte.

Jetzt war seine Trauer verschwunden; zur Freude seiner Freunde und Untertanen war er wieder ein König. »Laßt die verdammten Drow nur kommen!« grollte er häufig, und wenn ich anwesend war, nickte er jedesmal in meine Richtung, als wolle er mich erinnern, daß er damit keine persönliche Beleidigung im Sinn hatte.

In Wahrheit gehörte dieser entschlossene Kriegsruf Bruenor Heldenhammers zum Schönsten, was ich jemals gehört hatte.

Was war es, fragte ich mich, das den trauernden Zwerg aus seiner Verzweiflung herausgeführt hatte? Und es war nicht nur Bruenor allein; überall um mich her herrschte aufgeregte Spannung, bei Catti-brie und selbst bei Regis, dem Halbling, der mehr dafür bekannt war, sich auf ein Mittagessen vorzubereiten denn auf einen Krieg. Auch ich selbst spürte es. Jene prickelnde Vorahnung, jene Kameradschaft, die mich und all die anderen dazu brachte, uns gegenseitig auf den Rücken zu schlagen, selbst die banalsten Erinnerungen der Verteidigungsanlagen zu loben und gemeinsam unsere Stimmen zum Jubel zu erheben, wann immer gute Nachrichten verkündet wurden.

Was war es? Es war mehr als nur Furcht, mehr als die Dankbarkeit für das, was wir besaßen, jetzt, da uns bewußt wurde, daß es uns genommen werden könnte. Damals, in jener Zeit der Euphorie und der hektischen Vorbereitungen, verstand ich es nicht. Jetzt, in der Rückschau, ist es leicht zu erkennen.

Es war Hoffnung.

Kein Gefühl kann wichtiger sein. Ob als einzelner oder gemeinsam, wir müssen darauf hoffen, daß die Zukunft besser wird als die Vergangenheit, daß unsere Nachkommen und die Ihren nach ihnen einer idealen Gesellschaft ein wenig näher kommen, wie auch immer diese unserer Ansicht nach aussehen mag. Gewiß sind die Vorstellungen eines kriegerischen Barbaren anders als das Ideal, das sich ein friedlicher Bauer ausmalt. Und ein Zwerg würde nicht danach streben, in einer Welt zu leben, die dem Ideal eines Elfen entspräche! Aber die Hoffnung selbst unterscheidet sich nicht so sehr. Und gerade in Zeiten, in denen wir das Gefühl haben, daß wir etwas zu jenem endgültigen Ziel beitragen, so wie es in Mithril-Halle war, als wir glaubten, daß die Schlacht mit Menzoberranzan kurz bevorstand – und daß wir die Dunkelelfen besiegen und damit ein für allemal die Bedrohung durch die Stadt des Unterreiches beenden würden –, gerade in solchen Zeiten empfinden wir wahre Hochstimmung.

Hoffnung ist der Schlüssel. Die Zukunft wird besser als die Vergangenheit oder die Gegenwart. Ohne diesen Glauben gibt es nur ein schlaffes, letztlich leeres Abmühen in der Gegenwart, wie in der Gesellschaft der Drow, oder aber simple Verzweiflung, durch die wir unsere Lebenszeit mit Warten auf den Tod verschwenden.

Bruenor hatte eine Aufgabe gefunden – wir alle hatten dies –, und niemals war ich lebendiger als in jenen Tagen der Vorbereitung in Mithril-Halle.

Drizzt Do'Urden

Diplomatie

Catti-brie mußte sich ungemein anstrengen, die wirbelnden Krummsäbel des Drow in Schach zu halten. Sie war eine solide gebaute Frau, hundertdreißig Pfund reine Muskeln und durch ihr Leben in Bruenors Zwergensippe gut in Form. Catti-brie war mit der Esse und dem Schmiedehammer wohl vertraut.

Oder mit dem Schwert, und diese neue Klinge, deren weißmetallener Knauf die Form eines Einhornkopfes hatte, war die bei weitem ausgewogenste Waffe, die sie jemals geschwungen hatte. Dennoch wurde Catti-brie von ihrem heutigen Gegner schwer bedrängt. Nur wenige in den Reichen konnten sich mit der Klinge Drizzt Do'Urdens, des Drowwaldläufers, messen.

Er war nicht größer als Catti-brie und höchstens ein paar Pfund schwerer. Sein weißes Haar hing ebenso weit herab wie Catti-bries kastanienbraune Mähne und war auch ebenso dicht, und seine ebenholzfarbene Haut glänzte vor Schweiß, ein Beweis für das Geschick der jungen Frau.

Drizzt kreuzte seine beiden Krummsäbel (einer von ihnen leuchtete durch die Schutzpolsterung, die ihn bedeckte, in einem feurigen Blau), dann zog er sie wieder weit auseinander und lud Catti-brie ein, zwischen ihnen durchzustoßen.

Sie hütete sich wohl, diesen Versuch zu unternehmen. Drizzt war zu schnell und konnte ihre Klinge nahe der Spitze mit dem einen Säbel treffen, während der andere zugleich tief unten parierte und von der anderen Seite dicht am Heft dagegen schlug. Mit einem einzigen Schritt diagonal zur Seite, der seinem dichter parierenden Säbel folgte, hätte Drizzt sie so geschlagen.

Statt dessen trat Catti-brie zurück und präsentierte ihr Schwert. Mit tiefblauen Augen lugte sie an der Klinge vorbei, die mit einem schweren Übungspolster überzogen war, und sie blickte fest in die lavendelblauen Augen des Drow.

»Eine verpaßte Gelegenheit?« reizte Drizzt sie.

»Eine vermiedene Falle«, erwiderte Catti-brie rasch.

Drizzt stürmte plötzlich vor. Seine Klingen kreuzten sich, fuhren weit auseinander und hieben scherenartig zu, eine weit oben, die andere recht tief. Catti-brie schob den linken Fuß nach hinten und ließ sich in eine Kauerstellung fallen, wobei sie ihr Schwert so nach vorne brachte, daß es die tief heransausende Klinge parierte, während sie den Kopf einzog, um der höheren auszuweichen.

Sie hätte sich die Mühe nicht zu machen brauchen, denn Drizzt kreuzte die Waffen zu früh, bevor seine Füße nachkommen konnten, und beide Krummsäbel zischten ein Stück vor ihrem Ziel durch die Luft.

Die dadurch entstandene Öffnung entging Catti-brie nicht, und sie schoß mit zustoßendem Schwert vor.

Mit unglaublicher Geschwindigkeit zuckten Drizzts Klingen zurück und trafen das Schwert von beiden Seiten. Aber Drizzts Füße waren nicht angemessen positioniert, um der Bewegung zu folgen, indem er diagonal vorrückte, und so konnte er keinen Vorteil aus Catti-bries abgelenktem Schwert ziehen.

Statt dessen warf sich die junge Frau nach vorne und zur Seite, zog ihr Schwert aus der Umklammerung und führte den eigentlichen Angriff aus – einen Hieb gegen Drizzts Hüfte.

Drizzts Rückhand fing sie ab und trieb ihre Klinge harmlos nach oben.

Sie lösten sich wieder voneinander und musterten sich kritisch, wobei Catti-brie zufrieden lächelte. In all den Monaten ihres gemeinsamen Trainings hatte sie noch niemals so dicht vor einem Treffer an dem gewandten, erfahrenen Drow gestanden.

Drizzts Miene ließ sie jedoch ihren Triumph vergessen, und dann richtete der Drow die Spitzen seiner Krummsäbel nach unten und schüttelte frustriert den Kopf.

»Die Armschützer?« fragte Catti-brie und bezog sich damit auf die magischen Armbänder, breite Streifen aus einem schwarzen Material, das mit glitzernden Mithrilringen bedeckt war. Drizzt hatte sie Dantrag Baenre abgenommen, dem ehemaligen Waffenmeister des Ersten Hauses von Menzoberranzan, nachdem er ihn im Kampf getötet hatte. Gerüchte besagten, daß jene wundersamen Armschützer Dantrags Händen unglaubliche Schnelligkeit und damit einen Vorteil im Zweikampf verliehen hatten.

Während er gegen den blitzschnellen Baenre gefochten hatte, hatte Drizzt begonnen, diesen Gerüchten Glauben zu schenken, und nachdem er die Schützer in den letzten paar Wochen während seiner Übungskämpfe getragen hatte, war dieser Verdacht zur Gewißheit geworden. Aber Drizzt war sich nicht sicher, ob die Armbänder wirklich eine gute Sache waren. Im Kampf mit Dantrag hatte er dessen angeblichen Vorteil gegen den Drow selbst gerichtet, denn die Hände des Waffenmeisters hatten sich zu schnell bewegt, als daß Dantrag eine begonnene Bewegung noch hätte abändern können – er konnte bei einem unerwarteten Zug seines Gegners nicht mehr improvisieren. Und jetzt, bei diesen Übungskämpfen, mußte Drizzt erkennen, daß die Schützer noch einen weiteren Nachteil in sich bargen.

Seine Füße konnten mit seinen Händen nicht mithalten.

»Du wirst noch lernen, sie zu beherrschen«, tröstete Catti-brie.

Drizzt war sich dessen nicht so sicher. »Kampf ist eine Kunst, die aus Gleichgewicht und Bewegung besteht«, erklärte er.

»Und du bist jetzt schneller!« erwiderte Catti-brie.

Drizzt schüttelte den Kopf. »Meine Hände sind schneller«, sagte er. »Ein Krieger siegt nicht mit seinen Händen. Er siegt mit seinen Füßen, indem er sich in die beste Position bringt, um durch Lücken in der Verteidigung seines Gegners zuzustoßen.«

»Die Füße werden schon noch nachkommen«, erwiderte Catti-brie. »Dantrag war Menzoberranzans bester Kämpfer, und du hast selbst gesagt, daß dies an den Schützern lag.«

Drizzt konnte nicht leugnen, daß die Armschützer Dantrag

sehr geholfen hatten, aber er fragte sich, wie sehr sie einem Mann seines Formates von Nutzen sein konnten. Es mochte sein, daß die Schützer einem geringeren Kämpfer helfen konnten, einem, der sich auf die schiere Schnelligkeit seiner Waffen verlassen mußte. Aber der wirkliche Meister, der die Harmonie zwischen all seinen Muskeln erreicht hatte, würde dadurch aus dem Gleichgewicht gebracht. Oder vielleicht würden die Armbänder auch jemandem helfen, der eine schwerere Waffe führte, einen mächtigen Kriegshammer wie Aegisfang. Drizzts Krummsäbel, schmale Klingen und nicht mehr als zwei Pfund schwer, die perfekt durch Handwerkskunst und Magie ausbalanciert waren, ließen sich ohne Anstrengung schwingen, und Drizzts Hände waren, selbst ohne die Armbänder, schneller als seine Füße.

»Dann komm her«, schalt Catti-brie ihn und fuchtelte mit dem Schwert. Sie kniff die blauen Augen ein wenig zusammen, und mit einem Schwung ihrer wohlgeformten Hüften ließ sie sich in eine fast hockende stabile Position fallen.

Sie spürte ihre Chance, erkannte Drizzt. Sie wußte, daß er mit einer Behinderung kämpfte, und wollte die Gelegenheit wahrnehmen, ihm endlich eine der vielen ärgerlichen Treffer zurückzuzahlen, die er ihr bei Übungskämpfen versetzt hatte.

Drizzt holte tief Luft und hob die Klingen. Er war Catti-brie die Revanche schuldig, aber er nahm sich vor, es ihr nicht zu leicht zu machen.

Er kam langsam heran und verhielt sich defensiv. Ihr Schwert schoß vor, und er traf es zweimal, bevor es auch nur in seine Nähe kommen konnte, einmal von links mit der rechten Hand und noch einmal auf der linken Seite, indem er seine linke Hand direkt über die ausgestreckte Klinge brachte und mit einem Abwärtshieb parierte.

Catti-brie ließ sich mit dem Schwung des doppelten Schocks treiben, drehte sich einmal vollständig im Kreis und wirbelte von ihrem Widersacher fort. Als sie ihm wieder zugewandt war, hatte Drizzt erwartungsgemäß den Abstand zu ihr überwunden.

Aber noch immer hielt sich der geduldige Drow in seinem Angriff zurück und drang nicht schnell und heftig auf seine Gegnerin ein. Seine Klingen kreuzten sich und fuhren wieder auseinander und neckten die junge Frau.

Catti-brie knurrte und ließ ihr Schwert erneut gerade nach vorn zucken, entschlossen, die schwer zu entdeckende Öffnung zu finden. Und die Krummsäbel sausten heran und schlugen in schneller Folge gegen das Schwert, und wieder hämmerten beide Klingen gegen die linke Seite der Waffe. Wie zuvor wirbelte Catti-brie nach rechts, aber diesmal setzte Drizzt hart nach.

Die junge Frau ließ sich tief in die Hocke fallen, so daß ihr Hinterteil über den Boden strich, und rutschte nach hinten. Drizzts beide Klingen zischten über und vor ihr durch die Luft, denn erneut waren seine Hiebe erfolgt, bevor er seine Füße in die richtige Position bringen konnte.

Drizzt bemerkte erstaunt, daß Catti-brie nicht mehr vor ihm war.

Er nannte die Bewegung den »Geisterschritt« und hatte ihn dem Mädchen erst vor einer Woche beigebracht. Der Trick bestand darin, die zuckende Waffe des Gegners als Sichtschutz zu benutzen und sich so gewandt in dem Bereich zu bewegen, der vor seinen Blicken geschützt war, daß der Gegner nicht erkennen konnte, daß man nach vorne und zur Seite gehuscht und sogar bis hinter die führende Hüfte vorgedrungen war.

Reflexartig stieß der Drow seinen führenden Krummsäbel direkt nach hinten. Die Klinge deutete nach unten, da Catti-brie in der Hocke an ihm vorbeigeeilt war. Er erreichte das Ziel zu schnell und noch vor dem Schwert, so daß der Schwung des Krummsäbels diesen nutzlos davontrieb, bevor der Angriff noch sein Ziel erreicht hatte.

Drizzt zuckte zusammen, als das Schwert mit dem Einhornknauf ihn hart an der Hüfte traf.

Für Catti-brie war dieser Augenblick das reine Vergnügen. Sie wußte natürlich, daß die Armbänder Drizzt behinderten und ihn Fehler im Gleichgewicht machen ließen – Fehler, die Drizzt Do'Urden seit seinen frühesten Tagen als Kämpfer nicht mehr gemacht hatte –, aber selbst mit den lästigen Armbändern war der Drow ein mächtiger Widersacher und hätte wahrscheinlich die meisten Schwertkämpfer besiegen können.

Und so war es für sie eine wahre Wonne zu sehen, wie ihr neues Schwert unbehindert ins Ziel traf!

Das Gefühl der Freude wurde jedoch sofort durch den Drang ausgelöscht, die Klinge tiefer eindringen zu lassen. Es war ein plötzlicher, unerklärlicher Zorn, der direkt auf Drizzt gerichtet war.

»Berührt!« gab Drizzt zu, daß er getroffen war, und als sich Catti-brie aufrichtete und orientierte, sah sie, daß der Drow ein paar Fuß entfernt stand und sich die schmerzende Hüfte rieb.

»Es tut mir leid«, entschuldigte sie sich, als sie erkannte, daß sie viel zu hart zugeschlagen hatte.

»Nicht so schlimm«, erwiderte Drizzt verschmitzt. »Sicher wiegt dein einer Treffer nicht all den Schmerz auf, den meine Krummsäbel dir zugefügt haben müssen.« Die Lippen des Dunkelelfen kräuselten sich zu einem mutwilligen Lächeln. »Oder die Schmerzen, die ich dir gewiß noch zufügen werde!«

»Ich denke, ich werde dich drankriegen, Drizzt Do'Urden«, antwortete Catti-brie ruhig und selbstbewußt. »Du wirst deine Treffer austeilen, aber du wirst sie auch einstecken müssen!«

Darüber lachten sie beide, und Catti-brie trat zur Seite, um die Übungspolster abzulegen.

Drizzt schob die Abdeckung von einem seiner Krummsäbel

und dachte über diese letzten Worte nach. Catti-brie wurde wirklich immer besser, das mußte er zugeben. Sie hatte das Herz einer Kriegerin, veredelt von der Philosophie einer Poetin, und das war wahrlich eine gefährliche Kombination. Wie Drizzt würde auch Catti-brie lieber reden als kämpfen, aber wenn die Möglichkeiten der Diplomatie erschöpft waren, wenn der Kampf zu einer Frage des Überlebens wurde, dann würde die junge Frau mit reinem Gewissen und hitziger Leidenschaft fechten. Ihr ganzes Herz und ihr ganzes Können würden dann zum Tragen kommen, und bei Catti-brie war beides in beträchtlichem Ausmaß vorhanden.

Und sie war gerade erst Anfang Zwanzig! Wäre sie eine Drow, so würde sie in Menzoberranzan jetzt gerade in Arach-Tinilith sein, der Schule von Lloth, und ihr starkes Moralempfinden stünde jeden Tag unter dem Beschuß der Lügen der Priesterinnen der Spinnenkönigin. Drizzt drängte diesen Gedanken beiseite; er wollte nicht einmal daran denken, daß Catti-brie an diesem schrecklichen Ort sein könnte. Angenommen, sie wäre statt dessen auf die Drowschule der Kämpfer gegangen, Melee-Magthere, überlegte er. Wie würde sie sich dort gegen die jungen Drow halten?

Drizzt war sicher, daß Catti-brie dort zur Spitze der Klasse gehören würde, gewißlich zu den obersten zehn oder fünfzehn Prozent, und ihre Leidenschaft und ihre Entschlossenheit hätten sie dorthin gebracht. Wie sehr würde sie sich wohl unter seiner Führung noch verbessern können? fragte sich Drizzt, und dann verdüsterte sich seine Miene, als er an die Einschränkungen dachte, die Catti-bries Abstammung ihr auferlegten. Er war jetzt in den Sechzigern, nach dem Maßstab der Drow, die bis zu sieben Jahrhunderte überdauern konnten, kaum mehr als ein Kind, aber wenn Catti-brie sein zartes Alter erreichte, würde sie alt sein, zu alt, um noch gut zu kämpfen.

Dieser Gedanke schmerzte Drizzt sehr. Sofern nicht die

Klinge eines Feindes oder die Klauen eines Monsters sein Leben verkürzten, würde er zusehen müssen, wie Catti-brie alt wurde, würde sehen, wie sie aus seinem Leben verschwand.

Drizzt beobachtete jetzt, wie sie das gepolsterte Wehrgehenk ablegte und den metallenen Halsschutz öffnete. Unter der Polsterung trug sie oberhalb ihrer Taille nur ein einfaches Hemd aus leichtem Material. Es war jetzt feucht vom Schweiß und klebte an ihr.

Sie war eine Kriegerin, dachte Drizzt, aber sie war auch eine schöne junge Frau, wohlgeformt und stark, mit der Energie eines Füllen, das gerade laufen lernte, und einem Herzen voller Leidenschaft.

Das Geräusch entfernter Essen, das plötzlich lauter werdende Klirren von Hämmern auf Stahl, hätte Drizzt darauf aufmerksam machen sollen, daß die Tür des Raumes sich geöffnet hatte, aber dies drang einfach nicht bis in das abgelenkte Bewußtsein des Drow vor.

»He!« erscholl plötzlich ein Brüllen. Drizzt wandte sich um und sah Bruenor in den Raum stürmen. Er erwartete fast, daß der Zwerg, Catti-bries übermäßig besorgter Adoptivvater, ihn zur Rede stellen würde, wo bei den Neun Höllen Drizzt da hinguckte, und der Seufzer des Drow zeugte von Erleichterung, als Bruenor, dessen feuerroter Bart vor Speichel schäumte, statt dessen zu einer Tirade über Siedelstein anhob, die barbarische Siedlung südlich von Mithril-Halle.

Dennoch merkte der Drow, wie er rot wurde (und er hoffte, daß seine ebenholzfarbene Haut dies verbarg), als er den Kopf schüttelte, sich sein weißes Haar zurückstrich und ebenfalls damit begann, sich seiner Übungskleidung zu entledigen.

Catti-brie kam herüber und schüttelte dabei ihre kastanienbraune Mähne, um die Schweißtropfen loszuwerden. »Berkthgar macht wieder Schwierigkeiten?« fragte sie – sie meinte Berkthgar den Tapferen, den neuen Häuptling von Siedelstein.

Bruenor schnaubte. »Berkthgar kann gar nicht anders, als Schwierigkeiten machen!«

Drizzt blickte zu der wunderschönen Catti-brie auf. Er wollte sich nicht vorstellen, wie sie alt wurde, obgleich er wußte, daß sie mit mehr Anmut altern würde als die meisten.

»Er ist stolz«, erwiderte Catti-brie, »und er hat Angst.«

»Pah!« gab Bruenor zurück. »Wovor soll er denn Angst haben? Er hat hundert starke Männer um sich herum, und es ist kein Feind zu sehen.«

»Er hat Angst, nicht vor dem Schatten seines Vorgängers bestehen zu können«, erklärte Drizzt, und Catti-brie nickte.

Bruenor stockte mitten in seinem Gepolter und dachte über die Worte des Drow nach. Berkthgar lebte im Schatten Wulfgars, des größten Helden, den die barbarischen Stämme des fernen Eiswindtales je gekannt hatten. Der Mann, der Dracos Eisiger Tod getötet hatte, den weißen Drachen; der Mann, der im zarten Alter von zwanzig Jahren die wilden Stämme vereint und ihnen eine bessere Lebensweise gezeigt hatte.

Bruenor glaubte nicht, daß irgendein Mensch aus Wulfgars Schatten herausragen konnte, und sein ergebenes Nicken zeigte, daß er dieses Argument verstand. Trauer glomm in seinem stahlgrauen Auge, denn Bruenor konnte nie an Wulfgar denken, ohne traurig zu werden.

»Bei welchem Punkt macht er denn Schwierigkeiten?« fragte Drizzt und versuchte, das heikle Thema zu wechseln.

»Bei dieser ganzen verdammten Allianz«, schnaufte Bruenor.

Drizzt und Catti-brie tauschten einen neugierigen Blick. Das ergab natürlich keinen Sinn. Die Barbaren von Siedelstein und die Zwerge von Mithril-Halle waren bereits Verbündete und arbeiteten Hand in Hand. Bruenors Volk schürfte das kostbare Mithril und formte es zu wertvollen Gegenständen, und die Barbaren wickelten den Handel mit den Kaufleuten der nahegelegenen Städte ab, mit Nesme am Trollmoor oder dem östlich gelegenen Silbrigmond. Die beiden Völker, Bruenors und Wulfgars, hatten gemeinsam gekämpft, um Mithril-Halle von den üblen grauen Zwergen, den Duergar, zu säubern, und die Barbaren waren aus ihrer weitentlegenen Heimat im Eiswindtal hergekommen und hatten nur aus dieser festen Freundschaft und Allianz mit Bruenors Clan heraus beschlossen hierzubleiben. Es ergab keinen Sinn, daß Berkthgar Schwierigkeiten machte, nicht, wenn ein Angriff der Drow bevorstand.

»Er will den Hammer«, erklärte Bruenor.

Das erklärte alles. Der Hammer war Wulfgars Hammer, der mächtige Aegisfang, den Bruenor selbst während der Jahre, in denen der junge Mann Frondienste für den rotbärtigen Zwerg ableisten mußte, als Geschenk für Wulfgar geschmiedet hatte. Während jener Jahre hatten Bruenor, Drizzt und Catti-brie den wilden jungen Barbaren eine bessere Lebensweise beigebracht.

Natürlich würde Berkthgar Aegisfang haben wollen, erkannte Drizzt. Der Kriegshammer war inzwischen mehr als nur eine Waffe. Er stellte für die abgehärteten Männer und Frauen Siedelsteins ein Symbol dar. Aegisfang stand für die Erinnerung an Wulfgar, und wenn Berkthgar Bruenor davon überzeugen konnte, ihn die Waffe schwingen zu lassen, würde sich sein Ansehen bei seinem Volk verzehnfachen.

Es war absolut logisch, aber Drizzt wußte, daß Berkthgar Bruenor niemals dazu bringen würde, ihm den Hammer zu geben.

Dann sah der Zwerg Catti-brie an, und Drizzt, der sie ebenfalls betrachtete, fragte sich, ob sie es wohl für eine gute Sache hielt, den Hammer dem neuen Anführer der Barbaren zu übergeben. Welch heftige Gefühle mußten jetzt wohl die Gedanken der jungen Frau beeinflussen! Sie und Wulfgar hatten heiraten wollen; sie und Wulfgar waren gemeinsam aufgewachsen und hatten viele Lektionen des Lebens Seite an Seite gelernt. Würde Catti-brie dies jetzt ignorieren können, würde sie ihre eigene Trauer ignorieren und einem logischen Kurs folgen können, um die Allianz zu besiegeln?

»Nein«, sagte sie schließlich entschieden. »Er kann den Hammer nicht bekommen.«

Drizzt nickte beipflichtend und war froh, daß Catti-brie die Erinnerungen an Wulfgar, an ihre Liebe zu ihm, nicht einfach wegschob. Auch er hatte Wulfgar wie einen Bruder geliebt, und er konnte sich nicht vorstellen, daß irgend jemand anders, sei es nun Berkthgar oder der Gott Tempus selbst, Aegisfang führte.

»Ich hab' auch niemals daran gedacht, ihn ihm zu geben«, stimmte Bruenor zu. Er schüttelte eine zornig geballte Faust, und seine Armmuskeln waren sichtlich angespannt. »Aber wenn dieser uneheliche Sohn eines Rentieres noch einmal danach fragt, werde ich ihm etwas anderes geben, darauf könnt ihr wetten!«

Drizzt erkannte, daß sich da ein ernstes Problem zusammenbraute. Berkthgar wollte den Hammer, das war verständlich und sogar zu erwarten gewesen, aber der junge, ehrgeizige Anführer der Barbaren bemerkte anscheinend nicht das Ausmaß seiner Forderung. Diese Situation konnte sich zu etwas weit Schlimmerem entwickeln als nur zu einem gespannten Verhältnis gegenüber notwendigen Verbündeten. Sie konnte zu offenem Streit zwischen den beiden Völkern führen, denn Drizzt bezweifelte Bruenors Drohung keinen Moment. Wenn Berkthgar den Hammer als Gegenleistung für etwas verlangte, das er ohne Bedingungen gewähren müßte, so konnte er sich glücklich schätzen, wenn er noch mit allen Gliedmaßen am richtigen Ort wieder in den Sonnenschein hinaustrat.

»Drizzt und ich werden nach Siedelstein gehen«, bot Catti-brie an. »Wir werden Berkthgars Wort bekommen, ohne eine Gegenleistung erbringen zu müssen.«

»Der Junge ist ein Narr!« schnaubte Bruenor.

»Aber sein Volk ist vernünftiger als er«, fügte Catti-brie hinzu. »Er will den Hammer haben, um sein Ansehen zu erhöhen. Wir werden ihm beibringen, daß es ihm nur schadet, etwas zu fordern, das er nicht bekommen kann.«

Stark und leidenschaftlich und zudem so klug, ging es Drizzt durch den Kopf, während er die junge Frau betrachtete. Sie würde in der Tat bewerkstelligen, was sie gerade behauptet hatte. Er und Catti-brie würden nach Siedelstein gehen und alles erreichen, was sie gerade ihrem Vater versprochen hatte.

Der Drow stieß einen tiefen, langen Seufzer aus, als Bruenor und Catti-brie sich entfernten. Die junge Frau ging erst noch zur Seite des Raumes hinüber, um ihre Habseligkeiten aufzulesen. Er beobachtete die erneuerte Hoffnung in Bruenors Schritten, das Leben, das wieder in den feurigen Zwerg zurückgekehrt war. Wie viele Jahre würde König Bruenor Heldenhammer wohl regieren? fragte sich Drizzt. Einhundert? Zweihundert?

Sofern nicht die Klinge eines Feindes oder die Klauen eines Monsters sein Leben verkürzten, würde auch der Zwerg zusehen müssen, wie Catti-brie alterte und starb.

Es war eine Vorstellung, die Drizzt nicht ertragen konnte, während er dem leichten Schritt dieses temperamentvollen, jungen Füllens folgte.

☆ ☆ ☆

Khazid'hea, der Schnitter, ruhte geduldig an Catti-bries Hüfte, sein Augenblick des Zorns war verraucht. Das lebende Schwert freute sich über die Fortschritte der jungen Frau als Kämpferin. Sie war zweifellos begabt, aber dennoch wollte Khazid'hea mehr, es wollte von dem allerbesten Krieger geführt werden.

Und im Augenblick war dieser Krieger Drizzt Do'Urden.

Das Schwert hatte sich auf Drizzt konzentriert, nachdem

der abtrünnige Drow seinen früheren Träger, Dantrag Baenre, getötet hatte. Khazid'hea hatte wie gewöhnlich seinen Knauf verändert, hatte ihn von dem Kopf eines Unholdes (der Dantrag angelockt hatte) zum Abbild eines Einhorns gewandelt, da es wußte, daß dies das Symbol von Drizzt Do'Urdens Göttin war. Aber dennoch hatte der Drowwaldläufer Catti-brie gebeten, das Schwert zu nehmen, da er den Krummsäbel bevorzugte.

Er bevorzugte den Krummsäbel!

Oh, wenn Khazid'hea seine Klinge doch ebenso verändern könnte wie seinen Knauf! Wenn die Waffe nur ihre Klinge krümmen, verkürzen und verdicken könnte ...

Aber das konnte Khazid'hea nicht, und Drizzt würde kein Schwert führen. Die Frau war jedoch gut und wurde immer besser. Sie war ein Mensch und würde wahrscheinlich nicht lange genug leben, um eine solche Geschicklichkeit zu erwerben wie Drizzt, aber wenn das Schwert sie dazu verführen konnte, den Drow zu erschlagen ...

Es gab viele Wege, um der Beste zu werden.

☆ ☆ ☆

Oberin Baenre, faltig und selbst für eine Drow viel zu alt, um noch am Leben zu sein, stand in der großen Kapelle des Ersten Hauses von Menzoberranzan, ihres Hauses, und sah den angestrengten Bemühungen der Sklavenarbeiter zu, die dabei waren, den riesigen herabgefallenen Stalaktiten aus dem Kuppeldach des Gebäudes zu entfernen. Sie wußte, daß die Halle bald wiederhergestellt sein würde. Das Geröll auf dem Boden war bereits weggeräumt, und die Blutspuren der Dutzend Drow, die bei dem Unglück getötet worden waren, hatte man ebenfalls schon lange weggeschrubbt.

Aber der Schmerz jenes Augenblicks, die enorme Erniedrigung Oberin Baenres in Gegenwart jeder wichtigen Oberin Mutter von Menzoberranzan, und das auch noch in dem Moment, da die Erste Oberin Mutter den Höhepunkt ihrer Macht erreicht hatte, war geblieben. Der speerartige Stalaktit war durch das Dach gefahren, aber er hätte ebensogut Oberin Baenres Herz durchbohren können. Sie hatte eine Allianz aus den streitlüsternen Häusern der Drowstadt geschmiedet, eine Verbindung, die von dem Versprechen neuen Ruhmes gefestigt worden war, sobald die Drowarmee Mithril-Halle erobert haben würde.

Neuer Ruhm für die Spinnenkönigin. Neuer Ruhm für Oberin Baenre.

Zerschmettert durch die Spitze eines Stalaktiten und durch die Flucht des abtrünnigen Drizzt Do'Urden. Durch Drizzt hatte sie ihren ältesten Sohn Dantrag verloren, der vielleicht der beste Waffenmeister in Menzoberranzan gewesen war. Durch Drizzt hatte sie ihre Tochter verloren, die heimtückische Vendes. Und was am schmerzlichsten war: durch Drizzt und seine Freunde hatte sie die Allianz verloren, das Versprechen auf noch größeren Ruhm. Denn als die Oberinnen, die Herrscherinnen von Menzoberranzan und zugleich Priesterinnen, Zeuge davon geworden waren, wie der Stalaktit die Kuppel dieser Kapelle durchstoßen hatte, dieses heiligsten aller Lloth geweihten Orte, und auch noch im Augenblick des Hohen Rituals, da war ihr Vertrauen darauf geschwunden, daß die Göttin der Allianz und dem geplanten Krieg ihren Segen erteilt hatte. Sie hatten das Haus Baenre eiligst verlassen und waren in ihre eigenen Anwesen zurückgekehrt, wo sie ihre Tore versiegelt hatten und versuchten, den Willen von Lloth zu ergründen.

Oberin Baenres Ansehen hatte schwer gelitten.

Doch selbst nach allem, was geschehen war, blieb die Erste Oberin Mutter zuversichtlich, daß sie die Allianz wiederherstellen könnte. An einem Halsband trug sie einen Ring, der aus dem Zahn eines lange vergangenen Zwergenkönigs geschnitzt worden war, eines gewissen Gandalug Heldenhammer, des Stifters des Clans Heldenhammer und Gründers von Mithril-Halle. Oberin Baenre hatte Gewalt über Gandalugs Geist und konnte von ihm genaue Informationen über die Anlage der Zwergenminen erhalten. Trotz Drizzts Entkommen konnten die Dunkelelfen noch immer nach Mithril-Halle ziehen und Drizzt und seine Freunde bestrafen.

Sie hätte die Allianz wiederherstellen können, aber aus irgendeinem Grund, den Oberin Baenre nicht verstand, hielt Lloth, die Spinnenkönigin selbst, sie zurück. Die Yochlol, die Dienerinnen von Lloth, waren nach Baenre gekommen, hatten sie davor gewarnt, die Allianz voranzutreiben, und statt dessen angewiesen, sich auf ihre eigene Familie zu konzentrieren, um die Verteidigung ihres Hauses zu gewährleisten. Es war eine Forderung, die keine Priesterin der Spinnenkönigin abzulehnen gewagt hätte.

Sie hörte das laute Klacken fester Stiefel auf dem Boden hinter sich und das Klimpern einer Fülle von Juwelen, und sie brauchte sich nicht umzuwenden, um zu wissen, daß Jarlaxle hereingekommen war.

»Habt Ihr getan, was ich Euch aufgetragen habe?« fragte sie, während sie weiterhin die Arbeit an der Kuppeldecke beobachtete.

»Seid ebenfalls gegrüßt, Erste Oberin Mutter«, erwiderte der stets sarkastische Söldner. Das brachte Baenre dazu, sich zu ihm umzuwenden, und sie runzelte finster die Stirn, so wie sie und viele der herrschenden Frauen Menzoberranzans es stets taten, wenn sie den Mann musterten.

Er trat auf wie ein Pfau – anders konnte man es nicht beschreiben. Die Dunkelelfen von Menzoberranzan, insbesondere die niederen Männer, trugen gewöhnlich unauffällige, praktische Kleidung, Roben in dunklen Farben, die mit Spinnen oder Spinnweben verziert waren, oder einfache Wämser unter geschmeidigen Kettenhemden. Und fast immer trugen sowohl männliche als auch weibliche Drow tarnende *Piwafwis*, dunkle Umhänge, die sie vor den forschenden Augen ihrer vielen Feinde verbergen konnten.

Doch nicht so Jarlaxle. Sein Kopf war kahlrasiert und fast immer von einem lächerlichen breitkrempigen Hut bedeckt, in dem die riesige Schwanzfeder eines Diatryma-Vogels steckte. Statt eines Mantels oder einer Robe trug er ein glänzendes Cape, das in allen Regenbogenfarben glitzerte, sowohl im Licht als auch in jenem Bereich, den wärmesehende Augen wahrnehmen konnten. Seine ärmellose Weste war so kurz geschneidert, daß sie seine festen Bauchmuskeln freiließ, und er trug eine Vielzahl von Ringen, Halsketten, Armbändern und sogar Fußkettchen, die unaufhörlich klimperten – aber nur, wenn der Söldner dies wollte. Genau wie bei seinen Stiefeln, die so deutlich auf dem harten Fußboden der Kapelle zu hören gewesen waren, konnte auch das Geräusch des Zierats völlig unterbunden werden.

Oberin Baenre bemerkte, daß die übliche Augenklappe des Söldners heute über seinem linken Auge lag, aber was dies zu bedeuten hatte – wenn überhaupt –, wußte sie nicht.

Denn wer konnte schon wissen, was für eine Magie in dieser Augenklappe lag oder in jenem Geschmeide und den Stiefeln oder in den beiden Stäben, die er in seinem Gürtel trug, und in dem guten Schwert, das neben ihnen hing? Die Hälfte dieser Gegenstände, und sogar einer der Stäbe, wie Oberin Baenre vermutete, waren wahrscheinlich Attrappen, denen keine oder nur sehr wenig magische Macht innewohnte, außer der Eigenschaft, völlig lautlos zu werden. Die Hälfte von allem, was Jarlaxle tat, war reiner Bluff, aber die andere Hälfte war hinterlistig und absolut tödlich.

Das war der Grund, warum dieser pfauenhafte Söldner so gefährlich war.

Das war der Grund, warum Oberin Baenre Jarlaxle so sehr haßte und warum sie ihn so sehr brauchte. Er war der Anführer von Bregan D'aerthe, einem dichten Netz von Spionen,

Dieben und Mördern. Es waren hauptsächlich gesetzlose Männer, die ihre Hauszugehörigkeit verloren hatten, als ihre Familien in einem der vielen Kriege zwischen rivalisierenden Häusern ausgelöscht wurden. Die Mitglieder von Bregan D'aerthe waren ebenso geheimnisvoll wie ihr Anführer. Sie waren nicht bekannt, aber sie waren dennoch sehr mächtig – so mächtig wie der Großteil der etablierten Häuser der Stadt –, und sie waren geschickt.

»Was habt Ihr alles erfahren?« fragte Oberin Baenre grob.

»Ich würde Jahrhunderte brauchen, um das auszuspuken«, erwiderte der freche Gesetzlose.

Baenres rotglühende Augen wurden schmal, und Jarlaxle erkannte, daß sie nicht in der Stimmung für seine Frivolitäten war. Er wußte, daß sie Angst hatte, und wenn er die Katastrophe bedachte, die sich während des Hohen Rituals ereignet hatte, dann war dies durchaus gerechtfertigt.

»Ich kann keine Verschwörung entdecken«, gestand der Söldner ehrlich ein.

Oberin Baenre riß die Augen auf, und sie wäre fast zurückgetaumelt, so sehr hatte sie die geradlinige Antwort überrascht. Sie hatte natürlich Zauber gewirkt, die es ihr erlaubten, jede direkte Lüge des Söldners zu erkennen. Und selbstverständlich wußte Jarlaxle dies. Diese Zauber störten den gewieften Söldnerführer aber offensichtlich wenig. Jarlaxle war imstande, sich um jede Frage so herumzuwinden, daß er niemals wirklich die Wahrheit sagte, ohne dabei jedoch direkt zu lügen.

Diesmal allerdings hatte er unumwunden und genau dem Sinn der Frage entsprechend geantwortet. Und soweit Oberin Baenre es erkennen konnte, hatte er die Wahrheit gesagt.

Baenre konnte dies nicht akzeptieren. Vielleicht funktionierte der Zauber nicht wie beabsichtigt. Vielleicht hatte Lloth sie wirklich wegen ihres Versagens im Stich gelassen und täuschte sie nun in bezug auf Jarlaxles Ehrlichkeit.

»Oberin Mez'Barris Armgo«, fuhr Jarlaxle fort und bezog sich damit auf die Oberin Mutter von Barrison del'Armgo, dem Zweiten Haus der Stadt, »ist Euch und Eurer Sache gegenüber weiterhin loyal, trotz der …« Er suchte nach dem angemessenen Wort. »Der Störung«, sagte er schließlich, »des Hohen Rituals. Oberin Mez'Barris hat sogar ihrer Garnison befohlen, für den Fall in Alarmbereitschaft zu bleiben, daß der Marsch gegen Mithril-Halle beschlossen werden sollte. Und sie sind mehr als entschlossen auszurücken, das kann ich Euch versichern, insbesondere, da …« Der Söldner brach ab und seufzte in gekünsteltem Bedauern, und Oberin Baenre verstand, worauf er hinauswollte.

Logischerweise würde Mez'Barris begierig sein, gegen Mithril-Halle zu ziehen, denn nach dem Tod von Dantrag Baenre war ihr eigener Waffenmeister, der mächtige Uthegental, unstrittig der größte der Stadt. Wieviel Ruhm das Haus Barrison del'Armgo erringen würde, falls Uthegental den abtrünnigen Do'Urden erhaschen sollte!

Und dennoch widersprachen genau diese Logik und Jarlaxles scheinbare Ehrlichkeit Oberin Baenres Befürchtungen, denn ohne die Unterstützung von Barrison del'Armgo konnte keine Allianz anderer Häuser von Menzoberranzan das Haus Baenre bedrohen.

»Das unbedeutende Gerangel unter Euren überlebenden Kindern hat sich natürlich fortgesetzt«, fuhr Jarlaxle fort. »Aber sie haben nur wenig Kontakt miteinander gehabt, und falls einige von ihnen planen, gegen Euch vorzugehen, so wird dies ohne die Hilfe von Triel geschehen, die seit der Flucht des Gesetzlosen sehr stark in der Akademie beschäftigt war.«

Oberin Baenre vermochte es gut, ihre Erleichterung über diese Aussage zu verbergen. Wenn Triel, die mächtigste ihrer Töchter und gewiß diejenige, die das größte Wohlwollen Lloths besaß, nicht plante, sich gegen sie zu erheben, so war jede Revolte von innen unwahrscheinlich.

»Es wird erwartet, daß Ihr in Bälde Berg'inyon zum Waffenmeister ernennen werdet, und Gromph wird sich dem nicht widersetzen«, merkte Jarlaxle an.

Oberin Baenre nickte zustimmend. Gromph war ihr Ältester, und als Erzmagier von Menzoberranzan besaß er mehr Macht als jeder andere Mann in der Stadt (vielleicht mit Ausnahme des gewieften Jarlaxle). Gromph würde keine Einwände dagegen haben, daß Berg'inyon zum Waffenmeister des Hauses Baenre berufen wurde. Und auch die Rangfolge von Baenres Töchtern schien gefestigt zu sein, mußte sie zugestehen. Triel hielt die Position der Leitenden Oberin von Arach-Tinilith in der Akademie inne, und obgleich jene, die noch im Haus verblieben waren, sich über die Pflichten und Privilegien streiten mochten, die nach dem Tod von Vendes freigeworden waren, so schien dies die Oberin selbst nicht zu betreffen.

Oberin Baenre schaute wieder zu dem Dorn hinauf, den Drizzt und seine Gefährten durch die Decke getrieben hatten, und sie war nicht zufrieden. Im grausamen und gnadenlosen Menzoberranzan führten Zufriedenheit und die Überheblichkeit, die häufig damit einherging, nur allzuoft zu einem vorzeitigen Ableben.

Die Knochenbrecher-Brigade

»Meinst du, wir werden das Ding brauchen?« fragte Cattibrie, als sie und Drizzt sich durch die tieferen Ebenen von Mithril-Halle bewegten. Sie gingen einen Korridor entlang, der sich links von ihnen in die große, vielgeschossige Höhle öffnete, die die berühmte Unterstadt der Zwerge beherbergte.

Drizzt blieb stehen und musterte sie, dann ging er nach links und zog Catti-brie hinter sich her. Er trat durch die Öffnung und tauchte auf der zweiten Ebene über dem riesigen Boden der Höhle auf.

Der Ort wimmelte vor Zwergen, die überall entlangrannten und laut brüllten, um über dem ständigen Brausen der großen Pumpbälge und dem entschlossenen Klirren von Hämmern auf Mithril gehört zu werden. Dies war das Herz von Mithril-Halle, eine gewaltige, offene Höhle, deren Ost- und Westwände in riesigen, aus dem Stein geschlagenen Terrassen anstiegen, so daß der ganze Ort einer umgestülpten Pyramide glich. Die ausgedehnteste Bodenfläche war die unterste Ebene zwischen den Riesenstufen, die die riesigen Essen beherbergte. Starke Zwerge zogen erzbeladene Loren über festgelegte Pfade, während andere die vielen Hebel der komplizierten Öfen bedienten, und wieder andere zogen kleinere Loren voller fertigen Metalls die Terrassen hinauf. Dort hämmerten die verschiedenen Handwerker das Material zu nützlichen Gegenständen zusammen. Normalerweise wurde hier eine große Vielfalt von Gütern hergestellt – feine Silberarbeiten, juwelenbesetzte Kelche und ornamentreiche Helme –, wunderschön, aber nur von geringem praktischem Nutzen. Jetzt jedoch, da die Drohung des nahenden Krieges über ihren Köpfen schwebte, konzentrierten sich die Zwerge auf Waffen und richtige Rüstungen. Zwanzig Fuß neben Drizzt und Catti-brie lehnte ein Zwerg, der so mit Ruß beschmiert war, daß die Farbe seines Bartes nicht mehr zu erkennen war, einen weiteren eisernen Ballistapfeil mit Mithrilspitze gegen die Wand. Der Zwerg konnte nicht einmal das obere Ende des acht Fuß langen Speeres erreichen, aber er musterte die vielkantige und mit Widerhaken versehene Spitze und kicherte. Zweifellos stellte er sich gerade vor, wie der Pfeil durch die Luft und auf kleine Drowelfen zuschoß, die alle hübsch hintereinander aufgereiht waren.

Auf einer der bogenförmigen Brücken, die die Terrassen vielleicht hundertfünfzig Fuß über den beiden Freunden miteinander verbanden, brach ein handfester Streit aus. Drizzt und Catti-brie konnten die Worte nicht über dem allgemeinen Lärm verstehen, aber sie erkannten, daß es mit einem Plan zu tun hatte, diese und die meisten anderen Brücken abzureißen, um eventuell eingedrungene Dunkelelfen auf gewisse Routen zu zwingen, wenn sie die oberen Ebenen des Komplexes erreichen wollten.

Keiner von ihnen, weder Drizzt noch Catti-brie oder irgendeiner aus Bruenors Volk, wollte die Möglichkeit ernst nehmen, daß es soweit kommen könnte.

Die beiden Freunde tauschten wissende Blicke aus. Nur selten in der langen Geschichte von Mithril-Halle hatte die Unterstadt diese Art von Aufregung erlebt. Es grenzte fast an Panik. Zweitausend Zwerge eilten durcheinander, schrien herum, schlugen mit ihren Hämmern oder schleppten Lasten, die ein Muli nicht hätte ziehen können.

Und all dies, weil sie befürchteten, daß die Drow kommen würden.

Da verstand Catti-brie, warum Drizzt den Umweg hierher gemacht hatte, warum er darauf bestanden hatte, den Halbling Regis zu finden, bevor sie nach Siedelstein gingen, wie es Bruenor angeordnet hatte.

»Laß uns den kleinen Schleicher suchen«, sagte sie zu Drizzt und mußte es schreien, um gehört zu werden. Drizzt nickte und folgte ihr zurück in die verhältnismäßige Stille der düsteren Korridore. Dann bewegten sie sich von der Unterstadt fort und auf die entlegenen Kammern zu, in denen sie den Halbling finden konnten, wie Bruenor gemeint hatte. Schweigend gingen sie weiter – und Drizzt war beeindruckt, wie gut Catti-brie es mittlerweile gelernt hatte, sich lautlos zu bewegen. Genau wie er trug auch sie eine feine Kettenrüstung aus dünnen, aber unglaublich starken Mithrilringen, die Buster Rüster, der beste Rüstmeister von Mithril-Halle, ihr nach Maß angepaßt hatte. Catti-bries Rüstung gereichte dem Zwerg nicht nur zur Schande, denn sie war so perfekt gefertigt und so geschmeidig, daß sie sich bei den Bewegungen der jungen Frau ebenso leicht bog wie ein dickes Hemd.

Wie Drizzts Stiefel, so waren auch die von Catti-brie dünn und gut eingelaufen, aber für die scharfen Ohren des Drow konnten sich nur wenige Menschen, selbst mit solchem Schuhwerk, so lautlos bewegen. Drizzt beobachtete Catti-brie insgeheim in dem schwachen, flackernden Licht der spärlichen Fackeln. Er bemerkte, daß die junge Frau ebenso ging wie ein Drow, indem sie erst den Fußballen aufsetzte, statt wie die Menschen mit dem Hacken aufzutreten und dann über die Zehen abzurollen. Die Zeit, die sie auf der Suche nach Drizzt im Unterreich verbracht hatten, war ihr gut bekommen.

Der Drow nickte anerkennend, sagte aber nichts. Er fand, daß Catti-brie an diesem Tag bereits genug Lob eingeheimst hatte. Es war unnötig, ihr Selbstvertrauen noch weiter aufzublähen.

Die Gänge waren leer und wurden immer dunkler. Drizzt entging dies nicht. Er ließ sogar seine Sehkraft in den infraroten Bereich wechseln, in dem die unterschiedliche Wärme der Gegenstände ihm ihre ungefähren Umrisse mitteilte. Die menschliche Catti-brie verfügte natürlich nicht über diese Art von Sehkraft, aber um ihre Stirn lag eine dünne Silberkette, an der vorne ein grünes Juwel angebracht war, über das sich eine einzelne schwarze Linie zog: ein Katzenaugenachat. Die Herrin Alustriel selbst hatte ihn ihr geschenkt, und er war verzaubert, so daß sein Träger selbst in den tiefsten, finstersten Tunneln so gut sehen konnte, als stünde er in einer sternklaren Nacht auf einem offenen Feld.

Die beiden Freunde hatten keine Schwierigkeiten, sich im Dunkeln zurechtzufinden, aber dennoch waren sie nicht ganz zufrieden damit. Warum brannten die Fackeln nicht? Beide hatten ihre Hände dicht an ihren Waffengriffen; Catti-brie wünschte plötzlich, sie hätte ihren magischen Bogen Taulmaril, den Herzenssucher, mitgebracht.

Ein enormes Getöse erscholl, und der Boden unter ihren Füßen bebte. Beide nahmen sofort Kampfstellung ein; Drizzt hatte die Krummsäbel so schnell gezückt, daß Catti-brie nicht einmal die Bewegung wahrgenommen hatte. Zunächst hielt die junge Frau das unglaublich schnelle Manöver für ein Ergebnis der magischen Armbänder, aber als sie Drizzt einen Seitenblick zuwarf, stellte sie fest, daß er sie nicht einmal trug. Sie zog ebenfalls ihr Schwert und holte tief Luft, während sie sich innerlich dafür rügte, daß sie geglaubt hatte, dem unglaublichen Waldläufer mit ihren Kampffertigkeiten auch nur annähernd das Wasser reichen zu können. Catti-brie drängte den Gedanken beiseite – dafür war jetzt keine Zeit – und konzentrierte sich auf den gewundenen Gang, der vor ihnen lag. Seite an Seite rückten sie und Drizzt langsam vor. Sie behielten die Schatten im Auge, in denen sich Feinde verstecken konnten, und suchten nach Spalten in den Wänden, hinter denen sich geschickt getarnte Geheimtüren zu Nebengängen verbergen mochten. Solche Schleichwege waren in der Zwergenbehausung durchaus normal, denn die meisten Zwerge waren in der Lage, sich ihre eigenen Stollen zu graben, und da die meisten von ihnen auch von Natur aus gierig waren, hielten sie ihre persönlichen Schätze versteckt. Catti-brie kannte diesen wenig benutzten Abschnitt von Mithril-Halle nicht besonders gut. Ebensowenig wie Drizzt.

Wieder krachte und dröhnte es, und der Boden erzitterte erneut und noch heftiger als beim ersten Mal. Den beiden Freunden zeigte dies, daß sie der Lärmquelle näher kamen. Catti-brie war froh, daß sie so hart trainiert hatte, und noch froher, daß Drizzt Do'Urden an ihrer Seite war.

Sie blieb stehen, und das tat auch Drizzt, der sich zu ihr umdrehte.

»Guenhwyvar?« formte sie lautlos mit den Lippen und meinte damit Drizzts Katzenfreundin, einen Panther, den der Drow von der Astralebene herbeibeschwören konnte.

Drizzt dachte einen Moment lang über den Vorschlag nach. Er wollte Guenhwyvar nicht allzuoft beschwören, da er wußte, daß es schon bald eine Zeit geben konnte, in der er sie öfter brauchen würde. Die Magie hatte ihre Grenzen; Guenhwyvar konnte innerhalb von zwei Tagen nur einen halben Tag auf der materiellen Ebene verweilen.

Noch nicht, entschied Drizzt. Bruenor hatte nicht gesagt, was Regis hier unten tat, aber er hatte auch keine Andeutung gemacht, daß es gefährlich werden könnte. Der Drow schüttelte leicht den Kopf, und die beiden gingen leise und entschlossen weiter.

Wieder ein Rumpeln, dem diesmal ein Stöhnen folgte.

»Dein Kopf, du blöder Narr!« fauchte jemand. »Du mußt deinen stinkenden Kopf benutzen!«

Drizzt und Catti-brie richteten sich sofort wieder auf und lockerten den Griff um ihre Waffen. »Pwent«, sagten sie wie aus einem Mund. Thibbledorf Pwent, der unmögliche Schlachtenwüter, der unflätigste und übelriechendste Zwerg südlich des Grates der Welt (und wahrscheinlich auch nördlich davon).

»Als nächstes willst du wahrscheinlich noch einen verdammten Helm aufsetzen!« ging die Tirade weiter.

Hinter der nächsten Biegung kamen die beiden Gefährten an eine Weggabelung. Linker Hand erscholl immer noch Pwents Gebrüll; rechts befand sich eine Tür, hinter der ein Fackellicht brannte, das durch die vielen Risse im Holz drang. Drizzt legte den Kopf schief und vernahm aus dieser Richtung ein leises und vertrautes Kichern.

Er bedeutete Catti-brie, ihm zu folgen, und trat, ohne anzuklopfen, ein. Regis stand ganz allein in dem Raum und lehnte sich auf eine Kurbel nahe der linken Wand. Das Lächeln des

Halblings wurde noch strahlender, als er seine Freunde erblickte, und er hob die Hand, um ihnen zuzuwinken – von unten nach oben, denn Regis war selbst für einen Halbling klein, so daß sein lockiges braunes Haar kaum drei Fuß vom Boden entfernt war. Er hatte einen beträchtlichen Bauch, obgleich dieser in letzter Zeit ein wenig geschrumpft war, da selbst der faule Halbling die Drohung ernst nahm, die über diesem Ort hing, den er als seine Heimat betrachtete.

Er legte die Finger auf die gespitzten Lippen, als Drizzt und Catti-brie näher kamen, und deutete auf die »Tür« vor sich. Die beiden Freunde brauchten nicht lange, um zu erkennen, was los war. Die Kurbel neben Regis war mit einer Platte aus schwerem Metall verbunden, die von Schienen über und neben der Tür gehalten wurde. Das Holz der Tür war im Augenblick kaum zu sehen, da sich die Platte direkt davor befand.

»Los!« donnerte ein Befehl von der anderen Seite herüber, dann folgten eilige Schritte und ein grunzendes Brüllen. Und schließlich ein lautes Knallen, als der anstürmende Zwerg auf die verbarrikadierte Tür aufschlug und natürlich abprallte.

»Schlachtenwüter-Ausbildung«, erklärte Regis ruhig.

Catti-brie warf Drizzt einen säuerlichen Blick zu, als sie sich daran erinnerte, was ihr Vater ihr über Pwents Pläne erzählt hatte. »Die Knochenbrecher-Brigade«, sagte sie, und Drizzt nickte, denn Bruenor hatte auch ihm berichtet, daß Thibbledorf Pwent plante, eine Gruppe von Zwergen in der nicht unbedingt subtilen Kunst des Schlachtenwütens zu unterrichten. Diese Kämpfer sollten seine persönliche Knochenbrecher-Brigade bilden, hochmotiviert, geschult in berserkerhafter Wut und nicht allzu schlau.

Ein weiterer Zwerg krachte gegen die verbarrikadierte Tür, wahrscheinlich mit dem Kopf zuerst, und Drizzt wurde klar, wie Pwent die dritte wichtige Eigenschaft seiner Truppe fördern wollte.

Catti-brie schüttelte den Kopf und seufzte. Sie hatte keinen

Zweifel am militärischen Wert der Brigade – Pwent konnte jeden in Mithril-Halle besiegen, mit Ausnahme von Drizzt und möglicherweise Bruenor, aber der Gedanke an eine ganze Truppe kleiner Thibbledorf Pwents drehte ihr den Magen um!

Hinter der Tür stauchte Pwent seine Leute ausführlich zusammen und belegte sie mit jedem einzelnen Schimpfwort, das die Zwergensprache bot, darunter Begriffe, die Catti-brie, die seit über zwanzig Jahren bei den Zwergen lebte, noch niemals gehört hatte. Einen weiteren Teil der Tirade schien Pwent sich spontan auszudenken, wie zum Beispiel »ihr maultierküssenden, flohschnüffelnden Sandsteinbrocken, die glauben, man müsse eine verdammte Kuh auspressen, um an die verdammte Milch zu kommen«.

»Wir sind unterwegs nach Siedelstein«, erklärte Drizzt, der es plötzlich eilig hatte, hier hinauszukommen. »Berkthgar macht Schwierigkeiten.«

Regis nickte. »Ich war dabei, als er Bruenor mitgeteilt hat, daß er den Kriegshammer will.« Der Halbling verzog sein pausbäckiges Gesicht zu dem vertrauten, versonnenen Lächeln. »Ich habe ernstlich befürchtet, Bruenor würde ihn in zwei Teile reißen!«

»Wir brauchen Berkthgar«, erinnerte Catti-brie den Halbling.

Regis winkte lässig ab. »Er blufft nur«, behauptete er. »Berkthgar braucht uns, und seine Leute würden es nicht so einfach hinnehmen, wenn er den Zwergen, die so gut zu ihnen gewesen sind, den Rücken zuwendete.«

»Bruenor würde ihn nicht wirklich umbringen«, erklärte Drizzt, wenn auch nicht sonderlich überzeugend. Alle drei Freunde hielten inne und dachten einen Augenblick über den zähen Zwergenkönig nach, über den alten, feurigen Bruenor, der wieder zurückgekehrt war. Sie dachten an Aegisfang, die schönste aller Waffen, in deren Mithrilkopf an den Seiten die geheiligten Runen der Zwergenkönige eingraviert waren. Die eine Seite trug den Hammer und den Amboß von Moradin, dem Seelenschmied, und die andere die gekreuzten Äxte von Clangeddon, dem Zwergengott der Schlachten, und beide waren von der Gravur des Juwels im Berg gekrönt, dem Symbol Dumathoins, des Bewahrers der Geheimnisse. Bruenor hatte zu den besten Schmieden der Zwerge gezählt, aber nach Aegisfang, der den Höhepunkt seiner schöpferischen Arbeit darstellte, war er nur noch selten an seine Esse zurückgekehrt.

Sie dachten an Aegisfang, und sie dachten an Wulfgar, der für Bruenor wie ein Sohn gewesen war, der große, hellhaarige Junge, für den der Zwerg den mächtigen Hammer geschaffen hatte.

»Bruenor *würde* ihn umbringen«, sagte Catti-brie und sprach damit eine Befürchtung aus, die die drei teilten.

Drizzt wollte etwas sagen, aber Regis unterbrach ihn, indem er einen Finger hob.

»... und jetzt senkt den Kopf tiefer!« bellte Pwent auf der anderen Seite der Tür. Regis nickte, lächelte und bedeutete Drizzt, daß er jetzt fortfahren könne.

»Wir dachten, du könntest ...«

Ein erneutes Krachen erscholl, dann wieder ein Stöhnen, gefolgt von einem flappenden Geräusch, als der Möchtegern-Schlachtenwüter heftig den Kopf schüttelte.

»Hat sich schnell wieder bekrabbelt!« gratulierte Pwent.

»Wir dachten, du könntest uns vielleicht begleiten«, sagte Drizzt und ignorierte Catti-bries angewidertes Schnauben.

Regis dachte einen Moment lang darüber nach. Er wäre gern einmal aus den Minen herausgekommen, um sich im Sonnenschein zu strecken, obgleich der Sommer so gut wie vorüber und die Kühle des Herbstes bereits zu ahnen war.

Aber dann sagte er mit ungewöhnlich entschlossener Miene: »Ich muß hierbleiben. Ich habe viel zu tun.«

Drizzt und Catti-brie nickten. Regis hatte sich in den letzten paar Monaten, in den Zeiten der Krise, verändert. Als Drizzt und Catti-brie nach Menzoberranzan aufgebrochen waren – Drizzt, um Mithril-Halle zu retten, und Catti-brie, um Drizzt zu finden –, hatte Regis das Kommando übernommen und den trauernden Bruenor dazu angespornt, sich auf den Krieg vorzubereiten. Regis, der den größten Teil seines Lebens damit zugebracht hatte, das weichste Sofa zu finden, auf dem er liegen konnte, hatte mit seinem Feuer und seiner Energie selbst die härtesten Generäle beeindruckt, sogar Thibbledorf Pwent. Drizzt und Catti-brie wußten, wie gern der Halbling sie begleitet hätte, aber er blieb seiner Verantwortung treu.

Drizzt musterte Regis genau und überlegte, wie er seine Bitte am besten vorbringen konnte. Zu seiner Überraschung sah Regis sie schon voraus und griff nach der Kette mit dem Rubinanhänger, die er um den Hals trug. Er zog sie über den Kopf und warf sie Drizzt beiläufig zu.

Das war ein weiterer Beweis für die Veränderung des Halblings, erkannte Drizzt, während er auf den funkelnden Rubin hinabsah, der an der Kette hing. Der Stein war der wertvollste Besitz des Halblings, ein mächtiger Zauber, den Regis seinem alten Gildenmeister im ferngelegenen Calimhafen gestohlen hatte. Der Halbling hatte ihn gehütet und eifersüchtig bewacht wie eine Löwenmutter ihr einziges Junges, jedenfalls bis jetzt.

Drizzt schaute weiterhin den Rubin an, spürte, wie er von seinen vielfältigen Facetten angezogen wurde und in die Tiefen hinabfiel, die versprachen …

Der Drow schüttelte den Kopf und zwang sich wegzusehen. Selbst ohne daß jemand den verzauberten Rubin anwendete, hatte dieser nach ihm gegriffen! Noch niemals hatte er einen so mächtigen Zauber erlebt. Und doch hatte Jarlaxle, der Söldner, ihm den Stein zurückgegeben, hatte ihn bewußt aufgegeben, als sie sich nach Drizzts Flucht in den Tunneln außerhalb von Menzoberranzan begegnet waren. Es war unerwartet und bedeutungsvoll, daß Jarlaxle Drizzt den Stein zurückgegeben hatte, aber worin diese Bedeutung bestand, hatte der Drow noch nicht herausgefunden.

»Du solltest vorsichtig sein, bevor du ihn bei Berkthgar benutzt«, sagte Regis und riß Drizzt damit aus seinen Gedanken. »Er ist sehr stolz, und wenn er herausfindet, daß Zauberei gegen ihn angewendet worden ist, könnte das die Allianz tatsächlich beenden.«

»Nur allzu wahr«, stimmte ihm Catti-brie zu. Sie blickte Drizzt an.

»Ich tue es nur, wenn es sich als unbedingt nötig erweist«, meinte der Drow und legte sich die Kette um den Hals. Der Anhänger lag an seiner Brust, nicht weit von dem elfenbeinernen Einhornkopf entfernt, der das Symbol seiner Göttin war.

Ein weiterer Zwerg knallte gegen die Tür und prallte ab, um danach stöhnend am Boden zu bleiben.

»Pah!« hörten sie Pwent schnauben. »Ihr seid ein Haufen von elfenleckenden Hanswürsten! Ich werde euch zeigen, wie es gemacht wird!«

Regis nickte – das war sein Stichwort – und begann eilig, die Kurbel zu drehen, so daß die Metallplatte von der Tür weggezogen wurde.

»Paßt auf!« warnte er seine beiden Freunde, denn sie standen ungefähr in der Richtung, aus der Pwent bei seinem Türdurchbruch kommen mußte.

»Ich werde jetzt lieber gehen«, sagte Catti-brie und machte Anstalten, auf die andere, normale Tür des Raumes zuzugehen. Die junge Frau verspürte kein Verlangen danach, Pwent zu sehen. Wahrscheinlich würde er sie wieder mit schmierigen Fingern in die Wange kneifen und ihr sagen, daß sie »an diesem Bart arbeiten« sollte, damit sie eine schöne Frau würde.

Drizzt mußte nicht erst lange überredet werden. Er hob den Rubin, nickte Regis dankend zu und eilte hinter Catti-brie her.

Sie waren noch kein Dutzend Schritte gegangen, als sie die

Übungstür explodieren hörten. Der Krach wurde von Pwents hysterischem Lachen gefolgt und von den bewundernden »Ohhs« und »Ahhs« der naiven Knochenbrecher-Brigade.

»Wir sollten den ganzen Haufen nach Menzoberranzan schicken«, sagte Catti-brie trocken. »Pwent würde die ganze Stadt bis ans Ende der Welt jagen!«

Drizzt – der in der Umgebung der unglaublich mächtigen Drowhäuser aufgewachsen war, der den Zorn der Hohepriesterinnen erlebt hatte und der dort Zeuge magischer Künste gewesen war, die er in all seinen Jahren an der Oberfläche niemals wieder beobachtet hatte – widersprach ihr nicht.

☆ ☆ ☆

Berater Firble, der sich in dem Fackellicht unbehaglich fühlte, fuhr sich mit einer faltigen Hand über den fast kahlen Schädel. Firble war ein Svirfneblin, ein Tiefengnom. Das bedeutete, daß achtzig Pfund drahtiger Muskeln bei ihm in eine dreieinhalb Fuß große Gestalt gedrängt waren. Nur wenige Rassen des Unterreiches kamen so gut zurecht wie die Svirfnebli, und keine Rasse, vielleicht mit Ausnahme der seltenen Pech, verstand die Natur des tiefen Gesteins so gut wie sie.

Dennoch war Firble hier draußen in den (hoffentlich) leeren Korridoren jenseits der Grenzen von Blingdenstone, der Stadt, die seine Heimat war, mehr als unsicher. Er haßte das Fackellicht, haßte jedes Licht, aber die Befehle von König Schnicktick waren endgültig und unumstößlich gewesen: Kein Gnom durfte die Gänge ohne brennende Fackel in der Hand durchqueren.

Kein Gnom außer einem einzigen. Firbles heutiger Begleiter trug keine Fackel, da er keine Hände besaß. Belwar Dissengulp, der höchstgeehrte Höhlenvater von Blingdenstone, hatte seine Hände vor vielen Jahren durch einen Drow verloren, durch Drizzt Do'Urdens Bruder Dinin. Anders als so viele andere Rassen des Unterreiches waren die Svirfnebli jedoch nicht ohne Mitgefühl, und ihre Kunstschmiede hatten einen wundersamen Ersatz aus reinem Mithril geschaffen: einen Hammer, der an Belwars rechtem Arm angebracht war, und eine doppelköpfige Spitzhacke an seinem linken.

»Wir haben den Kreis vollendet«, bemerkte Firble. »Und jetzt gehen wir wieder zurück nach Blingdenstone!«

»Tun wir nicht!« grollte Belwar. Seine Stimme war tiefer und stärker als die der meisten Svirfnebli, und sie paßte zu der massiven Gestalt mit der mächtigen Brust.

»Es sind keine Drow in diesem Tunnel«, beharrte Firble. »Seit drei Wochen hat es keinen Kampf mehr gegeben!« Das entsprach der Wahrheit; nachdem sich monatelang kampflüsterne Drow in den Tunneln nahe Blingdenstone herumgetrieben hatten, war es in den Gängen jetzt ungewohnt ruhig. Belwar hatte sich zusammengereimt, daß sein Freund Drizzt Do'Urden irgendeinen Anteil an dieser Veränderung hatte, und er fürchtete, daß Drizzt gefangen oder getötet worden war.

»Es ist alles ruhig«, sagte Firble leiser, als wäre ihm gerade klargeworden, wie gefährlich es war, hier laut zu sprechen. Ein Schaudern kroch über das Rückgrat des kleineren Svirfneblin. Belwar hatte ihn dazu gezwungen, hier herauszukommen – er war an der Reihe gewesen, aber normalerweise wäre ein so erfahrener und ehrwürdiger Gnom wie Firble von seinen Kundschafterpflichten entbunden worden. Belwar hatte jedoch darauf bestanden, und aus irgendeinem Grund, den Firble nicht verstand, hatte König Schnicktick dem höchstgeehrten Höhlenvater zugestimmt.

Nicht, daß Firble nicht mit den Tunneln vertraut war. Ganz im Gegenteil. Er war der einzige Gnom aus Blingdenstone, der direkten Kontakt mit Drows aus Menzoberranzan hatte, und war besser mit den Tunneln nahe der Stadt der Dunkelelfen vertraut als irgendein anderer Tiefengnom. Diese zweifelhafte Auszeichnung verursachte Firble dieser Tage einiges an Unannehmlichkeiten, insbesondere durch Belwar. Als die verkleidete Catti-brie von den Svirfnebli gefangengenommen worden war und später festgestellt wurde, daß sie keine Feindin war, da war Firble es gewesen, der ihr unter großem persönlichem Risiko schnellere, geheime Wege nach Menzoberranzan gezeigt hatte.

Jetzt sorgte sich Belwar nicht um irgendwelche Drow in den Tunneln, das war Firble klar. Die Tunnel waren ruhig. Die Patrouillen der Gnomen und andere geheime Verbündete konnten keine Hinweise darauf finden, daß überhaupt irgendwelche Drow unterwegs waren, nicht einmal auf den normalen Routen der Dunkelelfen, die dichter bei Menzoberranzan lagen. Etwas Wichtiges war in der Stadt der Drow geschehen, so viel war offensichtlich, und es schien ebenso offenkundig zu sein, daß Drizzt und die lästige Catti-brie irgendwie damit zu tun hatten. Firble wußte, daß dies der eigentliche Grund dafür war, warum Belwar ihn dazu gezwungen hatte, mit ihm hierherzukommen, und er schauderte erneut, als er daran dachte, daß König Schnicktick deshalb so bereitwillig auf Belwar eingegangen war.

»Irgend etwas ist geschehen«, sagte Belwar und legte damit unerwartet seine Karten auf den Tisch, als hätte er Firbles Gedanken gelesen. »Und zwar in Menzoberranzan.«

Firble musterte den höchstgeehrten Höhlenvater mißtrauisch. Er wußte, was schon bald von ihm verlangt werden würde, wußte, daß er demnächst wieder mit dem verschlagenen Jarlaxle würde verhandeln müssen.

»Die Steine selbst sind unruhig«, fuhr Belwar fort.

»Als ob die Drow bald ausrücken würden«, warf Firble trocken ein.

»*Cosim camman denoctusd*«, stimmte ihm Belwar mit einem uralten Sprichwort der Svirfnebli zu, was man ungefähr als »der feste Boden vor dem Erdbeben« übersetzen konnte und was die Oberflächenbewohner als »Die Ruhe vor dem Sturm« kannten.

»König Schnicktick wünscht, daß ich mich mit meinem Drow-Informanten treffe«, vermutete Firble, der keinen Anlaß dafür sah, seine Überlegungen noch länger für sich zu behalten. Er wußte, daß Belwar ohnehin plante, denselben Vorschlag zu machen.

»Cosim camman denoctusd«, wiederholte Belwar, diesmal mit mehr Entschiedenheit. Belwar und Schnicktick und auch viele andere in Blingdenstone waren davon überzeugt, daß die Drow schon bald in großer Zahl ausrücken würden. Obgleich die direkten Tunnel zur Oberfläche, zu dem Ort, den Drizzt Do'Urden Heimat nannte, östlich von Blingdenstone und jenseits von Menzoberranzan lagen, würden die Drow zunächst nach Westen marschieren müssen und dabei der Stadt der Gnomen unangenehm nahe kommen. Dieser Gedanke war so beunruhigend, daß König Schnicktick befohlen hatte, Spähtrupps weit nach Osten und Süden auszusenden, weiter von der Heimat und von Menzoberranzan entfernt, als die Gnomen je zuvor vorgestoßen waren. Man raunte, daß Blingdenstone ganz verlassen werden sollte, falls sich die Gerüchte als wahr herausstellen sollten, und zudem ein neuer Platz gefunden werden konnte. Das wollte keiner der Gnomen, und am wenigsten vielleicht Belwar und Firble. Beide waren schon alt, näherten sich dem Ende ihres zweiten Jahrhunderts, und beide waren mit Herz und Seele mit dieser Stadt namens Blingdenstone verbunden.

Aber von allen Svirfnebli wußten diese beiden auch am besten, was Feldzüge der Drows bedeuteten. Sie wußten, daß die Gnomen ausgelöscht werden würden, wenn die Armee aus Menzoberranzan nach Blingdenstone kam.

»Ich werde das Treffen arrangieren«, sagte Firble mit einem resignierten Seufzen. »Er wird mir zweifellos nicht viel sagen. Das tut er nie, und der Preis für das wenige ist immer sehr hoch!«

Belwar sagte nichts, und er verspürte kein Bedauern über

den hohen Preis, den das Treffen mit dem gierigen Drow-Informanten kosten würde. Der höchstgeehrte Höhlenvater wußte, daß einen Unwissenheit erheblich teurer zu stehen kam. Er wußte zudem, daß dies auch Firble klar war und daß die scheinbare Resignation des Beraters nur eine Pose war. Belwar kannte Firble mittlerweile ziemlich gut, und inzwischen mochte er den ständig maulenden, knurrigen Gnomen recht gern.

Und zum gegenwärtigen Zeitpunkt brauchten Belwar und jeder andere Svirfnebli in Blingdenstone Firble und seine Kontakte zu den Drow ganz besonders.

Fröhliches Spielen

Drizzt und Catti-brie hüpften die felsigen Pfade hinab und setzten mühe- und sorglos wie spielende Kinder über Geröllhaufen hinweg. Ihre Wanderung wurde unversehens zu einem spontanen Rennen, als sie um die Wette über Felsspalten sprangen und sich an niedrig herabhängenden Ästen entlanghangelten, soweit die kleinen Gebirgsbäume es zuließen. Sie erreichten eine Senke, wo sie über einen kleinen Tümpel hinwegsetzten (auch wenn Catti-brie nicht ganz hinüberkam), und trennten sich dann, als sie sich einem Felsbrocken näherten, der größer war als sie beide. Catti-brie ging rechts herum, und Drizzt wollte nach links gehen, überlegte es sich dann aber anders und kletterte statt dessen auf das Hindernis hinauf.

Catti-brie flitzte um den Felsen und freute sich, als sie sah, daß sie als erste auf der anderen Seite war.

»Erste!« rief sie, aber noch während sie sprach, sah sie die dunkle, geschmeidige Gestalt ihres Freundes über sich hinwegsegeln.

»Nicht ganz!« berichtigte Drizzt, während er so leichtfüßig aufsetzte, als hätte er den festen Boden nie verlassen. Catti-brie stöhnte und setzte wieder zum Laufen an, hielt dann aber inne, als sie bemerkte, daß Drizzt stehengeblieben war.

»Es ist ein zu schöner Tag«, meinte der Dunkelelf. Und es war wirklich ein Tag, wie er schöner am südlichen Ausläufer des Grates der Welt nicht sein konnte, sobald die Herbstwinde zu blasen begonnen hatten. Die Luft war klar, die Brise kühl, und wattige, weiße Wolken – wie riesige Schneebälle sahen sie aus – wurden von schnellen Bergwinden über den tiefblauen Himmel getrieben.

»Viel zu schön, um mit Berkthgar zu streiten«, fügte Catti-brie hinzu, die annahm, daß der Drow darauf angespielt hatte. Sie beugte sich ein wenig vor und stützte die Hände auf die Oberschenkel. Dann bog sie ihren Kopf zurück, so daß sie nach oben blickte, und versuchte, wieder zu Atem zu kommen.

»Zu schön, um Guenhwyvar nicht daran teilhaben zu lassen!« erklärte Drizzt vergnügt.

Catti-brie lächelte strahlend, als sie Drizzt ansah, der die Pantherstatuette aus Onyx aus seinem Rucksack holte. Sie gehörte zu den schönsten Kunstwerken, die Catti-brie jemals gesehen hatte. Die Skulptur bildete mit höchster Genauigkeit sowohl die muskulösen Flanken als auch den hochintelligenten Gesichtsausdruck der großen Katze ab. So perfekt sie jedoch war, verblaßte die Figur dennoch neben der wunderbaren Kreatur, die Drizzt mit ihrer Hilfe herbeirufen konnte.

Der Drow stellte die Statue sorgsam vor sich auf den Boden. »Komm zu mir, Guenhwyvar«, rief er sanft. Anscheinend war der Panther begierig zurückzukehren, denn fast sofort wirbelte ein grauer Nebel um die Figur, der allmählich Gestalt und Festigkeit annahm.

Guenhwyvar erschien mit aufgerichteten Ohren und in entspannter Haltung auf der materiellen Ebene, als hätte sie aus Drizzts Stimme geschlossen, daß es sich bei der Beschwörung nicht um einen Notfall handelte, sondern nur ihre Begleitung gewünscht wurde.

»Wir machen einen Wettlauf nach Siedelstein«, erklärte Drizzt. »Meinst du, du kannst mithalten?«

Der Panther verstand. Ein einziges Hochfedern seiner mächtigen Hinterbeine ließ Guenhwyvar über Catti-bries Kopf und zur Spitze des zwanzig Fuß entfernten Felsbrockens segeln, den sie und Drizzt gerade hinter sich gelassen hatten. Die Katze setzte auf der flachen Oberseite des Steines auf, fand sofort ihr Gleichgewicht und drehte sich zu den beiden Freunden um. Aus reiner Freude an diesem Tag bäumte sie sich auf und stand aufrecht in der Luft. Es war ein Anblick, der die Herzen ihrer Freunde schneller schlagen ließ. Guenhwyvar wog sechshundert Pfund und war doppelt so groß wie ein gewöhnlicher Panther. Ihr Kopf war fast so breit wie Drizzts Schultern, eine ihrer Pranken konnte das Gesicht eines Mannes bedecken, und ihre eindrucksvollen, leuchtenden grünen Augen enthüllten eine Intelligenz, die weit über jener eines bloßen Tieres lag. Guenhwyvar war der loyalste aller Gefährten, eine bedingungslose Freundin, und jedesmal, wenn Drizzt, Catti-brie, Bruenor oder Regis die Katze anschauten, wurden ihre Leben ein wenig reicher.

»Ich glaube, wir sollten einen kleinen Vorsprung aushandeln«, flüsterte Catti-brie verschwörerisch.

Drizzt nickte unauffällig, und sie stürzten plötzlich mit voller Kraft den Pfad hinab. Ein paar Sekunden später hörten sie hinter sich Guenhwyvar brüllen, die noch immer auf dem Felsen stand. Der Pfad war verhältnismäßig eben, und Drizzt sprintete an Catti-brie vorbei, obgleich die junge, starke Frau, deren Herz man eher in der Brust eines zähen Zwerges erwartet hätte, sich nicht abschütteln ließ.

»Du wirst mich nicht schlagen!« rief sie, und Drizzt lachte. Sein Spott verging ihm, als er um eine Biegung kam und erkennen mußte, daß die sture und wagemutige Catti-brie eine etwas tückische Abkürzung genommen hatte, indem sie leichtfüßig über einen Haufen loser und unebener Steine gesprungen war, um sich unerwartet an die Spitze zu setzen.

Plötzlich war es mehr als ein freundschaftlicher Wettkampf. Drizzt senkte den Kopf und rannte weiter, so schnell er konnte. Er sauste so leichtsinnig über den unebenen Boden, daß er nur um Haaresbreite vermeiden konnte, mit voller Wucht gegen einen Baum zu krachen. Catti-brie hielt stetig sein Tempo mit und blieb weiter an der Spitze.

Guenhwyvar brüllte erneut. Sie war noch immer auf dem Felsbrocken, und Catti-brie und Drizzt wußten genau, daß sie verspottet wurden.

Tatsächlich federte plötzlich ein schwarzer Blitz von einer Steinwand neben Drizzt ab und segelte in Kopfhöhe des Drow quer über den Pfad. Guenhwyvar sauste zwischen den beiden Freunden wieder zur anderen Seite des Weges und setzte so schnell und leise an Catti-brie vorbei, daß diese kaum bemerkte, daß sie nicht mehr in Führung war.

Ein wenig später ließ die Katze sie wieder die Führung übernehmen. Dann nahm Drizzt eine tückische Abkürzung und setzte sich an die Spitze – nur um sofort wieder von dem Panther überholt zu werden. So ging es immer weiter. Drizzt und Catti-brie wetteiferten aus vollen Kräften, während Guenhwyvar nur mit ihnen spielte.

Als sie schließlich eine Mittagspause einlegten, waren Drizzt und Catti-brie erschöpft, während Guenhwyvar nicht mal schwer atmete. Sie rasteten auf einer kleinen Lichtung, die von einer hohen Bergwand im Norden und Osten vor Wind geschützt war, während im Süden eine Klippe steil abfiel. Kleine Felsbrocken, die über die Lichtung verstreut waren, dienten den müden Läufern als Hocker. In der Mitte waren

Steine zu einer Feuerstelle zusammengelegt, denn dies war eine Lagerstätte, die der wanderlustige Drow häufiger aufsuchte.

Catti-brie erholte sich, während Drizzt ein kleines Feuer entfachte. Weit unten konnte sie die grauen Rauchfäden aus den Häusern von Siedelstein träge in die klare Luft aufsteigen sehen. Es war ein ernüchternder Anblick, denn er erinnerte die junge Frau, die den Morgen so frohen Mutes verbracht hatte, an die Ernsthaftigkeit ihrer Mission und der allgemeinen Lage. Wie viele Wettläufe würden sie, Drizzt und Guenhwyvar wohl noch veranstalten können, wenn die Dunkelelfen kamen?

Die Rauchfäden erinnerten Catti-brie auch an den Mann, der die harten Barbaren aus dem Eiswindtal hierhergebracht hatte, an den Mann, der ihr Ehemann hätte werden sollen. Wulfgar war bei dem Versuch gestorben, sie zu retten, war in der Umklammerung einer Yochlol, einer Dienerin der üblen Lloth, umgekommen. Sowohl Catti-brie als auch Drizzt mußten einen Teil der Verantwortung für diesen Verlust tragen, obgleich es nicht Schuld war, die die junge Frau jetzt peinigte, wie sie auch Drizzt quälte. Auch der Drow hatte den Rauch bemerkt und das Schüren des Feuers einen Moment lang unterbrochen, um nachzudenken.

Die Freunde lächelten jetzt nicht mehr, sondern spürten ihre Trauer. Viele solcher Wettläufe hatten sie schon unternommen, doch war Wulfgar dabei stets an ihrer Seite mitgerannt und hatte mit langen Schritten den Umstand ausgeglichen, daß er sich durch einige Engpässe nicht durchquetschen konnte, die seine schlankeren Gefährten mit vollem Tempo durchquert hatten.

»Ich wünschte …«, sagte Catti-brie, und die Worte hallten in den Ohren des Dunkelelfen wider, der den gleichen Wunsch verspürte.

»Unser Krieg, wenn er denn kommen sollte, würde besser

verlaufen, wenn Wulfgar, Beorngars Sohn, die Männer von Siedelstein anführen könnte«, stimmte Drizzt zu, und sowohl er als auch Catti-brie dachten in ihrem Inneren, daß ihrer aller Leben besser verlaufen würde, wenn Wulfgar noch bei ihnen wäre.

Das war es. Drizzt hatte es offen ausgesprochen, und jetzt gab es nichts mehr zu sagen. Sie aßen ihr Mahl schweigend. Selbst Guenhwyvar lag ruhig da und gab keinen Laut von sich.

Catti-bries Gedanken trieben von ihren Freunden fort und zurück zum Eiswindtal, zu dem felsigen Berg namens Kelvins Steinhügel, der sich aus der ansonsten flachen Tundra erhob. Es ähnelte so sehr diesem Ort hier. Dort war es vielleicht kälter, aber die Luft hatte die gleiche Frische, die gleiche klare, lebendige Dichte. Wie weit sie und ihre Freunde, Drizzt, Guenhwyvar, Bruenor und Regis und natürlich Wulfgar, seit damals gekommen waren! Und in so kurzer Zeit! Ein wahrer Wirbelwind an Abenteuern, ein ganzes Leben an Aufregung und Spannung und guten Taten. Zusammen waren sie eine unschlagbare Macht.

Das hatten sie jedenfalls geglaubt.

Catti-brie hatte in der Tat die Gefühle eines ganzen Lebens durchgemacht, und sie war erst knapp zwanzig Jahre alt. Sie war schnell durch das Leben gerannt, genau wie bei ihrem Lauf den Bergpfad hinab: immer frei und guten Mutes, sorglos drauflos springend und mit dem Gefühl, unsterblich zu sein.

Fast.

Rissige Fassaden

»Eine Verschwörung?« fragten die Finger des Dunkelelfen in der lautlosen Gestensprache der Drow, deren Bewegungen so kompliziert und vielfältig waren, daß damit fast jede Bedeutung jedes Wortes der Drowsprache wiedergegeben werden konnte.

Jarlaxle antwortete mit einem Kopfschütteln. Er seufzte und schien ehrlich verblüfft zu sein – ein Anblick, den man nicht oft zu sehen bekam –, dann bedeutete er seinem Begleiter, ihm an einen sichereren Ort zu folgen.

Sie durchquerten die breiten, gewundenen Straßen von Menzoberranzan – flache, freie Bereiche zwischen den hoch aufragenden Stalagmithügeln, die den verschiedenen Drowfamilien als Heim dienten. Diese Hügel und eine ganze Anzahl der langen Stalaktiten, die von der Decke der riesigen Höhle herabhingen, waren ausgehöhlt und mit ausladenden Balkonen und Verbindungswegen versehen worden. Die herabhängenden Felsen, die sich über dem Anwesen einer Familie befanden, waren oft durch Brücken miteinander verbunden, denen man zumeist das Aussehen von Spinnweben verliehen hatte. Und auf allen Häusern, insbesondere auf denen der älteren und einflußreicheren Familien, wurden die wundersamsten Verzierungen durch purpurnes und blaues Feenfeuer hervorgehoben, das manchmal mit Rot und, seltener, mit Grün umrandet war. Menzoberranzan war die spektakulärste aller Städte; atemberaubend und unwirklich. Ein unwissender Besucher (der nicht lange unwissend oder auch nur lebendig bleiben würde!) würde niemals auf den Gedanken kommen, daß die Schöpfer solcher Schönheit zu einer der bösartigsten Rassen auf Toril gehörten.

Jarlaxle bewegte sich ohne den leisesten Laut die dunkleren, engeren Straßen entlang, welche die einfacheren Häuser umgaben. Seine Aufmerksamkeit war nach vorne und zu den Seiten gerichtet, sein scharfes Auge (die Klappe lag im Augenblick über dem rechten) erspähte die geringsten Bewegungen in den entlegensten Schatten.

Die Überraschung des Söldnerführers war vollkommen, als er einen Blick zu seinem Begleiter zurückwarf und feststellte, daß es sich dabei nicht um M'tarl handelte, den Leutnant von Bregan D'aerthe, mit dem er aufgebrochen war, sondern um einen ganz anderen, sehr mächtigen Drow.

Jarlaxle war nur selten um eine schlagfertige Antwort verlegen, aber als der Geist von Gromph Baenre , dem ältesten Sohn von Oberin Baenre und Erzmagier von Menzoberranzan, so unerwartet neben ihm stand, war er doch einen Augenblick sprachlos.

»Ich hoffe doch, daß M'tarl wieder zu mir zurückgebracht wird, wenn Ihr fertig seid«, sagte Jarlaxle, der schnell seine Fassung wiederfand.

Ohne ein Wort zu sagen, wedelte der Erzmagier mit der Hand, und eine schimmernde grüne Kugel erschien ein paar Fuß über dem Boden in der Luft. Eine dünne, silberne Schnur hing von ihr herab, deren sichtbares Ende kaum den Steinboden streifte.

Jarlaxle zuckte mit den Schultern und ergriff die Schnur, und sobald er sie berührte, wurde er in die Kugel hineingezogen, hinein in den außerdimensionalen Raum jenseits des schimmernden Portals.

Der Zauber war beeindruckend, dachte Jarlaxle, denn er fand im Inneren nicht den leeren Raum vor, der durch eine solche Beschwörung gewöhnlich erschaffen wurde, sondern ein verschwenderisch prunkvoll eingerichtetes Wohnzimmer, komplett mit einem zombieartigen Diener, der ihm bereits einen Becher feinsten Weines darbot, bevor er sich noch gesetzt hatte. Jarlaxle nahm sich einen Moment Zeit, um seinen Augen Gelegenheit zu geben, in das normale Lichtspektrum zurückzukehren, denn der Raum war in sanftes, blaues Leuchten gehüllt. Dies war nicht ungewöhnlich für Zauberer, nicht einmal für Drowzauberer, die an die lichtlose Lebensweise des Unterreiches gewöhnt waren, denn ohne Licht konnte man keine Schriftrollen oder Zauberbücher lesen!

»Er wird zurückkehren, wenn er dort, wo ich ihn hingebracht habe, lange genug überleben kann, bis wir unsere Unterhaltung beendet haben«, erwiderte Gromph, der inzwischen ebenfalls die außerdimensionale Blase betreten hatte. Der mächtige Sohn des Hauses Baenre schloß die Augen und flüsterte ein einzelnes Wort, woraufhin sich sein *Piwafwi*-Umhang und der Rest seiner unscheinbaren Kleidung verwandelten. Jetzt sah er aus, wie es seiner hohen Stellung entsprach. Seine wallende Robe wies viele Taschen auf und war mit Siegeln und Runen der Macht bestickt. Wie die Hausverzierungen wurden auch diese Runen von Feenfeuer erhellt, wenngleich der Erzmagier das Licht mit einem einzigen Gedanken löschen konnte, und dann würde seine Robe nicht auffälliger sein als der beste *Piwafwi*-Umhang. Zwei Broschen zierten das prachtvolle Gewand. Eine war eine Spinne mit schwarzen Beinen und rotem Körper, während die andere aus einem leuchtenden Smaragd bestand. Aber Jarlaxle konnte die beiden Schmuckstücke kaum sehen, da das lange weiße Haar des alten Zauberers ihm bis über Schultern und Brust fielen.

Jarlaxle, der großes Interesse an magischen Gegenständen hatte, hatte die Broschen bereits an dem vorhergehenden Erzmagier der Stadt gesehen, obgleich Gromph diese Position schon länger innehielt, als die meisten Drow Menzoberranzans lebten. Die Spinnenbrosche erlaubte es dem Erzmagier, den Zauber der *anhaltenden Hitze* auf Narbondel zu beschwören, die Säulenuhr von Menzoberranzan. Die Hitze stieg innerhalb von zwölf Stunden bis zur Spitze der Uhr hinauf, um anschließend wieder in einer gleich langen Zeit bis zum Sockel zurückzugehen und so den Stein abkühlen zu lassen. Es war eine sehr einleuchtende und wirkungsvolle Uhr für die wärmesehenden Augen der Drow.

Die andere Brosche verlieh Gromph ewige Jugend. Nach Jarlaxles Schätzung hatte der Mann schon sieben Jahrhunderte hinter sich, und doch sah er so jung aus, als würde er gerade erst seine Ausbildung an der Akademie der Drow beginnen!

Jarlaxle musterte den Zauberer. Eine Aura von Macht und Würde umgab Gromph und spiegelte sich in seinen Augen wider, in denen die Weisheit langer und oft bitterer Erfahrung zu sehen war. Dieser Mann war gerissen und schlau, er war in der Lage, jede Situation sofort genau einzuschätzen. Und in der Tat fühlte sich Jarlaxle in Gromphs Gegenwart viel unbehaglicher und verwundbarer als in der von Oberin Baenre selbst.

»Gibt es eine Verschwörung?« fragte der Zauberer erneut, diesmal laut. »Haben die anderen Häuser endlich genug von meiner Mutter und sich gegen Haus Baenre zusammengerottet?«

»Ich habe Oberin Baenre bereits einen vollständigen Bericht …«

»Ich habe jedes Wort davon gehört«, unterbrach Gromph mit vor Ungeduld schnarrender Stimme. »Jetzt will ich die Wahrheit hören.«

»Eine interessante Idee«, sagte Jarlaxle und lächelte schief, als er erkannte, daß Gromph wirklich nervös war. »Die Wahrheit.«

»Eine seltene Sache«, stimmte Gromph zu, der seine Beherrschung zurückerlangt hatte und sich scheinbar gelassen zurücklehnte. Mit schlanken Fingern trommelte er auf den Tisch. »Aber eine Sache, die es einem Narren, der sich einmischt, manchmal gestattet, am Leben zu bleiben.«

Jarlaxles Lächeln verschwand. Von einer so offenen Drohung überrascht, musterte er Gromph scharf. Gromph war sehr mächtig – nach den Maßstäben von Menzoberranzan war der alte Schurke so mächtig, wie es ein Mann hier nur sein konnte. Aber Jarlaxle arbeitete nicht nach den Maßstäben von Menzoberranzan, und daß der Zauberer das Risiko einging, ihm zu drohen …

Jarlaxle war noch überraschter, als er erkannte, daß Gromph, der mächtige Gromph Baenre, nicht einfach nur nervös war. Er hatte tatsächlich Angst.

»Ich werde mich nicht damit aufhalten, Euch an den Wert dieses ›Narren‹ zu erinnern«, sagte Jarlaxle.

»Erspart es mir.«

Jarlaxle lachte ihm ins Gesicht.

Gromph legte die Hände auf die Hüften. Durch die Bewegung öffnete sich seine Robe vorne und enthüllte ein Paar Zauberstäbe, die in seinem Gürtel steckten, an jeder Hüfte einer.

»Keine Verschwörung«, sagte Jarlaxle mit fester Stimme.

»Die Wahrheit«, forderte Gromph in drohendem Tonfall.

»Die Wahrheit«, erwiderte Jarlaxle so direkt, wie er jemals gesprochen hatte. »Ich habe ebensoviel in das Haus Baenre investiert wie Ihr, Erzmagier. Falls sich die geringeren Häuser gegen Baenre verbünden sollten, oder falls Baenres Töchter ihren Sturz planen sollten, würde Bregan D'aerthe an der Seite der Oberin sein, zumindest aber würden wir ihr rechtzeitig Nachricht über den Putsch geben.«

Gromphs Miene wurde sehr ernst. Am meisten war Jarlaxle aufgefallen, daß der älteste Sohn des Hauses Baenre keinen erkennbaren Anstoß an seinem deutlichen (und absichtlichen) Fehler genommen hatte, die Oberin Baenre einfach nur als »Baenre« zu bezeichnen. Solche Fehler hatten schon viele Drow, insbesondere männliche, das Leben gekostet.

»Was ist es dann?« fragte Gromph, und allein der Tonfall der Frage überrumpelte Jarlaxle. Niemals zuvor hatte er den Erzmagier in einem so verzweifelten Zustand gesehen oder auch nur davon gehört.

»Ihr spürt es doch!« herrschte Gromph ihn an. »Es liegt etwas Schlimmes in der Luft!«

Und das seit unzähligen Jahrhunderten, fügte Jarlaxle im stillen hinzu – eine Ansicht, die er lieber für sich behielt, wie ihm klar war. Zu Gromph sagte er nur: »Die Kapelle wurde beschädigt.«

Der Erzmagier nickte, und sein Gesichtsausdruck wurde säuerlich. Die große Kapelle des Hauses Baenre war der heiligste Ort in ganz Menzoberranzan, der wichtigste Schrein von Lloth. Es war vielleicht der schlimmste Schlag in das Gesicht der Spinnenkönigin gewesen, als der abtrünnige Do'Urden und seine Freunde bei ihrer Flucht einen Stalaktiten von der Decke der Höhle auf die Kapelle hatten fallen lassen, der die bewunderte Kuppel wie ein riesiger Speer durchbohrt hatte.

»Die Spinnenkönigin ist verärgert«, meinte Gromph.

»Das wäre ich auch«, pflichtete Jarlaxle ihm bei.

Gromph durchbohrte den aalglatten Söldner mit einem zornigen Blick. Nicht, weil er Lloth beleidigt hatte, wie Jarlaxle erkannte, sondern einfach wegen seiner leichtfertigen Haltung.

Als der böse Blick keine andere Wirkung zeitigte, als ein Lächeln auf Jarlaxles Gesicht zu bringen, sprang Gromph auf und begann wie ein Tier im Käfig auf und ab zu laufen. Der Zombiediener, der nicht denken konnte und nur nach seinen Vorgaben handelte, eilte mit Getränken in der Hand herbei.

Gromph knurrte und hob seine Handfläche nach oben, auf der plötzlich ein Flammenball erschien. Mit der anderen Hand legte Gromph etwas Kleines, Rotes – es sah aus wie eine Schuppe – in die Flamme und begann mit einem geheimnisvollen Gesang.

Jarlaxle sah geduldig dabei zu, wie Gromph seine Frustration ausließ. Er zog es vor, daß der Zauberer seinen Ärger gegen den Zombie richtete und nicht gegen ihn.

Eine Flammenzunge schoß aus Gromphs Hand. Träge und

entschlossen wie eine Schlange, die ihr Opfer bereits mit Gift bewegungsunfähig gemacht hat, wand sich die Flamme um den Zombie herum, der sich natürlich weder bewegte noch klagte. Innerhalb weniger Sekunden war der Diener vollständig von dieser Feuerschlange eingehüllt. Als Gromph sich beiläufig wieder hinsetzte, folgte das brennende Wesen seinen vorgegebenen Anweisungen, sich in seine Ecke zurückzuziehen und dort reglos zu verharren. Es gelangte bis an seinen Platz, brach dort aber schon bald zusammen, als ein Bein vollständig von den Flammen verzehrt worden war.

»Der Geruch …«, setzte Jarlaxle an und hielt sich die Nase zu.

»Ist der von Macht!« beendete Gromph den Satz. Seine roten Augen wurden schmal, und er blähte die Nüstern. Der Zauberer holte tief Luft und genoß den Gestank.

»Es ist nicht Lloth, die das Übel schürt, das in der Luft liegt«, sagte Jarlaxle plötzlich, der das Toben des offenkundig verärgerten Zauberers abmildern, seine Angelegenheit mit Gromph schnell zu einem Ende bringen und diesen stinkenden Ort endlich verlassen wollte.

»Was wißt Ihr?« drängte Gromph, der plötzlich wieder ganz bei der Sache war.

»Nicht mehr als Ihr«, erwiderte Jarlaxle. »Lloth ist sehr wahrscheinlich verärgert über Drizzts Entkommen und über den Schaden an der Kapelle. Ihr wißt mehr als jeder andere die Wichtigkeit jener Kapelle zu würdigen.« Jarlaxles Tonfall sorgte dafür, daß sich Gromphs Nüstern erneut weiteten. Der Söldner wußte, daß er damit einen wunden Punkt getroffen hatte, eine Schwachstelle in den gepanzerten Roben des Erzmagiers. Gromph hatte die Krönung der Kapelle von Baenre erschaffen, eine riesige Illusion, die über dem zentralen Altar schwebte. Sie wechselte ständig ihre Gestalt von einer wunderschönen Drowfrau zu einer enormen Spinne und wieder zurück. Es war kein Geheimnis in Menzoberranzan, daß

Gromph nicht gerade der innigste Anhänger Lloths war, und es war ebenfalls kein Geheimnis, daß die Erschaffung der wundersamen Illusion ihn vor dem gnadenlosen Zorn seiner Mutter bewahrt hatte.

»Aber es geschehen zu viele Dinge, als daß Lloth ihre einzige Ursache sein könnte«, fuhr Jarlaxle fort, nachdem er seinen kleinen Sieg einen Moment lang genossen hatte. »Und zu viele von ihnen haben negative Auswirkungen auf die Grundlage von Lloths eigener Macht.«

»Eine rivalisierende Gottheit?« fragte Gromph und enthüllte damit mehr Interesse, als er zeigen wollte. »Oder eine Untergrundrevolte?« Der Zauberer lehnte sich plötzlich zurück. Er hatte den Verdacht, auf etwas gestoßen zu sein, und er nahm an, daß jede Revolte aus dem Untergrund sicher in den Bereich eines gewissen Söldnerführers fallen würde.

Aber Jarlaxle fühlte sich nicht in die Ecke gedrängt, denn falls eine von Gromphs Vermutungen zutreffen sollte, so wußte er selbst jedenfalls nichts darüber.

»Irgend etwas«, war alles, was der Söldner erwiderte. »Etwas, das vielleicht sehr gefährlich für uns alle sein könnte. Seit über zwanzig Jahren hat immer das eine oder andere Haus aus irgendeinem Grund den Wert der Gefangennahme des abtrünnigen Do'Urden überschätzt. Und dieser Übereifer allein war es, der Do'Urdens Bedeutung erhöht und den Ärger vervielfacht hat, den er verursacht hat.«

»Ihr glaubt also, daß dies alles mit Drizzts Flucht zusammenhängt?« überlegte Gromph.

»Ich glaube, daß viele Oberinnen Mütter dies glauben werden«, erwiderte Jarlaxle schnell. »Und damit wird Drizzts Entkommen in der Tat eine Rolle in dem spielen, was auf uns zukommt. Aber ich habe nicht gesagt, und ich glaube es auch nicht, daß das, was ihr verspürt, das Ergebnis der Flucht des Abtrünnigen aus Haus Baenre ist.«

Gromph schloß die Augen und ließ die Logik auf sich wirken. Jarlaxle hatte natürlich recht. Menzoberranzan war ein Ort, der so sehr in seine eigenen Intrigen verstrickt war, daß Wahrheit weniger zählte als Verdächtigungen, daß Ahnungen häufig zu selbsterfüllenden Prophezeiungen wurden und damit nur allzuoft die Wahrheit erst schufen.

»Ich werde vielleicht noch einmal mit Euch sprechen wollen, Söldner«, sagte der Erzmagier ruhig, und Jarlaxle bemerkte eine Tür nahe der Stelle, an der er die außerdimensionale Blase betreten hatte. Daneben brannte noch immer der Zombie, der jetzt nicht mehr war als ein zusammengeschmorter, geschwärzter Ball, von dem fast nur noch Knochen übrig waren.

Jarlaxle ging auf die Tür zu.

»Ach, übrigens ...«, begann Gromph noch einmal, und Jarlaxle blieb stehen. »M'tarl hat nicht überlebt.«

»Wie schade für M'tarl«, meinte Jarlaxle nur. Er wollte nicht, daß Gromph glaubte, dieser Verlust werde Bregan D'aerthe irgendwie behindern.

Jarlaxle ging durch die Tür, glitt die Schnur hinab und huschte lautlos in die Schatten der Stadt davon. Zunächst hatte er Mühe, überhaupt zu verstehen, was geschehen war. Er hatte bisher nur selten mit Gromph gesprochen, und noch seltener hatte Gromph, immer auf seine übliche pompöse Art, nach einem Treffen verlangt. Dieser Umstand war bedeutsam, erkannte Jarlaxle. Es ging hier etwas sehr Seltsames vor. Es lag ein gewisses Prickeln in der Luft. Jarlaxle, der das Chaos liebte (hauptsächlich, weil er für gewöhnlich mit einem Vorteil aus dem Wirbel des Chaos auftauchte), wurde immer neugieriger. Und das bisher Interessanteste an der Geschichte war, daß auch Gromph trotz seiner Ängste und all dem, was er zu verlieren hatte, offenbar ebenso fasziniert war.

Die Bemerkung des Erzmagiers, es könne eine zweite Gottheit in die Sache verwickelt sein, bewies dies und legte Gromphs gesamtes Blatt offen. Denn Gromph war ein armer

Wicht trotz des Umstandes, daß er in seinem Leben so weit gekommen war, wie es ein männlicher Drow in Menzoberranzan nur erhoffen konnte.

Nein, nicht trotz dieses Umstandes, berichtigte sich Jarlaxle. Wegen dieses Umstandes. Gromph war verbittert, und das bereits seit Jahrhunderten, denn er hatte eine so hohe Meinung von sich, daß ihm selbst die Position des Erzmagiers als ungenügend vorkam, als eine Einschränkung, die er nur wegen seines Geschlechts erdulden mußte.

Die größte Schwäche in Menzoberranzan – und das wußte Jarlaxle genau – war nicht die Rivalität der verschiedenen Häuser, sondern das strikte matriarchale System, das Lloths Anhänger der Stadt aufzwangen. Praktisch jeder zweite in der Stadt wurde unterdrückt, nur weil er als Mann zur Welt gekommen war.

Eindeutig eine Schwäche.

Und Unterdrückung erzeugte zwangsläufig Bitterkeit, selbst bei jenen – besonders bei jenen! –, die es soweit gebracht hatten wie Gromph. Denn aus seiner gehobenen Position konnte er deutlich erkennen, wieviel weiter er noch hätte aufsteigen können, wenn er mit anderen Geschlechtsorganen geboren worden wäre.

Gromph hatte angedeutet, daß er vielleicht noch einmal mit Jarlaxle sprechen würde; Jarlaxle hatte das Gefühl, daß er und der verbitterte Magier sich in der Tat noch häufiger begegnen würden. Er fragte sich, welche Informationen Gromph wohl aus dem armen M'tarl herauspressen würde, denn natürlich war der Leutnant nicht tot – auch wenn er schon bald wünschen mochte, dies zu sein.

Jarlaxle lachte über seine eigene Torheit. Er hatte Gromph natürlich die Wahrheit gesagt, und so konnte M'tarl nichts Belastendes enthüllen. Der Söldner seufzte. Er war es nicht gewohnt, dort zu wandeln, wo es keine Netze gab.

Schließlich schob er auch diesen Gedanken beiseite und

wandte seine Aufmerksamkeit wieder der Stadt zu. Es braute sich etwas zusammen. Jarlaxle, perfekt aufs Überleben ausgerichtet, konnte es spüren, und das konnte auch Gromph. Schon bald würde etwas Wichtiges geschehen, und es war die Aufgabe des Söldners herauszufinden, wie er davon profitieren konnte – was immer es auch sein mochte.

Catti-bries Kämpe

Drizzt rief Guenhwyvar an seine Seite, als die Freunde die tiefer gelegenen Wege erreichten. Der Panther setzte sich ruhig hin und wartete ab, was geschehen würde.

»Du solltest die Katze mit hineinnehmen«, schlug Catti-brie vor, weil sie ahnte, was Drizzt vorhatte. Obgleich die Barbaren sich weit von ihrer Heimat in der Tundra und ihrem abgeschiedenen Leben entfernt hatten, waren sie Magie gegenüber doch immer noch mißtrauisch, und der Anblick des Panthers beunruhigte Berkthgars Leute jedesmal ebenso, wie auch Berkthgar selbst sich in seiner Gegenwart nicht recht wohl fühlte.

»Es wird schon genug für sie sein, daß ich ihre Siedlung betrete«, erwiderte Drizzt.

Catti-brie konnte dem nur zustimmen. Die Anwesenheit von Drizzt, einem Dunkelelfen, einem Mitglied einer Rasse, die für Magie und Böses bekannt war, stellte für die Nordmänner vielleicht sogar noch eine größere Quelle der Beunruhigung dar als der Panther. »Aber trotzdem wäre es eine gute Lehre für Berkthgar, wenn du die Katze eine Weile auf ihm sitzen ließest«, meinte sie.

Drizzt lachte leise, als er sich vorstellte, wie Guenhwyvar

sich gemütlich auf dem Rücken des großen, sich windenden Mannes rekelte. »Das Volk von Siedelstein wird sich ebenso an den Panther gewöhnen, wie es sich an meine Anwesenheit gewöhnt hat«, erwiderte der Drow. »Denk daran, wie lange Bruenor gebraucht hat, um mit Guenhwyvar zurechtzukommen.«

Der Panther gab ein Grollen von sich, als hätte er jedes Wort verstanden.

»Das waren nicht die Jahre«, widersprach Catti-brie. »Es war die Anzahl der Gelegenheiten, bei denen Guen das Hinterteil meines sturen Vaters aus dem Feuer gezogen hat!«

Guenhwyvar knurrte erneut, und Drizzt und Catti-brie lachten auf Kosten des grimmigen Bruenor. Die Fröhlichkeit ließ nach, als Drizzt die Statuette herausholte und Guenhwyvar verabschiedete, nachdem er versprochen hatte, daß er den Panther wieder herbeirufen werde, sobald er und Catti-brie sich auf den Rückweg nach Mithril-Halle machten.

Der gewaltige Panther knurrte leise und kreiste um die Statuette. Allmählich wurde das Knurren leiser, während Guenhwyvar erst zu grauem Nebel verblaßte und dann gänzlich verschwand.

Drizzt hob die Figur auf und sah zu den Rauchfäden hinüber, die vom nahegelegenen Siedelstein aufstiegen. »Bist du bereit?« fragte er seine Begleiterin.

»Er wird sehr stur sein«, meinte Catti-brie.

»Wir müssen Berkthgar nur begreiflich machen, wie groß Bruenors Unwillen ist«, sagte Drizzt und setzte sich in Bewegung.

»Wir müssen Berkthgar begreiflich machen, wie es sich anfühlen wird, wenn Bruenors Axt über seiner Nasenwurzel einschlägt«, murmelte Catti-brie. »Direkt zwischen den Augen.«

Siedelstein war eine felsige, winddurchfegte Ansammlung von Steinhäusern in einem Tal, das auf drei Seiten von den steilen, zerklüfteten Hängen der hohen Berge geschützt wurde, die als Grat der Welt bekannt waren. Die Gebäude, die vor dem

Hintergrund der gigantischen Berge wie Kartenhäuschen aussahen, waren vor Hunderten von Jahren von den Zwergen aus Mithril-Halle, von Bruenors Vorfahren, errichtet worden, die den Ort Zwergendarrow nannten. Bruenors Volk hatte das Dorf als Handelsposten benutzt, und es war der einzige Ort, an dem Händler einen Blick auf die Wunder werfen konnten, die aus Mithril-Halle kamen, denn die Zwerge mochten es nicht, Fremde in ihre geheimen Minen zu bringen.

Selbst jemand, der die Geschichte von Zwergendarrow nicht kannte, hätte gewußt, daß dieser Ort von dem bärtigen Volk erbaut worden war. Nur Zwerge konnten Felsen mit solcher Stärke erfüllen, daß die Gebäude die Zeiten überdauerten, selbst wenn eine Siedlung jahrhundertelang unbewohnt war und der Wind, der durch den Kanal der hohen Bergwände fegte, unablässig blies. Als Wulfgars Volk den Ort für seine eigenen Bedürfnisse nutzbar machte, hatten die Männer nur ein, zwei Wände richten müssen, Tonnen von Geröll, die einige der Häuser halb unter sich begraben hatten, herausschleppen und die Tiere verjagen müssen, die sich hier eingenistet hatten.

So war das Dorf jetzt erneut ein Handelsposten und sah nicht viel anders aus als zur Blütezeit von Mithril-Halle. Doch nun hieß es Siedelstein und wurde von Menschen bewohnt, die als Mittler für die geschäftigen Zwerge auftraten. Die Abmachung schien solide und für beide Seiten profitabel zu sein, aber Berkthgar ahnte nicht, wie sehr plötzlich alles in Frage stand. Drizzt und Catti-brie wußten, daß Bruenor den Barbaren und seine Leute aus der Siedlung weisen würde, wenn Berkthgar nicht von seiner Forderung nach Aegisfang ablassen sollte.

Die stolzen Barbaren würden einem solchen Befehl natürlich niemals Folge leisten. Das Land war ihnen nicht geliehen, sondern übereignet worden.

Die Möglichkeit eines Krieges, die Möglichkeit, daß Bruenors Volk vom Berg herabsteigen und die Barbaren vertreiben würde, war nicht allzu abwegig.

Und alles wegen Aegisfang.

»Wulfgar wäre nicht besonders froh, wenn er den Grund dieses Streites kennen würde«, meinte Catti-brie, als sie und Drizzt sich der Ansiedlung näherten. »Er war es schließlich, der sie alle zusammengebracht hat. Es ist eine Schande, daß es sein Angedenken ist, das droht, sie auseinanderzureißen.«

Eine Schande und eine schreckliche Ironie, stimmte Drizzt im Inneren zu. Seine Schritte wurden bestimmter; wenn man seine diplomatische Mission in diesem Licht betrachtete, erhielt sie eine noch größere Bedeutung. Plötzlich marschierte Drizzt nicht nur wegen einer lästigen Kabbelei zwischen zwei dickköpfigen Herrschern nach Siedelstein. Der Drow mußte Wulfgars Ehre schützen.

Als sie den Talboden erreichten, hörten sie Gesang, eine rhythmische, getragene Aufzählung der Taten eines legendären Kriegers. Sie kamen an offenen Häusern vorbei, die das zähe Volk nur selten verschloß. Beide wußten, woher der Gesang kam und wo sie die Männer, Frauen und Kinder von Siedelstein finden würden.

Das einzige, was die barbarischen Siedler der Stadt hinzugefügt hatten, war ein großes Gebäude, in dem alle vierhundert Bewohner der Stadt und eine gleichgroße Anzahl von Gästen Platz fanden. Es hieß Hengorot, die »Methalle«, und war eine Stätte des Gebets, der Erinnerung an Tapferkeit und schließlich auch des gemeinsamen Essens und Trinkens.

Hengorot war noch nicht fertig. Die Hälfte der langen, niedrigen Wände bestand aus Stein, aber der Rest wurde von Kuppeln aus Fellen umschlossen. Diesen Umstand fand Drizzt sehr passend, denn er symbolisierte auf gewisse Weise, wie weit Wulfgars Volk gekommen war und wie weit es noch zu gehen hatte. Als die Barbaren in der Tundra des Eiswindtales gelebt hatten, waren sie Nomaden gewesen und den Rentierherden gefolgt, und daher hatten all ihre Häuser aus Fellen bestanden, die von dem wandernden Stamm schnell verpackt und mitgenommen werden konnten.

Doch die zähen Barbaren waren keine Nomaden mehr; ihre Existenz war nicht mehr von den Rentierherden abhängig. Die alte Lebensweise hatte häufig zu Kriegszügen zwischen den verschiedenen Stämmen geführt oder auch zu Überfällen auf das Volk von Zehnstädte an den drei Seen, den einzigen im Eiswindtal, die keine Barbaren waren.

Drizzt war froh, daß die Nordmänner inzwischen ein solches Ausmaß an Frieden und Harmonie erreicht hatten, aber es schmerzte ihn, den unvollendeten Teil von Hengorot zu betrachten und durch den Anblick der Felle an die Opfer erinnert zu werden, die diese Leute gebracht hatten. Eine Lebensweise, die Jahrtausende überdauert hatte, war praktisch verschwunden. Wenn er sich diese halbfertige Konstruktion Hengorots ansah, die nur noch ein Schatten dessen war, was Methallen an Ruhm gekannt hatten, wenn er sich den Stein betrachtete, der dieses stolze Volk nun umgab, dann konnte er nicht anders, als sich fragen, ob dies wirklich »Fortschritt« darstellte.

Catti-brie, die den größten Teil ihrer Jugend im Eiswindtal verbracht und zahllose Geschichten der nomadischen Barbaren gehört hatte, hatte diesen Verlust schon immer verstanden. Indem sie nach Siedelstein gekommen waren, hatten die Barbaren einen Teil ihrer Freiheit und mehr als nur ein wenig ihres Erbes weggegeben. Sie waren jetzt reicher, viel reicher, als sie sich je erträumt hätten, und kein harter Winter würde jemals wieder ihre Existenz bedrohen. Aber das hatte seinen Preis gehabt. Zum Beispiel die Sterne. Die Sterne waren hier, am Rande der Berge, anders. Sie kamen nicht zum flachen Horizont herab und zogen die Seele eines Menschen in den Himmel.

Mit einem resignierten Seufzer, der ein wenig von ihrem eigenen Heimweh nach dem Eiswindtal enthielt, besann sich Catti-brie wieder auf die Dringlichkeit ihrer Mission. Sie wußte, daß Berkthgar stur war, aber sie wußte auch, wie sehr den Anführer der Barbaren Wulfgars Tod schmerzte und wie sehr es ihn quälen mußte, daran zu denken, daß ein Zwerg der Schlüssel zur höchstgeachteten Waffe in der Geschichte seines Stammes war.

Unwichtig, daß dieser Zwerg die Waffe einst selbst geschmiedet hatte; unwichtig, daß der Mann, der sie zu so ruhmreichen Taten geschwungen hatte, wie ein Sohn für diesen Zwerg gewesen war. Für Berkthgar, das war Catti-brie klar, war der verlorene Held nicht Bruenors Sohn, sondern Wulfgar, Sohn von Beornegar vom Stamm des Elk. Wulfgar vom Eiswindtal, nicht von Mithril-Halle. Wulfgar, der all das verkörperte, was dem barbarischen Volk wichtig und teuer war. Vielleicht konnte Catti-brie am meisten von allen Beteiligten das Gewicht der Aufgabe ermessen, die vor ihnen lag.

Zwei große, breitschultrige Wachen standen links und rechts des Fellvorhangs, der die Öffnung der Halle verschloß, und ihre Bärte und ihr Atem rochen recht deutlich nach dem dicken Met. Sie schauten zunächst sehr finster, aber als sie die Besucher erkannten, traten sie hastig zur Seite. Einer eilte zum Ende des langen Tisches, der in der Mitte der Halle stand, um Drizzt und Catti-brie anzukündigen und all ihre bekannten Taten und ihre Herkunft aufzuzählen (er erwähnte jedoch nur Catti-bries Vorfahren, da die von Drizzt in Siedelstein keine Ehre eingelegt hätten).

Drizzt und Catti-brie warteten geduldig an der Tür, zusammen mit dem anderen Mann, der mit Leichtigkeit soviel wog wie die beiden zusammen. Die Freunde konzentrierten sich auf Berkthgar, der ungefähr in der Mitte der rechten Seite des Tisches saß, und natürlich schaute dieser ebenfalls an dem Mann vorbei, der die Besucher ankündigte, und starrte sie an.

Catti-brie fand, daß sich Berkthgar durch seinen Streit mit

Bruenor zum Narren machte, aber sowohl sie als auch Drizzt waren unwillkürlich beeindruckt von dem Barbaren. Er war mit seinen sechseinhalb Fuß fast so groß wie Wulfgar, hatte breite Schultern und starke Arme, die so dick waren wie die Schenkel eines fetten Zwergs. Sein braunes Haar war struppig und hing ihm bis über die Schultern. Er wollte sich offenbar einen Winterbart wachsen lassen, und die dicken Büschel am Kinn und an den Wangen ließen ihn noch wilder und imposanter aussehen. Siedelsteins Anführer wurden durch Kraftproben bestimmt, durch wilde Kämpfe, so wie die Barbaren schon immer ihre Häuptlinge ausgewählt hatten. Kein Mann in Siedelstein konnte Berkthgar besiegen – Berkthgar der Tapfere wurde er genannt –, und dennoch lebte er, gerade aus diesem Grund, mehr als jeder andere im Schatten eines toten Mannes, der zur Legende geworden war.

»Ich bitte euch, leistet uns Gesellschaft!« begrüßte Berkthgar sie herzlich, aber sein Gesichtsausdruck verriet den beiden Freunden, daß er diesen Besuch erwartet hatte und nicht besonders begeistert war, sie zu sehen. Der Häuptling konzentrierte sich hauptsächlich auf Drizzt, und Catti-brie las sowohl Eifer als auch Bestürzung in seinen blauen Augen.

Drizzt und Catti-brie wurden Hocker angeboten – eine hohe Ehre für Catti-brie, denn keine andere Frau saß an der Tafel, mit Ausnahme jener, die auf dem Schoß ihrer Geliebten Platz genommen hatten. In Hengorot waren – wie überhaupt unter Barbaren – Frauen und Kinder, mit Ausnahme der älteren Knaben, nur Diener. Einige eilten jetzt herbei und stellten Becher mit Met vor die neuangekommenen Gäste.

Drizzt und Catti-brie musterten ihre Becher mißtrauisch, da beide wußten, daß sie einen klaren Kopf behalten mußten, aber als Berkthgar einen Trinkspruch auf sie ausbrachte und sein Trinkgefäß hob, verlangte es der Brauch, daß sie ihm ebenso zuprosteten. Und in Hengorot nippte man an seinem Met nicht nur!

Beide Freunde leerten ihre Becher unter tosendem Gejohle, und beide sahen sich verzweifelt an, als ihre leeren Trinkgefäße sofort wieder durch gefüllte ersetzt wurden.

Völlig unerwartet erhob sich Drizzt und sprang gewandt auf den langen Tisch.

»Meine Grüße den Männern und Frauen von Siedelstein, meine Grüße dem Volk von Berkthgar dem Tapferen!« begann er, und ein betäubender Jubel brach aus, Hochrufe auf Berkthgar erklangen, der den ganzen Stolz der Gemeinde darstellte. In den nächsten Minuten erhielt der zottelhaarige Mann Hunderte von anerkennenden Schlägen auf die Schulter, aber nicht ein einziges Mal blinzelte der Barbar, und nie wich sein mißtrauischer Blick von dem Dunkelelfen ab.

Catti-brie verstand, was hier vorging. Die Barbaren hatten Drizzt mittlerweile zähneknirschend akzeptieren müssen, aber dennoch war er ein dürrer Elf und zu allem Überfluß sogar ein Dunkelelf! Bei diesem Paradoxon fühlten sie sich mehr als unbehaglich. Sie hielten Drizzt für schwach – wahrscheinlich nicht stärker als eine aus ihrem Weibervolk –, und doch war ihnen klar, daß keiner von ihnen den Drow im Kampf besiegen könnte. Berkthgar fühlte sich von allen am unbehaglichsten, denn er wußte, warum Drizzt und Catti-brie gekommen waren.

»Wir sind euch für eure Gastfreundschaft wirklich dankbar, nein, wir sind sogar gerührt. Nirgendwo in den Reichen gibt es eine verlockendere Tafel als in Hengorot!« Erneut erklangen Beifallsrufe. Drizzt hatte die Barbaren am Haken, und es war nicht von Nachteil, daß mehr als die Hälfte von ihnen volltrunken war.

»Aber wir können nicht lange bleiben«, fuhr er fort, und seine Stimme wurde plötzlich ernst. Die Wirkung, die dies auf jene hatte, die in der Nähe des Drow saßen, war erstaunlich, denn sie schienen auf einmal völlig nüchtern zu werden und die ernste Bedeutung zu erfassen, die der Besuch des Drow hatte.

Catti-brie sah das Funkeln des Rubinanhängers, der an Drizzts Hals hing, und ihr wurde klar, daß die bloße Anwesenheit des magischen Juwels ebenso berauschend war wie der dicke Met, obgleich der Drow den Edelstein überhaupt nicht aktiv benutzte.

»Das Schwert des Krieges schwebt über uns allen«, fuhr Drizzt mit feierlicher Stimme fort. »Dies ist die Zeit der Alli …«

Berkthgar beendete die Ansprache des Drow abrupt, indem er seinen Becher so heftig auf den Tisch schmetterte, daß er zersprang und goldgelber Met und Glassplitter über alle in seiner Nähe regneten. Während er noch immer den Griff des Bechers festhielt, kletterte der Anführer der Barbaren unsicher auf den Tisch, um über dem Dunkelelfen aufzuragen

In Sekundenbruchteilen wurde es völlig still in Hengorot.

»Ihr kommt, um eine Allianz einzufordern«, begann der Häuptling langsam. »Ihr kommt, um eine Allianz zu erbitten.« Er machte eine dramatische Pause und ließ seinen Blick über sein gespannt dasitzendes Volk schweifen. »Und doch haltet ihr zur gleichen Zeit die Waffe von uns fern, die für mein Volk zu einem Symbol geworden ist, eine Waffe, die durch Wulfgar, Beornegars Sohn, zu Ruhm geführt wurde!«

Donnernde Beifallsrufe erschollen, und Catti-brie blickte zu Drizzt auf und zuckte hilflos mit den Schultern. Sie haßte es, wenn die Barbaren von Wulfgar immer als dem Sohn von Beornegar sprachen. Für die Leute von Siedelstein war das eine Sache des Stolzes, und Stolz allein war bei der pragmatischen Frau nicht gut angesehen.

Außerdem brauchte sich Wulfgar auf keine Abstammung zu beziehen, um die Verdienste seines kurzen Lebens zu steigern. Seine Kinder, hätte er welche gezeugt, wären es gewesen, die mit Recht von ihrem Vater hätten sprechen können.

»Wir sind Freunde des Zwergenkönigs, dem du dienst, Dunkelelf«, fuhr Berkthgar fort, und seine dröhnende Stimme hallte von den Wänden Hengorots wider. »Und wir verlangen dasselbe von Bruenor Heldenhammer, Sohn von Bangor, Sohn von Garumn. Ihr sollt eure Allianz erst haben, wenn ihr uns Aegisfang übergebt. So spricht Berkthgar!«

»Berkthgar der Tapfere!« fielen mehrere seiner Berater schnell ein, und ein neuer Chor erklang, alle Becher hoben sich zu Ehren des mächtigen Häuptlings von Siedelstein.

»Bruenor würde dir eher seine eigene Axt übergeben«, erwiderte Drizzt, der genug hatte von Berkthgars Ruhmgeschwätz. Der Drow wußte jetzt, daß er und Catti-brie in Siedelstein erwartet worden waren, denn Berkthgars kleine Rede und die Reaktion darauf wirkten sorgfältig geplant und sogar geprobt.

»Und ich glaube nicht, daß dir die Art der Übergabe gefallen würde«, schloß der Drow ruhig, als das Gebrüll sich gelegt hatte. Erneut breitete sich erwartungsvolle Stille aus, denn Drizzts Worte konnten als Herausforderung angesehen werden, und Berkthgar war durchaus imstande, den Fehdehandschuh aufzunehmen.

»Aber Bruenor ist nicht hier«, sagte der Barbarenhäuptling ruhig. »Wird Drizzt Do'Urden seine Sache vertreten?«

Drizzt überlegte, wie er weiter vorgehen sollte.

Auch Catti-bries Verstand arbeitete fieberhaft. Sie hegte kaum einen Zweifel daran, daß Drizzt die Herausforderung annehmen und Berkthgar mit Leichtigkeit besiegen würde. Und die Männer von Siedelstein würden eine solche Demütigung mit Sicherheit nicht hinnehmen.

»Wulfgar sollte mein Ehemann werden!« rief sie aus und erhob sich von ihrem Stuhl, gerade als Drizzt zu seiner Erwiderung ansetzte. »Und ich bin Bruenors Tochter – die rechtmäßige Prinzessin von Mithril-Halle. Wenn irgend jemand hier die Sache meines Vaters vertreten soll ...«

»So wirst du ihn benennen«, beendete Berkthgar ihren Satz.

»So werde *ich* das sein«, erwiderte Catti-brie grimmig.

Schreie erhoben sich, und nicht wenige der Frauen am hinteren Ende der Halle kicherten und nickten hoffnungsvoll.

Drizzt schien nicht so angetan, und der Blick, den er Catti-brie zuwarf, war anklagend und bat sie darum, diese Situation zu beruhigen, bevor die Dinge vollkommen außer Kontrolle gerieten. Er wollte keinen Kampf. Den wollte Catti-brie auch nicht, aber inzwischen rasten die Barbaren fast, und viele schrien Berkthgar zu: »Kämpf mit der Frau!«, als hätte Catti-brie bereits ihre Herausforderung ausgesprochen.

Der Blick, den Berkthgar Catti-brie zuwarf, war voller empörter Wut.

Sie verstand ihn und die mißliche Lage, in der er sich befand. Sie hatte fortfahren wollen, indem sie erklärte, daß sie als einzige Bruenors Kämpe sein würde, wenn es denn einen Kämpen geben müsse, daß sie aber nicht hierhergekommen sei, um zu fechten. Die Ereignisse hatten sie jedoch einfach überrollt.

»Niemals!« brüllte Berkthgar über das Getöse hinweg, und die Halle beruhigte sich etwas, Schreie erstarben zu Geflüster. »Ich habe noch nie gegen eine Frau gefochten!«

Das war eine Einstellung, die Berkthgar besser schnell überwinden sollte, dachte Drizzt, denn wenn die Dunkelelfen wirklich gegen Mithril-Halle marschierten, würde es keinen Platz für solche Hemmungen geben. Frauen waren, sowohl was Magie als auch was Waffen anging, die stärksten Krieger der Drow.

»Kämpf gegen sie!« schrie ein Mann, der offensichtlich sehr betrunken war, und er lachte dabei, ebenso wie seine Freunde.

Berkthgar blickte von dem Mann zu Catti-brie, und seine mächtige Brust hob und senkte sich, als er versuchte, seine Wut zu zügeln.

Er konnte nicht gewinnen, erkannte Catti-brie jetzt, selbst dann nicht, wenn er sie niederschlug. Für die harten Männer von Siedelstein wäre es bereits ein Akt der Feigheit, auch nur eine Waffe gegen sie zu erheben.

Catti-brie kletterte auf den Tisch und nickte Drizzt leicht zu, als sie an ihm vorbeiging. Die Hände auf den Hüften – und die Hüften hatte sie bei der Bewegung geschwungen, um ihre weibliche Figur zu betonen –, lächelte sie den Barbarenhäuptling versonnen an. »Vielleicht nicht mit Waffen«, sagte sie. »Aber es gibt andere Arten, wie ein Mann und eine Frau gegeneinander antreten können.«

Der Saal explodierte schier bei dieser Aussage. Becher wurden so heftig erhoben, um der Frau zuzuprosten, daß nur wenig Met in ihnen verblieben war, als sie an die gierigen Münder der Männer geführt wurden. Im Hintergrund von Hengorot stimmten sie ein schlüpfriges Lied an und schlugen sich bei jedem Refrain auf den Rücken.

Drizzt riß seine lavendelfarbenen Augen so weit auf, daß es aussah, als würden sie einfach aus ihren Höhlen fallen. Als Catti-brie sich die Zeit nahm, ihn zu mustern, fürchtete sie, er werde seine Waffen ziehen und jeden im Saal töten. Einen Augenblick lang war sie geschmeichelt, aber dies verging schnell und wich der Enttäuschung darüber, daß der Drow so gering von ihr dachte.

Sie warf ihm einen entsprechenden Blick zu, dann drehte sie sich um und sprang vom Tisch. Ein Mann in der Nähe streckte die Arme aus, um sie aufzufangen, aber sie schlug seine Hände weg und schritt trotzig auf die Tür zu.

»Die hat Feuer!« hörte sie hinter sich.

»Der arme Berkthgar!« erscholl ein weiterer rüpelhafter Ruf.

Auf dem Tisch drehte sich der verdutzte Barbar hin und her und vermied dabei absichtlich den Blick des Dunkelelfen. Berkthgar war ratlos; obgleich Bruenors Tochter eine berühmte Abenteurerin war, war sie für solche Possen nicht bekannt. Aber gleichzeitig war Berkthgar auch sehr interessiert. Jeder Mann in Siedelstein hielt Catti-brie, die Prinzessin von Mithril-Halle, für die hübscheste Beute weit und breit.

»Aegisfang wird mein werden!« rief Berkthgar schließlich

aus, und das Gebrüll, das daraufhin erscholl, war ohrenbetäubend.

Der Führer der Barbaren war erleichtert, als er feststellte, daß Drizzt ihm nicht länger gegenüberstand, ja daß er gar nicht mehr zu sehen war. Ein mächtiger Sprung hatte den Dunkelelfen weit vom Tisch fortgetragen, und er ging eiligen Schrittes zur Tür.

Draußen nahm Drizzt Catti-brie beim Arm und drehte sie zu sich um. Sie erwartete, daß er sie anschrie oder sie sogar schlug.

Statt dessen lachte er.

»Schlau«, gratulierte Drizzt. »Aber kannst du es mit ihm aufnehmen?«

»Woher weißt du, daß ich es nicht ernst gemeint habe?« herrschte ihn Catti-brie an.

»Weil du dafür zuviel Respekt vor dir selbst hast«, antwortete Drizzt, ohne zu zögern.

Es war die perfekte Antwort, genau die, die Catti-brie von ihrem Freund hatte hören müssen, und sie ließ die Sache auf sich beruhen.

»Aber kannst du es mit ihm aufnehmen?« fragte der Drow mit ernster Stimme noch einmal. Catti-brie war gut, und sie wurde mit jeder Übungsstunde besser, aber Berkthgar war riesig und unglaublich stark.

»Er ist betrunken«, erwiderte Catti-brie. »Und er ist langsam, genau wie Wulfgar es war, bevor du ihm eine bessere Art des Kämpfens beigebracht hast.« Ihre blauen Augen, die so tief waren wie der Himmel kurz vor Tagesanbruch, funkelten. »Genau, wie du es mir beigebracht hast.«

Drizzt klopfte ihr leicht auf die Schulter. Er verstand jetzt, daß dieser Kampf für sie ebenso wichtig sein würde wie für Berkthgar. In diesem Moment stürmte der Barbar aus der Halle, und eine Horde brabbelnder Kameraden lugte hinter ihm lüstern durch den offenen Vorhang.

»Es mit ihm aufzunehmen wird nicht halb so schwer sein, wie einen Weg zu finden, ihm seine Ehre zu lassen«, flüsterte Catti-brie.

Drizzt nickte und klopfte ihr erneut auf die Schulter. Dann ging er davon, machte einen weiten Bogen um Berkthgar und schritt wieder zur Halle zurück. Catti-brie hatte die Dinge in die Hand genommen, und er war es ihr schuldig, sie die Sache auch weiter durchführen zu lassen.

Die Barbaren zogen sich zurück, als der Drow wieder in die Halle trat und mit Nachdruck den Vorhang schloß, nachdem er einen letzten Blick zurück auf Catti-brie geworfen hatte. Er sah sie Seite an Seite mit Berkthgar (wie ähnlich er Wulfgar doch war, von hinten betrachtet!) die windige Straße entlanggehen.

Für Drizzt Do'Urden war dies kein angenehmer Anblick.

☆ ☆ ☆

»Du bist nicht überrascht?« fragte Catti-brie, während sie das Übungspolster aus ihrem Rucksack holte und es über die scharfe Klinge ihres Schwertes schob. Sie verspürte dabei ein stechendes Gefühl, eine plötzliche Enttäuschung, ja sogar einen Ärger, den sie nicht verstand.

»Ich habe nicht einen Augenblick lang geglaubt, daß du mich aus dem Grund hier hinausgelockt hast, den du angedeutet hast«, erwiderte Berkthgar beiläufig. »Wenn du dies jedoch getan hättest …«

»Halt den Mund«, unterbrach ihn Catti-brie scharf.

Berkthgars Kiefer verhärtete sich. Er war es nicht gewohnt, daß man auf solche Art mit ihm sprach, und schon gar nicht, daß eine Frau es tat. »Wir aus Siedelstein bedecken unsere Klingen nicht, wenn wir kämpfen«, sagte er prahlerisch.

Catti-brie erwiderte den entschlossenen Blick des Barbarenhäuptlings und zog das Schwert wieder aus seiner Schutzhülle heraus. Eine plötzliche Welle freudiger Erregung überkam sie. Das verstand sie so wenig wie ihre Enttäuschung zuvor, aber sie nahm an, daß ihr Ärger über Berkthgar vielleicht größer war, als sie gewagt hatte, vor sich selbst zuzugeben.

Berkthgar ging nun davon, eilte zu seinem eigenen Haus und kehrte schon bald mit einem selbstgefälligen Lächeln und einer auf dem Rücken befestigten Scheide zurück. Über seiner rechten Schulter konnte Catti-brie Heft und Kreuzstück seines Schwertes sehen – das Kreuzstück war fast so lang wie die gesamte Klinge, und das untere Ende der Scheide lugte unter Berkthgars linker Hüfte hervor und reichte fast bis zum Boden!

Ehrfürchtig musterte ihn Catti-brie und überlegte, auf was sie sich hier eingelassen hatte, als Berkthgar mit ernster Miene das Schwert herauszog, bis sein Arm ganz ausgestreckt war. Da die Scheide nach etwa einem Fuß Leder auf ihrer Oberseite aufgeschnitten worden war, konnte er nun die riesige Klinge ganz daraus befreien.

Und Berkthgars Zweihänder war wahrhaft riesig! Seine geflammte Klinge war über vier Fuß lang, und dazu kam noch ein acht Zoll langes Zierstück zwischen dem eigentlichen Kreuzstück und einem zweiten, kleineren, das aus geschärftem Stahl bestand.

Mit einem Arm, auf dem die Muskeln wie Seile hervortraten, ließ Berkthgar die Klinge kreisen und erzeugte damit ein lautes »Wuschsch« in der Luft über seinem Kopf. Dann stellte er die Spitze vor sich auf den Boden und stützte sich lässig auf das Kreuzstück, das sich etwa in seiner Schulterhöhe befand.

»Willst du damit kämpfen oder gemästete Kühe schlachten?« fragte Catti-brie und versuchte, dem Mann einen Teil seines anschwellenden Stolzes zu nehmen.

»Ich würde dir immer noch gestatten, dich für den anderen Wettbewerb zu entscheiden«, erwiderte Berkthgar ruhig.

Catti-bries Schwert zuckte vor, und die Frau ließ sich in eine geduckte Verteidigungsposition fallen.

Der Barbar johlte und ging ebenfalls in Stellung, aber dann richtete er sich wieder mit verwirrtem Blick auf. »Ich kann nicht«, stellte er fest. »Wenn ich dich mit dem Schwert auch nur streifte, würde König Heldenhammers Herz ebenso sicher brechen wie dein Schädel.«

Catti-brie kam plötzlich vor, stieß nach Berkthgars Schulter und schnitt einen Riß in sein Wams aus Fell.

Er blickte zu dem Schnitt hinab, dann hob er den Kopf langsam wieder, um Catti-brie zu mustern, aber ansonsten bewegte er sich nicht.

»Du hast bloß Angst, weil du weißt, daß du diesen Kuhtöter nicht schnell genug bewegen kannst«, stichelte die junge Frau.

Berkthgar blinzelte sehr langsam. Er übertrieb die Bewegung, um zu zeigen, wie sehr ihn diese ganze Angelegenheit langweilte. »Ich werde dir den Kaminsims zeigen, auf dem Bankenfuere seinen Platz hat«, sagte er. »Und ich werde dir die Lagerstatt zeigen, die sich vor diesem Sims befindet.«

»Das Ding eignet sich besser für einen Kaminsims als für die Hände eines Schwertkämpfers!« knurrte Catti-brie, die die kindischen Anspielungen ihres Gegners leid war. Sie sprang erneut nach vorne und schlug mit der flachen Seite ihrer Klinge hart gegen Berkthgars Wange. Dann zog sie sich, noch immer grimmig knurrend, wieder zurück. »Wenn du Angst hast, dann gib es zu!«

Berkthgars Hand fuhr sofort zu seiner Wunde, und als er sie wieder wegnahm, sah der Barbar, daß die Finger von Blut gerötet waren. Catti-brie zuckte ein wenig zusammen, denn sie hatte nicht vorgehabt, ihn so hart zu schlagen.

Khazid'heas Einfluß war wahrlich subtil.

»Meine Geduld mit dir ist zu Ende, törichte Frau«, zischte der Barbar, und die Spitze des gewaltigen Bankenfuere, des Nordischen Zorns, fuhr hoch.

Berkthgar knurrte und sprang vor, und diesmal lagen beide

Hände um das Heft, als er die riesige Klinge schwang. Er griff mit der flachen Seite an, wie es auch Catti-brie getan hatte, aber die junge Frau erkannte, daß dies keinen Unterschied machte. Auch wenn sie nur von der flachen Seite dieses gewaltigen Zweihänders getroffen werden sollte, würde das ihre Knochen zu Mus zerschmettern!

Catti-brie war jedoch zu diesem Zeitpunkt überhaupt nicht mehr in Berkthgars Nähe, sondern hatte sich sofort schnellstens zurückgezogen (und sich erneut gefragt, auf was sie sich da eingelassen hatte), als das Schwert nach oben gefahren war. Der Zweihänder kreiste in einem Bogen von links nach rechts zurück und sauste dann ein zweites Mal heran, diesmal schräg nach unten. Schneller, als Catti-brie erwartet hatte, kehrte Berkthgar den Schwung um, so daß die Klinge wieder horizontal durch die Luft zischte, bevor sie ihre Ruheposition neben der muskulösen Schulter des Barbaren einnahm.

Das war tatsächlich ein beeindruckendes Schauspiel gewesen, aber Catti-brie, die nicht mehr in Ehrfurcht gefangen war, hatte die Bewegungsabläufe genau studiert und mehr als nur ein paar Löcher in der Verteidigung des Barbaren erspäht.

Natürlich würde ihr Vorgehen absolut untadelig ablaufen müssen. Ein Patzer, und Bankenfuere würde sie zu den Radieschen schicken.

Berkthgar näherte sich mit einem weiteren horizontalen Hieb, einer vorhersehbaren Attacke, denn mit einer solchen Waffe gab es nur eine begrenzte Anzahl von Manövern. Catti-brie fiel einen Schritt zurück und dann noch einen zusätzlichen, nur um sicherzugehen. Dann schoß sie nach vorn, sobald die schwerfällige Waffe an ihr vorbeigeschwungen war, und suchte nach einer Möglichkeit, einen Treffer am Arm des Barbaren zu landen. Berkthgar war jedoch zu flink und hatte das Schwert so schnell wieder erhoben, daß Catti-brie ihren Angriff abbrechen und hastig zurücksetzen mußte, um der Klinge auszuweichen.

Dennoch war sie der Ansicht, diesen Durchgang gewonnen zu haben, denn sie hatte dadurch eine bessere Einschätzung von Berkthgars Reichweite erhalten. Und ihrer Meinung nach geriet jeder verstreichende Moment zu ihrem Vorteil, denn sie sah, wie sich auf der Stirn des betrunkenen Barbaren Schweißperlen bildeten und daß sich seine mächtige Brust ein wenig stärker hob und senkte als zuvor.

»Wenn du bei anderen Dingen ebenso ungeschickt bist wie beim Kämpfen, bin ich wirklich froh, daß ich diesen Wettkampf gewählt habe«, sagte Catti-brie und erreichte mit dieser Stichelei, daß der stolze Berkthgar einen weiteren wildschwingenden Angriff unternahm.

Sie wich aus und zog sich zurück, als Bankenfuere die Luft mit mehreren titanischen, aber letztlich vergeblichen Hieben zerteilte. Erneut zischte das Schwert heran, die Wut des Barbaren hatte sich noch lange nicht ausgetobt, und Catti-brie sprang abermals nach hinten. Die Klinge fuhr wieder herum und nach oben, während Berkthgar vorstürmte, und Catti-brie wich weit zur Seite aus, just als das große Schwert herabzuckte.

»Ich werde dich schon noch früh genug erwischen!« versprach Berkthgar, während er sich wieder auf die junge Frau ausrichtete und sein mächtiges Schwert in einem Bogen von links nach rechts in seine Ruheposition neben seiner rechten Schulter zurückfliegen ließ.

Catti-brie hatte nur gewartet, bis der Hieb an ihr vorbei war, und jetzt machte sie mit dem rechten Fuß einen raschen Schritt nach vorn und streckte ihren Schwertarm nach Berkthgars vorgeschobener Hüfte aus. Sie trat jedoch mit ihrem linken Fuß fest auf und hatte überhaupt nicht vor, diese Bewegung fortzusetzen. Sobald Bankenfuere heransauste, um ihr Schwert abzuwehren, sprang Catti-brie zurück, drehte sich auf ihrem Standbein einmal im Kreis und stürmte hinter dem Hieb wieder vor, um sich statt dessen auf Berkthgars rechte Hüfte zu stürzen, an der sie einen häßlichen, beißenden Treffer landete.

Der Barbar knurrte und wirbelte so hastig herum, daß er fast das Gleichgewicht verloren hätte.

Catti-brie stand ein paar Fuß entfernt in gespannter Kampfbereitschaft da und wartete ab. Es konnte kein Zweifel daran bestehen, daß das Schwingen der schweren Waffe allmählich an dem Mann zehrte, vor allem, nachdem er dem Met so großzügig zugesprochen hatte.

»Noch ein paar Durchgänge«, flüsterte Catti-brie und zwang sich zur Geduld.

Und so spielte sie mit ihm, während die Minuten vergingen und Berkthgars Atem allmählich so laut wurde wie der klagende Wind. Bei jedem Angriff nutzte Catti-brie jenen neuesten Kniff, den sie gelernt hatte und der aus dem Umstand seinen Vorteil zog, daß Berkthgars riesige Klinge und seine dicken Arme ein perfektes Sichthindernis für ihn waren.

☆ ☆ ☆

Drizzt litt in dieser halben Stunde voller rüder Bemerkungen.

»Noch nie hat es bei ihm so lange gedauert!« meinte einer der Barbaren.

»Berkthgar der Brauzene!« rief ein anderer das Wort der Barbaren für Ausdauer.

»Brauzen!« riefen die rüpelhaften Männer und rissen dabei die Becher salutierend empor. Ein paar Frauen, die im Hintergrund standen, kicherten über das rüde Benehmen, aber die meisten schauten eher säuerlich.

»Brauzen!« flüsterte der Drow und fand, daß dieses Wort perfekt paßte, um damit seine eigene Geduld während jener unerträglich langen Minuten zu beschreiben. So zornig er auch über die Zoten auf Catti-bries Kosten war, fürchtete er doch viel mehr, daß Berkthgar sie verletzen mochte, daß er sie vielleicht in dem Kampf besiegte und diesen Vorteil dann auf andere Weise ausnutzte.

Drizzt kämpfte hart darum, seine Vorstellungskraft im

Zaum zu halten. Trotz all seiner Prahlereien, trotz aller Prahlereien seines Volkes war Berkthgar doch ein ehrenhafter Mann. Aber er war betrunken …

Ich werde ihn töten, entschied Drizzt.

Soweit kam es jedoch nicht, denn Berkthgar und Catti-brie traten wieder in das Zelt. Sie sahen ein wenig zerzaust aus, der strubbelige Bart des Barbaren war an einer Stelle von etwas Blut dunkel gefärbt, aber ansonsten waren sie beide in Ordnung.

Catti-brie zwinkerte heimlich, als sie an dem Drow vorbeikam.

In Hengorot wurde es schlagartig leise, da die betrunkenen Männer zweifellos ein paar schlüpfrige Geschichten über die Aktivitäten ihres Anführers erwarteten.

»Ich werde Aegisfang nicht tragen«, verkündete der Barbarenhäuptling.

Aufstöhnen und Gejohle erklang, und auch laute Spekulationen darüber, wer den »Wettkampf« wohl gewonnen hatte.

Berkthgar wurde rot, und Drizzt befürchtete, daß es Ärger geben würde.

Catti-brie stieg auf den Tisch. »Es gibt keinen besseren Mann in Siedelstein!« stellte sie klar.

Mehrere der Barbaren drängten zur Tischkante vor, um sich dieser Herausforderung zu stellen.

»Es gibt keinen besseren Mann!« knurrte Catti-brie sie an, und das trieb sie tatsächlich zurück.

»Ich werde den Kriegshammer aus Achtung vor Wulfgar nicht tragen«, erklärte Berkthgar. »Und aus Achtung vor Cattibrie.«

Verständnislose Augen blickten ihn an.

»Wenn ich auf angemessene Weise um die Tochter von König Bruenor werben will, der unser Freund und Verbündeter ist«, fuhr der Barbarenhäuptling fort, und Drizzt mußte über die Formulierung lächeln, »dann ist es meine eigene Waffe,

Bankenfuere, die zur Legende werden muß.« Er reckte den riesigen Zweihänder in die Luft, und die Menge brüllte begeistert auf.

Die Angelegenheit war beendet, die Allianz besiegelt und mehr Met ausgeschenkt, bevor Catti-brie noch vom Tisch gestiegen und zu Drizzt gegangen war. Als sie an dem Anführer der Barbaren vorbeikam, blieb sie stehen und warf ihm einen verschmitzten Blick zu.

»Wenn du jemals offen lügst«, flüsterte sie und achtete sorgsam darauf, daß kein anderer sie hören konnte, »oder wenn du auch nur andeutest, du hättest mich ins Bett gekriegt, dann sei dir gewiß, daß ich zurückkommen und dich vor all deinen Leuten in kleine Streifen schneiden werde.«

Berkthgars Miene wurde daraufhin sehr ernst, und er wurde noch ernster, als er sich umwandte, um Catti-brie nachzuschauen, und dabei ihren tödlichen Drowfreund erblickte, der mit den Händen an den Griffen seiner Krummsäbel lässig dastand und dessen lavendelfarbene Augen dem Barbaren in unmißverständlicher Weise seine Gefühle für Catti-brie mitteilten. Berkthgar wollte sich nie wieder mit Catti-brie anlegen, aber er würde lieber hundertmal gegen sie kämpfen, als gegen den Drowwaldläufer anzutreten.

»Du wirst zurückkommen und ihn in Streifen schneiden?« fragte Drizzt, als sie die Stadt verließen, und machte damit deutlich, daß seine scharfen Ohren ihren Abschiedsgruß an den Barbaren gehört hatten.

»Das ist ein Versprechen, das ich lieber nicht einhalten möchte«, erwiderte Catti-brie und schüttelte den Kopf. »Gegen diesen Mann zu kämpfen, wenn er nicht so mit Met abgefüllt ist, wäre, als würde man in die Höhle eines gereizten Bären marschieren.«

Drizzt blieb abrupt stehen, und Catti-brie drehte sich, nachdem sie noch ein paar Schritte weitergegangen war, zu ihm um.

Er stand da, grinste breit und deutete mit dem Finger auf sie. »Ich habe das einmal getan«, meinte er, und so hatte Drizzt eine weitere Geschichte zu erzählen, während die beiden (die schon bald drei waren, denn Drizzt beschwor Guenhwyvar herbei) sich auf den Weg zurück in die Berge machten.

Später, als die Sterne hell funkelten und das Lagerfeuer heruntergebrannt war, saß Drizzt da, betrachtete die am Boden ruhende Catti-brie, und ihr gleichmäßiges Atmen verriet ihm, daß sie fest schlief.

»Du weißt, daß ich sie liebe«, sagte der Drow zu Guenhwyvar.

Der Panther blinzelte mit glänzenden, grünen Augen, verharrte aber ansonsten bewegungslos.

»Und doch, wie könnte ich?« fragte Drizzt. »Und nicht wegen der Erinnerung an Wulfgar«, fügte er rasch hinzu, und er nickte, als er sich diese Worte aussprechen hörte, denn er wußte, daß Wulfgar, der Drizzt ebensosehr geliebt hatte wie dieser ihn, nichts dagegen hätte.

»Wie könnte ich jemals?« wiederholte der Drow, und seine Stimme war kaum mehr als ein Flüstern.

Guenhwyvar ließ ein langgezogenes, tiefes Knurren hören, aber wenn es eine Bedeutung hatte – außer zu bestätigen, daß der Panther an dem interessiert war, was der Drow sagte –, so war diese Bedeutung für Drizzt nicht zu ergründen.

»Sie wird nicht lange leben«, fuhr Drizzt leise fort. »Ich werde noch immer ein junger Drow sein, wenn sie schon längst vergangen ist.« Drizzt blickte von Catti-brie zu dem Panther, und eine neue Erkenntnis überkam ihn. »Du mußt solche Dinge verstehen, meine ewige Freundin«, sagte der Drow. »Was habe ich in deiner Lebensspanne für eine Bedeutung? Wie viele andere hast du beschützt, wie du mich beschützt, meine Guenhwyvar, und wie viele wird es noch geben?«

Drizzt lehnte sich an den Berghang und blickte erst zu Catti-brie und dann zu den Sternen hinauf. Er war traurig, und dennoch war es auch beruhigend, über diese Dinge nachzudenken, so wie ein ewiges Spiel, wie geteilte Gefühle, wie Erinnerungen an Wulfgar. Drizzt sandte seine Gedanken gen Himmel, hinauf zum Baldachin der Sterne, und ließ sie dort am unaufhörlich klagenden Wind zerschellen.

Seine Träume waren voller Bilder von Freunden, von Zaknafein, seinem Vater, von Belwar, dem Svirfneblin-Gnomen, von Deudermont, dem Kapitän der *Seekobold,* von Regis und Bruenor, von Wulfgar und, am meisten von allen, von Catti-brie.

Es war der ruhigste und erquickendste Schlaf, den Drizzt Do'Urden je genossen hatte.

Guenhwyvar betrachtete den Drow einige Zeit, bevor sie ihren großen Katzenkopf auf die breiten Pranken legte und ihre grünen Augen schloß. Drizzts Bemerkungen hatten ins Schwarze getroffen, natürlich mit Ausnahme seiner Unterstellung, daß sie sich in den kommenden Jahrhunderten kaum mehr an ihn erinnern würde. Guenhwyvar hatte in der Tat in den vergangenen Jahrtausenden und noch länger den Beschwörungen einer Vielzahl von Herren Folge geleistet; die meisten von ihnen waren gut gewesen, einige bösartig. An einige erinnerte sich der Panther, an andere nicht, aber Drizzt …

Nie würde Guenhwyvar den abtrünnigen Dunkelelfen vergessen, dessen Herz so stark und so gut war und dessen Loyalität der des Panthers in nichts nachstand.

TEIL 2

Der Angriff des Chaos

Später nannten es die Barden der Reiche stets die Zeit der Unruhe, die Zeit, als die Götter aus den Himmeln geworfen wurden und ihre Avatare unter den Sterblichen wandelten. Es war die Zeit, da die Tafeln des Schicksals gestohlen worden waren und so der Zorn Aos, des Oberherren aller Götter, geweckt wurde. Als die Magie unzuverlässig wurde und daraufhin gesellschaftliche und religiöse Hierarchien, die sooft auf magischer Stärke errichtet sind, ins Chaos stürzten.

Ich habe viele Berichte von fanatischen Priestern über ihre Begegnungen mit den jeweiligen Avataren gehört, wilde Geschichten von Männern und Frauen, die behaupten, ihre Gottheiten erblickt zu haben. Viele andere haben sich in dieser wirren Zeit einer Religion angeschlossen, wie verdreht sie auch sein mochte, nachdem sie angeblich das Licht und die Wahrheit erblickt hatten.

Ich bezweifle diese Behauptungen nicht und würde die Wahrhaftigkeit ihrer Begegnungen niemals öffentlich in Frage stellen. Ich bin froh für jene, die inmitten des Chaos eine Bereicherung ihres Lebens finden konnten; ich freue mich für jeden, der durch geistige Führung zur Zufriedenheit findet.

Aber was ist mit dem Glauben?

Was ist mit Treue und Loyalität? Mit vollständigem Vertrauen? Glaube wird nicht durch faßbare Beweise erzeugt. Er kommt aus dem Herzen und der Seele. Wenn jemand den Beweis für die Existenz eines Gottes benötigt, dann wird dadurch die Essenz der gei-

stigen Natur herabgewürdigt zur reinen Sinnlichkeit, und wir haben damit das Heilige auf das Logische reduziert.

Ich habe das Einhorn berührt, das so selten und kostbar ist, das Symbol der Göttin Mielikki, die mein Herz und meine Seele gefangenhält. Dies geschah, bevor jene Zeit der Unruhe ausbrach, und doch könnte ich, würde ich die Geisteshaltung jener teilen, die behaupten, Avatare gesehen zu haben, dasselbe von mir sagen. Ich könnte sagen, daß ich Mielikki berührt habe, daß sie mir in einem magischen Hain in der Nähe des Toter-Ork-Passes erschienen ist.

Das Einhorn war Mielikki und doch auch nicht, so wie der Sonnenaufgang, die Jahreszeiten Mielikki sind, so wie die Vögel und die Eichhörnchen und die Stärke eines Baumes, der die Geburt und den Tod von Jahrhunderten erlebt hat, Mielikki sind. Wie die Blätter, die im Herbstwind treiben, und der Schnee, der sich hoch in kalten Bergtälern auftürmt, Mielikki sind. Und der Geruch einer frischen Nacht, das Glänzen des Sternenhimmels und das Heulen eines fernen Wolfes.

Nein, ich werde nicht offen mit jemandem streiten, der behauptet, einen Avatar gesehen zu haben, weil solche Leute nicht verstehen werden, daß die bloße Gegenwart einer derartigen Erscheinung den ganzen Sinn und Wert des Glaubens untergräbt. Denn wenn die wahren Götter wirklich so greifbar und zugänglich sein sollten, dann wären wir nicht länger unabhängige Kreaturen, die auf dem Weg zur Wahrheit sind, sondern nur eine gedankenlose Herde Schafe ohne die Essenz des Glaubens, die der Führung eines Hirten und seiner Hunde bedürfen.

Diese Führung existiert, das weiß ich. Nicht in einer so greifbaren Form, sondern in dem, was wir davon wissen, gut und gerecht zu sein. Es sind unsere Reaktionen auf die Taten anderer, die uns den Wert unserer eigenen Handlungen zeigen, und wenn wir so tief gesunken sind, daß wir einen Avatar brauchen, eine unleugbare Manifestation eines Gottes, um uns unseren Weg zu zeigen, dann sind wir in der Tat bedauernswerte Kreaturen.

Die Zeit der Unruhe? Ja. Und um so mehr, wenn wir an Avatare glauben, denn die Wahrheit ist unteilbar und kann ihrem Wesen nach nicht so viele unterschiedliche und sogar gegensätzliche Manifestationen dulden.

Das Einhorn war nicht Mielikki, und doch war es sie, denn ich habe Mielikki berührt. Nicht als Avatar oder als Einhorn, sondern als eine Art und Weise, meinen Platz in der Welt zu sehen. Mielikki ist mein Herz. Ich folge ihren Regeln, weil es dieselben Regeln sind, die ich selbst aufstellen würde, wenn ich meinem eigenen Gewissen folgen würde. Ich folge Mielikki, weil sie das repräsentiert, was ich Wahrheit nenne.

Das gleiche trifft auf die meisten Anhänger der meisten Götter der Reiche zu, und wenn wir das Pantheon genauer betrachteten, so würden wir feststellen, daß die Regeln der »guten« Götter sich nicht sonderlich voneinander unterscheiden; es sind nur die weltlichen Interpretationen dieser Regeln, die von Religion zu Religion voneinander abweichen.

Was die anderen Götter betrifft, die Gottheiten des Streites und des Chaos, so wie Lloth, die Spinnenkönigin, welche die Herzen jener Priesterinnen beherrscht, die Menzoberranzan regieren …

Sie sind nicht der Erwähnung wert. Bei ihnen findet sich keine Wahrheit, sondern nur weltlicher Lohn, und jede Religion, die auf solchen Prinzipien beruht, ist in Wirklichkeit nicht mehr als praktizierte Hemmungslosigkeit und in keiner Weise ein Hort der Spiritualität. Nach weltlichem Maßstab sind die Priesterinnen der Spinnenkönigin außerordentlich bemerkenswert; in spirituellem Sinn hingegen sind sie völlig leer. Und somit ist ihr Leben ohne Liebe und Freude.

Also erzählt mir nichts von Avataren. Zeigt mir nicht eure Beweise dafür, daß euer Gott der einzig wahre ist. Ich gestehe euch euren Glauben ohne Fragen und ohne Urteil zu, aber wenn ihr mir das zugesteht, was in meinem Herzen liegt, dann ist ein solch greifbarer Beweis unnötig.

Drizzt Do'Urden

Die Magie versagt

Berg'inyon Baenre, der Waffenmeister des Ersten Hauses von Menzoberranzan, ließ seine Zwillingsschwerter in der Luft zwischen sich und seinem Gegner, einem unbotmäßigen Drowsoldaten niedrigen Ranges, in verwirrenden, wirbelnden Kreisen herumsausen.

Eine Gruppe gutausgebildeter, wenn auch zumeist männlicher Hauswachen von Baenre bildete einen Halbkreis um das Paar, während andere Dunkelelfen fest auf ihren riesigen unterirdischen Eidechsen saßen, die mit ihren saugnapfbehafteten Pfoten lässig an den senkrechten Wänden nahe gelegener Stalaktiten oder hochragender Stalagmiten klebten.

Jedesmal, wenn Berg'inyon, der ein bemerkenswerter Schwertkämpfer war (wenn ihn auch die meisten für nicht so gut hielten, wie es sein Bruder Dantrag gewesen war), einen leichten Treffer landete oder einen schnellen Konter parieren konnte, jubelten die Soldaten, aber der Beifall war offenkundig ein wenig gezwungen.

Berg'inyon bemerkte dies und kannte die Ursache dafür. Viele Jahre lang war er der Führer der Eidechsenreiter von Baenre gewesen, der Elitetruppe der männlichen Hauswachen. Jetzt, nach Dantrags Tod, war er zudem auch noch Waffenmeister des Hauses. Berg'inyon spürte den starken Druck dieser doppelten Verantwortung, er spürte den prüfenden Blick seiner Mutter auf jeder seiner Bewegungen und jeder seiner Entscheidungen lasten. Er hegte keinen Zweifel, daß er sich seitdem aufbrausender verhielt. Wie oft hatte er sich seit Dantrags Tod in Zweikämpfe gestürzt, wie oft seine Untergebenen bestraft?

Sein Gegner trug einen schwachen Stoß vor, der beinahe durch die Verteidigung des abgelenkten Berg'inyon gedrungen wäre. Im allerletzten Moment riß der Waffenmeister ein Schwert hoch, um die Klinge des Gegners zur Seite zu schlagen.

Berg'inyon nahm wahr, wie es hinter ihm plötzlich still wurde, und er erkannte, daß ein Teil der Soldaten – vielleicht sogar alle – darauf hofften, daß der nächste Stoß seines Gegners schneller sein würde, zu schnell.

Der Waffenmeister knurrte leise und stürmte wütend vor, angespornt von dem Haß jener, die ihn umgaben, jener, die unter seinem Befehl standen. Sollten sie ihn doch hassen! Kein Problem, solange sie ihn auch respektierten – nein, nicht respektierten, überlegte Berg'inyon. Sie mußten ihn fürchten.

Er trat einen Schritt vor, dann einen zweiten, und seine Schwerter sausten abwechselnd heran, links und rechts, und jedes wurde sauber pariert. Der Schlagabtausch, bei dem Berg'inyon zwei Schritte vortrat und sich dann wieder zurückzog, war allen vertraut. Doch dieses Mal zog sich der Baenre nicht zurück. Er setzte noch zwei weitere Schritte nach, und seine Schwerter sausten durch die Luft, während sein Gegner hastig versuchte, sie zu parieren.

Berg'inyon hatte den Soldaten ins Wanken gebracht und konnte weiter vorstürmen. Sein Gegner war schnell genug, um die vorhersehbaren Stöße abzuwehren, aber er konnte sich nicht richtig zurückziehen, und so drängte sich Berg'inyon dicht an ihn heran. Beider Klingen waren dicht am Heft gegeneinandergepreßt und wiesen nach unten.

Es war keine wirklich gefährliche Situation – eher eine Pause im Kampf –, aber Berg'inyon hatte etwas bemerkt, das sein Gegner anscheinend nicht gesehen hatte. Mit einem Knurren schubste der junge Baenre seinen aus dem Gleichgewicht geratenen Feind weg. Der Drow stolperte ein paar Schritte rückwärts und hob sofort seine Schwerter, um jede Verfolgung abzuwehren.

Es kam keine; es schien nicht mehr gewesen zu sein als die Auflösung eines Nahkampfs.

Dann stolperte der rückwärts gehende Soldat in den Zaun des Hauses Baenre.

In ganz Menzoberranzan gab es wahrscheinlich nichts Spektakuläreres als den zwanzig Fuß hohen spinnenwebartigen Zaun, der Haus Baenre umgab und an den diversen Stalagmiten verankert war, die das Anwesen umgaben. Seine silbrigen, metallischen Stränge, so dick wie das Bein eines Dunkelelfen, waren in wunderschöne, symmetrische Muster gewoben, so fein wie das Werk einer Spinne. Keine Waffe konnte sie durchschneiden, keine Magie, außer einem einzigen Objekt, das Oberin Baenre besaß, und die leiseste Berührung oder das zarteste Streifen eines jener verzauberten Stränge hätte selbst einen Titanen daran gefesselt.

Berg'inyons Gegner prallte hart mit dem Rücken gegen den Zaun. Er riß die Augen weit auf, als er plötzlich die Taktik des jungen Baenre erkannte, als er sah, wie sich die Gesichter der Versammelten anerkennend ob des bösartigen Tricks verzogen und der verschlagene Berg'inyon sich ihm ruhig näherte.

Der Soldat prallte vom Zaun ab und stürmte vor, um dem Angriff des Waffenmeisters zu begegnen.

Die beiden tauschten eine Reihe von Paraden aus, bei denen Berg'inyon immer der verteidigende Part war. Nur Jahren der allerbesten Ausbildung hatte es der adlige Drow zu verdanken, daß es ihm gelang, diesem überraschend starken Gegner wieder ebenbürtig zu werden.

Und überraschend war er wirklich, wie jedes einzelne Drowgesicht und das einsetzende Geflüster bestätigten.

»Ihr habt den Zaun berührt«, sagte Berg'inyon.

Der Drowsoldat widersprach dem nicht. Die Spitzen seiner Waffen deuteten nach unten, so wie es auch die von Berg'inyon taten, und er warf einen Blick über die Schulter, um sich einer Sache zu vergewissern, von der er und alle anderen wußten, daß sie eigentlich unmöglich war.

»Ihr seid gegen den Zaun gestoßen«, wiederholte Berg'inyon, während sich der Soldat ihm wieder zuwandte.

»Mit dem ganzen Rücken«, stimmte er zu.

Berg'inyon stieß die Schwerter in ihre Scheiden, und dann stürmte er an seinem Gegner vorbei, um direkt vor dem verzauberten Spinnennetz stehenzubleiben. Der Soldat und die anderen Drow folgten ihm dichtauf, zu verwundert, um auch nur an eine Fortsetzung des Kampfes zu denken.

Berg'inyon winkte einer Frau in seiner Nähe. »Legt Euer Schwert darauf«, befahl er ihr.

Die Frau zog ihre Klinge und legte sie auf einen der dicken Stränge. Sie schaute Berg'inyon an, ließ ihren Blick dann über alle anderen schweifen und nahm dann ohne jegliche Anstrengung das Schwert wieder von dem Zaun weg.

Ein anderer Drow wagte es, seine Hand auf das Netz zu legen. Seine Nachbarn sahen ihn ungläubig an und hielten ihn für gefährlich tollkühn, aber er hatte keine Schwierigkeiten, sich wieder von dem Metall zu lösen.

Panik stieg in Berg'inyon auf. Es hieß, daß der Zaun vor Jahrtausenden ein Geschenk von Lloth selbst gewesen sei. Wenn er jetzt nicht mehr funktionierte, so konnte das sehr wohl bedeuten, daß das Haus Baenre nicht mehr in der Gunst der Spinnenkönigin stand. Es konnte bedeuten, daß Lloth die Verteidigung des Hauses Baenre zunichte gemacht hatte, um damit eine Verschwörung der geringeren Häuser zu ermöglichen.

»Auf Eure Posten, Ihr alle!« rief der Waffenmeister, und das mußte den versammelten Dunkelelfen, die Berg'inyons Gedankengänge und Befürchtungen teilten, nicht zweimal gesagt werden.

Berg'inyon eilte zu dem großen, zentralen Stalagmiten des Anwesens, um nach seiner Mutter zu suchen. Dabei begegnete er dem Drow, gegen den er gerade gekämpft hatte, und die Augen des Soldaten weiteten sich in plötzlicher Angst. Normalerweise hätte Berg'inyon, der nur nach den niedrigen Maßstäben der Dunkelelfen als ehrenhaft gelten konnte, sein Schwert herausgerissen und den Drow damit durchbohrt, um den Konflikt mit ihm zu beenden. Durch die ganze Aufregung um das Versagen des Zaunes hatte sich der Soldat ablenken lassen. Er wußte dies auch und erwartete den Tod.

»Auf Eure Posten«, sagte Berg'inyon, denn wenn sich seine Befürchtungen als richtig erweisen sollten, wenn wirklich eine Verschwörung gegen Baenre begonnen und Lloth das Haus im Stich gelassen hatte, dann würde jeder einzelne der zweieinhalbtausend Soldaten des Hauses gebraucht.

☆ ☆ ☆

König Bruenor Heldenhammer hatte den Morgen in der oberen Kapelle von Mithril-Halle verbracht und versucht, die neue Hierarchie der Priester im Höhlenkomplex festzulegen. Sein teurer Freund Cobble, ein Zwerg mächtiger Zauberkraft und tiefer Weisheit, war der oberste Priester gewesen.

Diese Weisheit hatte den armen Cobble jedoch nicht vor einem häßlichen Zauber der Drow bewahrt, und der Geistliche war von einer fallenden Eisenwand zerquetscht worden.

Es waren über ein Dutzend Akolythen in Mithril-Halle verblieben. Sie bildeten nun zwei Reihen, eine auf jeder Seite von Bruenors Audienzsessel. Jeder der Priester war begierig, seinen (oder, im Fall von Stumpet Reißklaue, ihren) König zu beeindrucken.

Bruenor nickte dem Zwerg am Kopf der Reihe zu seiner Linken zu. Während er dies tat, hob er einen Becher mit Met, dem heiligen Wasser, das dieser Priester gebraut hatte. Bruenor nippte erst, dann trank er das überraschend erfrischende Getränk in einem Zug aus, während der Geistliche näher trat.

»Ein Lichtblitz zu Ehren von König Bruenor!« rief der Möchtegernoberpriester, wedelte mit den Armen und begann einen Gebetsgesang an Moradin, den Seelenschmied, den Gott der Zwerge.

»Sauber und frisch und nur den leisesten Hauch von Bitterkeit«, meinte Bruenor, fuhr mit dem Finger an der Kante des geleerten Bechers entlang und leckte ihn dann ab, um ja keinen Tropfen zu vergeuden. Der Schreiber, der direkt hinter dem Thron saß, notierte jedes Wort. »Ein herzhaftes Bouquet, das einem die Nasenhaare kräuselt, wie es sein soll«, fügte Bruenor hinzu. »Sieben.«

Die elf anderen Geistlichen stöhnten. Sieben auf einer Skala von zehn war der höchste Wert, den Bruenor für eine der fünf Proben heiligen Wassers gegeben hatte, die er bislang gekostet hatte.

Wenn Jerbollah, der Zwerg, der jetzt im Rausch des Zauberwirkens war, mit Magie ebenso gut umgehen konnte, dann würde er im Wettstreit um den begehrten Posten nur schwer zu schlagen sein.

»Und die Farbe des Lichtes sei«, rief Jerbollah auf dem Höhepunkt seines Zaubers aus, »Rot!«

Es erklang ein enormes Ploppen, so, als hätten hundert Zwerge gerade ihre Finger aus gespitzten Mündern gezogen. Und dann ... nichts.

»Rot!« rief Jerbollah verzückt aus.

»Was?« fragte Bruenor, der wie alle anderen keine Veränderung in der Beleuchtung der Kapelle wahrgenommen hatte.

»Rot!« sagte Jerbollah noch einmal, und als er sich umwandte, verstanden Bruenor und die anderen. Jerbollahs Gesicht leuchtete in einem strahlenden Rot – der verwirrte Geistliche sah die Welt buchstäblich durch einen rosafarbenen Schleier.

Der frustrierte Bruenor ließ seinen Kopf in die Hände sinken und stöhnte.

»Aber er macht zumindest ein verdammt gutes heiliges Wasser«, murmelte einer der anderen Zwerge über einen Chor von Gekicher.

Der arme Jerbollah, der glaubte, daß sein Zauber hervorragend funktioniert hatte, verstand überhaupt nicht, was eigentlich so lustig war.

Stumpet Reißklaue sprang vor und ergriff die Gelegenheit. Sie überreichte Bruenor ihren Becher heiliges Wasser und eilte dann in die Mitte.

»Ich hatte etwas anderes geplant«, erklärte sie schnell, während Bruenor erst am Met nippte und dann den Becher leerte (und das Gesicht des Zwergenkönigs hellte sich wieder auf, als er diese Probe mit Neun bewertete). »Aber eine Priesterin von Moradin, von Clangeddon, die die Schlacht am besten von allen kennt, muß in der Lage sein zu improvisieren!«

»So zeig es uns, Stumpen!« brüllte einer der anderen Zwerge, und sogar Bruenor mußte grinsen, als das Gelächter um ihn aufbrandete.

Stumpet, die an ihren Spitznamen gewöhnt war und ihn wie einen Ehrentitel trug, war nicht beleidigt. »Jerbollah verlangte Rot«, erklärte sie, »und rot soll es sein!«

»Es *ist* bereits rot«, beharrte Jerbollah, der sich für seine Torheit einen Schlag auf den Kopf von dem Zwerg einfing, der hinter ihm stand.

Die feurige junge Stumpet kraulte sich ihren kurzen roten Bart und begann mit einer Reihe von Bewegungen, die so übertrieben waren, daß es den Anschein hatte, sie sei in Zuckungen verfallen.

»Hüpf ein bißchen, Stumpen«, flüsterte ein Zwerg nahe dem Thron, was zu erneutem Gelächter führte.

Bruenor hielt den Becher hoch und tippte mit dem Finger dagegen. »Neun«, erinnerte er den spottenden Zwerg. Stumpet war eindeutig in Führung; wenn ihr der Zauber gelingen sollte, bei dem Jerbollah versagt hatte, dann würde sie fast unmöglich zu schlagen sein, was sie wiederum zur Vorgesetzten des Spötters machen würde.

Der Zwerg hinter dem gerügten Spaßmacher versetzte ihm einen Schlag auf den Hinterkopf.

»Rot!« rief Stumpet mit aller Macht.

Nichts geschah.

Vereinzeltes Kichern erklang, aber in Wahrheit waren die versammelten Zwerge eher erstaunt als amüsiert. Stumpet war eine mächtige Beschwörerin und hätte in der Lage sein müssen, den Raum in Licht zu tauchen, mit welcher Farbe auch immer. Bei allen (mit Ausnahme von Jerbollah, der immer noch darauf bestand, daß sein Zauber gewirkt hatte) regte sich langsam der Verdacht, daß hier irgend etwas nicht stimmte.

Stumpet wandte sich verwirrt und peinlich berührt wieder dem Thron zu. Sie wollte gerade dazu ansetzen, sich zu entschuldigen, als eine Explosion den Erdboden derart erschütterte, daß sie und die anderen Zwerge von den Beinen gerissen wurden.

Stumpet rollte ab und drehte sich um, dem Vorraum der Kapelle zu. Eine Kugel aus blauen Funken erschien aus dem Nichts, schwebte in der Luft und schoß dann direkt auf den höchst überraschten Bruenor zu. Der Zwergenkönig duckte sich und streckte den Arm abwehrend aus, und der Becher, der Stumpets Probe heiligen Wassers enthielt, wurde direkt am Griff abgerissen. Ein blauer Funkenregen sprühte, wo die Kugel das Gefäß berührt hatte, und ließ die Zwerge hastig nach Deckung suchen.

Der Raum wurde von weiteren Explosionen erschüttert, als mehr leuchtende Kugeln durch den Raum zischten und donnernde Explosionen den Boden und die Wände erschütterten.

»Was, in den Neun Höllen, hast du getan?« schrie der Zwergenkönig, der im Augenblick zu einem kleinen Ball zusammengerollt auf seinem Thron lag, der armen Stumpet zu.

Die Zwergin versuchte zu antworten, versuchte, ihre Unschuld an dieser unerwarteten Wendung der Ereignisse zu beteuern, aber mitten in der Luft erschien eine kleine Röhre, die ungefähr in ihre Richtung deutete und vielfarbige Bälle abfeuerte, die Stumpet hastig davonkrabbeln ließen.

Es ging lange, furchteinflößende Minuten so weiter. Zwerge hechteten von einer Deckung in die nächste, während Funken ihnen überallhin zu folgen schienen, ihre Rücken verbrannten und ihre Bärte ansengten. Dann war es ebenso plötzlich vorbei, wie es begonnen hatte. Es war völlig still in der Halle, und es roch nach Schwefel.

Allmählich richtete sich Bruenor auf seinem Thron wieder auf und versuchte, einen Teil seiner verlorenen Würde zurückzuerlangen.

»Was in den Neun Höllen hast du getan?« verlangte er erneut von der armen Stumpet zu wissen, die nur mit den Achseln zucken konnte. Ein paar der Zwerge brachten es fertig, darüber leise zu lachen.

»Zumindest ist es noch immer rot«, murmelte Jerbollah in seinen Bart, aber doch laut genug, daß die anderen es hören konnten. Erneut bekam er dafür von seinem Hintermann einen Klaps.

Bruenor schüttelte angewidert den Kopf, dann erstarrte er, als vor ihm in der Luft zwei Augäpfel erschienen, die ihn unheilvoll musterten.

Sie schwebten einen Augenblick, bevor sie zu Boden fielen und ziellos umherrollten, bis sie, ein paar Fuß voneinander entfernt, zur Ruhe kamen.

Bruenor sah ungläubig zu, wie eine geisterhafte Hand auftauchte, die beiden Augen dicht zusammenschob und sie so drehte, daß sie wieder auf den Zwergenkönig gerichtet waren.

»Nun, das ist noch nie passiert«, sagte eine körperlose Stimme.

Bruenor wich erschrocken zurück. Dann riß er sich zusammen und stöhnte noch einmal. Er hatte diese Stimme seit langer Zeit nicht mehr gehört, aber er würde sie nie vergessen.

Und es erklärte vieles von dem, was in der Kapelle geschehen war.

»Harkle Harpell«, sagte Bruenor, und überall um ihn her setzte Gewisper ein, denn die meisten der anderen Zwerge hatten Bruenors Berichte über Langsattel gehört, eine Stadt, die westlich von Mithril-Halle lag und die Heimat der legendären, exzentrischen Zauberersippe der Harkles war. Bruenor und seine Gefährten waren auf ihrer Suche nach Mithril-Halle auch in Langsattel gewesen und hatten das Efeu-Herrenhaus besucht. Dies war ein Ort, den der Zwergenkönig, der kein Freund von Zauberern war, niemals vergessen würde und an den er keine angenehmen Erinnerungen hatte.

»Meinen Gruß, König Bruenor«, sagte die Stimme, die direkt unterhalb der Augäpfel zu erklingen schien.

»Bist du wirklich hier?« fragte der Zwergenkönig.

»Hmm«, meinte der Fußboden. »Ich kann sowohl dich hören als auch jene, die mit mir im Fusseligen Bauernspieß sind.« Harkle bezog sich damit auf die Gaststube an der Rückseite des Efeu-Herrenhauses in Langsattel. »Einen Augenblick, bitte.«

Der Fußboden »hmmm«-te abermals, und die Augäpfel blinzelten ein- oder zweimal, was vielleicht der seltsamste Anblick war, den Bruenor je gesehen hatte, wie da aus dem Nichts ein Lid erschien, kurz das Auge bedeckte und dann wieder verschwand.

»Es scheint, daß ich an beiden Orten bin«, versuchte Harkle zu erklären. »Hier hinten bin ich ziemlich blind – natürlich, schließlich sind meine Augen dort. Ich frage mich, ob ich sie wohl zurückholen könnte …« Die geisterhafte Hand tauchte erneut auf und griff nach den Augäpfeln. Sie versuchte, einen von ihnen fest in den Griff zu bekommen, erreichte aber nur, daß sich das Auge auf dem Boden drehte.

»Huaahh!« rief der gepeinigte Harkle aus. »So sieht also eine Eidechse die Welt! Ich muß mir das notieren …«

»Harkle!« brüllte Bruenor ärgerlich.

»Oh, ja, ja, natürlich«, erwiderte Harkle und kam soweit zu Sinnen, wie es ihm eben möglich war. »Entschuldige bitte meine Zerstreutheit, König Bruenor. So etwas ist mir noch nie passiert.«

»Na, jetzt ist es jedenfalls passiert«, sagte Bruenor trocken.

»Meine Augen sind dort«, sagte Harkle, als versuchte er, sich laut darüber klarzuwerden, was geschehen war. »Aber natürlich werde ich selbst auch in Kürze dort sein. Tatsächlich hatte ich gehofft, es jetzt schon zu sein, bin aber nicht durchgekommen. Wirklich seltsam. Ich könnte es noch einmal versuchen, oder ich könnte einen meiner Brüder bitten, zu versuchen ...«

»Nein!« bellte Bruenor, der eine Gänsehaut bei dem Gedanken bekam, daß noch weitere Harpell-Körperteile auf ihn herabregnen könnten.

»Ja, natürlich«, stimmte Harkle nach einem Augenblick zu. »Zu gefährlich. Zu seltsam. Na, also gut. Ich komme, um auf deine Botschaft zu antworten, Freund Zwergenkönig!«

Bruenor ließ seinen Kopf in die Hände sinken und seufzte. Vor genau diesen Worten hatte er sich seit über zwei Wochen gefürchtet. Er hatte einen Boten mit einem Hilfegesuch für den Fall eines Krieges nach Langsattel geschickt, weil Drizzt darauf bestanden hatte.

Bruenors Ansicht nach bedeuteten die Harpells als Verbündete, daß man keine Feinde mehr brauchte.

»Eine Woche«, sagte Harkles körperlose Stimme. »Ich werde in einer Woche ankommen!« Es folgte eine lange Pause. »Ähm, eh, wärest du wohl so freundlich, meine Augäpfel solange zu verwahren?«

Bruenor winkte zur Seite, und mehrere Zwerge eilten herbei, um die exotischen Gegenstände neugierig und jetzt ohne Angst zu beäugen. Sie stritten darum, wer die Augen aufheben durfte, und schließlich einigten sie sich dahingehend, daß zwei von ihnen jeweils eines trugen – und jeder machte sich ein offenkundiges Vergnügen daraus, vor seinem Auge Fratzen zu ziehen.

Bruenor brüllte sie an, mit dem Unsinn aufzuhören, noch bevor Harkles Stimme vor Grauen aufschrie.

»Bitte!« bat der mehr oder weniger abwesende Magier. »Nur einer, der beide Augen trägt!« Sofort umklammerten die beiden Zwerge ihre Beute fester.

»Gebt sie Stumpet!« brüllte Bruenor. »Sie hat diese ganze Sache angefangen!«

Zögerlich, aber zu ängstlich, sich einem Befehl ihres Königs zu widersetzen, händigten die Zwerge ihr die Augäpfel aus.

»Und haltet sie bitte feucht«, wies Harkle die Zwerge an, woraufhin Stumpet sofort eine der Kugeln in den Mund steckte.

»Nicht so!« schrie die Stimme. »O nein, nicht so!«

»Ich sollte sie bekommen«, protestierte Jerbollah. »Mein Zauber hat funktioniert!« Sein Hintermann schlug ihm auf den Kopf.

Bruenor sackte auf seinem Thron zusammen und schüttelte den Kopf. Es würde lange Zeit dauern, die Hierarchie unter den Geistlichen wieder neu zu ordnen, und die Kriegsvorbereitungen würden noch um einiges länger dauern, wenn die Harpells ankamen.

Am anderen Ende des Raumes war Stumpet, die trotz ihrer Possen die vernünftigste von allen war, ebenfalls alles andere als leichtherzig zumute. Harkles unerwartete Anwesenheit hatte vielleicht von den anderen offensichtlichen Problemen abgelenkt, aber das seltsame Erscheinen des Zauberers aus Langsattel erklärte nicht die Geschehnisse hier. Stumpet, ein paar der anderen Geistlichen und sogar der Schreiber erkannten, daß irgend etwas ganz und gar nicht in Ordnung war.

Guenhwyvar war müde, als sie, Drizzt und Catti-brie den hoch gelegenen Paß erreichten, der zum östlichen Tor von Mithril-Halle führte. Drizzt hatte den Panther länger als üblich auf der materiellen Ebene verweilen lassen, und Guenhwyvar war darüber froh, auch wenn es für sie sehr anstrengend war. Bei den ganzen Vorbereitungen, die in den tiefen Tunneln unter dem Zwergenkomplex getroffen werden mußten, kam Drizzt, und damit auch Guenhwyvar, nicht sehr oft ins Freie.

Die Pantherstatuette hatte sich lange, lange Zeit in den Händen verschiedener Drows in Menzoberranzan befunden, und so hatte Guenhwyvar über Jahrhunderte hinweg nichts von der freien Natur der materiellen Ebene gesehen. Aber im Freien fühlte sie sich am heimischsten, dort, wo die echten Panther lebten und wo auch die ersten Gefährten der großen Katze gejagt hatten.

Guenhwyvar hatte den Ausflug mit Drizzt und Catti-brie durch die Berge wirklich genossen, aber jetzt war es an der Zeit, heimzugehen und sich auf der Astralebene auszuruhen. Trotz aller Liebe, aller Freundschaft konnten sich weder der Drow noch der Panther Ermüdung leisten, jetzt, da eine so große Gefahr drohte, ein nahender Krieg, in dem Drizzt und Guenhwyvar höchstwahrscheinlich eine bedeutende Rolle spielen und Seite an Seite kämpfen würden.

Der Panther umkreiste die Statuette, wurde immer durchsichtiger und verblaßte schließlich zu einem körperlosen grauen Nebel.

☆ ☆ ☆

Nachdem sie die materielle Ebene verlassen hatte, betrat Guenhwyvar einen langen, niedrigen, gewundenen Tunnel, den silbrigen Pfad, der sie zurück auf die Astralebene führen würde. Der Panther trabte behäbig voran, da er nicht besonders begierig war zu gehen und zudem zu müde, um schneller zu laufen. Der Weg war sowieso nicht sehr lang und immer völlig ereignislos.

Als sie um eine Kurve bog, kam Guenhwyvar plötzlich abrupt zum Stehen und legte die Ohren flach an den Kopf.

Der Tunnel vor ihr stand in Flammen.

Aus diesem Feuer sprangen teuflische Gestalten, monströse Wesen, die sich offensichtlich überhaupt nicht um die näher kommende Katze kümmerten. Guenhwyvar trat ein paar kurze Schritte näher. Sie konnte die intensive Hitze spüren und die feurigen Unholde sehen, und sie konnte ihr Gelächter hören, als sie fortfuhren, die runden Wände des Tunnels zu verzehren.

Ein kalter Luftzug sagte Guenhwyvar, daß der Tunnel irgendwo in der Leere zwischen den Existenzebenen aufgebrochen war. Feurige Ungeheuer wurden zu immer längerer Gestalt gedehnt und schließlich hinausgesaugt; die verbliebenen Flammen tanzten wild flackernd auf und ab. Manchmal schienen sie gänzlich zu verlöschen, nur um sich dann wieder in einem jähen Ausbruch aufzubäumen. Der Wind drückte Guenhwyvar fest gegen den Rücken und zwang sie weiter vorwärts, zwang alles im Tunnel, durch den Riß hinauszufliegen, hinaus in das Nichts.

Guenhwyvar wußte instinktiv, daß es keine Umkehr geben würde, wenn sie dem Druck nachgab, daß sie dann auf ewig hilflos zwischen den Ebenen umherwandern müßte.

Sie stemmte die Klauen in den Boden und schob sich langsam rückwärts. Sie kämpfte mit dem heftigen Wind um jeden Zoll des Weges. Ihr schwarzes Fell wurde zerzaust, die glatten Haare gegen den Strich aufgewühlt.

Ein Schritt zurück.

Der Tunnel war glatt und hart, und die Klauen des Panthers hatten wenig, in das sie sich eingraben konnten. Guenhwyvars Tatzen schoben heftiger nach hinten, aber unaufhaltsam wurde die Katze immer näher auf die Flammen und den Riß zugedrängt.

»Was ist?« fragte Catti-brie. Sie hatte Drizzts verwirrten Blick bemerkt, als dieser die Statuette aufhob.

»Warm«, erwiderte Drizzt. »Die Statue ist warm.«

Jetzt schaute auch Catti-brie erstaunt drein. Ein Gefühl reinen Schreckens überkam sie, ein Gefühl, das sie nicht erklären konnte. »Ruf Guen wieder her«, drängte sie.

Drizzt, der von der gleichen Angst heimgesucht wurde, war bereits dabei. Er stellte die Statuette auf den Boden und rief nach dem Panther.

☆ ☆ ☆

Guenhwyvar hörte den Ruf und wollte ihm unbedingt folgen, aber mittlerweile war sie dicht an dem Riß. Wilde Flammen zuckten hoch und versengten ihr das Gesicht. Der Wind war stärker als zuvor, und es gab nichts, überhaupt nichts, woran sich Guenhwyvar festklammern konnte.

Die Katze verspürte Furcht, und sie verspürte Trauer. Niemals wieder würde sie Drizzts Ruf folgen, nie wieder an der Seite des Waldläufers in den Wäldern nahe Mithril-Halle jagen oder mit Drizzt und Catti-brie einen Berg hinabrennen können.

Guenhwyvar hatte schon öfter Trauer verspürt, wenn frühere Meister gestorben waren. Aber diesmal würde es keinen Ersatz geben, nicht für Drizzt und auch nicht für Catti-brie oder Regis oder auch nur für Bruenor, jene frustrierendste aller Kreaturen, deren Haßliebe zu Guenhwyvar dem Panther oft so großes Vergnügen bereitet hatte.

Guenhwyvar erinnerte sich an die Gelegenheit, als Drizzt dem Panther aufgetragen hatte, sich auf den schlafenden Bruenor zu legen und ein Nickerchen zu machen. Wie der Zwerg gebrüllt hatte!

Flammen bissen Guenhwyvar im Gesicht. Sie konnte jetzt durch den Riß schauen und die Leere sehen, die sie erwartete.

Irgendwo, jenseits des kreischenden Windes, erklang Drizzts Ruf – ein Ruf, dem die Katze nicht folgen konnte.

Baenres Schuld

Uthegental Armgo, Waffenmeister von Barrison del'Armgo, dem Zweiten Haus von Menzoberranzan, war nicht gerade Jarlaxles Lieblingsdrow. Tatsächlich war sich Jarlaxle nicht einmal sicher, ob Uthegental wirklich ein Drow war. Mit einer Größe von fast sechs Fuß und einem muskelbepackten Körper, der knapp zweihundert Pfund wog, war Uthegental der größte Dunkelelf in Menzoberranzan und einer der größten dieser gewöhnlich eher zierlichen Rasse, der jemals im Unterreich gesehen worden war. Doch den wilden Waffenmeister zeichnete mehr aus als nur dies. Während Jarlaxle als exzentrisch betrachtet wurde, sah Uthegental einfach nur beängstigend aus. Er schor sein weißes Haar kurz und formte es mit Hilfe eines dicken, gelartigen Extraktes, der aus Rotheeutern ausgekocht wurde, zu vielen Spitzen. Durch seine kantige Nase hatte er einen Mithrilring gezogen, und aus jeder Wange ragte ein Schmucknagel.

Seine Waffe war ein Dreizack, der ebenso schwarz war wie der maßgeschneiderte Panzer aus miteinander verbundenen Platten, den er trug. Dazu hing ein Netz – ein magisches, wie man munkelte – griffbereit von seinem Gürtel.

Jarlaxle war froh, daß Uthegental zumindest nicht seine Kriegsbemalung trug, Zickzackstreifen aus einer Farbe, die der Söldner nicht kannte und die sowohl im normalen als auch im infraroten Lichtspektrum gelb und rot aussah. Es war in Menzoberranzan allgemein bekannt, daß Uthegental nicht nur der Patron von Oberin Mutter Mez'Barris, sondern auch der Liebhaber vieler anderer Frauen von Barrison del'Armgo war. Das zweite Haus betrachtete ihn als Zuchtmaterial, und der Gedanke an Dutzende kleiner Uthegentals, die überall herumwimmelten, brachte einen säuerlichen Ausdruck auf Jarlaxles Gesicht.

»Die Magie spielt verrückt, aber ich bleibe so stark wie immer!« knurrte der exotische Waffenmeister, dessen ständig gefurchte Stirn ihn noch bedrohlicher erscheinen ließ. Er streckte den Arm zur Seite und spannte den Bizeps an, so daß die steinharten Muskeln mächtig und stolz anschwollen.

Jarlaxle mußte sich wieder ins Bewußtsein rufen, daß er sich inmitten seines eigenen Lagers befand, in seinem eigenen Zimmer, hinter seinem eigenen Schreibtisch und unsichtbar umgeben von einem Dutzend äußerst fähiger und absolut loyaler Soldaten von Bregan D'aerthe. Selbst ohne die verborgenen Wachen war Jarlaxles Schreibtisch mit mehr als genug tödlichen Tricks ausgerüstet für den Fall, daß Gäste Ärger machen wollten. Und natürlich war auch Jarlaxle selbst kein schlechter Krieger. Ein kleiner Teil von ihm – ein *sehr* kleiner Teil – fragte sich, wie er wohl in einem Kampf gegen Uthegental abschneiden würde.

Nur wenige Krieger, ob Drow oder Angehörige anderer Rassen, waren in der Lage, den Söldnerführer einzuschüchtern, aber angesichts dieses Wahnsinnigen erlaubte er es sich, ein wenig Demut zu zeigen.

»Ultrin Sargtlin!« stieß Uthegental den Drow-Ausdruck für »Größter Kämpfer« aus, und nach Dantrag Baenres Tod schien dies nicht einmal anmaßend. Jarlaxle stellte sich häufig den Kampf vor, von dem die meisten Drows in Menzoberranzan erwartet hatten, daß er eines Tages zwischen den bitteren Rivalen Uthegental und Dantrag stattfinden würde.

Dantrag war der schnellere gewesen – schneller als irgend jemand sonst –, aber schon aufgrund seiner Stärke und Größe war Uthegental in einem solchen Kampf immer Jarlaxles Favorit gewesen. Wenn ihn die Kampfeswut überkam, besaß Uthegental die Stärke eines Riesen, wie es hieß, und dieser furchteinflößende Waffenmeister war so zäh, daß er in einem Kampf mit geringeren Kreaturen – wie zum Beispiel Goblinsklaven – seinem Widersacher immer den ersten Schlag zugestand und niemals den Angriff zu parieren versuchte. Er nahm den bösartigen Treffer hin und suhlte sich in seinem Schmerz, bevor er seinem Feind die Glieder einzeln ausriß und sich die erlesensten Körperteile zum Mittagessen zubereiten ließ.

Jarlaxle schauderte bei dem Gedanken, dann verdrängte er das Bild und erinnerte sich daran, daß er und Uthegental wichtigere Geschäfte zu erledigen hatten.

»Es gibt keinen Waffenmeister und auch keinen anderen Drow in Menzoberranzan, der mir gewachsen wäre«, fuhr Uthegental mit seiner Prahlerei fort, für die sich Jarlaxle keinen anderen Grund denken konnte als den übermäßig aufgeblähten Stolz des Wilden.

Der Drow protzte weiter und immer weiter, wie es seine Art war, und obgleich Jarlaxle ihn gern gefragt hätte, ob das Ganze einen Zweck verfolgte, schwieg er doch, da er sicher war, daß der Gesandte des zweiten Hauses schließlich doch noch dazu übergehen würde, eine ernsthafte Diskussion zu beginnen.

Plötzlich brach Uthegental seine Tirade ab, und seine Hand schoß vor, um sich einen Edelstein von dem Schreibtisch zu schnappen, den Jarlaxle als Briefbeschwerer benutzte. Uthegental murmelte ein Wort, das Jarlaxle nicht verstand, aber die scharfen Augen des Söldners bemerkten ein leichtes Flackern in der Brosche des riesigen Drow, dem Hausemblem von Barrison del'Armgo. Dann hielt Uthegental den Edelstein in die Luft und drückte ihn mit aller Kraft. Die Muskeln in seinem mächtigen Arm spannten und wölbten sich, aber das Juwel hielt stand.

»Ich müßte in der Lage sein, dies hier zu zerquetschen«, knurrte Uthegental. »Das ist die Macht, die Magie, mit der mich Lloth gesegnet hat!«

»Der Edelstein wäre nicht mehr soviel wert, wenn er zu Staub zerdrückt würde«, erwiderte Jarlaxle trocken. Worauf wollte Uthegental hinaus? fragte er sich. Aber natürlich, es ging in der ganzen Stadt etwas Seltsames mit der Magie vor sich. Jetzt verstand Jarlaxle Uthegentals vorherige Prahlerei besser. Der Waffenmeister war in der Tat noch immer stark, aber nicht mehr *so* stark, ein Umstand, der Uthegental beträchtlich beunruhigte.

»Die Magie versagt«, sagte Uthegental, »sie versagt überall. Die Priesterinnen knien im Gebet und opfern Drow um Drow, und dennoch bringt nichts, was sie tun, Lloth oder ihre Dienerinnen zum Vorschein. Die Magie versagt, und es ist Oberin Baenres Schuld!«

Jarlaxle bemerkte, daß sich Uthegental ständig wiederholte. Wahrscheinlich, um sich selbst an das zu erinnern, worüber er sprach, sinnierte der Söldner, und sein säuerlicher Gesichtsausdruck spiegelte seine Meinung über Uthegentals Intelligenz treffend wider. Natürlich entging Uthegental dieses subtile Mienenspiel.

»Das könnt Ihr nicht wissen«, erklärte Jarlaxle. Uthegentals Anschuldigung kam zweifellos von Oberin Mez'Barris selbst. Dem Söldner wurde jetzt vieles klar, vor allem die Tatsache, daß Mez'Barris Uthegental ausgesandt hatte, um bei Bregan D'aerthe nachzufühlen, ob die Zeit für einen Putsch gegen Baenre reif war. Uthegentals Worte hätten als beleidigend aufgefaßt werden können, doch nicht für Barrison del'Armgo, denn der Waffenmeister des Hauses riß seinen Mund ständig weit auf, und niemals, um jemanden außer sich selbst zu loben.

»Es war Oberin Baenre, die den Abtrünnigen Do'Urden entkommen ließ«, bellte Uthegental. »Sie war es, die den Vorsitz bei dem fehlgeschlagenen Hohen Ritual innehatte. Fehlgeschlagen, so wie die Magie jetzt fehlschlägt.«

Sag es doch noch einmal, dachte Jarlaxle, behielt die spöttische Bemerkung aber klugerweise für sich. Er war frustriert, aber nicht nur von der offensichtlichen Dummheit seines Gegenübers, sondern von der Tatsache, daß Uthegentals Argumentation in der ganzen Stadt verbreitet war. Jarlaxles Meinung nach engten sich die Dunkelelfen Menzoberranzans ständig dadurch selbst ein, daß sie blind darauf beharrten, alles, was geschah, müsse eine tiefere Bedeutung haben und jede ihrer Handlungen diene einem großen Plan der Spinnenkönigin. Wenn Drizzt Do'Urden sich von Lloth lossagte und davonlief, so wies dies in den Augen der Priesterinnen eindeutig auf Lloths Wunsch hin, das Haus Do'Urden solle fallen und Drizzts Gefangennahme den anderen ambitionierten Häusern als Prüfung dienen.

Es war eine einengende Philosophie, eine, die jeden freien Willen leugnete. Gewiß, Lloth mochte bei der Jagd auf Drizzt die Hand im Spiel haben. Gewiß, sie mochte über die Störung des Hohen Rituals verärgert sein, wenn sie sich überhaupt dazu herabgelassen hatte, das Ereignis wahrzunehmen! Aber zu behaupten, daß alles, was derzeit geschah, vollständig auf jenes Ereignis zurückzuführen war – also im Grunde auf eine Kleinigkeit in der fünftausendjährigen Geschichte von Menzoberranzan –, sprach nur von törichtem Stolz und der irrigen Vorstellung der Bewohner von Menzoberranzan, das ganze Multiversum drehe sich nur um sie.

»Warum versagt dann die Magie in jedem Haus?« fragte Jarlaxle Uthegental. »Warum nicht nur im Haus Baenre?«

Uthegental schüttelte heftig den Kopf und war nicht bereit, diesen Gedanken auch nur in Erwägung zu ziehen. »Wir haben vor Lloth versagt und werden bestraft«, erklärte er. »Wenn doch nur *ich* auf den Abtrünnigen gestoßen wäre und nicht der erbärmliche Dantrag Baenre!«

Nun, das hätte Jarlaxle allerdings gern gesehen! Drizzt Do'Urden im Kampf gegen Uthegental. Der bloße Gedanke daran ließ ein Prickeln über das Rückgrat des Söldners laufen.

»Ihr könnt nicht abstreiten, daß Dantrag Lloths Gunst besaß«, wandte Jarlaxle ein, »während Drizzt Do'Urden dies mit Sicherheit nicht tat. Wie konnte Drizzt dann aber gewinnen?«

Uthegentals Stirn furchte sich so tief, daß seine rotleuchtenden Augen fast völlig verschwanden, und Jarlaxle kam schnell zu der Überzeugung, daß es keine gute Idee gewesen war, den Grobian auf diese Denkschiene zu lenken. Es war eine Sache, Oberin Baenre zu unterstützen; es war jedoch etwas ganz anderes, das Fundament der ganzen Welt dieses religiös verblendeten Sklaven zu erschüttern.

»Es wird schon alles ins reine kommen«, versicherte Jarlaxle seinem Gegenüber. »In ganz Arach-Tinilith, in der ganzen Akademie und in jeder Kapelle jedes Hauses werden Gebete an Lloth gerichtet.«

»Ihre Gebete werden nicht erhört«, erinnerte ihn Uthegental sofort. »Lloth ist zornig auf uns und wird nicht mit uns sprechen, bevor wir nicht jene bestraft haben, die vor ihr versagt haben.«

Ihre Gebete wurden nicht erhört, weil sie vielleicht nicht einmal *ge*hört wurden, dachte Jarlaxle. Anders als der Großteil der typischerweise fremdenfeindlichen Drow in Menzoberranzan stand der Söldner in Verbindung mit der Außenwelt. Durch seine Kontakte wußte er, daß die Svirfneblin-Priester in Blingdenstone ähnliche Schwierigkeiten in ihren Gottesdiensten hatten und daß auch die Magie der Tiefengnomen fehlschlug. Jarlaxle glaubte, daß etwas mit dem Pantheon selbst und dem gesamten Gefüge der Magie geschehen war.

»Es ist nicht Lloth«, erklärte er kühn, woraufhin Uthegentals Augen sich weiteten. Jarlaxle verstand genau, was auf dem Spiel stand, nämlich die gesamte Hierarchie der Stadt und möglicherweise das Leben der Hälfte aller Drow in Menzoberranzan, und er fuhr mit Nachdruck fort. »Besser gesagt, es ist nicht *nur* Lloth. Betrachtet Narbondel, wenn Ihr zurück in die Stadt geht«, sagte er und bezog sich damit auf die große Steinsäulenuhr von Menzoberranzan. »Selbst jetzt, da die kühle Dunkelheit der Nacht herrschen müßte, leuchtet er heller und heißer als je zuvor, so heiß, daß sein Leuchten sogar ohne Wärmesicht gesehen werden kann, so heiß, daß kein Drow in der Nähe der Säule es wagen darf, seine Augen auf das Wärmespektrum einzustellen, wenn er nicht erblinden will.

Und doch ist Narbondel von einem Magier verzaubert worden und nicht von einer Priesterin«, fuhr Jarlaxle fort und hoffte, daß der geistig träge Uthegental seinem Gedankengang folgen konnte.

»Ihr bezweifelt, daß Lloth einen Einfluß auf die Uhr ausüben kann?« knurrte der Waffenmeister.

»Ich bezweifle, daß sie es wollte!« konterte Jarlaxle heftig. »Die Magie von Narbondel hat nichts mit Lloth zu tun, hatte es nie. Einige der früheren Erzmagier von Menzoberranzan waren nicht einmal Anbeter von Lloth!« Er hätte fast hinzugefügt, daß auch Gromph Baenre, der derzeit diese Position innehatte, nicht übermäßig gläubig war, entschied sich aber, diese kleine Information zurückzuhalten. Es war nicht sinnvoll, dem zu allem entschlossenen zweiten Haus noch zusätzliche Gründe für die Meinung zu geben, daß sich das Haus Baenre nicht mehr in der Gunst der Spinnenkönigin befand.

»Und denkt an die Feenfeuer, die jedes Gebäude beleuchten«, fuhr Jarlaxle fort. Der Winkel, in dem die Falten auf Uthegentals Stirn sich befanden, verriet ihm, daß der Grobian plötzlich mehr neugierig denn wütend war – kein besonders vertrauter Anblick. »Sie flackern an und aus oder verlöschen gänzlich. Es ist zauberisches Feenfeuer, nicht die Magie der Priesterinnen, und es verschönert jedes Haus und nicht nur Baenre. Die Ereignisse betreffen nicht nur uns, sage ich, nicht nur das Hohe Ritual. Teilt bitte Oberin Mez'Barris mit, daß ich, bei allem Respekt, nicht glaube, daß wir hierfür Oberin Baenre die Schuld geben können, ebensowenig, wie die Lösung unseres Problems in einem Krieg gegen das erste Haus liegen kann. Nicht, solange uns Lloth keine eindeutige Anweisung übermittelt.«

Uthegentals Gesichtsausdruck kehrte schon bald zu der vertrauten finsteren Miene zurück. Natürlich war er frustriert, erkannte Jarlaxle. Die intelligentesten Drow von ganz Menzoberranzan waren es, die intelligentesten Svirfnebli von Blingdenstone ebenfalls, und nichts, was Jarlaxle sagen mochte, würde Uthegentals Ansichten ändern oder die Begierde des kriegslüsternen Wilden, das Haus Baenre anzugreifen. Aber der Söldner wußte, daß er Uthegental nicht zu überzeugen brauchte. Er mußte nur dafür sorgen, daß Uthegental bei seiner Rückkehr zum Haus Barrison del'Armgo die richtigen Dinge sagte. Der bloße Umstand, daß Mez'Barris einen so prominenten Gesandten, ihren eigenen Patron und Waffenmeister, geschickt hatte, verriet Jarlaxle, daß sie ohne die Hilfe oder zumindest das Wohlwollen von Bregan D'aerthe keine Verschwörung gegen Baenre beginnen würde.

»Ich gehe«, erklärte Uthegental, und das waren die angenehmsten Worte, die Jarlaxle gehört hatte, seit der Riese sein Lager betreten hatte.

Jarlaxle nahm seinen breitkrempigen Hut ab und fuhr sich mit den Händen über den kahlen Schädel, während er sich bequem zurücklehnte. Er konnte das Ausmaß der Ereignisse nicht einmal ansatzweise abschätzen. Vielleicht war Lloth selbst in dem offensichtlichen Chaos, in dem sich das Gewebe der Welten befand, vernichtet worden. Das wäre keine schlechte Sache, fand Jarlaxle.

Aber er hoffte dennoch, daß sich alles von selbst und so ordentlich regeln würde, wie er es Uthegental gegenüber behauptet hatte, denn er wußte, daß diese Aufforderung – und es war eine Aufforderung –, einen Krieg zu beginnen, immer wieder gestellt werden würde, und der Nachdruck würde jedesmal größer werden. Früher oder später war ein Angriff auf Haus Baenre unvermeidbar.

Jarlaxle dachte an den Zwischenfall zwischen Oberin Baenre und K'yorl Odran, der Oberin Mutter von Oblodra, dem dritten und möglicherweise gefährlichsten Haus der Stadt, als Baenre damit begonnen hatte, eine Allianz zu schmieden, um eine Eroberungsarmee gegen Mithril-Halle auszusenden. Damals hatte Baenre aus einer Position der Stärke heraus gehandelt und sich Lloths voller Gunst erfreut. Sie hatte K'yorl und das dritte Haus offen beleidigt und die unberechenbare Oberin Mutter durch pure Drohungen in ihre Allianz gezwungen.

Jarlaxle wußte, daß K'yorl dies nie vergessen würde, und es war durchaus möglich, daß sie Mez'Barris Armgo in einen Krieg gegen Haus Baenre trieb.

Jarlaxle liebte das Chaos, er gedieh förmlich darin, aber dieses Szenario fing langsam an, ihm ernsthaft Sorgen zu machen.

☆ ☆ ☆

Entgegen Jarlaxles Einschätzung drängte K'yorl Odran die Oberin Mez'Barris nicht zu einem Krieg mit dem Haus Baenre. Im Gegenteil, K'yorl arbeitete hart daran, einen solchen Konflikt zu vermeiden, indem sie sich im geheimen mit den Oberinnen Müttern der sechs herrschenden Häuser unterhalb von Haus Baenre traf (mit Ausnahme von Ghenni'tiroth Tlabbar, der Oberin des Hauses Faen Tlabbar, des vierten Hauses, die K'yorl nicht ausstehen konnte und der sie nicht vertraute). Das lag nicht daran, daß K'yorl Oberin Baenre die Beleidigungen vergeben hätte, und es hatte auch nichts damit zu tun, daß sich K'yorl vor den ungewöhnlichen Geschehnissen fürchtete. Weit gefehlt!

Ohne ihr ausgedehntes Netz aus Spähern, das sich weit über das Haus Oblodra hinaus erstreckte, und ohne die offenkundigen Anzeichen wie Narbondel und das flackernde Feenfeuer hätten die Mitglieder des dritten Hauses überhaupt nicht bemerkt, daß etwas nicht in Ordnung war. Denn die Kräfte von Haus Oblodra entsprangen nicht der Magie von Zauberern und auch nicht Gebeten an die Spinnenkönigin.

Die Oblodras waren Psioniker. Ihre Macht entstammte den inneren Kräften des Geistes, und bislang hatte die Zeit der Unruhe sie noch nicht in Mitleidenschaft gezogen.

K'yorl durfte dies den Rest der Stadt nicht wissen lassen. Sie ließ die Gruppe von Priesterinnen unter ihrem Kommando hart daran arbeiten, das psionische Gegenstück zum Feenfeuer, das ihr Haus beleuchtete, zum Flackern zu bringen, wie es auch bei den anderen Häusern der Fall war. Und Mez'Barris und den anderen Oberinnen Müttern gegenüber gab sie sich ebenso aufgebracht und nervös wie diese selbst.

Sie mußte die Dinge unter Kontrolle behalten; sie mußte das Gerede von Verschwörung zum Schweigen bringen. Denn wenn K'yorl erst sicher sein konnte, daß der Verlust der Magie kein verschlagener Trick war, dann würde ihr Haus zuschlagen – alleine. Sie würde sich vielleicht zuerst am Haus Faen Tlabbar dafür rächen, daß sie all die Jahre über dessen ehrgeizigen Aufstieg hatte beobachten müssen. Oder vielleicht würde sie auch direkt gegen die verfluchte Baenre vorgehen.

Wie auch immer, die Oberin Mutter hatte auf jeden Fall vor, allein zuzuschlagen.

☆ ☆ ☆

Oberin Baenre saß steif auf einem Sessel, der auf der fackelbeleuchteten Empore der großen Kapelle ihres Hauses stand. Ihre Tochter Sos'Umptu, die Hüterin dieses heiligsten aller Orte der Drow, saß zu ihrer Linken, während Triel, die älteste Tochter von Baenre und leitende Oberin der Drowakademie, sich an ihrer rechten Seite befand. Alle drei blickten nach oben zu der Illusion, die Gromph dort plaziert hatte, und es erschien auf seltsame Weise angemessen, daß das Trugbild nicht mit seinem stetigen Gestaltwechsel von Drow zu Spinne und wieder zurück fortfuhr, sondern statt dessen irgendwo in der Mitte der Verwandlung innegehalten hatte – ebenso wie die Kräfte, die dem Haus Baenre zu seiner außerordentlichen Position verholfen hatten.

Weiter oben waren Goblin- und Minotaurensklaven dabei, die Kuppel zu reparieren, aber Oberin Baenre hatte jede Hoffnung aufgegeben, daß die Restaurierung ihrer Kapelle die seltsamen und schrecklichen Vorgänge in Menzoberranzan wieder in Ordnung bringen würde. Sie hatte sich Jarlaxles Überzeugung angeschlossen, daß etwas Größeres als ein fehlgeschlagenes Hohes Ritual und die Flucht eines einzelnen Abtrünnigen verantwortlich für die Ereignisse in Menzoberranzan sein mußte, etwas, das sich weit jenseits ihres Verständnisses oder Einflusses befand.

Das machte die Dinge für Oberin Baenre jedoch nicht einfacher. Wenn die anderen Häuser diese Überzeugung nicht teilten, würden sie versuchen, Baenre als Opfer zu benutzen, mit dem sie alles wieder ins Lot bringen konnten. Sie warf einen kurzen Blick auf ihre Töchter. Sos'Umptu gehörte zu den am wenigsten ehrgeizigen Drowfrauen, die sie je gesehen hatte, und Baenre fürchtete sie nicht im mindesten. Triel andererseits mochte gefährlicher sein. Obgleich es so aussah, als sei sie mit ihrem Leben als leitende Oberin der Akademie, einem Posten von nicht geringer Wichtigkeit, zufrieden, wurde allgemein davon ausgegangen, daß sie als älteste Tochter eines Tages das erste Haus regieren würde.

Triel war – wie ihre Mutter – sehr geduldig, aber sie war auch – ebenfalls wie ihre Mutter – sehr berechnend. Wenn sie dachte, daß es nötig wäre, ihre Mutter vom Thron des Hauses Baenre zu entfernen, um Namen und Ruf von Baenre wiederherzustellen, dann würde sie das gnadenlos tun.

Was der Grund war, aus dem Oberin Baenre sie aus der Akademie zu einem Treffen herbeigerufen hatte und dieses Treffen in der Kapelle abhielt. Dies war Sos'Umptus Platz, Lloths Platz, und Triel würde nicht wagen, hier gegen ihre Mutter loszuschlagen.

»Ich habe vor, eine Verlautbarung der Akademie zu erlassen, die besagt, daß kein Haus diese Zeit der Schwierigkeiten dafür nutzen soll, gegen ein anderes in den Krieg zu ziehen«, verkündete Triel und brach damit die verhältnismäßige Stille – denn keine der Baenre-Frauen nahm Notiz von dem Hämmern und Stöhnen der Sklaven, die nur knapp hundert Fuß entfernt an dem Kuppeldach arbeiteten. Keine von ihnen nahm auch nur wahr, wenn ein Minotaurus beiläufig einen Goblin in den Tod stieß, um sich zu amüsieren.

Oberin Baenre holte tief Luft und dachte über diese Worte und die dahinterliegende Bedeutung nach. Natürlich würde Triel eine solche Empfehlung aussprechen. Die Akademie war vielleicht die stabilisierendste Kraft in Menzoberranzan. Aber warum hatte Triel diesen Moment ausgewählt, um ihrer Mutter davon zu berichten? Warum hatte sie nicht einfach gewartet, bis die Verlautbarung öffentlich und für alle verkündet wurde?

Versuchte Triel, sie zu beruhigen? Oder versuchte sie nur, sie in Sicherheit zu wiegen?

Die Gedanken kreisten in Oberin Baenres Geist, schossen hin und her, prallten gegeneinander und bewirkten nur noch mehr Unruhe und Angst. Verstandesmäßig begriff Baenre, daß es selbstzerstörerisch war, überall Feinde und verborgene Bedeutungen zu vermuten. Aber sie wurde immer verzweifelter. Noch vor ein paar Wochen hatte sie sich auf dem Höhepunkt ihrer Macht befunden. Sie hatte die Stadt unter ihrer Führung zu dem Zweck vereint, einen massiven Schlag gegen den Zwergenkomplex von Mithril-Halle zu führen.

Wie schnell ihr das alles genommen worden war, so schnell, wie ein Stalaktit von der Decke der Höhle über ihrer geheiligten Kapelle fiel.

Aber sie war noch nicht am Ende. Oberin Baenre hatte nicht mehr als zweitausend Jahre überlebt, um jetzt aufzugeben. Triel sollte verdammt sein, falls sie wirklich plante, den Thron zu übernehmen. Sie sollten alle verdammt sein!

Die Oberin-Mutter klatschte scharf in die Hände, und beide Töchter zuckten überrascht zusammen, als eine zweibeinige, menschengroße Monstrosität in ihr Blickfeld trat, die in wallende, blutrote Roben gewandet war. Der purpurne Kopf der Kreatur ähnelte dem eines Oktopus, doch wanden sich nur vier magere Tentakel vom Rand ihres runden, vielzähnigen Maules, und ihre Augen waren ohne Pupillen und von einem milchigen Weiß.

Der Illithide oder Gedankenschinder war den Töchtern von Baenre nicht unbekannt. Ganz im Gegenteil, denn El-Viddenvelp oder Methil, wie er gewöhnlich genannt wurde, war Oberin Baenres Berater und befand sich seit vielen Jahren an ihrer Seite. Nachdem sie die erste Überraschung überwunden hatten, blickten sowohl Sos'Umptu als auch Triel ihre Mutter neugierig an.

Ich grüße Euch, Triel, teilte der Illithide telepathisch mit. *Und Euch natürlich ebenfalls, Sos'Umptu, hier an diesem Eurem Orte.*

Beide Töchter nickten und erwiderten die Grüße auf geistigem Weg, da sie wußten, daß Methil ihre Gedanken ebenso leicht wahrnehmen würde, als hätten sie sie laut ausgesprochen.

»Närrinnen!« schrie Oberin Baenre beide an. Sie sprang von ihrem Sessel auf und wirbelte herum. Ihr verwittertes Gesicht war wütend verzogen. »Wie sollen wir diese Zeiten überleben, wenn zwei meiner wichtigsten Kommandantinnen und vertrautesten Beraterinnen solche Närrinnen sind?«

Sos'Umptu war vollkommen verwirrt und reagierte verlegen. Sie ging sogar so weit, ihr Gesicht mit dem weiten Ärmel ihrer dicken, purpurn-schwarzen Robe zu bedecken.

Triel, die weltgewandter war als ihre jüngere Schwester, empfand zunächst den gleichen Schock, erkannte aber dann schnell, worauf ihre Mutter hinauswollte. »Der Illithide hat seine Kräfte nicht verloren«, stellte sie fest, und Sos'Umptu lugte neugierig über ihren Arm vor.

»Nicht im mindesten«, stimmte Oberin Baenre zu, und sie klang alles andere als glücklich.

»Aber dann haben wir einen Vorteil«, wagte Sos'Umptu einzuwerfen. »Denn Methil ist loyal genug.« Es war sinnlos, ihre wahren Gefühle hinter Halbwahrheiten zu verbergen, da der Illithide ihre Gedanken sowieso lesen würde. »Und er ist der einzige seiner Art in Menzoberranzan.«

»Aber nicht der einzige, der solche Kräfte besitzt!« brüllte Oberin Baenre sie an, so daß sie wieder in ihrem Sessel zusammensackte.

»K'yorl«, keuchte Triel, »Wenn Methil seine Kräfte einzusetzen vermag …«

»Dann können dies auch die Oblodrans«, beendete Baenre den Satz grimmig.

Sie üben ihre Kräfte ständig, bestätigte Methil den dreien. *Die Beleuchtung von Haus Oblodra würde nicht flackern, wenn K'yorls Kreis dies nicht befohlen hätte.*

»Können wir uns dessen sicher sein?« fragte Triel, denn es schien kein festes Muster zu geben, nach dem sich das Versagen der Magie richtete, sondern nur ein chaotisches Durcheinander. Vielleicht war Methil einfach noch nicht betroffen oder hatte es noch nicht bemerkt. Und vielleicht war die Feenfeuer-Beleuchtung von Oblodra, auch wenn sie einen anderen Ursprung hatte als die Feuer, die auf anderen Häusern leuchteten, ebenfalls in demselben Chaos gefangen.

Psionische Kräfte können von psionischen Kreaturen wahrgenommen werden, versicherte ihr Methil. *Das dritte Haus quillt über vor Energie.*

»Und K'yorl vermittelt den Anschein, daß dem nicht so ist«, fügte Oberin Baenre in einem häßlichen Tonfall hinzu.

»Sie plant, überraschend anzugreifen«, überlegte Triel.

Oberin Baenre nickte grimmig.

»Was ist mit Methil?« meinte Sos'Umptu hoffnungsvoll. »Seine Kräfte sind sehr groß.«

»Methil ist K'yorl mehr als gewachsen«, versicherte Oberin Baenre ihrer Tochter, und Methil bemühte sich lautlos, ein Gefühl unverkennbaren Selbstvertrauens auszustrahlen. »Aber K'yorl ist nicht die einzige Oblodran mit psionischen Kräften.«

»Wie viele sind es?« wollte Triel wissen, worauf Oberin Baenre nur mit den Schultern zucken konnte.

Viele, antworteten Methils Gedanken.

Triel dachte es, und da sie wußte, daß Methil es hören konnte, sprach sie es laut aus. »Und wenn die Oblodrans uns angreifen, auf welcher Seite wird dann Methil stehen?«

Oberin Baenre war einen Augenblick lang von der Kühnheit ihrer Tochter schockiert, aber dann erkannte sie, daß Triel kaum eine andere Wahl hatte, als ihr Mißtrauen auszusprechen.

»Und wird er seine Verbündeten aus der Illithidenhöhle herbeibringen, die nicht sehr weit entfernt liegt?« drängte Triel. »Mit hundert Illithiden auf unserer Seite könnten wir in dieser Zeit unserer Not sicher …«

Es kam nichts von Methil, nicht der leiseste Hauch einer telepathischen Nachricht, und das war für die Baenres Antwort genug.

»Unsere Probleme sind nicht die der Gedankenschinder«, sagte Oberin Baenre. Das war nur allzu wahr, und sie wußte es auch. Sie hatte versucht, die Illithiden für den Überfall auf Mithril-Halle anzuwerben. Sie hatte ihnen Reichtümer und eine feste Allianz versprochen, aber die Beweggründe der anderweltlichen oktopusköpfigen Kreaturen waren nicht dieselben wie jene der Dunkelelfen oder irgendeiner anderen Rasse des Unterreiches. Trotz der vielen Jahre, in denen sie mit Methil zu tun gehabt hatte, konnte Oberin Baenre seine Beweggründe noch immer nicht begreifen. Das Beste, was sie von den Illithiden für ihren wichtigen Feldzug gegen Mithril-Halle hatte erhalten können, waren Methil und zwei andere, die zugestimmt hatten, im Austausch für hundert Kobolde und zwanzig männliche Drow, die von der Illithiden-Gemeinschaft als Sklaven in ihrer kleinen Höhlenstadt verwendet wurden, mitzuziehen.

Nun gab es nicht mehr viel zu besprechen. Die Hauswachen waren in höchste Alarmbereitschaft versetzt worden und standen überall auf Posten; jeder überzählige Drow betete die Spinnenkönigin um Hilfe an. Das Haus Baenre tat alles, was es konnte, um das Verderben aufzuhalten, und doch fürchtete die Oberin, daß sie keinen Erfolg haben würden. K'yorl war mehrfach unangemeldet bei ihr erschienen, war an dem magischen Zaun und zahlreichen magischen Wachzeichen vorbeigekommen, die den Komplex umgaben. Die Oberin Mutter des Hauses Oblodra hatte dies nur getan, um Baenre zu verhöhnen. Aber was würde K'yorl erreichen können, wenn die magischen Wachen überhaupt nicht mehr funktionierten? Wie würde Oberin Baenre der Psionikerin widerstehen können, wenn sie über keine eigene Magie mehr verfügte?

Offenbar war ihr als Verteidigung nur noch Methil geblieben, eine Kreatur, der sie nicht vertraute und die sie nicht verstand.

Eine Situation, die Baenre überhaupt nicht zusagte.

Magische Manifestationen

Guenhwyvar verspürte Schmerz, sie verspürte Qualen, die schrecklicher waren als alles, was sie jemals gefühlt hatte. Aber schlimmer als das war die Verzweiflung, wahrhaftige Verzweiflung. Guenhwyvar war eine Kreatur, die aus Magie entstanden war, sie war die Manifestation der Lebenskraft jenes Tieres, das auf Toril als Panther bekannt war. Jeder Lebensfunke der Existenz in dem großen Panther beruhte auf Magie – ebenso wie die Kraft, die es Drizzt und anderen vor ihm erlaubt hatte, Guenhwyvar auf die Erste Materielle Ebene zu bringen.

Jetzt löste sich diese Magie auf; das Gewebe, das die universelle Magie in einem mystischen und verläßlichen Muster zusammengehalten hatte, war zerrissen.

Der Panther war verzweifelt.

Guenhwyvar hörte Drizzts Rufen, seine Bitten. Der Drow ahnte, daß sich Guen in Gefahr befand; seine Stimme verriet es. Im Innersten seines Herzens wußte Drizzt Do'Urden, der so innig mit seiner Panthergefährtin verbunden war, daß Guenhwyvar schon bald auf immer für ihn verloren sein würde.

Dieser düstere Gedanke gab dem Panther einen Augenblick erneuerter Hoffnung und Entschlossenheit zurück. Guenhwyvar konzentrierte sich auf Drizzt, sie beschwor ein Vorgefühl jenes Schmerzes herauf, den sie erleiden würde, wenn sie nie wieder zu ihrem geliebten Herrn zurückkehren könnte. In purem Trotz knurrte sie leise und schlug ihre Krallen so fest in den Boden, daß sich mehr als nur eine in der glatten, harten Oberfläche verhakte und ausgerissen wurde.

Der Schmerz konnte die Katze nicht aufhalten, nicht, wenn Guenhwyvar ihn mit dem Schrecken verglich, in jene Flammen gezogen zu werden und hinaus aus dem Tunnel, der einzigen Verbindung zur materiellen Welt und zu Drizzt Do'Urden.

Der Kampf dauerte länger, als irgendein Wesen hätte Widerstand leisten können. Aber obgleich Guenhwyvar nicht dichter an den Riß herangezogen worden war, hatte sie es auch nicht vermocht, den Abstand zu vergrößern und ihrem rufenden Herrn näher zu kommen.

Schließlich warf die erschöpfte Guenhwyvar einen verlorenen, hilflosen Blick über die Schulter zurück. Ihre Muskeln zitterten und gaben endlich nach.

Sie wurde auf den feurigen Riß zugerissen.

☆ ☆ ☆

Oberin Baenre schritt nervös in dem kleinen Raum auf und ab und erwartete, daß jeden Augenblick eine Wache hereingestürmt käme, um ihr die Nachricht zu überbringen, daß das Anwesen überrannt sei und die ganze Stadt sich gegen ihr Haus erhoben habe, weil man ihr die Schuld für den Ärger gab, unter dem sie alle zu leiden hatten.

Vor so kurzer Zeit noch hatte Baenre von Eroberungen geträumt und sich angeschickt, den Gipfel der Macht zu erklimmen. Mithril-Halle war zum Greifen nahe gewesen und, was noch wichtiger war, die ganze Stadt offenbar bereit, ihrer Führung zu folgen.

Jetzt befürchtete sie, daß sie nicht einmal ihr eigenes Haus würde halten können, das Imperium der Baenre, das fünftausend Jahre überdauert hatte.

»Mithril-Halle«, knurrte die Drow fluchend, als wäre jener ferne Ort der Ursprung allen Ärgers. Ihre flache Brust hob sich unter angestrengten Atemzügen, während Baenre die Hände zu der Kette hob, die um ihren Hals lag, und sie losriß.

»Mithril-Halle!« schrie sie in den ringförmigen Anhänger hinein, der aus dem Zahn Gandalug Heldenhammers gefertigt worden war, des Begründers von Bruenors Sippe und ihres eigentlichen Verbindungsgliedes zur Welt der Oberfläche. Jeder Drow, selbst jene, die Oberin Baenre am nächsten standen, glaubte, Drizzt Do'Urden sei der Auslöser für die Invasionspläne, der Grund, der es Lloth erlaubte, ihren Segen zu dem gefährlichen Versuch zu geben, einen Ort zu erobern, welcher der Oberfläche so nahe war.

Drizzt war jedoch nur ein Teil des Puzzles, und ein kleines

Teil zudem, denn dieser winzige Ring stellte den wahren Antrieb dazu dar. In ihm lag der gepeinigte Geist von Gandalug gefangen, der alle Wege von Mithril-Halle kannte und alle Listen der Sippe Heldenhammer. Oberin Baenre hatte den Zwergenkönig eigenhändig vor Jahrhunderten gefangengenommen, und es war nichts als blindes Schicksal gewesen, das einen Abtrünnigen aus Menzoberranzan mit Bruenors Sippe in Verbindung gebracht hatte, blindes Schicksal, das einen Anlaß für die Entwicklung von Eroberungsplänen gebildet hatte, nach der es Oberin Baenre schon so viele Jahrzehnte gelüstete.

Mit einem Schrei der Wut schleuderte Baenre den Ring quer durch den Raum und wich dann erschrocken zurück, als das Schmuckstück explodierte.

Als der Rauch sich lichtete, starrte Baenre in die Zimmerecke hinüber, zu dem nackten Zwerg, der dort kniete. Die Oberin Mutter kam wieder auf die Beine und schüttelte ungläubig den Kopf, denn dies war kein herbeibeschworener Geist, sondern Gandalugs wirklicher Körper!

»Du wagst es zu erscheinen?« schrie Baenre, aber ihr Zorn verbarg nur ihre Angst. Wenn sie Gandalug zu früheren Zeiten aus seinem außerdimensionalen Gefängnis herbeigerufen hatte, war er niemals richtig greifbar gewesen – und niemals nackt. Als sie ihn jetzt sah, wußte Baenre, daß Gandalugs Gefängnis nicht mehr existierte, daß Gandalug, mit Ausnahme seiner Kleider, genauso wieder hier aufgetaucht war, wie er in dem Augenblick gewesen war, als Baenre ihn gefangen hatte.

Der zerschlagene alte Zwerg blickte auf zu seiner Wärterin, zu seiner Peinigerin. Baenre hatte in der Sprache der Drow gesprochen, und natürlich hatte Gandalug kein einziges Wort davon verstanden. Das machte jedoch nichts, denn der alte Zwerg hörte überhaupt nicht zu. In Wahrheit war er Worten im Moment überhaupt nicht zugänglich.

Unter schweren Mühen, bei jeder schmerzhaften Bewegung knurrend, zwang Gandalug seinen Rücken dazu, sich zu strecken. Er brachte erst das eine, dann das andere Bein unter sich und erhob sich entschlossen. Er bemerkte, daß etwas anders war als sonst. Nach Jahrhunderten der Pein und Leere, einem Zwischenstadium in einem grauen Nichts, fühlte sich Gandalug Heldenhammer jetzt wieder vollständig und greifbar. Seit seiner Gefangennahme hatte der alte Zwerg eine unwirkliche Existenz geführt, hatte in einem Traum gelebt, umgeben von lebhaften, angsteinflößenden Bildern, wann immer diese alte Hexe ihn beschworen hatte, die abgelöst wurden von unbestimmbar langen Perioden des Nichtseins, in denen Raum, Zeit und Verstand nur eine einzige Leere waren.

Aber jetzt ... jetzt fühlte sich Gandalug anders, jetzt spürte er das Knarren und die Schmerzen seiner alten Knochen. Und wie wunderbar diese Empfindungen doch waren!

»Geh zurück!« befahl Baenre, diesmal in der Sprache der Oberfläche, die sie immer benutzte, um sich dem alten Zwerg mitzuteilen. »Zurück in dein Gefängnis, bis ich dich rufe!«

Gandalug schaute sich um zu der Kette, die auf dem Boden lag. Der Zahnring war nirgends zu sehen.

»Das werde ich nicht tun, glaube ich«, meinte er in seinem schweren, uralten Dialekt und trat einen Schritt vor.

Baenres Augen zogen sich gefährlich zusammen. »Du wagst es?« flüsterte sie und zog einen schlanken Zauberstab hervor. Sie wußte, wie gefährlich dieser Zwerg war, und daher verschwendete sie keine Zeit, sondern richtete den Stab gegen ihn und rezitierte einen Zauberspruch, der einen Strom Spinnweben auf ihr Opfer schleudern und es darin einhüllen und gefangenhalten sollte.

Nichts geschah.

Gandalug trat einen weiteren Schritt vor und knurrte bei jedem Schritt wie ein hungriges Tier.

Die stählerne Härte in Baenres Blick wich plötzlicher Furcht. Sie war an Magie gewöhnt, verließ sich darauf, daß

Zauberei sie schützte und ihre Feinde vernichtete. Mit den magischen Gegenständen, die sie besaß (und die sie zu jeder Zeit bei sich trug), und ihrem großen Vorrat an Zaubersprüchen hätte sie fast jeden Feind abwehren, hätte wahrscheinlich sogar ein ganzes Bataillon zäher Zwergenkrieger zerschmettern können. Aber ohne all dies war Oberin Baenre nichts weiter als eine verschrumpelte, gebrechliche, alte Frau.

Es wäre Gandalug auch gleich gewesen, wenn ein Titan vor ihm gestanden hätte. Aus irgendeinem Grund, den er nicht verstand, war er aus seinem Gefängnis befreit und wieder in seinem eigenen Körper, ein Gefühl, das er seit zweitausend Jahren nicht mehr verspürt hatte.

Baenre verfügte noch über andere Waffen, die sie versuchen konnte, und tatsächlich waren einige davon, wie der Beutel, in dem sich eine Horde Spinnen befand, die auf ihren Befehl losstürmen würden, noch nicht in das chaotische Netz jener Zeit der Unruhe gefallen. Doch sie konnte es nicht riskieren. Nicht jetzt, da sie so verwundbar war.

Sie drehte sich um und rannte auf die Tür zu.

Die knotigen Muskeln von Gandalugs mächtigen Beinen spannten sich, und der Zwerg überwand mit einem Satz die fünfzehn Fuß zur Tür, um dort vor seiner Peinigerin anzukommen.

Eine Faust krachte gegen Baenres Brust und raubte ihr den Atem, und bevor sie darauf reagieren konnte, wurde sie hochgerissen, sauste quer durch den Raum, prallte gegen die Wand und brach zusammen.

»Ich werde dir den Kopf abreißen«, drohte Gandalug und kam auf sie zu.

Die Tür wurde aufgerissen, und Berg'inyon stürmte in den Raum. Gandalug fuhr zu ihm herum, während Berg'inyon seine Zwillingsschwerter zog. Er war so vollkommen verwirrt – wie war ein Zwerg nach Menzoberranzan und sogar in die Gemächer seiner Mutter gekommen? –, daß er seine Klingen in demselben Augenblick hob, als Gandalug sie, jede mit einer Hand, ergriff.

Wäre der Zauber auf den scharfen Klingen des Waffenmeisters noch wirksam gewesen, so hätten sie sauber durch das harte Zwergenfleisch geschnitten. Und selbst ohne diese Magie, die im Wirbel des Chaos verschwunden war, gruben sich die Schwerter tief in Gandalugs Fleisch.

Gandalug kümmerte dies kaum. Er schob Berg'inyons Arme weit auseinander, da der schlanke Drow seiner Kraft nicht gewachsen war. Der Zwerg stieß seinen Kopf heftig vor und krachte damit hart gegen Berg'inyons geschmeidige Rüstung, deren dünne Ringe sich für ihre Widerstandskraft ebenso auf Magie verlassen hatten.

Gandalug wiederholte die Bewegung mehrmals, und Berg'inyons Grunzen wurde schnell zu einem atemlosen Keuchen. Schon bald war der junge Baenre fast bewußtlos, und Gandalug riß ihm die Schwerter aus den Händen. Sein Kopf stieß ein letztes Mal vor, und Berg'inyon brach zusammen.

Gandalug, der noch immer die tiefen Schnitte in seinen Händen ignorierte, warf eines von Berg'inyons Schwertern in eine Ecke, nahm das andere in die Hand und wandte sich Oberin Baenre zu, die noch immer gegen die Wand gelehnt dasaß und versuchte, einen klaren Gedanken zu fassen.

»Wo ist dein Lächeln geblieben?« verhöhnte sie der Zwerg, während er sich ihr näherte. »Ich will ein Lächeln auf deinem stinkenden Gesicht haben, wenn ich deinen Kopf hochhalte, damit alle ihn sehen können!«

Der nächste Schritt des Zwergenkönigs war sein letzter, denn vor ihm erschien eine oktopusköpfige Monstrosität und peitschte mit ihren grotesken Tentakeln nach ihm.

Eine betäubende Explosion mentaler Energie rollte über Gandalug hinweg, und er hätte fast sein Schwert fallen gelassen. Er schüttelte heftig den Kopf, um wieder zur Besinnung zu kommen.

Er knurrte noch immer und schüttelte den haarigen Kopf, als eine zweite und dritte Welle seine Sinne betäubte. Hätte er seine Wand aus Zorn aufrechterhalten können, dann hätte Gandalug möglicherweise diesen Angriffen Methils standhalten können, und sogar den beiden, die noch folgten. Aber diese Wut schmolz zu Verwirrung zusammen, die nicht stark genug war, um die Gedanken des machtvollen Illithiden zu besiegen.

Gandalug hörte nicht, wie das Drowschwert zu Boden fiel, er hörte nicht, wie Oberin Baenre Methil zurief, den Zwerg nicht zu töten.

Baenre fürchtete sich, sie fürchtete sich vor diesen Verschiebungen der Magie, die sie nicht verstand. Aber diese Angst bewirkte nicht, daß sie ihre verschlagene Natur vergaß. Aus irgendeinem unerklärlichen Grund war Gandalug wieder lebendig geworden, in seinem eigenen Körper und frei von dem Ring, der sich anscheinend aufgelöst hatte.

Dieses Rätsel würde Baenre jedoch nicht davon abhalten, ihm den Angriff und die Beleidigungen zurückzuzahlen. Baenre war Meisterin darin, einen Geist zu peinigen, aber selbst dieses Geschick verblaßte neben ihren Fähigkeiten, eine lebendige Kreatur zu foltern.

☆ ☆ ☆

»Guenhwyvar!« Die Statuette war jetzt teuflisch heiß, aber Drizzt hielt sie hartnäckig weiter fest, preßte sie an seine Brust, an sein Herz, obgleich Rauchfäden vom Rand seines Umhangs aufstiegen und die Haut seiner Hände begann, Blasen zu werfen.

Er wußte es, und er wollte nicht loslassen. Er wußte, daß Guenhwyvar ihm auf immer entrissen werden würde, und wie ein Freund, der einen sterbenden Kameraden umarmte, würde Drizzt nicht loslassen, würde er bis zum Ende dasein.

Seine verzweifelten Rufe begannen leiser zu werden, nicht

aus Resignation, sondern weil seine Stimme nicht an dem dicken Kloß Trauer vorbeikam, der in seiner Kehle steckte. Jetzt brannten auch seine Finger, aber er würde nicht loslassen.

Catti-brie tat es für ihn. Aus einem plötzlichen, verzweifelten Impuls heraus griff die junge Frau, die selbst vom Schmerz der Trauer zerrissen wurde, grob nach Drizzts Arm und schlug fest nach der Statuette, so daß diese zu Boden fiel.

Drizzts überraschter Gesichtsausdruck wandelte sich zu Empörung und Verweigerung, so wie der letzte Wutausbruch einer Mutter, die zusah, wie der Sarg ihres Kindes in sein Grab hinabgelassen wurde. In dem Augenblick, da die Statuette den Boden berührte, zog Catti-brie Khazid'hea aus der Scheide. Das Schwert fuhr über ihrem Kopf hoch, und seine scharfe Schneide zeigte noch immer die rote Linie der Magie.

»Nein!« schrie Drizzt und hechtete auf Catti-brie zu.

Er kam zu spät. Mit Tränen der Verzweiflung in den Augen fand Catti-brie den Mut zu einem letzten Versuch, und sie ließ die mächtige Klinge niederfahren. Khazid'hea konnte durch Stein schneiden, und genau das tat es jetzt auch, in demselben Augenblick, als Guenhwyvar durch den Riß flog.

Ein Blitz zuckte auf, und ein pochender Schmerz von pulsierender Magie schoß Catti-bries Arm hinauf. Sie wurde zu Boden geschleudert. Drizzt schlitterte heran, warf sich herum und duckte sich tief, als der Kopf der Statuette herabfiel und einen Strom wütenden Feuers auslöste, der wild durch die Luft fauchte.

Die Flammen verlöschten einen Moment später, und dicker grauer Rauch strömte aus dem Körper der zerstörten Figur. Zögernd richteten sich Drizzt und Catti-brie wieder auf, und beide sahen sich einer erschöpften Guenhwyvar gegenüber, deren dickes Fell noch qualmte.

Drizzt ließ sich auf die Knie fallen, warf sich auf die Katze und umarmte Guenhwyvar heftig. Beide krabbelten zu Catti-brie hinüber, die noch immer auf dem Boden saß. Sie lachte und schluchzte gleichzeitig, obwohl sie noch immer von dem Ansturm der Magie geschwächt war.

»Was hast du getan?« fragte Drizzt sie.

Sie hatte keine Antwort parat. Sie wußte nicht, wie sie erklären sollte, was geschehen war, als Khazid'hea die verzauberte Statuette getroffen hatte. Sie blickte zu der Waffe, die ruhig an ihrer Seite lag. Ihre Schneide leuchtete jetzt nicht mehr, und auf dem bislang makellosen Metall war eine Schramme zu sehen.

»Ich glaube, ich habe ein Schwert ruiniert«, erwiderte Catti-brie leise.

☆ ☆ ☆

Später am selben Tag hatte sich Drizzt auf dem Bett in seinem Raum in den oberen Ebenen von Mithril-Halle niedergelassen und musterte besorgt seine Pantherfreundin. Guenhwyvar war wieder hier, und er nahm an, daß das besser war. Besser als das, was passiert wäre, wenn Catti-brie die Statuette nicht zerstört hätte.

Besser, aber nicht gut. Der Panther war erschöpft und ruhte mit gesenktem Kopf und geschlossenen Augen vor der Feuerstelle auf der gegenüberliegenden Seite des Raumes. Drizzt wußte, daß dieses Nickerchen nicht genügen würde. Guenhwyvar war eine Kreatur der Astralebene und konnte sich nur bei den Sternen wieder wirklich erholen. Bei verschiedenen Gelegenheiten war Drizzt gezwungen gewesen, Guenhwyvar für sehr lange Zeit hier auf der materiellen Ebene zu lassen, aber selbst ein einziger Tag länger als der halbe, den die Katze gewöhnlich blieb, erschöpfte Guen.

Gegenwärtig untersuchten die Kunstwerker von Mithril-Halle, die Zwerge von beträchtlichem Können waren, die Statuette, und Bruenor hatte einen Boten nach Silbrigmond gesandt, um Hilfe von der Herrin Alustriel zu erbitten, die in der

Magie erfahrener war als jeder andere auf dieser Seite der großen Wüste von Anauroch.

Wie lange würde es brauchen? fragte sich Drizzt, der sich ganz und gar nicht gewiß war, daß einer von ihnen die Statuette reparieren konnte. Wie lange konnte Guenhwyvar überleben?

Plötzlich stürzte Catti-brie herein. Ein Blick auf ihr von Tränen gezeichnetes Gesicht sagte Drizzt, daß etwas nicht stimmte. Er sprang auf und ging zu dem Kaminsims, wo seine Krummsäbel hingen.

Catti-brie fing ihn ab, bevor er den Schritt vollenden konnte, und umarmte ihn so heftig, daß beide aufs Bett zurückfielen.

»Das ist alles, was ich jemals wollte«, sagte sie dringlich und preßte sich an ihn.

Drizzt hielt sie verwirrt und überwältigt ebenso fest. Es gelang ihm, den Kopf zu drehen, so daß er der jungen Frau in die Augen blicken konnte, wo er nach Erklärungen forschte.

»Ich bin für dich geschaffen worden, Drizzt Do'Urden«, sagte Catti-brie zwischen zwei Schluchzern. »Seit dem Tag, an dem wir uns das erste Mal getroffen haben, habe ich immer nur an dich gedacht.«

Es war völlig verrückt. Drizzt versuchte, sich zu lösen, aber er wollte ihr nicht weh tun, und ihre Umklammerung war einfach zu stark und verzweifelt.

»Schau mich an«, schluchzte sie. »Sag mir, daß du das gleiche empfindest!«

Drizzt blickte Catti-brie an, betrachtete sie intensiver, als er die schöne junge Frau jemals angeschaut hatte. Sie bedeutete ihm viel – natürlich tat sie das. Er liebte sie und hatte sich sogar ein-, zweimal eine solche Situation vorgestellt.

Aber in diesem Augenblick war es einfach zu seltsam, zu unerwartet. Er hatte den Verdacht, daß etwas mit Catti-brie nicht stimmte, daß etwas Merkwürdiges vorging wie mit der Magie, die sie umgab.

»Was ist mit Wulfgar?« gelang es Drizzt herauszubringen, obwohl Catti-brie sich an ihn preßte und ihr kastanienbraunes Haar sein Gesicht verdeckte.

Der Drow konnte sich dem Reiz der Frau nicht entziehen, dem süßen Duft von Catti-bries Haaren, der Wärme ihres Körpers.

Catti-brie zuckte zurück, als hätte er sie geschlagen. »Wer?«

Jetzt fühlte sich Drizzt, als hätte man ihn geschlagen.

»Nimm mich«, drängte Catti-brie.

Wenn Drizzt seine Augen noch weiter aufgerissen hätte, wären sie aus ihren Höhlen gefallen.

»Benutze mich!« rief sie.

»Benutze mich?« wiederholte Drizzt leise.

»Mach mich zum Instrument deines Tanzes«, fuhr sie fort. »Oh, ich flehe dich an! Das ist es, wofür ich geschaffen wurde, was ich begehre.« Sie brach plötzlich ab und schob ihn auf Armeslänge von sich. Sie blickte Drizzt mit weitaufgerissenen Augen an, als sei ihr gerade eine neue Idee durch den Kopf geschossen. »Ich bin besser als die anderen«, versprach sie schlau.

Welche anderen? wollte Drizzt fragen, aber wieder konnte er sie nur verdutzt anstarren.

»So wie auch du besser bist«, fuhr Catti-brie fort. »Besser als jene Frau, das weiß ich jetzt!«

Drizzt hatte fast wieder seine Sinne beieinandergehabt, hatte beinahe genug Kontrolle über sich zurückgewonnen, um ihr zu antworten, als das Gewicht dieser letzten Aussage ihn unter sich begrub. Zur Hölle mit der Rücksicht! beschloß der Drow, und er löste sich von Catti-brie und rollte vom Bett, um auf die Füße zu springen.

Catti-brie hechtete hinter ihm her und umschlang eines seiner Beine, an dem sie sich mit aller Kraft festklammerte.

»Oh, weise mich nicht zurück, mein Geliebter!« schrie sie so dringlich, daß Guenhwyvar ihren Kopf hob und leise knurrte.

»Ich bitte dich, benutze mich! Nur in deinen Händen kann ich ganz sein.«

Drizzt griff mit beiden Händen nach unten, um sein Bein aus ihrer festen Umklammerung zu befreien. Da bemerkte er etwas an Catti-bries Hüfte, das ihn innehalten ließ, das ihn betäubte und alles erklärte.

Er bemerkte das Schwert, das Catti-brie im Unterreich an sich genommen hatte, das Schwert, dessen Knauf die Form eines Einhornkopfes hatte. Nur daß es kein Einhorn mehr war.

Es war Catti-bries Gesicht.

In einer einzigen schnellen Bewegung zog Drizzt das Schwert aus seiner Scheide, riß sich los und sprang zwei Schritte zurück. Khazid'heas rote Linie, jene verzauberte Schneide, war wieder vollständig da und strahlte leuchtender als je zuvor. Drizzt trat einen weiteren Schritt zurück und erwartete, erneut gepackt zu werden.

Aber die junge Frau verfolgte ihn nicht. Sie blieb, halb auf dem Boden sitzend, halb kniend, wo sie war, und warf ihren Kopf wie in Verzückung zurück. »O ja!« rief sie aus.

Drizzt starrte den Knauf an und sah in blankem Erstaunen zu, wie er sich von Catti-bries Gesicht wieder zu einem Einhorn zurückverwandelte. Er verspürte eine überwältigende Wärme von der Waffe, eine Verbindung, die so intensiv war wie die mit einer Geliebten.

Keuchend schnappte der Drow nach Luft und sah wieder Catti-brie an, die jetzt aufrechter dasaß und sich neugierig umsah.

»Was tust du da mit meinem Schwert?« fragte sie ruhig. Erneut blickte sie sich in dem Zimmer, in Drizzts Zimmer, um und war anscheinend völlig verwirrt. Drizzt erkannte, daß sie fast »Und was tue ich hier?« gefragt hätte, aber die Frage stand bereits deutlich auf ihrem schönen Gesicht geschrieben.

»Wir müssen miteinander reden«, sagte Drizzt.

Schlußfolgerungen

Es war selten, daß Gromph und Triel Baenre zur selben Zeit eine Audienz bei ihrer Mutter hatten, und noch seltener kam es vor, daß sie von Berg'inyon, Sos'Umptu und den beiden anderen Baenre-Töchtern von Bedeutung begleitet wurden, Bladen'Kerst und Quenthel. Sechs der sieben saßen in bequemen Sesseln auf der Empore der Kapelle. Doch nicht Bladen'Kerst. Die sadistischste Drow des ersten Hauses, die stets wie ein Tier im Käfig wirkte, schritt auf und ab, ihre Stirn war gerunzelt, und die dünnen Lippen waren fest aufeinandergepreßt. Sie war nach Triel die zweitälteste Tochter und sollte eigentlich bereits aus dem Hause sein, vielleicht als eine Oberin der Akademie oder, noch wahrscheinlicher, als Oberin Mutter ihres eigenen, geringeren Hauses. Oberin Baenre hatte dies jedoch nicht zugelassen, da sie befürchtete, daß ihre Tochter, der es selbst nach den Maßstäben der Drow sehr an Zivilisiertheit mangelte, Schande über das Haus Baenre bringen würde.

Triel blickte auf und schüttelte jedesmal verächtlich den Kopf über Bladen'Kerst, wenn diese an ihr vorbeikam. Sie verschwendete kaum einen Gedanken an sie. Wie Vendes Baenre, ihre jüngste Schwester, die von Drizzt Do'Urden während seiner Flucht getötet worden war, so war auch Bladen'Kerst nur ein Instrument der Folterkünste ihrer Mutter und nicht mehr. Sie war ein Hanswurst, ein Schaustück, und sie stellte für niemanden im Haus Baenre oberhalb des Ranges eines einfachen Soldaten eine Bedrohung dar.

Quenthel war da schon eine andere Sache, und in den langen Zeiträumen, bis Bladen'Kerst wieder vor ihr auftauchte, verließ Triels ernster und prüfender Blick sie nie.

Und Quenthel erwiderte diesen Blick mit offener Feindseligkeit. Sie war in unglaublich schneller Zeit zum Rang einer

Hohepriesterin aufgestiegen, und alle waren sich einig, daß sie Lloths höchste Gunst besaß. Quenthel gab sich keinen Illusionen über die Unsicherheit ihrer Position hin; besäße sie nicht diese Gunst, so hätte Triel sie bereits vor langer Zeit ausgelöscht. Denn Quenthel hatte ihre Ambitionen nie verheimlicht, und zu denen gehörte als Trittbrett der Posten der Leitenden Oberin von Arach-Tinilith, und Triel hatte nicht vor, diesen Rang aufzugeben.

»Setz dich hin!« herrschte Oberin Baenre die lästige Bladen'Kerst schließlich an. Eines von Baenres Augen war zugeschwollen, und an der Seite ihres Gesichts zeigte noch immer ein Bluterguß an, wo sie gegen die Wand geprallt war. Sie war es nicht gewohnt, solche Zeichen zu tragen, ebensowenig wie andere es gewohnt waren, sie damit zu sehen. Normalerweise hätte ein Heilzauber ihr Gesicht in Ordnung gebracht, aber dies waren keine normalen Zeiten.

Bladen'Kerst blieb stehen und starrte ihre Mutter intensiv an, wobei sie sich auf diese Wunden fixierte. Sie stellten ein zweischneidiges Signal dar. Als erstes zeigten sie an, daß Baenres Kräfte nicht das waren, was sie sein sollten, daß die Oberin Mutter, daß sie alle sehr verwundbar sein konnten. Zweitens spiegelten diese Wunden in Verbindung mit dem finsteren Blick, der ständig das Gesicht der Oberin Mutter bewölkte, Ärger wider.

Der Ärger hatte mehr Gewicht als die erkannte und wahrscheinlich nur zeitweise Verwundbarkeit, entschied Bladen' Kerst klugerweise und setzte sich auf den ihr zugewiesenen Stuhl. Ihre festen Stiefel, die für Drow ungewöhnlich waren, aber sehr nützlich, um damit Männer zu treten, tippten hart und drängend auf den Boden.

Es schenkte ihr jedoch niemand seine Aufmerksamkeit. Alle folgten Oberin Baenres voraussehbarem, gefährlichem Blick zu Quenthel.

»Jetzt ist nicht die Zeit für persönliche Ambitionen«, sagte Oberin Baenre ruhig und ernst.

Quenthels Augen weiteten sich, als wäre sie völlig überrascht worden.

»Ich warne Euch«, beharrte Oberin Baenre, die sich von dem unschuldigen Gesichtsausdruck nicht beeindrucken ließ.

»Und ich ebenso!« warf Triel schnell und entschieden ein. Gewöhnlich würde sie ihre Mutter nie unterbrechen, dazu war sie zu klug, aber sie war der Überzeugung, daß diese Angelegenheit ein für allemal geklärt werden mußte und daß Baenre ihre Unterstützung zu schätzen wissen würde. »Ihr habt Euch all diese Jahre darauf verlassen, daß Lloths Gunst Euch schützen würde. Aber aus einem Grund, den wir nicht kennen, hat Lloth uns jetzt verlassen. Ihr seid verwundbar, meine Schwester, viel verwundbarer als wir anderen.«

Quenthel beugte sich vor und brachte sogar ein Lächeln zustande. »Würdet Ihr denn bezweifeln, daß Lloth zu uns zurückkehren wird, was sie tun wird, wie wir beide wissen?« zischte die jüngere. »Und was mag es gewesen sein, das die Spinnenkönigin dazu gebracht hat, uns zu verlassen?« Während sie diese letzte Frage stellte, fiel ihr Blick herausfordernder auf ihre Mutter, als es jemals jemand gewagt hatte, die Oberin Baenre anzusehen.

»Nicht das, was Ihr annehmt!« fuhr Triel sie an. Sie hatte erwartet, daß Quenthel versuchen würde, Oberin Baenre die Schuld zu geben. Die Absetzung der Mutter Oberin hätte der ehrgeizigen Quenthel nur nützen und dem schnell an Einfluß verlierenden Haus in der Tat einiges Prestige zurückgeben können. Tatsächlich hatte Triel selbst über diese Vorgehensweise nachgedacht, sie aber schließlich verworfen, da sie nicht mehr daran glaubte, daß Oberin Baenres kürzliche Fehlschläge etwas mit den seltsamen Geschehnissen zu tun hatten, die um sie herum vor sich gingen. »Lloth hat alle Häuser verlassen.«

»Das betrifft nicht nur Lloth«, fügte Gromph, der Zauberer, dessen Magie nicht von einem Gott oder einer Göttin kam, mit aller Deutlichkeit hinzu.

»Genug«, sagte Baenre, und ihr Blick brachte ihre Kinder zur Ruhe. »Wir haben keine Möglichkeit zu erfahren, was diese Ereignisse hervorgerufen hat. Statt dessen müssen wir uns darüber klarwerden, wie diese Geschehnisse unsere Position beeinflussen können.«

»Die Stadt verlangt nach einem *Pera'dene*«, sagte Quenthel und meinte damit das Drow-Gegenstück zu einem Sündenbock. Ihr fest auf Baenre gerichteter Blick sagte der Oberin Mutter nur allzu deutlich, wen sie dafür im Sinn hatte.

»Närrin!« fauchte Baenre in diesen finsteren Blick hinein. »Glaubt Ihr, sie würden sich damit begnügen, *mein* Herz zu bekommen?«

Die grobe Antwort überraschte Quenthel.

»Für einige der geringeren Häuser hat noch nie eine bessere Möglichkeit bestanden, dieses Haus zu stürzen«, fuhr Oberin Baenre fort und sprach jetzt zu ihnen allen. »Wenn Ihr daran denkt, Euch dem anzuschließen, so tut dies, aber wißt, daß dies eine Rebellion gegen Baenre nicht verhindern wird.« Sie schnaubte und riß die Arme in einer hilflosen Geste hoch. »Tatsächlich würdet Ihr damit nur unseren Feinden helfen. Ich bin Eure Verbindung zu Bregan D'aerthe, und wißt, daß unsere Feinde sich auch an Jarlaxle herangemacht haben. Und *ich* bin Baenre! Nicht Triel und nicht Quenthel. Ohne mich würdet Ihr alle ins Chaos stürzen und gegeneinander um die Macht kämpfen, jeder mit seinen Parteigängern in der Hauswache auf seiner Seite. Wo werdet Ihr sein, wenn K'yorl Oblodra das Anwesen besetzt?«

Ein ernüchternder Gedanke. Oberin Baenre hatte sie alle wissen lassen, daß die Oblodrans ihre Kräfte nicht verloren hatten, und alle Baenres wußten um den Haß, den ihnen das dritte Haus entgegenbrachte.

»Jetzt ist nicht die Zeit für persönliche Ambitionen«, wiederholte Oberin Baenre. »Wir müssen alle zusammenhalten und unsere Position verteidigen.«

Baenre wußte, daß das Nicken um sie herum ernst gemeint war, obgleich sich Quenthel deutlich zurückhielt. »Ihr solltet darauf hoffen, daß Lloth nicht früher zu mir zurückkommt als zu Euch«, sagte die ehrgeizige Schwester kühn und richtete den Blick direkt auf Triel.

Triel ließ sich nicht einschüchtern. »Ihr solltet hoffen, daß Lloth überhaupt zurückkommt«, erwiderte sie beiläufig, »andernfalls werde ich Euch den Kopf abreißen und ihn von Gromph auf Narbondel plazieren lassen, auf daß Eure Augen leuchten mögen, wenn der Tag seine Mitte erreicht.«

Quenthel wollte etwas erwidern, aber Gromph war schneller.

»Das wäre mir ein Vergnügen, meine teure Schwester«, sagte er zu Triel. Die beiden liebten sich zwar nicht gerade, aber während Gromphs Verhältnis zu Triel gespalten war, haßte er Quenthel und ihren gefährlichen Ehrgeiz aus ganzem Herzen. Wenn das Haus Baenre fallen sollte, würde Gromph mit ihm fallen.

Diese Andeutung einer Allianz zwischen den beiden älteren Kindern Baenres wirkte wundersam beruhigend auf ihre aufmüpfige jüngere Schwester, und für den Rest der Besprechung sagte Quenthel kein einziges Wort mehr.

»Können wir jetzt über K'yorl sprechen und über die Gefahr, die uns allen droht?« fragte Oberin Baenre. Als kein Widerspruch laut wurde (und wäre dies geschehen, hätte Baenre wahrscheinlich die Geduld verloren und dem Störenfried einen qualvollen Tod bereitet), kam die Oberin Mutter zum Thema der Verteidigung des Hauses. Sie erklärte, daß man Jarlaxle und seiner Bande noch immer trauen konnte, warnte aber davor, daß der Söldner sicher die Seiten wechseln würde, falls der Kampf schlecht für Baenre laufen sollte. Triel versicherte ihnen, daß die Akademie loyal bleiben würde, und Berg'inyons Bericht über den Zustand der Hauswache war ermutigend.

Trotz der guten Nachrichten und des wohlverdienten Rufes der Garnison von Baenre kam die Rede schließlich auf den anscheinend einzig möglichen Weg, K'yorl und ihre psionische Familie abzuwehren. Berg'inyon, der an dem Kampf mit dem Zwerg Gandalug teilgenommen hatte, kam als erster darauf zu sprechen.

»Was ist mit Methil?« fragte er. »Und den hundert Illithiden, die er repräsentiert? Wenn sie uns zur Seite stehen, ist die Bedrohung durch das Haus Oblodra belanglos.«

Die anderen nickten zustimmend, aber Oberin Baenre wußte, daß man sich auf die Gedankenschinder nicht verlassen durfte. »Methil bleibt an unserer Seite, weil er und seine Leute wissen, daß wir der Schlüssel zur Sicherheit seines Volkes sind. Die Illithiden zählen nicht den hundertsten Teil der Drow von Menzoberranzan. Aber weiter geht ihre Loyalität nicht. Falls Methil zu der Überzeugung gelangt, daß das Haus Oblodra das stärkere ist, wird er nicht länger bei uns bleiben.« Baenre gab ein leises, ironisches Lachen von sich, das ein wenig hilflos klang.

»Vielleicht verbünden sich die anderen Illithiden sogar mit K'yorl«, meinte sie. »Die Schlampe ähnelt ihnen mit ihren Geisteskräften. Vielleicht verstehen sie einander.«

»Sollten wir wirklich so offen darüber sprechen?« fragte Sos'Umptu. Sie schaute sich besorgt auf der Empore um, und die anderen erkannten, daß sie fürchtete, Methil könnte sich sogar unsichtbar mitten unter ihnen befinden und jedes Wort hören und jeden ihrer Gedanken lesen.

»Das macht keinen Unterschied«, winkte Oberin Baenre ab. »Methil kennt meine Befürchtungen bereits. Man kann vor einem Illithiden nichts geheimhalten.«

»Was sollen wir also tun?« fragte Triel.

»Wir müssen unsere Stärke konzentrieren«, erwiderte Baenre entschlossen. »Wir dürfen keine Furcht und keine Schwäche zeigen. Und wir dürfen nichts tun, das Lloth noch weiter von uns entfernt.« Sie richtete diese letzte Bemerkung an die beiden Rivalinnen Quenthel und Triel, insbesondere an Triel, die nur allzu bereit schien, die llothlose Zeit dazu zu nutzen, sich von der lästigen Schwester zu befreien.

»Wir müssen den Illithiden zeigen, daß wir weiterhin die wichtigste Macht in Menzoberranzan sind«, fuhr Baenre fort. »Wenn sie das wissen, werden sie auf unserer Seite sein und nicht wollen, daß das Haus Baenre durch K'yorls Vorstöße geschwächt wird.«

»Ich kümmere mich um Sorcere«, sagte Gromph, der Erzmagier.

»Und ich mich um Arach-Tinilith«, fügte eine entschlossene Triel hinzu.

»Ich mache mir keine Illusionen über Freundschaft mit meinen Rivalen«, ergänzte Gromph. »Aber ein paar Versprechungen für den Tag, an dem sich die Dinge geklärt haben, werden für Verbündete sorgen.«

»Den Studenten sind keine Kontakte außerhalb der Schule erlaubt«, warf Triel ein. »Sie wissen natürlich von den Problemen im allgemeinen, aber sie haben keine Ahnung von der Bedrohung des Hauses Baenre. In ihrer Unwissenheit bleiben sie loyal.«

Oberin Baenre nickte beiden zu. »Und Ihr werdet Euch mit den geringeren Häusern treffen, die wir errichtet haben«, sagte sie zu Quenthel und übertrug ihr damit eine äußerst wichtige Aufgabe. Ein großer Teil der Macht von Baenre lag in dem Dutzend geringerer Häuser, die frühere Adlige von Baenre führten. Quenthel war als allseits bekannter Günstling Lloths die perfekte Wahl für diese Mission.

Ihr Gesichtsausdruck verriet, daß sie sich fügte – zweifellos mehr aufgrund der Drohungen Triels und Gromphs als wegen des Brockens , den man ihr gerade hingeworfen hatte.

Baenre wußte, daß es zur Unterdrückung der Rivalität zwischen Triel und Quenthel wichtig war, daß beide das Gesicht wahren und sich wichtig fühlen konnten. Somit war dieses Treffen ein Erfolg gewesen, und alle Kräfte des Hauses Baenre würden sich zu einer einzigen Verteidigungsmacht zusammenfügen.

Baenres Lächeln blieb jedoch dennoch halbherzig. Sie wußte, was Methil zu tun vermochte, und vermutete, daß K'yorl nicht viel schwächer war. Alle aus dem Haus Baenre würden bereit sein, aber würde dies ohne Lloths göttliche Magie und Gromphs zauberische Macht ausreichen?

☆ ☆ ☆

Direkt im Anschluß an Bruenors Audienzsaal in der obersten Ebene von Mithril-Halle befand sich eine kleine Kammer, die der Zwergenkönig den Kunsthandwerkern zugewiesen hatte, die versuchten, die Pantherstatuette zu reparieren. Darin befanden sich eine kleine Esse und feine Werkzeuge sowie Dutzende von Bechergläsern und Flakons, die verschiedene Chemikalien und Pasten enthielten.

Als er zu diesem Raum gerufen wurde, eilte Drizzt erwartungsvoll hinein. Er war natürlich dutzendemal jeden Tag dorthin gegangen, aber ohne eingeladen worden zu sein. Und jedesmal hatte er Zwerge vorgefunden, die sich über die noch immer zerbrochene Figur gebeugt hatten und ihre bärtigen Köpfe schüttelten. Eine Woche war seit dem Zwischenfall vergangen, und Guenhwyvar war so erschöpft, daß sie nicht mehr stehen konnte. Sie lag vor der Feuerstelle in Drizzts Raum und war kaum noch in der Lage, ihren Kopf von den Pranken zu heben.

Das Warten war das schlimmste.

Doch jetzt war Drizzt gerufen worden. Er wußte, daß an diesem Morgen ein Bote aus Silbrigmond angekommen war; er konnte nur hoffen, daß Alustriel eine Lösung parat hatte.

Bruenor sah ihn an, als er durch die offene Tür des Audienzsaales hereinkam. Der rotbäckige Zwerg nickte und deutete mit dem Kopf zur Seite, und Drizzt bog dorthin ab und schob die Tür auf, ohne vorher zu klopfen.

Es war einer der seltsamsten Anblicke, die Drizzt Do'Urden je gesehen hatte. Die zerbrochene – noch immer zerbrochene! – Statuette lag auf einem kleinen, runden Tisch. Regis stand daneben und war fieberhaft dabei, mit Mörser und Stößel eine schwärzliche Substanz zusammenzumischen.

Auf der anderen Seite des Tisches, gegenüber von Drizzt, stand ein kleiner, breit gebauter Zwerg: Buster Rüster, der gerühmte Rüstmeister, derselbe, der damals im Eiswindtal Drizzts eigene geschmeidige Kettenrüstung geschmiedet hatte. Drizzt wagte es jetzt nicht, den Zwerg zu begrüßen, um dessen offensichtliche Konzentration nicht zu stören. Buster stand mit weit gespreizten Beinen da. In gewissen Abständen holte er übertrieben tief Luft, dann hielt er wieder absolut still, denn in seinen Händen trug er, in feuchtes Gewebe aus feinstem Material gehüllt ... Augäpfel.

Drizzt verstand nicht, was vorging, bis ihn eine Stimme, eine vertraute, übersprudelnde Stimme, aus seinem Schock riß.

»Sei gegrüßt, du mit der mitternächtlichen Haut!« sagte der körperlose Zauberer vergnügt.

»Harkle Harpell?« fragte Drizzt.

»Wer könnte es wohl sonst sein?« bemerkte Regis trocken.

Drizzt gab ihm im stillen recht. »Was geht hier vor?« fragte er und blickte dabei den Halbling an, da er wußte, daß eine Antwort von Harkle die verwirrende Situation eher noch unverständlicher machen würde.

Regis hob seine Mörserschale ein wenig. »Eine Paste aus Silbrigmond«, erklärte er hoffnungsvoll. »Harkle überwacht ihre Herstellung.«

»Ich überwache sie«, witzelte der abwesende Magier, »aber ein Auge habe ich nicht auf die Schüssel geworfen!«

Drizzt konnte darüber nicht lächeln, nicht, solange der Kopf der Statuette noch immer zu Füßen der Skulptur lag.

Regis kicherte, aber es war eher Spott als Humor. »Sie sollte jetzt fertig sein«, erklärte er. »Aber ich wollte, daß du sie aufträgst.«

»Drowfinger sind so geschickt«, warf Harkle ein.

»Wo bist du?« wollte Drizzt wissen, den die lächerliche Situation des Zauberers ungeduldig und nervös machte.

Harkle blinzelte, und die Augenlider erschienen dabei aus dem Nichts. »In Nesme«, erwiderte der Magier. »Wir werden bald nördlich der Trollmoore sein.«

»Und dann nach Mithril-Halle gelangen, wo du wieder mit deinen Augen vereint wirst«, sagte Drizzt.

»Ich *sehe* diesem Ereignis mit Freude entgegen!« brüllte Harkle, aber erneut lachte er als einziger.

»Wenn er damit weitermacht, werfe ich die verdammten Augen in meine Esse«, knurrte Buster Rüster.

Regis stellte die Schale auf den Tisch und zog ein winziges metallenes Werkzeug hervor. »Du wirst nicht viel von der Paste benötigen«, sagte der Halbling, während er Drizzt das feine Instrument reichte. »Und Harkle hat uns gewarnt, daß wir die Mixtur nur außen an die zusammengefügten Teile auftragen dürfen.«

»Es ist nur ein Leim«, fügte die Stimme des Magiers hinzu. »Die Magie der Statuette wird die eigentliche Kraft sein, die den Gegenstand wieder eins werden läßt. Die Paste muß in ein paar Tagen wieder abgekratzt werden. Wenn es wie geplant funktioniert, wird die Figur …« Er hielt inne und suchte nach dem passenden Wort. »Dann wird sie wieder geheilt sein«, beendete er den Satz.

»Wenn es funktioniert«, wiederholte Drizzt. Er nahm sich einen Augenblick Zeit, um das empfindliche Instrument in seinen Händen genau zu befühlen, um sicherzustellen, daß die Verbrennungen, die er sich zugefügt hatte, als die Magie der Statuette durchgebrannt war, geheilt waren, so daß er das Werkzeug richtig greifen konnte.

»Es wird funktionieren«, versicherte ihm Regis.

Drizzt holte einmal tief und konzentriert Luft, dann hob er den Pantherkopf hoch. Er starrte in die steinernen Augen, die denen von Guenhwyvar so sehr glichen. Mit der Sorgfalt eines Vaters, der sich um sein Kind kümmert, paßte Drizzt den Kopf an den Körper und begann mit der gewissenhaften Arbeit, den klebrigen Brei auf die Bruchstelle aufzutragen.

Es vergingen mehr als zwei Stunden, bevor Drizzt und Regis den Raum verließen und in den Audienzsaal gingen, wo sich Bruenor noch immer mit dem Boten der Herrin Alustriel und mehreren Zwergen aufhielt.

Bruenor schien nicht glücklich zu sein, aber er sah entspannter aus, als er seit Beginn dieser seltsamen Zeit gewirkt hatte.

»Es ist kein Trick der Drow«, sagte der Zwergenkönig, sobald Drizzt und Regis herangekommen waren. »Oder die verdammten Drow sind mächtiger, als jeder angenommen hatte! Es betrifft die ganze Welt, sagt Alustriel.«

»Herrin Alustriel«, korrigierte der Bote, ein sehr geschniegelt aussehender Zwerg, der eine weite, fließende Robe und einen kurzen, sorgfältig gestutzten Bart trug.

»Seid gegrüßt, Fredegar«, sagte Drizzt, der Fredegar Felsenschmetterer, besser bekannt als Fret, erkannt hatte, den Lieblingsbarden und Ratgeber der Herrin Alustriel. »So habt Ihr also endlich Gelegenheit gefunden, die Wunder von Mithril-Halle zu besuchen.«

»Ich wünschte, es wäre in besseren Zeiten geschehen«, antwortete Fret düster. »Ich bitt' Euch, sagt, wie es Catti-brie geht?«

»Es geht ihr gut«, antwortete Drizzt. Er lächelte, als er an die junge Frau dachte, die erneut nach Siedelstein gegangen war, um eine Botschaft Bruenors zu überbringen.

»Es ist kein Trick der Drow«, sagte Bruenor erneut, diesmal mit mehr Nachdruck, um deutlich zu machen, daß dies weder die Zeit noch der Ort für solche leichte und belanglose Konversation war.

Drizzt nickte zustimmend – er hatte Bruenor bereits die ganze Zeit über versichert, daß sein Volk nichts damit zu tun hatte. »Was immer geschehen ist, es hat Regis' Rubin nutzlos gemacht«, sagte der Drow. Er langte hinüber und hob den Anhänger von der Brust des Halblings. »Er ist jetzt nur noch ein einfacher, wenn auch sehr schöner Stein. Und die unbekannte Kraft hat Guenhwyvar beeinflußt und sogar den ganzen Weg bis zu den Harpells Wirkung gezeigt. Keine Magie der Drow ist so mächtig, sonst hätten sie schon vor langer Zeit die Welt der Oberfläche erobert.«

»Gibt es etwas Neues?« fragte Bruenor.

»Die Auswirkungen sind schon seit mehreren Wochen zu spüren gewesen«, warf Fret ein. »Auch wenn die Magie erst in den letzten ein, zwei Wochen so vollkommen unvorhersehbar und gefährlich geworden ist.«

Bruenor, der noch nie viel für Magie übrig gehabt hatte, schnaubte laut.

»Dann ist es eine gute Sache!« entschied er. »Die verdammten Drow brauchen die Magie mehr als mein eigenes Volk oder die Menschen von Siedelstein! Laßt die ganze Magie verschwinden, sage ich, und dann laßt die Drow zum Spielen kommen!«

Thibbledorf Pwent hüpfte bei diesem Gedanken fast aus den Stiefeln. Er sprang herbei, so daß er vor Bruenor und Fret stand, und schlug dem geschniegelten Zwerg mit einer seiner dreckigen, stinkenden Hände auf den Rücken. Es gab nur wenige Dinge, die einen aufgeregten Schlachtenwüter zur Ruhe bringen konnten, aber Frets erst indignierter, dann wütend entsetzter Blick überraschte Pwent vollständig.

»Was ist?« wollte der Schlachtenwüter wissen.

»Wenn Ihr mich jemals wieder berührt, werde ich Euch den Schädel einschlagen«, versprach Fret, der nicht halb soviel wog wie der mächtige Pwent, in vollkommen ruhigem Tonfall, und aus einem unerklärlichen Grund glaubte ihm Pwent und trat einen Schritt zurück.

Drizzt, der den peniblen Fret von seinen zahlreichen Besuchen in Silbrigmond kannte, war klar, daß der Barde keine zehn Sekunden in einem Kampf gegen Pwent bestehen konnte – außer wenn es in dem Streit um Schmutz ging. In diesem Fall, falls Pwent Frets geschniegelten Putz verschandeln sollte, würde Drizzt sein ganzes Geld auf Fret setzen, und das wäre die sicherste Wette, die der Drow je eingegangen war.

Soweit kam es jedoch nicht, denn Pwent, so poltrig er auch sein mochte, würde niemals etwas gegen Bruenor unternehmen, und Bruenor wollte offenkundig keinen Ärger mit einem Gesandten, insbesondere nicht mit einem zwergischen Gesandten aus dem befreundeten Silbrigmond. So konnten stattdessen alle im Raum herzlich über den kleinen Zwischenfall lachen, und alle schienen deutlich erleichtert darüber, daß die geheimnisvollen Dunkelelfen nichts mit den seltsamen Geschehnissen zu tun hatten.

Alle mit Ausnahme von Drizzt Do'Urden. Drizzt würde sich nicht entspannen, solange die Statuette nicht repariert und ihre Magie wiederhergestellt war und die arme Guenhwyvar in ihre Heimat auf der Astralebene zurückkehren konnte.

Das dritte Haus

Es war nicht so, daß Jarlaxle, der anderen im Denken meist voraus war, den Besuch nicht erwartet hatte, es war einfach die Leichtigkeit, mit der K'yorl sein Lager betrat, an seinen Wachen vorbeigeschlüpft und direkt durch die Wände seiner privaten Räumlichkeiten getreten war, die ihn so beunruhigte. Er sah, wie ihr geisterhafter Umriß hereinkam, und hatte Mühe, sich zusammenzunehmen, als sie greifbarer und bedrohlicher wurde.

»Ich hatte Euch bereits vor vielen Tagen erwartet«, sagte er schließlich ruhig.

»Ist das die angemessene Begrüßung für eine Oberin Mutter?« fragte K'yorl.

Jarlaxle hätte beinahe gelacht, bis er die Haltung der Frau wahrnahm. Sie war zu entspannt, zu sehr bereit zu bestrafen, ja sogar zu töten. K'yorl war anscheinend der Wert von Bregan D'aerthe nicht klar, und das gereichte Jarlaxle, dem Meister des Bluffs und der Intrige, zu einem gewissen Nachteil.

Er erhob sich aus seinem Sessel, trat hinter dem Schreibtisch vor, zog seinen breitkrempigen und übermäßig gefiederten Hut und verbeugte sich tief. »Seid gegrüßt, K'yorl Odran, Oberin Mutter des Hauses Oblodra, des Dritten Hauses von Menzoberranzan. Mein bescheidenes Heim wird nicht oft geehrt durch solche …«

»Genug«, zischte K'yorl, und Jarlaxle richtete sich wieder auf. Ohne den Blick von der Frau zu nehmen oder zu blinzeln, ging der Söldner wieder zu seinem Sessel zurück und ließ sich bequem hineinfallen. Seine Füße plazierte er mit einem widerhallenden Knall auf dem Schreibtisch.

In diesem Moment bemerkte er, daß etwas in seinen Geist eindrang und eine tiefe, beunruhigende Sondierung seiner Gedanken vornahm. Er beendete schnell seine Flüche über das Versagen konventioneller Magie – normalerweise hätte ihn seine verzauberte Augenklappe vor solchen mentalen Sondierungen geschützt – und griff statt dessen auf seine Schlauheit zurück. Er konzentrierte seinen Blick auf K'yorl, stellte sie sich ohne Kleider vor und füllte seinen Geist mit solch obszönen Gedanken, daß die Oberin Mutter inmitten ihrer ernsthaften Geschäftigkeit die Nerven verlor.

»Ich könnte Euch für solche Gedanken die Haut abziehen lassen«, informierte ihn K'yorl.

»Solche Gedanken?« Jarlaxle gab sich gekränkt. »Aber Ihr seid doch sicher nicht in meinen Geist eingedrungen! Auch wenn ich nur ein Mann bin, so werden solche Praktiken dennoch nicht gern gesehen. Lloth wäre darüber nicht erfreut.«

»Lloth sei verdammt«, knurrte K'yorl, und Jarlaxle war über ihre Offenheit und Grobheit aufs äußerste erstaunt. Natürlich wußte jeder, daß das Haus Oblodra nicht das frommste aller Drowhäuser war, aber die Oblodraner hatten dennoch zumindest immer den Anschein von Religiosität gewahrt.

K'yorl tippte sich an die Schläfe. »Wenn Lloth meiner Ehrerbietung wert gewesen wäre, dann hätte sie die Wahrheit der Macht erkannt«, erklärte die Oberin Mutter. »Der Geist ist es, der uns von den Geringeren unterscheidet, der Geist ist es, der die Rangordnung bestimmen sollte.«

Jarlaxle erwiderte darauf nichts. Er verspürte kein Bedürfnis, sich mit einer so gefährlichen und unberechenbaren Gegnerin auf eine solche Diskussion einzulassen.

K'yorl setzte das Thema ebenfalls nicht fort, sondern wedelte mit der Hand, als wollte sie es wegwischen. Jarlaxle konnte erkennen, daß sie frustriert war, und bei dieser Frau bedeutete Frustration Gefahr.

»Es ist jetzt außerhalb des Einflusses der Spinnenkönigin«, sagte K'yorl. »Ich bin außerhalb ihres Einflusses. Und es beginnt an diesem Tag.«

Jarlaxle gestattete sich einen überraschten Blick.

»Ihr habt es erwartet«, sagte K'yorl anklagend.

Das war allerdings richtig – Jarlaxle hatte sich gewundert, warum die Oblodraner so lange gewartet hatten, obgleich jetzt alle anderen Häuser so verwundbar waren –, aber er würde dies nicht eingestehen.

»Wo steht Bregan D'aerthe in dieser Sache?« verlangte K'yorl zu wissen.

Jarlaxle hatte das Gefühl, daß jede mögliche Antwort belanglos wäre, da K'yorl wahrscheinlich *ihm* sagen würde, wo Bregan D'aerthe stand. »Auf der Seite der Sieger«, sagte er doppelsinnig und lässig.

K'yorl lächelte anerkennend. »Ich werde die Siegerin sein«, versicherte sie ihm. »Es wird schnell vorüber sein, noch an diesem Tag, und nur wenige Drow werden sterben.«

Das bezweifelte Jarlaxle. Das Haus Oblodra hatte dem Leben nie sonderlichen Wert zugemessen, weder dem eines Drow noch eines anderen Wesens. Die Zahl der Drow im dritten Haus war hauptsächlich deshalb so gering, weil sich die wilden Sippenmitglieder ebenso häufig umbrachten, wie sie sich fortpflanzten. Sie waren bekannt dafür, häufig ein Spiel namens *Khaless* zu spielen – ironischerweise war dies das Drowwort für Vertrauen. Eine Kugel der Dunkelheit und magischen Stille wurde dafür in der Luft über dem tiefsten Punkt des Klauenspalts plaziert. Dann schwebten die konkurrierenden Dunkelelfen dort hinein, und es kam, ohne daß Außenstehende etwas hören oder sehen konnten, zu einem Wettstreit reinen Mutes.

Der erste, der aus der Kugel wieder auftauchte und auf den festen Boden zurückkehrte, war der Verlierer, also bestand die Herausforderung darin, bis zur allerletzten Sekunde, die der Levitationszauber anhielt, in der Kugel zu verbleiben.

Nur allzu häufig kam es vor, daß beide Wettkämpfer zu lange warteten und ins Verderben stürzten.

Und jetzt versuchte die gnadenlose und absolut bösartige K'yorl, Jarlaxle zu versichern, daß die Verluste an Drowleben auf ein Minimum beschränkt werden würden. Nach wessen Maßstab? fragte sich der Söldner, und wenn die Antwort lauten sollte, nach dem von K'yorl, dann mochte am Ende dieses Tages durchaus die halbe Stadt tot sein.

Jarlaxle war klar, daß er wenig daran ändern konnte. Er und Bregan D'aerthe waren ebenso auf die Magie angewiesen wie jeder Dunkelelf, und ohne sie konnte er nicht einmal K'yorl aus seinen Privatgemächern fernhalten – nicht einmal aus seinen privatesten Gedanken!

»Dies ist der Tag«, sagte K'yorl grimmig noch einmal. »Und wenn es vollbracht ist, werde ich Euch rufen, und Ihr werdet kommen.«

Jarlaxle nickte nicht, er gab überhaupt keine Antwort. Das war auch nicht nötig. Er spürte erneut die geistige Sondierung und wußte, daß K'yorl ihn verstanden hatte. Er haßte sie, und er haßte, was sie zu tun vorhatte, aber Jarlaxle war pragmatisch, und wenn die Dinge sich so entwickelten, wie K'yorl es vorhersagte, dann würde er in der Tat ihrem Ruf Folge leisten.

Sie lächelte erneut und verblaßte. Dann schritt sie wie ein Geist durch die Steinwand davon.

Jarlaxle lehnte sich in seinem Sessel zurück und begann, nervös die Fingerspitzen gegeneinanderzutippen. Er hatte sich noch nie so verwundbar gefühlt oder so sehr im Netz einer unkontrollierbaren Situation gefangen. Er konnte natürlich Oberin Baenre eine Nachricht zukommen lassen, aber was würde das nützen? Selbst das Haus Baenre, so groß und stolz es war, konnte nicht gegen K'yorl bestehen, wenn ihre Magie funktionierte, wo die von Baenre versagte. Wahrscheinlich würde Oberin Baenre schon bald tot sein und ihre ganze Familie mit ihr, und wo sollte sich Jarlaxle dann verbergen?

Er würde sich natürlich nicht verbergen. Er würde K'yorls Ruf Folge leisten.

Jarlaxle verstand, warum ihm K'yorl diesen Besuch abgestattet hatte und warum es für sie, die doch offenbar alle Trümpfe in der Hand hatte, so wichtig war, ihn auf ihre Seite zu ziehen. Er und seine Gruppe waren die einzigen Drow in Menzoberranzan, die wirkliche Verbindungen außerhalb der Stadt besaßen, und das war ein entscheidender Faktor für jeden, der nach der Position der ersten Oberin Mutter strebte –

nicht, daß dies in fast tausend Jahren einer anderen als Oberin Baenre gelungen wäre.

Jarlaxles Finger tippten noch immer nervös gegeneinander. Vielleicht war es an der Zeit für einen Wechsel, überlegte er. Er verwarf den hoffnungsvollen Gedanken jedoch wieder, denn selbst wenn es stimmen sollte, versprach dieser Wechsel nicht, daß es danach besser werden würde. Allerdings schien es, daß K'yorl das Versagen der normalen Magie nur für eine kurzfristige Sache hielt, sonst wäre sie sicher nicht so sehr daran interessiert gewesen, Bregan D'aerthe anzuwerben.

Jarlaxle mußte daran glauben, mußte hoffen, daß sie damit recht hatte, insbesondere, falls ihr Putsch gelingen sollte (und der Söldner hatte keine Veranlassung, das zu bezweifeln). Ihm war klar, daß er nicht lange überleben würde, wenn die Erste Oberin Mutter K'yorl, eine Drow, die er mehr haßte als jede andere, nach Belieben in seine innersten Gedanken einzudringen vermochte.

☆ ☆ ☆

Sie war eigentlich zu schön für eine Drow. Sie schien für alle, die sie sahen, ob männlich oder weiblich, die Vollendung von Drowschönheit darzustellen. Diese Schönheit allein war es, die die tödlichen Lanzen und Armbrüste der Hauswache von Baenre zurückhielt und die Berg'inyon Baenre dazu brachte, sie, nachdem er einen Blick auf sie geworfen hatte, auf das Anwesen zu bitten.

Der magische Zaun funktionierte nicht, und es gab keine gewöhnlichen Tore zum Besitz von Baenre. Normalerweise zogen sich die Spinnweben des Zaunes auf Befehl spiralförmig auseinander und bildeten so eine weite Öffnung, aber jetzt mußte Berg'inyon die Drow bitten hinüberzuklettern.

Sie sagte kein Wort, sondern ging einfach auf den Zaun zu. Dieser schuf mit dem allerletzten ihm innewohnenden Rest von Magie eine weite Öffnung für dieses Wesen, das ein

Avatar, eine Verkörperung, der Göttin war, die ihn erschaffen hatte.

Berg'inyon führte sie den Weg entlang, obgleich er sich vollkommen gewiß war, daß sie keinen Führer benötigte. Er erkannte, daß sie zur Kapelle wollte – natürlich würde sie zur Kapelle wollen! –, und so befahl er einigen seiner Soldaten, die Oberin Mutter zu suchen.

Sos'Umptu empfing sie am Tor der Kapelle, des Gebäudes, das ihrer Verantwortung übertragen worden war. Sie protestierte einen Moment lang, aber wirklich nur für einen Moment.

Berg'inyon hatte seine ergebene Schwester noch nie so erregt gesehen, hatte noch nie gesehen, wie ihr Kinn vor Schwäche herabhing. Sie wich zurück und sank auf die Knie.

Die wunderschöne Drow schritt ohne ein Wort an ihr vorbei. Sie drehte sich abrupt um – Sos'Umptu keuchte auf – und warf Berg'inyon einen scharfen Blick zu, als er weiterhin folgen wollte.

»Ihr seid nur ein Mann«, erklärte Sos'Umptu im Flüsterton. »Entfernt Euch von diesem heiligen Ort.«

Berg'inyon war zu erschüttert, um etwas zu erwidern oder sich auch nur darüber klarzuwerden, wie er sich fühlte. Er drehte sich nicht um, sondern machte nur eine Reihe lächerlicher Verbeugungen und fiel mehr oder weniger durch das Tor der Kapelle auf den Hof hinaus.

Dort draußen waren Bladen'Kerst und Quenthel, aber all die anderen, die sich aufgrund der Gerüchte versammelt hatten, waren von den beiden Schwestern klugerweise wieder fortgeschickt worden.

»Geht zurück auf Euren Posten«, zischte Bladen'Kerst Berg'inyon an. »Es ist nichts geschehen!« Das war weniger eine Feststellung als ein Befehl.

»Es ist nichts geschehen«, wiederholte Berg'inyon, und dies wurde zum Tagesbefehl, und zu einem weisen zudem, wie Berg'inyon sofort erkannte. Dies war Lloth selbst oder zumindest eine sehr wichtige Dienerin. Er wußte es aus tiefstem Herzen.

Er wußte es, und die Soldaten würden es sich zuflüstern, aber ihre Feinde durften nichts davon erfahren!

Berg'inyon eilte über den Hof und gab die Parole, den Befehl aus, daß »nichts geschehen« sei. Er nahm einen Posten ein, der es ihm erlaubte, die Kapelle zu beobachten, und war überrascht, als er sah, daß seine ehrgeizigen Schwestern nicht wagten hineinzugehen, sondern statt dessen nervös vor dem Haupteingang auf und ab gingen.

Auch Sos'Umptu kam heraus und schloß sich ihrer Parade an. Es wurden keine Worte gewechselt – Berg'inyon bemerkte nicht einmal Gesten –, als Oberin Baenre über den Hof gestürmt kam und in die Kapelle eilte, und sofort danach begann das Auf- und Abgehen erneut.

Für Oberin Baenre waren gleichzeitig alle Gebete erhört und alle Alpträume Wirklichkeit geworden. Sie wußte sofort, wer und was da vor ihr auf der zentralen Empore saß. Sie wußte und sie glaubte es.

»Wenn ich die Person bin, die Euch beleidigt hat, so biete ich mich selbst ...«, begann sie demütig und fiel beim Sprechen auf die Knie.

»*Wael!*« herrschte der Avatar sie mit dem Drowwort für Närrin an, und Baenre verbarg ihr Gesicht vor Scham in den Händen.

»*Usstan'sargh wael!*« fuhr die wunderschöne Drow fort und nannte die Oberin damit eine arrogante Närrin. Baenre erzitterte unter den Beschimpfungen und glaubte für den Moment, daß sie tiefer gesunken war als in ihren schlimmsten Befürchtungen, daß ihre Gottheit aus keinem anderen Grund persönlich gekommen war, als um sie zu Tode zu beschimpfen. Bilder ihres gefolterten Körpers, der durch die gewundenen Straßen Menzoberranzans geschleift wurde, blitzten in ihrem Geist auf.

Und doch waren es genau solche Gedanken gewesen, für die sie soeben von diesem Wesen, das mehr war als eine Drow, gescholten worden war, erkannte Oberin Baenre plötzlich. Sie wagte aufzublicken.

»Halte dich nicht für so übermäßig wichtig«, sagte der Avatar ruhig.

Oberin Baenre erlaubte sich einen gehauchten Seufzer der Erleichterung. Also ging es hier nicht um sie. Dies alles, das Versagen der Magie und der Gebete, hatte nichts mit ihr zu tun, vermutlich nicht einmal mit den Reichen der Sterblichen überhaupt.

»K'yorl hat sich geirrt«, fuhr der Avatar fort, und dies erinnerte Baenre, daß diese katastrophalen Ereignisse sich vielleicht weit über ihr abspielten, ihre Auswirkungen aber dennoch von fataler Wirkung sein konnten.

»Sie hat zu glauben gewagt, daß sie ohne Eure Gunst gewinnen kann«, meinte Oberin Baenre, und ihre Überraschung hätte nicht größer sein können, als der Avatar über den Gedanken spottete.

»Sie könnte dich mit einem einzigen Gedanken vernichten.«

Oberin Baenre erzitterte und senkte ihren Kopf erneut.

»Aber sie hat sich in der Frage der Vorsicht geirrt«, fuhr der Avatar fort. »Sie hat ihren Angriff verzögert, und jetzt, da sie zu der Überzeugung gelangt ist, daß sie in der Tat alle Vorteile auf ihrer Seite hat, hat sie einer persönlichen Fehde erlaubt, ihren wichtigsten Streich noch weiter aufzuschieben.«

»Dann sind die Kräfte zurückgekehrt!« keuchte Baenre. »Ihr seid zurückgekehrt.«

»*Wael!*« schrie der ärgerliche Avatar. »Hast du etwa geglaubt, ich würde nicht zurückkehren?« Oberin Baenre ließ sich auf den Boden fallen und machte sich so flach wie möglich.

»Die Zeit der Unruhe wird enden«, sagte der Avatar einen Augenblick später und war wieder ganz ruhig. »Und du wirst wissen, was du tun mußt, wenn alles wieder ist, wie es sein soll.«

Baenre blickte gerade lange genug auf, um zu sehen, daß der finstere Blick aus zu Schlitzen zusammengepreßten Augen schwer auf ihr lastete. »Glaubst du, ich bin ohne Mittel?« fragte die wunderschöne Drow.

Ein entsetzter Ausdruck, der vollkommen ehrlich war, zog über Baenres Gesicht, und sie begann wie betäubt den Kopf zu schütteln, um abzustreiten, daß sie jemals den Glauben verloren hatte.

Erneut lag sie ganz flach und fast winselnd auf dem Boden und unterbrach ihre Gebete erst, als etwas Schweres neben ihrem Kopf auf der Erde aufschlug. Sie wagte hochzuschauen und sah einen Brocken gelben Steins, Schwefels, neben sich liegen.

»Du mußt K'yorl eine kurze Weile lang abwehren«, erklärte der Avatar. »Geh und triff dich mit den Oberinnen Müttern, deiner ältesten Tochter und deinem ältesten Sohn im Versammlungsraum. Schüre die Flammen und erlaube jenen, die ich angeworben habe, zu eurer Seite durchzudringen. Gemeinsam werden wir K'yorl zeigen, wo die wahre Macht liegt!«

Ein strahlendes Lächeln erhellte Baenres Gesicht, als sie erkannte, daß sie Lloths Gunst nicht verloren hatte, sondern daß ihre Göttin sie auserwählt hatte, in dieser entscheidenden Stunde eine entscheidende Rolle zu spielen. Der Umstand, daß Lloth so gut wie zugegeben hatte, daß sie noch immer mehr oder weniger machtlos war, zählte nicht. Die Spinnenkönigin würde zurückkehren, und Baenre würde erneut vor ihren Augen glänzen.

Zu dem Zeitpunkt, da Oberin Baenre den Mut aufbrachte, sich vom Boden zu erheben, hatte die schöne Drow die Kapelle bereits verlassen. Sie überquerte das Anwesen ohne Zwischenfall, ging durch den Zaun hindurch, wie sie es bei ihrer

Ankunft getan hatte, und verschwand in den Schatten der Stadt.

☆ ☆ ☆

Sobald sie das schreckliche Gerücht vernommen hatte, daß die seltsamen psionischen Kräfte des Hauses Oblodra nicht von dem beeinträchtigt worden waren, was die andere Magie befallen hatte, wußte Ghenni'tiroth Tlabbar, die Oberin Mutter von Faen Tlabbar, dem Vierten Haus von Menzoberranzan, daß sie in argen Schwierigkeiten war. K'yorl Odran haßte die große, schlanke Ghenni'tiroth mehr als jede andere, denn diese hatte kein Geheimnis aus ihrer Ansicht gemacht, daß Faen Tlabbar und nicht Oblodra als Menzoberranzans drittes Haus gelten sollte.

Mit fast achthundert Soldaten war Faen Tlabbar beinahe doppelt so groß wie Oblodra, und nur die geheimnisumwitterten Kräfte K'yorls und ihrer Anhänger hatten sie zurückgehalten.

Wieviel mehr nun diese Kräfte zählten, jetzt, da die normale Magie bestenfalls unberechenbar geworden war!

Während der ganzen Zeit war Ghenni'tiroth in ihrer Hauskapelle geblieben, einem verhältnismäßig kleinen Raum nahe der Spitze des zentralen Stalagmiten ihres Anwesens. Eine einzelne Kerze brannte auf dem Altar und verbreitete nach dem Maßstab der Oberflächenwelt nur wenig Licht, während sie für die Dunkelelfen, deren Augen mehr an die Dunkelheit gewöhnt waren, wie ein helles Signal leuchtete. Als zweite Lichtquelle diente das nach Westen weisende Fenster des Raumes, denn selbst über die halbe Stadt hinweg war das wilde Leuchten von Narbondel klar zu sehen.

Ghenni'tiroth schenkte der Säulenuhr nur insofern Aufmerksamkeit, als sie ein Symbol für ihre Schwierigkeiten war. Sie gehörte zu den fanatischsten von Lloths Priesterinnen, eine Drowfrau, die mehr als sechs Jahrhunderte in unbeirrbarem Dienst für die Spinnenkönigin überlebt hatte. Aber jetzt befand sie sich in Schwierigkeiten, und aus irgendeinem Grund, den sie nicht verstand, antwortete Lloth nicht auf ihre Rufe.

Sie ermahnte sich ständig aufs neue, an ihrem Glauben festzuhalten, während sie kniete und über einen Platinteller gebeugt war, die berühmte Faen-Tlabbar-Opferplatte. Das Herz des letzten Opfers, eines nicht ganz unwichtigen Drowmannes, lag darauf, eine Gabe an die Göttin, die dennoch Ghenni'tiroths verzweifelte Gebete nicht beantworten wollte.

Ghenni'tiroth fuhr abrupt auf, als sich das Herz von dem blutigen Teller erhob, mehrere Zoll hinaufschwebte und mitten in der Luft verharrte.

»Das Opfer genügt nicht«, erklang hinter ihr die Stimme, die sie am meisten haßte.

Sie drehte sich nicht zu K'yorl Odran um.

»Es tobt ein Kampf auf dem Anwesen«, stellte Ghenni'tiroth mehr fest, als daß sie fragte.

K'yorl schnaubte spöttisch. Eine Geste ließ das geopferte Organ durch den Raum fliegen.

Ghenni'tiroth wirbelte herum, und ihre Augen waren vor Entrüstung weit aufgerissen. Sie wollte »Gotteslästerung« schreien, aber das Wort blieb ihr in der Kehle stecken, als ein weiteres Herz von K'yorl her auf sie zuschwebte.

»Das Opfer genügte nicht«, sagte K'yorl ruhig. »Benutzt dieses Herz: das Herz von Fini'they.«

Bei der Erwähnung der offensichtlich toten Priesterin, der zweithöchsten des Hauses, schrak Ghenni'tiroth zurück. Als Fini'theys Familie, ein niedrigrangiges und unbedeutendes Haus, von einem Rivalen vernichtet worden war, hat Ghenni'tiroth sie als Tochter aufgenommen. Fini'theys Haus war in der Tat unbedeutend gewesen – Ghenni'tiroth konnte sich nicht einmal mehr an seinen Namen erinnern –, aber Fini'they ganz und gar nicht. Sie war eine machtvolle Priesterin und eine absolut loyale, sogar liebevolle Adoptivtochter gewesen

Ghenni'tiroth wich entsetzt noch weiter zurück, als das Herz ihrer Tochter an ihr vorbeischwebte und mit einem Übelkeit erregenden feuchten Klatschen auf den Platinteller fiel.

»Betet zu Lloth«, befahl K'yorl.

Ghenni'tiroth tat genau dies. Vielleicht hat sich K'yorl geirrt, dachte sie. Vielleicht konnte sich Fini'they noch durch ihren Tod als hilfreich erweisen, vielleicht war sie das angemessene Opfer, um die Spinnenkönigin zu veranlassen, dem Haus Faen Tlabbar zu Hilfe zu kommen.

Nach einem langen, ereignislosen Augenblick wurde sich Ghenni'tiroth K'yorls Gelächter bewußt.

»Vielleicht brauchen wir ein größeres Opfer«, sagte die Oberin Mutter des Hauses Oblodra spöttisch.

Es war nicht schwierig zu erkennen, worauf K'yorl hinauswollte.

Ghenni'tiroth zog heimlich, fast ohne die Finger zu bewegen, ihren tödlichen, vergifteten Dolch aus seiner Scheide in den verhüllenden Falten ihrer mit Spinnenmustern verzierten Robe. »Fangzahn« hieß der Dolch, und er hatte sie schon aus vielen Situationen wie dieser befreit.

Natürlich war bei jenen Gelegenheiten Verlaß auf die Magie gewesen, und die damaligen Gegner waren nicht so gefährlich gewesen wie K'yorl. Noch während Ghenni'tiroth der Oblodran fest in die Augen blickte und sie ablenkte, während sie zugleich vorsichtig ihre Hand bewegte, las K'yorl ihre Gedanken und bereitete sich auf den Angriff vor.

Ghenni'tiroth rief einen Befehl, und die Magie des Dolches gehorchte und sandte das Geschoß aus den Falten ihres Gewandes direkt auf das Herz ihrer Widersacherin zu.

Die Magie funktioniert! jubelte Ghenni'tiroth innerlich. Aber ihre Erleichterung verging schnell, als der Dolch ohne Wirkung durch den Geist K'yorl Odrans hindurchfuhr und sich nutzlos in das Gewebe eines Wandbehangs an der gegenüberliegenden Wand versenkte.

»Ich hoffe nur, das Gift ruiniert nicht das Muster«, meinte K'yorl, die weit links von ihrem Abbild stand.

Ghenni'tiroth wandte sich ihr zu und warf der spöttischen Kreatur einen stählernen Blick zu.

»Ihr könnt mich nicht im Kampf besiegen, und Ihr seid mir auch in der Schlauheit nicht über«, sagte K'yorl mit ruhiger Stimme. »Ihr könnt nicht einmal Eure Gedanken vor mir verbergen. Der Krieg ist bereits zu Ende, bevor er noch begonnen hat.«

Ghenni'tiroth wollte ihre ganze Wut herausschreien, aber sie blieb ebenso still wie Fini'they, deren Herz auf dem Teller vor ihr lag.

»Wieviel Töten muß es denn geben?« fragte K'yorl und überraschte Ghenni'tiroth damit vollkommen. Die Oberin von Faen Tlabbar sah ihre Gegnerin mit einem mißtrauischen, aber vor allem neugierigen Blick an.

»Mein Haus ist klein«, bemerkte K'yorl, und das war durchaus richtig, sofern man nicht die Tausende von Koboldsklaven mitzählte, die, wie es hieß, in den Tunneln an den Rändern des Klauenspaltes, direkt unterhalb des Hauses Oblodra, herumwimmelten. »Und ich brauche Verbündete, wenn ich die verfluchte Baenre und ihre aufgeschwemmte Familie loswerden will.«

Ghenni'tiroth war sich nicht bewußt, daß sich ihre Zunge bewegte, über ihre dünnen Lippen leckte. Ein Funken Hoffnung glomm in ihr auf.

»Ihr könnt mich nicht besiegen«, wiederholte K'yorl. »Vielleicht werde ich eine Kapitulation annehmen.«

Das Wort behagte der stolzen Führerin des Vierten Hauses nicht.

»Dann also eine Allianz, wenn Ihr es lieber so nennen wollt«, ergänzte K'yorl, die den Blick richtig deutete. »Es ist kein Geheimnis, daß ich nicht das beste Verhältnis zur Spinnenkönigin habe.«

Ghenni'tiroth dachte über die möglichen Konsequenzen nach. Wenn sie K'yorl, die nicht Lloths Gunst besaß, dabei half, Baenre zu überwältigen, was würden die Folgen für ihr eigenes Haus sein, sobald alles vorüber war?

»Dies alles ist Baenres Schuld«, meinte K'yorl, die jeden von Ghenni'tiroths Gedanken las. »Baenre hat den Rückzug der Spinnenkönigin verursacht«, behauptete sie. »Sie konnte nicht einmal einen einzelnen Gefangenen bewachen oder ein angemessenes Hohes Ritual durchführen.«

Die Worte klangen wahr – schmerzlich wahr – für die Ohren von Ghenni'tiroth, die der Oberin Baenre bei weitem den Vorrang vor K'yorl Odran gab. Sie wollte widersprechen, doch das hätte ihren Tod und den Tod ihres Hauses zur Folge gehabt, da K'yorl so eindeutig im Vorteil war.

»Vielleicht werde ich eine Kapitulat ...« K'yorl kicherte boshaft und unterbrach sich mitten im Satz. »Vielleicht würde eine Allianz uns beiden von Nutzen sein.«

Ghenni'tiroth leckte sich erneut die Lippen und wußte nicht, wohin sie sich wenden sollte. Ein kurzer Blick auf das Herz von Fini'they trug jedoch dazu bei, sie zu überzeugen. »Vielleicht«, sagte sie.

K'yorl nickte und lächelte erneut das verschlagene und berüchtigte Grinsen, von dem ganz Menzoberranzan wußte, daß es eine Lüge begleitete. Ghenni'tiroth erwiderte das Grinsen – bis sie gewahr wurde, mit wem sie es zu tun hatte, bis sie sich trotz der Versuchung durch den verlockenden Köder, den K'yorl ihr angeboten hatte, dazu zwang, sich an den Ruf dieser bösartigsten aller Drow zu erinnern.

»Vielleicht auch nicht«, sagte K'yorl ruhig, und Ghenni'tiroth wurde plötzlich von einer unsichtbaren Kraft zurückgestoßen, ein unsichtbarer, aber sehr wohl spürbarer Beweis für K'yorls mächtigen Willen.

Die Oberin von Faen Tlabbar zuckte und wand sich, und sie hörte eine ihrer Rippen knacken. Sie versuchte, K'yorl anzuschreien, versuchte, eine letzte, verzweifelte Bitte an Lloth hervorzubringen, aber ihre Worte wurden abgewürgt, als eine unsichtbare Hand ihr die Kehle zusammendrückte und ihr die Luft abschnürte.

Ghenni'tiroth zuckte abermals heftig und noch einmal, und weitere Knackgeräusche erklangen aus ihrer Brust, als der Druck auf ihren Leib größer wurde. Sie taumelte zurück und wäre zu Boden gefallen, wenn K'yorl ihren schlanken Körper nicht fest in ihrem geistigen Griff gehalten hätte.

»Es tut mir leid, daß Fini'theys Herz nicht genügt hat, um Eure machtlose Spinnenkönigin herzubeschwören«, höhnte K'yorl in kühner Blasphemie.

Ghenni'tiroths Augen quollen vor, und es sah aus, als würden sie aus den Höhlen springen. Ihr Rücken krümmte sich schmerzhaft, und aus ihrer Kehle strömten gurgelnde Geräusche. Sie riß an ihrem eigenen Hals in dem verzweifelten Versuch, die unsichtbare Hand zu erwischen, aber es gelang ihr nur, sich selbst blutige Wunden zuzufügen.

Dann erklang ein letztes Krachen, ein lautes Knacken, und Ghenni'tiroth wehrte sich nicht mehr. Der Druck war von ihrer Kehle verschwunden, was immer ihr das jetzt auch noch nutzen mochte. K'yorls unsichtbare Hand packte ihr Haar und riß ihren Kopf nach vorn, so daß sie nach unten blickte, auf die ungewöhnliche Wölbung neben ihrer linken Brust.

Ghenni'tiroths Augen weiteten sich vor Entsetzen, als ihre Robe sich teilte und ihre Haut aufriß. Ein mächtiger Blutschwall schoß aus der Wunde, und Ghenni'tiroth sackte schlaff zu Boden, wo sie neben dem Platinteller liegenblieb.

Sie beobachtete das letzte Schlagen ihres eigenen Herzens, das jetzt auf diese Opferschale fiel.

»Vielleicht wird Lloth diesen Ruf hören«, meinte K'yorl, aber Ghenni'tiroth konnte sie schon nicht mehr hören.

K'yorl trat zu der Leiche und nahm ihr die Flasche mit dem Trank ab, den Ghenni'tiroth, ebenso wie jede andere Frau des Hauses Faen Tlabbar, stets bei sich trug. Die Mixtur, ein Gebräu, das inbrünstige Demut von männlichen Drow erzwang, war sehr stark – oder würde es sein, wenn die normale Magie wieder zu wirken begann. Diese Flasche enthielt gewiß den stärksten Trank, und K'yorl wollte ihn für einen gewissen Söldnerführer reservieren.

Sie ging zur Wand hinüber und nahm Fangzahn an sich.

Für die Siegerin …

Mit einem letzten Blick auf die tote Oberin Mutter beschwor K'yorl ihre psionischen Kräfte und wurde immer weniger real. Sie wurde zu einem Geist, der durch die Wände und an den Wachen des wohlbewachten Anwesens vorbeigehen konnte. Ihr Lächeln war ebenso strahlend wie ihr Selbstvertrauen, aber es war, wie Lloths Avatar es Baenre gesagt hatte: K'yorl hatte einen Fehler begangen. Sie war der Versuchung persönlicher Rache erlegen und hatte als erstes gegen einen geringeren Feind losgeschlagen.

Zur selben Zeit, da K'yorl durch die Mauern von Haus Faen Tlabbar glitt und sich im Triumph über ihre meistgehaßte Feindin sonnte, hatten sich die Oberinnen Baenre und Mez'Barris Armgo zusammen mit Triel und Gromph Baenre sowie den Oberinnen Müttern von Menzoberranzans Häusern fünf bis acht in einer privaten Kammer auf der Rückseite von Qu'ellarz'orl versammelt, hinter dem Plateau in jener riesigen Höhle, auf dem sich einige der wichtigsten Drowhäuser befanden, darunter auch das Haus Baenre. Die acht Drow drängten sich um die spinnenförmige Kohlenpfanne, die auf dem einzigen Tisch des kleinen Raumes stand, und jede stand an einem der Beine des Metalltiers. Alle hatten ihre wertvollsten brennbaren Gegenstände mitgebracht, und Oberin Baenre trug den Brocken Schwefel, den ihr der Avatar gegeben hatte.

Keiner von ihnen sprach es aus, aber allen war klar, daß dies vermutlich ihre einzige Chance war.

Trumpf

Normalerweise genoß Jarlaxle es, sich im Zentrum eines solchen Konfliktes zu befinden und beide Parteien eines Streites um ihn werben zu lassen. Dieses Mal jedoch erfüllte ihn diese Position mit Unbehagen. Er hatte nicht gerne mit K'yorl Odran zu tun, nicht auf einer freundschaftlichen Basis und erst recht nicht auf feindlicher. Und es machte ihn überhaupt nicht glücklich, daß das Haus Baenre auf eine so tiefgreifende, verzweifelte Art in einen Streit verwickelt war. Jarlaxle hatte einfach zuviel in Oberin Baenre investiert. Der vorsichtige Söldnerführer vertraute eigentlich niemals auf irgend etwas, aber er hatte tatsächlich erwartet, daß das Haus Baenre Menzoberranzan mindestens bis zum Ende seines Lebens beherrschen würde, so wie es die Stadt schon vor seiner Geburt und Jahrtausende zuvor regiert hatte.

Nicht, daß Jarlaxle dem ersten Haus der Stadt irgendwelche besonderen Gefühle entgegengebracht hätte; Baenre bot ihm bloß einen festen Anker, einen Bezugspunkt in den ständig sich verschiebenden Machtkämpfen von Menzoberranzan.

Er hatte geglaubt, dies würde ewig so weitergehen, aber nach seinem Gespräch mit K'yorl – oh, wie er diese Frau haßte! – war sich Jarlaxle dessen nicht mehr so sicher.

K'yorl wollte ihn anwerben, wollte höchstwahrscheinlich, daß ihr Bregan D'aerthe als Verbindung zur Welt außerhalb von Menzoberranzan diente. Das konnte der Söldnertrupp tun, und zwar gut, aber Jarlaxle bezweifelte, daß er selbst, der immer seine eigenen Pläne verfolgte, lange in K'yorls Gunst bleiben würde. Irgendwann, vielleicht früher, vielleicht auch erst später, würde sie die Wahrheit in seinen Gedanken lesen, und dann würde sie ihn beseitigen und ersetzen.

Das war die Art der Drow.

☆ ☆ ☆

Der Unhold war gewaltig: eine gigantische, zweibeinige, hundeartige Kreatur mit vier muskulösen Armen, von denen zwei in mächtigen Zangen endeten. Keine der Drowwachen konnte sich erklären, wie sie Jarlaxles private Höhle betreten hatte, deren Eingang sich ein paar hundert Meter die steile Kluft des Klauenspaltes hinunter, dahinter und unterhalb des Anwesens von Haus Oblodra befand.

»*Tanar'ri!*« Das warnende Wort, der in allen Sprachen bekannte Name der größten Kreaturen des Abgrundes, wurde flüsternd und in der lautlosen Zeichensprache im ganzen Höhlenkomplex weitergegeben, und die Reaktion war überall gleichermaßen Entsetzen.

Die beiden Wachen, die dem riesenhaften, fünfzehn Fuß großen Ungeheuer als erste begegneten, waren zu bemitleiden. Als loyale Soldaten von Bregan D'aerthe und in ihrem Mut durch das Vertrauen darauf bestärkt, daß andere ihren Handlungen Nachdruck verleihen würden, befahlen sie der Bestie stehenzubleiben, und als diese nicht gehorchte, griffen sie Drow an.

Hätten ihre Waffen noch über den alten Zauber verfügt, hätten sie dem Wesen möglicherweise Schmerz zufügen können. Aber die Magie war noch nicht in verläßlicher oder auch nur vorhersehbarer Weise auf die materielle Ebene zurückgekehrt. Das hieß zwar auch, daß der Tanar'ri nicht über seinen großen Vorrat an Zaubersprüchen verfügte, aber die Bestie, die aus viertausend Pfund Muskeln und Klauen bestand, brauchte keine magische Hilfe.

Die beiden Drow wurden vollständig zerfetzt, und der Tanar'ri setzte seine Suche nach Jarlaxle fort, wie Errtu es ihm befohlen hatte.

Er fand den Söldnerführer zusammen mit zwanzig seiner besten Soldaten hinter der ersten Biegung. Mehrere Drow sprangen zur Verteidigung vor, aber Jarlaxle, der die Kräfte dieser Bestie besser einzuschätzen wußte, hielt sie zurück, da er nicht bereit war, sinnlos Drowleben zu opfern.

»Glabrezu«, sagte er mit allem Respekt, da er die Bestie kannte.

Glabrezus hundeartige Schnauze verzog sich zu einem Knurren, und er kniff die Augen eng zusammen, als er Jarlaxle musterte und sich davon überzeugte, daß er den richtigen Dunkelelfen gefunden hatte.

»Baenre cok diemrey nochtero«, knurrte der Tanar'ri, und ohne auf eine Antwort zu warten, machte das riesenhafte Monster kehrt. Tief gebückt, um mit dem Kopf nicht an der hohen Decke des Tunnels anzuschlagen, stapfte es davon.

Erneut machten mehrere tapfere, dumme Drow Anstalten, ihm zu folgen, und erneut hielt Jarlaxle, der jetzt breiter lächelte als seit vielen Wochen, sie zurück. Der Tanar'ri hatte in der Sprache der niederen Ebenen gesprochen, einer Sprache, die Jarlaxle perfekt verstand, und er hatte genau das gesagt, was Jarlaxle hatte hören wollen.

Die Gesichter der nervösen Drow, die ihn umgaben, spiegelten alle die gleiche Frage wider. Sie verstanden diese Sprache nicht und wollten unbedingt wissen, was der Tanar'ri gesagt hatte.

»Baenre cok diemrey nochtero«, erklärte ihnen Jarlaxle. »Das Haus Baenre wird siegen.«

Sein verschlagenes hoffnungsvolles Lächeln und der Eifer, mit dem er die Fäuste ballte, verrieten seinen Soldaten, daß eine solche Prophezeiung eine gute Sache war.

Zeerith Q'Xorlarrin, die Oberin Mutter des Fünften Hauses, verstand die Bedeutung der Zusammensetzung dieser Versammlung. Triel und Gromph Baenre nahmen hauptsächlich teil, um zwei leere Plätze an der spinnenförmigen Kohlenpfanne zu besetzen. Einer dieser Plätze gehörte rechtmäßig K'yorl, und da sie hier waren, um K'yorl abzuwehren, wie es der Avatar befohlen hatte, war diese natürlich nicht eingeladen worden.

Der andere leere Platz, jener, den Gromph besetzte, war gewöhnlich für Zeeriths engste Freundin reserviert, für Oberin Mutter Ghenni'tiroth Tlabbar. Niemand hatte es laut ausgesprochen, aber Zeerith wußte, was die Anwesenheit von Baenres Sohn und das Fehlen der Oberin Mutter zu bedeuten hatten.

K'yorl haßte Ghenni'tiroth – das war kein Geheimnis –, und daher war Ghenni'tiroth als Opfer gebracht worden, um das Vorstoßen des Hauses Oblodra zu verzögern. Diese anderen angeblichen Verbündeten und die Göttin, der sie alle dienten, hatten zugelassen, daß Zeeriths beste Freundin vernichtet wurde.

Das nagte eine kurze Weile an der Oberin Mutter, bis sie gewahr wurde, daß sie den dritthöchsten Rang im Versammlungsraum einnahm. Wenn die Beschwörung erfolgreich sein würde, wenn K'yorl und das Haus Oblodra zurückgeschlagen wurden, dann würde sich die Hierarchie der herrschenden Häuser mit Sicherheit verschieben. Oblodra würde fallen und den dritten Platz leer zurücklassen, und da Faen Tlabbar plötzlich ohne reguläre Oberin Mutter war, war es denkbar, daß Haus Xorlarrin an ihm vorbei auf den begehrten Rang springen konnte.

Ghenni'tiroth war geopfert worden. Zeerith Q'Xorlarrin lächelte breit.

So war die Art der Drow.

Gromphs wohlgehütete Spinnenmaske, ein außergewöhnlicher magischer Gegenstand, der einzige in ganz Menzoberranzan, der es erlaubte, den Spinnwebzaun von Haus Baenre zu überwinden, flog in die Kohlenpfanne. Die Flammen schossen orangefarben und giftgrün in die Luft.

Mez'Barris nickte Baenre zu, und die verwitterte alte Oberin Mutter warf den Schwefelbrocken hinein, den ihr der Avatar gegeben hatte.

Wenn hundert aufgeregte Zwerge mit einem riesigen Blasebalg gepumpt hätten, hätte ihr Feuer nicht wilder aufflammen können. Die Flammen schossen in einer vielfarbigen Säule empor, die die acht Betrachter mit ihrer unheiligen Pracht fesselte.

»Was geht hier vor?« erklang eine Stimme aus dem vorderen Teil des Raumes, nahe der einzigen Tür. »Ihr wagt es, eine Ratsversammlung abzuhalten, ohne das Haus Oblodra zu informieren?«

Oberin Baenre, die am Kopf des Tisches saß und somit K'yorl den Rücken zuwandte, hob die Hand, um die anderen, die um die Spinnen-Kohlenpfanne versammelt waren, zu beruhigen. Langsam drehte sie sich zu ihrer Feindin um, und die beiden blickten einander giftig an.

»Die Henkerin lädt ihr Opfer nicht ein, zum Block zu kommen«, sagte Baenre ruhig. »Sie schleift es dorthin oder lockt es herbei.«

Baenres grobe Worte waren einigen der versammelten Drow unangenehm. Wenn man K'yorl taktvoller behandelt hätte, hätten vielleicht einige von ihnen mit dem Leben davonkommen können.

Oberin Baenre wußte es jedoch besser. Ihrer aller einzige Hoffnung, Baenres einzige Hoffnung, bestand darin, der Spinnenkönigin zu vertrauen, mit ganzem Herzen daran zu glauben, daß der Avatar sie nicht fehlgeleitet hatte.

Als K'yorls erst Welle geistiger Energie über Baenre hinwegbrandete, kamen allerdings auch ihr Zweifel. Sie hielt ein paar Sekunden stand, was eine bemerkenswerte Willenskraft verriet, aber dann überwältigte K'yorl sie und schob sie zurück gegen den Tisch. Baenre spürte, wie sich ihre Füße vom Boden lösten. Sie fühlte sich, als hätte eine gigantische, unsichtbare Hand nach ihr gegriffen und schöbe sie nun auf die Flammen zu.

»Um wieviel großartiger doch der Ruf nach Lloth sein wird«, kreischte K'yorl begeistert, »wenn man Oberin Baenre den Flammen übergibt!«

Die anderen im Raum, insbesondere die fünf Oberinnen Mütter, wußten nicht, wie sie reagieren sollten. Mez'Barris senkte den Kopf und begann lautlos einen Zauberspruch zu murmeln, während sie gleichzeitig betete, daß Lloth sie erhören möge.

Zeerith und die anderen beobachteten die Flammen. Der Avatar hatte ihnen gesagt, daß sie dies tun sollten, aber warum war kein Verbündeter daraus erschienen, ein Tanar'ri oder ein anderer Unhold?

☆ ☆ ☆

Im schlammerfüllten Abgrund saß Errtu auf seinem Pilzthron und ergötzte sich an der chaotischen Szene. Selbst durch den Wahrspiegel, den Lloth ihm überlassen hatte, konnte der große Tanar'ri die Angst der versammelten Anbeter fühlen und den bitteren Haß auf K'yorl Odrans Lippen schmecken.

Errtu beschloß, daß er K'yorl mochte. Hier war eine Frau nach seinem Herzen, vollkommen und entzückend böse, eine Mörderin, die aus purem Vergnügen tötete, eine Intrigantin, die nur um des Spaßes willen ihre Spiele spielte. Der große Tanar'ri hätte gern gesehen, wie K'yorl ihre Widersacherin in die Flammensäule schob.

Aber Lloths Befehle waren eindeutig gewesen, und der versprochene Tauschhandel war für den Unhold zu verlockend, als daß er ihn in den Wind schlagen konnte.

Erstaunlicherweise, wenn man den Zustand der Magie zur Zeit bedachte, öffnete sich das Feld, und es öffnete sich weit.

Errtu hatte bereits einen Tanar'ri, einen riesigen Glabrezu, durch ein kleineres Tor geschickt, um als Bote zu dienen, aber jenes Tor, das der Avatar selbst erzeugt hatte, war nur dürftig gewesen und war auch nur einen winzigen Moment lang offengeblieben. Errtu hatte nicht geglaubt, daß es wiederholt werden konnte, nicht jetzt.

Der Gedanke an das magische Chaos gab dem Unhold eine plötzliche Inspiration ein. Vielleicht waren die alten Regeln der Verbannung nicht mehr gültig. Vielleicht konnte er sogar selbst wieder auf die materielle Ebene zurückkehren. Dann würde er nicht mehr als Lloths Lakai dienen müssen; dann könnte er selbst den abtrünnigen Do'Urden finden, und nachdem er den Drow bestraft hätte, könnte er in das eisige Nordland zurückkehren, wo der kostbare Crenshinibon, der legendäre gesprungene Kristall, begraben lag!

Das Tor war offen. Errtu trat hindurch.

Und wurde sofort zurückgeworfen, in den Abgrund zurückgestoßen, den Ort seiner hundertjährigen Verbannung.

Mehrere Unholde, die die Öffnung spürten, kamen herbei und gingen auf das Tor zu, aber der fauchende Errtu, der durch seine Niederlage in Wut versetzt worden war, hielt sie zurück.

Sollte dieser bösartige Drow doch Lloths Liebling in die Flammen stoßen! Das Tor würde durch das Opfer offenbleiben, vielleicht würde es sogar noch größer werden.

Errtu gefiel seine Verbannung nicht, er haßte es, einem anderen Wesen als Lakai zu dienen. Sollte Lloth leiden; sollte Baenre doch von den Flammen verzehrt werden, danach würde er dann tun, was die Spinnenkönigin von ihm gefordert hatte!

Das einzige, was Baenre vor diesem Schicksal bewahrte, war das unerwartete Eingreifen Methils, des Illithiden. Nachdem er bei Jarlaxle gewesen war, hatte der Glabrezu Methil besucht, um ihm die gleiche Prophezeiung zu überbringen, und Methil, der als Gesandter seines Volkes diente, hatte es sich zur Aufgabe gemacht, auf der Seite des Siegers zu sein.

Die psionischen Wellen des Illithiden störten K'yorls telepathischen Angriff, und Oberin Baenre sackte neben dem Tisch zusammen.

K'yorls Augen weiteten sich, ihre Niederlage überraschte sie – bis Methil, der unsichtbar und im geheimen an Oberin Baenres Seite gestanden hatte, sichtbar wurde.

Wartet, bis dies zu Ende ist, schrien K'yorls Gedanken die Kreatur mit dem Oktopuskopf an. *Seht, wer gewinnt, und entscheidet dann, mit wem Ihr Euch verbünden wollt.*

Methils Versicherung, daß er den Ausgang bereits kenne, verstörte K'yorl nicht halb sosehr wie der Anblick des riesigen, fledermausartigen Flügels, der plötzlich aus der Flammensäule herausragte: ein Tanar'ri – ein wirklicher Tanar'ri!

Ein weiterer Glabrezu sprang aus dem Feuer und landete zwischen Baenre und ihrer Gegnerin auf dem Boden. K'yorl schlug mit einem psionischen Sperrfeuer zu, aber sie war kein Gegner für eine solche Bestie, und sie wußte es.

Sie bemerkte, daß die Säule noch immer wild tanzte und ein weiterer Unhold sich in den Flammen formte. Lloth war gegen sie! erkannte sie plötzlich. Offenbar war der ganze Abgrund auf Oberin Baenres Beschwörung hin erschienen!

K'yorl tat das einzige, was ihr übrigblieb. Sie wurde wieder zum Schemen und floh durch die Stadt zu ihrem Haus zurück.

Unholde strömten zu Hunderten durch das Tor, und es kamen immer mehr. Über eine Stunde lang ging es so weiter. Die Diener Errtus und damit auch Lloths strömten auf den Ruf der verzweifelten Oberinnen Mütter herbei, stürmten in wildem Gejohle durch die Stadt und umzingelten das Haus Oblodra.

Im Versammlungsraum auf der Rückseite des Qu'ellarz'orl war befriedigtes Lächeln zu sehen, und es erklang sogar offener Jubel. Der Avatar hatte sein Versprechen gehalten, und die Zukunft der Getreuen Lloths erschien wieder hinreißend dunkel.

Von den acht Versammelten trug nur Gromph ein Lächeln zur Schau, das nicht ganz ehrlich war. Natürlich wollte auch er nicht, daß das Haus Oblodra gewann, aber der Mann verspürte keine Freude bei dem Gedanken daran, daß die Dinge schon bald wieder so sein mochten, wie sie immer gewesen waren – was bedeutete, daß er trotz all seiner Macht und Hingabe an die Kunst der Magie vor allen Dingen wieder nur ein Mann sein würde.

Als die Flammen erstarben und die anderen begannen, den Raum zu verlassen, tröstete es ihn ein wenig, als er bemerkte, daß einige der geopferten Gegenstände, darunter auch seine wertvolle Spinnenmaske, nicht vom magischen Feuer verzehrt worden waren. Gromph blickte zur Tür, zu den Oberinnen Müttern und Triel, aber sie waren so mit dem Spektakel der Unholde beschäftigt, daß sie ihn überhaupt nicht wahrnahmen.

Leise und ohne Aufmerksamkeit zu erregen, schob der gierige Zauberer sein kostbares Stück in die Falten seiner Robe, und dann fügte er seiner Sammlung einige der begehrtesten Artefakte der größten Häuser Menzoberranzans hinzu.

TEIL 3

Wiederherstellung

Wie sehr es mich drängte, zu Catti-brie zu gehen, nachdem ich erkannt hatte, wie gefährlich ihr Schwert war! Wie sehr ich an ihrer Seite sein und sie beschützen wollte! Schließlich hatte der Gegenstand sie beherrscht und enthielt eine mächtige und offensichtlich intelligente Magie.

Catti-brie wollte mich an ihrer Seite – wer würde sich nicht die stützende Schulter eines Freundes wünschen, wenn ein solcher Kampf drohte? –, und doch wollte sie mich zugleich nicht dort haben, konnte es nicht, denn sie wußte, daß sie diese Schlacht alleine austragen mußte.

Ich mußte ihren Entschluß respektieren, und in jenen Tagen, als die Zeit der Unruhe zu Ende ging und die Magie der Welt wieder zur Ruhe kam, mußte ich lernen, daß manchmal die schwersten Schlachten jene sind, die man nicht ausfechten darf.

Ich lernte damals, warum Mütter und Väter oft so resigniert aussehen. Welchen Schmerz mußte es für Eltern in Silbrigmond bedeuten, wenn ihr Sprößling ihnen sagte, daß er kein Kind mehr sei und beschlossen habe, nach Westen aufzubrechen, nach Tiefwasser, um auf Abenteuerfahrt an der Schwertküste zu gehen. Alles in diesem Vater oder dieser Mutter will »Bleib!« ausrufen. Jeder Instinkt in ihm oder ihr will das Kind umarmen, an sich pressen und für alle Zeiten beschützen. Und doch sind diese Instinkte falsch.

Es gibt keinen größeren Stich ins Herz, als die Kämpfe jener zu be-

obachten, die man liebt, und zugleich zu wissen, daß es diese Widrigkeiten sind, durch die die betreffende Person wachsen wird und alle Möglichkeiten ihrer Existenz ergründet. Zu viele Diebe in den Reichen glauben, daß die Formel für Glück in einer unbewachten Schatzkiste liegt. Zu viele Zauberer versuchen, die langen Jahre des Lernens zu umgehen, die für wahre Macht erforderlich sind. Sie finden einen Zauber oder ein Pergament oder einen magischen Gegenstand, der weit jenseits ihres Verständnisses liegt, und dennoch versuchen sie ihn zu benutzen, nur um von seiner mächtigen Magie verschlungen zu werden. Zu viele Priester in den Reichen – und viele religiöse Sekten im allgemeinen – verlangen von sich selbst und ihren Gemeinden einzig demütige Unterwürfigkeit.

Sie alle sind dazu verdammt, bei den wahren Prüfungen zu versagen. Es fehlt eine Zutat beim Stolpern über einen unbewachten Schatz; es ist ein Element nicht vorhanden, wenn ein geringerer Zauberer seine Hände auf den Stab eines Erzmagiers legt; eine bestimmte Sache wird bei demütiger Diensteifrigkeit außer acht gelassen.

Das Gefühl, etwas geleistet zu haben.

Es ist bei jedem denkenden Wesen der wichtigste Bestandteil in der Formel für Glück. Dies ist das Element, das Selbstvertrauen aufbaut und es uns erlaubt, uns an andere, größere Aufgaben zu wagen. Dies ist es, was jedem erlaubt, daran zu glauben, daß im Leben selbst ein Wert liegt, was uns ein Gefühl der Bestimmung gibt, wenn wir mit den unbeantworteten Fragen des Lebens konfrontiert werden.

So war es mit Catti-brie und ihrem Schwert. Dieser Kampf war an sie herangetragen worden, und sie hatte sich entschlossen, ihn auszufechten. Wäre ich meinen Beschützerinstinkten gefolgt, so hätte ich mich geweigert, ihr bei dieser Aufgabe zu helfen. Meine Beschützerinstinkte sagten mir, ich sollte zu Bruenor gehen, der sicher angeordnet hätte, das intelligente Schwert zu zerstören. Aber dadurch hätte ich in Wirklichkeit dabei versagt, ihr zu vertrauen, dabei versagt, Catti-bries individuelle Bedürfnisse und ihre selbstgewählte Bestimmung ernst zu nehmen, und damit hätte ich ihr einen

Teil ihrer Freiheit geraubt. Das war Wulfgars einziger Fehler gewesen. In seiner Angst um die Frau, die er so innig liebte, hatte der tapfere und stolze Barbar versucht, sie in seiner schützenden Umarmung zu ersticken.

Ich glaube, er erkannte seinen Irrtum kurz vor seinem Tod. Ich glaube, in diesem Moment erinnerte er sich, was er an Catti-brie liebte: ihre Stärke und Unabhängigkeit. Welche Ironie doch darin liegt, daß unsere Instinkte oft genau das Gegenteil von dem fordern, was wir uns wirklich für jene wünschen, die wir lieben.

In der Situation, die ich vorhin geschildert habe, würden die Eltern ihr Kind nach Tiefwasser und an die Schwertküste gehen lassen müssen. Und so war es auch mit Catti-brie. Sie entschloß sich, ihr Schwert zu behalten, entschloß sich, seine intelligente Seite zu erforschen, auch wenn es ein großes Risiko für sie bedeuten sollte. Es war an ihr, diese Entscheidung zu treffen, und sobald sie eine Entscheidung gefällt hatte, mußte ich sie respektieren. In den folgenden Wochen, während sie ihren privaten Kampf austrug, sah ich nicht viel von ihr.

Aber ich dachte an sie und sorgte mich in jedem wachen Moment um sie, und sogar in meinen Träumen.

Drizzt Do'Urden

Frucht der Unruhe

»Ich habe Tanar'ri dazu gebracht, in deine Stadt Menzoberranzan zu gehen, und bald muß ich sie dazu zwingen, wieder zurückzukommen!« brüllte der große Errtu. »Und dabei kann ich nicht einmal selbst zu diesem Ort gehen, um mich an der Verwüstung zu beteiligen oder um sie auch nur zurückzuholen!« Der Balor saß auf seinem Pilzthron und schaute in den Wahrspiegel, der ihm die Stadt der Drow zeigte. Zuvor hatte er nur flüchtige Bilder empfangen können, da auch seine Magie gegen die Auswirkungen dieser seltsamen Zeit anzukämpfen hatte. Doch in letzter Zeit kamen die Bilder viel stärker, und die Oberfläche des Spiegels war ohne Flecken und zeigte einen klaren Blick auf das Haus Oblodra, das sich zwischen den Ausläufern des Klauenspaltes befand. Große und geringere Unholde strichen und schlichen um das von einem Wall umgebene Anwesen, schlugen mit starken Fäusten gegen den Stein und schleuderten Drohungen und Felsbrocken. Die Oblodraner hatten ihr Haus dicht abgeschirmt, denn selbst mit ihren psionischen Kräften und obgleich es mit der Magie der Unholde nicht viel besser stand als mit der aller anderen, waren die außerweltlichen Bestien einfach körperlich zu stark, und ihr Geist war durch ihre Bosheit so pervertiert, daß sie von mentalen Angriffen nicht sonderlich beeinträchtigt werden konnten.

Und sie wurden von einer vereinten Armee der Drow unterstützt, die hinter den Linien der Unholde bereitlagen. Hunderte von Armbrüsten und Wurfspeeren waren auf das Haus Oblodra gerichtet. Dutzende von Drow auf Höhlenechsen ritten an den Wänden und der Decke um das bedrohte Haus herum. Jeder Oblodraner, der sein Gesicht gezeigt hätte, wäre sofort aus jeder Richtung mit einem Sperrfeuer belegt worden.

»Die gleichen Unholde sind der Grund dafür, daß das dritte Haus nicht angegriffen wird«, zischte Errtu Lloth an und erinnerte die Spinnenkönigin so, wessen Armee hier das Sagen hatte. »Deine Diener fürchten die meinigen, und das zu Recht!«

Die schöne Drow, die sich jetzt wieder im Abgrund befand, verstand, daß Errtus Ausbruch zu einem Teil Wut und zu neun Teilen Prahlerei war. Kein Tanar'ri hatte jemals dazu »gebracht« werden müssen, sich auf die materielle Ebene zu begeben, wo er Unheil und Vernichtung stiften konnte. Das gehörte zu ihrem Wesen und stellte die größte Freude in ihrem erbärmlichen Leben dar.

»Du verlangst viel, Herrin der Spinnen«, grollte Errtu weiter.

»Ich gebe auch viel als Gegenleistung«, erinnerte ihn Lloth.

»Wir werden sehen.«

Lloths rotglühende Augen wurden bei dem fortdauernden Sarkasmus des Tanar'ri gefährlich schmal. Die Bezahlung, die sie Errtu angeboten hatte, ein Geschenk, das ihn unter Umständen von einer hundertjährigen Verbannung befreien konnte, war keine Kleinigkeit.

»Es wird schwer sein, die vier Glabrezu zurückzuholen«, fuhr Errtu fort und täuschte dabei Erbitterung vor, um es bis zum äußersten auszureizen. »Sie sind immer schwierig gewesen.«

»Nicht mehr als ein Balor«, sagte Lloth mit derber Offenheit. Errtu wandte sich ihr zu, und sein Gesicht war eine Maske des Hasses.

»Die Zeit der Unruhe nähert sich ihrem Ende«, sagte Lloth ruhig in die gefährliche Fratze hinein.

»Sie hat zu lange gedauert!« brüllte Errtu.

Lloth ignorierte den Tonfall dieses Kommentars. Sie verstand, daß sich Errtu aufgebracht und übermäßig gereizt geben mußte, damit sie nicht zu dem Schluß kam, daß der Tanar'ri ihr noch etwas schuldete. »Sie ist mir länger vorgekommen als dir, Unhold«, erwiderte die Spinnenkönigin.

Errtu grummelte einen unverständlichen Fluch.

»Aber sie nähert sich ihrem Ende«, fuhr Lloth leise und ruhig fort. Sie und Errtu sahen beide gerade in den Wahrspiegel, als ein großer, geflügelter Tanar'ri aus dem Klauenspalt nach oben flog, der eine kleine, sich windende Kreatur in einer seiner großen Fäuste hielt. Der erbärmliche Fang konnte nicht größer als drei Fuß sein, und in den mächtigen Klauen des Unholdes sah er noch kleiner aus. Er trug eine zerlumpte Weste, die seine rostfarbenen Schuppen nicht verbarg, eine Weste, die durch die Krallen des Tanar'ri noch mehr zerfetzt worden war.

»Ein Kobold«, meinte Errtu.

»Bekannte Verbündete des Hauses Oblodra«, erklärte Lloth. »Tausende von dem Gesindel bevölkern die Tunnel entlang der Kluftwände.«

Der fliegende Tanar'ri heulte auf, packte den Kobold auch mit seiner anderen Klauenhand und riß das kreischende Ding entzwei.

»Ein Verbündeter des Hauses Oblodra weniger«, flüsterte Errtu, und der zufriedene Ausdruck auf seinem Gesicht verriet Lloth Errtus wahre Gefühle bei dieser ganzen Angelegenheit. Der große Tanar'ri lebte sein Begehren stellvertretend in seinen Dienern aus. Er ergötzte sich an ihrem zerstörerischen Tun und zehrte davon.

Es kam Lloth in den Sinn, ihr Angebot an ihn zu überdenken. Warum sollte sie den Unhold für etwas bezahlen, das er offensichtlich sosehr genoß?

Aber dann verwarf sie den Gedanken wieder. Sie hatte nichts zu verlieren, wenn sie Errtu gab, was sie versprochen hatte. Ihr Augenmerk war auf die Eroberung von Mithril-Halle gerichtet, darauf, Oberin Baenres Interessengebiet zu erweitern, so daß ihre Herrschaft in der Stadt der Drow nicht mehr so streng war. Dadurch würde die Stadt unsicherer, chaotischer werden, und es würden gewiß häufiger Kriege zwischen den einzelnen Häusern ausbrechen. Der abtrünnige Drizzt Do'Urden bedeutete ihr nichts, auch wenn sie ihn gern tot gesehen hätte.

Und wer konnte besser dafür sorgen als Errtu? Selbst wenn der Abtrünnige den kommenden Krieg überleben sollte – und das glaubte Lloth nicht –, würde Errtu sein Geschenk dazu benutzen, aus seiner Verbannung zurückzukehren und wieder die materielle Ebene zu betreten. Sobald er erst einmal wieder dort war, würde es Errtus erstes Ziel sein, sich an dem Abtrünnigen zu rächen. Drizzt hatte Errtu einmal besiegt, aber niemand besiegte einen Balor ein zweites Mal.

Lloth kannte Errtu gut genug, um zu wissen, daß Drizzt Do'Urden Glück hätte, wenn er in dem kommenden Krieg schnell zu Tode käme.

Sie sprach ihre Belohnung für die Hilfe des Unholdes nicht mehr an, da ihr klar war, daß sie mit der Bezahlung in Wahrheit sich selbst ein Geschenk machte. »Wenn die Zeit der Unruhe vorüber ist, werden meine Priesterinnen dir dabei helfen, die Tanar'ri wieder in den Abgrund zurückzuholen«, sagte Lloth.

Errtu verbarg seine Überraschung nicht besonders gut. Er wußte, daß Lloth eine Art Kriegszug geplant hatte, und er hatte angenommen, daß seine Monstren die Drow dabei begleiten sollten. Jetzt jedoch, nachdem sie ihre Absichten so deutlich gemacht hatte, begriff er ihre Strategie. Sollte eine Horde von Tanar'ri mit den Drow marschieren, so würden sich die gesamten Reiche gegen sie erheben, einschließlich mächtiger Kreaturen guter Gesinnung aus den oberen Ebenen.

Außerdem wußten sowohl Lloth als auch Errtu, daß die Priesterinnen der Drow, so mächtig sie auch waren, nicht in der Lage sein würden, eine solche Horde zu kontrollieren, sobald das Schlachtengetümmel einmal entbrannt war.

»Alle bis auf einen«, berichtigte Errtu.

Lloth blickte ihn neugierig an.

»Ich werde einen Gesandten brauchen, der zu Drizzt Do'Urden geht«, erklärte der Unhold. »Er muß dem Narren mitteilen, was ich besitze und was ich dafür im Gegenzug erwarte.«

Lloth dachte über diese Worte einen Moment lang nach. Sie mußte jetzt vorsichtig vorgehen. Sie wußte, daß sie Errtu zurückhalten mußte, um nicht die geplante, relativ geradlinige Eroberung der Zwergenhallen unnötig komplizierter zu machen. Aber zugleich durfte der Unhold nicht erfahren, was das Ziel ihrer Armee war. Wenn Errtu erkennen sollte, daß Lloths Diener Drizzt Do'Urden schon bald in Gefahr bringen würden, würde der große Unhold im geheimen gegen sie arbeiten, um seine einzige Chance, wieder auf die materielle Ebene zurückzukehren, nicht zu verlieren.

»Noch nicht«, sagte die Spinnenkönigin. »Drizzt Do'Urden ist im Augenblick nicht an den Dingen beteiligt, und das soll er auch nicht sein, solange meine Stadt noch nicht wieder zur Ruhe gekommen ist.«

»Menzoberranzan ist niemals ruhig«, erwiderte Errtu vorwitzig.

»Zu verhältnismäßiger Ruhe«, berichtigte Lloth. »Du wirst dein Geschenk erhalten, wenn ich es dir gebe, und erst dann wirst du deinen Boten schicken.«

»Spinnenherrscherin ...« Der Balor knurrte drohend.

»Die Zeit der Unruhe nähert sich ihrem Ende«, zischte Lloth in Errtus häßliches Gesicht. »Meine Kräfte kehren zu voller Macht zurück. Sieh dich mit deinen Drohungen vor, Balor, sonst wirst du dich an einem erbärmlicheren Ort wiederfinden als diesem hier!«

Die Spinnenkönigin drehte sich so schnell um, daß ihre purpurn-schwarze Robe wild flatterte, und marschierte in den wirbelnden Nebel davon. Sie mußte über das angemessene Ende dieses Treffens grinsen. Diplomatie nutzte einem bei chaotischen Unholden nur zum Teil. Nachdem ein bestimmter Punkt erreicht war, kam unweigerlich die Zeit für offene Drohungen.

Errtu ließ sich wieder auf seinen Pilzthron fallen und mußte feststellen, daß Lloth die Situation vollständig beherrschte. Sie besaß das Verbindungsglied zu seinen Dienern auf der materiellen Ebene, und sie besaß das Geschenk, das es Errtu erlauben mochte, seine Verbannung zu beenden. Am wichtigsten jedoch war, daß Errtu nicht an der Behauptung der Spinnenkönigin zweifelte, daß das Pantheon endlich seine Querelen beilegte. Und wenn die Zeit der Unruhe wirklich nur eine vorübergehende Periode war und Lloths Kräfte vollständig zurückkehren sollten, dann war sie dem Balor bei weitem überlegen.

Resigniert sah sich Errtu wieder das Bild an, das der Wahrspiegel ihm bot. Fünf weitere Kobolde waren aus dem Klauenspalt heraufgeholt worden. Sie drängten sich dicht zusammen, während eine Horde Unholde sie umzingelt hatte und sie piesackte und quälte. Der große Balor konnte ihre Angst riechen, und der Geschmack der Folter lag ebenso süß auf seiner Zunge, als wäre er selbst dabei.

Seine Stimmung wurde sofort besser.

☆ ☆ ☆

Belwar Dissengulp und ein Trupp Svirfnebli-Krieger saßen auf einem Sims, der hoch oben in einer großen Höhle verlief, die mit Felsbrocken und Stalaktiten übersät war. Jeder von ihnen hielt ein Seil – Belwars war an einer Schlaufe seines Gürtels und einem Befestigungsriemen aus Pilzhaut an seiner Pickelaxthand befestigt worden –, an dem er schnell zum Boden hinabgleiten konnte. Denn dort unten waren die Priester der Gnomen am Werk. Sie zeichneten mit erwärmten Farben Runen der Macht auf die Erde und diskutierten die vorangegangenen Fehlschläge sowie die effektivste Art, wie sie ihre Kräfte vereinen konnten – sowohl für die Beschwörung als auch für den Fall, daß diese schiefgehen sollte, wie es bereits zweimal geschehen war.

Die gnomischen Priester hatten den Ruf ihres Gottes Segojan vernommen und die Rückkehr ihrer Magie gespürt. Für die Svirfnebli gab es keine Handlung, die das Ende dieser seltsamen Zeit besser markieren konnte, gab es keine Tat, die sie besser davon überzeugen würde, daß wieder alles in Ordnung war, als die Beschwörung eines Erdelementar-Riesen. Dies war ihr Bereich, ihr Leben und ihre Leidenschaft. Sie waren mit dem Fels verbunden, waren eins mit dem Stein und dem Erdreich, die ihre Behausungen umgaben. Die Beschwörung eines Elementarwesens, das Spüren seiner Freundschaft, würde den Priestern die Sicherheit geben, daß mit ihrem Gott alles in Ordnung war. Nichts anderes konnte ihnen genügen.

Sie hatten es mehrere Male versucht. Die erste Beschwörung hatte überhaupt nichts bewirkt, nicht einmal ein Beben des Bodens. Der zweite, dritte und vierte Versuch hatte hohe Steinsäulen aufgetürmt, aber sie hatten kein Zeichen von Leben gezeigt. Drei der Stalagmitenhügel in dieser Höhle waren Zeugnisse ihrer Fehlschläge.

Bei dem fünften Versuch war ein Elementarwesen erschienen, und die gnomischen Priester waren in Jubel ausgebrochen – bis das Monster sich in Raserei gegen sie gewandt und ein Dutzend Gnomen getötet hatte, bevor Belwar und sein Trupp imstande gewesen waren, es zu zerschlagen. Dieser Fehlschlag war vielleicht das Schlimmste, was den Gnomen widerfahren konnte, denn es schürte in ihnen die Angst, daß Segojan nicht nur außer ihrer Reichweite war, sondern vielleicht sogar zornig auf sie. Sie hatten es noch einmal versucht – und wieder war das Elementarwesen nur erschienen, um sie anzugreifen.

Bei diesem sechsten Mal waren Belwars Schutztruppen besser plaziert gewesen, wie auch jetzt, und das Monster mit den steinernen Gliedern war schnell und ohne Verluste der Svirfnebli zurückgeschlagen worden.

Nach dieser zweiten Katastrophe hatte Belwar die Priester gebeten, eine Weile abzuwarten, bevor sie es erneut versuchten, aber sie hatten sich geweigert, so verzweifelt waren sie darum bemüht, Segojans Gunst zu erlangen, so dringend mußten sie die Gewißheit haben, daß ihr Gott mit ihnen war.

Belwar war jedoch nicht ohne Einfluß, und er war zu König Schnicktick gegangen und hatte einen Kompromiß erkämpft.

Fünf Tage waren seit der sechsten Beschwörung vergangen, fünf Tage, in denen die gnomischen Priester und ganz Blingdenstone zu Segojan gebetet hatten, ihn gebeten hatten, sich nicht länger gegen sie zu wenden.

Ohne daß die Svirfnebli dies wußten, war in diesen fünf Tagen auch die Zeit der Unruhe zu Ende gegangen, und das Pantheon hatte wieder zur Ordnung zurückgefunden.

Belwar sah zu, wie die in Roben gehüllten Priester jetzt mit ihrem Tanz um den runenverzierten Kreis begannen, den sie auf den Boden gezeichnet hatten. Jeder von ihnen trug einen Stein bei sich, einen kleinen, grünen Edelstein, der zuvor verzaubert worden war. Einer nach dem anderen legten sie diese Steine auf die Kreislinie und zerschmetterten sie mit einem mächtigen Hammer. Nachdem dies vollbracht war, trat der Hohepriester in den Kreis, genau in die Mitte, legte seinen Edelstein auf den Boden und zerschmetterte ihn mit seinem Mithril-Hammer, während er zugleich ein Wort der Vollendung ausrief.

Einen Augenblick lang war alles vollkommen ruhig, dann begann die Erde leicht zu beben. Der Hohepriester eilte aus dem Kreis, um sich seinen Gefährten anzuschließen, die sich aneinander festhielten.

Das Beben wurde immer stärker und vervielfachte seine Macht; ein langer Riß öffnete sich um das verzauberte Gebiet herum und trennte diesen Kreis vom Rest der Höhle ab. Innerhalb des Kreises brach der Fels auseinander, und die Bruchstücke zerbrachen ebenfalls, bis alle Splitter sich zu einem zähen Schlamm aufgelöst hatten.

Blasen stiegen darin auf und platzten mit lautem Knall; die ganze Höhle erwärmte sich.

Aus dem Boden stieg ein großer – ein riesiger! – Kopf auf.

Belwar und seine Kameraden auf dem Sims stöhnten. Noch

nie hatten sie ein so gigantisches Elementarwesen gesehen! Plötzlich gingen ihnen statt Angriffsstrategien Fluchtrouten durch den Kopf.

Die Schultern erhoben sich aus dem Boden, auf jeder Seite ein Arm – ein Arm, der die Priester mit einer einzigen Bewegung zu Staub zerquetschen konnte. Der Ausdruck des Erstaunens mischte sich bei Priestern wie bei Kriegern mit dem der Bestürzung. Diese Kreatur glich keinem Elementarwesen, das sie jemals gesehen hatten. Obgleich sein Stein glatter war und keine Risse zeigte, erschien es zugleich unfertiger, hatte weniger das Aussehen eines zweibeinigen Wesens. Und doch strahlte es gleichzeitig eine Aura schierer Macht und Vollendung aus, wie sie die Gnomen noch nie erlebt hatten.

»Wir werden Zeuge des Ruhmes von Segojan!« quietschte ein Gnom in Belwars Nähe verzückt.

»Oder des Endes unseres Volkes«, murmelte Belwar in seinen Bart, so daß es niemand hören konnte.

Dem Umfang von Kopf und Schultern nach erwarteten die Gnomen, daß sich das Monster zwanzig Fuß oder noch mehr aus dem Boden erheben würde, aber als das Beben endete und alles wieder ruhig war, erreichte die Kreatur kaum zehn Fuß – längst nicht soviel wie einige der Elementarwesen, die selbst einzelne Svirfnebli-Priester zu früheren Zeiten beschworen hatten. Aber dennoch hegten die Gnomen keinen Zweifel daran, daß dies ein größerer Erfolg war, daß diese Kreatur mächtiger war als alles, was sie früher zustande gebracht hatten. Die Priester hatten einen Verdacht – und den hatte auch Belwar, der den Legenden immer aufmerksam gelauscht hatte, die seinem Volk ihre Identität und ihre Stärke verliehen.

»Entemoch!« keuchte der höchstgeehrte Höhlenvater, und der Name, der Name des Fürsten der Erdelementarwesen, wurde von Gnom zu Gnom weitergetragen.

Erwartungsgemäß folgte ein zweiter Name, der Name von Ogremoch, Entemochs bösem Zwilling, und er wurde scharf und mit offener Furcht ausgesprochen. Wenn dies Ogremoch war und nicht Entemoch, dann waren sie alle verloren.

Die Priester fielen bebend auf die Knie und erwiesen ihre Ehrerbietung, verzweifelt darauf hoffend, daß dies wirklich Entemoch war, der immer ihr Freund gewesen war.

Belwar war als erster von dem Sims herunter, setzte sich mit einem Grunzen auf dem Boden auf und eilte vor die beschworene Kreatur.

Diese musterte ihn von hoch oben, bewegte sich nicht und gab nicht zu erkennen, was ihre Absichten waren.

»Entemoch!« rief Belwar. Hinter ihm hoben die Priester die Köpfe; einige fanden den Mut aufzustehen und an die Seite des tapferen Höhlenvaters zu treten.

»Entemoch!« rief Belwar erneut. »Du hast unseren Ruf erhört. Sollen wir das als Zeichen dafür nehmen, daß mit Segojan alles seine Richtigkeit hat, daß wir seine Gunst besitzen?«

Die Kreatur senkte die Hand mit nach oben gerichteter Fläche vor Belwar auf den Boden. Der Höhlenvater blickte den Hohepriester an, der zu seiner Rechten stand.

Der Priester nickte. »Es ist unsere Pflicht, auf Segojan zu vertrauen«, sagte er, und er und Belwar kletterten gemeinsam auf die Hand.

Sie wurden hochgehoben, direkt vor das Gesicht des Ungetüms. Und sie entspannten sich, denn sie sahen dort Mitgefühl und Freundschaft. Ihr Herz sagte beiden, daß dies wirklich Entemoch war und nicht Ogremoch und daß Segojan mit ihnen war.

Der Fürst der Elementarwesen hob die Hand über den Kopf und schmolz zurück in den Erdboden, so daß Belwar und der Hohepriester genau im Zentrum des Kreises zum Stehen kamen, der vollkommen wiederhergestellt war.

Jubel brach in der Höhle aus; mehr als ein rauhes Svirfneblingesicht war von Tränen überströmt. Die Priester schlugen sich gegenseitig auf den Rücken und beglückwünschten sich und die Gnomen von Blingdenstone. Sie sangen Preislieder auf König Schnicktick, dessen Führung sie zu diesem Höhepunkt gnomischen Schaffens gebracht hatte.

Für mindestens einen von ihnen, für Belwar, war diese Freude nur kurzlebig. Ihr Gott war wieder bei ihnen, wie es aussah, und auch ihre Magie kehrte zurück, aber was hieß das für die Drow aus Menzoberranzan? fragte sich der höchstgeehrte Höhlenvater. War auch die Spinnenkönigin zurückgekehrt? Und ebenso die Macht der Zauberer der Drow?

Bevor dies alles begonnen hatte, waren die Gnomen nicht ohne Grund zu der Überzeugung gelangt, daß die Drow einen Krieg planten. Durch den Anbruch der chaotischen Zeit war es nicht dazu gekommen, aber das war nur verständlich, wie Belwar wußte, denn die Drow waren in viel größerem Maße von Magie abhängig als die Gnomen. Wenn in der Tat alles wieder ins Lot gekommen war, wie das Erscheinen Entemochs offenbar bewies, dann könnte Blingdenstone schon bald wieder bedroht sein.

Überall um den höchstgeehrten Höhlenvater tanzten und jubelten gnomische Priester und Krieger vor Freude. Belwar fragte sich, ob sich diese Schreie des Jubels nicht schon bald in solche des Schmerzes und der Trauer verwandeln würden.

Schadensbehebung

»Sachte!« flüsterte Fret rauh, während er Drizzt dabei zusah, wie er die getrocknete Paste um den Hals der Pantherstatuette wegkratzte und -rieb. »Oh, seid vorsichtig!«

Natürlich war Drizzt vorsichtig! So vorsichtig, wie er irgend konnte. So wichtig die Figur Fret auch vorkam, für Drizzt, der seinen Pantherfreund liebte und schätzte, war sie hundertmal wichtiger. Nie hatte der Drow eine heiklere Aufgabe übernommen, weder mit seinem Verstand noch mit seinen Waffen. Jetzt benutzte er das empfindliche Instrument, das ihm Fret gegeben hatte, einen dünnen Silberstab, dessen Ende abgeflacht und leicht gebogen war.

Ein weiteres Stück der Paste fiel ab – jetzt war bereits fast ein halber Zoll an der Seite des Halses des Panthers von dem Zeug befreit. Die Paste hatte die Figur aus Onyx so perfekt zusammengefügt, daß an der Bruchstelle nicht einmal ein Riß zu erkennen war.

Drizzt unterdrückte seine Erregung, da er wußte, daß sie unweigerlich dazu führen würde, daß er seine Arbeit überhastete. Er mußte sich Zeit lassen. Der Umfang des Statuettenhalses betrug nur ein paar Zoll, aber Drizzt nahm an, daß seine Arbeit den ganzen Morgen dauern würde, und Fret hatte seine Einschätzung bestätigt.

Der Waldläufer zog sich von der Statuette zurück, so daß Fret die gesäuberte Stelle sehen konnte. Der geschniegelte Zwerg nickte Drizzt zu und lächelte sogar hoffnungsvoll. Fret vertraute auf die Magie der Herrin Alustriel und auf ihr Vermögen, eine Tragödie wieder ins reine zu bringen.

Der Zwerg klopfte Drizzt auf die Schulter und trat beiseite. Der Drow machte sich wieder an die Arbeit und nahm sich langsam und sorgsam einen winzigen Fleck nach dem anderen vor.

Gegen Mittag war der Hals von der Paste befreit. Drizzt drehte die Figur hin und her, musterte intensiv das Gebiet, an dem der Bruch gewesen war, und sah kein Anzeichen – weder einen Riß noch einen Überrest der Paste –, daß sie jemals beschädigt worden war. Er umklammerte den Gegenstand am Kopf, und nachdem er tief Luft geholt und sich gesammelt hatte, wagte er es, die Statuette in die Luft zu halten, so daß ihr ganzes Gewicht an der Bruchstelle zerrte.

Sie hielt stand. Drizzt wackelte mit der Hand, legte es darauf an, daß die Statuette auseinanderbrach, aber sie tat es nicht.

»Die Verbindung wird ebenso stark sein wie jeder andere Teil der Statuette«, versicherte Fret dem Drow. »Ihr könnt darauf vertrauen, daß sie wieder eins ist.«

»Zugestanden«, erwiderte Drizzt, »aber was ist mit ihrer Magie?«

Darauf hatte Fret keine Antwort.

»Die wirkliche Prüfung wird darin bestehen, Guenhwyvar nach Hause auf die Astralebene zu schicken«, fuhr der Drow fort.

»Oder darin, den Panther wieder herzurufen«, fügte Fret hinzu.

Dieser Gedanke versetzte Drizzt einen Stich. Er wußte, daß der stutzerhaft gekleidete Zwerg recht hatte. Er mochte in der Lage sein, einen Tunnel zu öffnen, der es Guenhwyvar erlaubte, nach Hause zurückzukehren, nur um den Panther dadurch für immer zu verlieren. Aber dennoch spielte Drizzt keinen Moment lang mit dem Gedanken, die Katze bei sich zu behalten. Guenhwyvars Zustand hatte sich gefestigt – anscheinend konnte der Panther wirklich unbegrenzte Zeit auf der materiellen Ebene verweilen –, aber die große Katze war weder bei guter Gesundheit noch guter Stimmung. Sie schien zwar nicht in Todesgefahr, aber sie schlich in einem Zustand dauernder Erschöpfung umher. Ihre Muskeln hingen schlaff an ihren einst so festen Flanken, und ihre Augen waren oft geschlossen, da sie verzweifelt versuchte, den dringend benötigten Schlaf zu finden.

»Es ist besser, Guenhwyvar wieder nach Hause zu schicken«, sagte Drizzt entschlossen. »Sicher wird mir etwas fehlen, falls ich sie nicht wieder zu mir rufen kann, aber das könnte ich eher ertragen, als mit ansehen zu müssen, wie sie sich jetzt quält.«

Gemeinsam gingen sie mit der Statue in Drizzts Kammer. Wie gewöhnlich lag Guenhwyvar auf dem Teppich vor der Feuerstelle und nahm die Hitze der glimmenden Asche in sich auf. Drizzt zögerte nicht. Er schritt direkt zu der Katze hinüber, die schwerfällig den Kopf hob, um ihn zu betrachten, und plazierte die Statuette neben ihr auf dem Boden.

»Die Herrin Alustriel und der gute Fret hier sind uns zu Hilfe gekommen, Guenhwyvar«, verkündete Drizzt. Seine Stimme bebte ein wenig, als ihm die Erkenntnis kam, daß dies möglicherweise das letzte Mal war, daß er den Panther sah.

Guenhwyvar spürte sein Unbehagen, und unter großer Anstrengung gelang es ihr, sich aufzusetzen, so daß ihr Kopf sich auf einer Höhe mit dem Gesicht des knienden Drizzt befand.

»Geh heim, meine Freundin«, flüsterte Drizzt, »geh heim.«

Der Panther zögerte. Er musterte den Drow intensiv, als wolle er die Ursache für Drizzts offensichtliches Unbehagen ergründen. Auch Guenhwyvar bekam nun das Gefühl – das ihr von Drizzt vermittelt wurde, nicht von der Statuette, die offensichtlich wieder heil war –, daß dies das letzte Abschiednehmen unter engen Freunden war.

Aber die Katze hatte keinen Einfluß in dieser Sache. In ihrem erschöpften Zustand hätte Guenhwyvar dem Ruf der Magie nicht einmal widerstehen können, wenn sie es versucht hätte. Unsicher kam sie auf die Beine und umkreiste die Statuette.

Drizzt verspürte zugleich Erregung als auch Furcht, als Guenhwyvars Gestalt sich erst im grauen Nebel und dann in Luft auflöste.

Nachdem die Katze verschwunden war, nahm Drizzt die Statuette an sich. Er schöpfte ein wenig Mut daraus, daß der Gegenstand keine Wärme ausstrahlte, daß sich anscheinend das, was beim letzten Mal schiefgegangen war, nicht wiederholte. Er erkannte plötzlich, wie töricht er war, und blickte Fret mit vor Schreck geweiteten violetten Augen an.

»Was ist?« fragte der geschniegelte Zwerg.

»Ich habe Catti-bries Schwert nicht!« wisperte Drizzt mit rauher Stimme. »Wenn der Weg zur Astralebene nicht frei ist ...«

»Die Magie ist wieder verläßlich«, erwiderte Fret sofort und hob beruhigend die Hand, »sowohl in der Statuette als auch in der gesamten Welt um uns. Die Magie funktioniert wieder.«

Drizzt preßte die Statuette an sich. Er hatte keine Ahnung, wo Catti-brie sein mochte, und er wußte, daß sie ihr Schwert bei sich hatte. Also blieb ihm nur noch, still dazusitzen, zu warten und zu hoffen.

☆ ☆ ☆

Bruenor saß auf seinem Thron. Neben ihm stand Regis und sah viel aufgeregter aus als der Zwergenkönig. Regis hatte die Gäste, die Bruenor in Kürze gemeldet werden würden, bereits gesehen, und der neugierige Halbling war immer glücklich, den außergewöhnlichen Harpells aus Langsattel zu begegnen. Vier von ihnen waren nach Mithril-Halle gekommen, vier Zauberer, die eine wichtige Rolle bei der Verteidigung der Zwergenfeste spielen mochten – wenn sie nicht unabsichtlich den ganzen Komplex zerstörten.

Das waren eben die Gefahren, wenn man es mit den Harpells zu tun hatte.

Die vier stolperten in den Thronsaal, wobei sie beinahe den armen Zwerg umrannten, der als erster eingetreten war, um sie anzukündigen. Da war natürlich Harkle, der eine Bandage über seinem Gesicht trug, da seine Augen bereits in Mithril-Halle waren. Er wurde von dem dicken Regweld geführt, der auf einem seltsamen Reittier in die äußere Halle geritten war, dessen vordere Hälfte einem Pferd glich, während die Rückseite und die Hinterbeine die eines Frosches waren. Regweld hatte das Ding treffenderweise Pfützenspringer genannt.

Den dritten Harpell kannten Bruenor und Regis nicht, und

der Zauberer nannte seinen Namen auch nicht. Er knurrte nur leise und nickte ihnen zu.

»Ich bin Bella don DelRoy Harpell«, verkündete die vierte, eine kleine, junge Frau, die recht hübsch war, nur daß ihre Augen nicht in die gleiche Richtung blickten. Beide waren grün, aber während das eine mit einem wilden inneren Licht leuchtete, war das andere verschleiert und gräulich. Dies schien jedoch nur zu Bellas Äußerem beizutragen und gab ihren zarten Zügen etwas Exotisches.

Bruenor erkannte einen der Namen und verstand, daß Bella wahrscheinlich die Führerin dieser Gruppe war. »Die Tochter von DelRoy, dem Ältesten von Langsattel?« fragte der Zwerg, woraufhin die kleine Frau eine so tiefe Verbeugung machte, daß ihre glänzende blonde Mähne fast über den Boden strich.

»Ich bringe Grüße aus Langsattel, o Achter König von Mithril-Halle«, sagte Bella höflich. »Deine Bitte ist nicht unerhört geblieben.«

Wie schade, dachte Bruenor, schwieg aber taktvoll.

»Mit mir gekommen sind …«

»Harkle und Regweld«, unterbrach Regis sie, der die beiden recht gut von einem früheren Besuch in Langsattel kannte. »Schön, euch wiederzusehen! Und schön zu sehen, daß deine Experimente bei der Kreuzung von Pferden und Fröschen Früchte getragen haben.«

»Pfützenspringer!« erwiderte der gewöhnlich eher abwesende Regweld glücklich.

Dieser Name versprach einen Anblick, den Regis sich nicht entgehen lassen wollte!

»Ich bin DelRoys Tochter«, sagte Bella ziemlich scharf und blickte den Halbling streng an. »Bitte unterbrich mich nicht noch einmal, oder ich muß dich in etwas verwandeln, das Pfützenspringer gerne essen würde.«

Das Funkeln in ihrem gesunden grünen Auge, als sie Regis anblickte, verriet diesem, daß Bella nur eine leere Drohung ausgesprochen hatte. Er fügte sich ihr dennoch und war plötzlich darauf bedacht, sich mit ihr gut zu stellen. Der Halbling wurde sich bewußt, daß sie keine fünf Fuß groß und robust gebaut war, wodurch sie ein wenig einer etwas größeren Version von Regis selbst ähnelte – nur, daß ihre weiblichen Formen nicht zu verkennen waren. Jedenfalls nicht für ihn.

»Mein dritter Begleiter ist Bidderdoo«, fuhr Bella fort.

Der Name kam Regis und Bruenor seltsam bekannt vor, und als Bidderdoo die Vorstellung mit einem Bellen beantwortete, wurde ihnen alles klar.

Bruenor stöhnte; Regis klatschte in die Hände und lachte laut auf. Als sie auf ihrer Suche nach Mithril-Halle in Langsattel gewesen waren, hatte Bidderdoo die Rolle des Familienhundes der Harpells gespielt, nachdem er einen schlechten Zaubertrank getrunken hatte.

»Die Verwandlung ist noch nicht ganz vollständig«, entschuldigte sich Bella, und sie erinnerte Bidderdoo mit einem Schlag auf die Schulter daran, die Zunge wieder in den Mund zu stecken.

Harkle räusperte sich und trat unruhig von einem Bein aufs andere.

»Selbstverständlich«, sagte Bruenor, der den Wink verstanden hatte, sofort. Der Zwerg pfiff schrill, und einer seiner Bediensteten kam aus der Nebenkammer. In jeder Hand trug er eines der körperlosen Augen. Man mußte ihm zugute halten, daß er versuchte, sie ruhig zu halten, und er richtete sie beide in Harkles Richtung.

»Oh, es ist schön, mich wiederzusehen!« rief der Zauberer aus und drehte sich herum. Indem er dem folgte, was er sehen konnte, ging er auf sich zu oder besser: auf seine Augen oder noch genauer: auf die Rückwand und die Tür, durch die er und seine Begleiter gerade gekommen waren. Er rief »Nein, nein!« aus und drehte sich einmal im Kreis in dem Versuch, die Orientierung wiederzufinden, was nicht einfach war, wenn man sich selbst dabei von der anderen Seite des Raumes aus zusah.

Bruenor stöhnte erneut.

»Es ist so verwirrend!« meinte Harkle ärgerlich, als Regweld ihn packte und versuchte, ihn in die richtige Richtung zu drehen.

»Ah ja«, sagte er dann, drehte sich erneut in die falsche Richtung und ging auf die Tür zu

»In die andere Richtung!« rief der frustrierte Regweld.

Bruenor packte den Zwergendiener, nahm ihm die Augen ab und drehte sie so, daß sie direkt in sein grimmiges Antlitz blickten.

Harkle schrie auf.

»He!« brüllte Bruenor. »Dreh dich um!«

Harkle beruhigte sich und tat, wie ihm gesagt worden war, so daß er wieder Bruenor zugewandt war.

Bruenor blickte Regis an, schnaubte und warf eines der Augen in Harkles Richtung. Einen kurzen Moment später ließ er das andere mit einem Zucken seines Handgelenks hinterhersausen, so daß es beim Fliegen im Kreis gewirbelt wurde.

Harkle schrie erneut und wurde ohnmächtig.

Regweld fing eines der Augen auf; Bidderdoo schnappte mit dem Mund nach dem anderen. Glücklicherweise kam ihm Bella zuvor. Sie griff jedoch daneben, und das Auge prallte gegen ihren Arm, fiel zu Boden und rollte davon.

»Das war sehr ungezogen, König Zwerg!« schimpfte die Tochter von DelRoy. »Das war ...« Sie konnte die Fassade nicht länger aufrechterhalten und begann ebenso zu lachen wie ihre Begleiter (obgleich Bidderdoos Kichern eher wie ein Knurren klang). Regis fiel ein und auch Bruenor, wenn auch nur für einen Augenblick. Der Zwergenkönig konnte nicht den Umstand vergessen, daß diese tolpatschigen Zauberer vielleicht seine einzige magische Verteidigung gegen eine Armee von Dunkelelfen bilden mochten.

Das war kein besonders angenehmer Gedanke.

In der Dämmerung des nächsten Tages verließ Drizzt Mithril-Halle. Er hatte in der vergangenen Nacht ein Lagerfeuer am Berghang entdeckt und wußte, daß Catti-brie dort war. Er hatte noch immer nicht versucht, Guenhwyvar zurückzurufen und widerstand diesem Drang auch jetzt, indem er sich ermahnte, ein Problem nach dem anderen anzugehen.

Das Problem war jetzt Catti-brie oder – genauer gesagt – ihr Schwert.

Er fand die junge Frau, als er dem Pfad um eine Biegung folgte, die ihn in den Schatten zwischen zwei großen Felsbrocken führte. Sie befand sich fast direkt unter ihm auf einer kleinen, ebenen Lichtung, von der man das weite, hügelige Gebiet östlich von Mithril-Halle überblicken konnte. Da die Sonne direkt vor ihr über den Horizont aufstieg, konnte Drizzt nur ihren Umriß erkennen. Ihre Bewegungen waren graziös, während sie einen Übungstanz mit ihrem Schwert ausführte, das sie in langsamen, langen Bewegungen vor und über sich schwenkte. Drizzt blieb stehen und sah ihr zu. Er nickte anerkennend zu der Grazie und Perfektion des Tanzes der Frau. Er hatte es ihr selbst beigebracht, und wie immer hatte Catti-brie gut gelernt. Sie hätte sein eigener Schatten sein können, erkannte Drizzt, so perfekt und gleichmäßig waren ihre Bewegungen.

Er ließ sie weitermachen, sowohl weil diese Übung wichtig war, aber auch, weil er es genoß, ihr zuzuschauen.

Nach fast zwanzig Minuten holte Catti-brie schließlich tief Luft und streckte die Arme weit aus, während sie im Licht der aufgehenden Sonne badete.

»Gut gemacht«, gratulierte Drizzt, während er zu ihr hinunterstieg.

Catti-brie wäre bei dem Geräusch fast zusammengezuckt, und sie wirbelte herum und war ein wenig verlegen und verärgert, als sie den Drow erblickte.

»Du könntest ein Mädchen auch mal vorwarnen«, sagte sie.

»Ich bin eigentlich durch Zufall auf dich gestoßen«, log Drizzt, »aber es ist ein schöner Zufall.«

»Ich habe gesehen, wie die Harpells gestern nach Mithril-Halle gekommen sind«, erwiderte Catti-brie. »Hast du mit ihnen gesprochen?«

Drizzt schüttelte den Kopf. »Sie sind im Augenblick nicht wichtig«, erklärte er. »Im Moment muß ich nur mit dir sprechen.«

Das klang ernst. Catti-brie machte Anstalten, ihr Schwert in die Scheide gleiten zu lassen, aber Drizzt hob die Hand und bedeutete ihr, innezuhalten.

»Ich bin wegen des Schwerts gekommen«, erklärte er.

»Khazid'hea?« fragte Catti-brie überrascht.

»Wie?« entgegnete der noch überraschtere Drow.

»Das ist sein Name«, erklärte Catti-brie und hielt die feine Klinge vor sich hoch, deren rasiermesserscharfe Schneide wieder rot leuchtete. »Khazid'hea.«

Drizzt kannte das Wort – ein Wort der Drow! Es bedeutete »schneiden« oder »Schnitter« und schien ein passender Name für eine Klinge zu sein, die durch massiven Stein fahren konnte. Aber woher konnte Catti-brie ihn kennen? Drizzts Gesicht stellte diese Frage ebenso deutlich, wie es Worte gekonnt hätten.

»Das Schwert hat es mir gesagt!« antwortete Catti-brie.

Drizzt nickte und beruhigte sich. Er hätte nicht so überrascht sein dürfen – schließlich wußte er, daß das Schwert intelligent war.

»Khazid'hea«, meinte der Drow. Er zog Blaues Licht aus der Scheide, wirbelte es in der Hand herum und präsentierte es Catti-brie mit dem Heft zuerst.

Sie starrte sein Angebot verständnislos an.

»Ein fairer Tausch«, erklärte Drizzt. »Blaues Licht gegen Khazid'hea.«

»Du ziehst den Krummsäbel vor«, sagte Catti-brie.

»Ich werde lernen, einen Krummsäbel und ein Schwert harmonisch miteinander zu benutzen«, erwiderte Drizzt. »Nimm den Tausch an. Khazid'hea hat darum gebeten, daß ich sein Träger bin, und ich werde es tun. Die Klinge und ich gehören zusammen.«

In Catti-bries Blick wich die Überraschung dem Staunen. Sie konnte nicht glauben, daß Drizzt das von ihr verlangte! Sie hatte Tage – Wochen! – allein in den Bergen verbracht, um mit dem Schwert zu üben, sich mit seiner unnatürlichen Intelligenz vertraut zu machen, zu versuchen, eine Verbindung herzustellen.

»Hast du unsere Begegnung vergessen?« fragte Drizzt grausam. Catti-brie lief dunkelrot an. Natürlich hatte sie es nicht vergessen und würde es auch nie tun, und sie kam sich wie eine vollkommene Närrin vor, wenn sie daran dachte, wie sie – oder zumindest ihr Schwert, das ihren Körper benutzt hatte – sich Drizzt aufgedrängt hatte.

»Gib mir das Schwert«, sagte Drizzt fest und wedelte mit dem Griff von Blaues Licht vor der benommenen Frau hin und her. »Es ist nur rechtens, daß wir zusammenkommen.«

Catti-brie umklammerte Khazid'hea unwillkürlich. Dann schloß sie die Augen und schien zu schwanken, und Drizzt hatte den Eindruck, daß sie mit dem Schwert sprach und seine Gefühle vernahm.

Als sie die Augen wieder öffnete, streckte Drizzt die freie Hand nach dem Schwert aus, und zur Überraschung und Befriedigung des Drow zuckte die Spitze der Waffe plötzlich hoch, ritzte seine Hand und zwang ihn zurück.

»Das Schwert will dich nicht!« Catti-brie knurrte es fast.

»Du würdest nach mir schlagen?« fragte Drizzt, und dies kühlte die junge Frau ab.

»Es war nur eine Reaktion«, stammelte sie in dem Versuch, sich zu entschuldigen.

Nur eine Reaktion, wiederholte Drizzt in Gedanken, aber

genau die Reaktion, die er sich erhofft hatte. Das Schwert hatte ihn zugunsten seiner rechtmäßigen Besitzerin zurückgewiesen.

In Sekundenschnelle warf Drizzt Blaues Licht in der Hand herum und schob es wieder in den Gürtel. Sein Lächeln verriet Catti-brie, was dies alles wirklich zu bedeuten hatte.

»Eine Prüfung«, sagte sie. »Du hast mich nur geprüft!«

»Es war notwendig.«

»Du hattest niemals vor, Khazid'hea zu nehmen«, fuhr die Frau fort, und ihre Stimme wurde mit ihrem ansteigenden Zorn immer lauter. »Selbst wenn ich dein Angebot angenommen hätte …«

»Ich hätte das Schwert genommen«, antwortete Drizzt ehrlich. »Und ich hätte es an einer sicheren Stelle in Dumathoins Halle als Ausstellungsstück plaziert.«

»Und du hättest Blaues Licht zurückgenommen«, fauchte Catti-brie. »Du lügnerischer Drow!«

Drizzt dachte über die Worte nach, dann zuckte er mit den Schultern und nickte.

Catti-brie kräuselte arrogant die Lippen und warf den Kopf zurück, so daß ihre kastanienbraune Mähne über die Schulter flog. »Das Schwert weiß eben, daß ich der bessere Kämpfer bin«, sagte sie, und es klang, als meinte sie es ernst.

Drizzt lachte laut auf.

»Dann zieh deine Klingen!« fauchte Catti-brie und ging in Kampfstellung. »Laß mich dir zeigen, was ich und mein Schwert können!«

Drizzt lächelte breit, als seine Krummsäbel aus ihren Scheiden fuhren. Er wußte, daß dies die letzten und entscheidendsten Prüfungen waren, die zeigen würden, ob Catti-brie tatsächlich die Kontrolle über das Schwert hatte.

Metall klirrte in der klaren Morgenluft, als die beiden Freunde ihre Positionen einnahmen und ihr Atem kleine Wolken in der kühlen Luft bildete. Schon bald nach Beginn des Gefechts öffnete sich ein Loch in Drizzts Deckung und gab Catti-brie die Gelegenheit zu einem perfekten Treffer.

Khazid'hea fuhr heran, stoppte aber viel zu früh ab, und die junge Frau sprang zurück. »Das hast du absichtlich getan!« warf sie ihm vor. Sie hatte recht, und indem sie ihm keinen tückischen Treffer beigebracht hatte, hatten sie und ihr Schwert den zweiten Test bestanden.

Jetzt blieb nur noch eine Prüfung.

Drizzt sagte nichts, als er wieder in Kampfposition ging. Catti-brie bemerkte, daß er die Armschutze nicht trug, und somit würde er sicher nicht aus dem Gleichgewicht geraten. Sie griff dennoch an, froh und wild, und lieferte ihm einen guten Kampf, während sich die Sonne vom Horizont löste und ihren langen Aufstieg in den östlichen Himmel begann.

Sie war dem Drow jedoch nicht ebenbürtig, und tatsächlich hatte sie ihn seit langer Zeit nicht mehr mit soviel Energie kämpfen sehen. Als der Übungskampf endete, saß Catti-brie auf ihrem Hinterteil, ein Krummsäbel lag leicht auf jeder ihrer Schultern, und ihr Schwert lag ein paar Fuß entfernt auf dem Boden.

Drizzt fürchtete, das intelligente Schwert könnte wütend darüber sein, daß seine Trägerin so eindeutig besiegt worden war. Er trat von Catti-brie zurück und ging zuerst zu Khazid'hea, um es aufzuheben. Als seine Hand nur noch einen Zoll vom Knauf entfernt war, hielt er jedoch inne.

Khazid'heas Knauf hatte nicht mehr die Gestalt eines Einhorns oder gar der Dämonenfratze, die es angenommen hatte, als Dantrag Baenre es getragen hatte. Jetzt glich der Knauf einem geschmeidigen, katzenhaften Wesen, ein wenig wie Guenhwyvar, das mit weit nach vorne und hinten ausgestreckten Beinen rannte. Noch wichtiger war jedoch für Drizzt, daß eine Rune auf der Seite dieser Katze eingraviert war, die die Zwillingsberge zeigte, das Symbol Dumathoins, des Zwergengottes, Catti-bries Schutzherrn, des Bewahrers der Geheimnisse unter dem Berg.

Drizzt hob Khazid'hea auf, und er spürte keine Feindseligkeit oder das Verlangen, das ihm das Schwert zuvor entgegengebracht hatte. Dann war Catti-brie an seiner Seite und lächelte über seine offensichtliche Billigung zu ihrer Wahl eines Knaufes.

Drizzt überreichte Khazid'hea seiner rechtmäßigen Besitzerin.

Lloths Zorn

Baenre fühlte sich wieder stark. Lloth war zurück, Lloth war mit ihr, und K'yorl Odran, die verfluchte K'yorl, hatte sich geirrt. Früher hatte das Haus Odran immer in der Gunst der Spinnenkönigin gestanden, auch wenn die sogenannten »Priesterinnen« des Hauses nicht ehrerbietig waren und zuzeiten sogar offen ihr Mißfallen über Lloth geäußert hatten. Diese seltsamen Kräfte der Oblodraner hatten ebenso Lloths Interesse geweckt, wie sie die anderen Häuser in Menzoberranzan mit Furcht erfüllt hatten. Keines der Häuser hatte einen Krieg gegen K'yorl und ihren Clan gewollt, und Lloth hatte keinen verlangt. Wäre Menzoberranzan jemals von außen angegriffen worden, insbesondere von den Illithiden, deren Höhle nicht sehr weit entfernt war, dann wären K'yorl und die Oblodraner von großem Nutzen gewesen.

Doch jetzt nicht mehr. K'yorl hatte eine sehr gefährliche Grenze überschritten. Sie hatte eine Oberin Mutter ermordet, und obgleich das an und für sich nicht ungewöhnlich war, hatte sie vorgehabt, die Macht von Lloths Priesterinnen an sich zu reißen, und das nicht im Namen der Spinnenkönigin.

Oberin Baenre wußte dies alles, und sie spürte den Willen und die Stärke Lloths in sich. »Die Zeit der Unruhe ist vorüber«, verkündete sie ihrer Familie und allen, die sich in ihrem Haus in der fast wiederhergestellten Kapelle versammelt hatten.

Auch Mez'Barris Armgo befand sich auf Oberin Baenres persönliche Einladung dort und saß auf einem Ehrensitz auf der zentralen Empore.

Oberin Baenre nahm neben der Oberin Mutter des zweiten Hauses Platz, als die Menge in Jubel ausbrach und dann unter Triels Führung ein Lied an die Spinnenkönigin anstimmte.

Vorüber? fragte Mez'Barris Oberin Baenre in der Zeichensprache, denn über dem Gebrüll von zweitausend Baenresoldaten hätte diese sie nicht hören können.

Die Zeit der Unruhe ist vorüber, erwiderten Baenres knochige Finger.

Außer für das Haus Oblodra, meinte Mez'Barris, wozu Baenre nur verschlagen kicherte. Es war kein Geheimnis in Menzoberranzan, daß sich das Haus Oblodra in ernsthaften Schwierigkeiten befand. Wahrlich kein Geheimnis, denn die Tanar'ri und andere Unholde umzingelten noch immer das Anwesen, fischten Kobolde von den Simsen des Klauenspaltes und griffen sogar jeden Oblodraner an, der sich zeigte.

Wird K'yorl vergeben werden? fragte Mez'Barris und ließ am Ende der Signale den Daumen ihrer linken Hand nach oben schnellen, um eine Frage anzuzeigen.

Oberin Baenre schüttelte einmal heftig den Kopf und wandte sich dann demonstrativ Triel zu, die die Versammlung zu immer stürmischeren Preisungen der Spinnenkönigin antrieb.

Mez'Barris tippte sich nervös mit einem langen, gebogenen Fingernagel gegen die Zähne und fragte sich, wieso Baenre so sicher sein konnte. Plante sie, allein gegen Haus Oblodra vorzugehen, oder hatte sie vor, Barrison del'Armgo erneut zu einer Allianz aufzufordern? Mez'Barris zweifelte nicht daran, daß ihr Haus und Haus Baenre das Haus Oblodra zerschmettern konnten, aber sie war nicht sonderlich angetan von dem Gedanken, sich mit K'yorl und ihren unerforschten Kräften herumzuschlagen.

Methil, der unsichtbar an der Seite der Empore stand, las die Gedanken der Besucherin mit Leichtigkeit und leitete sie dann an Oberin Baenre weiter.

»Es ist Lloths Wille«, sagte Oberin Baenre scharf und drehte sich wieder zu Mez'Barris um. »K'yorl hat die Spinnenkönigin geschmäht und wird deshalb bestraft werden.«

»Von der Akademie, wie es der Brauch ist?« fragte Mez'-Barris hoffnungsvoll.

Ein feuriger Funke sprang hinter Oberin Baenres rotleuchtenden Augen auf. »Von mir«, antwortete sie grob und wandte sich wieder ab, um anzuzeigen, daß Mez'Barris keine weiteren Informationen erhalten würde.

Mez'Barris war klug genug, nicht auf diesem Punkt zu beharren. Sie lehnte sich in ihrem Sessel zurück und versuchte, Ordnung in diese überraschenden, beunruhigenden Informationen zu bringen. Oberin Baenre hatte nicht gesagt, daß eine Allianz von Häusern Oblodra angreifen werde; sie hatte einen persönlichen Krieg erklärt. Glaubte sie wirklich, sie könnte K'yorl besiegen? Oder standen jene Unholde, sogar die großen Tanar'ri, stärker unter ihrer Kontrolle, als man Mez'Barris glauben gemacht hatte? Dieser Gedanke beunruhigte die Oberin Mutter von Barrison del'Armgo ganz gehörig, denn wenn das stimmte, was würde die wütende und ehrgeizige Oberin Baenre dann noch an »Bestrafungen« austeilen?

Mez'Barris seufzte tief und wischte diese Gedanken beiseite. Sie konnte im Augenblick nur wenig tun, während sie hier in der Kapelle des Hauses Baenre saß und von zweitausend Soldaten umgeben war. Sie wußte, sie mußte Baenre vertrauen.

Nein, berichtigte sie sich, nicht vertrauen, niemals vertrauen. Mez'Barris mußte darauf hoffen, daß sie Oberin Baenre bei ihrer Sache lebend mehr nutzte als tot.

☆ ☆ ☆

Auf einer blau leuchtenden Flugscheibe sitzend, führte Oberin Baenre selbst die Prozession an, die von Haus Baenre aus den Qu'ellarz'orl hinab und dann quer durch die Stadt zog, während ihre Armee Preisgesänge auf Lloth anstimmte. Die Echsenreiter von Baenre unter Führung von Berg'inyon flankierten den Haupttrupp und schwärmten um die Anwesen der anderen Häuser herum, um sicherzustellen, daß keine Überraschungen die Prozession aufhalten würden.

Dies war eine notwendige Vorsichtsmaßnahme, wann immer die erste Oberin Mutter ausging, aber Baenre fürchtete keinen Hinterhalt, nicht jetzt. Mit Ausnahme von Mez'Barris Armgo war niemandem von dem Baenre-Marsch erzählt worden, und die geringeren Häuser würden mit Gewißheit weder allein noch im Verbund wagen, das erste Haus anzugreifen, wenn diese Attacke nicht perfekt abgestimmt war.

Von der entgegengesetzten Seite der großen Kaverne kam eine weitere Prozession, die ebenfalls von Baenres angeführt wurde. Triel, Gromph und die anderen Herrinnen und Herren der Akademie der Drow kamen aus ihren Gebäuden, zusammen mit ihren Studenten, jedem einzelnen. Normalerweise war es genau diese Streitmacht, die mächtige Akademie, die Bestrafungen an einzelnen Häusern für Verbrechen gegen Menzoberranzan durchführte, aber dieses Mal hatte Triel ihre Untergebenen informiert, daß sie nur mitkamen, um zuzusehen, um Zeuge des Ruhmes von Lloth zu werden.

Als die beiden Gruppen zu der Ansammlung stießen, die sich bereits am Klauenspalt versammelt hatte, war ihre Zahl auf mehr als das Fünffache angestiegen. Adlige und Soldaten aus allen Häusern der Stadt waren gekommen, um sich das Spektakel anzusehen, sobald sie begriffen hatten, daß der Zwist zwischen Haus Baenre und Haus Oblodra ein für allemal beendet werden sollte.

Als die Soldaten von Baenre an den Haupttoren von Haus Oblodra ankamen, bildeten sie einen Verteidigungshalbkreis hinter Oberin Baenre, der sie nicht von K'yorl und der Odran-Familie abschirmte, sondern von dem Rest der Versammlung. Es gab viel Geflüster, Drowhände zuckten in erhitzten Gesprächen hektisch umher, und die Unholde, die erkannten, daß etwas Wichtiges bevorstand, gerieten in Raserei, kreisten über dem Anwesen von Oblodra und ließen sogar hin und wieder ihre zurückgekehrte Magie spielen, indem sie weißblaue Blitze oder einen Feuerball erzeugten.

Oberin Baenre ließ dies alles mehrere Minuten lang geschehen, da sie erkannte, welchen Schrecken es auf dem Anwesen erzeugen mußte, das dem Verderben geweiht war. Sie wollte diesen Augenblick bis zum Letzten auskosten, sie wollte in dem Geruch der Furcht baden, der von dem Anwesen dieser Familie ausging, die sie mehr haßte als alle anderen.

Dann war es an der Zeit zu beginnen – oder genauer: es zu beenden. Baenre wußte, was sie zu tun hatte. Sie hatte es in einer Vision gesehen, und trotz der Zweifel, die Mez'Barris geäußert hatte, als sie ihr davon berichtet hatte, vertraute Baenre auf die Spinnenkönigin, vertraute sie darauf, daß die Vernichtung des Hauses Oblodra Lloths Wille war.

Sie griff in ihre Robe und zog ein Stück Schwefel hervor, denselben gelben Brocken, den der Avatar ihr gegeben hatte, um es den Priesterinnen in dem kleinen Raum auf der Rückseite von Qu'ellarz'orl zu ermöglichen, das Tor zum Abgrund zu öffnen. Baenre stieß ihre Hand gen Himmel und schwebte nach oben. Eine mächtige, krachende Explosion und ein Donnergrollen ließen die Höhle erbeben.

Plötzlich war alles still. Alle Augen waren auf die Erscheinung von Oberin Baenre gerichtet, die zwanzig Fuß über dem Höhlenboden schwebte.

Berg'inyon, der für die Sicherheit seiner Mutter verantwortlich war, blickte mit säuerlicher Miene zu Sos'Umptu hinüber. Er fand, daß seine Mutter dort oben sehr verwundbar war.

Sos'Umptu lachte ihn an. Er war keine Priesterin; er konnte nicht verstehen, daß Oberin Baenre in diesem Augenblick besser beschützt war als zu jedem anderen Zeitpunkt in ihrem langen Leben.

»K'yorl Odran!« rief Baenre, und ihre Stimme klang wie die einer Riesin.

☆ ☆ ☆

K'yorl Odran, die sich in einem Raum im obersten Stockwerk des größten Stalagmiten auf dem Anwesen eingeschlossen hatte, hörte Baenres Ruf, hörte ihn laut und deutlich. Ihre Hände umklammerten die marmornen Armlehnen ihres Thrones mit festem Griff. Sie kniff fest die Augen zu und befahl sich intensivste Konzentration.

In diesem Augenblick brauchte K'yorl ihre Kräfte mehr als jemals zuvor, und in diesem Augenblick konnte sie sie das allererste Mal nicht erreichen! Etwas war fürchterlich falsch, erkannte sie, und obgleich sie befürchtete, daß Lloth irgendwie dahinterstecken mußte, spürte sie zugleich, so wie viele Priesterinnen der Spinnenkönigin es während der Zeit der Unruhe verspürt hatten, daß diese Schwierigkeiten von größerer Bedeutung waren als selbst Lloth.

Die Probleme hatten begonnen, kurz nachdem K'yorl von den entfesselten Tanar'ri nach Hause gejagt worden war. Sie und ihre Töchter hatten sich versammelt, um einen Angriffsplan zu erarbeiten, mit dem sie die Unholde vertreiben konnten. Wie bei allen Besprechungen der Oblodraner hatte die

Gruppe sich telepathisch verständigt, was so effektiv war, als hielte man mehrere laute Gespräche gleichzeitig.

Der Verteidigungsplan nahm rasch Gestalt an. K'yorl wurde immer zuversichtlicher, daß die Tanar'ri auf ihre eigene Existenzebene zurückgeschickt werden konnten, und sobald dies erreicht war, würden sie und ihre Familie sich daranmachen, Oberin Baenre und die anderen zu bestrafen. Dann war etwas Schreckliches geschehen. Einer der Tanar'ri hatte einen Blitz geschleudert, einen gleißenden, sengenden Strahl, der einen Riß in der äußeren Mauer des Anwesens geöffnet hatte. Das war an sich nicht allzu schlimm; das Anwesen konnte, wie alle Häuser in Menzoberranzan, eine enorme Menge an Schaden überdauern, aber was dieser Blitz, diese Rückkehr der magischen Kräfte, signalisierte, war von vernichtender Bedeutung für die Oblodraner.

Im selben Moment war die telepathische Verbindung abrupt abgebrochen, und sosehr sie sich auch bemühten, die Adligen des belagerten Hauses vermochten nicht, sie wiederherzustellen.

K'yorl war eine der intelligentesten Drow in Menzoberranzan. Ihre Konzentrationsfähigkeit war unerreicht. Sie spürte die psionische Stärke in ihrem Geist, die Kräfte, die es ihr ermöglichten, durch Wände zu gehen oder die Herzen aus der Brust einer Feindin zu reißen. Sie waren tief in ihren Geist eingebettet, immer noch vorhanden, aber sie konnte sie nicht heraufbeschwören. Sie gab sich immer wieder selbst die Schuld, glaubte, ihre Konzentration versage im Angesicht der Katastrophe. Sie schlug sich sogar an den Kopf, als könnte dies eine magische Manifestation aus ihr herausklopfen.

Ihre Bemühungen waren vergebens. Als die Zeit der Unruhe endete, als der Teppich der Magie in den Reichen neu gewoben worden war, zeigten sich viele negative Nebenwirkungen. Überall in den Reichen waren magietote Zonen entstanden, Gebiete, in denen Zaubersprüche nicht wirkten oder, schlimmer noch, wo Zauber nicht auf die Art wirkten, wie sie sollten. Eine andere Nebenwirkung beeinflußte psionische Kräfte, die magieähnlichen Kräfte des Geistes. Die Stärke war noch vorhanden, wie K'yorl ja gespürt hatte, aber es bedurfte eines anderen geistigen Weges als zuvor, um sich ihrer zu bedienen.

Die Illithiden hatten diesen neuen Weg bereits gefunden, wie Methil Oberin Baenre berichtet hatte, und ihre Kräfte funktionierten schon wieder fast so vollständig wie zuvor. Aber sie waren eine ganze Rasse von Psionikern und eine Rasse, die über eine gemeinsame Intelligenz verfügte. Die Illithiden hatten bereits die notwendigen Veränderungen vorgenommen, um wieder Zugang zu ihren psionischen Kräften zu erlangen, aber K'yorl und ihrer einst mächtigen Familie war dies noch nicht gelungen.

So saß nun die Oberin des Dritten Hauses im Dunkeln, hatte die Augen fest zusammengekniffen und konzentrierte sich. Sie hörte Baenres Ruf und wußte, daß Baenre schon bald zu ihr kommen würde, wenn sie nicht zu Baenre ging.

Mit genügend Zeit hätte K'yorl das geistige Rätsel lösen können. Mit einem Monat Zeit wäre es ihr vielleicht gelungen, wieder einen Zugang zu ihren Kräften zu erlangen.

Aber sie hatte keinen Monat Zeit, nicht einmal mehr eine Stunde.

☆ ☆ ☆

Oberin Baenre spürte die pulsierende Magie in dem Schwefelbrocken, es war eine innere Hitze, die sich schnell und heftig steigerte. Sie war erstaunt, daß ihre Hand sich bewegte, als der Schwefel sie veranlaßte, ihren Winkel zu verändern.

Baenre nickte. Sie erkannte nun, daß die Bewegung von einer Kraft von jenseits der materiellen Ebene bewirkt wurde, von einer Kreatur des Abgrundes oder vielleicht sogar von Lloth selbst. Ihre Hand streckte sich nach oben und brachte den pulsierenden Brocken in eine Linie mit dem obersten Stockwerk des höchsten Turmes auf dem Anwesen von Oblodra.

»Wer seid Ihr?« fragte sie.

Ich bin Errtu, nahm sie als Erwiderung in ihrem Geist wahr. Baenre kannte diesen Namen, wußte, daß die Kreatur ein Balor war, der schrecklichste und mächtigste aller Tanar'ri. Lloth hatte sie gut gerüstet!

Sie spürte, wie die pure Bosheit dieses Wesens in dem Schwefel anschwoll, fühlte, wie die Energie derart wuchs, daß sie glaubte, der Brocken müsse gleich explodieren und dadurch wahrscheinlich Errtu auf ihre Seite herüberbringen.

Das konnte natürlich nicht geschehen, obgleich sie dies nicht wußte.

Es war die Macht des Artefaktes selbst, die sie verspürte, dieses so unscheinbar wirkenden Schwefelstücks, das mit der Magie Lloths durchtränkt war und von der höchsten Priesterin der Spinnenkönigin in ganz Menzoberranzan gehalten wurde.

Rein instinktiv streckte Baenre ihre Hand flach aus, und ein Strahl leuchtenden, knisternden gelben Lichts schoß aus dem Schwefel hervor. Er traf hoch oben auf die Wand des Turms von Oblodra, genau auf die Wand zwischen Baenre und K'yorl. Strahlen aus Licht und Energie hüllten den Stalagmiten ein, knisterten, zuckten in den Stein und raubten ihm die Festigkeit.

Der Schwefel wurde wieder ruhig, nachdem er seinen Blitz aus scheinbar lebendiger Energie abgeschossen hatte, aber Baenre senkte ihre Hand nicht und ließ auch ihren erstaunten Blick nicht von der Turmwand weichen.

Ebensowenig, wie es die zehntausend anderen Dunkelelfen taten, die hinter ihr standen. Und auch K'yorl Odran, die plötzlich gelbe Strahlen der Zerstörung sehen konnte, die sich durch den Stein bohrten, regte sich nicht.

Alle in der Stadt schnappten gleichzeitig nach Luft, als die Spitze des Turmes zu Staub explodierte und davongesprengt wurde.

Dort saß K'yorl plötzlich auf ihrem Thron aus schwarzem Marmor im Freien und starrte auf die riesige Ansammlung hinab.

Viele der geflügelten Tanar'ri flogen über die verwundbare Oberin Mutter hinweg, aber sie kamen nicht allzu nahe an sie heran, da sie klugerweise nicht den Zorn Errtus heraufbeschwören wollten, indem sie ihm einen Teil seines Spaßes nahmen.

K'yorl, stolz und stark wie immer, erhob sich vom Thron und trat an den Rand des Turmes. Sie ließ ihren Blick über die Versammlung schweifen, und viele der Drow, sogar einige Oberinnen Mütter, hatten solchen Respekt vor ihren fremdartigen Kräften, daß sie sich abwandten, als sie ihren Blick auf sich ruhen spürten, der so abschätzend war, als entschiede sie von dort oben, wen sie für diesen Angriff bestrafen würde.

Schließlich verharrte K'yorls Blick auf Oberin Baenre, die nicht zurückzuckte oder sich abwandte.

»Ihr wagt es!« brüllte K'yorl hinab, aber ihre Stimme klang leise.

»*Ihr* wagt es!« rief Oberin Baenre zurück, und ihre Stimme hallte machtvoll von den Wänden der Höhle wider. »Ihr habt Euch von der Spinnenkönigin abgewandt!«

»In den Abgrund mit Lloth, wo sie hingehört!« erwiderte die unbeugsame K'yorl, und das sollten ihre letzten Worte sein.

Baenre stieß ihre Hand weiter nach oben und verspürte das Anbranden der nächsten Energie, das Öffnen eines Tores zwischen den Ebenen. Es leuchtete kein gelbes Licht auf, es war überhaupt keine sichtbare Kraft zu erkennen, aber K'yorl fühlte sie deutlich.

Sie versuchte, ihren Protest herauszuschreien, bekam aber

nichts als Wimmern und Gurgeln heraus, als sich ihre Glieder plötzlich verdrehten und verlängerten. Sie versuchte, Widerstand zu leisten, grub ihre Hacken fest in den Boden und konzentrierte sich noch einmal darauf, ihre Kräfte heraufzubeschwören.

K'yorl spürte, wie sich ihre Haut von den Knochen löste, spürte, wie ihre ganze Gestalt außer Form geriet und länger wurde, als der Schwefel mit unwiderstehlicher Kraft an ihr zog. Stur ertrug sie die unglaublichen Schmerzen. Sie öffnete den Mund, um einen letzten, verdammenden Fluch auszustoßen, doch was herauskam, war ihre Zunge, die zu ihrer vollen Länge herausgezogen wurde – und noch ein ganzes Stück weiter.

K'yorl spürte, wie sich ihr ganzer Körper von dem Turm hinab und zu dem Schwefel und dem Tor hinbog. Sie hätte bereits tot sein müssen; sie wußte, daß der entsetzliche Sog sie bereits hätte umbringen müssen.

Oberin Baenre hielt ihre Hand ganz ruhig, aber sie konnte sich selbst nicht davon abhalten, die Augen zu schließen, als sich K'yorls unheimlich verlängerte Gestalt plötzlich von dem zerstörten Turm löste und direkt auf sie zuschoß.

Mehrere Drow, darunter auch Berg'inyon, schrien auf, andere stöhnten erneut, und wieder andere priesen den Ruhm Lloths, als K'yorl, die so weit auseinandergezogen und dünn geworden war, daß sie einem lebenden Speer glich, in den Schwefel eindrang, in das Tor, das sie zum Abgrund bringen würde, zu Errtu, Lloths Folterknecht.

Hinter K'yorl folgten die Unholde mit mächtigem Gebrüll und einem Hagel von Feuerkugeln und Blitzen, die sie auf das Anwesen von Oblodra schleuderten. Von Errtu dazu gezwungen, streckten sie sich aus, wurden immer dünner und flogen in den Schwefel hinein, den Oberin Baenre weiter hochhielt, obgleich es sie mit Furcht erfüllte. Doch sie verwandelte diesen Schrecken in ein Gefühl der reinen Macht.

Es dauerte nur wenige Momente, dann waren alle Unholde, selbst die größten Tanar'ri, verschwunden. Nur Oberin Baenre spürte noch immer ihre Gegenwart, die in dem Schwefel lauerte.

Plötzlich war alles wieder still. Viele Dunkelelfen sahen sich gegenseitig an. Sie fragten sich, ob die Bestrafung beendet war, ob dem Haus Oblodra wohl erlaubt werden würde, unter einer neuen Anführerin weiterzuleben. Adlige verschiedener Häuser gestikulierten sich in der Zeichensprache ihre Besorgnis darüber zu, daß Baenre jetzt einer ihrer eigenen Töchter das Kommando übertragen und damit ihre herausragende Stellung in der Stadt noch weiter festigen könnte.

Aber Baenre hatte keine solchen Gedanken. Dies war eine Bestrafung, die Lloth gefordert hatte, eine vollständige Bestrafung, wie sie schrecklicher noch nie an einem Haus von Menzoberranzan geübt worden war. Oberin Baenre folgte erneut den telepathischen Instruktionen Errtus und warf den pochenden Brocken Schwefel in den Klauenspalt, und als der Jubel um sie herum einsetzte, da die Dunkelelfen annahmen, daß die Zeremonie beendet sei, streckte sie die Arme weit aus und befahl ihnen allen, Zeuge von Lloths Zorn zu werden.

Sie spürten das erste Beben im Inneren des Klauenspalts unter ihren Füßen. Ein paar erwartungsvolle Augenblicke verstrichen fast zu leise, zu gespannt.

Eine von K'yorls Töchtern erschien auf der offenen Plattform des zerstörten Turmes. Sie lief zum Rand und rief dabei flehend nach Oberin Baenre. Als Baenre ihr keine Antwort gab, blickte sie einen Augenblick später zufällig zur Seite, zu einem der fingerartigen Ausläufer des großen Klauenspaltes.

Ihre Augen wurden riesengroß, und sie stieß einen Schrei aus, so grauenvoll, wie ihn kein Drow jemals gehört hatte. Von dem erhöhten Blickpunkt, den ihr der Levitationszauber gewährte, folgte Oberin Baenre ihrem Blick und war die nächste, die reagierte. Sie riß die Arme empor und pries ekstatisch ihre Gottheit. Einen Augenblick später verstand die Ansammlung.

Ein riesiger schwarzer Tentakel schlängelte sich über den Rand des Klauenspaltes und kroch hinter das Anwesen von Oblodra. Die Dunkelelfen wogten wie eine Welle zurück und stolperten dabei übereinander, als die zwanzig Fuß dicke Monstrosität hinter dem Anwesen entlangfuhr, an seiner anderen Seite wieder zum Vorschein kam und sich an der Vorderseite wieder in Richtung des Spaltes schlängelte.

»Baenre!« bettelte die verzweifelte, dem Untergang geweihte Oblodranerin.

»Ihr habt Euch von Lloth abgewandt«, erwiderte die erste Oberin Mutter ruhig. »Jetzt spürt ihren Zorn!«

Der Boden der Höhle erbebte ein wenig, als der Tentakel, die wütende Hand Lloths, seinen Griff um das Anwesen von Oblodra verstärkte. Die Mauer gab nach und brach zusammen, als das Ding unnachgiebig daran zog.

K'yorls Tochter sprang von dem Turm, als auch dieser auseinanderzubrechen begann. Sie setzte über den Tentakel hinweg und kam lebendig, wenn auch schwer verletzt, auf dem Boden an, wo eine Gruppe von Dunkelelfen zu ihr trat. Unter ihnen war Uthegental Armgo, und der mächtige Waffenmeister stieß die anderen beiseite und hielt sie davon ab, die mitleiderregende Kreatur zu töten. Er hob die Odran in seinen starken Armen hoch, und die zerschlagene Frau betrachtete ihn mit trübem Blick. Es gelang ihr sogar, ein schwaches Lächeln zustande zu bringen, als erwarte sie, daß er gekommen sei, sie zu retten.

Uthegental lachte sie an, hob sie über den Kopf und rannte los. Er wuchtete sie über die Seite des Tentakels, zurück in den Trümmerhaufen, der einmal ihr Haus gewesen war.

Der Jubel und die Schreie waren ohrenbetäubend, und dasselbe galt für das Getöse, das erscholl, als der Tentakel alles, was einmal Haus Oblodra gewesen war, alle Gebäude und alle Drow, in den Spalt schob.

Gier

Der Söldner schüttelte seinen kahlen Kopf. Nie war er gegenüber Oberin Baenre je so widerspenstig gewesen. Daß Jarlaxle ihre Pläne so kurz nach der atemberaubenden Machtdemonstration der Ersten Oberin Mutter in Frage stellte, machte es noch gefährlicher, vor allem, da sie offenkundig die höchste Gunst der Spinnenkönigin besaß.

Triel Baenre funkelte Jarlaxle böse an, und Berg'inyon schloß die Augen; keiner von ihnen wollte wirklich sehen, wie der nützliche Mann zu Tode geprügelt wurde. Die niederträchtige Bladen'Kerst leckte sich jedoch lüstern die Lippen, griff zu der fünfköpfigen Tentakelpeitsche, die an ihrer Hüfte hing, und hoffte, daß ihre Mutter ihr dieses Vergnügen gewähren würde.

»Ich fürchte, es ist nicht der richtige Zeitpunkt«, erklärte Jarlaxle mit schroffer Offenheit.

»Lloth gibt mir andere Anweisungen«, erwiderte Baenre, und sie wirkte sehr ruhig und gelassen, wenn man die Widerborstigkeit eines bloßen Mannes bedachte.

»Wir können uns nicht darauf verlassen, daß unsere Magie weiterhin so funktioniert, wie wir es erwarten«, argumentierte Jarlaxle.

Baenre nickte, und die anderen erkannten zu ihrer vollkommenen Überraschung, daß ihre Mutter froh darüber war, daß Jarlaxle eine ablehnende Rolle eingenommen hatte. Die Einwände des Söldners waren nützlich, und tatsächlich half er

Baenre damit sogar, die Einzelheiten ihrer geplanten neuen Allianz und des Marsches gegen Mithril-Halle auszuarbeiten.

Triel Baenre musterte ihre Mutter mißtrauisch, als ihr dies alles klarwurde. Wenn Oberin Baenre ihre Anweisungen wirklich direkt von der Spinnenkönigin erhielt, wie sie öffentlich erklärt hatte, warum sollte sie Einwände oder Zweifel überhaupt wollen oder auch nur tolerieren? Warum war es für Oberin Baenre nötig, daß diese grundlegendsten Einwände bezüglich der Klugheit dieses Kriegszuges beantwortet wurden?

»Die Magie ist sicher«, erwiderte Baenre.

Jarlaxle akzeptierte diesen Punkt. Alles, was er inner- und außerhalb der Stadt der Drow gehört hatte, schien Baenres Behauptung zu stützen. » Nach dem spektakulären Fall des Hauses Oblodra werdet Ihr keine Schwierigkeiten haben, eine Allianz zu formen. Oberin Mez'Barris Armgo hat Euch die ganze Zeit über unterstützt, und keine Oberin Mutter würde es wagen zuzugeben, daß sie Angst hat, Eurer Führung zu folgen.«

»Der Klauenspalt ist groß genug, um die Trümmer von vielen Häusern aufzunehmen«, sagte Baenre trocken.

Jarlaxle kicherte. »In der Tat«, sagte er. »Und es ist in der Tat die rechte Zeit für eine Allianz, zu welchem Zweck sie auch immer gebildet wird.«

»Es ist die rechte Zeit, gegen Mithril-Halle zu marschieren«, unterbrach ihn Oberin Baenre in einem Tonfall, der endgültig klang, »Zeit, uns aus der Verzweiflung zu erheben und der Spinnenkönigin zu größerem Ruhm zu verhelfen.«

»Wir haben große Verluste erlitten«, wagte Jarlaxle einzuwenden. »Das Haus Oblodra und seine Koboldsklaven sollten den Angriff anführen und in den Fallen sterben, die die Zwerge für die Drow aufgestellt haben.«

»Die Kobolde werden aus ihren Löchern im Klauenspalt herbeigeschafft werden«, versicherte ihm Baenre.

Jarlaxle widersprach nicht, aber er kannte die Tunnel unter dem Rand des Schlundes besser als jeder andere, nun, da alle Mitglieder des Hauses Oblodra tot waren. Baenre würde sicher ein paar Kobolde bekommen, vielleicht ein paar hundert, aber das Haus Oblodra hätte viele tausend liefern können.

»Die Rangordnung in der Stadt ist in Unordnung«, fuhr der Söldner fort. »Das dritte Haus existiert nicht mehr, und das vierte hat keine Oberin Mutter. Eure eigene Familie hat sich noch nicht von der Flucht des Abtrünnigen und dem Verlust von Dantrag und Vendes erholt.«

Baenre lehnte sich plötzlich ruckartig auf ihrem Thron nach vorn. Jarlaxle zuckte nicht zurück, aber viele von Baenres Kindern taten es, da sie fürchteten, daß ihre Mutter die Wahrheit in der letzten Aussage des Söldners erkannt haben könnte und daß Baenre die Reibereien unter ihren überlebenden Kindern nicht tolerieren würde, die versuchten, die Verantwortlichkeiten und Gelegenheiten zu ergattern, die durch den Verlust ihrer Geschwister offen waren.

Baenre hielt ebenso abrupt inne, wie sie die Bewegung begonnen hatte, und stellte sich vor ihren Thron. Sie ließ ihren gefährlichen Blick über jedes einzelne ihrer versammelten Kinder schweifen. Dann ließ sie ihn auf dem aufmüpfigen Söldner ruhen. »Kommt mit mir«, befahl sie.

Jarlaxle trat zur Seite, um sie passieren zu lassen, und folgte ihr dann gehorsam. Triel machte Anstalten, sich ihnen anzuschließen, aber Baenre fuhr herum und hielt ihre Tochter damit auf. »Nur er«, knurrte sie.

In der Mitte des Thronsaales erhob sich eine schwarze Säule, und als Baenre und der Söldner sich ihr näherten, öffnete sich ein Spalt in ihrer scheinbar makellosen Oberfläche. Der Spalt wurde breiter, als die kunstfertig eingearbeitete Tür aufglitt, und erlaubte es den beiden, die zylindrische Kammer im Inneren zu betreten.

Jarlaxle erwartete, daß Baenre ihn anschreien oder gar bedrohen würde, sobald die Tür sich geschlossen und sie von der Familie getrennt hatte. Aber die Oberin Mutter sagte nichts, sondern ging nur ruhig zu einem Loch im Boden hinüber. Sie trat in das Loch, fiel jedoch nicht, sondern schwebte auf magischen Energieströmen sanft zu der nächstniedrigeren Ebene hinab, dem dritten Stockwerk des großen Stalagmiten von Baenre. Jarlaxle folgte ihr, sobald der Weg frei war, aber dennoch mußte er sich sputen, als er die dritte Ebene erreichte, um den Anschluß an die eilige Oberin Mutter nicht zu verlieren, die bereits durch das nächste Loch nach unten verschwand. Und so ging es immer tiefer und tiefer hinab, bis sie die Kerker unter dem großen Stalagmitenhügel erreichten.

Noch immer gab sie keine Erklärung ab, und Jarlaxle begann sich zu fragen, ob er hier unten eingesperrt werden sollte. Viele Drow, sogar Adlige, hatten dieses grimmige Schicksal erlitten. Es ging das Gerücht um, daß einige von ihnen über ein Jahrhundert lang Gefangene von Baenre gewesen waren; ohne Unterlaß gefoltert, nur um stets aufs neue von den Priesterinnen geheilt zu werden, auf daß sie abermals gepeinigt werden konnten.

Ein Wink von Baenre ließ die beiden Wachen, die neben einer Zellentür standen, hastig zur Seite treten.

Jarlaxle war ebenso erleichtert wie neugierig, als er hinter Baenre in die Zelle trat und dort einen seltsamen Zwerg mit mächtiger Brust vorfand, der an die gegenüberliegende Wand gekettet war. Der Söldner warf Baenre einen Blick zu und bemerkte erst jetzt, daß sie einen ihrer üblichen Anhänger nicht trug, jenen, der aus einem Zwergenzahn gefertigt war.

»Ein frischer Fang?« fragte Jarlaxle, obgleich er etwas anderes vermutete.

»Zweitausend Jahre her«, erwiderte Baenre. »Darf ich Euch Gandalug Heldenhammer vorstellen, den Stammherrn des Clans Heldenhammer und Gründer von Mithril-Halle?«

Jarlaxle lehnte sich ein wenig zurück. Er hatte natürlich die

Gerüchte gehört, daß Baenres Zahn-Anhänger die Seele eines uralten Zwergenkönigs enthielte, aber eine solche Verbindung hatte er niemals vermutet. In diesem Augenblick wurde ihm plötzlich klar, daß diese ganze Unternehmung gegen Mithril-Halle nichts mit Drizzt Do'Urden zu tun hatte, daß der Abtrünnige nur eine Verbindung darstellte, einen guten Grund für etwas abgab, nach dem es Baenre schon seit langer Zeit verlangte.

Jarlaxle blickte Baenre plötzlich und neugierig an. »Zweitausend Jahre?« wiederholte er laut, während er sich im geheimen fragte, wie alt diese verwitterte Drow eigentlich war.

»Ich habe seine Seele während all der Jahrhunderte gefangengehalten«, fuhr Baenre fort und musterte dabei den alten Zwerg. »Während der Zeit, als Lloth unsere Rufe nicht hören konnte, wurde der Gegenstand zerstört, an den er gebunden war, und Gandalug nahm wieder Gestalt an und lebte wieder.« Sie ging hinüber, hielt ihr böse grinsendes Gesicht direkt vor die lange, spitze Nase des übel zugerichteten, nackten Zwerges und legte eine Hand auf seine runde, massive Schulter. »Er lebt wieder, ist aber ebensowenig frei wie zuvor.«

Gandalug räusperte sich, als wolle er Baenre anspucken. Er brach jedoch ab, als er sah, daß aus dem Ring an ihrer Hand eine Spinne gekrabbelt war, die jetzt über seine Schulter zu seinem Hals lief.

Gandalug war klar, daß Baenre ihn nicht töten würde, daß sie ihn für ihre geplante Eroberung benötigte. Er hatte keine Angst vor dem Tod, hätte ihn jedoch der Qual vorgezogen zu wissen, daß er unwillentlich zu dem Untergang seines eigenen Volkes beitragen mochte. Baenres grauenerregender Gedankenschinder hatte Gandalugs Gehirn bereits mehrfach durchforscht und dabei Informationen erhalten, die keine Schläge jemals aus dem sturen alten Zwerg herausbekommen hätten.

Vom Verstand her hatte Gandalug nichts zu fürchten, aber das beruhigte ihn keineswegs. Gandalug haßte Spinnen mehr als alles andere, haßte und fürchtete sie. Kaum hatte er das haarige, krabbelnde Ding an seinem Hals gespürt, als ihm auch schon Schweißperlen auf die Stirn traten.

Baenre wandte sich wieder Jarlaxle zu, ließ aber ihr kleines Spinnenhaustier auf dem Hals des Zwergs zurück. Auf ihrem Gesicht lag ein überlegener Ausdruck, als könnte Gandalugs Gegenwart allein den zweifelnden Söldner umstimmen.

Das tat sie nicht. Jarlaxle hatte niemals daran gezweifelt, daß Menzoberranzan Mithril-Halle besiegen konnte, hatte niemals an dem Erfolg des Eroberungszuges gezweifelt. Aber was war nach der Eroberung? Die Stadt der Drow war in Aufruhr; schon bald würde ein wütender Kampf, vielleicht sogar ein offener Krieg, ausbrechen, um die Lücken zu schließen, die durch die Vernichtung von Haus Oblodra und den Tod von Ghenni'tiroth Tlabbar entstanden waren. Der Söldner, der jahrhundertelang mit seiner Bande am Rande des Verderbens gelebt hatte, verstand die Gefahren, die darin liegen konnten, seinen Griff nach der Macht zu weit auszustrecken. Er begriff, daß die eigenen Kräfte einfach zusammenbrechen würden, wenn man sie zu weit verteilte.

Aber Jarlaxle wußte auch, daß er Oberin Baenre niemals überzeugen würde. So sei es denn, entschied er. Mochte Baenre also ohne weitere Einwände von seiner Seite gegen Mithril-Halle marschieren. Er würde sie sogar ermutigen. Wenn die Dinge sich so entwickelten, wie sie es plante, dann um so besser.

Wenn nicht …

Jarlaxle machte sich nicht die Mühe, über diese Möglichkeiten nachzudenken. Er wußte, welche Gefühle Gromph hegte, kannte die Frustration des Zauberers und auch die von Bregan D'aerthe, einer Gruppe, die fast ausschließlich aus Männern bestand. Mochte Baenre nach Mithril-Halle gehen, und wenn sie versagte, dann würde Jarlaxle Baenres eigenen Rat befolgen und sich »aus der Verzweiflung erheben«.

In der Tat.

Offene Herzen

Drizzt fand sie auf demselben nach Osten blickenden Plateau, auf dem sie während all dieser Wochen geübt hatte, an genau jener Stelle, an der sie die endgültige Kontrolle über ihr eigenwilliges Schwert gewonnen hatte. Lange Schatten rollten von den Bergen herab. Hinter ihnen hing die Sonne tief am Himmel. Die ersten Sterne waren aufgegangen und funkelten über Silbrigmond und dem östlich davon liegenden Sundabar.

Catti-brie saß reglos da. Sie hatte die Beine angezogen und die Knie dicht an die Brust gedrückt. Sie ließ nicht erkennen, ob sie das Nahen des fast geräuschlosen Drow vernommen hatte, sondern wiegte sich nur weiterhin sanft vor und zurück und blickte in die dichter werdende Dunkelheit.

»Die Nacht ist wunderschön«, sagte Drizzt, und erst als Catti-brie beim Klang seiner Stimme nicht zusammenzuckte, wußte er genau, daß sie seine Anwesenheit schon bemerkt hatte. »Aber der Wind ist kühl.«

»Der Winter kommt jetzt endgültig«, erwiderte Catti-brie leise, ohne den Blick vom dunklen östlichen Himmel abzuwenden.

Drizzt suchte nach einer Erwiderung, wollte das Gespräch in Gang halten. Er kam sich linkisch vor. Das war seltsam, denn in all den Jahren, die er Catti-brie kannte, hatte niemals eine solche Spannung zwischen ihnen geherrscht. Der Drow trat heran und hockte sich neben die junge Frau, schaute sie aber nicht an, so wie auch sie ihn nicht ansah.

»Ich werde heute nacht Guenhwyvar rufen«, sagte Drizzt.

Catti-brie nickte.

Ihr fortgesetztes Schweigen traf den Drow unerwartet. Die erste Beschwörung des Panthers nach der Reparatur der Statuette war keine unwichtige Sache. Würde die Magie der Figur richtig funktionieren und es Guenhwyvar ermöglichen, auf diese Ebene zurückzukehren? Fret hatte es ihm versichert, aber Drizzt würde keine Ruhe finden, bevor die Aufgabe nicht erledigt und der Panther, der geheilte Panther, wieder an seiner Seite war.

Es hätte auch für Catti-brie von Bedeutung sein müssen. Sie hätte sich ebensolche Sorgen machen müssen wie Drizzt, denn sie und Guenhwyvar hatten sich immer sehr nahegestanden. Und doch erwiderte sie nichts, und ihr Schweigen veranlaßte Drizzt, sie genauer zu mustern.

Er sah Tränen in ihren blauen Augen, Tränen, die seinen Ärger davonwuschen, die ihm sagten, daß das, was zwischen ihm und Catti-brie geschehen war, anscheinend nicht so tief vergraben war, wie er erwartet hatte. Als sie sich das letzte Mal hier an diesem Ort begegnet waren, hatten sie die Fragen, die zu stellen gewesen wären, hinter der Energie eines Übungskampfes verborgen. Damals hatte Catti-brie ihre volle Konzentration benötigt, ebenso wie an den vorangegangenen Tagen, als sie darum gekämpft hatte, ihr Schwert zu meistern, aber jetzt war diese Aufgabe erledigt. Jetzt hatte sie ebenso wie Drizzt Zeit zum Nachdenken, und in dieser Zeit hatte Catti-brie sich erinnert.

»Du weißt, daß es das Schwert war?« fragte sie, ja bat sie fast.

Drizzt lächelte und versuchte, sie zu beruhigen. Natürlich war es das intelligente Schwert gewesen, das sie dazu gebracht hatte, sich ihm an den Hals zu werfen. Nur das Schwert und nichts anderes als das Schwert. Aber ein großer Teil von Drizzt – und vielleicht auch von Catti-brie, dachte er, während er sie betrachtete – wünschte es sich anders. Es hatte schon seit einiger Zeit eine unverkennbare Spannung zwischen ihnen geherrscht. Eine komplizierte Situation, um so mehr jetzt, nach dem Zwischenfall mit Khazid'hea.

»Du hast das Richtige getan, als du mich zurückgewiesen hast«, sagte Catti-brie, und sie schnaubte und räusperte sich, um ein Schniefen zu verbergen.

Drizzt überlegte lange, da er sich des möglichen Gewichtes seiner Erwiderung bewußt war. »Ich habe dich nur deshalb zurückgewiesen, weil ich den Knauf gesehen habe«, erklärte er schließlich, und das veranlaßte Catti-brie, ihre Aufmerksamkeit vom östlichen Himmel abzuwenden und den Drow direkt anzuschauen.

»Es war das Schwert«, sagte Drizzt ruhig, »nur das Schwert.«

Catti-brie blinzelte nicht und wagte kaum zu atmen. Sie dachte daran, wie edel dieser Drow gewesen war. So viele andere Männer hätten keine Fragen gestellt, sondern die Situation ausgenutzt. Und wäre das denn so schlimm gewesen? Ihre Gefühle für Drizzt waren tief und ehrlich, sie waren ein Band der Freundschaft und der Liebe. Wäre es so schlimm gewesen, wenn er sie in diesem Raum geliebt hätte?

Ja, entschied sie, für sie beide, denn auch wenn es ihr Körper gewesen war, der sich ihm angeboten hatte, so war es doch unter dem Einfluß von Khazid'hea geschehen. Die Dinge zwischen ihnen waren so schon mißlich genug, aber wenn Drizzt den Gefühlen nachgegeben hätte, von denen Catti-brie wußte, daß er sie für sie hegte, dann hätten sie sich beide hinterher wahrscheinlich nicht mehr in die Augen sehen können.

Wie sie es jetzt taten, auf dem stillen Plateau hoch oben in den Bergen, während eine kühle, frische Brise sie umwehte und die Sterne über ihnen funkelten.

»Du bist ein guter Mensch, Drizzt Do'Urden«, sagte Catti-brie dankbar und mit einem Lächeln, das aus tiefstem Herzen kam.

»Wohl kaum ein Mensch«, erwiderte Drizzt, leise lachend und froh, daß die Spannung nachgelassen hatte.

Wenn auch nur zeitweise. Das Lachen und das Lächeln erstarben fast sofort wieder und ließen sie am selben Ort, im selben peinlichen Augenblick zurück, gefangen irgendwo zwischen Romanze und Furcht.

Catti-brie sah wieder in den Himmel; Drizzt tat dasselbe.

»Du weißt, daß ich ihn geliebt habe«, sagte die junge Frau.

»Du tust es noch immer«, antwortete Drizzt, und sein Lächeln war echt, als Catti-brie sich umdrehte und ihn wieder betrachtete.

Sie wandte sich fast sofort wieder ab, blickte wieder zu den leuchtenden Sternen und dachte an Wulfgar.

»Du hättest ihn geheiratet«, fuhr Drizzt fort.

Dessen war sich Catti-brie nicht so gewiß. Trotz aller wahren Liebe, die sie für Wulfgar empfand, hatte der Barbar die Last seines Erbes getragen und hatte zu einer Gesellschaft gehört, die Frauen nicht als Partner, sondern als Dienstboten betrachtete. Wulfgar hatte sich über viele engstirnige Ansichten seiner Stammesgefährten erhoben, aber als der Tag seiner Hochzeit mit Catti-brie näher gerückt war, war er ihr gegenüber immer beschützerischer geworden, bis sie es schließlich als beleidigend empfand. Und das hatte die stolze und lebenstüchtige Catti-brie weniger als alles andere ertragen können.

Ihre Zweifel standen ihr deutlich im Gesicht geschrieben, und Drizzt, der sie besser kannte als jeder andere, konnte sie deutlich entziffern.

»Du hättest ihn geheiratet«, sagte er noch einmal, und sein bestimmter Tonfall zwang Catti-brie, ihn wieder anzusehen.

»Wulfgar war kein Narr«, fuhr Drizzt fort.

»Gib nicht Entreri und dem Juwel des Halblings die ganze Schuld«, warnte ihn Catti-brie. Nachdem die Gefahr durch den Jagdtrupp der Drow abgewendet worden war und nach Wulfgars Tod hatte Drizzt ihr und auch Bruenor, der diese Rechtfertigung vielleicht noch mehr brauchte, erklärt, daß Entreri, der sich als Regis ausgegeben hatte, die hypnotischen Kräfte des Rubinanhängers bei Wulfgar benutzt hatte. Aber auch diese Theorie konnte das empörende Verhalten des Barbaren nicht vollständig erklären, da Wulfgar die ersten

Schritte in diese Richtung bereits lange, bevor Entreri nach Mithril-Halle gekommen war, unternommen hatte.

»Auf jeden Fall hat der Rubin Wulfgar weitergetrieben«, konterte Drizzt.

»Er hat ihn in eine Richtung getrieben, in die er sich sowieso bewegte.«

»Nein.« Diese simple Erwiderung, die mit absoluter Überzeugung ausgesprochen wurde, überraschte Catti-brie doch ein wenig. Sie legte den Kopf schief, so daß ihr dichtes, kastanienbraunes Haar über eine Schulter fiel, und wartete darauf, daß der Drow weitersprach.

»Er hatte Angst«, fuhr Drizzt fort. »Nichts auf der Welt ängstigte den mächtigen Wulfgar mehr als der Gedanke, seine Catti-brie zu verlieren.«

»*Seine* Catti-brie?« wiederholte sie seine Worte.

Drizzt mußte über ihre Überempfindlichkeit lachen. »Seine Catti-brie, so wie er dein Wulfgar war«, sagte er, und Catti-bries Stirn glättete sich wieder.

»Er hat dich geliebt«, fuhr Drizzt fort, »und zwar von ganzem Herzen.« Er schwieg eine Weile, aber Catti-brie hatte nichts darauf zu erwidern, sondern saß nur still und ruhig da und lauschte jedem seiner Worte. »Er hat dich geliebt, und diese Liebe gab ihm das Gefühl, verwundbar zu sein, und ängstigte ihn. Nichts, das irgend jemand Wulfgar hätte antun können, keine Folter, keine Schlacht, nicht einmal der Tod, machte ihm angst, aber der kleinste Kratzer an Catti-brie hätte wie ein heißer Dolch in seinem Herzen gebrannt.

Und so benahm er sich eine kurze Zeit vor eurer Heirat wie ein Narr«, sagte Drizzt. »Schon bei dem nächsten Kampf, den du hättest ausfechten müssen, hätten deine Kraft und Unabhängigkeit Wulfgar den Spiegel vorgehalten, und er hätte seinen Fehler erkannt. Anders als viele seines stolzen Volkes, anders als Berkthgar, konnte Wulfgar seine Fehler zugeben und wiederholte sie niemals.«

Während Catti-brie den Worten ihres weisen Freundes lauschte, erinnerte sie sich genau an den Kampf, bei dem Wulfgar getötet worden war. Genau jene Ängste um Catti-brie hatten beim Tod des Barbaren eine wichtige Rolle gespielt, aber bevor Wulfgar ihr entrissen worden war, hatte er ihr in die Augen geschaut und hatte tatsächlich erkannt, was seine Torheit ihn gekostet hatte, was sie sie beide gekostet hatte.

Catti-brie mußte dies jetzt, da sie sich im Licht der Worte des Drow an die Szene erinnerte, glauben. Sie mußte daran glauben, daß ihre Liebe für Wulfgar echt gewesen war, sehr echt, und daß sie sie nicht an den Falschen verschwendet hatte, daß Wulfgar all das gewesen war, was sie in ihm gesehen hatte.

Jetzt war das möglich. Das erste Mal seit Wulfgars Tod konnte Catti-brie sich ohne Schuldgefühle an ihn erinnern, ohne den bangen Gedanken, daß sie ihn vielleicht nicht geheiratet hätte, wenn er am Leben geblieben wäre. Denn Drizzt hatte recht; Wulfgar hätte trotz seines Stolzes seinen Fehler eingestanden, und er wäre dadurch ein Stück gewachsen, wie es auch schon früher geschehen war. Das war der schönste Charakterzug dieses Mannes gewesen, eine fast kindliche Eigenschaft, die Welt und sein eigenes Leben als etwas zu betrachten, das immer besser wurde, das sich immer weiter auf einem Weg zu einem besseren Verhalten und einem besseren Orte bewegte.

Seit langem hatte kein so ehrliches Lächeln mehr Catti-bries Gesicht erhellt. Sie fühlte sich plötzlich frei, hatte plötzlich mit ihrer Vergangenheit abgeschlossen und konnte sich endlich wieder der Zukunft zuwenden, mit ihrem Leben fortfahren.

Sie sah den Drow mit weit geöffneten Augen an, mit einer Neugier, die Drizzt zu überraschen schien. Sie konnte mit ihrem Leben fortfahren, aber was genau bedeutete dies?

Langsam schüttelte Catti-brie den Kopf, und Drizzt erkannte, daß diese Bewegung etwas mit ihm zu tun hatte. Er hob die Hand und strich ihr ein paar Haarsträhnen aus dem

Gesicht, wobei sich seine ebenholzfarbene Haut selbst in dem schwachen Licht der Nacht deutlich von ihrer hellen Wange abhob.

»Ich liebe dich«, gab der Drow zu. Die direkte Aussage überraschte Catti-brie nicht. »So wie du mich liebst«, fuhr Drizzt leichthin fort, sicher, daß seine Worte der Wahrheit entsprachen. »Und auch ich muß jetzt nach vorne blicken, muß meinen Platz an der Seite meiner Freunde, an deiner Seite, ohne Wulfgar finden.«

»Vielleicht in der Zukunft«, sagte Catti-brie, und ihre Stimme war kaum ein Flüstern.

»Vielleicht«, stimmte Drizzt zu. »Aber jetzt …«

»Freunde«, beendete Catti-brie den Satz.

Drizzt nahm seine Hand von ihrer Wange, hielt sie aber weiter ausgestreckt. Catti-brie griff danach und drückte sie fest.

Freunde.

Der Moment dauerte lange an, während die beiden sich wortlos anblickten, und er hätte noch viel, viel länger angedauert, wenn nicht auf dem Weg hinter ihnen Geräusche erklungen wären und Stimmen zu hören gewesen wären, die sie beide erkannten.

»Konnte der dumme Elf das nicht drinnen tun?« polterte Bruenor.

»Die Sterne sind angemessener für Guenhwyvar«, keuchte Regis atemlos. Zusammen brachen sie durch einen Busch nicht weit oberhalb des Plateaus und stolperten und rutschten herab, um zu den beiden Freunden zu kommen.

»Dummer Elf?« fragte Catti-brie ihren Vater.

»Pah!« schnaubte Bruenor. »Ich halte nichts davon …«

»Nun, eigentlich …«, setzte Regis an, ihn zu berichtigen, überlegte es sich jedoch anders, als Bruenor ihm sein narbiges Gesicht zuwandte und ihn anknurrte.

»Na gut, du hast recht, ich habe dummer Elf gesagt!« gab Bruenor zu und sprach damit hauptsächlich Drizzt direkt an, der wußte, daß dies die größte Annäherung an eine Entschuldigung war, die er von Bruenor erwarten konnte. »Aber ich habe schließlich zu tun.« Er schaute den Pfad hinauf, in Richtung des östlichen Tores von Mithril-Halle. »Da drinnen!«

Drizzt zog die Statuette aus Onyx hervor und stellte sie auf den Boden, absichtlich direkt vor die schweren Stiefel des Zwerges. »Wenn Guenhwyvar wieder bei uns ist, werde ich ihr erklären, welche Umstände es dir gemacht hat, herzukommen und bei ihrer Rückkehr dabeizusein«, sagte Drizzt mit einem boshaften Grinsen.

»Dummer Elf«, murmelte Bruenor in den Bart, und er erwartete ernsthaft, daß Drizzt die Katze wieder dazu bringen würde, auf ihm zu schlafen oder gar noch Schlimmeres zu tun.

Catti-brie und Regis lachten, aber ihre Fröhlichkeit war ein wenig gezwungen und nervös, als Drizzt leise nach dem Panther rief. Der Schmerz, den sie würden ertragen müssen, falls die Magie der Statuette nicht wieder geheilt war, falls Guenhwyvar nicht zu ihnen zurückkehren sollte, würde für die Gefährten nicht geringer sein als die Trauer über den Verlust Wulfgars.

Sie alle wußten dies, selbst der poltrige Bruenor, der bis zu seinem letzten Atemzug seine Zuneigung zu dem magischen Panther abstreiten würde. Stille breitete sich um die Statuette aus, als der graue Rauch erschien, herumwirbelte und sich verfestigte.

Guenhwyvar wirkte ein wenig erstaunt, als sie die vier Gefährten betrachtete, die sie umringten und von denen keiner zu atmen wagte.

Drizzts Lächeln war das erste und breiteste, als er sah, daß seine treue Freundin wieder geheilt war, daß ihr schwarzes Fell im Sternenlicht glitzerte und ihre sehnigen Muskeln fest und stark waren.

Er hatte Bruenor und Regis hergebracht, damit sie diesen

Augenblick miterlebten. Es war nur angemessen, daß sie alle vier dabei waren, wenn Guenhwyvar zurückkehrte.

Noch angemessener wäre es gewesen, wenn der sechste Gefährte, Wulfgar, der Sohn von Beornegar, in dieser stillen Nacht unter den Sternen bei ihnen auf dem Plateau geweilt hätte, in dieser Nacht in den letzten Stunden des Friedens für Mithril-Halle.

TEIL 4

Der Kriegszug der Drow

Als wir, sämtliche Verteidiger von Mithril-Halle und seiner näheren Umgebung, uns dem Ende der Vorbereitungen auf den Angriff der Drow näherten, bemerkte ich etwas wirklich Erstaunliches und wahrhaft Herzerwärmendes.

Ich bin ein Drow. Meine Haut beweist, daß ich anders bin. Die Ebenholzfärbung zeigt deutlich und unbestreitbar meine Abstammung an. Und doch wurde mir kein einziger böser Blick zugeworfen. Weder die Harpells noch die Langreiter sahen mich ablehnend an, und selbst von dem aufbrausenden Berkthgar und seinem Kriegervolk kam kein zorniges Wort. Und kein einziger Zwerg, nicht einmal General Dagna, der niemanden mochte, der kein Zwerg war, deutete mit einem anklagenden Finger auf mich.

Wir wußten nicht, warum die Drow kamen, ob es meinetwegen war oder wegen der Schätze, die der Zwergenbau versprach. Was auch immer der Grund sein mochte, für die Verteidiger war ich ohne Schuld daran. Wie wunderbar dieses Gefühl für mich war, der ich so viele Monate die Bürde selbstauferlegter Schuld getragen hatte; Schuld an dem vorangegangenen Überfall, Schuld an Wulfgars Tod, Schuld daran, daß Catti-brie durch ihre Freundschaft für mich dazu gezwungen gewesen war, mir bis nach Menzoberranzan zu folgen.

Ich hatte dieses schwere Joch getragen, und doch machte mich niemand von jenen in meiner Umgebung, die ebensoviel zu verlieren hatten wie ich selbst, für die Vorfälle verantwortlich.

Ihr könnt nicht ermessen, wie außergewöhnlich diese Erkenntnis für jemanden mit meiner Vergangenheit war. Es war eine Geste ehrlicher, echter Freundschaft, und es wurde noch bedeutungsvoller dadurch, daß es eine unbewußte Geste war, die ohne Absicht oder Nachdenken ausgeführt wurde. In meiner Vergangenheit hatten meine »Freunde« solche Gesten allzu häufig gemacht, als wollten sie damit etwas beweisen, mehr sich selbst gegenüber als mir. Sie fühlten sich selber besser, weil sie in der Lage waren, über offenkundige Unterschiede wie die Farbe meiner Haut hinwegzusehen. Guenhwyvar hatte dies nie getan. Bruenor hatte es nie getan. Und auch Catti-brie und Regis nicht. Wulfgar hatte mich zu Anfang offen und ohne Entschuldigung verachtet, nur weil ich ein Drow war. Sie waren ehrlich, und daher waren sie immer meine wahren Freunde gewesen. Aber in diesen Tagen der Vorbereitungen bemerkte ich, wie sich der Kreis der Freundschaft um ein Vielfaches erweiterte. Ich konnte erkennen, daß die Zwerge von Mithril-Halle, die Männer und Frauen von Siedelstein und viele, viele andere mich wirklich akzeptierten.

Dies ist die wahre Natur der Freundschaft. Sie tritt zutage, wenn sie ehrlich ist und nicht mehr nur sich selbst dienlich wird. Und so erkannte Drizzt Do'Urden in jenen Tagen endgültig, daß er nicht nach Menzoberranzan gehörte.

Ich warf das Joch der Schuld ab. Ich lächelte.

Drizzt Do'Urden

Blingdenstone

Sie waren Schatten unter Schatten, huschende Bewegungen, die vergangen waren, bevor das Auge sie wahrnehmen konnte. Obgleich dreihundert Drow in Marschformation –

linke Flanke, rechte Flanke, Zentrum – marschierten, war kein Laut zu hören.

Sie waren in das Gebiet westlich von Menzoberranzan gekommen, wo sie die einfacheren und breiteren Tunnel benutzen wollten, die sich im weiten Bogen wieder zurück nach Osten schwangen und ganz bis an die Oberfläche nach Mithril-Halle führten. Blingdenstone, die Stadt der Svirfnebli, welche die Drow mehr haßten als alles andere, lag nicht weit entfernt, und das war ein weiterer Vorteil dieser Route.

Uthegental Armgo ließ in einer kleinen, geschützten Höhlung Rast einlegen. Die Tunnel waren hier unangenehm breit. Die Svirfnebli waren Taktiker und Konstrukteure; in einem Kampf würden sie sich auf Kampfformation und vielleicht sogar auf Kriegsmaschinen verlassen, um es mit den verstohleneren und einzelgängerischeren Drow aufzunehmen. Die Verbreiterung dieser besonderen Tunnel war kein Zufall, wie Uthegental wußte, und sie war auch nicht naturgegeben. Dieses Schlachtfeld war schon vor langer Zeit von seinen Feinden vorbereitet worden.

Wo waren sie jetzt also? Uthegental war mit dreihundert Drow in ihr Gebiet eingedrungen, und seine Gruppe bildete die Vorhut für eine Armee aus achttausend Dunkelelfen und Tausenden von humanoiden Sklaven. Und obwohl Blingdenstone keine zwanzig Minuten Fußmarsch von hier entfernt sein mußte – und seine Späher waren der Stadt sogar noch näher –, war kein Anzeichen von den Svirfnebli zu bemerken.

Der Waffenmeister von Barrison del'Armgo war nicht glücklich. Uthegental mochte es, wenn die Dinge vorhersehbar waren, zumindest, soweit es Feinde betraf, und er hatte gehofft, daß er und seine Krieger sich zu diesem Zeitpunkt bereits ein paar kleine Gefechte mit den Gnomen geliefert hätten. Es war kein Zufall, daß er, daß seine Gruppe in der Vorhut der Armee der Drow war. Dies war ein Zugeständnis von Baenre an Mez'Barris gewesen, eine Bestätigung der Wichtigkeit des zweiten Hauses. Aber mit diesem Zugeständnis war auch eine Verantwortung verbunden, die Oberin Mez'Barris sofort auf Uthegentals starke Schultern abgeladen hatte. Das Haus Barrison del'Armgo mußte ruhmbedeckt aus diesem Krieg hervorgehen, insbesondere, nachdem Oberin Baenre mit der Vernichtung von Haus Oblodra eine so eindrucksvolle Demonstration ihrer Macht geliefert hatte. Wenn erst diese Angelegenheit mit Mithril-Halle geklärt wäre, würde mit Sicherheit die Neugestaltung der Hackordnung in Menzoberranzan beginnen. Kriege zwischen einzelnen Häusern schienen unvermeidlich, und die größten Löcher, die neu gefüllt werden mußten, befanden sich direkt unterhalb von Barrison del'Armgo.

Und so hatte Oberin Mez'Barrison Baenre volle Gefolgschaft bei dem Kriegszug gelobt und im Gegenzug dafür die Erlaubnis erhalten, sich nicht persönlich an der Expedition beteiligen zu müssen. Sie blieb in Menzoberranzan zurück, festigte die Position ihres Hauses und arbeitete eng mit Triel Baenre zusammen, um ein Netz aus Lügen und Verbündeten zu knüpfen, das das Haus Baenre vor weiteren Anschuldigungen schützen sollte. Baenre hatte dem Angebot von Mez'Barris zugestimmt, da ihr klarwurde, daß auch sie verwundbar sein würde, falls mit Mithril-Halle nicht alles so glattging wie geplant.

Da die Oberin Mutter seines Hauses in Menzoberranzan geblieben war, hatte Uthegental die Aufgabe, den Ruhm des Hauses Barrison del'Armgo zu sichern. Der wilde Krieger war froh über seine Aufgabe, aber er war auch ungeduldig, erfüllt von nervöser Energie und fieberte einer Schlacht, irgendeiner Schlacht entgegen, die seinen Appetit für das steigern sollte, was noch kommen sollte, und die zudem die Spitzen seines scharfen Dreizacks mit dem Blut eines Feindes befeuchten mochte.

Aber wo waren die häßlichen kleinen Svirfnebli? Der

Marschplan sah keinen regulären Angriff auf Blingdenstone vor – zumindest nicht auf dem Hinweg. Wenn es zu einem Überfall auf die Stadt der Gnomen kommen sollte, so würde er auf dem Rückweg von Mithril-Halle stattfinden, nachdem das Hauptziel erreicht worden war. Uthegental hatte jedoch die Erlaubnis erhalten, die Verteidigung der Svirfnebli zu testen und sich mit allen Gnomen Scharmützel zu liefern, auf die er mit seinen Kriegern in den offenen Tunneln stoßen mochte.

Uthegental lechzte danach. Er war bereits entschlossen, wenn die Verteidigung der Gnomen genügend Löcher aufwiese, einen weiteren Schritt in der Hoffnung zu wagen, mit dem Kopf des Königs der Svirfnebli auf den Spitzen seines Dreizacks an Baenres Seite zurückzukehren.

Aller Ruhm für Barrison del'Armgo.

Eine der Späherinnen huschte an den Wachen vorbei zurück zu dem wilden Krieger. Ihre Finger zuckten eilig in der lautlosen Zeichensprache der Drow und erklärten ihrem Anführer, daß sie dichter, viel dichter herangekommen sei und sogar die Treppe gesehen habe, die zu der Ebene hinaufführte, auf der sich Blingdenstones massive Haupttore befanden. Aber sie hatte keine Anzeichen von den Svirfnebli wahrgenommen.

Es mußte ein Hinterhalt sein; jeder Instinkt sagte dem erfahrenen Waffenmeister, daß die Svirfnebli in voller Kampfstärke auf der Lauer lagen. Die Dunkelelfen waren für ihre Vorsicht bekannt, wenn sie es mit anderen zu tun hatten (hauptsächlich, weil sie wußten, daß sie solche Zusammenstöße immer gewinnen konnten, wenn sie zur richtigen Zeit zuschlugen), und fast jeder andere Drow hätte sich zurückgezogen. Tatsächlich war Uthegentals Mission, eine Erkundungsmission, auch bereits erfüllt, und er hätte mit einem Bericht zu Oberin Baenre zurückkehren können, der sie vollauf befriedigt hätte.

Aber der wilde Uthegental war nicht wie andere Drow. Er

war nicht erleichtert, sondern schäumte im Gegenteil schier vor Wut.

Bringt mich dorthin, signalisierten seine Finger zur Überraschung der Späherin.

Ihr seid zu wertvoll, erwiderten die Hände der Frau.

»Wir gehen alle!« brüllte Uthegental, und seine Lautstärke überraschte jeden einzelnen der vielen Dunkelelfen, die ihn umgaben. Aber Uthegental war nicht erschrocken, und er gab nicht nach. »Sendet Nachricht an jeden Trupp«, fuhr er fort, »daß sie mir bis an die Tore von Blingdenstone folgen sollen!«

Einige Drowsoldaten warfen einander nervöse Blicke zu. Sie waren dreihundert Mann stark, eine bedeutende Streitmacht, aber Blingdenstone beherbergte ein Vielfaches an Kämpfern, und Svirfnebli waren keine einfachen Gegner, vor allem, da sie viele Tricks mit dem Gestein auf Lager hatten und sich häufig mit mächtigen Monstren von der Elementarebene der Erde verbündeten. Doch keiner der Dunkelelfen würde es wagen, mit Uthegental Armgo zu diskutieren, insbesondere, da nur er allein wußte, was Oberin Baenre von diesem Voraustrupp erwartete.

Und so kamen sie in voller Stärke an der Treppe an und erklommen sie zu den Toren von Blingdenstone – Tore, an denen ein Ingenieur der Drow eine teuflische Falle entdeckte: die ganze Höhlendecke war so präpariert, daß sie zusammenbrechen würde, wenn man die Türen öffnete. Uthegental rief nach einer Priesterin, die seiner Gruppe zugeteilt worden war.

»Könnt Ihr uns an diesem Hindernis vorbeibringen?« fragten seine Finger, woraufhin sie nickte.

Uthegental überraschte seine Untergebenen weiterhin, indem er ankündigte, er wolle persönlich die Stadt der Svirfnebli betreten. Das war eine nie dagewesene Sache. Kein Anführer der Drow ging jemals als erster; dafür gab es schließlich gemeine Soldaten.

Aber auch in diesem Punkt wollte natürlich niemand mit

Uthegental streiten. In Wahrheit war es der Priesterin auch ziemlich egal, ob dieser arrogante Mann in Stücke gerissen wurde. Sie begann sofort mit ihrem Zaubergesang, der Uthegental so unwirklich wie einen Geist machen sollte, der seine Gestalt so dahinschwinden ließ, daß er durch den kleinsten Riß schlüpfen konnte. Als es vollbracht war, machte sich der tapfere Waffenmeister unverzüglich auf den Weg, ohne sich darum zu scheren, Befehle für den Fall zurückzulassen, daß er nicht zurückkehren sollte.

An eine solche Möglichkeit dachte dieser stolze und ungemein selbstbewußte Drow keinen Augenblick.

Nachdem er die leeren Wachenkammern durchquert hatte, die von ausgeklügelt errichteten Befestigungen durchzogen waren, war Uthegental ein paar Minuten später der zweite Drow nach Drizzt Do'Urden, der jemals einen Blick auf die gerundeten, natürlichen Häuser der Svirfnebli und die gewundenen einfachen Wege warf, die ihre Stadt bildeten. Wie sehr sich Blingdenstone doch von Menzoberranzan unterschied! Es war im Einklang mit dem errichtet worden, was die Gnome in den natürlichen Höhlen vorgefunden hatten, anstatt daß es geformt und umgearbeitet worden war, wie die Dunkelelfen es angenehmer fanden.

Uthegental, der verlangte, daß um ihn her alles wohlkontrolliert war, fand den Ort abstoßend. Außerdem mußte er feststellen, daß diese älteste und ehrwürdige Stadt der Svirfnebli verlassen war.

☆ ☆ ☆

Belwar Dissengulp starrte vom Rand der tiefen Kammer weit im Westen von Blingdenstone hinunter und fragte sich, ob er recht daran getan hatte, König Schnicktick zu überreden, die Gnomenstadt zu räumen. Der höchstgeehrte Höhlenvater hatte argumentiert, daß die Drow, nachdem die Magie wieder zurückgekehrt war, mit Sicherheit gegen Mithril-Halle ziehen würden und der Weg dorthin führte, wie Belwar wußte, gefährlich dicht an Blingdenstone vorbei.

Obgleich er kaum Schwierigkeiten gehabt hatte, seine Leute davon zu überzeugen, daß die Dunkelelfen marschieren würden, war der Gedanke, Blingdenstone zu verlassen, einfach ihre Sachen zu packen und aus ihrem uralten Zuhause fortzugehen, schlecht angekommen. Seit über zweitausend Jahren hatten die Gnomen im düsteren Schatten von Menzoberranzan gelebt, und mehr als einmal hatten sie geglaubt, daß die Drow sie ernsthaft mit Krieg überziehen würden.

Dieses Mal war es anders, dessen war sich Belwar sicher, und das hatte er ihnen auch gesagt. Seine Rede war voller Leidenschaft gewesen, und es hatte das Gewicht seiner Beziehung zu dem abtrünnigen Drow aus jener schrecklichen Stadt darin mitgeschwungen. Dennoch war Belwar weit davon entfernt gewesen, Schnicktick und die anderen zu überzeugen, bis sich Berater Firble auf die Seite des Höhlenvaters geschlagen hatte.

Es sei diesmal wirklich anders, hatte Firble ihnen ernst mitgeteilt. Dieses Mal würde sich ganz Menzoberranzan zusammenschließen, und ein Angriff wäre nicht nur das ehrgeizige Unternehmen eines einzelnen Hauses. Dieses Mal konnten sich die Gnomen und auch alle anderen, die das Unglück hatten, auf dem Weg des Drowzuges zu liegen, nicht auf die Rivalitäten zwischen den einzelnen Häusern verlassen, um sie zu retten. Firble hatte durch Jarlaxle vom Fall des Hauses Oblodra erfahren; ein Erdelementarwesen, das von Priestern der Svirfnebli insgeheim unter Menzoberranzan und in den Klauenspalt geschickt worden war, hatte dies und die vollständige Vernichtung des dritten Hauses bestätigt. Als daher Jarlaxle bei ihrem letzten Treffen andeutete, daß es »nicht klug wäre, Drizzt Do'Urden zu beherbergen«, hatte Firble mit Hilfe seiner Kenntnisse über das Wesen der Drow daraus geschlossen, daß die Dunkelelfen tatsächlich gegen Mithril-Halle ziehen würden, mit einer Streitmacht, die von der Angst vor jener Oberin Mutter zusammengehalten wurde, die das dritte Haus so vollständig zerschmettert hatte.

Und so hatten die Svirfnebli nach dieser düsteren Nachricht Blingdenstone verlassen, und Belwar hatte eine entscheidende Rolle bei ihrer Abreise gespielt. Diese Verantwortung lastete jetzt schwer auf dem Höhlenvater und ließ ihn an der Argumentation zweifeln, die so zutreffend geklungen hatte, als er die Gefahr für unmittelbar bevorstehend hielt. Hier im Westen waren die Tunnel ruhig, und es war keine beunruhigende Ruhe, so als würden feindliche Dunkelelfen von Schatten zu Schatten huschen. Die Tunnel ruhten in friedlicher Stille; der Krieg, den Belwar vorausgesehen hatte, schien tausend Meilen oder tausend Jahre entfernt zu sein.

Das Gefühl hatten auch die anderen Gnomen, und Belwar hatte mehr als eine Beschwerde darüber mit angehört, daß die Entscheidung, Blingdenstone zu verlassen, im besten Fall töricht gewesen sei.

Erst als die letzten Svirfnebli die Stadt verlassen hatten und die lange Karawane ihren Marsch nach Westen begonnen hatte, war Belwar die schwerwiegende Bedeutung der Abreise, die emotionale Bürde, die sie darstellte, klargeworden. Indem sie die Stadt verließen, gestanden die Gnomen sich selbst ein, daß sie den Drow nicht gewachsen waren, daß sie sich selbst oder ihr Heim nicht gegen die Dunkelelfen verteidigen konnten. Mehr als nur ein paar Svirfnebli machte dieser Gedanke krank, und Belwar war vielleicht am schlimmsten von allen dran. Die Illusion ihrer Sicherheit, der Stärke ihrer Schamanen und sogar ihres Gottes war erschüttert worden, ohne daß ein einziger Tropfen Svirfnebliblut vergossen worden war.

Belwar fühlte sich wie ein Feigling.

Der höchstgeehrte Höhlenvater zog ein wenig Beruhigung aus dem Umstand, daß noch immer Augen in Blingdenstone wachten. Ein befreundetes Elementarwesen, das mit dem Stein verschmolzen war, hatte den Auftrag erhalten, zu warten und zu beobachten und den Priestern der Svirfnebli, die es beschworen hatten, Bericht zu erstatten. Falls die Dunkelelfen die Stadt betraten, wie Belwar es erwartete, würden die Gnomen dies erfahren.

Aber was, wenn sie nicht kamen? Wenn Belwar und Firble unrecht hatten und der Kriegszug nicht stattfand, welchen Verlust hatten die Svirfnebli dann um ihrer Vorsicht willen erlitten?

Konnte irgendeiner von ihnen sich in Blingdenstone jemals wieder sicher fühlen?

☆ ☆ ☆

Oberin Baenre war nicht erfreut, als Uthegental berichtete, die Stadt der Gnomen sei verlassen. So säuerlich ihre Miene jedoch auch war, sie konnte nicht mit der offenen Wut mithalten, die sich auf Berg'inyons Gesicht zeigte. Er kniff die Augen gefährlich zusammen, als er den mächtigen Patron des zweiten Hauses musterte, und Uthegental, der darin eine Herausforderung sah, gab den düsteren Blick mit gleicher Münze zurück.

Baenre kannte die Ursache für Berg'inyons Zorn, und auch sie war nicht erfreut darüber, daß Uthegental es selbst übernommen hatte, Blingdenstone zu betreten. Diese Handlung zeigte deutlich, wie sehr sich Mez'Barris unter Zugzwang sah. Offensichtlich fühlte sie sich angesichts von Oberin Baenres Machtdemonstration gegen Oblodra verwundbar und hatte daher eine große Last auf Uthegentals breite Schultern geladen.

Oberin Baenre war klar, daß Uthegental für den Ruhm von Barrison del'Armgo marschierte, und er marschierte fanatisch mit seiner Streitmacht von über dreihundert Drowkriegern.

Für Berg'inyon war das unerfreulich, denn er war es und nicht Oberin Baenre, der in direkter Konkurrenz zu dem mächtigen Waffenmeister stand.

Oberin Baenre bedachte die Neuigkeiten im Lichte der Miene ihres Sohnes, und im Endeffekt hielt sie Uthegentals Waghalsigkeit für positiv. Die Konkurrenz würde Berg'inyon bis zur Brillanz antreiben. Und wenn er dabei versagen sollte, wenn Uthegental es sein sollte, der Drizzt Do'Urden tötete (denn dies war offenkundig der Preis, den beide erringen wollten), ja selbst wenn Berg'inyon von Uthegentals Hand starb, dann mochte dem eben so sein. Dieser Krieg war wichtiger als das Haus Baenre, wichtiger als alle persönlichen Ziele – abgesehen natürlich von Oberin Baenres eigenen.

Wenn Mithril-Halle erobert werden konnte, was immer dies auch ihren Sohn kosten mochte, dann würde sie sich in der allerhöchsten Gunst der Spinnenkönigin befinden, und ihr Haus würde über den Ränken der anderen stehen, selbst wenn sie alle ihre Kräfte gegen sie vereinen sollten!

»Ihr seid entlassen«, sagte Baenre zu Uthegental. »Kehrt zur Vorhut zurück.«

Der stachelhaarige Waffenmeister lächelte verschlagen und verbeugte sich, ohne dabei auch nur einen Augenblick lang den Blick von Berg'inyon abzuwenden. Dann drehte er sich auf dem Absatz um, fuhr aber sofort wieder herum, als Baenre ihn noch einmal ansprach.

»Und falls Ihr auf die Spuren der fliehenden Svirfnebli stoßen solltet«, sagte Baenre und machte eine Pause, in der sie von Uthegental zu Berg'inyon blickte, »so sendet mir einen Boten, um mich über die Jagd zu informieren.«

Berg'inyons Schultern sackten zusammen, während Uthegentals Grinsen, das seine spitzgefeilten Zähne zeigte, so breit wurde, daß es fast seine Ohren erreichte. Er verbeugte sich noch einmal und eilte davon.

»Die Svirfnebli sind mächtige Gegner«, sagte Baenre beiläufig. »Sie werden ihn und seinen ganzen Trupp töten.« Sie glaubte nicht wirklich an ihre Behauptung, sondern hatte sie nur um Berg'inyons Willen gemacht. Als sie jedoch ihren klugen Sohn anschaute, erkannte sie, daß er ihr nicht auf den Leim gegangen war.

»Und wenn nicht«, sagte Baenre und schaute in die andere Richtung, zu Quenthel, die reglos und anscheinend gelangweilt dastand, und zu Methil, der ohnehin immer ziemlich gelangweilt schien, »so sind die Gnomen kein so großartiger Preis.« Der Blick der Oberin Mutter kehrte wieder zu Berg'inyon zurück. »Wir kennen den Preis, den uns dieser Zug bringen soll«, sagte sie, und ihre Stimme war ein raubtierhaftes Fauchen. Sie machte sich nicht die Mühe zu erwähnen, daß ihr wirkliches Ziel und das Ziel Berg'inyons nicht identisch waren.

Die Wirkung auf den jungen Waffenmeister war eindeutig. Er nahm sofort wieder straffe Haltung an und ritt auf seiner Echse davon, sobald ein Handsignal seiner Mutter ihn entließ.

Baenre wandte sich Quenthel zu. *Sorgt dafür, daß unter Uthegentals Soldaten Spione sind,* signalisierten ihre Finger lautlos. Baenre hielt einen Augenblick inne, um über den wilden Waffenmeister nachzudenken und zu ergründen, was er wohl tun würde, wenn er solche Spione entdeckte. *Männer,* fügte sie daher noch hinzu, und Quenthel pflichtete ihr bei.

Männer waren entbehrlich.

Als sie alleine auf ihrer Flugscheibe saß, die inmitten der Armee schwebte, wandte Oberin Baenre ihre Gedanken wichtigeren Themen zu. Die Rivalität zwischen Berg'inyon und Uthegental war nur von geringer Bedeutung, ebenso wie Uthegentals offensichtliche Mißachtung der Disziplin. Beunruhigender war schon die Abwesenheit der Svirfnebli. Konnte es sein, daß die verschlagenen Gnomen einen Überfall auf Menzoberranzan planten, während Baenre und ihre Streitmacht sich von der Stadt entfernten?

Es war ein alberner Gedanke, den die Oberin schnell wieder verwarf. Über die Hälfte der Dunkelelfen war in Menzoberranzan unter den wachsamen Augen von Mez'Barris Armgo, Triel und Gromph zurückgeblieben. Falls die Gnomen angriffen, würden sie vollständig vernichtet werden und somit nur den Ruhm der Spinnenkönigin mehren.

Aber noch während sie über diese Verteidiger der Stadt nachdachte, nagte der Gedanke an eine Verschwörung gegen sie an den Rändern von Baenres Bewußtsein.

Triel ist loyal, und sie hat die größte Macht, tauchte in ihrem Geist eine telepathische Versicherung von Methil auf, der nicht weit entfernt war und jeden von Baenres Gedanken las.

Baenre zog daraus eine gewisse Beruhigung. Bevor sie Menzoberranzan verlassen hatte, hatte sie Methil beauftragt, nach den Reaktionen ihrer Tochter auf ihre Pläne zu forschen, und der Illithide war mit einem vollständig positiven Bericht zurückgekommen. Triel war nicht sonderlich erfreut über die Entscheidung ihrer Mutter, nach Mithril-Halle zu gehen. Sie fürchtete, daß die Oberin ihre Grenzen überschreiten könnte, war aber nach der Vernichtung von Haus Oblodra – wie wahrscheinlich auch alle anderen – davon überzeugt, daß dieser Krieg die Billigung Lloths besaß. Daher würde Triel während der Abwesenheit ihrer Mutter keinen Putsch versuchen, um die Kontrolle des Hauses Baenre an sich zu reißen.

Baenre entspannte sich. Alles ging ganz nach Plan; es war nicht wichtig, daß die feigen Gnomen geflohen waren.

Es ging sogar noch besser als nach Plan, stellte sie schließlich fest, denn die Rivalität zwischen Uthegental und Berg'inyon würde für viel Unterhaltung sorgen. Die Möglichkeiten waren verlockend. Falls Uthegental Drizzt tötete und dabei auch noch Berg'inyon umbringen sollte, würde Oberin Baenre den stachelhaarigen Wilden vielleicht in das Haus Baenre zwingen, damit er als ihr eigener Waffenmeister diente. Mez'Barris würde es nicht wagen zu protestieren – nicht, nachdem Mithril-Halle erobert war.

Schwierige Verbündete

»In diesem Augenblick spricht Regweld, der uns anführen wird, bei Bruenor, dem König«, sagte ein Reiter, ein Ritter, der eine äußerst ungewöhnliche Panzerung trug. Es gab keine einzige glatte Stelle an der Rüstung; sie war geriffelt und gewölbt, und in verschiedenen Winkeln stand Gitterwerk ab. Das eigentliche Ziel des Panzers war, Schläge abzulenken, und nicht, sie aufzuhalten.

Die fünfzig Kameraden des Mannes – wahrlich eine seltsam anzusehende Truppe – waren auf gleiche Weise ausgestattet, was sich leicht erklären ließ, wenn man ihren ungewöhnlichen Wimpel betrachtete. Auf ihm war ein Strichmännchen dargestellt, dessen Haare nach allen Seiten abstanden und das die Arme nach oben gestreckt hatte. Das Männchen stand oben auf einem Haus und schleuderte Blitze in den Himmel (oder vielleicht fing es auch Blitze auf, die aus den Wolken zu ihm herabzuckten – das konnte man nicht genau erkennen). Es handelte sich um das Banner von Langsattel, und diese Männer waren die Langreiter, die Soldaten von Langsattel, eine fähige, wenn auch exzentrische Truppe. Sie waren an einem kalten und düsteren Tag in Siedelstein angekommen, nur kurze Zeit, bevor die ersten Schneeflocken gefallen waren.

»Regweld wird *euch* anführen«, antwortete ein anderer Ritter, ein großer Mann, der selbstsicher im Sattel saß und die Narben vieler Schlachten trug. Er war auf gewöhnlichere Weise gepanzert, wie auch seine vierzig Begleiter, die unter dem Pferd-und-Speer-Banner von Nesme ritten, der stolzen Grenzstadt am Rande der gefürchteten Trollmoore. »Aber nicht *uns*. Wir sind die Reiter von Nesme, die niemandem folgen als uns selbst!«

»Nur weil ihr als erste hier wart, heißt das nicht, daß ihr die Regeln bestimmen dürft!« plärrte der Langreiter.

»Laßt uns nicht unser Ziel vergessen«, griff ein dritter Reiter ein, der zusammen mit zwei Begleitern herantrabte, um die Neuankömmlinge zu begrüßen. Als er näher kam, erkannten die anderen an seinen kantigen Zügen, dem schimmernden, goldenen Haar und den Augen von der gleichen Färbung, daß es sich um einen Elfen handelte, auch wenn er groß für seine Rasse war. »Ich bin Besnell von Silbrigmond, und ich bin mit hundert Soldaten von der Herrin Alustriel gesandt worden. Wir alle werden unsere Plätze finden, wenn die Schlacht beginnt, doch wenn es einen Anführer unter uns geben muß, so sollte ich dies sein, der ich im Auftrage von Alustriel spreche.«

Der Mann aus Nesme und der Mann aus Langsattel sahen sich hilflos an. Die Städte beider Truppen, insbesondere Nesme, standen eindeutig im Schatten von Silbrigmond, und ihre Herrscher würden Alustriels Autorität nicht in Frage stellen.

»Aber ihr seid nicht in Silbrigmond«, polterte nun Berkthgar, der im Schatten eines nahe gelegenen Torweges gestanden und dem Streit gelauscht hatte, beinahe in der Hoffnung, daß er sich zu etwas steigern würde, das mehr Spaß brachte als nur ein Wortgefecht. »Ihr seid hier in Siedelstein, wo Berkthgar herrscht, und in Siedelstein werdet ihr von Berkthgar angeführt!«

Alle wurden plötzlich ganz aufmerksam, insbesondere die beiden Soldaten aus Silbrigmond, die Besnell flankierten. Der Elfenkrieger saß einen Moment lang ruhig da und musterte den Barbaren, während dieser, das riesige Schwert auf dem Rücken, gemessenen Schrittes näher kam. Besnell war nicht übermäßig stolz, und schon sein Rang in der Abordnung aus Silbrigmond bewies, daß er sich von Stolz niemals seine Urteilskraft trüben ließ.

»Gut gesprochen, Berkthgar der Tapfere«, erwiderte er höflich. »Und wahr gesprochen.« Er wandte sich den anderen beiden berittenen Anführern zu. »Wir sind aus Silbrigmond gekommen und Ihr aus Nesme und Ihr aus Langsattel, um Berkthgars Sache zu dienen und der Sache von Bruenor Heldenhammer.«

»Wir sind auf Bruenors Ruf gekommen«, knurrte der Langreiter, »nicht auf Berkthgars.«

»Würdest du dein Pferd denn gern in die dunklen Tunnel unter Mithril-Halle bringen?« fragte Besnell, der von Besprechungen mit Berkthgar und Catti-brie wußte, daß die Zwerge sich der unterirdischen Bedrohung annehmen würden, während die Reiter sich mit den Kriegern von Siedelstein vereinen sollten, um die offenliegende Umgebung zu sichern.

»Sein Pferd und er könnten schneller unter die Erde gelangen, als er sich vorstellen mag«, warf Berkthgar ein; eine offene Drohung, die dem Langreiter durchaus nicht behagte.

»Genug davon«, mischte sich Besnell schnell ein. »Wir sind alle als Verbündete hierhergekommen, und Verbündete sollen wir auch sein, vereint im Kampf für eine gemeinsame Sache.«

»Vereint durch Angst«, erwiderte der Soldat aus Nesme. »Wir in Nesme haben bereits früher einmal Bruenors …« Er brach ab, blickte in die Gesichter der anderen Anführer und dann hilfesuchend zu seinen eigenen, grimmigen Männern, während er nach den richtigen Worten suchte. »Wir haben König Bruenors dunkelhäutigen Freund getroffen«, sagte er schließlich, und sein Tonfall war eindeutig spöttisch. »Was kann denn schon Gutes dabei herauskommen, wenn man sich mit Drow einläßt?«

Die Worte hatten kaum erst seinen Mund verlassen, als Berkthgar auch schon über ihm war, ihn bei einer Platte seiner

Rüstung packte und tief zu sich herabzog, so daß er direkt in das grimmige Antlitz des Barbaren schauen mußte. Die anderen Soldaten aus Nesme hatten zu ihren Waffen gegriffen, aber das hatten auch Berkthgars Leute getan, die aus allen Steinhäusern und hinter jeder Ecke hervorkamen.

Besnell stöhnte, und die Langreiter, jeder einzelne von ihnen, schüttelten bestürzt den Kopf.

»Wenn du jemals wieder schlecht von Drizzt Do'Urden sprechen solltest«, knurrte Berkthgar, ohne sich um die Schwerter und Speere zu kümmern, die um ihn her gezückt worden waren, »wirst du mich vor eine interessante Entscheidung stellen. Soll ich dich in zwei Teile schneiden und dich tot hier liegenlassen, oder soll ich dich besser zu Drizzt bringen, damit er selbst die Ehre hat, dir den Kopf abzuschlagen?«

Besnell ließ sein Pferd an den Barbaren herantreten und nutzte das Gewicht des Tieres, um Berkthgar von dem benommenen Soldaten aus Nesme wegzuschieben.

»Drizzt Do'Urden würde den Mann nicht wegen seiner Worte töten«, sagte Besnell mit voller Überzeugung, denn er hatte Drizzt während dessen Besuchen in Silbrigmond häufig getroffen.

Berkthgar wußte, daß der Elf recht hatte, und so gab er nach und trat ein paar Schritte zurück.

»Bruenor schon«, konnte sich Berkthgar allerdings nicht verkneifen.

»Sehr richtig«, sagte Besnell. »Und auch viele andere würden zur Verteidigung des Dunkelelfen zu den Waffen greifen. Aber wie ich bereits gesagt habe: genug hiervon. Alle zusammen sind wir hundertneunzig Kavalleriesoldaten, die gekommen sind, um der Sache zu helfen.« Er blickte sich um, während er sprach, und sah größer und imposanter aus, als es seiner Elfengestalt nach normalerweise hätte möglich sein dürfen. »Hundertneunzig Mann, die gekommen sind, um sich mit Berkthgar und seinen stolzen Kriegern zu vereinen. Nur selten haben sich vier solche Gruppen als Verbündete zusammengefunden. Die Langreiter, die Reiter aus Nesme, die Ritter in Silber und die Krieger von Siedelstein, alle vereint für dieselbe Sache. Falls der Krieg kommt – und wenn ich mir die Verbündeten anschaue, die ich heute entdeckt habe, so hoffe ich, daß er kommt –, dann wird man unsere Taten überall in den Reichen rühmen! Und die Armee der Drow möge sich in acht nehmen!«

Es war ihm gelungen, den Stolz aller Anwesenden anzusprechen, und so stimmten sie gemeinsam in den Jubel ein, und die Spannung wich von ihnen. Besnell lächelte und nickte, als die Rufe immer weitergingen, aber ihm war klar, daß die Dinge nicht so solide und freundschaftlich aussahen, wie sie sollten. Langsattel hatte fünfzig Soldaten und eine Handvoll Zauberer entsandt, ein sehr großes Opfer einer Stadt, die eigentlich nicht viel von Bruenors Wohlergehen hatte. Die Harpells orientierten sich bei Handel und Allianzen mehr nach Westen, nach Tiefwasser, als nach Osten, und dennoch waren sie auf Bruenors Ruf hin gekommen und hatten sogar die Tochter ihres Anführers mitgebracht.

Silbrigmond hatte sich ebenso verpflichtet gefühlt, zum einen aus Freundschaft zu Bruenor und Drizzt, aber auch, weil Alustriel klug genug war zu erkennen, daß die ganze Welt darunter leiden würde, wenn die Armee der Drow an die Oberfläche marschierte. Alustriel hatte hundert Ritter zu Berkthgar abgestellt, während ebenso viele unabhängig davon die östlichen Vorberge unterhalb von Mithril-Halle durchstreiften und die abgelegeneren Pfade bewachten, die um den Vierten Gipfel herum zum Tal der Hüter im Westen führten. Zusammen waren es zweihundert berittene Krieger, volle zwei Fünftel der berühmten Ritter in Silber, eine große Abordnung und ein großes Opfer, insbesondere jetzt, da die ersten Winterstürme drohten.

Nesmes Opfer war geringer, wie Besnell erkannte, und

wahrscheinlich würde dies auch auf die Verbindlichkeit seiner Reiter zutreffen. Nesme war die Stadt, die mit Ausnahme von Siedelstein natürlich am meisten zu verlieren hatte, und dennoch hatte sie kaum ein Zehntel ihrer kampferfahrenen Garnison entsandt. Die gespannten Beziehungen zwischen Mithril-Halle und Nesme waren kein Geheimnis, eine schwelende Fehde, die begonnen hatte, noch bevor Bruenor sein Heimatland wiedergefunden hatte. Als der Zwerg und seine Gefährten in der Nähe von Nesme vorbeigekommen waren, hatten sie mehrere Reiter vor einem Angriff von Sumpfkerlen gerettet, nur um zu erleben, daß sich die Leute aus Nesme nach dem Ende der Schlacht gegen sie wendeten. Aufgrund der Farbe von Drizzts Haut und seiner Herkunft war Bruenors Gruppe fortgewiesen worden, und obgleich der Zorn des Zwerges später ein wenig dadurch gemildert worden war, daß Soldaten aus Nesme bei der Wiedereroberung von Mithril-Halle halfen, waren die Beziehungen gespannt geblieben.

Dieses Mal waren die erwarteten Gegner Dunkelelfen, und zweifellos hatte dieser Umstand allein die wachsamen Männer aus Nesme an ihr Mißtrauen gegen Bruenors engsten Freund erinnert. Aber zumindest waren sie gekommen, und vierzig waren besser als gar keine. Besnell hatte offen Berkthgar zum Anführer der vier Gruppen erklärt, und so würde es auch sein (obgleich im Kampf jede Abteilung wahrscheinlich wieder auf ihre eigenen Taktiken zurückgreifen würde, die sich hoffentlich gegenseitig ergänzten), aber der Elf sah auch für sich eine Rolle, weniger sichtbar, aber nicht unwichtiger. Er würde der Streitschlichter sein; er würde dafür sorgen, daß die unterschiedlichen Gruppen nicht aus der Reihe tanzten, sondern zusammenarbeiteten.

Er wußte, daß seine Aufgabe viel einfacher werden würde, wenn die Dunkelelfen kamen, denn angesichts des tödlichen Feindes würden kleinliche Streitigkeiten schnell vergessen sein.

Belwar wußte nicht, ob er Erleichterung oder Furcht verspüren sollte, als sein Elementarwesen-Spion die Nachricht schickte, daß die Drow, oder zumindest ein einzelner Drow, in der Tat in Blingdenstone eingedrungen waren und daß eine Drowarmee an der verlassenen Stadt vorbeimarschiert war, um die Tunnel zu betreten, die nach Osten und nach Mithril-Halle führten.

Der höchstgeehrte Höhlenvater saß wieder auf seinem mittlerweile vertrauten Spähposten und starrte zu den leeren Tunneln hinüber. Er dachte an Drizzt, einen lieben Freund, und an den Ort, den der Dunkelelf jetzt Heimat nannte. Drizzt hatte Belwar von Mithril-Halle erzählt, als er vor einigen Monaten auf dem Weg nach Menzoberranzan durch Blingdenstone gekommen war. Wie glücklich Drizzt gewesen war, als er von seinen Freunden gesprochen hatte, diesem Zwerg namens Bruenor und der Menschenfrau Catti-brie, die auf Drizzts Fersen nach Blingdenstone gekommen war und laut späteren Berichten dem Dunkelelfen bei seiner wilden Flucht aus der Stadt der Drow geholfen hatte.

Belwar wußte, daß genau diese Flucht der Anlaß für den Kriegszug war, und dennoch freute sich der Gnom darüber, daß sein Freund den Klauen Oberin Baenres entkommen war. Jetzt war Drizzt zu Hause, aber die Dunkelelfen würden ihn finden.

Belwar erinnerte sich an die ehrliche Trauer in Drizzts lavendelfarbenen Augen, als der Drow von dem Verlust eines seiner Freunde von der Oberfläche berichtet hatte. Was für Tränen würde Drizzt wohl bald vergießen, da eine ganze Armee der Drow auf dem Weg war, seine neue Heimat zu vernichten?

»Wir müssen Entscheidungen treffen«, erklang eine Stimme hinter dem massigen Gnomen. Belwar schlug seine Mithril-»Hände« zusammen, hauptsächlich, um seine Gedanken zu klären, und wandte sich zu Firble um.

Eines der guten Dinge, die sich aus all dieser Verwirrung ergeben hatten, war die wachsende Freundschaft zwischen Firble und Belwar. Als zwei der älteren Svirfnebli von Blingdenstone hatten sie einander schon sehr lange gekannt oder zumindest voneinander gewußt, aber erst, als sich Belwars Augen (durch seine Freundschaft zu Drizzt) der Welt außerhalb der Gnomen zugewandt hatten, war Firble wirklich in sein Leben getreten. Zunächst schien es, daß die beiden überhaupt nicht zusammenpaßten, aber sie hatten jeweils Stärke aus dem gezogen, was der andere bot, und es war ein Band zwischen ihnen entstanden – obgleich keiner von ihnen es bislang offen zugegeben hatte.

»Entscheidungen?«

»Die Drow sind vorbeigezogen«, sagte Firble.

»Und werden wahrscheinlich zurückkommen.«

Firble nickte. »Das liegt auf der Hand«, stimmte er zu. »König Schnicktick muß entscheiden, ob wir nach Blingdenstone zurückkehren.«

Der Gedanke traf Belwar wie ein Schlag mit einem nassen, kalten Handtuch. Nach Blingdenstone zurückkehren? Natürlich würden sie in ihre Heimat zurückkehren! schrie er in Gedanken auf. Jede andere Möglichkeit war zu absurd, um auch nur darüber nachzudenken. Aber als er sich beruhigte und Firbles grimmige Miene betrachtete, begann Belwar, die ganze Wahrheit zu erkennen. Die Drow würden zurückkehren, und wenn es ihnen gelungen war, an der Oberfläche oder unterirdisch Eroberungen zu machen, würde höchstwahrscheinlich eine offene Route zwischen Menzoberranzan und jenem fern gelegenen Ort die Folge sein, eine Route, die allzu nahe an Blingdenstone vorbeilief.

»Es gibt Stimmen, auch einflußreiche Stimmen, die dafür sprechen, daß wir weiter nach Westen gehen und eine neue Höhle suchen sollen, ein neues Blingdenstone«, sagte Firble. Sein Tonfall verriet, daß der kleine Berater von dieser Aussicht überhaupt nicht begeistert war.

»Niemals«, erwiderte Belwar, aber ohne rechte Überzeugung.

»König Schnicktick wird dich nach deiner Meinung in dieser höchst wichtigen Angelegenheit befragen«, sagte Firble. »Denke gut darüber nach, Belwar Dissengulp. Unser aller Leben mag an deiner Antwort hängen.«

Schweigen trat ein. Dann nickte Firble kurz und wandte sich zum Gehen.

»Was sagt Firble?« fragte Belwar, bevor er davoneilen konnte.

Der Berater wandte sich langsam und entschlossen um und blickte Belwar direkt in die Augen. »Firble sagt, daß es nur ein einziges Blingdenstone gibt«, verkündete er mit mehr Bestimmtheit, als Belwar jemals von ihm gehört oder erwartet hatte. »Es zu verlassen, wenn die Drow vorbeikommen, ist eine Sache, eine gute Sache. Draußen zu bleiben ist nicht so gut.«

»Für manche Dinge lohnt es sich zu kämpfen«, fügte Belwar hinzu.

»Und dafür zu sterben?« Ohne auf Antwort zu warten, wandte sich der Berater ab und ging davon.

Belwar blieb mit seinen Gedanken an seine Heimat und an seinen Freund allein zurück.

Improvisationen

Catti-brie wußte es, sobald sie das Gesicht des Zwergenkuriers sah, auf dem sich eine Mischung aus Eifer und Kampflust zeigte. Sie wußte es, und so rannte sie dem Boten voraus, die gewundenen Wege von Mithril-Halle hinab und durch die Unterstadt, die jetzt fast verlassen schien und deren Essen nur noch mit kleiner Flamme brannten. Viele Augen folgten ihr, nahmen ihre Eile wahr und erkannten, was sie antrieb. Sie wußte es, und so wußten es alle.

Die Dunkelelfen waren da.

Die Zwerge, die das massive Tor bewachten, das aus der eigentlichen Mithril-Halle hinausführte, nickten der jungen Frau zu, als sie an ihnen vorbeikam. »Fall nicht auf die Nase, mein Mädchen!« rief ihr einer hinterher, und das brachte, obgleich sie fürchterliche Angst hatte, obgleich es so aussah, als sei ihr schlimmster Alptraum wahr geworden, ein Lächeln auf ihre Lippen.

Sie fand Bruenor, mit Regis an seiner Seite, in einer großen Höhle. Es war dieselbe Kammer, in welcher die Zwerge vor nicht allzulanger Zeit einen Goblinstamm besiegt hatten. Jetzt war der Platz zum Kommandoposten des Zwergenkönigs gemacht worden, dem Hirn für die Verteidigung der äußeren und tiefer gelegenen Tunnel. Fast alle Tunnel, die aus der Wildnis des Unterreiches hierherführten, waren mit Fallen versehen oder ganz zum Einsturz gebracht worden, oder sie wurden jetzt schwer bewacht, so daß die Höhle so sicher war, wie sie es außerhalb von Mithril-Halle nur sein konnte.

»Drizzt?« fragte Catti-brie.

Bruenor blickte quer durch die Höhle zu einem großen Tunnel, der in die tieferen Regionen führte. »Dort draußen«, sagte er, »mit der Katze.«

Catti-brie sah sich um. Die Vorbereitungen waren abgeschlossen; alles war so gut an seinen Ort gebracht worden, wie es die Zeit nur erlaubt hatte. Nicht weit entfernt knieten Stumpet Reißklaue und ihre Mit-Geistlichen auf dem Boden, wo sie Dutzende von kleinen Zaubertrankfläschchen aufreihten und Verbände, Decken und Kräutersalben für die Verwundeten vorbereiteten. Catti-brie zuckte zusammen, denn sie wußte, daß all diese Verbände und noch viel mehr von ihnen verbraucht werden würden, bevor diese Sache vorüber war.

Neben den Geistlichen waren drei der Harpells – Harkle, Bidderdoo und Bella don DelRoy – über einen kleinen, runden Tisch gebeugt, der mit Dutzenden von Karten und anderen Pergamenten bedeckt war.

Bella blickte auf und winkte Bruenor heran, der sofort zu ihr eilte.

»Sollen wir hier herumsitzen und warten?« fragte Catti-brie Regis.

»Für den Moment schon«, antwortete der Halbling. »Aber in Kürze werden Bruenor und ich zusammen mit einem der Harpells eine Gruppe hinausführen, um uns mit Drizzt und Pwent in Tunults Kaverne zu treffen. Ich bin sicher, daß Bruenor möchte, daß du uns begleitest.«

»Er soll bloß mal versuchen, mich davon abzuhalten«, murmelte Catti-brie. Sie dachte über den Treffpunkt nach. Tunults Kaverne war die größte Höhle außerhalb von Mithril-Halle, und wenn sie Drizzt dort treffen sollten und nicht an irgendeinem abgelegeneren Platz – und falls die Dunkelelfen wirklich schon in den Tunneln nahe bei Mithril-Halle waren –, dann war eine Schlacht nicht mehr fern. Catti-brie holte tief Luft und griff zu Taulmaril, ihrem magischen Bogen. Sie prüfte seinen Zug und schaute dann nach, ob ihr Köcher gefüllt war, obgleich dessen Verzauberung dafür sorgte, daß er immer voll war.

Wir sind bereit, tauchte ein Gedanke in ihrem Kopf auf, der von Khazid'hea kam. Catti-brie zog ein gut Teil Beruhigung aus ihrem neuesten Gefährten. Sie vertraute dem Schwert jetzt. Sie wußte, daß die Waffe und sie auf gleiche Art dachten. Und es stimmte, sie war tatsächlich bereit; sie alle waren es.

Und dennoch pochte das Herz der jungen Frau ein wenig schneller, als Bruenor und Bidderdoo sich von den anderen

Harpells lösten und der Zwerg seine persönliche Eskorte sowie Regis und Catti-brie zu sich winkte.

☆ ☆ ☆

Die Knochenbrecher-Brigade polterte durcheinander, prallte von den Wänden und voneinander ab. Drow in den Tunneln! Sie hatten Drow in den Tunneln entdeckt, und jetzt brauchten sie einen Fang – tot oder lebendig.

Für die wenigen Dunkelelfen, die in der Tat dicht bei Mithril-Halle waren und die eigentlich nur Späher waren, war der Donner, den Pwents Anlernlinge machten, ohrenbetäubend. Die Drow waren eine leise Rasse, so leise wie das Unterreich selbst, und der Lärm der Oberflächenzwerge ließ sie annehmen, daß da tausend wilde Krieger auf sie zustürmten. Also zogen sich die Dunkelelfen zurück, ließen ihre Linie ganz dünn werden, wobei die wichtigeren Frauen die Führung beim Rückzug übernahmen, während die Männer gezwungen waren, die Front zu halten und den Feind abzufangen.

Der erste Kontakt fand in einem schmalen, aber hohen Tunnel statt. Die Knochenbrecher kamen schnell von Osten heran, und drei Drow, die zwischen den Stalaktiten schwebten, feuerten ihre Armbrüste ab. Die giftgetränkten Pfeile trafen Pwent und die beiden anderen Zwerge, die neben ihm in der ersten Reihe waren.

»Was!« brüllten der Schlachtenwüter und seine beiden Begleiter, als sie das plötzliche Stechen spürten. Pwent, der immer klug und vorausschauend war, blickte sich um, und dann fielen er und die anderen beiden zu Boden.

Mit einem Schrei der Überraschung machten die anderen Knochenbrecher kehrt und flohen, ohne auch nur daran zu denken, ihre gefallenen Kameraden zu bergen.

Tötet zwei. Bringt einen zum Verhör mit zurück, signalisierte der wichtigste der drei Dunkelelfen, während er und seine beiden Begleiter zum Boden hinabschwebten.

Sie setzten leichtfüßig auf und zogen feingearbeitete Schwerter.

Die drei Schlachtenwüter rappelten sich auf und stemmten sich mit wilder Hast vom Boden. Kein Gift, nicht einmal das berühmte Schlafgift der Drow, konnte das höllische Gebräu durchdringen, das diese Gruppe zu sich genommen hatte. »Knochenbrecher« war nicht nur der Name der Brigade, sondern auch der eines Getränks, und wenn ein Zwerg dieses Gesöff überleben konnte, brauchte er sich für geraume Zeit keine Sorgen mehr darüber zu machen, vergiftet zu werden (oder zu frieren).

Pwent, der am nächsten an den Dunkelelfen war, senkte den Kopf mit dem langen Helmstachel und durchbohrte einem der Elfen die Brust, wobei er brutal und mit Leichtigkeit durch das feine Kettenhemd des Drowpanzers drang.

Dem zweiten Drow gelang es, den Ansturm des nächsten Schlachtenwüters abzulenken, indem er den Helmstachel mit beiden Schwertern zur Seite wendete. Aber ein Panzerhandschuh, dessen Knöchel teuflischerweise mit Widerhaken versehen waren, erwischte ihn unter dem Kinn und riß ein klaffendes Loch in seine Kehle. Während er um Atem rang, gelang es dem Drow, zwei häßliche Treffer am Rücken seines Gegners zu landen, aber diese beiden Schnitte bedeuteten bei der rasenden Wut des wildäugigen Zwerges nur wenig.

Nur der dritte Drow überlebte den ersten Angriff. Er sprang hoch in die Luft, beschwor erneut seinen Schwebezauber und kam dadurch gerade noch rechtzeitig über den Ansturm des verbliebenen Zwerges hinweg – hauptsächlich, weil der Zwerg auf dem Blut von Thibbledorf Pwents schnellem Sieg ausgerutscht war.

Der Drow schwebte schnell nach oben und verschwand zwischen den Stalaktiten.

Pwent richtete sich auf und schüttelte den toten Drow ab. »Da lang!« brüllte er und deutete geradeaus. »Findet eine

Stelle, wo die Decke frei ist, und richtet einen Beobachtungsposten ein! Wir dürfen ihn nicht entkommen lassen!«

Von Osten her kam der Rest der Knochenbrecher-Brigade johlend und rufend um eine Biegung, und ihre Panzerungen klapperten, während die vielen Riffeln und Spitzen auf jeder Rüstung kratzten und schabten wie Fingernägel auf einer Schiefertafel.

»Schaut nach oben!« bellte Pwent und deutete zur Decke hinauf, und die Zwerge blickten alle eifrig hin.

Einer kreischte auf, als er einen Armbrustbolzen direkt ins Gesicht bekam, aber der Schmerzensschrei wurde zu einem Freudenruf, denn nun brauchten sie nur den Winkel zurückzuverfolgen, um den schwebenden Drow zu sehen. Sofort hüllte eine Kugel der Dunkelheit diesen Bereich der Decke ein, aber die Zwerge wußten nun, wo sie ihren Gegner finden konnten.

»Lasso!« bellte Pwent, und ein anderer Zwerg löste ein Seil von seinem Gürtel und eilte zu dem Schlachtenwüter. Das Ende des Seils bestand aus einer Schlinge Gleitknoten, und der Zwerg, der Pwents Vorhaben mißverstanden hatte, ließ das Lasso über seinem Kopf kreisen, während er das verdunkelte Gebiet beobachtete und versuchte, eine Stelle zu finden, nach der er zielen konnte.

Pwent packte ihn am Handgelenk, so daß das Seil zu Boden fiel. »Schlachtenwüter-Lasso«, erklärte Pwent.

Andere Zwerge kamen heran; sie alle wußten nicht, was ihr Anführer im Sinn hatte. Aber dann breitete sich auf ihren Gesichtern ein Lächeln aus, als Pwent die Schlinge um seinen eigenen Fuß legte, sie um den Knöchel festzog und die anderen informierte, daß es mehr als nur einen von ihnen brauchen würde, diesen Drowfänger in die Luft zu bekommen.

Alle Zwerge griffen eifrig nach dem Seil und begannen, wild daran zu zerren, was nur dazu führte, daß sie Pwent von den Füßen rissen. Nachdem die Flüche ihres wütenden Kommandeurs die Truppe ein wenig zur Besinnung gebracht hatten, fanden sie allmählich zu einem Rhythmus, und schon bald hüpfte Pwent über den Boden.

Dann hatten sie ihn in der Luft, so daß er wild im Kreise herumflog. Aber sie gaben dem Seil zuviel Spiel, und Pwent schrammte heftig über eine der Tunnelwände, so daß sein Helmstachel eine leuchtende Funkenspur erzeugte.

Immerhin lernte die Gruppe schnell – wenn man bedachte, daß sie Zwerge waren, die ihre Tage damit verbrachten, mit dem Kopf gegen stahlverstärkte Türen anzurennen –, und in kurzer Zeit hatten sie das Gleichgewicht zwischen Drehung und der Länge des Seils perfekt heraus.

Zwei Drehungen, fünf Drehungen, und der Schlachtenwüter schoß nach oben, um gegen die Stalaktiten zu krachen. Pwent griff nach einem davon, aber der Stalaktit brach ab, und Zwerg und Stein fielen zu Boden.

Pwent schlug hart auf und sprang sofort wieder auf die Beine.

»Ein Versteck weniger für unseren Feind!« brüllte einer der Zwerge, und bevor der benommene Pwent noch protestieren konnte, jubelten die anderen auf, zerrten an dem Seil und wirbelten den Schlachtenwüter schon wieder im Kreis herum.

Er schoß erneut hinauf – mit dem gleichen, schmerzhaften Ergebnis – und dann noch ein drittes und viertes Mal, aber schließlich hatte stetes Bemühen Erfolg, denn der arme Drow, der die Szene nicht hatte sehen können, wagte es endlich, ins Freie zu kommen, und tastete sich vorsichtig nach Westen.

Er spürte das lebende Lasso herannahen und konnte sich gerade noch hinter einem langen, dünnen Stalaktiten verbergen, aber das machte fast keinen Unterschied, denn Pwent riß den Stein einfach mit. Er hatte seine Arme um den Stalaktiten und um den Drow geschlungen, der sich dahinter verbarg, und gemeinsam fielen Zwerg, Stein und Dunkelelf krachend zu Boden. Bevor sich der Drow erholen konnte, war die halbe

Brigade über ihn hergefallen und hatte ihn bewußtlos geprügelt.

Sie brauchten weitere fünf Minuten, um den halbbetäubten Pwent dazu zu bringen, das Opfer loszulassen.

Kurz darauf waren alle, einschließlich Pwent, wieder unterwegs, nachdem sie die Hand- und Fußgelenke des Drow an eine lange Stange gebunden hatten, die von zwei Zwergen auf der Schulter getragen wurde. Sie hatten jedoch noch nicht einmal den Tunnel verlassen, als die Zwerge, die am weitesten westlich waren, jene beiden, die Pwent auf Beobachtungsposten gesandt hatte, »Drow!« riefen, herumwirbelten und in Kampfposition gingen.

Ein einzelner Dunkelelf trabte in den Korridor, und bevor Pwent »Den nicht!« rufen konnte, hatten die beiden Zwerge ihre Köpfe gesenkt und stürmten auf ihn los.

In Sekundenbruchteilen setzte der Dunkelelf nach links, sprang wieder nach rechts zurück und wirbelte einmal vollständig im Kreis, bevor er einen weiten Bogen machte. Die beiden Knochenbrecher stolperten und krachten hart gegen die Wand. Sie erkannten ihre Dummheit, als einen winzigen Moment später der große Panther angesprungen kam und sich zu seinem Drowgefährten gesellte.

Drizzt war schon wieder bei den beiden Zwergen und half ihnen auf die Beine. »Lauft weiter«, flüsterte er, und sie verharrten nach der Warnung lange genug, um das Grollen eines nicht besonders weit entfernt stattfindenden Angriffs zu vernehmen.

Die Knochenbrecher, die den Drow falsch verstanden hatten, grinsten breit und machten sich bereit, ihren eigenen Sturm nach Westen, und damit direkt auf die nahende Armee zu, fortzusetzen, aber Drizzt hielt sie fest.

»Unsere Feinde nahen in großer Zahl«, sagte er. »Ihr werdet euren Kampf bekommen und mehr davon, als ihr euch erhofft, aber nicht hier.«

Als Drizzt die beiden Zwerge und der Panther Pwent eingeholt hatten, war der Lärm der nahenden Armee bereits deutlich vernehmbar.

»Ich dachte, du hättest gesagt, die verdammten Drow würden sich leise bewegen«, bemerkte Pwent, der fast rennen mußte, um mit dem eiligen Waldläufer Schritt zu halten.

»Es sind keine Drow«, erwiderte Drizzt. »Kobolde und Goblins.«

Pwent kam rutschend zum Stehen. »Wir laufen vor stinkenden Kobolden davon?«

»Vor Tausenden von stinkenden Kobolden«, erwiderte Drizzt ruhig, »und vor größeren Monstern, hinter denen wahrscheinlich Tausende von Drow folgen.«

»Oh«, antwortete der Schlachtenwüter, dem plötzlich das Poltern vergangen war.

In den vertrauten Tunneln hatten Drizzt und die Knochenbrecher keine Schwierigkeiten, den Abstand zu der anstürmenden Armee aufrechtzuerhalten. Drizzt machte diesmal keine Umwege, sondern lief direkt nach Osten, an den Tunneln vorbei, die die Zwerge präpariert hatten, um sie zusammenbrechen zu lassen.

»Lauft los«, wies der Drow die Zwerge an, die den Auftrag hatten, die Fallen auszulösen, und die in einer kleinen Gruppe neben Kurbeln standen, mit denen die Seile angezogen werden konnten, die an den Stützbalken der Tunnel befestigt waren. Alle starrten ihn verständnislos an, als sie den überraschenden Befehl erhielten.

»Sie kommen«, meinte einer von ihnen, denn dies war genau der Grund, warum diese Zwerge hier draußen in den Tunneln waren.

»Ihr werdet nur Kobolde erwischen«, informierte sie Drizzt, der die Taktik der Dunkelelfen kannte. »Lauft los und laßt uns sehen, ob wir nicht auch ein paar Drow in die Falle bekommen.«

»Aber es wird doch niemand hier sein, um die Fallen auszulösen!« warfen mehrere Zwerge, darunter auch Pwent, ein.

Drizzts verschlagenes Lächeln war überzeugend, so daß die Zwerge, die bei so vielen Gelegenheiten gelernt hatten, dem Waldläufer zu vertrauen, nur mit den Schultern zuckten und sich den Knochenbrechern anschlossen.

»Wohin laufen wir?« wollte Pwent wissen.

»Noch etwa hundert Manneslängen«, teilte ihm Drizzt mit. »Zu Tunults Kaverne, wo ihr euren Kampf bekommen werdet.«

»Versprechungen, immer nur Versprechungen«, murmelte der wilde Pwent.

Tunults Kaverne, das offenste Gebiet diesseits von Mithril-Halle, war eigentlich eine Gruppe von sieben Höhlen, die durch breite, runde Tunnel miteinander verbunden waren. Der Boden war nirgends eben; einige Höhlen lagen höher als andere, und in mehr als einer verliefen tiefe Risse über den Fußboden.

Hier warteten Bruenor und seine Eskorte zusammen mit fast tausend von Mithril-Halles besten Kämpfern. Der ursprüngliche Plan hatte vorgesehen, daß in Tunults Kaverne ein vorgeschobener Kommandoposten eingerichtet werden sollte, von dem aus Truppen in die übrigen Tunnel gesandt werden sollten, sobald der Ansturm der Drow durch die einstürzenden Höhlendecken zum Stehen gebracht worden wäre.

Drizzt hatte diesen Plan geändert, und er eilte an Bruenors Seite, um sich mit dem Zwergenkönig zu beraten. Auch Bidderdoo Harpell nahm an dem Gespräch teil, und Drizzt war erleichtert, daß der Zauberer hier war.

»Ihr habt die Positionen aufgegeben, von denen aus die Fallen ausgelöst werden sollten!« bellte Bruenor den Waldläufer an, sobald er erfuhr, daß die Tunnel noch intakt waren.

»Nicht ganz«, erwiderte Drizzt voller Selbstvertrauen.

Noch während sein Blick Bruenors Auge auf die östlichen Tunnel lenkte, stürmten die ersten Koboldreihen aus ihnen heraus und brandeten wie Sturzwasser aus einem Dammbruch auf die wartenden Zwerge hernieder. »Ich habe nur das Futter aus dem Weg geräumt.«

Die Schlacht in Tunults Kaverne

Es herrschte sofort vollständige Verwirrung, als die Kobolde zu Dutzenden hereinschwärmten und zähe Zwerge sich zu enggeschlossenen Kampfgruppen zusammenschlossen und auf die Eindringlinge losstürmten. Catti-brie spannte ihren magischen Boden und schoß Pfeil auf Pfeil in Richtung des Haupteinganges ab. Bei jedem Schuß zuckten Blitze auf, wenn der magische Bolzen davonschoß, und jedesmal, wenn einer von einer Wand abprallte, schlugen Funken, und es knisterte laut. Kobolde gingen in ganzen Reihen zu Boden, da ein einziger Pfeil jeweils mehrere von ihnen durchschlug, aber das schien kaum einen Unterschied zu machen, so groß war die eindringende Masse.

Guenhwyvar sprang davon, und Drizzt eilte schnell hinterher. Etwa zwanzig Kobolden war es irgendwie gelungen, sich an den Kämpfen an der Front vorbeizuschlängeln, und sie nahmen direkten Kurs auf Bruenor. Einer von ihnen wurde durch einen Schuß von Catti-brie gefällt; Guenhwyvars mächtiger Sprung wirbelte die anderen durcheinander, und Drizzt, der sich schneller als jemals zuvor bewegte, huschte heran, durchbohrte einen von ihnen, wirbelte herum, machte einen Satz nach links und wehrte mit dem immer leuchtenden Blauen Licht die Parade eines anderen ab. Hätte Blaues Licht eine gerade Klinge besessen, so hätte das kleine Schwert des Kobolds sie weit oben abgeblockt, aber Drizzt kippte die Waffe ab und veränderte den Winkel des Angriffs ein klein wenig. Blaues Licht drehte sich über das Schwert des Kobolds und senkte sich in seine Brust.

Der Drow war bei der ganzen Aktion niemals stehengeblieben, schlitterte jetzt wieder nach rechts zurück und ließ sich auf ein Knie fallen. Blaues Licht zuckte vor und schlug hart gegen die Klinge eines Kobolds, so daß diese gegen die Waffe eines zweiten prallte. Drizzt, der stärker war als beide Kreaturen und über einen besseren Winkel verfügte, zwang ihre Schwerter und damit ihr Verteidigung nach oben. Dann schoß sein zweiter Krummsäbel vor, schlitzte dem einen Kobold den Bauch auf und fuhr dem anderen durch die Beine.

»Der verdammte Drow nimmt einem den ganzen Spaß«, murmelte Bruenor, der losgerannt war, um sich dem Kampf anzuschließen. Durch die fortgesetzten Angriffe von Drizzt, dem Panther und Catti-brie waren nur noch wenige der zwanzig Kobolde auf den Beinen, als er herankam, und diese wenigen waren in hastiger Flucht begriffen.

»Es sind immer noch genug übrig«, sagte Drizzt, als er die säuerliche Miene des Zwergenkönigs bemerkte.

Er hatte die Worte kaum ausgesprochen, als ein silbern leuchtender Pfeil zwischen ihnen durchschoß. Als das Flimmern vor ihren Augen nachgelassen hatte, drehten sie sich um und betrachteten die verkohlten, toten Kobolde, die Catti-bries letzter Schuß dahingerafft hatte.

Dann stand auch sie mit Khazid'hea in der Hand neben ihnen, und Regis war an ihrer Seite und hielt den kleinen Streitkolben, den Bruenor vor langer Zeit für ihn geschmiedet hatte. Catti-brie zuckte mit den Schultern, als ihre Freunde sie wegen ihres Waffenwechsels erstaunt ansahen, und als sie sich umschauten, verstanden sie ihre Taktik. In der gegenwärtigen Situation, in der immer mehr Kobolde hereinströmten und viele Zwerge aus den anderen Höhlen herbeieilten, um dem Angriff zu begegnen, war es viel zu unsicher und nicht vertretbar, weiter den Bogen zu benutzen.

»Und los!« sagte Catti-brie, und ein versonnenes Lächeln blitzte auf ihren schönen Zügen auf.

Drizzt erwiderte den Blick, und Bruenor und sogar Regis hatten ein Funkeln in den Augen. Plötzlich war es wieder wie in alten Zeiten.

Guenhwyvar führte den Sturm an, während Bruenor mächtig darum kämpfen mußte, in der Nähe des Pantherschweifes zu bleiben. Catti-brie und Regis flankierten den Zwerg links und rechts, und Drizzt, der geschwind hin und her schoß, flankierte die gesamte Gruppe, indem er mal nach rechts und dann wieder nach links huschte. Er schien überall da zu sein, wo es zum Kampf kam, und bewegte sich schneller, als man glauben konnte.

☆ ☆ ☆

Bidderdoo Harpell wußte, daß er sich geirrt hatte. Drizzt hatte ihn gebeten, sich zum Tor zu begeben. Dort sollte er warten, bis der erste Drow in der Kaverne auftauchte, und dann einen Feuerball in den Tunnel schleudern, dessen Flammen die Stützseile verbrennen und damit den Fels zum Einsturz bringen sollten.

»Keine schwierige Aufgabe«, hatte Bidderdoo Drizzt versichert, und das hätte es auch nicht sein sollen. Der Zauberer kannte einen Zauber auswendig, der ihn an die richtige Position bringen konnte, und er kannte andere, die ihn verbergen würden, bis der Feuerball geschleudert war. Und so waren denn alle um ihn herum, die sich in den Kampf gestürzt hatten, in der Gewißheit losgestürmt, daß die Fallen ausgelöst, die Tunnel zum Einsturz gebracht und damit die Flut der Feinde gestoppt werden würde.

Etwas ging schief. Bidderdoo hatte damit begonnen, den

Zauber zu wirken, der ihn zum Eingang des Tunnels bringen sollte. Er hatte sogar das außerdimensionale Portal aufgezeichnet, das sich am gewünschten Zielpunkt wieder öffnen würde, aber dann hatte der Zauberer eine Gruppe Kobolde entdeckt und die Kobolde ihn. Das war nicht weiter schwer gewesen, denn Bidderdoo, nicht mit Augen gesegnet, die im infraroten Bereich sehen konnten, trug einen leuchtenden Edelstein. Kobolde waren nicht dumm, jedenfalls nicht, wenn es um den Kampf ging, und sie wußten sofort, mit wem sie es zu tun hatten. Selbst die unerfahrensten Koboldkämpfer verstanden den Wert, den es hatte, einen Zauberer zu erwischen, einen gefährlichen Sprüchebeschwörer zum Nahkampf zu zwingen, so daß er die Hände zum Führen von Waffen benutzen mußte und mit ihnen keine anderen, oft gefährlicheren Dinge schaffen konnte.

Trotzdem hätte Bidderdoo ihrem Ansturm entgehen können. Er hätte durch die Dimensionen schreiten und an seinem gewünschten Zielpunkt ankommen können.

Sieben Jahre lang, bis zur Zeit der Unruhe, hatte Bidderdoo mit den Auswirkungen eines Zaubertrankes leben müssen, der schiefgegangen war. In dieser Zeit hatte er als der Familienhund der Harpells gelebt. Als die Magie verrückt gespielt hatte, war Bidderdoo wieder in seine menschliche Gestalt zurückgekehrt – zumindest lange genug, um die notwendigen Zutaten zu beschaffen, mit denen er den Effekt des fehlgeschlagenen Zaubers beheben konnte. Bald darauf war er wieder zu seinem anderen, flohgeplagten Selbst geworden, aber er hatte vorher seiner Familie die Mittel gegeben, ihn aus seiner Verzauberung zu befreien. Daraufhin war im Efeu-Herrenhaus eine große Debatte ausgebrochen, ob man Bidderdoo »heilen« sollte oder nicht. Es schien, daß viele der Harpells den Hund mittlerweile sehr gerne hatten, viel mehr, als sie Bidderdoo je gemocht hatten.

Bidderdoo hatte sogar einen großen Teil des Weges nach

Mithril–Halle als Blindenhund für Harkle gedient, weil dieser ja keine Augen mehr hatte.

Aber dann hatte sich die Magie wieder beruhigt, und die Diskussion war müßig geworden, da die Verzauberung einfach verschwunden war.

Oder nicht? Bis zu diesem Augenblick, bis er die Kobolde auf sich zukommen sah, hatte Bidderdoo keinen Zweifel an der Dauerhaftigkeit seiner Heilung gehegt. Aber nun zog sich seine Oberlippe zu einem Zähnefletschen zurück; er spürte, wie sich seine Nackenhaare aufrichteten und sein Schwanzknochen fest wurde – wenn er noch einen Schweif besessen hätte, wäre der jetzt gerade nach hinten ausgestreckt gewesen!

Er kauerte sich sprungbereit zusammen und bemerkte erst dann, daß er keine Pfoten, sondern nur Hände besaß, Hände, in denen sich keine Waffen befanden. Er stöhnte auf, denn die Kobolde waren nur noch zehn Fuß entfernt.

Der Zauberer griff statt dessen zu einem Zauber. Er legte die Spitzen der Daumen aneinander, fächerte die Hände weit auseinander und begann hastig, den Zauberspruch zu rezitieren.

Die Kobolde kamen von vorne und von den Seiten her auf ihn zu, und einer hatte schon ein Schwert zum Schlag erhoben.

Bidderdoos Hände schlugen Flammen, Ströme versengenden Feuers fauchten hervor und breiteten sich in einem Halbkreis aus.

Ein halbes Dutzend Kobolde lag tot auf dem Boden, und mehrere andere blinzelten erschrocken durch versengte Wimpern.

»Ha!« rief Bidderdoo aus und schnippte mit den Fingern.

Aber die überlebenden Kobolde blinzelten noch einmal und stürmten dann erneut auf ihn los, und Bidderdoo verfügte über keinen Zauber, der schnell genug wirkte, um sie aufzuhalten.

☆☆☆

Am Anfang wirkten die Kobolde und Goblins wie eine wimmelnde, verwirrte Masse, und die meisten blieben auch in diesem Zustand. Aber einige Gruppen waren in den Höhlen unterhalb des Hauses Oblodra intensiv für den Krieg ausgebildet worden. Ein fünfzig Mann starker Trupp solcher Kreaturen formierte sich zu einem schmalen Keil mit drei großen Kobolden an der Spitze und einer dichtgeschlossenen Linie, die sich weit zu beiden Seiten ausstreckte.

Sie betraten die Hauptkammer, vermieden den Kampf lange genug, um sich zu formieren, und stürmten dann nach links, auf den offenen Eingang einer der Nebenhöhlen zu. Zum größten Teil vermieden die Zwerge sie, da es so viele einfachere Opfer gab, und die Kobolde erreichten die Seitenhöhle fast unbeschadet.

Aus dieser Kammer strömte jedoch eine Gruppe von einem Dutzend Zwergen herein. Die bärtigen Krieger johlten und brüllten und stürmten wild auf die Gegner zu, aber die Koboldformation wankte nicht, sondern arbeitete perfekt zusammen, indem sie die Zwergenfront fast genau in der Mitte teilte und dann den Spalt erweiterte, während die führenden Kobolde weiter auf den Eingang der Nebenhöhle zueilten. Ein paar Kobolde wurden bei diesem Sturm niedergemacht, und ein Zwerg starb, aber die Koboldreihen schlossen sich sofort wieder, und jene Zwerge, die zwischen der Höhlenwand und der vorrückenden Koboldfront gefangen waren, waren plötzlich in schwerer Bedrängnis.

Auf der anderen Seite bemerkte die »freie« Hälfte der Zwergengruppe plötzlich, daß sie einen Fehler begangen hatte, indem sie die Kobolde unterschätzt und eine so gewiefte Taktik nicht erwartet hatte. Ihre Stammesbrüder waren verloren, und es gab keine Möglichkeit, durch die überraschend feste, disziplinierte Formation vorzudringen – die dadurch noch unangreifbarer geworden war, daß die Kobolde in der Nähe der Wand durch tiefhängende Stalaktiten geschützt waren.

Die Zwerge griffen dennoch voller Wildheit an, angetrieben durch die Schreie ihrer offenbar verlorenen Kameraden.

Guenhwyvar war dicht am Boden, dicht genug, um unter den Stalaktiten hindurchzuschlüpfen. Der Panther stürzte sich auf die Rückseite der Koboldformation, schleuderte zwei Kobolde zur Seite und rannte über einen dritten hinweg, wobei er seine Klauen zum besseren Halt tief in ihn hineinbohrte.

Drizzt folgte sofort, ließ sich wieder auf ein Knie fallen und tötete bei seinem ersten Angriffszug zwei Kobolde. An seiner Seite stürmte Regis vor, der nicht größer war als die Gegner und mit einem von ihnen in einen Kampf verstrickt war.

Bruenor, ein Axtkämpfer mit weitausholendem Kampfstil, fühlte sich in engen Räumen bestenfalls unwohl. Und Catti-brie, die nicht so schnell und wendig war wie Drizzt, war noch schlechter dran. Wenn sie sich auf ein Knie hinabließ, wie es Drizzt getan hatte, würde sie dadurch sehr im Nachteil sein.

Aber aufrecht stehend hatte sie nur einen Stalaktiten vor sich, und das war auch nicht besser.

Khazid'hea gab ihr die Lösung.

Es widersprach jedem Instinkt einer Frau, es lief allem zuwider, was Bruenor (der einen großen Teil seines Lebens damit zugebracht hatte, Waffen zu reparieren) ihr über das Kämpfen beigebracht hatte. Aber Catti-brie nahm fast ohne nachzudenken den Schwertgriff in beide Hände und schlug weit oben zu.

Khazid'heas rote Linie flammte wütend auf, als das Schwert auf den herabhängenden Stein traf. Catti-bries Schwung wurde geringer, aber nur ein wenig, denn Schnitter machte seinem Namen alle Ehre, indem er durch den Stein hindurchfuhr. Als das Schwert den Stalaktiten passiert hatte, sprang Catti-brie zur Seite, denn sie wäre in diesem Augenblick verwundbar gewesen – wenn die beiden Kobolde vor ihr nicht plötzlich mehr mit dem Umstand zu tun gehabt hätten, daß der Himmel einstürzte.

Einer wurde unter dem Stalaktiten zermalmt, und der Tod des anderen kam ebenso plötzlich, als Bruenor, der die Öffnung erspähte, mit einem Überkopf-Hieb heranstürmte, der das Wesen in zwei Teile spaltete.

Jene Zwerge, die auf der Außenseite abgeschnitten worden waren, faßten bei der Ankunft dieser machtvollen Gruppe wieder Mut und bedrängten die Front der Kobolde mit aller Wildheit, während sie ihren gefangenen Kameraden »Haltet aus!« zuriefen und ihnen versprachen, daß die Hilfe schon auf dem Weg sei.

Regis haßte es zu kämpfen, zumindest, wenn sein Gegner ihn kommen sah. Aber jetzt wurde er gebraucht. Das wußte er, und er konnte dieser Verantwortung auch nicht ausweichen. Neben ihm kämpfte Drizzt auf den Knien; wie konnte es da der Halbling, der sich auf die Zehenspitzen stellen mußte, um mit dem Kopf an die Stalaktiten zu stoßen, rechtfertigen, hinter seinem Drowfreund zurückzubleiben?

Beide Hände am Griff des Streitkolbens, drang Regis wild vor. Er lächelte, als er tatsächlich einen Treffer landete und die gutgeschmiedete Waffe einen Koboldarm zerschmetterte.

Doch noch während dieser Gegner zurückfiel, drängte sich ein anderer vor und schlug zu. Sein Schwert erwischte Regis unter dem erhobenen Arm. Nur die widerstandsfähige Zwergenrüstung rettete ihn – er nahm sich vor, Buster Rüster ein paar große Becher Met auszugeben, wenn er hier lebend herauskommen sollte.

Die Zwergenrüstung war hart, aber der Kopf des Kobolds nicht, wie der Streitkolben des Halblings einen Augenblick später bewies.

»Gut gemacht«, gratulierte Drizzt, der Gelegenheit gehabt hatte, den Schlag des Halblings zu beobachten.

Regis versuchte zu lächeln, zuckte aber zusammen, als er seine geprellten Rippen spürte.

Drizzt bemerkte seinen Gesichtsausdruck und warf sich eilig vor Regis, um sich dem Ansturm der Koboldformation zu stellen, die sich verschob, um die immer größer werdende Öffnung auszugleichen. Die Krummsäbel des Drow vollführten einen wilden Tanz. Sie hieben und stießen zu, wobei sie oft gegen die tief herabhängenden Stalaktiten krachten und dabei Funken sprühten, aber noch häufiger trafen sie auf Kobolde.

Weiter seitlich hatten Catti-brie und Bruenor eine spontane Allianz geschlossen, bei der Bruenor den Feind zurückhielt, während Catti-brie und Schnitter damit fortfuhren, einen Pfad frei zu machen, indem sie einen der hängenden Steine abschlugen.

Auf der gegenüberliegenden Seite waren die Zwerge jedoch noch immer in schwerer Bedrängnis. Zwei von ihnen waren tot, und die übrigen fünf hatten schon viele Treffer einstecken müssen. Die Freunde wußten, daß keiner von ihnen sie rechtzeitig erreichen konnte, keiner konnte die festgeschlossene Formation durchdringen.

Keiner außer Guenhwyvar.

Wie ein schwarzer Pfeil schoß der Panther vor, rannte einen Kobold nach dem anderen nieder und schüttelte immer wieder böse Treffer ab. Von den Flanken des Panthers rann Blut, aber Guenhwyvar ließ sich nicht beirren. Sie erreichte die Zwerge und verstärkte ihre Reihen, und der Jubel der Eingeschlossenen, als die Katze zu ihnen stieß, spiegelte ihre Erleichterung wider.

Mit einem Lied auf den Lippen kämpften die Zwerge weiter, der Panther mit ihnen, und die Kobolde konnten ihre Mission nicht zu Ende bringen. Unter dem Druck von beiden Seiten zerbrach schließlich die Formation, und die Zwergengruppe vereinigte sich wieder, so daß die Verwundeten aus der Höhle gebracht werden konnten.

Drizzts und Catti-bries Sorge um Guenhwyvar wurde durch das Gebrüll des Panthers beruhigt, und dann schoß

Guenhwyvar davon und führte die fünf Freunde zum nächsten Ort, an dem sie dringend gebraucht wurden.

☆ ☆ ☆

Bidderdoo schloß die Augen und fragte sich, welche Geheimnisse der Tod wohl enthüllen würde.

Er hoffte, daß es wenigstens ein paar waren.

Er hörte ein Brüllen, dann das Klirren von Stahl direkt vor ihm. Als nächstes erklangen ein Grunzen und das Übelkeit erregende Geräusch eines zerfetzten Körpers, der auf dem harten Boden aufschlug.

Sie kämpfen darum, wer mich töten darf, dachte der Magier.

Mehr Gebrüll – Zwergengebrüll! – und mehr Grunzlaute; mehr Leichen, die zu Boden sackten.

Bidderdoo öffnete die Augen und sah, daß die Koboldreihen sich gelichtet hatten, daß eine Handvoll der schmutzigsten, stinkendsten Zwerge, die man sich vorstellen konnte, um ihn herum auf und nieder hüpfte und hierhin und dahin deutete – die Knochenbrecher-Brigade versuchte zu entscheiden, wo sie als nächstes hinstürmen sollte, um den größten Schaden zu verursachen.

Bidderdoo nahm sich einen Moment lang Zeit, um die Kobolde zu betrachten, ein Dutzend Leichen, die nicht nur einfach getötet worden waren. »In Stücke geschnitten«, flüsterte er und nickte; ja, das traf es eher.

»Du bist jetzt wieder in Sicherheit«, sagte einer der Zwerge – Bidderdoo glaubte gehört zu haben, wie er einmal mit Thibbledorf Pwent oder so ähnlich angesprochen worden war (nicht, daß jemand, der Bidderdoo hieß, sich über andere Namen lustig machen durfte). »Und ich und meine Jungs machen uns jetzt davon!« grunzte der wilde Schlachtenwüter.

Bidderdoo nickte, dann fiel ihm ein, daß er noch immer ein ernstes Problem hatte. Er hatte nur einen einzigen Spruch vorbereitet, der ein Dimensionstor öffnen konnte, und der war jetzt verschwendet, da der Zauber während seines Kampfes mit den Kobolden vergangen war.

»Warte!« schrie er Pwent hinterher, und er überraschte sich selbst ebensosehr wie den Zwerg, als mit dem Wort auch ein hundeartiges Jaulen aus seinem Mund drang.

Pwent musterte den Harpell neugierig. Er sprang direkt vor Bidderdoo und legte den Kopf schief, eine Bewegung, die durch den langen Helmdorn noch übertriebener wirkte.

»Warte, bitte lauf nicht davon, guter und edler Zwerg«, sagte Bidderdoo zuckersüß, da er Hilfe brauchte.

Pwent blickte sich um und schaute auch hinter sich, als suche er denjenigen, zu dem der Magier gesprochen hatte. Die anderen Knochenbrecher waren genauso verwirrt. Einige standen einfach nur mit dämlichem Gesichtsausdruck da und kratzten sich am Kopf.

Pwent stieß sich einen stummeligen, dreckigen Finger in die eigene Brust, und sein Gesicht zeigte, daß er sich wahrhaftig nicht als »gut und edel« bezeichnen würde.

»Verlaß mich nicht«, bat Bidderdoo.

»Du lebst noch«, konterte Pwent. »Und hier ist nicht viel zum Töten übrig.« Als wäre dies Erklärung genug, wandte sich der Schlachtenwüter ab und wollte fortgehen.

»Aber ich habe versagt!« jammerte Bidderdoo, und am Ende des Satzes entfleuchte ihm ein weiteres Heulen.

»Du hast versagthuuhuu?« fragte Pwent.

»Oh, wir sind alle dem Uhuhntergang geweiht!« fuhr der Magier dramatisch fort. »Es ist zuhuhuhu weit!«

Mittlerweile hatten sich alle Schlachtenwüter um Bidderdoo versammelt, um diesen seltsamen Akzent, oder was das war, genau mitzubekommen. Die nächsten Feinde, ein Goblintrupp, hätten sie angreifen können, aber keiner wollte in die Nähe dieser wilden Gruppe kommen, eine Einstellung, die durch die Leichen der letzten Koboldtruppe bestärkt wurde, die in blutigen Fetzen überall verstreut herumlagen.

»Du kommst besser schnell auf den Punkt«, bellte Pwent, der schnell wieder zu seinen Metzeleien zurückkehren wollte, Bidderdoo an.

»Uhhuhh.«

»Und hör mit dem verdammten Geheul auf!« verlangte der Schlachtenwüter.

In Wahrheit heulte der arme Bidderdoo nicht aus freien Stücken. In der Anspannung der Situation entdeckte der Magier, der so lange als Hund gelebt hatte, erneut seine tiefsitzenden Hundeinstinkte. Er holte tief Luft und konzentrierte sich fest darauf, daß er ein Mann war und kein Hund. »Ich muß zu dem Tunneleingang kommen«, sagte er ohne Heulen, Winseln oder Jaulen. »Der Drowwaldläufer hat mich gebeten, einen Zauber den Korridor hinabzuschicken ...«

»Ich habe nichts für dieses Zauberzeug übrig«, unterbrach ihn Pwent und wandte sich erneut ab.

»Willst du nicht, daß der stinkende Tunnel den stinkenden Drow auf den Kopf fällt?« fragte Bidderdoo in seiner besten Schlachtenwüter-Imitation.

»Pah!« schnaubte Pwent, und alle Zwergenköpfe um ihn herum wippten eifrig auf und ab. »Ich und meine Jungs werden dich hinbringen!«

Bidderdoo gab sich Mühe, eine ernste Miene zu bewahren, aber im Inneren beglückwünschte er sich zu seiner Klugheit, an die Zerstörungswut der wilden Zwerge appelliert zu haben.

In Windeseile wurde Bidderdoo von den losstürmenden Knochenbrechern mitgerissen. Der Zauberer schlug vor, im Bogen an der linken, der nördlichen Wand der Höhle entlangzulaufen, wo das Kampfgetümmel am geringsten war.

Dummer Magier.

Die Knochenbrecher-Brigade stürmte immer geradeaus und rannte dabei Kobolde und die größeren Goblins nieder, die hinter ihren Reihen aufgetaucht waren. Sie begruben beinahe ein paar Zwerge, die nicht schnell genug zur Seite sprangen; sie krachten gegen Stalagmiten, prallten ab und rannten weiter. Bevor Bidderdoo auch nur gegen diese Taktik protestieren konnte, sah er, daß er sich seinem Ziel näherte, dem Eingang zum Tunnel.

Er dachte einen kurzen Moment lang darüber nach, was wohl schneller war, ein Zauber, der ein Dimensionstor öffnete, oder eine Handvoll kampflüsterner Schlachtenwüter. Er erwog sogar die Erschaffung eines neuen Zauberspruches *Schlachtenwüter-Eskorte,* ließ den Gedanken aber fallen, als ein näherliegendes Problem in Gestalt eines Paares riesiger, stierköpfiger Minotauren aus dem Tunnel auftauchte, denen ein Dunkelelf folgte.

»Verteidigungsposition!« rief Bidderdoo. »Ihr müßt sie aufhalten! Verteidigungsposition!«

Dummer Magier!

Die vordersten beiden Knochenbrecher schossen vor und warfen sich gegen die Beine der hochaufragenden, acht Fuß großen Monster. Bevor sie auch nur bemerkten, was sie getroffen hatte, stürzten die Minotauren nach vorne. Keiner von ihnen erreichte den Boden jedoch unbeschadet, da Pwent und ein zweiter wildäugiger Zwerg herbeisprangen und nebeneinander mit dem Kopf zustießen.

Hinter dem Getümmel bildete sich eine Kugel der Dunkelheit, und der Dunkelelf war nirgends mehr zu sehen.

Bidderdoo begann klugerweise mit seiner Beschwörung. Die Drow waren hier! Genau, wie Drizzt angenommen hatte, kamen die Dunkelelfen hinter dem Koboldfutter her. Wenn er jetzt den Feuerball abschießen konnte, wenn er den Tunnel zum Einsturz bringen konnte …

Er mußte die Worte durch ein kehliges, instinktives Knurren hindurchzwängen, das tief aus seinem Schlund kam. Er hatte das übermächtige Verlangen, sich den Knochenbrechern anzuschließen, die über die gefallenen Minotauren hergefallen waren und sie gnadenlos in Stücke rissen. Er hatte den Drang, sich dem Fest anzuschließen.

»Dem Fest?« fragte er laut.

Bidderdoo schüttelte den Kopf und begann erneut, konzentrierte sich auf den Zauber. Der Drow hatte anscheinend das rhythmische Rezitieren des Zauberers gehört und kam mit gezückter Armbrust wieder aus der Dunkelheit hervor.

Bidderdoo schloß die Augen und zwang die Worte so schnell heraus, wie er konnte. Er spürte den Stich des Bolzens im Bauch, aber seine Konzentration war vollständig, und er zuckte nicht einmal, unterbrach den Zauberspruch nicht.

Seine Beine gaben unter ihm nach; er hörte den Drow kommen und stellte sich ein glitzerndes Schwert vor, das zum Todesstoß erhoben war.

Bidderdoos Konzentration kam nicht ins Wanken. Er beendete den Spruch, und ein kleiner, glühender Ball aus Feuer sprang aus seiner Hand, der durch die Dunkelheit und in den Tunnel schoß.

Bidderdoo wankte vor Schwäche. Er öffnete die Augen, aber die Höhle um ihn herum verschwamm. Dann fiel er nach hinten und hatte das Gefühl, der Boden würde zu ihm heraufschießen, um ihn zu verschlingen.

Irgendwo weit hinten in seinem Verstand erwartete er, hart auf den Stein aufzuschlagen, aber dann explodierte der Feuerball.

Der Tunnel stürzte ein.

Es kracht

Auf den starken Schultern des höchstgeehrten Höhlenvaters lastete eine schwere Bürde, aber Belwar beugte sich nicht unter ihr, während er die langen, gewundenen Tunnel entlangschritt. Er hatte seine Entscheidung bei klarem Verstand und mit großer Entschlossenheit getroffen, und er weigerte sich einfach, sie während des ganzen Weges nach Mithril-Halle in Zweifel zu ziehen.

Seine Gegner in der Debatte hatten argumentiert, er ließe sich von seiner persönlichen Freundschaft leiten und nicht von dem, was für die Svirfnebli am besten wäre. Firble hatte erfahren, daß Drizzt Do'Urden, Belwars Drowfreund, aus Menzoberranzan entkommen war, und der Marsch der Drow, der allem Anschein nach direkt gegen Mithril-Halle ging, war zweifellos zumindest teilweise durch Lloths offenen Haß gegen den Abtrünnigen motiviert.

Wollte Belwar also Blingdenstone um eines einzelnen Drow willen in den Krieg führen?

Am Ende war dieser heftige Streit nicht von Belwar beigelegt worden, sondern von Firble, der ebenfalls zu den ältesten Svirfnebli gehörte und damit zu jenen, denen es am meisten weh getan hatte, Blingdenstone zu verlassen.

»Wir haben eine ganz klare Wahlmöglichkeit«, hatte Firble gesagt. »Wir können jetzt gehen und schauen, ob wir den Feinden der Dunkelelfen helfen können, oder wir müssen eine neue Heimat finden, denn die Drow werden mit Sicherheit zurückkehren, und wenn wir ihnen dann Widerstand leisten wollen, werden wir allein sein.«

Es war eine schreckliche, schwere Entscheidung für den Rat und für König Schnicktick. Wenn sie den Dunkelelfen folgten und ihre Befürchtungen sich bewahrheiteten, wenn wirklich ein Krieg an der Oberfläche stattfand, konnten sie denn in diesem Fall auf eine Allianz mit den Zwergen und Menschen von der Oberfläche rechnen, mit Rassen, welche die Tiefengnomen nicht einmal kannten?

Belwar versicherte ihnen, daß dies durchaus möglich war. Er glaubte von ganzem Herzen, daß Drizzt und alle anderen Freunde, die er sich erworben hatte, ihn niemals im Stich lassen würden. Und Firble, der die Außenwelt so gut kannte (auch wenn er über die Welt der Oberfläche nur wenig wußte, wie er selbst einräumte), pflichtete Belwar aus der einfachen Logik heraus bei, daß jede Rasse, selbst die nicht besonders gewitzten Goblins, Verbündete gegen die Dunkelelfen begrüßen würde.

So hatten Schnicktick und der Rat schließlich zugestimmt, aber wie bei jeder anderen Entscheidung der unglaublich konservativen Svirfnebli waren sie nur bis zu einem gewissen Punkt gegangen. Belwar durfte hinter den Drow hermarschieren, und mit ihm Firble und alle Gnomen, die sich freiwillig meldeten. Sie wären Späher, hatte Schnicktick betont, und keine Armee. Der König der Svirfnebli und alle anderen, die gegen Belwars Vorhaben gestimmt hatten, waren überrascht gewesen, wie viele sich zu dem langen, gefährlichen Marsch bereit fanden. Es waren in der Tat so viele, daß Schnicktick ihre Zahl schließlich auf dreihundert beschränken mußte, damit die Stadt weiterhin funktionieren konnte.

Belwar wußte, warum die anderen Svirfnebli mitgekommen waren, und er kannte auch den eigentlichen Grund für seine eigene Entscheidung. Wenn die Dunkelelfen zur Oberfläche marschierten und Mithril-Halle überwältigten, dann würden sie den Gnomen nicht gestatten, wieder nach Blingdenstone zurückzukehren. Menzoberranzan eroberte nicht, um dann wieder fortzugehen. Nein, die Drow würden die Zwerge versklaven und die Minen als ihre eigenen ausbeuten, und dann war Blingdenstone zu bedauern, denn die Stadt der

Svirfnebli würde dann allzu dicht an der einfachsten Route zu den eroberten Gebieten liegen.

Und so kam es denn, daß all diese Svirfnebli, einschließlich Belwar und Firble, auch wenn sie sich weiter von Blingdenstone entfernten als jemals zuvor, doch in Wahrheit für ihr eigenes Heimatland kämpften.

Belwar würde ihre Entscheidung nicht in Frage stellen, und wenn er sich dessen erinnerte, wurde seine Bürde ein wenig leichter.

☆ ☆ ☆

Bidderdoo hatte den Feuerball tief in den Tunnel gesandt, aber der schmale Gang konnte nicht die gesamte Wucht der Explosion auffangen. Ein Feuerstrahl schoß aus dem Tunnel in die Höhle zurück wie der Odem eines wütenden, roten Drachens, und Bidderdoos Kleidung fing Feuer. Der Magier schrie auf – so wie es auch jeder Zwerg und Kobold in seiner Umgebung tat, so wie es die nächste Reihe von Minotauren tat, die in die Höhle stürmten, und wie es die verstohlenen Dunkelelfen taten, die jenen Monstren folgten.

In dem Moment, da der Feuerball des Zauberers explodierte, schrien sie alle auf, aber ihre Schreie wurden schnell übertönt von Hunderten von Tonnen zusammenbrechenden Gesteins.

Wieder traf die Wucht des Einsturzes auch die Höhle. Der Luftdruck war so heftig, daß er die Flammen löschte, die an Bidderdoos Roben flackerten. Der Zauberer flog plötzlich durch die Luft wie alle in seiner Nähe. Er flog benommen und in einem Steinhagel davon und hatte großes Glück, daß ihn keiner der herabfallenden Stalaktiten oder Felsbrocken zerschmetterte.

Der Erdboden bebte und wölbte sich; eine der Höhlenwände gab nach, und eine der Nebenhöhlen brach zusammen. Dann war es vorbei, einfach vorbei, als ob es nie geschehen wäre, und die Höhle, die nach dem Zwerg Tunult benannt worden war, schien plötzlich viel kleiner zu sein.

Bidderdoo erhob sich zitternd aus dem Schutt und putzte den Schmutz von seinem leuchtenden Edelstein. Bei all dem Staub in der Luft wirkte das Licht des verzauberten Juwels wahrlich nur schwach. Der Zauberer musterte sich selbst und sah mehr Haut als Kleidung, sah Dutzende von Prellungen und leuchtendes Rot unter dem Staub an einem Arm, wo das Feuer an seine Haut gelangt war.

Aus einem nicht weit entfernten Steinhaufen ragte ein leicht zur Seite gebogener Helmstachel. Bidderdoo wollte gerade den Schlachtenwüter beklagen, der ihn an diese Stelle gebracht hatte, als Pwent plötzlich aus dem Geröll hervorbrach, Kieselsteinchen ausspuckte und die Zähne zu einem Grinsen bleckte.

»Gut gemacht!« brüllte der Schlachtenwüter. »Mach's noch mal!«

Bidderdoo wollte etwas erwidern, verlor aber plötzlich die Besinnung, als das heimtückische Drowgift den kurzzeitigen Adrenalinschub überwand. Das nächste, an das sich der Zauberer erinnerte, war, daß Pwent ihn stützte und er fast an dem übelschmeckendstem Getränk erstickte, das jemals gebraut worden war. Übel, aber wirksam, denn Bidderdoos Benommenheit war verschwunden.

»Knochenbrecher!« brüllte Pwent und tätschelte die Feldflasche, die an seinem breiten Gürtel hing.

Als der Staub sich legte, rührte sich allmählich ein Zwerg nach dem anderen. Die Knochenbrecher-Brigade, die härter als Stein war, hatte bis zum letzten Mann überlebt, und die wenigen Kobolde, die sich noch regten, wurden niedergemacht, bevor sie noch um Gnade bitten konnten.

Durch die Art und Weise, wie die Höhle zusammengebrochen war – die Nebenkammer war verschüttet und die gegenüberliegende Wand hatte nachgegeben –, war die kleine

Gruppe nun vom Haupttrupp abgeschnitten. Sie waren jedoch nicht gefangen, denn eine schmale Passage führte nach links und zurück zum Herzen von Tunults Kaverne. Der Kampf hatte dort wieder begonnen, wie man aus dem Klirren von Metall und den Schreien von Zwergen und Kobolden schließen konnte.

Überraschenderweise führte Thibbledorf Pwent seine Truppe nicht kopfüber ins Getümmel. Der Durchgang war an diesem Ende bereits schmal und schien bald noch enger zu werden, so daß Pwent nicht annahm, daß sie sich hindurchquetschen konnten. Außerdem hatte der Schlachtenwüter über Bidderdoos Schulter etwas erspäht, einen tiefen Riß in der Wand neben dem verschütteten Tunnel. Als er sich der Stelle näherte, spürte Pwent die steife Brise, die aus dem Riß strömte, als sich der Luftdruck in den Tunneln dahinter an die Auswirkungen der Katastrophe anpaßte.

Pwent johlte und hieb mit aller Wucht unterhalb des Risses gegen die Wand. Das lockere Gestein gab nach, fiel nach innen und enthüllte einen Tunnelgang, der in die tieferen Korridore dahinter führte.

»Wir sollten zurückgehen und König Bruenor Bericht erstatten«, meinte Bidderdoo, »oder zumindest, soweit es geht, in den Verbindungstunnel vordringen, um ihnen mitzuteilen, wo wir sind, damit sie uns ausgraben können.«

Pwent schnaubte. »Wir wären keine guten Späher, wenn wir diesen Tunnel nicht erforschen würden«, argumentierte er. »Wenn die Drow ihn finden, sind sie schneller hier, als Bruenor es erwartet. Das wäre dann ein Bericht, der es wert wäre, ihm überbracht zu werden!«

Tatsächlich war es für den hitzköpfigen Zwergenkrieger nicht leicht, die verlockenden Geräusche der Schlacht zu ignorieren, aber Pwent verspürte in seinem Herzen den Wunsch nach größeren Feinden, nach Drow und Minotauren, in den offenen Wegen auf der anderen Seite des Tunnels.

»Und wenn wir in diesem Tunnel da steckenbleiben«, fuhr Pwent fort und deutete auf das, was von Tunults Kaverne übriggeblieben war, »dann werden die verdammten Drow uns mit Genuß in den Rücken fallen!«

Die Knochenbrecher-Brigade formierte sich hinter ihrem Anführer, aber Bidderdoo schüttelte den Kopf und zwängte sich in den schmalen Gang. Seine schlimmsten Befürchtungen wurden allerdings schon bald bestätigt, denn es wurde in der Tat immer enger, und er konnte nicht in die Nähe der kleinen Öffnung kommen, hinter der der Kampf weiterging. Er konnte sich nicht einmal so weit nähern, daß er hoffen konnte, über den Tumult der Schlacht hinweg die Aufmerksamkeit seiner Freunde zu erregen.

Bidderdoo überlegte, ob es vielleicht einen Zauber gab, der ihm helfen konnte, und er griff in eine unergründlich tiefe Tasche, um sein teures Zauberbuch hervorzuholen. Er zog ein Bündel zerknitterter Blätter heraus, die beschmiert und angekohlt waren. Die Tinte war an vielen Stellen durch die intensive Hitze verblaßt, und auch der Leim und die Bindung waren zerschmolzen, und als Bidderdoo die Überreste hochhielt, fielen sie auseinander.

Plötzlich hatte der Zauberer das Gefühl, die Welt würde über ihm zusammenbrechen. Er raffte soviel von dem Pergament zusammen, wie er konnte, und krabbelte wieder aus dem Gang hinaus. Zu seiner Überraschung und Erleichterung warteten Pwent und die anderen dort noch immer auf ihn.

»Wir haben uns gedacht, daß du deine Meinung noch ändern würdest«, sagte der Schlachtenwüter und führte die Knochenbrecher-Brigade plus einen davon.

☆ ☆ ☆

Fünfzig Drow und eine komplette Minotaurentruppe, signalisierten Quenthel Baenres Hände, und die scharfen, abgehackten Bewegungen verrieten ihrer Mutter, daß sie außer sich war.

Närrin, dachte Oberin Baenre. Dann fragte sie sich, wie ihre Tochter wirklich zu dieser Expedition stand. Quenthel war eine mächtige Priesterin, daran gab es überhaupt keinen Zweifel, aber erst jetzt kam der faltigen alten Oberin Mutter zu Bewußtsein, daß die junge Quenthel noch niemals an einer Schlacht teilgenommen hatte. Das Haus Baenre hatte seit vielen hundert Jahren keinen Krieg mehr geführt, und aufgrund ihrer beschleunigten Ausbildung an der Akademie war Quenthel die Pflicht erspart geblieben, an erkundenden Spähtrupps in die wilden Tunnel außerhalb von Menzoberranzan teilzunehmen.

Baenre ging auf, daß ihre Tochter noch niemals die Stadt der Drow verlassen hatte.

Die Hauptroute nach Mithril-Halle gibt es nicht mehr, fuhren Quenthels Hände fort. *Und mehrere Nebenstrecken sind ebenfalls eingestürzt. Und es kommt noch schlimmer.* Quenthel brach abrupt ab, mußte eine kurze Pause machen, um tief Luft zu holen und sich zusammenzureißen. Als sie erneut begann, war ihr Gesicht zu einer Maske des Zorns gefroren. *Viele der toten Drow waren Frauen, darunter mehrere mächtige Priesterinnen und eine Hohepriesterin.*

Die Bewegungen waren noch immer übertrieben, zu scharf und zu schnell. Hatte Quenthel wirklich angenommen, diese Mission würde einfach werden? fragte sich Baenre. Hatte sie geglaubt, es würden keine Drow dabei umkommen?

Baenre fragte sich, und das nicht zum ersten Mal, ob es ein Fehler gewesen war, Quenthel mitzunehmen. Vielleicht hätte sie Triel mitnehmen sollen, die fähigste aller Priesterinnen.

Quenthel bemerkte den forschenden Blick, dem sie sich gegenübersah, und sie erkannte, daß ihre Mutter nicht erfreut war. Sie brauchte einen Augenblick, um festzustellen, daß sie selbst Baenre mehr verärgerte, als die schlechten Nachrichten es vermocht hätten.

»Die Reihen rücken vor?« fragte Baenre laut.

Quenthel räusperte sich. »Bregan D'aerthe hat viele andere Routen entdeckt«, antwortete sie, »darunter sogar Gänge, welche die Zwerge nicht kennen und die dicht an die Tunnel heranführen, die nach Mithril-Halle führen.«

Oberin Baenre schloß die Augen und nickte wohlwollend zu dem plötzlich neuerwachten Optimismus ihrer Tochter. Es gab wirklich Tunnel, von denen die Zwerge nichts wußten, kleine Gänge unterhalb der untersten Ebenen von Mithril-Halle, die man vergessen hatte, als die Zwerge ihre Schürfarbeiten zu reicheren Adern verlagerten. Der alte Gandalug kannte diese uralten, geheimen Wege, und dank Methils Verhören kannte die Drow sie jetzt ebenfalls. Diese geheimen Tunnel reichten nicht wirklich bis zur Zwergenstadt, aber Zauberer konnten dort Türen öffnen, wo es keine gab, und Illithiden konnten durch Stein gehen und auf ihre psionischen Reisen Drowkrieger mitnehmen.

Baenre riß die Augen wieder auf. »Nachricht von Berg'inyon?« fragte sie.

Quenthel schüttelte den Kopf. »Er hat die Tunnel wie befohlen verlassen, aber seitdem haben wir nichts mehr von ihm gehört.«

Baenre verzog das Gesicht. Sie wußte, daß Berg'inyon darüber schmollte, nach draußen geschickt worden zu sein. Er führte die größte zusammenhängende Einheit von allen an, fast eintausend Drow und die fünffache Zahl an Goblins und Kobolden, wobei die meisten der Dunkelelfen riesige Eidechsen ritten. Aber Berg'inyons Pflichten, obgleich sie von entscheidender Bedeutung für die Eroberung von Mithril-Halle waren, führten ihn auf den Berghang außerhalb des Zwergenkomplexes.

Höchstwahrscheinlich würde Drizzt Do'Urden sich innen befinden, in den tiefsten Tunneln, wo er in einer Umgebung arbeiten konnte, die einem Dunkelelfen zum Vorteil gereichte. Und höchstwahrscheinlich würde es daher Uthegental Armgo und nicht Berg'inyon sein, der als erster sein Glück bei dem Abtrünnigen versuchen konnte.

Baenres finsteres Gesicht wandelte sich zu einem Lächeln, als sie daran dachte, welchen Aufstand ihr Sohn gemacht hatte, als sie ihm seine Aufgabe zuwies. Natürlich hatte er aufgebracht, ja sogar wütend agieren müssen. Natürlich hatte er protestieren müssen, daß es ihm und nicht Uthegental anstünde, den Angriff in den Tunneln anzuführen. Aber Berg'inyon war Drizzts Klassenkamerad und größter Rivale während ihrer Jahre in Melee-Magthere gewesen, der Kampfschule der Drow. Berg'inyon kannte Drizzt vielleicht besser als jeder andere lebende Drow in Menzoberranzan. Und Oberin Baenre kannte Berg'inyon.

Die Wahrheit war, daß ihr Sohn nicht das geringste mit dem gefährlichen Abtrünnigen zu tun haben wollte.

»Sucht mit Eurer Magie nach Eurem Bruder«, sagte Baenre plötzlich und schreckte Quenthel damit auf. »Wenn er mit seiner Halsstarrigkeit fortfährt, so ersetzt ihn.«

Quenthels Augen weiteten sich vor Schrecken. Sie war bei Berg'inyon gewesen, als die Streitmacht die Tunnel verlassen hatte und auf einen Sims an einen Berghang hinausgetreten war, der jäh zu einer tiefen Schlucht abfiel. Der Anblick hatte sie überwältigt, hatte sie schwindlig gemacht, und viele andere Drow mit ihr. Sie hatte sich dort draußen verloren gefühlt, unbedeutend und verwundbar. Jene Kaverne, die die Welt der Oberfläche war, jene riesige Kammer, an deren schwarzer Kuppeldecke Nadelköpfe eines unbekannten Lichtes funkelten, war zu enorm für ihr Begriffsvermögen.

Oberin Baenre gefiel ihre ängstliche Miene überhaupt nicht. »Geht!« herrschte sie ihre Tochter an, und Quenthel huschte lautlos davon.

Sie war kaum außer Sicht, als bereits die nächste Botin vor Baenres blauleuchtende Flugscheibe trat.

Ihr Bericht, der von dem Fortschritt der Streitmacht handelte, die sich im geheimen durch die tiefer gelegenen Tunnel voranbewegte, war besser, aber Baenre hörte kaum zu. Diese Einzelheiten begannen sie zunehmend zu langweilen. Die Zwerge waren gut, und sie hatten viele Monate Zeit gehabt, sich vorzubereiten, aber Oberin Baenre hegte keinen Zweifel am Endergebnis, denn sie glaubte daran, daß Lloth selbst zu ihr gesprochen hatte. Die Drow würden gewinnen, und Mithril-Halle würde fallen.

Sie hörte jedoch den Bericht an und auch den nächsten und den darauffolgenden, einen scheinbar endlosen Strom, und sie zwang sich dazu, Interesse zu heucheln.

Sternenglanz, Sternenpracht

Von ihrem hochgelegenen Standort aus hatte sie, obgleich ihre Sehkraft verstärkt worden war, den Eindruck, als schwärmte eine Armee von Ameisen über die östliche und steilste Seite des Berges, um jedes Tal zu füllen und über jeden Felsen zu klettern. Danach folgte in enger Formation die tiefere Schwärze, die festgefügten Reihen von Drowkriegern.

Die Herrin von Silbrigmond hatte nie zuvor ein solch beunruhigendes Bild gesehen, und sie war niemals von solcher Bestürzung erfaßt worden, obgleich sie viele Kriege und gefährliche Abenteuer miterlebt hatte. Alustriels Antlitz zeigte keine Spuren dieser Schlachten. Sie war atemberaubend schön, ihre Haut war glatt und hell, fast durchscheinend, und ihr Haar lang und silbrig – nicht altersgrau, obgleich sie tatsächlich sehr alt war, sondern glänzend und voll wie das sanfte Licht der Nacht und das Funkeln der Sterne zugleich. Die Herrin hatte in der Tat viele Kriege erlebt, und das Leid jener Konflikte spiegelte sich in ihren Augen wider, ebenso wie ihre Weisheit, den Krieg zu verabscheuen.

Auf der anderen Seite, in Richtung der Südflanke, gerade hinter der Biegung des runden Berges, konnte Alustriel die Banner der sich sammelnden Streitkräfte erkennen. Am hervorstechendsten von allen war die silberne Flagge ihrer eigenen Ritter. Sie waren stolz und fieberten dem Kampf entgegen, wie Alustriel wußte, denn die meisten von ihnen waren jung und kannten noch keine Trauer.

Die Herrin von Silbrigmond wischte diesen unangenehmen Gedanken beiseite und konzentrierte sich auf das, was aller Voraussicht nach geschehen würde, und ihre Rolle dabei.

Der Hauptteil der feindlichen Streitmacht bestand aus Koboldkompanien, und sie nahm an, daß die riesigen Barbaren und die gepanzerten Reiter wenig Mühe haben würden, sie zu zerschlagen.

Aber wie würden sie sich gegen die Drow bewähren? Alustriel ließ ihren fliegenden Streitwagen weite Kreise ziehen, beobachtete das Geschehen und wartete.

☆ ☆ ☆

Entlang der Vorhutlinie brachen erste Scharmützel aus, als menschliche Späher auf die vorrückenden Kobolde stießen.

Als er die Berichte über diese Kämpfe vernahm, brannte Berkthgar darauf, seine Streitkräfte angreifen zu lassen, vorzustürmen und mit einem Lied auf den Lippen zu sterben.

Besnell, der die Ritter in Silber aufführte, war ein besonnenerer Kämpfer und ein größerer Stratege. »Halte deine Männer zurück«, riet er dem kampflustigen Barbaren. »Wir werden in dieser Nacht noch mehr kämpfen müssen, als jeder, selbst euer Schlachtengott Tempus, sich wünschen kann. Es ist besser, wenn wir sie auf einem Gelände bekämpfen, das wir uns selber aussuchen.« Und der Ritter war auch wirklich sehr sorgsam mit der Wahl dieses Geländes gewesen und hatte sowohl mit Berkthgar als auch mit König Bruenor selbst diskutiert, um ihre Unterstützung für seinen Plan zu gewinnen. Die Streitmacht war in vier Gruppen aufgeteilt und über die Südseite des Berges Vier Gipfel verteilt worden, an dem sich beide Eingänge zu Mithril-Halle befanden. Nordwestlich, auf der anderen Seite des Berges, lag das Tal der Hüter, eine breite, tiefe, felsübersäte und nebelerfüllte Tiefe, in der das geheime westliche Tor zu dem Zwergenkomplex verborgen war.

Von der Position der Soldaten aus nordöstlich, auf der anderen Seite eines ausgedehnten Geländes mit vielen Felsen und schmalen, gewundenen Pfaden, lag der längere, häufiger benutzte Weg zu Mithril-Halles östlichem Tor.

Bruenors Gesandte hatten die Streitmacht teilen wollen, so daß die Reiter das Tal der Hüter verteidigen sollten und die Männer aus Siedelstein die östlichen Pfade bewachten. Besnell hatte jedoch auf seinem Vorschlag beharrt, und er hatte Berkthgar auf seine Seite gezogen, indem er an den Stolz der Zwerge appellierte. Er hatte darauf bestanden, daß sie in der Lage sein müßten, ihre eigenen Eingänge zu verbergen und zu verteidigen. »Wenn die Drow wissen, wo sich die Eingänge befinden«, hatte er argumentiert, »dann werden sie genau dort Widerstand erwarten.«

Und so war die Südflanke von Vier Gipfel ausgewählt worden. Unterhalb der Position der Verteidiger gab es viele Pfade, aber über ihnen wurden die Felsklippen erheblich steiler, so daß aus dieser Richtung kein Angriff zu erwarten war. Die Gruppen der Verteidiger waren dem Gelände entsprechend gemischt. Eine, die ein Gebiet schmaler, zerklüfteter Wege bewachte, bestand ausschließlich aus Barbaren, in zwei anderen befanden sich sowohl Barbaren als auch Reiter, und der letzte Trupp, der auf einem Plateau stationiert war, das sich über einem breiten, glatten, sanft ansteigenden Hang erhob, wurde ausschließlich von Reitern von Nesme gestellt.

Besnell und Berkthgar hielten nun von der zweiten Position

aus Ausschau. Sie wußten, daß die Schlacht kurz bevorstand; die Männer um sie her konnten die Stille spüren, das verstohlene Näherrücken des Feindes. Plötzlich explodierte das Gebiet weiter unten östlich am Berghang in einem Lichtermeer, als die Barbaren der ersten Verteidigungslinie einen Regen aus verzauberten Steinen herniederhageln ließen, die eine Gabe der Zwergenpriester waren.

Wie die Kobolde in alle Winde davonstoben! Und das taten auch die wenigen Dunkelelfen, die sich in den vorderen Reihen der kleinen Wesen befanden. Jene Monster, die sich am weitesten oben am Berghang und nahe der versteckten Position der Verteidiger befanden, wurden von einer Horde mächtiger Barbaren überwältigt, die zu ihnen hinabstürmten und sie mit gewaltigen Schwertern und Schlachtbeilen in Stücke hackten oder die Kobolde einfach von den Füßen rissen und den Berghang hinabschleuderten.

»Wir müssen uns ihnen stellen!« brüllte Berkthgar, als er seine Leute im Kampf sah. Er reckte Bankenfuere hoch in die Luft. »Für Tempus!« brüllte er, ein Ruf, der von allen Barbaren auf der zweiten Position wiederholt wurde, und die Männer der dritten Truppe griffen ihn ebenfalls auf.

»Soviel zum Thema Hinterhalt«, murmelte Regweld Harpell, der auf seinem Pferde-Frosch Pfützenspringer saß. Mit einem Nicken in Besnells Richtung, denn es wurde allmählich Zeit, zog Regweld kurz an Pfützenspringers Zügeln, und das seltsame Tier quakte ein kehliges Wiehern und sprang gut dreißig Fuß weit in westliche Richtung.

»Noch nicht«, hielt Besnell Berkthgar zurück, der bereits ein gutes Dutzend der magischen Lichtsteinchen in der Hand hielt. Der Ritter deutete auf die Bewegungen der feindlichen Streitmacht unter ihnen und erklärte seinem Verbündeten, daß zwar viele heraufgeklettert kamen, um sich den Verteidigern zu stellen, daß aber viel mehr noch immer über die tiefer gelegenen Pfade nach Westen strömten. Außerdem war das

Licht nicht mehr so intensiv wie zuvor, da die Dunkelelfen ihre angeborenen Fähigkeiten nutzten, den blendenden Leuchtzauber zu vereiteln.

»Auf was wartest du denn noch?« wollte Berkthgar wissen.

Besnell hatte noch immer seine Hand erhoben, um den Angriff zurückzuhalten.

Weiter östlich schrie ein Barbar auf, als er sah, daß seine Gestalt plötzlich von magischem blauem Feuer umhüllt war, das ihn nicht verbrannte. Die Flammen waren trotzdem alles andere als harmlos, denn sie verrieten die Position des Mannes im Dunkel der Nacht. Irgendwo unterhalb erklang das Klicken vieler Armbrüste, und der unglückliche Barbar schrie erneut und immer wieder auf, bevor er endgültig verstummte.

Jetzt war Berkthgar am Ende seiner Geduld, und er schleuderte seine Steinchen. Die Barbaren in seiner Nähe folgten seinem Beispiel, und dieser zweite Abschnitt des Südhanges erstrahlte in magischem Licht. Zu Besnells Unwillen stürmten die Männer aus Siedelstein den Abhang hinab. Die Reiter hätten den Angriff führen sollen, aber noch nicht jetzt – nicht, bevor der Hauptteil der feindlichen Streitmacht vorbei war.

»Es geht nicht anders«, flüsterte der Ritter, der hinter dem elfischen Anführer aus Silbrigmond stand, und Besnell nickte stumm. Er musterte die sich ihm bietende Szene kurz. Berkthgar und seine hundert Männer waren bereits im Kampf verstrickt. Sie waren direkt nach unten gestürmt und hatten keine Möglichkeit, sich mit jenen tapferen Kämpfern zu vereinen, welche die Höhen im Osten hielten. Trotz seines Zorns auf den voreiligen Barbaren bewunderte Besnell Berkthgars Leistungen. Das mächtige Bankenfuere erledigte drei Kobolde mit einem einzigen Hieb und schleuderte sie in Fetzen durch die Luft.

»Das Licht wird nicht lange vorhalten«, bemerkte der Ritter hinter Besnell.

»Zwischen die beiden Truppen«, erwiderte Besnell laut genug, daß ihn alle Reiter hören konnten. »Wir müssen in einem Winkel hinabreiten, so daß wir zwischen die beiden Truppen geraten, damit die Männer im Osten hinter uns entkommen können.«

Es erklang kein Wort des Widerspruchs, obwohl die Route, die er bestimmt hatte, sehr gefährlich war. Der ursprüngliche Plan hatte vorgesehen, daß die Ritter in Silber sowohl von dieser als auch von der nächsten Position im Westen direkt auf den Feind zugaloppierten, während Berkthgar und seine Männer sich hinter ihnen miteinander vereinigten, so daß die gesamte Streitmacht der Verteidiger sich allmählich in Richtung Westen vorschob. Doch jetzt hatte Berkthgar in seiner Blutlust den Plan vereitelt, und es mochte sein, daß dies den Rittern in Silber teuer zu stehen kam. Aber weder Mensch noch Elf beklagten sich.

»Haltet eure Steinchen zurück«, befahl Besnell, »bis die Drow das Licht, das jetzt schon leuchtet, verdunkelt haben.«

Er spornte sein Pferd an, sich dramatisch aufzubäumen.

»Für den Ruhm von Silbrigmond!« rief er aus.

»Und zum Wohle allen Guten Volks!« erscholl die einstimmige Erwiderung.

Ihr Donner erschütterte den Hang von Vier Gipfel und hallte bis tief in die Zwergentunnel unter dem Gestein wider. Unter Hörnerklang stürmten sie hinab, hundert Reiter mit gesenkten Lanzen, und als diese langen Speere in getöteten Feinden steckenblieben oder zerbrachen, fuhren blitzende Schwerter aus den Scheiden.

Doch noch tödlicher waren die robusten Schlachtrosse, die Kobolde unter ihren stampfenden Hufen zerschmetterten. Sie versprengten Kobolde, Goblins und Drow gleichermaßen und versetzten sie in Furcht, denn die Invasoren aus dem tiefsten Unterreich hatten nie zuvor eine solche Kavallerieattacke erlebt.

In wenigen Minuten war der feindliche Vorstoß den Berg

hinauf zum Halten gebracht und ins Gegenteil verkehrt worden, und nur wenige Verteidiger hatten dabei den Tod gefunden. Und als die Dunkelelfen damit fortfuhren, die Lichtsteinchen magisch zu verdunkeln, konterten Besnells Männer dies mit immer neuen Steinchen.

Aber die finstere Streitmacht wogte noch immer auf den tiefer gelegenen Pfaden, wie Hornstöße und Kampfrufe zum Ruhm von Tempus und Langsattel aus dem Westen belegten, und jetzt folgte ein erneutes Hufgedonner, als die Langreiter dem Beispiel der Ritter in Silber nacheiferten.

Der Angriff der dritten Position wurde von dem ersten richtigen Kampfzauber eingeleitet: Ein magischer Blitz von Regweld zerriß die Dunkelheit und bewirkte mehr Schrecken als Zerstörung.

Überraschenderweise kam von den Drow keine magische Erwiderung, abgesehen von kleinen Dunkelheitszaubern und Feenfeuer, das einzelne Verteidiger enthüllte.

Der Rest der barbarischen Streitmacht versuchte, so weit wie möglich den Plan einzuhalten, nur zogen die Männer jetzt zwischen die Langreiter und das Gebiet direkt unter der zweiten Position und vereinigten sich nicht wie vorgesehen mit den Rittern in Silber, sondern mit Berkthgar und seinem Trupp.

☆ ☆ ☆

Hoch über der Schlacht mußte Alustriel all ihre Disziplin und ihren Willen aufbieten, um sich zurückzuhalten. Wie erwartet fuhren die Verteidiger fast widerstandslos durch die Reihen der Kobolde und Goblins und töteten den Feind in einem Verhältnis von weit über fünfzig zu eins.

Diese Zahl hätte sich mit Leichtigkeit verdoppelt, wenn Alustriel ihre Magie ins Spiel gebracht hätte, aber das konnte sie nicht tun. Die Drow warteten geduldig ab, und die Herrin hatte genug Respekt vor den Kräften jener bösen Elfen, um zu wissen, daß ihr erster Angriff möglicherweise ihre einzige Möglichkeit sein würde.

Sie flüsterte den verzauberten Pferden zu, die den fliegenden Streitwagen zogen, und bewegte sich tiefer nach unten. Sie nickte grimmig, als sie feststellte, daß die Schlacht sich so entwickelte, wie sie vorhergesehen hatte. Das Gemetzel oben auf dem Südhang war erfolgreich, aber unterhalb der Schlacht wogte die finstere Masse weiter nach Westen.

Alustriel erkannte, daß sich in diesem tiefer gelegenen Trupp viele Drow befanden.

Der Streitwagen schwenkte nach Osten und ließ die Schlacht hinter sich. Die Herrin von Silbrigmond zog ein wenig Befriedigung aus dem Umstand, daß die feindlichen Linien nicht allzu lang waren und nicht weit über die östlichste Position der Verteidiger hinausragten.

Warum dies so war, erkannte sie, als sie den Lärm einer weiteren Schlacht auf der Ostseite des Berges hörte. Der Feind hatte das östliche Tor von Mithril-Halle gefunden, war in den Komplex eingedrungen und kämpfte mit den Zwergen, die ihn verteidigten!

Zuckende Blitze und Feuerbrände explodierten in den Schatten des niedrigen Tores, und die Kreaturen, die hier eindrangen, waren nicht kleine Kobolde und dumme Goblins. Es waren Dunkelelfen, viele, viele Dunkelelfen.

Alustriel wollte hinabfliegen, in einem magischen, explosiven Sturm über den Feind hinwegfegen, aber sie mußte auf Bruenors Volk vertrauen. Sie wußte, daß die Tunnel präpariert waren und die Zwerge diesen Angriff von außerhalb des Berges erwartet hatten.

Ihr Streitwagen flog weiter, um die Nordseite herum, und Alustriel hatte vor, den Kreis zu vollenden, im Tiefflug über das Tal der Wächter im Osten hinwegzugleiten, in dem die anderen Verbündeten, weitere hundert ihrer Ritter in Silber, warteten.

Was sie dort erblickte, war beunruhigend und ihr ganz und gar nicht recht.

Der Nordhang von Vier Gipfel war ein tückischer, öder Landstrich, der hauptsächlich aus fast unwegbaren Klüften und steilen Felswänden bestand, die kein Mensch erklimmen konnte.

Fast unwegbar, doch nicht für die klebrigen Füße von riesigen unterirdischen Eidechsen.

Berg'inyon Baenre und sein Elitetrupp, die vierhundert berühmten Eidechsenreiter von Haus Baenre, kletterten über diesen Nordhang und bewegten sich schnell auf das Tal der Hüter zu.

Die wartenden Ritter waren so aufgestellt worden, daß sie die letzte Verteidigung gegen die Streitmacht bildeten, die sich über den Südhang näherte. Ihr Sturm, wenn er denn kommen sollte, war gedacht, um die letzte Flanke zu öffnen und es Besnell, den Langreitern und den Männern aus Nesme und Siedelstein zu ermöglichen, in das Tal zu gelangen, das nur durch einen einzigen, schmalen Paß zugänglich war.

Die Eidechsenreiter würden vor ihnen ankommen, erkannte Alustriel. Sie waren den wartenden Reitern zahlenmäßig erheblich überlegen – und sie waren Drow.

☆ ☆ ☆

Die östlichste Position war aufgegeben worden. Die Barbaren, oder was von ihren Reihen übriggeblieben war, rannten eilig nach Westen, hinter den Rittern in Silber vorbei, um sich Berkthgar anzuschließen.

Nun wendete Besnell seine Truppe ebenfalls nach Westen und drängte damit Berkthgars Streitmacht, die mittlerweile fast jeden noch lebenden Krieger aus Siedelstein beinhaltete, voran.

Der Anführer der Ritter in Silber glaubte allmählich, daß Berkthgars Fehler vielleicht doch keine so verheerenden Folgen haben mochte, wie er befürchtet hatte, sondern daß der Rückzug so vonstatten gehen konnte wie geplant. Er fand ein hochgelegenes Plateau und musterte von dort das Gebiet unter sich. Er nickte grimmig, als er feststellte, daß die feindliche Armee um die ersten drei Positionen herumgewogt war.

Aber seine Augen weiteten sich vor Schreck, und er keuchte laut auf, als er die genaue Position der Spitze jener finsteren Wolke entdeckte. Die Reiter von Nesme hatten ihre Aufgabe nicht erfüllt! Sie hätten den Berghang hinabstürmen müssen, um jene Flanke zu halten, doch aus irgendeinem Grund hatten sie gezögert, und die Spitze der feindlichen Armee schien bereits an der vierten und letzten Position vorbei zu sein.

Jetzt endlich kamen die Reiter von Nesme, und ihr wilder Sturm über die ebenste Fläche des Südhanges war in der Tat vernichtend. Die vierzig Reiter zertrampelten in wenigen Augenblicken die dreifache Anzahl an Kobolden.

Aber der Feind konnte diese Zahl leicht verschmerzen und noch viel mehr, wie Besnell wußte. Der Plan hatte einen geordneten Rückzug nach Westen, in das Tal der Hüter, vorgesehen, der sogar bis hinter das westliche Tor und nach Mithril-Halle hinein fortgesetzt werden sollte, wenn es erforderlich wäre.

Es war ein guter Plan, aber jetzt war die Flanke verloren, und der Weg nach Westen war versperrt.

Besnell konnte nur entsetzt zuschauen.

TEIL 5

Alte Könige und alte Königinnen

Sie kamen als Armee, und doch waren sie dies nicht. Achttausend Dunkelelfen und eine noch größere Zahl von humanoiden Sklaven, eine mächtige und massive Streitmacht, wogten auf Mithril-Halle zu.

Die Bezeichnung trifft zu, wenn man die bloße Menge und Stärke berücksichtigt, und doch enthalten »Armee« und »Streitmacht« noch etwas anderes, ein Gefühl des Zusammenhalts und eines gemeinsamen Zieles. Mit Gewißheit gehören die Drow zu den besten Kriegern der Reiche. Sie werden von Jugend an für den Kampf, allein oder in Gruppen, ausgebildet, und gewiß ist das gemeinsame Ziel eindeutig, wenn es sich um einen Krieg mit einer anderen Rasse handelt, wenn es darum geht, als Drow die Zwerge zu bekämpfen. Doch obgleich ihre Taktik perfekt ist und Gruppen im Einklang miteinander kämpfen und sich gegenseitig unterstützen, ist die Zusammengehörigkeit in einem Drowtrupp nur oberflächlich.

Nur wenige Dunkelelfen in Lloths Armee würden ihr Leben geben, um einen anderen zu retten, sofern sie sich nicht sicher sein konnten, daß ihnen ihr Opfer im Jenseits einen Ehrenplatz an der Seite der Spinnenkönigin garantierte. Nur ein Fanatiker unter den Drow wäre bereit, einen Treffer hinzunehmen, wie gering er auch sein mochte, um einen anderen zu schützen, und er würde dies auch nur tun, wenn es seinen eigenen Interessen förderlich wäre. Die Drow schreien in ihren Kampfrufen, daß sie zum Ruhme Lloths kämpften, doch in Wahrheit suchen sie alle nur, einen Teil dieses Ruhmes für sich selbst zu erlangen.

Persönlicher Vorteil war immer das Hauptinteresse der Dunkelelfen.

Das war der Unterschied zwischen den Verteidigern von Mithril-Halle und jenen, die gekommen waren, sie zu erobern. Dies war die einzige Hoffnung, die unsere Seite hatte, als wir mit einer solch schrecklichen Übermacht zudem hervorragend ausgebildeter Krieger konfrontiert waren.

Wenn ein einzelner Zwerg zu einem Gefecht hinzukam, in dem seine Kameraden unterlegen waren, so brüllte er auf und stürzte sich kopfüber in den Kampf, wie sehr die Gegner auch in der Übermacht sein mochten. Doch wenn wir eine Gruppe der Drow in einem Hinterhalt erwischen konnten, eine Patrouille vielleicht, so würden die unterstützenden Gruppen, die ihre unglücklichen Kameraden flankierten, nicht in den Kampf eingreifen, solange sie nicht sicher waren, daß sie den Sieg davontragen konnten.

Wir hatten ein wahrhaftiges, gemeinschaftliches Ziel. Wir verstanden, was Zusammengehörigkeit bedeutet, und kämpften für ein höheres, von allen geteiltes Prinzip. Und wir verstanden und akzeptierten, daß jedes Opfer, das wir bringen mochten, dem größeren Ziel dienen würde. Darin unterschieden wir uns wesentlich von unseren Gegnern.

Es gibt eine Kammer in Mithril-Halle – in Wahrheit sind es sogar viele Kammern –, in der die Helden von Kriegen und vergangenen Schlachten geehrt werden. Wulfgars Hammer befindet sich dort, und auch der Bogen – der Bogen eines Elfen –, den Catti-brie nun wieder benutzte, hing einmal an dieser Wand. Obgleich sie den Bogen bereits seit Jahren geführt und ein gut Teil zu seiner Legende beitragen hat, bezeichnet Catti-brie ihn noch immer als »Anariels Bogen« und erweist damit dem schon lange verstorbenen Elfen Ehre. Wenn der Bogen einst in späteren Jahrhunderten erneut von einem Freund der Sippe Heldenhammer benutzt werden wird, so wird man ihn »den Bogen von Catti-brie, die ihn nach Anariel führte«, nennen.

Es gibt einen anderen Ort in Mithril-Halle, die Halle der Könige, in der die Büsten der Führer der Sippe Heldenhammer, die acht Könige, riesig in Stein gehauen und für die Ewigkeit aufgestellt sind.

Die Drow haben keine solchen Monumente. Meine Mutter, Malice, sprach niemals von der vorangegangenen Oberin Mutter des Hauses Do'Urden, wahrscheinlich, weil sie Anteil an deren Tod gehabt hatte. In der Akademie gibt es keine Ehrenplatten für frühere Meisterinnen oder Meister. In der Tat, jetzt, da ich darüber nachsinne, erkenne ich, daß die einzigen Monumente in Menzoberranzan die Statuen jener sind, die von Baenre gestraft wurden, jener, die von Vendes' tückischer Peitsche getroffen wurden und deren Haut sich in Ebenholz verwandelt hat. Sie wurden als Beispiel für das, was jenen blüht, die den Gehorsam verweigern, auf dem Plateau von Tienbreche außerhalb der Akademie aufgestellt.

Dies war der Unterschied zwischen den Verteidigern von Mithril-Halle und jenen, die kamen, sie zu erobern. Dies war unsere einzige Hoffnung.

Drizzt Do'Urden

Nischen der Macht

So etwas hatte Bidderdoo noch nie gesehen. Es regnete im wahrsten Sinne des Wortes Kobolde und Koboldteile um den verängstigten Harpell herum, als die Knochenbrecher-Brigade vollends dem Blutrausch verfiel. Sie waren in eine kleine, breite Kammer gekommen, in der sie auf eine Koboldtruppe gestoßen waren, die ihnen zahlenmäßig um ein Vielfaches überlegen war. Bevor Bidderdoo einen Rückzug hatte vorschlagen können (oder ein »taktisches, flankierendes Manöver«, wie er es hatte nennen wollen, da ihm klar war, daß das Wort »Rückzug« nicht zu Thibbledorf Pwents Wortschatz gehörte), war Pwent bereits vorgestürmt.

Der arme Bidderdoo war von der Brigade mitgerissen worden, als die sieben wild gewordenen Zwerge blindlings und glücklich Pwents selbstmörderischem Angriff direkt in die Mitte der Höhle folgten. Jetzt war es zu einem Massaker ausgeufert, wie es sich der gelehrte Harpell, der sein gesamtes Leben im behüteten Efeu-Herrenhaus verbracht hatte, niemals hätte vorstellen können.

Pwent schoß an ihm vorüber. Auf seinem Helmstachel war ein toter Kobold aufgespießt, der träge hin und her schwankte. Mit weitaufgerissenen Armen sprang der Schlachtenwüter in eine Gruppe Kobolde und zog so viele an sich, wie er nur konnte, um sie fest zu umschlingen. Dann begann er damit, sich zu schütteln und so heftig zu zucken, daß Bidderdoo sich fragte, ob irgendein äußerst schmerzhaftes Gift seinen Weg in die Adern des Zwerges gefunden hätte.

Aber der Wahnsinn hatte Methode. Pwent schüttelte sich, und die tückischen Kanten seiner Rüstung schabten die Haut von seinen umarmten Feinden, rissen an ihnen und zerfetzten sie. Er riß sich mit einem linken Haken frei (und drei tote Kobolde sanken zu Boden), der seine gepanzerte und mit Nägeln gespickte Faust mehrere Zoll tief in die Stirn des nächsten, unglücklichen Feindes trieb.

Bidderdoo erkannte, daß der Angriff gar nicht selbstmörderisch war, daß die Knochenbrecher einfach dadurch siegen konnten, daß sie die größere Zahl von Feinden durch pure Wildheit überwältigten. Außerdem bemerkte er plötzlich, daß die Kobolde schnell lernten, die wilden Zwerge zu meiden. Sechs von ihnen umgingen Pwent in einem weiten, respektvollen Bogen. Sechs von ihnen schwenkten ab und stürzten sich auf den einzigen Feind, von dem sie hoffen konnten, ihn zu besiegen.

Bidderdoo fummelte mit den zerfetzten Überresten seines Zauberbuches herum und blätterte zu einer Seite, auf der die Tinte nicht so schlimm verwischt war. Er hielt das Pergament in einer Hand, streckte die andere nach vorne aus und begann hastig einen Zauberspruch aufzusagen, während er mit den Fingern wedelte.

Aus jeder seiner Fingerspitzen schoß ein Strahl magischer Energie. Grüne Blitze zuckten unbeirrbar durch die Luft und fanden ihre Ziele.

Fünf der Kobolde fielen tot zu Boden, aber der sechste stürmte schreiend heran, und sein kurzes Schwert zielte auf Bidderdoos Bauch.

Das Pergament fiel dem verängstigten Harpell aus der Hand. Er schrie auf, war überzeugt, daß sein letztes Stündchen geschlagen hatte, und handelte rein instinktiv, indem er sich über die Klinge nach vorn fallen ließ und seine Brust vorstreckte, so daß er den viel kleineren Kobold unter sich begrub. Er spürte einen brennenden Schmerz, als ihm das Schwert der kleinen Kreatur zwischen die Rippen fuhr, aber es war nur wenig Kraft hinter dem Schlag, und das Schwert drang nicht tief ein.

Bidderdoo, der im Kampf völlig unerfahren war, schrie in schrecklicher Angst auf. Und der Schmerz, der Schmerz …

Die Schreie des Zauberers wurden zu einem Heulen. Er blickte nach unten und sah den um sich schlagenden Kobold, und noch deutlicher sah er dessen entblößte Kehle.

Dann schmeckte er warmes Blut und war nicht abgestoßen davon.

Knurrend schloß Bidderdoo die Augen und machte weiter. Der Kobold hörte auf, um sich zu schlagen.

Nach einiger Zeit bemerkte der arme Harpell, daß der Kampflärm um ihn herum aufgehört hatte. Er öffnete langsam die Augen und hob seinen Kopf ein wenig, um Thibbledorf Pwent anzublicken, der über ihm stand und beifällig nickte.

Erst jetzt wurde Bidderdoo bewußt, daß er den Kobold getötet, daß er ihm die Kehle zerbissen hatte.

»Gute Technik«, meinte Pwent und machte sich wieder auf den Weg.

☆ ☆ ☆

Während die Manöver der Knochenbrecher-Brigade laut und direkt waren und sich vollständig auf die eigene Wildheit verließen, waren jene einer anderen Gruppe ein Tanz aus Heimlichkeit und Überfällen. Drizzt und Guenhwyvar, Catti-brie, Regis und Bruenor eilten lautlos von einem Tunnel zum nächsten, immer angeführt von dem Drow und dem Panther. Guenhwyvar war die erste, die einen näher kommenden Feind wahrnahm, und Drizzt gab rasch die Signale weiter, wenn die Katze die Ohren flach anlegte.

Die fünf arbeiteten in vollendetem Einklang. Sie stellten sich so auf, daß Catti-brie mit ihrem tödlichen Bogen den ersten Schuß hatte, woraufhin nacheinander der Sprung des Panthers, der unglaublich schnelle Vorstoß des Drow und Bruenors typischer, brüllender Zwergenangriff folgten. Regis fand immer einen Weg, sich an dem Kampf zu beteiligen, gewöhnlich, indem er sich hinter einen Feind schlich, um seinen Streitkolben einem Drow gegen den Rücken oder einem Kobold auf den Kopf zu schmettern, wenn einer seiner Freunde zu sehr in Bedrängnis geriet.

Dieses Mal hielt Regis es jedoch für klüger, sich ganz aus dem Kampf herauszuhalten. Die Gruppe befand sich in einem breiten, hohen Gang, als sich Guenhwyvar nahe einer Biegung niederduckte und die Ohren anlegte. Drizzt huschte in den Schatten einer Nische, was auch Regis tat, während Bruenor verteidigend vor seine Tochter trat, so daß diese über die Hörner seines Helmes hinweg zielen konnte.

Die Feinde, eine Gruppe von je fünf Minotauren und Drow, bogen um die Ecke und rannten eilig in Richtung Mithril-Halle.

Catti-brie konzentrierte sich klugerweise auf die Drow. Ein silberner Blitz zuckte auf, und ein Feind sank zu Boden.

Guenhwyvar sprang vor, begrub einen zweiten Dunkelelfen unter sich, krallte nach ihm, biß ihn und stürzte sich auf einen dritten.

Ein zweiter Blitz, und ein weiterer Elf lag tot auf dem Stein.

Aber die Minotauren stürmten schnell näher, und Catti-brie konnte keinen dritten Schuß abgeben. Sie griff nach ihrem Schwert, als Bruenor aufbrüllte und vorstürmte, um sich auf das vorderste Monster zu stürzen.

Der Minotaurus senkte seinen Stierkopf; Bruenor hob sein schartiges Schlachtbeil über den Kopf und packte den Griff fest mit beiden Händen.

Der Minotaurus kam heran, und die Axt flog nach vorn. Der Aufprall klang wie das Zerbrechen eines gigantischen Baumes.

Bruenor wußte nicht, was ihn getroffen hatte. Plötzlich flog er nach hinten, von sechshundert Pfund Minotaurus durch die Luft geschleudert.

☆ ☆ ☆

Drizzt kam herumwirbelnd und zustechend heran. Er traf den ersten Minotaurus von der Seite her. Ein Hieb mit dem Krummsäbel fuhr tief in den Oberschenkel der Kreatur und stoppte ihren Ansturm. Der Waldläufer wirbelte davon und ließ sich auf ein Knie sinken, während er zugleich mit Blaues Licht nach vorne stach und die Spitze des schimmernden Krummsäbels hinter die Kniescheibe des nächsten Monsters hakte.

Der Minotaurus heulte auf. Halb fiel er, und halb warf er sich auf Drizzt, aber der Drow war bereits wieder auf den Beinen und davongehuscht, so daß die Bestie hart auf dem Boden aufschlug.

Drizzt wandte sich schnell Catti-brie, Bruenor und den beiden Monstern zu, die sie bedrängten. Mit unglaublicher Geschwindigkeit war er fast sofort bei ihnen, und seine Krummsäbel gingen ans Werk, gruben sich erneut in die Beine seiner Feinde, um ihren Angriff zu stoppen.

Aber der letzte Minotaurus hatte Catti-brie bereits erreicht. Seine riesige Keule, die aus gehärtetem Pilzstiel gefertigt war, flog heran, und Catti-brie duckte sich rasch, während sie gleichzeitig ihr Schwert über ihrem Kopf kreisen ließ.

Khazid'hea durchtrennte die Keule einfach, und der Minotaurus starrte das in seiner Hand verbliebene Stück ungläubig an, während Catti-brie mit einem peitschenden Rückhandschlag konterte.

Der Minotaurus blickte sie neugierig an. Sie konnte nicht glauben, daß sie ihn verfehlt hatte.

☆ ☆ ☆

Regis beobachtete das Geschehen aus den Schatten heraus, da er wußte, daß er in diesem Kampf jedem Feind unterlegen war. Er versuchte jedoch, die Situation seiner Gefährten genau im Auge zu behalten, um bereit zu sein, falls er gebraucht wurde. Hauptsächlich beobachtete er Drizzt, war wie hypnotisiert von der schieren Schnelligkeit der Angriffe und Ausweichmanöver des Drow. Drizzt war immer sehr schnell gewesen, aber das Schauspiel, das er jetzt bot, war einfach überwältigend. Die Füße des Waldläufers bewegten sich derart schnell, daß Regis sie kaum erkennen konnte. Mehr als einmal versuchte Regis, Drizzts Weg vorherzusehen, nur um wieder ins Leere zu blicken, weil der Drow ganz woanders war.

Denn Drizzt war schneller zur Seite gewichen oder hatte seine Richtung umgekehrt, als der Halbling für möglich gehalten hätte.

Schließlich schüttelte Regis einfach nur den Kopf und hob sich die Fragen für einen späteren Zeitpunkt auf, da es, wie er sich ermahnte, im Augenblick wichtigere Dinge zu bedenken gab. Er sah sich um und bemerkte, daß der letzte der feindlichen Drow zur Seite schlüpfte, um dem Panther zu entgehen.

☆ ☆ ☆

Der letzte Drow wollte nichts mit Guenhwyvar zu tun haben und war außerdem froh darüber, daß die Frau mit dem tödlichen Bogen in einen Nahkampf verstrickt war. Zwei seiner dunkelelfischen Begleiter lagen von Pfeilen durchbohrt tot auf den Steinen, eine dritte wand sich vor Schmerzen – ihr halbes Gesicht war von den Klauen des Panthers weggerissen worden –, und alle fünf Minotauren waren tot oder in Gefechte verstrickt. Der vierte Drow war davongelaufen und um die Biegung verschwunden, aber der verwünschte Panther war nur ein paar Schritte hinter ihm, und der sich verbergende Dunkelelf wußte, daß sein Begleiter nicht mehr lange zu leben hatte.

Doch das alles kümmerte den Drow nur wenig, denn er erblickte Drizzt Do'Urden, den Renegaten, den meistgehaßten Feind von allen. Der Waldläufer war vollauf beschäftigt und dadurch verwundbar, da er heftig daran arbeitete, alle drei Minotauren, die er verwundet hatte, zu töten. Wenn der Drow diese Gelegenheit nutzen und Drizzt umbringen konnte, dann wäre sein Ruhm und der seines Hauses gesichert. Selbst wenn er anschließend von Drizzts Freunden getötet werden sollte, würde er einen Ehrenplatz neben Lloth, der Spinnenkönigin, erhalten.

Er legte seinen mächtigsten Bolzen, einen Pfeil, der mit Runen des Feuers und des Blitzes verzaubert war, in seine schwere, zweihändig zu bedienende Armbrust – eine wahrlich ungewöhnliche Waffe für einen Dunkelelfen – und zielte sorgfältig.

Etwas schlug hart von der Seite gegen die Armbrust. Der Drow drückte instinktiv auf den Abzug, aber der Bolzen flog nur nach unten und explodierte zu seinen Füßen. Die Wucht riß ihn von den Füßen; die hochschießenden Flammen versengten sein Haar und blendeten ihn kurzfristig.

Er rollte sich auf dem Boden herum, und es gelang ihm, aus seinem brennenden *Piwafwi* zu schlüpfen. Benommen bemerkte er einen kleinen Streitkolben, der neben ihm auf dem Boden lag, dann eine kleine, feiste Hand, die hinabgriff, um ihn aufzuheben. Der Drow versuchte zu reagieren, als nackte Füße, die auf der Oberseite mit Haaren bedeckt waren – etwas, das der Drow aus dem Unterreich nie zuvor gesehen hatte –, sich stetig näherten.

Dann wurde alles dunkel.

☆ ☆ ☆

Catti-brie schrie auf und sprang zurück, aber der Minotaurus griff nicht an. Statt dessen stand die Bestie absolut reglos da und betrachtete sie neugierig.

»Ich habe dich nicht verfehlt«, sagte Catti-brie, als ob ihr Leugnen dessen, was offensichtlich schien, ihre Lage verbessern könnte. Zu ihrer Überraschung erwies sich, daß sie recht gehabt hatte.

Das linke Bein des Minotauren, das von Khazid'hea sauber durchtrennt worden war, gab unter ihm nach, und die Bestie fiel nun endlich zu Boden, wo ihr Lebensblut ungehindert ausströmte.

Catti-brie sah sich nach Bruenor um, der knurrend und stöhnend unter dem Minotaurus hervorkroch, den er getötet hatte. Der Zwerg sprang auf, schüttelte heftig den Kopf, um die Sterne vor seinen Augen zu verscheuchen, und schaute dann, die Hände in die Hüften gestemmt, sein Beil an, während er unwillig den Kopf schüttelte. Die mächtige Waffe war fast einen Fuß tief in den dicken Schädel des Minotaurus eingedrungen.

»Wie, bei allen Neun Höllen, soll ich das verdammte Ding da wieder rausbekommen?« fragte Bruenor und blickte seine Tochter an.

Drizzt hatte seinen Kampf beendet, so wie auch Regis, und Guenhwyvar kam wieder hinter der Biegung hervor und schleifte den letzten Drow an seinem gebrochenen Hals mit.

»Ein weiterer Sieg für unsere Seite«, merkte Regis an, als die Freunde sich wieder versammelten.

Drizzt nickte zustimmend, schien aber nicht so recht zufrieden zu sein. Er wußte, daß sie mit diesen Aktivitäten kaum an der Oberfläche der Streitmacht kratzten, die nach Mithril-Halle gekommen war. Und trotz der Kürze dieses letzten Scharmützels und der drei vorangegangenen hatten die Freunde letztendlich viel Glück gehabt. Was wäre geschehen, wenn eine zweite Gruppe von Drow und Minotauren – oder auch nur von Kobolden – um die Ecke gebogen wäre, als der Kampf noch tobte?

Sie hatten schnell und sauber gewonnen, aber die Grenze von diesem Sieg zur Niederlage war eine sehr dünne Linie.

»Du bist nicht zufrieden«, sagte Catti-brie leise zu dem Waldläufer, als sie sich wieder auf den Weg machten.

»In zwei Stunden haben wir ein Dutzend Drow, eine Handvoll Minotauren und vielleicht zwei Dutzend Kobolde getötet«, erwiderte Drizzt.

»Und von ihnen allen gibt es noch Tausende mehr«, fügte die Frau hinzu, die Drizzts Unzufriedenheit verstand.

Drizzt erwiderte nichts. Seine einzige Hoffnung, die einzige Hoffnung für Mithril-Halle, bestand darin, daß sie und andere Gruppen genügend Drow töteten, um ihren Feinden den Schneid abzukaufen. Dunkelelfen waren ein chaotischer und überaus unloyaler Haufen, und nur wenn die Verteidiger von Mithril-Halle den Kriegswillen der Drowarmee besiegen konnten, hatten sie eine Chance.

Guenhwyvars Ohren legten sich wieder flach an, und der Panther schlüpfte lautlos im Dunkel davon. Die Freunde, die plötzlich der ganzen Sache äußerst überdrüssig waren, nahmen hastig ihre Positionen ein und waren wirklich erleichtert, als die nächste Gruppe in Sicht kam. Diesmal waren es keine Drow, und es waren auch keine Minotauren oder Kobolde. Ein Trupp Zwerge, fast zwei Dutzend, grüßte sie und kam dann heran. Auch diese Gruppe hatte seit der Schlacht in Tunults Kaverne Kämpfe ausgetragen. Viele hatten frische Wunden, und jede Zwergenwaffe war mit feindlichem Blut bedeckt.

»Wie halten wir uns?« fragte Bruenor und trat nach vorn.

Der Anführer des Zwergentrupps zuckte zusammen, und Bruenor hatte seine Antwort. »Sie kämpfen in der Unterstadt, mein König«, sagte der Zwerg. »Wie sie da hingekommen sind, wissen wir nicht! Und allen Berichten nach gibt es auch auf den höheren Ebenen Kämpfe. Das östliche Tor ist gestürmt worden.«

Bruenors Schultern sackten merklich zusammen.

»Aber wir halten Garumns Schlucht!« sagte der Zwerg mit Enthusiasmus.

»Wo kommt ihr her, und wo geht ihr hin?« wollte Bruenor wissen.

»Vom letzten Wachraum«, erklärte der Zwerg. »Wir haben eine kleine Runde gemacht, um dich zu finden, mein König. Die Tunnel sind mit Drow übersät, und wir sind froh, dich noch auf den Beinen zu sehen!« Er deutete hinter Bruenor und stieß seinen Finger dann nach links. »Wir sind nicht weit entfernt, und der Weg zum letzten Wachraum ist noch frei …«

»Aber das wird nicht mehr lange dauern«, warf ein anderer Zwerg düster ein.

»Und von dort führt der Weg zur Unterstadt«, beendete der Anführer seinen Gedanken.

Drizzt zog Bruenor zur Seite und begann, auf ihn einzuflüstern. Catti-brie und Regis warteten ebenso geduldig ab wie die Zwerge.

»… weitersuchen«, hörten sie Drizzt sagen.

»Mein Platz ist bei meinem Volk!« erwiderte Bruenor grob. »Und der deinige ist bei mir!«

Drizzt unterbrach ihn mit einem langen Strom von Worten. Catti-brie und die anderen hörten Bruchstücke wie »den Kopf jagen« und »Umgehungsroute«, und sie erkannten, daß Drizzt versuchte, Bruenor davon zu überzeugen, ihn mit seiner Jagd durch die äußeren, tieferen Tunnel fortfahren zu lassen.

Catti-brie beschloß, daß sie mit ihrem Katzenaugendiadem, das ihr Alustriel gegeben hatte, damit sie im Dunkeln sehen konnte, mit Drizzt gehen würde, falls er und Guenhwyvar weitermachen sollten. Regis, der sich ungewöhnlich tapfer und nützlich fühlte, kam zu dem gleichen Entschluß.

Und dennoch waren beide überrascht, als Drizzt und Bruenor zu der Gruppe zurückkehrten.

»Kehrt zum letzten Wachraum zurück und notfalls auch bis zur Unterstadt«, befahl Bruenor dem Anführer des Trupps.

Dem Zwerg fiel vor Staunen der Unterkiefer herab. »Aber ... mein König«, japste er.

»Geht schon!« knurrte Bruenor.

»Und dich sollen wir allein hier draußen zurücklassen?« fragte der verwirrte Zwerg.

Bruenors Lächeln wurde breit und listig, als er von dem Zwerg zu Drizzt, zu Catti-brie, zu Regis und zu Guenhwyvar blickte, um sich dann wieder dem Zwerg zuzuwenden.

»Allein?« erwiderte Bruenor, und der andere Zwerg, der die Fähigkeiten der Begleiter seines Königs kannte, gab nach.

»Geht zurück und gewinnt«, sagte Bruenor zu ihm. »Ich und meine Freunde haben noch eine kleine Jagd vor uns.«

Die beiden Gruppen trennten sich wieder, beide mit grimmiger Entschlossenheit, aber nicht übermäßig optimistisch.

Drizzt flüsterte dem Panther etwas zu, und Guenhwyvar übernahm erneut die Führung. Bis zu diesem Zeitpunkt hatten die Gefährten auf jede feindliche Gruppe gelauert, die ihren Weg kreuzte, aber jetzt, da sie die üblen Nachrichten aus der Unterstadt und vom östlichen Tor vernommen hatten, änderte Drizzt diese Taktik. Wenn sie die kleinen Trupps aus Drow und den anderen Monstern nicht vermeiden konnten, würden sie mit ihnen kämpfen, aber ansonsten war ihr Weg jetzt zielgerichteter. Drizzt wollte die Priesterinnen finden – und er wußte, daß es Priesterinnen sein mußten –, die diesen Kriegszug befehligten. Die einzige Chance der Zwerge bestand darin, der feindlichen Armee den Kopf abzuschlagen.

Und so machten sich die Gefährten jetzt auf, »den Kopf zu jagen«, wie Drizzt es Bruenor gegenüber genannt hatte.

Regis, der letzte in der Reihe, schüttelte den Kopf und schaute mehr als einmal zurück zu dem Weg, den die Zwergentruppe genommen hatte. »Wie bringe ich mich nur immer wieder selbst in solchen Schlamassel?« flüsterte der Halbling. Dann, als er die Rücken seiner verwegenen, manchmal tollkühnen Freunde betrachtete, kannte er die Antwort.

Catti-brie hörte den resignierten Seufzer des Halblings, erkannte den Grund dafür und konnte ihr Lächeln gerade noch verbergen.

Die Schlacht tobt weiter

Alustriel sah von ihrem hohen Aussichtspunkt aus zu, als der Südhang von Vier Gipfel in einem Licht flackerte, das wie die Sterne am Himmel blinkte. Der Wechsel von verzauberten Lichtsteinen der Verteidiger und der dunklen Magie, welche die Angreifer dagegen einsetzten, war furios. Als sie ihren Streitwagen über die südwestlichen Klippen lenkte, verspürte die Herrin von Silbrigmond schreckliche Angst, denn die Verteidiger waren in eine U-Formation gezwungen worden, in der sie von allen Seiten von Goblins, Kobolden und wütenden Drowkriegern umgeben waren.

Dennoch kämpften die Truppen der vier Armeen gut, praktisch Rücken an Rücken, und ihre Reihen waren fest geschlossen. An der Öffnung an der Oberseite des »U«, dem natürlichen Schwachpunkt der Formation, konnte aufgrund der steilen Abhänge kein großer Feindestrupp zuschlagen, und entlang der gesamten Kampflinie waren die Verteidiger so eng gedrängt, daß sie jeder Attacke standhalten konnten.

Noch während sich Alustriel mit diesem Gedanken beruhigte, wurden ihre Hoffnungen jedoch auf die Probe gestellt. Eine Gruppe, die von riesigen Grottenschraten angeführt wurde, sieben Fuß großen, haarigen Verwandten der Goblins, formierte sich zu einem enggeschlossenen Karree und stürmte keilartig in die östliche Flanke der Verteidiger.

Die Linie wankte; Alustriel hätte fast mit einem Feuerwerk explosiver Magie auf sich aufmerksam gemacht.

Aber inmitten des Chaos und des Ansturms erhob sich ein Schwert über alle anderen Schwerter und ein Schlachtgesang über alle anderen Kampfrufe.

Berkthgar der Tapfere sang mit aller Inbrunst zu Tempus, und Bankenfuere summte, während es durch die Luft sauste. Berkthgar ignorierte die geringeren Goblins und ging direkt auf die Grottenschrate los, und jeder seiner mächtigen Hiebe fällte eines der Monster. Der Häuptling von Siedelstein mußte einen heftigen Treffer einstecken, und dann noch einen weiteren, aber kein Zeichen des Schmerzes war auf seinem finsteren Gesicht zu sehen oder verlangsamte seinen entschlossenen Vormarsch.

Jene Grottenschrate, die den ersten berserkerhaften Attacken des riesigen Mannes entkommen waren, flohen ihn danach, und als sie ihre Anführer so verängstigt sahen, verließ die Goblins der Mut, und das Karree löste sich in einen fliehenden Mob auf.

Alustriel wußte, daß viele Lieder zum Ruhme Berkthgars gesungen werden würden, doch nur, wenn die Verteidiger gewinnen sollten. Hätten die Dunkelelfen mit ihrer Eroberung Erfolg, so würden all solche Heldentaten für zukünftige Generationen verloren sein, begraben unter einem schwarzen Schleier der Unterdrückung. Das durfte nicht geschehen, beschloß die Herrin von Silbrigmond. Selbst wenn Mithril-Halle in dieser oder der folgenden Nacht fallen sollte, würde der Krieg nicht verloren sein. Ganz Silbrigmond würde sich gegen die Drow erheben, und sie selbst würde nach Sundabar im Osten gehen, zur Zitadelle Adbar, der Feste von König Harbomme und seinen Zwergen, und sogar bis nach Tiefwasser an der Schwerterküste, um die Streitkräfte anzuwerben, die notwendig waren, um die Drow nach Menzoberranzan zurückzutreiben!

Dieser Krieg durfte nicht verloren werden, ermahnte sie sich selbst, und sie blickte zu der Armee der Verteidiger hinab, die gegen die heranwogenden Massen kämpfend und sterbend standhielten.

Dann kam die Tragödie, die sie die ganze Zeit bereits erwartet und gefürchtet hatte: das magische Sperrfeuer, explodierende Feuerbälle, Blitze, Strahlen alles verzehrender Energie und vernichtende Geschosse.

Der Angriff konzentrierte sich auf die südwestliche Ecke des »U«, sprengte die Reihen der Reiter von Nesme und vernichtete Männer und Tiere gleichermaßen. Auch viele der humanoiden Sklaven fielen der Vernichtung zum Opfer, doch sie waren nichts als Kriegsfutter und kümmerten die Zauberer der Drow nicht.

Tränen strömten Alustriel über die Wangen, als sie die Katastrophe mit ansah, als sie die qualvollen Schreie von Mensch und Tier vernahm und sah, wie jener Teil des Berges unter dem magischen Ansturm verkohlte. Sie machte sich Vorwürfe, diesen Krieg nicht vorhergesehen, die Macht des Drowkriegszuges unterschätzt zu haben und nicht ihre gesamte Armee mit allen Kriegern, Zauberern und Priestern zur Unterstützung von Mithril-Halle ausgeschickt zu haben.

Das Massaker dauerte noch viele Sekunden lang an, die den entsetzten Verteidigern wie Stunden erschienen. Es ging weiter und weiter, auf neue Explosionen folgten noch mehr Schreie.

Alustriel ermahnte sich wieder und suchte nach der Quelle, und als sie diese erblickte, erkannte sie, daß die Zauberer der Dunkelelfen in ihrer Unkenntnis der Welt der Oberfläche einen Fehler begangen hatten.

Sie waren im Schutz eines dicht mit Bäumen bewachsenen Waldgebietes versammelt, vom dem aus sie ihre tödlichen Zaubersalven abfeuerten.

Alustriels Züge erhellten sich zu einem boshaften Lächeln, ein Lächeln der Rache, und sie bog mit ihrem Streitwagen in einer scharfen Kurve ab. Wie ein Pfeil, der auf das Herz ihrer Feinde zusauste, schoß sie aus der Höhe den Berghang hinab.

Die Drow hatten einen Fehler begangen: sie befanden sich unter den Bäumen.

Als sie die nördliche Ecke des Schlachtfeldes überquerte, rief Alustriel ein Kommando, und ihr Streitwagen und die verzauberten Pferde, die ihn zogen, gingen in lodernde Flammen auf.

Unter sich hörte sie die Angstschreie, die von Freund und Feind gleichermaßen ausgestoßen wurden, und die Trompeten der Ritter in Silber, die den Streitwagen erkannt hatten und wußten, daß ihre Herrin gekommen war.

Sie schoß herab, und ein Feuerball sauste vor ihr her durch die Luft und explodierte im Herzen des Hains. Alustriel raste bis an die Baumgrenze, dann bog sie scharf ab und flog an dieser Linie entlang, wobei die Flammen ihres Wagens alle Zweige entzündeten, an denen sie vorbeikam.

Die Zauberer der Drow hatten einen Fehler begangen!

Sie wußte, daß die Dunkelelfen wahrscheinlich Schilde errichtet hatten – vielleicht sogar nach oben hin –, die feindliche Magie abwehren und selbst die hitzigsten Feuer löschen würden, aber sie hatten die entflammbare Natur der Bäume nicht verstanden. Selbst wenn das Feuer sie nicht verzehren sollte, würden die Flammen sie blenden und am Kampf hindern.

Und der Rauch! Der dichte Hain war von vorangegangenen Regenfällen und Frösten feucht, und bald quollen überall schwarze Wolken hervor. Noch schlimmer für die Drow war, daß ihre Zauberer den Flammen so begegneten, wie sie das immer getan hatten, indem sie Wasser beschworen. Ihr Zauber war so gewaltig, daß die Flammen gelöscht worden wären, doch Alustriel gönnte sich keine Rast, sondern flog weiterhin schnell um den Hain herum und drang sogar an offenen Stellen in ihn ein. Kein Wasser, nicht einmal der Ozean selbst, hätte die Flammen ihres magischen Streitwagens löschen können. Während sie fortfuhr, neue Feuer zu entfachen, sorgten die Löschzauber nur dafür, daß der Qualm immer dichter wurde, bis die Luft so dick war, daß die Dunkelelfen nichts mehr sehen konnten und auch keine Luft mehr bekamen.

Alustriel vertraute darauf, daß ihre Pferde, die wie eine Verlängerung ihres Willens waren, ihr Vorhaben verstünden und den Wagen auf Kurs hielten, und sie hielt Ausschau, während sie ihre Zauber vorbereitete, denn sie wußte, daß der Feind nicht in dem Gehölz bleiben konnte. Wie sie es erwartet hatte, flog ein Drow durch die Bäume nach oben, erhob sich über das Inferno, schwebte in der Luft und versuchte, sich über das Geschehen zu orientieren, das außerhalb des Gehölzes vonstatten ging.

Alustriels Blitzschlag traf ihn in den Hinterkopf und wirbelte ihn immer und immer wieder um seine Längsachse, und er hing kopfüber tot in der Luft, bis die Magie seines Zaubers verging und er wieder zwischen die Bäume fiel.

Doch noch während Alustriel den Zauberer tötete,

schwebte ein Feuerball direkt vor dem Streitwagen in die Luft, und das dahinrasende Gefährt und Alustriel schossen hindurch. Die Herrin von Silbrigmond war vor den Flammen ihrer eigenen Magie geschützt, jedoch nicht vor denen des Feuerballs, und sie schrie schmerzerfüllt auf, und ihr Gesicht war krebsrot von der Hitze, als sie wieder aus dem Feuer auftauchte.

☆ ☆ ☆

Hoch oben am Berghang wurden Besnell und seine Soldaten Zeuge des Angriffs auf Alustriel. Der Elf kniff die goldenen Augen zusammen; seine Männer schrien vor Empörung auf. Waren ihre früheren Anstrengungen bereits wild gewesen, so verfielen sie jetzt in pure Raserei, und Berkthgars Männer, die an ihrer Seite kämpften, brauchten keine weitere Aufforderung, um sich ihnen anzuschließen.

Goblins und Kobolde, Grottenschrate und Orks, selbst riesige Minotauren und erfahrene Drow starben in den nächsten Augenblicken der Schlacht zu Dutzenden.

Es schien kaum einen Unterschied zu machen. Sobald einer starb, nahmen zwei neue seinen Platz ein, und obwohl die Ritter und die Barbaren die feindlichen Reihen hätten durchbrechen können, gab es doch keinen Ort, zu dem sie sich dann hätten wenden können.

Weiter im Westen erkannte Regweld, dessen eigene Langreiter ebenso in Bedrängnis waren, wo ihre einzige Hoffnung lag. Er ließ Pfützenspringer zu einer Stelle hüpfen, an der sich keine Feinde befanden, und webte einen Zauber, um Besnell eine Nachricht zu senden.

Nach Westen! bat der Zauberer den Anführer der Ritter.

Dann setzte Regweld seine Idee in die Tat um und wendete seine Männer und die Barbaren, die an ihrer Seite kämpften, nach Westen, in Richtung auf das Tal der Hüter, wie es der ursprüngliche Plan vorgesehen hatte. Die Zauberer der Drow waren für den Moment zum Schweigen gebracht worden, und dies war die einzige Chance, die sich Regweld und seiner Truppe bot.

Ein Blitz zerriß die dunkel werdende Luft. Ein Feuerball folgte ihm, und hinter ihm kam Regweld, der mit Pfützenspringer über die Reihen seiner Feinde sprang und ein Sperrfeuer magischer Geschosse auf sie hinabhageln ließ, während er über sie hinwegflog.

Verwirrung breitete sich in den feindlichen Reihen aus, so daß die Langreiter, Männer, die ihr Leben lang an der Seite der Harpells gefochten hatten und Regwelds Taktik erkannten, in der Lage waren, eine tiefe Kerbe hineinzuschlagen und einen Spalt zu öffnen.

Mit ihnen kamen viele Krieger aus Siedelstein und die wenigen verbliebenen Reiter aus Nesme. Hinter ihnen folgten der Rest der barbarischen Streitmacht und die Ritter in Silber. Der mächtige Berkthgar bildete die Nachhut und hielt die verfolgenden Monster fast im Alleingang in Schach.

Die Verteidiger stießen rasch durch die Reihen, doch wurde ihr Schwung durch eine neue Streitmacht zum Erliegen gebracht, die sich vor ihnen in dichten Reihen formierte und zum größten Teil aus Drow bestand.

Regweld hielt seinen magischen Beschuß aufrecht und stürmte auf Pfützenspringer nach vorn. Er war darauf gefaßt zu sterben.

Und das wäre er auch, doch Alustriel, durch die immer stärker werdenden Gegenzauber der Drowmagier von dem Gehölz vertrieben, eilte zu dem Berghang zurück und flog niedrig genug über die Reihen der Drow dahin, daß die Dunkelelfen, die nicht flohen, niedergetrampelt und von ihrem feurigen Vorbeiflug verbrannt wurden.

Besnell und seine Leute galoppierten an die Spitze der fliehenden Streitmacht, stießen Hochrufe auf Alustriel und alles Gute Volk aus und stürmten in die Reihen der verwirrten

Drow, direkt auf den verkohlten Spuren des flammenden Streitwagens.

Noch viele weitere Männer starben in diesen wenigen Augenblicken höllischen Kampfes, viele Männer und viele Drow, aber die Verteidiger brachen nach Westen durch, rannten und ritten weiter und erreichten den Weg zum Tal der Hüter, bevor der Feind ihn blockieren konnte.

Erneut über der Schlacht schwebend, sackte Alustriel erschöpft zusammen. Sie hatte seit vielen, vielen Jahren keine solche konzentrierte Magie mehr gewirkt, und seit sie die Herrschaft über Silbrigmond innehatte, war sie nicht mehr so körperlich in einen Konflikt verstrickt gewesen. Jetzt war sie müde und verwundet, verbrannt und versengt, und sie hatte mehrere Treffer von Schwertern und Armbrustbolzen erlitten, als sie über die Reihen der Drow dahingefegt war.

Sie wußte, was sie bei ihrer Rückkehr nach Silbrigmond erwarten würde, wußte, daß ihre Berater und der Stadtrat und auch Kollegen aus anderen Städten sie für impulsiv, ja sogar für dumm halten würden. Mithril-Halle war ein kleines Königreich, das nicht ihr Leben wert war, würden ihre Kritiker sagen. Es war töricht, gegenüber einem so tödlichen Feind ein solches Risiko einzugehen.

All das würden sie sagen, aber Alustriel wußte es besser; sie wußte, daß die Freiheiten und Rechte, die Silbrigmond genoß, der Stadt nicht aufgrund ihrer Größe und Stärke zustanden. Sie standen allen zu, Silbrigmond, Wassertief und selbst dem kleinsten Königreich, dem es nach ihnen verlangte, denn andernfalls wären diese Werte bedeutungslos und selbstsüchtig.

Jetzt war die Herrin verwundet, war beinahe getötet worden, und sie löschte die Flammen ihres Streitwagens, während sie sich hoch in den Himmel erhob. Sich so offen zu zeigen, würde nur fortwährende magische Angriffe zur Folge haben, die sie wahrscheinlich vernichten würden.

Sie wußte, daß sie schwer verwundet war, aber Alustriel

lächelte. Selbst wenn sie in dieser Nacht sterben sollte, würde die Herrin von Silbrigmond lächeln, denn sie folgte ihrem Herzen. Sie kämpfte für etwas, das größer war als ihr Leben, für Werte, die ewig waren und zeitlos gerecht.

Sie schaute mit Befriedigung zu, als die Streitmacht unter der Führung Besnells und ihrer eigenen Ritter sich vom Feind lösen und auf das Tal der Hüter zueilen konnte, dann stieg sie höher hinauf in den kalten Himmel und wendete sich nach Westen.

Der Feind würde sie verfolgen, mehr Feinde kamen schnell von Norden herbei, und die Schlacht hatte eben erst begonnen.

☆ ☆ ☆

Die Unterstadt, in der zweitausend Zwerge oft hart bei ihrer liebsten Tätigkeit schufteten, hatte noch nie ein solches Gewimmel und einen solchen Tumult erlebt wie an diesem Tag. Nicht einmal, als Trübschimmer, der Schattendrache, und sein Heer aus bösen, grauen Zwergen damals, als Bruenors Großvater König gewesen war, die Zitadelle erobert hatten, hatte eine solche Schlacht in der Unterstadt getobt.

Goblins und Minotauren, Kobolde und üble Monstren, deren Namen die Zwerge nicht einmal kannten, strömten aus den tiefer gelegenen Tunneln und aus dem Boden selbst herbei, der von der Magie der Illithiden an einigen Stellen durchlässig gemacht worden war. Und Drow, Dutzende von Dunkelelfen, kämpften und fochten um jeden Fußbreit. Ihr Tanz auf dem weiten Platz war eine makabre Mischung wirbelnder Schatten im glimmenden Leuchten der vielen heruntergebrannten Essen.

Doch noch waren die Haupttunnel zu den tieferen Ebenen nicht gefallen, und die größte Konzentration von Feinden, insbesondere von Drow, befand sich noch immer außerhalb der eigentlichen Mithril-Halle. Jetzt wollten die Dunkelelfen, die in die Unterstadt eingedrungen waren, diesen Weg öffnen und sich mit den Truppen von Uthegental und Oberin Baenre vereinigen.

Und die Zwerge wollten dies verhindern, denn sie wußten, daß eine solche Vereinigung das Ende von Mithril-Halle wäre.

Blitze zuckten in Grün und Rot, zischende schwarze Strahlen kamen von unten, von den Drow, und sie wurden von Harkle und Bella don DelRoy erwidert.

Die tiefsten Tunnel begannen, dunkler zu werden, als die Drow ihre Magie wirkten, um ein für sie geeignetes Schlachtfeld zu schaffen.

Der Aufprall von Lichtsteinchen auf dem Boden klang wie ein sanfter Regen, als Stumpet Reißklaue und ihr Trupp von Zwergenpriestern der Magie entgegentraten. Sie erhellten das Gebiet, schleuderten Zauber auf Zauber und vertrieben die Schatten aus jedem Winkel. Zwerge konnten im Dunkeln kämpfen, aber sie konnten auch im Licht kämpfen, und die Drow und andere Kreaturen des Unterreiches mochten die Helligkeit nicht so gern.

Eine Gruppe aus zwanzig Zwergen bildete eine enge Formation und überrannte eine Bande fliehender Goblins. Ihre Stiefel hallten wie ein schweres, rollendes Rad, ein beständiges Getöse, und sie mähten alle Monster nieder, die es wagten, ihnen in die Quere zu kommen.

Eine Handvoll Dunkelelfen schoß mit stechenden Armbrustbolzen, aber die Zwerge schüttelten die Treffer einfach ab – und da in ihrem Blut Tränke kreisten, die jedes Gift abwehrten, schadete ihnen auch die berüchtigte Schlafdroge der Drow nicht.

Als sie sahen, daß ihr Angriff kein Ergebnis brachte, verstreuten sich die Drow, und der Zwergenkeil wandte sich der nächsten Aufgabe zu, zwei seltsam aussehenden Kreaturen, die das bärtige Volk nicht kannte, zwei häßliche Wesen mit schleimigen Köpfen, an denen sich Tentakel an der Stelle krümmten, wo ihre Mäuler hätten sein müssen, und mit milchig weißen Augen, die keine Pupillen besaßen.

Der Zwergenkeil schien unaufhaltsam zu sein, aber als die Illithiden sich ihm zuwandten und ihre verheerende geistige Kraft entfesselten, kam der Keil ins Stolpern und brach auseinander, während die benommenen Zwerge ziellos durcheinandertaumelten.

»Oh, da sind sie!« quäkte Harkle auf der dritten Terrasse der Unterstadt, mehr als sechzig Fuß über dem Boden.

Bella don DelRoy verzog angewidert das Gesicht, als sie die Gedankenschinder das erste Mal erblickte. Sie und Harkle hatten diese Kreaturen erwartet; Drizzt hatte ihnen von Oberin Baenres »Haustier« erzählt. Trotz ihres Abscheus war Bella, wie alle Harpells, eher neugierig als verängstigt. Sie war auf die Illithiden gefaßt gewesen – sie hatte nur nicht erwartet, daß sie so verdammt häßlich waren!

»Bist du ganz sicher?« fragte die kleine Frau Harkle, der eine Strategie ausgearbeitet hatte, wie die tintenfischköpfigen Wesen zu bekämpfen waren. Bellas gutes Auge enthüllte jedoch ihre wahren Hoffnungen, denn während sie mit Harkle sprach, blieb es fest auf die häßlichen Illithiden gerichtet.

»Hätte ich mir sonst die ganze Mühe gemacht, zu lernen, aus der anderen Perspektive zu zaubern?« fragte Harkle, offenbar gekränkt von ihrem Zweifel.

»Natürlich«, erwiderte Bella. »Nun, diese Zwerge brauchen unsere Hilfe.«

»In der Tat.«

Ein kurzer Zauberspruch der Tochter DelRoys öffnete ein blaues, torartiges Feld, das vor den beiden Zauberern schimmerte.

»Nach dir«, sagte Bella höflich.

»Oh, Rang vor Schönheit«, antwortete Harkle und zeigte auf das Tor, um anzudeuten, daß Bella als erste gehen sollte.

»Wir dürfen keine Zeit vergeuden!« erscholl hinter ihnen

eine deutliche Stimme, und überraschend starke Hände schoben Bella und Harkle auf das Tor zu. Sie traten gemeinsam hindurch, und hinter ihnen schob sich der wohlgekleidete Zwerg Fret hinein.

Das zweite Tor erschien auf dem Boden, zwischen den Illithiden und ihren benommenen Opfern, und die drei Dimensionsreisenden tauchten aus dem Nichts auf. Fret eilte zur Seite und versuchte, die verwundbaren Zwerge wieder in Reih und Glied zu bringen, während Harkle und Bella don DelRoy ihren Mut zusammennahmen und sich den oktopusköpfigen Kreaturen stellten.

»Ich verstehe euren Ärger«, begann Harkle, und er und seine Begleiterin erschauderten, als eine Welle geistiger Energie über sie schwappte und ein heftiges Prickeln zurückließ.

»Wenn ich so häßlich wäre wie ihr ...«, fuhr Harkle fort, und eine zweite Welle brandete heran.

»... dann wäre ich auch gemein!« beendete Harkle seinen Satz, und ein dritter Energiestoß explodierte, und dicht hinter ihm kamen die Illithiden. Bella schrie auf, und Harkle wurde beinahe ohnmächtig, als die monströsen Wesen sich an sie herandrängten und mit ihren Tentakeln auf sie eindrangen. Einer fuhr direkt in Harkles Nase und suchte nach Gehirnmasse, die er verzehren konnte.

»Bist du wirklich sicher?« rief Bella aus.

Aber Harkle, der in das Wirken eines Zaubers vertieft war, hörte sie nicht. Er leistete dem Illithiden keinen Widerstand, denn er wollte nicht, daß ihn die Kreatur zu schwer verletzte. Es war schon schwierig genug, sich zu konzentrieren, während sich zuckende Tentakel unter seine Gesichtshaut gruben!

Diese Tentakel schwollen nun an, als sie ihre Beute heraussogen.

Ein unverkennbar angewiderter Ausdruck trat auf die normalerweise ausdruckslosen Gesichter beider Kreaturen.

Harkles Hände hoben sich langsam mit nach unten gewendeten Handflächen. Seine Daumen berührten sich, und die anderen Finger waren weit gespreizt. Feuer schoß aus seinen Händen, versengte den verwirrten Illithiden und verbrannte seine Roben. Der Gedankenschinder versuchte, sich zurückzuziehen, und Harkles Gesichtshaut wurde auf unheimliche Weise gedehnt, als die Tentakel sich wieder herauszogen.

Harkle war bereits mit seinem nächsten Zauber beschäftigt. Er griff in seine Robe und zog einen Pfeil hervor sowie ein Blatt, das zu Pulver zerrieben worden war, und ein längliches, schleimiges Ding, das Gedärm einer Schlange. Dies alles knetete er zusammen, während er seinen Zauberspruch vollendete.

Aus seiner Hand schoß ein kleiner Bolzen, der die zwei Fuß weit flog, die er brauchte, um sich in den noch immer brennenden Bauch des Illithiden zu versenken.

Die Kreatur gurgelte etwas Unverständliches und riß sich endlich los. Sie taumelte davon und krallte nach ihrer neuesten Wunde, denn obgleich das Feuer noch immer hier und dort an ihr nagte, schmerzte der neue Angriff um vieles mehr.

Der verzauberte Bolzen pumpte Säure in sein Opfer.

Noch immer nach dem peinigenden Bolzen tastend, fiel der Illithide zu Boden. Er hatte seinen Feind unterschätzt, und diese Botschaft sandte er telepathisch zu seinem Gefährten, der bereits ihrer beider Fehler erkannt hatte, und zu Methil, der tief unten in den Höhlen bei Oberin Baenre war.

Bella konnte sich nicht konzentrieren. Obgleich ihr erster Zauber perfekt gewesen war und ihr Geist sicher verborgen war, wo ihn der Illithide nicht finden konnte, konnte sie sich einfach nicht konzentrieren, solange die wabbligen Tentakel ihren Schädel sondierten. Sie schalt sich selbst – schließlich war sie die Tochter von DelRoy und hätte sich mehr unter Kontrolle haben müssen!

Sie hörte das polternde Geräusch einer näher kommenden

Lore und öffnete die Augen, um Fret zu erblicken, der das Gefährt auf den Illithiden zuschob, während er selbst von einer Horde Drow verfolgt wurde. Der geschniegelte Zwerg behielt die Nerven, sprang auf die Lore und zog einen winzigen, silbernen Hammer hervor.

»Laß sie los!« schrie Fret und schlug mit der häßlichen kleinen Waffe zu. Zur Überraschung und zum Ekel des Zwergs sank sein Hammer tief in den gewölbten Schädel des Illithiden, so daß Schleim aus der Wunde schoß und Fret besprühte und seine weiße Robe befleckte.

Fret war sich bewußt, daß die Drow ihn fast erreicht hatten; er hatte vorgehabt, den Illithiden anzugreifen und sich dann gegen die Dunkelelfen zur Wehr zu setzen. Aber alle Pläne verflüchtigten sich im Angesicht des blutigen Schlamassels, der einzigen Sache, die den geschniegelten Zwerg in den Wahnsinn treiben konnte.

Kein Specht hatte jemals so schnell auf einen Baumstamm eingehämmert. Frets Hammer flog so rasch hin und her, daß man ihn kaum mehr sehen konnte, und bei jedem Schlag schoß mehr Hirnmasse durch die Luft, was die Raserei des gepflegten Zwerges nur noch weiter anschwellen ließ.

Dies hätte jedoch das Ende von Fret und ihnen allen sein können, wenn nicht Harkle schnell seinen nächsten Zauber gewirkt hätte. Er konzentrierte sich auf das Gelände vor den heranstürmenden Drow, warf ein wenig Schmalz in die Luft und rezitierte die nächste Beschwörung.

Der Boden wurde glitschig vor Fett, und der Angriff kam zu einem stolpernden, rutschenden Ende.

Der Illithide, dessen Kopf vollständig zerschmettert war, brach vor Bella zusammen und zog sie durch die noch immer an ihr klebenden Tentakel mit hinab. Sie griff hektisch nach diesen Tentakeln und riß sie los. Dann stand sie auf, zitternd vor Ekel.

»Ich hab' dir doch gesagt, daß man Gedankenschinder auf

diese Art bekämpfen kann!« sagte Harkle glücklich, denn der gesamte Plan war seine Idee gewesen.

»Sei still«, erwiderte Bella, der sich der Magen umdrehte. Sie schaute sich um und sah, daß aus allen Richtungen Feinde näher kamen. »Und bring uns hier weg!«

Harkle blickte sie verwirrt und ein wenig gekränkt an. Schließlich hatte der Plan doch funktioniert!

Einen Augenblick später bekam es jedoch auch Harkle mit der Angst, als ihm bewußt wurde, daß er dieses letzte kleine Detail vergessen und keine Zauber vorbereitet hatte, die sie wieder zu den höheren Terrassen befördern konnten.

»Ähhmm«, stammelte er und suchte nach den Worten, die ihr Dilemma am besten erklären würden.

Er war mächtig erleichtert, und Bella mit ihm, als sich um sie herum der Zwergenkeil neu formierte, in dessen Reihen sich auch Fret eingliederte.

»Wir bringen euch wieder nach oben«, versprach der Anführer der dankbaren Zwerge, und aufs neue stürmten sie los und überrannten alles, was sich ihnen in den Weg stellte.

Ihr Vormarsch war sogar noch zerstörerischer als zuvor, denn immer wieder schoß ein Blitz oder eine sengende Flamme aus ihren Reihen, wenn Harkle und Bella ihren Teil zu dem Spaß beitrugen.

Dennoch fühlte sich Bella unwohl in ihrer Haut und wünschte, es wäre alles vorbei, so daß sie wieder zu ihrer normalen Gestalt zurückkehren konnte. Harkle hatte die Illithiden intensiv studiert und wußte vielleicht mehr über sie als jeder andere Zauberer in den Reichen. Die Wellen der geistigen Energie der Gedankenschinder wären kegelförmig, hatte er ihr versichert, und so würde nur die obere Hälfte ihrer Opfer von ihnen betroffen sein, wenn sie dicht genug herankamen.

Also hatten sie einen Verwandlungszauber gewirkt, bei dem Harkle und Bella nach außen hin völlig unverändert aussahen, während in Wirklichkeit ihr Gehirn und ihr Hinterteil den Platz gewechselt hatten.

Harkle lächelte über seine Schlauheit, während der Keil weiter vorstürmte. Eine solche Verwandlung war eine komplizierte Angelegenheit und erforderte viele Stunden des Lernens und der Vorbereitung. Aber es war der Mühe wert gewesen, fand der Harpell, als er sich an den säuerlichen Ausdruck auf den häßlichen Gesichtern der Illithiden erinnerte!

☆ ☆ ☆

Die Erschütterungen durch den Zusammenbruch der Brücken und aller Vorkammern in der Nähe von Garumns Schlucht wurden selbst in den tiefsten Tunneln von Mithril-Halle wahrgenommen; sogar jenseits von ihnen, in den oberen Bereichen des wilden Unterreiches. Wieviel Arbeit Bruenors Volk vor sich hatte, wenn sie jemals versuchen sollten, das östliche Tor wieder zu öffnen!

Aber der Ansturm der Drow war aufgehalten, also hatte es sich gelohnt. Denn nun konnten sich General Dagna und seine Verteidigungsstreitmacht anderen Gefechten zuwenden.

Aber wohin? fragte sich der zähe, kampferfahrene Zwerg. Er hatte Berichte erhalten, daß in der Unterstadt eine Schlacht tobte, aber er wußte auch, daß das westliche Tor im Tal der Hüter verwundbar war, da nur wenige hundert Zwerge die vielen gewundenen Tunnel bewachten und dort keine Vorbereitungen für solch katastrophale Maßnahmen getroffen worden waren, wie sie hier hatten ausgeführt werden müssen. Die Tunnel im Westen konnten nicht vollständig zum Einsturz gebracht werden; es war keine Zeit gewesen, sie entsprechend zu präparieren.

Dagna musterte seine tausend Soldaten. Viele von ihnen waren verwundet, aber alle waren begierig, sich erneut in den Kampf zu stürzen, begierig, ihr teures Heimatland zu verteidigen.

»Die Unterstadt«, verkündete der General einen Augenblick später. Wenn das westliche Tor aufgebrochen werden sollte, würden die Angreifer sich ihren weiteren Weg suchen müssen, keine leichte Aufgabe bei den Tausenden von Möglichkeiten, die sich ihnen bieten würden. Der Kampf hatte bereits die Unterstadt erreicht, also war Dagnas Platz dort.

Normalerweise hätten die Zwerge selbst im vollen Lauf mindestens eine halbe Stunde benötigt, um die Schlacht zu erreichen. Doch auch dies hatte man vorhergesehen, und so führte Dagna seine Truppen zu den dafür vorgesehenen Stellen, wo neue Türen in die Wände gestemmt worden waren, die zu den Kaminen der großen Essen führten. Sobald diese Türen geöffnet wurden, hörten Dagna und seine Soldaten den Schlachtenlärm, so daß sie sich ohne Verzug einer nach dem anderen an den schweren Seilen hinabließen, die dort angebracht worden waren.

Furchtlos glitten sie nach unten und sangen dabei Lieder zum Ruhme Clangeddons. Kaum auf dem Boden angekommen, stürmten sie aus den warmen Essen hinaus ins Schlachtgetümmel. Ihr Strom schien ebenso endlos zu sein wie jener der Drow, die aus den tieferen Tunneln kamen.

Der Kampf in der Unterstadt wurde immer wütender.

Das Tal der Hüter

Berg'inyons Armee wogte in das Tal der Hüter; die Eidechsen kletterten mit ihren Saugnapf-Füßen Pfade entlang, die es gar nicht gab. Sie ergossen sich wie ein Wasserfall den nördlichen Abhang hinab in das neblige Tal, unheilverkündende Schatten, die an hohen Steinsäulen vorbeischlüpften.

Obwohl es hier wärmer war als an der ungeschützten Nordflanke, war den Drow unbehaglich zumute. Im Unterreich gab es keine solchen Gebiete, keine nebligen Täler außer jenen, die mit den giftigen Ausdünstungen verborgener Vulkane gefüllt waren. Die Berichte der Späher hatten jedoch genau diesen Ort, die Schwelle zu Mithril-Halles westlichem Tor, als ungefährlich bezeichnet. Und so betraten die Eidechsenreiter von Baenre das Tal, ohne Fragen zu stellen. In Wahrheit fürchteten sie ihre eigene, aufbrausende Oberin Mutter mehr als irgendein giftiges Gas.

Als sie ins Tal kamen, hörten sie Kampflärm von der südlichen Seite des Berges. Berg'inyon nickte, als er sich einen Augenblick Zeit nahm, um festzustellen, daß die Schlacht näher rückte – es ging alles wie geplant. Die Feinde zogen sich zweifellos zurück und wurden in das Tal getrieben, wo das Gemetzel erst richtig beginnen würde.

Die huschenden Schatten von Berg'inyons Streitmacht bewegten sich lautlos durch den Nebel, an den steinernen Wächtern vorbei, und versuchten, sich das Gelände des Tales einzuprägen und eine geeignete Stelle für einen Hinterhalt zu finden.

Über dem Nebel durchbrach eine feurige Spur die Dunkelheit des nächtlichen Himmels, schoß rasch durch die Luft und näherte sich dem Tal. Berg'inyon beobachtete sie, wie es auch viele andere taten, ohne zu wissen, was das sein mochte.

Als sie sich über der Streitmacht befand, schoß Alustriel das letzte ihrer magischen Sperrfeuer ab, explodierende Blitze, einen Regen aus grünen, pulsierenden Energiekugeln, die alles versengten, und einen Schauer explosiver Feuerbälle, die selbst den Stein zum Schmelzen brachten.

Die erschrockenen Dunkelelfen reagierten, bevor der Streitwagen den nördlichen Rand des Tales passiert hatte. Sie schlugen mit verzauberten Armbrustbolzen und Vernichtungszaubern zurück.

Die Flammen des Streitwagens loderten noch heller auf, als er in die Mitte eines Feuerballs raste, und der ganze Wagen hüpfte heftig zur Seite, als ein Blitz an seiner Unterseite explodierte.

Alustriels Magie hatte viele Drow getötet und noch mehr ihrer Reittiere beraubt, aber vor allem hatte die Zauberin ein Ablenkungsmanöver durchführen wollen, damit die Augen jedes Drow himmelwärts gerichtet waren, wenn das zweite Bataillon der Ritter in Silber sich ins Getümmel stürzte. Sie galoppierten durch das Tal der Hüter, und die Hufeisen knallten ohrenbetäubend auf den harten Stein.

Mit gesenkten Lanzen fegten die Elfen durch die ersten Reihen der Drow und ritten sie mit ihren größeren Reittieren nieder.

Aber dies waren die Lanzenreiter von Baenre, die beste Eliteeinheit in ganz Menzoberranzan, ein Trupp von Kriegern und Zauberern, die keine Furcht kannten.

Lautlos gab Berg'inyon seine Kommandos, die von gestikulierenden Fingern weitergetragen wurden. Selbst nach dem überraschenden Angriff aus der Luft und dem plötzlichen Sturm der Streitmacht, von der die Drow nichts gewußt hatten, waren die Dunkelelfen den Rittern in Silber immer noch im Verhältnis von mehr als drei zu eins überlegen. Und selbst bei einem Verhältnis von eins zu eins hätten die Silbernen keine Chance gehabt.

Das Kampfglück wechselte schon bald, so daß die Ritter, die noch nicht gefallen waren, sich zurückziehen und zu einer engen Formation zusammenschließen mußten. Nur der Nebel und das unbekannte Gelände verhinderten ein vollständiges Gemetzel; nur der Umstand, daß die überwältigende Streitmacht der Drow nicht alle ihre Ziele finden konnte, erlaubte es den tapferen Rittern, ihren Widerstand aufrechtzuerhalten.

In den hinteren Reihen der Drow hörte Berg'inyon die Unruhe, als ein unglücklicher Mensch von seinen Kameraden abgeschnitten wurde und verwirrt nach Norden galoppierte, immer weiter von seinen Kameraden fort.

Der Sohn Baenres signalisierte seinen Leibwachen, ihm zu folgen, aber hinter ihm zu bleiben, und nahm die Jagd auf, indem er seine große Eidechse auf einen Kurs brachte, der dem Fliehenden den Weg abschnitt. Er sah die schattenhafte Gestalt – und was für ein wunderbares Bild der Reiter in Berg'inyons Augen abgab, so groß und prächtig auf seinem mächtigen Roß!

Dieser Anblick hemmte den Waffenmeister von Menzoberranzans Erstem Haus jedoch nicht. Er kam direkt neben dem Ritter hinter einer Steinsäule hervor und rief den Mann an.

Das große Pferd stemmte die Hufe in den Boden, kam zum Stehen, und sein Reiter wendete es, damit er Berg'inyon sehen konnte. Er sagte etwas, das der Drow nicht verstehen konnte, zweifellos eine trotzige Schmähung, dann senkte er seine lange Lanze und gab dem Pferd die Sporen.

Berg'inyon brachte seine eigene gefleckte Lanze in Anschlag und trieb der Eidechse die Hacken in die Flanke, so daß sie losrannte. Er konnte die Geschwindigkeit des Pferdes nicht erreichen, aber das Roß war der Wendigkeit der Echse nicht gewachsen. Als sich die Gegner einander näherten, schwenkte Berg'inyon zur Seite aus und ließ seine Eidechse die Seite einer dicken Steinsäule hinauflaufen.

Der Ritter, den die Schnelligkeit des Ausweichmanövers überrascht hatte, schaffte es nicht, seine Lanze schnell genug für einen Treffer herumzureißen, aber als die beiden Tiere aneinander vorbeirasten, konnte Berg'inyon dem Pferd einen Stich versetzen. Es war kein schwerer Treffer, kaum ein Kratzer, aber dies war keine gewöhnliche Waffe. Die zehn Fuß lange Stange, die Berg'inyon trug, war eine teuflische Todeslanze, eine der ausgeklügeltsten und heimtückischsten Waffen der Drow. Als die Lanzenspitze auf das Fleisch des Pferdes traf, nachdem sie durch die metallene Rüstung, die das Tier trug, hindurchgefahren war wie durch Stoff, schossen dunkle, sich windende Tentakel aus schwarzem Licht am Schaft entlang.

Das Pferd wieherte erbärmlich auf, trat aus, bockte und kam rutschend zum Stehen. Dem Ritter war es irgendwie gelungen, im Sattel zu bleiben.

»Lauf weiter!« rief er seinem bebenden Tier zu, da er nicht verstand, was vorging. »Lauf weiter!«

Plötzlich hatte der Ritter das Gefühl, als wäre das Pferd unter ihm weniger massiv als sonst, und er spürte die Rippen des Tieres an seinen Schenkeln.

Das Pferd warf den Kopf zurück und wieherte erneut. Es war ein unirdischer, untoter Schrei, und der Ritter erbleichte, als er in die Augen des Wesens blickte, Augen, die rot im Banne eines bösen Zaubers leuchteten.

Die Todeslanze hatte der Kreatur die Lebenskraft entzogen, hatte den stolzen, starken Hengst in ein hageres, skelettartiges Ding verwandelt, ein untotes, böses Ding. Der Ritter reagierte schnell, ließ die Lanze fallen, zog sein großes Schwert und hieb dem Monster mit einem Streich den Kopf ab. Als das Pferd unter ihm zusammenbrach, rollte er sich ab und sprang zur Seite.

Dunkle Gestalten umzingelten ihn; er hörte das Zischen von Eidechsen in seiner Nähe, die schmatzenden Geräusche, als sich klebrige Füße von Stein lösten.

Berg'inyon Baenre näherte sich langsam. Auch er senkte seine Lanze. Ein Zucken seines Handgelenks befreite ihn von den Schnallen des Sattels, und er glitt von seinem Reittier, entschlossen, sich mit einem dieser Menschen von der Oberfläche im Zweikampf zu messen, entschlossen, den Drow, die ihn begleitet hatten, die Fähigkeiten ihres Anführers zu zeigen.

Die Zwillingsschwerter des Waffenmeisters fuhren aus den Scheiden. Sie waren scharf und verzaubert und gehörten zu den besten Waffen der Drow.

Der Ritter, der fast einen Fuß größer war als sein Gegner, aber den Ruf der Dunkelelfen kannte, fürchtete sich, und das zu Recht. Er schluckte die Furcht jedoch hinunter und stellte sich Berg'inyon Mann gegen Mann, Schwert gegen Schwert.

Der Ritter war gut, er hatte sein gesamtes erwachsenes Leben hart trainiert, aber selbst wenn er noch alle ihm verbliebenen Jahre weitertrainiert hätte, hätte er doch nie die Jahrzehnte erreichen können, die der langlebigere Berg'inyon mit dem Schwert verbracht hatte.

Der Ritter war gut. Er überlebte noch fast fünf Minuten.

☆ ☆ ☆

Alustriel spürte, wie die kühle, feuchte Luft einer tieffliegenden Wolke über ihr Gesicht strich, und dies brachte sie wieder zu Bewußtsein. Sie reagierte schnell, versuchte, ihren Streitwagen wieder auf Kurs zu bringen, und spürte an ihrer ganzen Seite beißenden Schmerz.

Sie war von Waffen und Zaubern getroffen worden, und ihre versengten und zerrissenen Kleider waren feucht von ihrem eigenen Blut.

Was würde die Welt denken, wenn sie, die Herrin von Silbrigmond, hier starb? Für ihre hochmütigen Kollegen war dies nur ein unbedeutender Krieg, eine Schlacht, die keine wirklichen Auswirkungen auf die Ereignisse der Welt hatte, eine Schlacht, an der Alustriel von Silbrigmond nach ihrer Ansicht gar nicht hätte teilnehmen sollen.

Alustriel strich sich das lange silberne Haar – Haar, das jetzt mit Blut verklebt war – aus dem wunderschönen Gesicht. Zorn brandete in ihr auf, als sie an die Diskussionen dachte, die sie wegen König Bruenors Hilfegesuch hatte ausfechten müssen. Nicht ein einziger Berater oder Stadtrat in Silbrigmond mit Ausnahme von Fret hatte der Bitte entsprechen wollen, und Alustriel hatte eine lange, ermüdende Schlacht der Worte austragen müssen, damit auch nur zweihundert Ritter in Silber nach Mithril-Halle entsandt wurden.

Was geschah hier mit ihrer eigenen Stadt? fragte sich die Herrin nun, während sie hoch über dem Desaster von Vier Gipfel schwebte. Silbrigmond hatte sich den Ruf einer großzügigen Stadt erworben, einer Verteidigerin der Unterdrückten, einer Kämpferin für das Gute. Die Ritter waren mit Eifer in den Krieg gezogen, aber sie waren nicht das Problem, waren es nie gewesen.

Das Problem, so erkannte die verwundete Alustriel, war die bequeme, träge Klasse der Bürokraten, die politischen Führer, die sich zu sehr in der Sicherheit ihres eigenen Lebens begraben hatten. Dies schien Alustriel jetzt kristallklar zu sein, während sie, verwundet und schwer darum kämpfend, den Wagen unter Kontrolle zu bringen, über der Schlacht durch den kalten Nachthimmel flog.

Sie kannte das Herz von Bruenor und seinem Volk; sie kannte das Gute in Drizzt und den Wert der rauhen Männer aus Siedelstein. Sie waren es wert, verteidigt zu werden, daran glaubte Alustriel ganz fest. Selbst wenn Silbrigmond in diesem Krieg ausgelöscht werden sollte, waren es diese Leute wert, verteidigt zu werden. Denn am Ende, in den Annalen zukünftiger Historiker, würde Silbrigmond daran gemessen; jene Großherzigkeit würde es sein, die die Stadt von so vielen anderen kleinen Königreichen abhob.

Aber was geschah mit ihrer Stadt? fragte sich Alustriel, und sie kam zu der Erkenntnis, daß in ihren eigenen Reihen ein Krebsgeschwür heranwuchs. Sie würde nach Silbrigmond zurückkehren und diese Krankheit ausrotten, beschloß sie, aber nicht jetzt.

Jetzt mußte sie sich erholen. Sie hatte nach besten Kräften ihren Teil beigetragen, und vielleicht sogar auf Kosten ihres eigenen Lebens, wurde ihr bewußt, als ein weiterer Schmerz durch ihre verwundete Seite zuckte.

Ihre Kollegen würden ihren Tod beklagen, würden ihn eine Verschwendung nennen, wenn man die geringe Bedeutung bedachte, die dieser Krieg um Mithril-Halle besaß.

Alustriel wußte es besser, sie wußte, wonach sie wie auch ihre Stadt einstmals beurteilt werden würden.

Es gelang ihr, den Streitwagen auf einen breiten Bergsims stürzen zu lassen, und sie taumelte heraus, als sich der feurige Zauber in nichts auflöste.

Die Herrin von Silbrigmond saß in der Kälte da, an einen Stein gelehnt, und blickte zu dem winzigen Getümmel weit unter ihr hinab. Sie hatte sich aus dem Kampf zurückgezogen, aber sie hatte ihren Teil geleistet.

Sie wußte, daß sie sterben konnte, ohne daß Schuld auf ihrem Herzen lastete.

☆ ☆ ☆

Berg'inyon Baenre ritt durch die Reihen der berittenen Drow und hielt seine blutbefleckten Zwillingsschwerter in die Höhe. Die Dunkelelfen sammelten sich hinter ihrem Anführer, huschten von Obelisk zu Obelisk und teilten das Schlachtfeld in zwei Hälften. Die Größe und Schnelligkeit der Pferde gaben den Rittern einen Vorteil, doch die schlauen Taktiken der Dunkelelfen machten diesen schnell zunichte.

Zur Ehre der Ritter muß gesagt werden, daß sie die Drow in einem Verhältnis von eins zu eins töteten, eine bemerkenswerte Leistung, wenn man die Anzahl und Fähigkeiten der Dunkelelfen in Betracht zog. Aber dennoch lichteten sich ihre Reihen immer mehr.

Hoffnung kam in Gestalt eines dicken Zauberers, der auf einem Tier ritt, das halb Pferd und halb Frosch war, und der die Überreste der Verteidiger des Südhanges anführte, Hunderte von Männern, beritten und zu Fuß, die von einer Schlacht zu der nächsten geeilt kamen.

Berg'inyons Armee wurde rasch über die gesamte Breite des

Tals der Hüter zurück an die Nordwand getrieben, und die Ritter in Silber konnten erneut frei durch das Tal reiten.

Aber es kamen auch die Verfolger, das riesige Heer aus Drow und humanoiden Monstern. Und es kamen jene Drowzauberer, die Alustriels Brand in der Tiefe des Gehölzes überlebt hatten.

Die Reihen der Verteidiger fanden sich bald zusammen. Berkthgars rauhe Krieger sammelten sich hinter ihrem mächtigen Anführer, und Besnells Ritter vereinten sich mit dem Trupp, der das Tal der Hüter bislang gehalten hatte. Auf gleiche Art scharten sich die Langreiter um Regweld, und die Reiter von Nesme – beide Überlebende – gesellten sich zu ihren Brüdern aus dem Westen.

Magie blitzte, und Metall klirrte, und Mensch und Tier schrien vor Schmerzen. Der Nebel vermischte sich mit Schweiß, und der Steinboden des Tals wurde dunkel von Blut.

Die Verteidiger hätten gern eine massive Front aufgebaut, aber das hätte sie außerordentlich verwundbar für Zauber gemacht. So waren sie also Berkthgars Beispiel gefolgt, hatten sich kopfüber auf die feindliche Armee gestürzt und das Chaos um sie her akzeptiert.

Berg'inyon ließ sein Reittier die Nordwand zur Hälfte emporklimmen, bis er hoch über dem Tal war, und musterte das unglaubliche Blutbad. Den Waffenmeister kümmerte das Sterben seiner Kameraden nicht, unter denen sich auch viele Dunkelelfen befanden, deren tote Leiber den Boden des Tals bedeckten.

Dieser Kampf würde leicht zu gewinnen sein, dachte Berg'inyon, dann würde das westliche Tor zu Mithril-Halle ihm gehören.

Aller Ruhm für das Haus Baenre.

☆ ☆ ☆

Als Stumpet Reißklaue aus der Unterstadt zum westlichen Tor von Mithril-Halle kam, war sie bestürzt – nicht über die Berichte über die blutigen Kämpfe im Tal der Hüter, sondern über den Umstand, daß die Zwergenwachen nicht hinausgegangen waren, um den tapferen Verteidigern zu helfen.

Ihre Befehle waren eindeutig gewesen: Sie sollten innerhalb des Komplexes bleiben, um die engeren Tunnel zu verteidigen, und falls das geheime Tor von den Feinden entdeckt und die Verteidiger zurückgetrieben werden sollten, waren die Zwerge darauf vorbereitet, die Tunnel nahe des Tores zum Einsturz zu bringen. Diese Befehle, die General Dagna erteilt hatte, Bruenors stellvertretender Kommandant, hatten die Schlacht im Tal der Hüter nicht vorhergesehen.

Bruenor hatte Stumpet zur Hohen Geistlichen von Mithril-Halle ernannt, und er hatte dies öffentlich und mit viel Wirbel getan, damit es keine Verwirrung über ihren Rang gab, sobald die Schlacht begonnen hatte. Diese Entscheidung, diese öffentliche Zeremonie, gab Stumpet die Macht, die sie jetzt brauchte, erlaubte es ihr, die Befehle zu ändern, und die fünfhundert Zwerge, die am westlichen Tor Wache hielten, die mit Grauen von ferne das Blutbad mit angesehen hatten, waren nur allzu glücklich darüber, die neue Order zu hören.

Im ganzen Tal der Hüter erklang ein Grollen unter der Erde, das Knirschen von Stein auf Stein. An der nördlichen Seite des Tales hielt sich Berg'inyon an seinem Reittier fest und hoffte, die Echse würde nicht von der Bergwand geschüttelt werden. Er horchte intensiv auf die Echos, erkannte ihr Muster und blickte dann zu der südöstlichen Ecke des Tales.

Ein strahlendes, stechendes Licht blitzte dort auf, als das westliche Tor von Mithril-Halle aufglitt.

Berg'inyons Herz setzte einen Schlag lang aus. Die Zwerge hatten den Weg geöffnet!

Und sie strömten heraus, Hunderte des bärtigen Volkes strömten ihren Verbündeten zu Hilfe, während sie sangen und ihre Äxte und Hämmer gegen ihre glänzenden Schilde schlugen. Sie ergossen sich aus dem Tor, das jetzt kein Geheimnis mehr war. Sie kamen bis zu Berkthgars Kampflinie und darüber hinaus. Ihre dichten Kampfgruppen kerbten gleichermaßen tiefe Löcher in die Reihen von Goblins, Kobolden und Drow, bohrten sich immer tiefer in die gegnerische Front.

»Narren!« flüsterte der Waffenmeister von Baenre, denn selbst wenn tausend oder zweitausend Zwerge in das Tal der Hüter kämen, würde dies am Verlauf der Schlacht nichts ändern. Sie waren herausgekommen, weil ihre Moral es von ihnen verlangte, das war Berg'inyon klar. Sie hatten ihr Tor geöffnet und ihre besten Verteidigungsstellungen verlassen, weil ihre Ohren die Schreie von Männern nicht ertragen konnten, die bei ihrer Verteidigung starben.

Wie schwach diese Oberflächenbewohner waren, dachte der finstere Drow, denn in Menzoberranzan wurden Mut und Mitgefühl niemals durcheinandergebracht.

Die wütenden Zwerge kamen mit voller Härte in die Schlacht, stürmten ohne Rücksicht auf Verluste durch die Reihen der Drow und der Goblins. Stumpet Reißklaue, die gerade erst von den Kämpfen in der Unterstadt heraufgekommen war, führte den Sturm an. Sie hatte keine Lichtsteinchen mehr, sondern rief statt dessen ihren Gott an und wirkte einen Zauber, um das Tal der Hüter zu erhellen. Die Dunkelelfen konterten rasch jegliche Magie, wie es die Zwergin auch nicht anders erwartet hatte, aber Stumpet rechnete damit, daß jeder Drow, der sich auf eine Kugel der Dunkelheit konzentrierte, zumindest zeitweilig nicht am Kampf teilnehmen konnte. Die Magie von Moradin, Dumathoin und Clangeddon floß frei durch die Priesterin. Sie fühlte sich, als sei sie nichts als ein Kanal, die Verbindung der Zwergengötter zur Oberfläche.

Die Zwerge sammelten sich um ihre Priesterin, als sie voller Inbrunst ihre Götter anrief. Andere Verteidiger versammelten sich um die Zwerge, und plötzlich eroberten sie verlorenen Boden zurück. Plötzlich war die Idee einer einzigen, zusammenhängenden Verteidigungsfront nicht mehr so lächerlich wie zuvor.

Hoch oben an der Bergwand, auf der anderen Seite des Tales, kicherte Berg'inyon über die Vergeblichkeit ihrer Bemühungen. Er wußte, daß dies nur eine kurzfristige Woge war, und die Verteidiger des westlichen Tores hatten sich nur zu einem letzten, nutzlosen Vorstoß zusammengefunden. Alle Verteidiger waren vereint, und noch immer war Berg'inyons Armee um ein Mehrfaches größer.

Der Waffenmeister lenkte sein Reittier wieder die Wand hinab, sammelte seine Elitetruppe um sich und überlegte, wie er den Schwung wieder umkehren sollte. Wenn das Tal der Hüter fiel, dann würde das westliche Tor mit ihm fallen.

Und das Tal der Wächter würde innerhalb einer Stunde fallen, versicherte Berg'inyon seinen Begleitern voller Überzeugung.

Fauchen gegen Fauchen

Die Hauptkorridore, die zum unteren Tor von Mithril-Halle führten, waren zum Einsturz gebracht worden und versiegelt, aber das hatten die Angreifer erwartet. Doch auch, wenn die Hauptmasse der Drow in den Tunneln jenseits des Tores nur im Schneckentempo vorankam, war der Zwergenkomplex dennoch schwer bedrängt. Und obgleich Uthegental noch keine Berichte über die Kämpfe außerhalb des Berges erhalten hatte, konnte sich der mächtige Waffenmeister sehr gut das Blutbad auf den Berghängen vorstellen, wo Zwerge und schwächliche Menschen zu Dutzenden abgeschlachtet wurden. Uthegental nahm an, daß mittlerweile beide Tore eingenommen waren und Berg'inyons Eidechsenreiter bereits in den oberen Tunneln wüteten.

Dieser Gedanke beunruhigte den Waffenmeister von Barrison del'Armgo ganz gehörig. Wenn Berg'inyon in Mithril-Halle war und auch Drizzt Do'Urden sich dort aufhielt, war es durchaus möglich, daß der Abtrünnige dem Sohn des Hauses Baenre zufiel. Daher suchten Uthegental und die kleine Gruppe aus einem halben Dutzend Elitekriegern, die er mitnahm, jetzt nach den schmalen Wegen, die sie direkt zum unteren Tor von Mithril-Halle führen sollten. Jene Tunnel sollten jetzt frei sein, da die Dunkelelfen aus der Unterstadt herausströmten und den Weg freimachten.

Der Waffenmeister und seine Eskorte erreichten die Kaverne, die zuvor als Bruenors Kommandoposten gedient hatte. Jetzt war sie verlassen, und nur ein paar Pergamente und Schnipsel von geistlichen Beschwörungen zeigten an, daß hier einmal jemand gewesen war. Nach dem Fall der Tunnel und dem Einsturz eines Teils von Tunults Kaverne (und vieler Nebentunnel, darunter auch jenes, der zu dieser Höhle führte) schienen die Truppen, die Bruenor in den tieferen Regionen eingesetzt hatte, verstreut zu sein und ohne zentralen Befehl zu handeln.

Uthegental durchquerte die Kaverne, ohne ihr große Aufmerksamkeit zu schenken. Die Gruppe der Drow eilte schweigend die Gänge entlang und orientierte sich im allgemeinen, den drängenden Signalen des Waffenmeisters folgend, nach Osten. Sie kamen zu einer breiten Weggabelung und bemerkten die uralten Knochen eines zweiköpfigen Riesen, die an einer Wand lagen – ironischerweise ein Sieg, den Bruenor Heldenhammer vor Jahrhunderten errungen hatte. Wichtiger war jedoch die Gabelung des Tunnels.

Uthegental, der über die neue Verzögerung verärgert war, sandte Späher nach links und rechts, dann betrat er mit dem Rest seines Trupps den rechten Gang, der weiter nach Osten führte.

Uthegental seufzte erleichtert, weil er glaubte, daß sie endlich das untere Tor gefunden hatten, als sein Späher und eine weitere Drow, eine Priesterin, einen Augenblick später zu ihm stießen.

»Seid gegrüßt, Waffenmeister des Zweiten Hauses«, sprach ihn die Priesterin an und zeigte ihm damit mehr Respekt, als ein bloßer Mann gewöhnlich erwarten konnte.

»Warum seid Ihr hier draußen in den Tunneln?« wollte Uthegental wissen. »Wir sind noch immer weit von der Unterstadt entfernt.«

»Weiter, als Ihr glaubt«, erwiderte die Priesterin und blickte angewidert nach Osten zurück, den Tunnel entlang, der an dem unteren Tor endete. »Der Weg ist nicht frei.«

Uthegental stieß ein tiefes Knurren aus. Die Dunkelelfen hätten die Unterstadt zu diesem Zeitpunkt bereits eingenommen und die Gänge geöffnet haben müssen. Er trat an der Frau vorbei, und sein Schritt verriet seinen Zorn.

»Ihr werdet nicht durchbrechen können«, versicherte ihm die Priesterin, und er wirbelte herum, als hätte sie ihm ins Gesicht geschlagen.

»Wir greifen das Tor bereits seit einer Stunde an«, erklärte die Priesterin. »Und wir werden noch eine ganze Woche brauchen, bis wir dieses Hindernis beseitigen können. Die Zwerge verteidigen es gut.«

»*Ultrin sartlin!*« brüllte Uthegental seinen Lieblingstitel, um die Priesterin an seinen Ruf zu erinnern. Aber auch die Tatsache, daß Uthegental die Auszeichnung »Höchster Krieger« errungen hatte, schien die Frau wenig zu beeindrucken.

»Einhundert Drow, fünf Zauberer und zehn Priesterinnen waren nicht in der Lage, das Tor einzunehmen«, sagte sie ruhig. »Die Zwerge schlagen unsere Magie mit mächtigen Zaubern und Kugeln aus brennendem Pech zurück. Und der Tunnel, der zu dem Tor führt, ist schmal und mit Fallen übersät, so daß er ebensogut verteidigt wird wie das Haus Baenre selbst.

Zwanzig Minotauren gingen dort zugrunde, und auf das Dutzend von ihnen, das an den Fallen vorbeikam, warteten zähe Zwerge, die in kleinen, verborgenen Kammern auf sie gelauert hatten. Zwanzig Minotauren wurden innerhalb weniger Minuten abgeschlachtet.

»Ihr werdet nicht durchbrechen können«, sagte die Priesterin erneut, und ihr Tonfall war absolut sachlich, ohne im mindesten beleidigend zu sein. »Keiner von uns wird das schaffen, wenn nicht jene, die bereits in die Zwergenfeste eingedrungen sind, den Verteidigern in den Rücken fallen.«

Uthegental hätte die Frau am liebsten geschlagen, hauptsächlich, weil er ihrer Behauptung Glauben schenkte.

»Warum wollt Ihr den Komplex überhaupt betreten?« fragte die Frau unerwartet und mit einem listigen Blick.

Uthegental musterte sie mißtrauisch und fragte sich, ob sie an seinem Mut zweifelte. Warum sollte er schließlich nicht zum Kampf wollen?

»Gerüchte besagen, daß Euer vorrangiges Opfer Drizzt Do'Urden ist«, fuhr die Priesterin fort.

Uthegentals Ausdruck wechselte von Mißtrauen zu Verschlossenheit.

»Andere Gerüchte behaupten, daß sich der Abtrünnige in den Tunneln außerhalb von Mithril-Halle befindet«, erklärte sie, »daß er mit seinem Panther auf der Jagd ist und schon eine ganze Anzahl Drow getötet hat.«

Uthegental fuhr sich mit einer Hand durch sein stacheliges Haar und blickte zurück nach Westen, zu dem wilden Labyrinth aus Tunneln, das er hinter sich gelassen hatte. Er spürte, wie ein Adrenalinschub durch seinen Körper lief, ein Prickeln, das seine Muskeln fest werden ließ und seinem Gesicht einen grimmigen Ausdruck verlieh. Er wußte, daß viele feindliche Gruppen in den Tunneln außerhalb der Zwergenfeste operierten, verstreute Häufchen, die aus der siebenkammerigen Höhle geflohen waren, in der die erste Schlacht stattgefunden hatte. Uthegental und seine Leute waren bei ihrem Marsch hierher auf eine dieser Zwergengruppen gestoßen und hatten sie vernichtet.

Jetzt, da er darüber nachdachte, ergab es durchaus Sinn, daß auch Drizzt hier draußen sein sollte. Es war sehr wahrscheinlich, daß der Abtrünnige an der Schlacht in der Kaverne der sieben Kammern teilgenommen hatte, und warum hätte Drizzt zurück nach Mithril-Halle fliehen sollen, wenn dem so war?

Drizzt war ein Jäger, ein ehemaliger Patrouillenführer, ein Krieger, der ein Jahrzehnt lang allein im wilden Unterreich überlebt hatte – eine nicht unbedeutende Leistung, die sogar Uthegental respektierte.

Ja, jetzt, da die Priesterin ihm von dem Gerücht erzählt hatte, ergab es für Uthegental durchaus Sinn, daß Drizzt Do'Urden hier draußen sein mochte, irgendwo dort hinten in den Tunneln im Westen, wo er herumstreifte und tötete. Der Waffenmeister lachte laut auf und ging, ohne eine Erklärung abzugeben, wieder in die Richtung davon, aus der er gekommen war.

Es war auch keine Erklärung nötig, weder für die Priesterin noch für Uthegentals Begleiter, die sich ihm anschlossen.

Der Waffenmeister des Zweiten Hauses war auf der Jagd.

☆ ☆ ☆

»Wir siegen«, erklärte Oberin Baenre.

Keiner ihrer Zuhörer – weder Methil noch Jarlaxle oder Oberin Zeerith Q'Xorlarrin vom Vierten Haus oder Auro'pol, die Oberin Mutter von Haus Agrach Dyrr, das jetzt das fünfte in der Rangfolge war, und auch nicht Bladen'Kerst oder Quenthel Baenre – widersprachen der barschen Aussage.

Gandalug Heldenhammer, der schmutzig und zerschlagen war und dessen Handgelenke mit schmalen Schellen gefesselt waren, die man so stark verzaubert hatte, daß nicht einmal ein

Riese sie hätte brechen können, räusperte sich – es war ein Laut, der eindeutig amüsiert klang. Dies entsprang vor allem dem Trotz, denn Gandalug trug eine schwere Last. Selbst wenn sein Volk ihnen einen unglaublichen Kampf lieferte, waren doch Dunkelelfen in die Unterstadt eingedrungen. Und sie waren durch Gandalugs Schuld dorthin gelangt, weil Gandalug die geheimen Wege kannte. Dem alten Zwerg war bewußt, daß niemand den Sondierungen eines Illithiden widerstehen konnte, aber die Schuld blieb dennoch, der Gedanke, daß er auf irgendeine Art nicht stark genug gewesen war.

Quenthel bewegte sich, bevor Bladen'Kerst reagieren konnte, und schlug dem widerspenstigen Gefangenen hart auf den Rücken, so daß ihre Fingernägel blutige Kratzer hinterließen.

Gandalug schnaubte erneut, und diesmal versetzte Bladen'Kerst ihm einen Hieb mit der Peitsche, die fünf Schlangenköpfe hatte. Der Schlag ließ den zähen Zwerg auf die Knie sinken.

»Genug!« knurrte Oberin Baenre ihre Töchter an, und eine Andeutung verborgenen Ärgers schimmerte dabei durch.

Sie alle – auch Baenre – wußten, daß der Krieg nicht nach Plan verlief. Jarlaxles Späher hatten ihnen von dem Flaschenhals in der Nähe des unteren Tores von Mithril-Halle berichtet und auch davon, daß das östliche Tor an der Oberfläche auf Kosten der Leben vieler Drow blockiert worden war, kurz nachdem die Dunkelelfen es eingenommen hatten. Quenthels magische Verbindung mit ihrem Bruder hatte sie darüber informiert, daß der Kampf an den südlichen und westlichen Hängen von Vier Gipfel noch immer heftig tobte und das westliche Tor noch nicht erobert worden war. Und Methil, der zwei seiner illithidischen Gefährten verloren hatte, hatte Oberin Baenre telepathisch versichert, daß der Kampf in der Unterstadt noch längst nicht gewonnen wäre.

Aber dennoch lag ein gewisses Maß an Wahrheit in Baenres Siegesprophezeiung, wie sie alle wußten, und ihre Überzeugung war nicht nur oberflächlich. Die Schlacht außerhalb des Berges war noch nicht beendet, aber Berg'inyon hatte Quenthel versichert, daß er das schon bald wäre – und bei der Stärke der Streitmacht, die unter Berg'inyons Kommando stand, hatte Quenthel keinen Grund, seine Behauptung anzuzweifeln.

Viele waren in diesen tiefer gelegenen Tunneln gestorben, aber der Großteil der Verluste hatte die humanoiden Sklaven getroffen, nicht die Dunkelelfen. Jetzt waren jene Zwerge, die nach dem Zusammenbruch der Tunnel außerhalb ihrer Feste festsaßen, zu einer Taktik des Jagens und Ausweichens gezwungen, einem Kampfstil, der den verstohlenen Drow wesentlich mehr lag.

»Alle tiefer gelegenen Tunnel werden in Kürze gesichert sein«, führte Oberin Baenre aus. Diese Behauptung wurde durch den einfachen Umstand bestätigt, daß die Gruppe um Baenre, die keine Feindberührung riskieren würde, sich in Bewegung gesetzt hatte. Die Elitetruppe, die die Erste Oberin Mutter eskortierte, war für das Geleit und die Sicherheit Baenres verantwortlich. Die Krieger hätten ihr kein Vorrücken gestattet, bevor das Gebiet vor ihnen nicht für sicher erklärt worden wäre.

»Das Gebiet über der Erde um Mithril-Halle herum wird ebenfalls bald unter Kontrolle sein«, fügte Baenre hinzu, »nachdem beide Oberflächentore eingenommen worden sind.«

»Und wahrscheinlich zum Einsturz gebracht wurden«, wagte Jarlaxle einzuwerfen.

»Wodurch die Zwerge in ihrem Loch eingeschlossen werden«, erwiderte Oberin Baenre schnell. »Wir werden uns durch dieses untere Tor kämpfen, und unsere Zauberer und Priesterinnen werden neue Wege in die Tunnel der Feste finden und öffnen, so daß wir direkt hinter die Reihen unserer Feinde gelangen können.«

Jarlaxle räumte dies ein, so wie es auch die anderen taten, aber das, wovon Baenre sprach, würde einige Zeit in Anspruch nehmen, und eine lang andauernde Belagerung war nicht Teil des Planes gewesen. Keinem von Oberin Baenres Begleitern sagte eine solche Aussicht zu, insbesondere nicht den beiden anderen Oberinnen Müttern. Baenre hatte sie dazu gedrängt mitzukommen, und daher waren sie ihr gefolgt, obgleich sich ihre Häuser und darüber hinaus die ganze Stadt in einer kritischen Machtumwälzung befanden. Im Gegenzug zu der persönlichen Teilnahme der Oberinnen Mütter an dem langen Marsch war den Häusern Xorlarrin und Agrach Dyrr erlaubt worden, die meisten ihrer Soldaten zu Hause zu lassen, während die anderen Häuser, insbesondere die anderen herrschenden Häuser, wenigstens die Hälfte ihrer Drowkrieger hatten mitschicken müssen. Für die wenigen Monate, die die Armee voraussichtlich fort war, würden das Vierte und das Fünfte Haus wohl sicher sein.

Aber Zeerith und Auro'pol machten sich andere Sorgen – Sorgen um Machtkämpfe innerhalb ihrer Häuser. Die Rangordnung in jedem Haus der Drow, vielleicht mit Ausnahme von Baenre, war immer ausgesprochen instabil, und den beiden Oberinnen Müttern war klar, daß sie bei ihrer Rückkehr möglicherweise feststellen würden, daß man sie ersetzt hatte.

Sie wechselten jetzt besorgte Blicke, die dem stets aufmerksamen Jarlaxle nicht entgingen.

Baenres Gruppe bewegte sich in langsamem, entschlossenem Tempo voran, die drei Oberinnen Mütter schwebten auf ihren Flugscheiben und wurden von den beiden Töchtern von Baenre (die den Zwerg mitschleppten) und dem Illithiden flankiert, der eher zu gleiten, denn zu gehen schien, da seine Füße unter seiner langen, schweren Robe verborgen waren. Kurze Zeit später informierte Oberin Baenre ihre Begleiter, daß sie eine angemessene Höhle suchen würden, in der sie einen zentralen Thronraum einrichten wollte, um von dort aus den Kampf zu lenken.

Dies war ein weiteres Anzeichen dafür, daß der Krieg lange andauern würde, und Zeerith und Auro'pol tauschten erneut besorgte Blicke aus.

Bladen'Kerst verengte ihre Augen zu Schlitzen und starrte beide drohend an.

Jarlaxle nahm all dies wahr, jede Nuance, jeden Hinweis darauf, wo Oberin Baenre mit dem größten Ärger zu rechnen hatte.

Dann verbeugte sich der Söldnerführer und entschuldigte sich. Er erklärte, daß er sich zu seiner Truppe begeben würde, um aktuellere Informationen einzuholen.

Baenre entließ ihn mit einer Geste, ohne ihm weitere Beachtung zu schenken. Einer aus ihrer Eskorte war jedoch nicht so gleichgültig.

Ihr und Eure Söldner werdet fliehen, tauchte eine unerwartete Botschaft in Jarlaxles Geist auf.

Die Gedanken des Söldners wirbelten durcheinander, und da er überrumpelt worden war, konnte er seine telepathische Erwiderung, daß der Gedanke nach Desertion ihm durchaus gekommen sei, nicht unterdrücken. Jarlaxle, der sich in diesem Augenblick so verzweifelt fühlte wie wohl nie zuvor in seinem Leben, schaute über seine Schulter in das ausdruckslose Gesicht des Illithiden, der in seinen Geist eingedrungen war.

Nehmt Euch vor Baenre in acht, falls sie zurückkehren sollte, riet ihm Methil beiläufig und setzte seinen Weg mit der Oberin Mutter und den anderen fort.

Jarlaxle stand lange reglos da, während die Gruppe aus seinem Blickfeld verschwand, und grübelte über die Bedeutung des letzten Satzes des Illithiden nach. Er erkannte, daß Methil Baenre nicht über seine wankende Loyalität informieren würde. Das war aus der Art, wie der Gedankenschinder die Botschaft formuliert hatte, klargeworden.

Der Söldnerführer lehnte sich an eine Felswand und dachte angestrengt darüber nach, was er als nächstes tun sollte. Wenn die Armee der Drow zusammenhielt, würde Baenre am Ende gewinnen – daran hegte er keinen Zweifel. Die Verluste würden größer sein als erwartet (das waren sie jetzt bereits), aber das wäre von geringer Bedeutung, sobald Mithril-Halle und damit die Beute, die den Soldaten versprochen worden war, erobert war.

Was also sollte Jarlaxle tun? Diese beunruhigende Frage schwirrte noch immer im Kopf des Söldners herum, als er auf einige seiner Leutnants stieß, die Nachrichten vom Flaschenhals brachten, der noch immer am unteren Tor bestand, und Informationen darüber, daß noch mehr Dunkelelfen und Sklaven in den äußeren Tunneln von Kampfgruppen der Zwerge und ihrer Verbündeten getötet worden waren.

Die Zwerge kämpften und verteidigten sich gut.

Jarlaxle traf seine Entscheidung und teilte sie seinen Leutnants in Zeichensprache mit. Bregan D'aerthe würde nicht desertieren, noch nicht. Aber der Söldnertrupp würde auch nicht weiterhin als Speerspitze des Angriffs agieren und seine Späher riskieren.

Vermeidet alle Kämpfe, signalisierten Jarlaxles Finger, und die versammelten Soldaten nickten zustimmend. *Wir halten uns raus und beobachten, mehr nicht.*

Bis Mithril-Halle eingenommen wurde, ergänzte einer der Leutnants in Gedanken.

Jarlaxle nickte. *Oder bis der Krieg sinnlos geworden ist,* erwiderten seine Finger, und sein Gesichtsausdruck verriet, daß der Söldnerführer seine letzten Worte nicht für einen Witz hielt.

☆ ☆ ☆

Pwent und sein Trupp streiften von Tunnel zu Tunnel und wurden immer ärgerlicher, da sie nirgends einen Drow oder wenigstens einen Kobold fanden, den sie erschlagen konnten.

»Wo, bei allen Neun Höllen, sind wir?« wollte der Schlachtenwüter wissen. Er erhielt keine Antwort, und wenn er darüber nachdachte, konnte er auch kaum eine erwarten. Er kannte diese Tunnel besser als jeder andere aus seiner Truppe, und wenn er schon keine Ahnung hatte, wo sie waren, dann hatten sich die anderen erst recht verirrt.

Das beunruhigte Pwent jedoch nicht allzusehr. Er und seine wilde Bande kümmerten sich eigentlich nie besonders darum, wo sie waren, solange sie nur etwas zu bekämpfen hatten. Der Mangel an Feinden war das eigentliche Problem.

»Beginnt mit dem Lärmschlagen!« brüllte Pwent, und die Knochenbrecher rannten zu den Wänden des schmalen Ganges und begannen damit, Hämmer gegen den Fels zu schmettern. Sie verursachten einen derartigen Lärm, daß jede Kreatur im Umkreis von zweihundert Metern leicht feststellen konnte, wo sie sich befanden.

Der arme Bidderdoo Harpell, der im Kielwasser der verrückten Horde selbstmörderischer Zwerge mitgerissen worden war, stand in der Mitte des Tunnels, blätterte im Licht seines Edelsteins die wenigen verbliebenen Pergamentseiten seines verbrannten Zauberbuches durch und suchte nach einem Zauberspruch, irgendeinem Zauberspruch (obwohl er einen vorgezogen hätte, der ihn von hier wegbringen konnte!).

Der Krawall dauerte noch mehrere Minuten lang an, bis der enttäuschte Pwent seine Zwerge wieder zusammenrief und sie weiterstürmten. Sie kamen unter einem natürlichen Bogengang hindurch, folgten mehreren Biegungen des Ganges und erreichten dann einen breiteren Weg, einen Tunnel, dessen Wände bearbeitet und dessen Boden eben war. Pwent schnippte mit den Fingern und erkannte, daß sie südwestlich von Mithril-Halle sein mußten. Er kannte diesen Ort und wußte, daß er hinter der nächsten Ecke einen Verteidigungsposten der Zwerge finden würde. Er erhöhte das Tempo an der Spitze und kletterte eilig eine Barrikade hinauf, die fast bis zur

Decke reichte, da er hoffte, mehr Verbündete für seine Terrorgruppe »anwerben« zu können. Als er die Oberkante des Walles erreichte, hielt er abrupt inne, und das Lächeln verschwand von seinem Gesicht.

Zehn Zwerge lagen tot auf dem Steinboden, inmitten zerfetzter Goblins und Orks.

Pwent fiel über den Wall, schlug hart auf, sprang aber sofort wieder auf. Er schüttelte den Kopf, während er über den Schauplatz des Gemetzels schritt. Diese Position war stark befestigt. Die Rückseite wurde von dem hohen Wall gebildet, während vorne, wo der Gang scharf nach links abbog, eine niedrigere Wand stand.

An dieser Wand auf der linken Seite, direkt vor dem Seitentunnel, war ein seltsames Gerät angebracht, ein tödliches Seitenschwinger-Katapult der Zwerge, dessen kurzer, starker Arm seitlich herumwippte und nicht über Kopf wie bei einer gewöhnlichen Schleuder. Der Arm war jetzt zurückgezogen und feuerbereit, aber Pwent sah sofort, daß keine Munition mehr vorhanden war und die tapferen Zwerge bis zuletzt ausgeharrt hatten.

Pwent konnte noch den Geruch der Geschosse wahrnehmen, und er sah die flackernden Schatten der kleinen Feuer. Noch bevor er um die Ecke lugte, wußte er, daß sich viele, viele tote Feinde in dem Gang häufen würden.

»Sie sind tapfer gestorben«, sagte der Schlachtenwüter zu seinen Gefolgsleuten, als sie und Bidderdoo über die Rückwand geklettert waren und zwischen den Leichen standen.

Der Angriff um die Biegung herum kam schnell und lautlos, als eine Handvoll Dunkelelfen mit gezückten Schwertern hervorstürmten.

Wäre Bidderdoo Harpell nicht auf der Hut gewesen (und hätte er nicht die letzte noch brauchbare Seite seines Zauberbuches gefunden), so wäre dies das schnelle Ende der Knochenbrecher-Brigade gewesen, aber der Zauberer murmelte rasch seinen Spruch und beschwor eine (für die Drow) blendend helle Kugel strahlenden Lichtes.

Die überraschten Dunkelelfen zögerten nur einen Moment, aber das genügte den Knochenbrechern, Kampfpositionen einzunehmen. Plötzlich waren es einfach sieben Zwerge gegen fünf Dunkelelfen, und das Überraschungsmoment war verloren. Sieben Schlachtenwüter gegen fünf Dunkelelfen, und was noch schlimmer für die Drow war: diese Schlachtenwüter standen inmitten der Leichen ihrer erschlagenen Verwandten.

Ohne Rücksicht auf Verluste schlugen und traten sie zu. Sie sprangen, rempelten und stießen mit ihren Köpfen zu, ignorierten sämtliche Treffer, die sie erlitten, und kämpften so wütend, daß sogar ihr Anführer, der wildeste von allen, stolz auf sie war. Sie überrannten zwei der Drow, und ein Zwerg konnte sich aus dem Getümmel lösen und stürmte brüllend um die Biegung des Ganges.

Pwent drängte einen Drow zur Seite, fing das heransausende Schwert des Dunkelelfen mit seinem metallenen Handschuh auf und schlug mit dem anderen zu, bevor sein Gegner seine andere Waffe zum Einsatz bringen konnte.

Der Kopf des Drow explodierte förmlich unter der Wucht des dornenbesetzten Handschuhs, als der rasende Pwent seine Faust direkt durch den Schädel der Kreatur trieb.

Er schlug noch ein zweites und drittes Mal zu, dann warf er den zerschmetterten Leichnam zu den vier anderen toten Dunkelelfen. Pwent sah sich nach seinen mit frischem Blut bedeckten Soldaten um und bemerkte sofort, daß einer fehlte, und er bemerkte ebenfalls, daß Bidderdoo heftig zitterte und seine Kiefer klappernd aufeinanderschlugen. Der Schlachtenwüter hätte ihn nach dem Grund dafür gefragt, aber da ließ ein Schrei höchster Pein aus dem Nebentunnel selbst dem abgehärteten Thibbledorf Pwent das Blut gefrieren. Er sprang zu der Ecke und blickte um die Kante.

Das Gemetzel über die gesamte Strecke des fünfzig Fuß langen Ganges war sogar noch schrecklicher, als Pwent erwartet hatte. Dutzende von Humanoiden lagen tot auf dem Boden, und mehrere kleine Feuer brannten noch immer, so dick lag das Pech der Katapultgeschosse auf Boden und Wänden.

Pwent beobachtete, wie eine hochgewachsene Gestalt das andere Ende des Ganges betrat. Sie war nur schattenhaft zu sehen, aber der Schlachtenwüter wußte, daß es ein Dunkelelf war, auch wenn es sich um den größten handelte, den er je gesehen hatte. Der Drow trug einen Dreizack, und auf dem Ende dieses Dreizacks steckte der noch immer lebende vermißte Knochenbrecher, der sich in Todeszuckungen wand. Hinter dem riesigen Waffenmeister tauchte ein weiterer Drow auf, aber Pwent nahm die zweite Gestalt kaum wahr und hätte sich auch nicht darum geschert, wenn ihr noch hundert weitere gefolgt wären.

Der Schlachtenwüter brüllte wütend auf, griff aber nicht an. In einem seltenen Augenblick, in dem Klugheit seine Raserei überwog, sprang Pwent um die Biegung zurück.

»Was ist los, wildester der Schlachtenwüter?« schrien drei der Knochenbrecher gleichzeitig.

Pwent antwortete nicht. Er sprang in den Korb des Seitenschwingers und hieb mit seinem stachelbesetzten Handschuh auf das Halteseil, das er damit sauber zerschnitt.

Uthegental hatte gerade den getöteten Zwerg abgeschüttelt, als der Seitenschwinger losging und sein Pwent-Geschoß den Gang entlang katapultierte. Die Augen des Waffenmeisters weiteten sich; er schrie ebenso, wie Pwent schrie. Plötzlich wünschte er sich, er hätte den toten Zwerg noch bei der Hand, damit er seinen Körper als Schild benutzen könnte. Rein instinktiv tat der Drowkrieger das zweitbeste. Er packte seinen Begleiter am Kragen seines *Piwafwi* und riß den Drow vor sich.

Pwents Helmstachel und die Hälfte seines Kopfes fuhren in den unglücklichen Dunkelelfen und kamen auf der anderen

Seite weit genug wieder heraus, um auch Uthegental noch zu verwunden.

Der gewaltige Waffenmeister befreite sich aus dem Getümmel, als Pwent sich ebenfalls aus dem getöteten Drow befreite. Sie sprangen in wilder Kampfeswut aufeinander los, Raserei gegen Raserei, Fauchen gegen Fauchen. Pwent konnte mehrere Treffer landen, aber der starke, erfahrene Uthegental konterte mit aller Wut.

Das stumpfe Ende des Dreizacks krachte Pwent ins Gesicht, und dem Zwerg wären fast die Sinne geschwunden. Er stolperte zurück und erkannte zu seinem Schrecken, daß er damit seinem riesigen Feind genug Raum gegeben hatte, um ihn aufzuspießen.

Eine silberne Bestie, ein großer Wolf, der auf den Hinterbeinen lief, krachte von der Seite gegen Uthegental und warf ihn wieder zu Boden.

Pwent schüttelte heftig den Kopf, um zur Besinnung zu kommen, und beobachtete dieses neueste Monster mit einiger Besorgnis. Er warf einen Blick zurück und sah, daß seine Knochenbrecher herbeieilten, auf den Wolf deuteten und vor Jubel heulten.

»Bidderdoo«, murmelte Pwent, als er endlich begriff.

Uthegental schüttelte den Harpell-Werwolf ab und sprang wieder auf die Füße. Bevor er jedoch noch sein Gleichgewicht wiedergefunden hatte, sprang ihn Pwent an.

Ein zweiter Zwerg tat dasgleiche, und ein dritter und vierter, die gesamte Knochenbrecher-Brigade.

Uthegental brüllte wild auf, und plötzlich hatte der Drow die Stärke eines Riesen. Er richtete sich hoch auf – überall hingen Zwerge an ihm – und riß die Arme weit auseinander. Er pflückte die Zwerge ab und warf sie von sich, als wären sie nur Ratten.

Pwent schlug ihm mit solcher Macht gegen die Brust, daß der Hieb eine Kuh getötet hätte.

Uthegental fauchte und versetzte dem Schlachtenwüter einen Schlag mit der Rückhand, der ihn ein Dutzend Fuß durch die Luft schleuderte.

»Du bist gut«, gab der angeschlagene Pwent zu, der sich gerade wieder auf ein Knie hochgekämpft hatte, als Uthegental auf ihn zukam.

Zum ersten Mal in seinem verrückten Leben (vielleicht mit Ausnahme der Gelegenheit, als er versehentlich Drizzt angegriffen hatte) wußte Thibbledorf Pwent, daß er seinem Gegner unterlegen war – daß seine gesamte Brigade ihm unterlegen war! – und glaubte sich so gut wie tot. Die Zwerge lagen stöhnend überall verstreut, und keiner von ihnen würde in der Lage sein, den unglaublich starken Drow aufzuhalten.

Anstatt sich aufzurichten, schrie Pwent auf und warf sich auf den Knien nach vorn. Er fuhr in der letzten Sekunde hoch und legte sein ganzes Gewicht in einen rechten Haken.

Uthegental fing die Hand mitten im Flug ab und bremste ihren gesamten Schwung. Die freie Hand des riesigen Drow legte sich auf Pwents Gesicht, und Uthegental begann, den armen Schlachtenwüter nach hinten zu biegen.

Pwent konnte das fauchende Gesicht durch die weitgespreizten Finger sehen. Er fand irgendwie die Kraft, mit seiner freien Linken zuzuschlagen, und landete einen soliden Treffer am Unterarm des Drow.

Uthegental schien sich nicht darum zu kümmern.

Pwent winselte.

Plötzlich warf der Waffenmeister den Kopf zurück.

Pwent glaubte, der Drow wolle einen Siegesschrei ausstoßen, aber es kam kein Laut aus Uthegentals Mund, überhaupt kein Geräusch, bis er einen Augenblick später unverständlich zu gurgeln begann.

Pwent spürte, wie der Griff des Drow sich lockerte, und der Schlachtenwüter riß sich schnell los. Als er sich aufrichtete, erkannte Pwent, was geschehen war. Der silberne Werwolf hatte sich Uthegental von hinten genähert und ihn in den Nacken gebissen. Bidderdoo hatte ihn noch immer nicht losgelassen, sondern seine mächtigen Kiefer zermalmten mit aller Kraft das Rückgrat und die Nerven des Drow.

Die beiden hielten ihre makabre Pose viele Sekunden lang aufrecht; alle Knochenbrecher, die bei Besinnung waren, versammelten sich und staunten über die Kraft von Bidderdoos Maul und auch darüber, daß dieser gewaltige Drowkrieger noch immer auf den Beinen war.

Dann erscholl ein lautes Knacken, und Uthegental zuckte heftig. Er fiel zu Boden, und der Wolf, der noch immer in ihn verbissen war, fiel auf ihn.

Pwent deutete auf Bidderdoo. »Er muß mir unbedingt zeigen, wie er das gemacht hat«, meinte er bewundernd.

Bidderdoo, der fest an sein Opfer gepreßt war, hörte ihn nicht.

Die längste Nacht

Belwar hörte die Echos, leise Vibrationen in dem dicken Fels, die kein Bewohner der Oberfläche hätte bemerken können. Die dreihundert anderen Svirfnebli hörten sie ebenfalls. Dies war die Art der Tiefengnomen – in den tieferen Tunneln des Unterreiches verständigten sie sich häufig, indem sie lautlose Vibrationen durch den Felsen sandten. Jetzt hörten sie die Echos, andauernde Echos, nicht wie die gewaltige Explosion, die sie vor ein paar Stunden vernommen hatten und die ankündigte, daß ein ganzer Verbund von Tunneln zum Einsturz gebracht worden war. Die erfahrenen Kämpfer der Svirfnebli lauschten dem neuen Geräusch, das einen ganz eigenen

Rhythmus aufwies, und sie wußten, was es bedeutete. Eine Schlacht hatte begonnen, eine große Schlacht, und nicht sehr weit entfernt.

Belwar beriet sich viele Male mit seinen Kommandeuren, während sie sich zollweise durch unbekanntes Gebiet vorarbeiteten und versuchten, den stärksten Vibrationen zu folgen. Oftmals klopfte einer der Svirfnebli, der sich am Rand oder der Spitze der Gruppe befand, leicht mit seinem Hammer gegen den Stein, um ein Gefühl für die Härte des Gesteins zu bekommen. Echojagd war schwierig, da die Härte des Gesteins nie gleichmäßig war und Vibrationen oftmals verzerrt wurden. Und so passierte es selbst den Svirfnebli, die sicher die besten Echo-Aufspürer der ganzen Welt waren, mehr als einmal, daß sie an einer Gabelung der falschen Abzweigung folgten.

Da sie jedoch eine entschlossene und geduldige Truppe waren, gaben sie nicht auf, und nach vielen frustrierenden Minuten tauchte ein Priester namens Suntunavick bei Belwar und Firble auf und verkündigte mit voller Überzeugung, daß sie jetzt so dicht an die Quelle des Geräusches herangekommen waren, wie diese Tunnel sie bringen konnten.

Die beiden folgten dem Priester zu der genauen Stelle und legten abwechselnd die Ohren an den Fels. Tatsächlich war der Lärm dahinter laut, jedenfalls im Vergleich zur Umgebung.

Und konstant, stellte Belwar mit einiger Verwirrung fest, denn das hier war nicht der Widerhall einer hin und her wogenden Schlacht, es waren nicht die Echos, die sie zuvor vernommen hatten, oder zumindest enthielt das Geräusch mehr als nur die.

Suntunavick versicherte dem Höhlenvater, daß dies der richtige Ort sei. In das konstante Geräusch war der vertraute Rhythmus einer tobenden Schlacht eingebettet.

Belwar sah Firble an, der ihm zunickte, und dann Suntunavick. Der Höhlenvater deutete auf einen Punkt der Wand, dann trat er zurück, damit Suntunavick und die anderen Priester dichter herankommen konnten.

Sie begannen ihre Beschwörung, einen knirschenden, grollenden und anscheinend wortlosen Gesang, und hin und wieder warf einer der Priester eine Handvoll einer schlammigen Substanz gegen den Fels.

Der Gesang erreichte einen Höhepunkt; Suntunavick trat eilig an die Wand heran, die Hände hatte er fest gegeneinander gepreßt vor sich ausgestreckt. Mit einem Schrei der Ekstase drückte der kleine Gnom seine Finger direkt in den Stein. Dann stöhnte er, und seine Arm- und Schultermuskeln spannten sich an, während er die Wand auseinanderschob – sie öffnete, als wäre sie nicht massiver als ein Vorhang aus schwerem Gewebe.

Der Priester sprang zurück, und das taten auch alle anderen, als das Echo zu einem Brüllen wurde und ein feiner Sprühregen, der Nebel des Wasserfalls, sie erreichte.

»Es ist die Oberfläche«, murmelte Firble, der kaum in der Lage war zu atmen.

Er hatte recht, aber diese Flut von Wasser war überhaupt nicht, wie sich die Gnomen die Oberfläche vorgestellt hatten, war völlig anders, als es die vielen Berichte beschrieben, die sie über jenen seltsamen Ort vernommen hatten. Viele aus der Gruppe dachten in diesem Moment daran zurückzukehren, aber Belwar, der erst vor kurzen mit Drizzt gesprochen hatte, wußte, daß hier etwas Ungewöhnliches vorging.

Der Höhlenvater löste mit seiner Spitzhackenhand ein Seil vom Gürtel, hielt es Firble hin und bedeutete, es ihm um die Hüfte zu binden. Firble tat wie geheißen und ergriff das andere Ende, nachdem er sich einen sicheren Halt gesucht hatte.

Nach einem kaum wahrnehmbaren Zögern quetschte sich der mutige Belwar durch die Wand und durch den Nebelschleier. Er fand den Wasserfall und einen Sims, der um ihn herumführte, und Belwar erblickte die Sterne.

Tausende von Sternen!

Dem Gnomen schlug das Herz bis zum Hals. Er war zugleich überwältigt und entsetzt. Dies war die Welt der Oberfläche, diese größte aller Kavernen, die unter einer Kuppel lag, die man niemals erreichen konnte.

Der Augenblick des Verharrens, des Staunens war nur kurz und wurde von den deutlichen Kampfgeräuschen beendet. Belwar befand sich nicht im Tal der Hüter, aber er konnte die Lichter der Schlacht sehen, die Flammen von Fackeln und magischen Feuern, und er konnte das Klirren von Metall auf Metall und die vertrauten Schreie von Sterbenden hören.

Unter Belwars Führung strömten die dreihundert Svirfnebli aus den Höhlen heraus und begannen einen lautlosen Marsch nach Osten. Sie durchquerten Gelände, das zunächst unpassierbar schien, aber ein freundlich gesinntes Elementarwesen, das die gnomischen Priester beschworen, bahnte ihnen den Weg. Nach wenigen Minuten erblickten sie die Schlacht, das Getümmel in dem nebligen Tal, wo gepanzerte Reiter gegen Drow auf Eidechsen und erbärmliche Goblins fochten und Kobolde gegen riesige Menschen kämpften, die doppelt so groß waren wie der größte Svirfnebli.

Jetzt zögerte Belwar, als ihm vollständig bewußt wurde, daß seine Streitmacht aus dreihundert Gnomen dabei war, sich in eine Schlacht der Tausende zu stürzen, eine Schlacht, deren Ausgang die Tiefengnomen nicht ermessen konnten.

»Deshalb sind wir gekommen«, flüsterte Firble dem Höhlenvater ins Ohr.

Belwar blickte seinen ungewohnt mutigen Begleiter fest an.

»Für Blingdenstone«, sagte Firble.

Belwar ging voraus.

☆ ☆ ☆

Drizzt hielt ebenso wie alle anderen den Atem an, und selbst Guenhwyvar war klug genug, ein instinktives Knurren zu unterdrücken.

Die fünf Gefährten kauerten auf einem schmalen Sims in einem hohen, breiten Gang, während unter ihnen eine Reihe von Drow vorbeimarschierte, die immer länger wurde und kein Ende zu nehmen schien.

Zweitausend? fragte sich Drizzt. Fünftausend? Er hatte keine Möglichkeit, es korrekt einzuschätzen. Es waren zu viele, und er konnte nicht einfach den Kopf hinausstrecken und sie zählen. Es war allerdings eindeutig, daß der größte Teil der Streitmacht der Drow sich vereinigt hatte und auf ein gemeinsames Ziel zumarschierte. Das konnte nur bedeuten, daß der Weg zumindest bis zum unteren Tor von Mithril-Halle frei gekämpft war. Drizzt faßte Mut, als er an dieses Tor dachte, an die vielfältigen ausgeklügelten Verteidigungsmaßnahmen, die sie in jener Region getroffen hatten. Selbst diese mächtige Armee würde große Schwierigkeiten haben, das Portal zu durchschreiten; die Tunnel in der Nähe des unteren Tores würden sich hoch mit toten Drow und Zwergen füllen.

Drizzt wagte es, langsam den Kopf zu bewegen, um an Guenhwyvar, die neben ihm dicht an die Wand gepreßt kauerte, vorbei zu Bruenor zu blicken, der unbequem zwischen dem Hinterteil des Panthers und der Wand eingeklemmt stand. Drizzt hätte bei diesem Anblick fast gelächelt und auch bei dem Gedanken, daß er sich lieber schnell wegbewegen sollte, sobald die Kolonne der Drow vorüber war, da Bruenor wahrscheinlich den Panther über die Kante des Simses schieben und Drizzt mitgerissen werden würde.

Aber dieses Lächeln kam nicht, trat nicht auf Drizzts Gesicht, nicht angesichts seiner Zweifel. Hatte er recht daran getan, Bruenor hier herauszubringen? fragte er sich, und das nicht zum ersten Male. Sie hätten mit den Zwergen, die sie vor einigen Stunden getroffen hatten, zum unteren Tor zurückkehren können; der König von Mithril-Halle könnte an seinem Platz bei seiner Armee sein. Drizzt unterschätzte nicht, wie sehr die Anwesenheit des feurigen Bruenor die Verteidigung des unteren Tores und der Unterstadt verstärken würde. Jeder Zwerg von Mithril-Halle würde ein wenig lauter singen und ein wenig begeisterter kämpfen, wenn er wußte, daß König Heldenhammer in der Nähe war, mit ihnen gemeinsam kämpfte und seine mächtige Axt schwang.

Drizzts Argumente hatten Bruenor dazu gebracht, draußen zu bleiben, und jetzt fragte sich der Drow, ob seine Handlungsweise selbstsüchtig gewesen war. Würden sie die feindlichen Anführer überhaupt finden können? Wahrscheinlich waren die Priesterinnen, die diese Armee leiteten, gut verborgen, wirkten von ferne ihre Magie und lenkten ihre Truppen mit nicht mehr Mitgefühl, als wären ihre Soldaten Bauern auf einem riesigen Schachbrett.

Die Oberin Mutter, oder wer immer diese Arme anführte, würde keine persönlichen Risiken eingehen, denn dies war die Art der Drow.

Plötzlich kam sich Drizzt sehr töricht vor, wie er dort oben auf dem Sims kauerte. Sie jagten den Kopf, wie er Bruenor erklärt hatte, aber dieser Kopf würde nicht so einfach zu finden sein. Und Drizzt, Bruenor und ihre Gefährten würden in nächster Zeit nicht einmal in die Nähe der Zwergenfeste gelangen, wenn man die Größe der Streitmacht bedachte, die auf Mithril-Halle zumarschierte.

Der Waldläufer senkte den Kopf, holte tief Luft, sammelte sich und erinnerte sich daran, daß er den einzigen Weg gewählt hatte, der ihnen vielleicht den Sieg bringen konnte. Er dachte daran, daß das untere Tor, auch wenn es nicht so einfach zu erobern war, irgendwann fallen würde, ob Bruenor Heldenhammer unter seinen Verteidigern war oder nicht. Aber hier draußen, im Angesicht der vielen Drow und der unzähligen Tunnel, wurde Drizzt wieder das Ausmaß seiner Aufgabe bewußt. Wie konnte er auch nur hoffen, die Anführer der Armee der Drow zu finden?

Er wußte allerdings nicht, daß er nicht der einzige war, der sich auf eine Jagd begeben hatte.

☆ ☆ ☆

»Keine Nachricht von Bregan D'aerthe.«

Oberin Baenre saß auf ihrer Flugscheibe und versuchte, die Bedeutung dieser Worte zu ermessen. Quenthel begann sie zu wiederholen, aber ein Knurren ihrer Mutter hielt sie davon ab.

Dennoch hallte der Satz in Oberin Baenres Kopf wider. »Keine Nachricht von Bregan D'aerthe.«

Jarlaxle hielt sich zurück, erkannte Baenre. Trotz all seiner Tollkühnheit war der Söldnerführer tatsächlich sehr konservativ und ging ungern ein Risiko für die Gruppe ein, die er über Jahrhunderte aufgebaut hatte. Jarlaxle war nicht gerade begierig gewesen, nach Mithril-Halle zu marschieren, und er war, um der Wahrheit die Ehre zu geben, überhaupt nur mitgekommen, weil man ihm in dieser Angelegenheit gar keine andere Wahl gelassen hatte.

Ebenso wie Triel, Baenres eigene Tochter und engste Beraterin, hatte auch der Söldner auf einen schnellen und leichten Sieg und eine rasche Rückkehr nach Menzoberranzan gehofft, wo noch so viele Fragen zu klären waren. Der Umstand, daß in letzter Zeit keine Berichte von den Spähern von Bregan D'aerthe gekommen waren, konnte reiner Zufall sein, aber Baenre hatte einen anderen Verdacht. Jarlaxle hielt sich zurück, und das konnte nur bedeuten, daß er aufgrund der Berichte, die er ständig von den gewieften Spähern seines Netzwerkes erhielt, zu der Überzeugung gekommen war, daß der Vorstoß stagnierte, daß er ebenso wie Baenre selbst zu dem Schluß gelangt war, daß Mithril-Halle nicht einfach überrannt werden würde.

Die verwitterte Oberin Mutter nahm die Neuigkeit ungerührt auf, da sie überzeugt war, daß Jarlaxle zur Herde zurückkehren würde, sobald sich das Glück wieder den Dunkelelfen zuwandte. Sie würde sich natürlich eine angemessene Bestrafung für den Söldnerführer ausdenken müssen, eine, die Jarlaxle das Ausmaß ihres Mißfallens deutlich werden ließ, ohne daß es sie gleichzeitig einen wertvollen Verbündeten kostete.

Kurze Zeit später begann die Luft in der kleinen Höhle, die Baenre als Thronsaal benutzte, mit der anschwellenden Energie eines Zaubers zu prickeln. Alle, die in dem Raum versammelt waren, blickten sich nervös um und atmeten erleichtert auf, als Methil aus dem Nichts heraus in die Mitte der Drowpriesterinnen trat.

Sein Gesichtsausdruck verriet nichts, sondern zeigte das gleiche passive, beobachtende Starren, das man von seiner andersweltlichen Rasse zu erwarten hatte. Baenre fand, daß das stets unlesbare Gesicht das Enervierendste beim Umgang mit den Illithiden war. Sie gaben nie auch nur den geringsten Hinweis auf ihre wahren Absichten.

Uthegental Armgo ist tot, tauchte der Bericht Methils abrupt in ihrem Geist auf.

Jetzt war es an Baenre, eine stoische, nichts enthüllende Fassade aufzusetzen. Methil hatte die beunruhigende Nachricht ihr – und nur ihr – übermittelt, das wußte sie. Die anderen, insbesondere Zeerith und Auro'pol, die immer ungeduldiger wurden, brauchten nicht zu wissen, daß die Neuigkeiten schlecht – sehr schlecht – waren.

Der Marsch nach Mithril-Halle geht gut voran, lautete Methils nächste telepathische Botschaft. Diese ließ er alle im Raum hören, wie Baenre an den plötzlich freundlicher werdenden Mienen erkannte. *Die Tunnel sind frei bis hin zum unteren Tor, an dem sich die Armee sammelt und vorbereitet.*

Viel Nicken und Lächeln antworteten dem Illithiden, und Oberin Baenre hatte ebensowenig Schwierigkeiten wie Methil, um die Gedanken zu lesen, die sich hinter diesen Gesichtern verbargen. Der Illithide mühte sich ab, die Moral zu verbessern – und das war bei Dunkelelfen immer eine schwierige Angelegenheit. Aber die erste Botschaft des Illithiden hallte in Baenres Geist ebenso beunruhigend wider, wie es Quenthels Bericht – oder fehlender Bericht – über Bregan D'aerthe getan hatte. Uthegental Armgo war tot! Was würden die Soldaten von Barrison del'Armgo, die ein so entscheidender Bestandteil der Armee waren, wohl tun, wenn sie entdeckten, daß ihr Anführer nicht mehr lebte?

Und was war mit Jarlaxle? Falls er vom Tod des gewaltigen Waffenmeisters erfahren hatte, so würde dies zumindest das Schweigen von Bregan D'aerthe erklären. Möglicherweise fürchtete Jarlaxle, die Truppen von Barrison del'Armgo würden desertieren, ein Verlust, der die Ränge der Armee bis ins Innerste erschüttern könnte.

Jarlaxle weiß es nicht, ebensowenig wie die Soldaten des Zweiten Hauses, antwortete ihr Methil, der offensichtlich ihre Gedanken las.

Trotz allem gelang es Baenre, eine (jedenfalls für ihre Verhältnisse) gutgelaunte Fassade aufrechtzuerhalten und nach außen begeistert über die Nachrichten vom Fortschritt der Armee am unteren Tor zu erscheinen. Tatsächlich sah sie jedoch deutlich ein mögliches Krebsgeschwür in ihren Reihen wuchern, eine Kette von Ereignissen, die den bereits jetzt wankenden Zusammenhalt ihrer Armee und ihrer Verbündeten zerstören konnte und sie alles kosten mochte. Sie fühlte sich, als befände sie sich wieder in jenen Tagen des absoluten Chaos in Menzoberranzan, kurz vor dem Marsch, als K'yorl scheinbar die Oberhand erlangt hatte.

Damals hatte die Vernichtung des Hauses Oblodra die Situation geklärt, und Oberin Baenre hatte das Gefühl, daß sie jetzt etwas Ähnliches leisten mußte, vielleicht einen dramatischen Sieg erringen, der sämtliche Zweifel in ihren Reihen ersticken würde. Sie mußte Loyalität durch Furcht erzwingen.

Sie dachte erneut an das Haus Oblodra und spielte mit der Idee, ein ähnliches Schauspiel am unteren Tor von Mithril-Halle zu inszenieren. Sie verwarf den Gedanken jedoch wieder, da sie erkannte, daß die Geschehnisse in Menzoberranzan ein einmaliges Ereignis gewesen waren. Niemals zuvor (und wahrscheinlich auch niemals wieder – und gewiß nicht bereits so bald!) war Lloth so glorreich und vollständig auf der materiellen Ebene erschienen. Bei den Ereignissen am Haus Oblodra war Oberin Baenre nur der Kanal für die göttlichen Kräfte der Spinnenkönigin gewesen.

Das würde nicht erneut geschehen.

Baenres Gedanken wirbelten in eine andere Richtung, der leichter zu folgen war. *Wer hat Uthegental getötet?* dachte sie und wußte, daß Methil sie ›hören‹ würde.

Der Illithide hatte darauf keine Antwort, wußte aber, worauf Baenre abzielte. Baenre wußte, was Uthegental gesucht hatte, kannte den einzigen Preis, der dem mächtigen Waffenmeister wirklich etwas bedeutet hatte. Vielleicht hatte er Drizzt Do'Urden gefunden.

Wenn dem so war, würde dies bedeuten, daß sich Drizzt Do'Urden in den unteren Tunneln befand und nicht hinter den Barrikaden von Mithril-Halle.

Ihr folgt einem gefährlichen Kurs, warnte Methil sie im geheimen, bevor Baenre auch nur die richtigen Zaubersprüche auswählen konnte, mit denen sie den Abtrünnigen finden wollte.

Oberin Baenre wischte den Gedanken ohne Bedenken beiseite. Sie war die erste Oberin Mutter von Menzoberranzan, Vertreterin Lloths, und sie verfügte über Kräfte, die das Leben eines jeden Drow in der Stadt, jedes Zauberers oder Waffenmeisters mühelos zunichte machen konnten. Baenres Kurs war in der Tat gefährlich, das mußte sie zugeben – gefährlich für Drizzt Do'Urden.

Am verheerendsten war die Zwergenstreitmacht im Zentrum der Verteidigungslinie, eine enorme Menge um sich schlagender, singender Krieger, die Goblins und Orks mit ihren schweren Hämmern und Äxten zerschmetterten und zu ganzen Gruppen auf riesige Minotauren sprangen, um sie durch ihr schieres Gewicht zu Boden zu werfen.

Aber entlang der gesamten Ostseite des Tales der Hüter war der Druck von allen Seiten zu groß. Ritter eilten an den Reihen der Barbaren entlang, um die Front immer dort zu verstärken, wo der Feind durchzubrechen drohte, und durch diese schnelle Hilfe brachen die Reihen nicht. Doch trotz allem wurden Berkthgar und seine Leute unaufhaltsam zurückgedrängt.

Die Leichen von Kobolden und Goblins türmten sich hoch im Tal der Hüter; für jeden Verteidiger starben sicher zwanzig Feinde. Aber die Drow konnten sich solche Verluste leisten, hatten sie sogar erwartet, und Berg'inyon, der auf seiner Eidechse saß und zusammen mit den übrigen Reitern von Baenre die Schlacht ruhig von weitem beobachtete, wußte, daß die Zeit für das Gemetzel näher rückte. Er erkannte, daß die Verteidiger allmählich schwächer wurden. Minuten hatten sich zu einer Stunde gedehnt und dann zu zweien, und der Ansturm ließ noch immer nicht nach.

Die Verteidigungslinie wich immer mehr zurück, und die hohen östlichen Wände des Tales der Hüter waren nicht mehr weit hinter den Kämpfern. Wenn jene Wände den Rückzug zum Stehen brachten, würden die Zauberer der Drow hart zuschlagen. Dann würde Berg'inyon den Angriff anführen, und das Tal der Hüter würde mit dem Blut der Menschen getränkt werden.

☆ ☆ ☆

Besnell wußte, daß sie dabei waren zu verlieren, er wußte, daß ein Dutzend tote Goblins nicht den Preis eines Zolls verlorenen Bodens wert waren. Sein Gefühl der Resignation wurde nur von dem Umstand gemildert, daß er seine Reiter noch nie hatte besser kämpfen sehen. Ihre dichten Kampfgruppen preschten hin und her und zertrampelten Feinde. Und obgleich jeder Mann so schwer atmete, daß er kaum noch ein Schlachtlied singen konnte, und jedes Pferd von Schweiß überströmt war, gaben sie nie nach, hielten nie inne.

Mit grimmiger Befriedigung, doch zugleich furchtbar besorgt – und das nicht nur um seine Männer, denn Alustriel war nicht wieder auf dem Schlachtfeld erschienen –, richtete der Elf seine Aufmerksamkeit auf Berkthgar und war außerordentlich verblüfft. Der mächtige Zweihänder Bankenfuere summte, während es durch die Luft schnitt, jeder Hieb vernichtete einen Feind, der töricht genug gewesen war, sich zu dicht an den riesigen Mann heranzuwagen. Blut bedeckte den Barbaren von Kopf bis Fuß, vieles davon sein eigenes, aber wenn Berkthgar Schmerzen verspürte, so zeigte er es nicht. Sein Gesang und sein Tanz waren an Tempus gerichtet, den Gott der Schlachten, und so sang er, und so tanzte er, und so starben seine Feinde.

Wenn die Drow gewinnen und Mithril-Halle erobern sollten, so würde Besnells Meinung nach eine der tragischsten Konsequenzen sein, daß die Geschichte von den Taten Berkthgars des Tapferen das Tal der Hüter nicht verlassen würde.

Ein gewaltiger Blitz riß den Elfen aus seinen Überlegungen. Er sah die Schlachtreihen entlang und entdeckte Regweld Harpell, der von einem Dutzend toter oder brennender, sterbender Goblins umgeben war. Regweld und Pfützenspringer waren ebenfalls von den grünen und roten tanzenden Zungen magischer Flammen eingehüllt, aber den Zauberer und sein außergewöhnliches Reittier schien dies nicht zu bekümmern, denn sie kämpften weiter, ohne dem Feuer Beachtung zu schenken. Tatsächlich wurden die Flammen, welche das Paar einhüllten, zu einer Waffe, wurden zu einer Verlängerung von

Regwelds Zorn, als der Zauberer mit Pfützenspringer fast ein Dutzend Fuß weit sprang und direkt vor zwei riesigen Minotauren landete. Rote und grüne Flammen wurden weißglühend und schossen vom Leib des Zauberers hinüber zu den Monstern und hüllten sie ein. Pfützenspringer sprang senkrecht in die Luft und brachte Regweld damit auf gleiche Höhe mit den häßlichen Köpfen der schreienden Minotauren. Er streckte einen Zauberstab vor, und grüne Energieblitze zuckten von ihm in die Körper der Monster.

Dann war Regweld fort, sprang zum nächsten Kampf und ließ die stolpernden Minotauren zurück, die von den Flammen verzehrt wurden.

»Für das Gute aller guten Völker!« rief Besnell aus und reckte sein Schwert in die Höhe. Seine Kampfgruppe formierte sich neben ihm, und der Donner der Attacke begann aufs neue – diesmal galoppierten sie durch einen Trupp Kobolde. Sie verstreuten die Bestien und kamen in ein dichteres Gedränge von Feinden, das ihren Ansturm bremste. Die Ritter in Silber, die noch immer auf ihren Pferden saßen, hackten sich durchs Getümmel, und ihre glänzenden Schwerter schlachteten die Feinde zu Massen.

Besnell war glücklich. Er verspürte eine tiefe Befriedigung, das Gefühl, das Richtige zu tun. Der Elf glaubte von ganzem Herzen an Silbrigmond, glaubte an den Leitsatz, den er bei jeder Gelegenheit ausrief.

Er war nicht traurig, als der Speer eines Goblins eine Lücke an der Seite seiner Brustplatte fand, durch seine Rippen fuhr und einen Lungenflügel durchbohrte. Er wankte im Sattel, und irgendwie gelang es ihm, den Speer herauszureißen.

»Für das Gute aller guten Völker!« rief er mit aller Kraft, die er aufbringen konnte. Ein Goblin tauchte neben seinem Pferd auf, und ein Schwert zischte heran.

Besnell zuckte vor Schmerz zusammen, als er sein eigenes Schwert zur Parade hob. Er fühlte sich schwach, und plötzlich war ihm kalt. Er bemerkte kaum den Verlust seines Schwertes, das ihm aus der Hand glitt und zu Boden fiel.

Der nächste Hieb des Goblins traf den Schenkel des Ritters, und die von den Drow gefertigte Waffe schnitt durch Besnells Rüstung und hinterließ eine blutige Spur.

Der Goblin johlte triumphierend, dann flog er zerschmettert davon, als Bankenfuere mit Macht heransauste.

Berkthgar fing Besnell mit seinem freien Arm auf, als der Ritter vom Pferd glitt. Der Barbar fühlte sich in diesem Augenblick ein wenig von der Schlacht entrückt, als wären er und der edle Elf allein und an einem privaten Ort. Um sie herum, nicht weit entfernt, fuhren die Ritter mit ihrem Gemetzel fort, und kein Monster bedrängte die beiden.

Berkthgar ließ Besnell sanft zu Boden gleiten. Der Elf blickte zu ihm auf, und seine goldenen Augen schienen hohl zu sein.

»Für das Gute aller guten Völker«, sagte Besnell, und seine Stimme war kaum mehr als ein Wispern, doch durch die Gnade von Tempus, oder welcher Gott auch immer über die Schlacht im Tal der Hüter wachte, verstand Berkthgar jede Silbe.

Der Barbar nickte dem toten Elfen schweigend zu.

Dann war Berkthgar wieder auf den Beinen, und seine Wut hatte sich vervielfacht. Wild stürmte er in die feindlichen Reihen, und sein großes Schwert schnitt eine breite Bresche.

☆ ☆ ☆

Regweld Harpell hatte noch nie solche Erregung verspürt. Der Zauberer und sein Pferdefrosch, die noch immer in Flammen gehüllt waren, die ihnen nichts schadeten, aber alles verzehrten, was in ihre Nähe kam, verstärkten das südliche Ende der Verteidigungslinie. Bald schon würde er alle Zaubersprüche aufgebraucht haben, aber das kümmerte Regweld nicht. Er wußte, daß er eine andere Möglichkeit finden würde, sich nützlich zu machen und die Monster zu vernichten, die gekommen waren, Mithril-Halle zu erobern.

Eine Gruppe Minotauren kam auf ihn zu. Ihre großen Speere hatten sie weit vor sich ausgestreckt, um außer Reichweite der Flammen zu bleiben.

Regweld lächelte und ließ Pfützenspringer erneut einen Sprung machen, der sie zwischen den sie umzingelnden Monstern weit nach oben brachte, höher, als selbst Minotauren und ihre langen Speere reichten.

Der Harpell stieß einen Siegesschrei aus, dann ließ ihn ein Blitzschlag verstummen.

Plötzlich flog Regweld alleine und sich überschlagend durch die Luft, während Pfützenspringer unter ihm in die entgegengesetzte Richtung davontrudelte.

Ein zweiter Blitz zuckte aus einer anderen Richtung heran – und dann ein dritter, der gespalten war und somit gleichzeitig den Zauberer und sein seltsames Reittier erreichen konnte.

Beide wurden erneut getroffen, und noch einmal, als sie durch die Luft geschleudert wurden und reglos zu Boden fielen.

Die Zauberer der Drow hatten in die Schlacht eingegriffen.

Die Invasoren brüllten triumphierend auf und stürmten vor, und selbst Berkthgar in seiner Berserkerwut über den Tod des tapferen Elfen konnte seine Männer nicht um sich sammeln, um die Front zu halten. Eidechsenreiter der Drow drangen durch die Reihen ihrer humanoiden Sklaven nach vorne, und ihre langen Lanzen trieben die Ritter unaufhaltsam zurück und auf die Wand zu.

☆ ☆ ☆

Berg'inyon gehörte zu den ersten, welche die Wendung der Schlacht kommen sahen. Er sandte einen Reiter eine Felssäule hinauf, um einen besseren Überblick zu erhalten, und wandte dann seine Aufmerksamkeit einer Gruppe in der Nähe zu, während er auf die nördliche Wand des Tales deutete.

Reitet dort nach oben, signalisierte der Waffenmeister seinen

Leuten. *Ganz nach oben und um die Reihen der Feinde herum, so daß Ihr von oben Tod auf sie hinabregnen lassen könnt, wenn sie an die Bergwand zurückgedrängt sind.*

Ihr zustimmendes Nicken wurde von einem bösen Lächeln begleitet, aber ein Schrei von der anderen Seite, ausgestoßen von dem Soldaten, den Berkthgar nach oben geschickt hatte, machte den Augenblick zunichte.

Die Felssäule war als riesiges Elementarmonster zum Leben erwacht. Berg'inyon und die anderen sahen hilflos zu, wie der steinerne Riese riesige Felsarme zusammenschlug und den Drow und sein Reittier dazwischen zerquetschte.

Von jenseits der Linien der Drow erscholl ein lauter Tumult aus dem Westen, und über dem Donnern des Angriffs der Svirfnebli erklang ein lautes »Bivrip!«, das Wort, das Belwar Dissengulp verwendete, um die Magie seiner künstlichen Hände zu aktivieren.

☆ ☆ ☆

Es dauerte lange, bis Berkthgar und die anderen Verteidiger am östlichen Ende des Tals der Hüter auch nur gewahr wurden, daß aus dem Westen neue Verbündete gekommen waren. Die Gerüchte drangen jedoch nach und nach durch den Tumult der Schlacht, ermutigten die Verteidiger und erfüllten die Invasoren mit Furcht. Die Goblins und Dunkelelfen nahe der östlichen Talwand begannen, immer häufiger fragend hinter sich zu blicken, ob von dort ihr Verderben nahte.

Jetzt zog Berkthgar alles zusammen, was an nichtzwergischen Verteidigern übriggeblieben war: zwei Drittel seiner Barbaren, weniger als hundert Ritter in Silber, zwanzig Langreiter und die beiden Männer aus Nesme. Ihre Reihen waren gelichtet, aber ihr Kampfgeist kehrte zurück, und die Reihen hielten erneut stand, ja, sie drangen sogar erneut hinter den Zwergen in Richtung der Mitte des Tals der Hüter vor.

Kurz darauf verschwand jeder Anschein von Ordnung im

Tal; keine Kampfreihen trennten mehr Freund von Feind. Im Westen bekämpften die Priester der Svirfnebli die Drowzauberer, und Belwars Krieger stürmten in die Reihen der Drow. Sie waren die bittersten Feinde, Drow und Svirfnebli, Erzfeinde sogar. Und auch auf der östlichen Seite spielten sich ähnliche Szenen ab, wo Zwerge und Goblins haßerfüllt aufeinander einschlugen.

Es dauerte die ganze Nacht, eine wilde und schreckliche Nacht. Berg'inyon griff kaum in den Kampf ein und hielt auch den Großteil seiner Elite-Eidechsenreiter zurück; er benutzte sein monströses Kriegsfutter, um die Verteidiger zu erschöpfen. Selbst trotz der unerwarteten Ankunft der kleinen, aber starken Svirfnebli-Streitmacht würden die Drow die Schlacht schon bald wieder zu ihren Gunsten wenden.

»Wir werden gewinnen«, versprach der junge Baenre den Soldaten in seiner Nähe. »Und welche Verteidigung kann dann noch hinter dem westlichen Tor des Zwergenbaus verblieben sein?«

Zukunftsschau

Quenthel Baenre saß vor einer Nische in der Wand der kleinen Kammer und starrte in einen winzigen Teich glatten Wassers. Sie kniff die Augen zusammen, denn der Teich, ein Wahrsagespiegel, wurde heller, als in der Welt der Oberfläche, nicht sehr weit östlich der Vier Gipfel, die Morgendämmerung anbrach.

Quenthel hielt den Atem an, obwohl sie am liebsten einen Verzweiflungsschrei ausgestoßen hätte.

Auf der anderen Seite der kleinen Höhle war Quenthels Mutter mit ähnlichem Hellsehen beschäftigt. Sie hatte mit ihrer Magie eine grobe Karte des Geländes erschaffen und anschließend eine einzelne, winzige Feder verzaubert. Jetzt sang Baenre erneut ihren Zaubergesang, warf die Feder über dem ausgebreiteten Pergament in die Luft und blies sie sanft an.

»Drizzt Do'Urden«, wisperte sie in diesen Hauch hinein, und als die Feder herumwirbelte und auf die Karte hinabtrudelte, pustete sie erneut. Ein breites, böses Grinsen breitete sich auf Baenres Gesicht aus, als die Feder, der magische Zeiger, die Karte berührte und ihre Spitze auf eine Gruppe von Tunneln deutete, die nicht weit entfernt waren.

Es stimmte also, erkannte Baenre jetzt. Drizzt Do'Urden befand sich wirklich in den Tunneln außerhalb von Mithril-Halle.

»Wir brechen auf«, sagte die Oberin Mutter plötzlich und brach damit abrupt die Stille in der kleinen Kammer.

Quenthel schaute nervös über die Schulter, da sie fürchtete, ihre Mutter hätte irgendwie gesehen, was in ihrem Wahrsageteich vor sich ging. Sie mußte jedoch feststellen, daß die Oberin Mutter sie nicht sehen konnte, weil die finster dreinblickende Bladen'Kerst im Weg stand, die düster auf sie hinab und an ihr vorbei auf das Spektakel im Teich starrte.

»Wohin werden wir gehen?« fragte Zeerith, die etwa in der Mitte des Raumes stand, laut, und ihr Tonfall verriet, daß sie darauf hoffte, Oberin Baenres Hellsehen habe etwas gefunden, das das offensichtliche Patt beenden würde.

Oberin Baenre ließ den Tonfall und den sauren Gesichtsausdruck der anderen auf sich wirken. Sie war nicht sicher, ob Zeerith und die ebenfalls finster blickende Auro'pol lieber hören würden, daß der Weg nach Mithril-Halle frei oder daß der Angriff abgeblasen war. Als sie die beiden anblickte, die zu den höchsten Kommandeuren der Drowarmee gehörten, konnte Baenre nicht entscheiden, ob sie Rückzug oder Sieg vorziehen würden.

Diese deutliche Erinnerung daran, wie zerbrechlich ihre Allianz war, machte Baenre wütend. Sie hätte die beiden am liebsten fortgeschickt oder, noch besser, an Ort und Stelle hingerichtet. Aber das konnte sie sich nicht leisten, die Moral der Truppe hätte so etwas niemals verkraftet. Außerdem wollte sie, daß die beiden – oder zumindest eine von ihnen – Zeuge ihres Ruhmes wurden und sahen, wie Drizzt Do'Urden Lloth geopfert wurde.

»Ihr werdet zum unteren Tor gehen, um den Angriff zu organisieren und zu verstärken«, sagte Baenre in scharfem Ton zu Zeerith, da sie zu dem Schluß gekommen war, daß es gefährlich wurde, beide zusammen zu lassen. »Und Auro'pol wird mit mir gehen.«

Auro'pol stellte nicht die Frage, die sich aufdrängte, aber Baenre konnte sie dennoch auf ihrem Gesicht lesen.

»Wir haben etwas in den äußeren Tunneln zu erledigen«, war alles, was Baenre preisgab.

Bei Berg'inyon wird bald die Dämmerung einsetzen, signalisierten Quenthels Finger ihrer Schwester.

Bladen'Kerst, die immer verärgert war, jetzt aber vor Wut kochte, wandte sich von Quenthel und den unangenehmen Wahrheiten des Wahrsageteiches ab und blickte zu ihrer Mutter hinüber.

Bevor sie jedoch etwas sagen konnte, drang eine telepathische Botschaft in ihren und Quenthels Geist ein. *Sprecht nichts Nachteiliges über andere Schlachten,* riet Methil. *Schon jetzt denken Zeerith und Auro'pol daran zu desertieren.*

Also hielt Bladen'Kerst klugerweise ihr Wissen zurück.

Die Gruppe der Heeresführer trennte sich. Zeerith und eine Abteilung von Elitesoldaten ging ostwärts nach Mithril-Halle, und Oberin Baenre führte Quenthel, Bladen'Kerst, Methil, ein halbes Dutzend erfahrene Kriegerinnen von Baenre und den angeketteten Gandalug nach Süden davon, in Richtung der Stelle, welche die weissagende Feder ihr gewiesen hatte.

Auf einer anderen Existenzebene, in den grauen Nebeln, dem Schleim und dem furchtbaren Gestank des Abgrundes, beobachtete Errtu die Vorgänge in dem glasartigen Spiegel, den Lloth in seinem Thronsaal erschaffen hatte.

Der große Balor war nicht zufrieden. Errtu wußte, daß Oberin Baenre Drizzt Do'Urden jagte, und er wußte ebenfalls, daß Baenre den Abtrünnigen höchstwahrscheinlich finden und mit Leichtigkeit vernichten würde.

Tausend Flüche quollen aus dem hundeartigen Maul des Tanar'ri, alle auf Lloth gemünzt, die ihm Freiheit versprochen hatte – Freiheit, die nur ein lebender Drizzt Do'Urden ihm gewähren konnte.

Noch ärgerlicher wurde die Sache, als Oberin Baenre ein paar Momente später einen neuen Zauber sprach, der ein Dimensionstor zum Abgrund öffnete, und einen mächtigen Glabrezu beschwor, der ihr bei der Jagd helfen sollte. In seinem verdrehten, mißtrauischen Verstand kam Errtu zu der Überzeugung, daß diese Beschwörung nur ausgeführt wurde, um ihn zu ärgern, um einen seiner eigenen Art zu benutzen, das Ende des Paktes herbeizuführen. Dies hätte der Art der Tanar'ri und aller anderen Ungetüme des Abgrundes, einschließlich Lloths, durchaus entsprochen. Kreaturen wie sie hatten nie Vertrauen in andere, da auch ihnen selbst nur ein vollständiger Tor vertraut hätte. Und sie waren vollkommen selbstsüchtig, jeder einzelne von ihnen. In Errtus Vorstellung kreiste jede Handlung um ihn selbst, da nichts anderes von Bedeutung war, und daher war auch Baenres Beschwörung eines Glabrezu kein Zufall für ihn, sondern ein Dolch, den Lloth ihm mitten ins schwarze Herz trieb.

Errtu war als erster am geöffneten Tor. Selbst wenn er nicht durch seine Verbannung an den Abgrund gebunden gewesen wäre, hätte er nicht hindurchtreten können, denn Baenre, die sehr erfahren war in dieser Art von Beschwörung, hatte sorgfältig darauf geachtet, den Zauber nur für eine ganz bestimmte Art von Tanar'ri wirksam werden zu lassen. Aber Errtu wartete, als der Glabrezu aus den wabernden Nebeln auftauchte und auf das geöffnete, flammende Portal zustrebte.

Der Balor sprang vor und ließ seine Peitsche zucken, die den Glabrezu am Arm traf. Das Monster, das kein hilfloser Unhold war, setzte zu einem Gegenschlag an, hielt aber inne, als es bemerkte, daß Errtu den Angriff nicht fortsetzte.

»Es ist eine Täuschung!« brüllte Errtu.

Der Glabrezu – die zwölf Fuß große Gestalt zusammengekrümmt, die Zangen in eifriger Bewegung – blieb stehen, um ihm zuzuhören.

»Ich sollte eigentlich an deiner Stelle sein«, fuhr Errtu fort.

»Du bist verbannt worden«, stellte der Glabrezu nüchtern fest.

»Lloth hat ein Ende dieser Verbannung versprochen!« erwiderte Errtu, und der Glabrezu krümmte sich noch tiefer zusammen, als erwarte er, daß der unberechenbare Unhold ihn ansprang.

Aber Errtu beruhigte sich schnell wieder. »Ein Ende, nach dem ich an der Spitze einer Armee von Tanar'ri zurückkehren könnte.« Erneut hielt Errtu inne. Er improvisierte jetzt, aber in seinem verschlagenen Gesicht begann sich ein Plan zu formen.

Baenres Ruf erklang erneut, und es kostete den Glabrezu bedeutende Willenskraft, noch nicht durch das flackernde Portal zu springen.

»Sie wird dir nur ein einziges Mal erlauben zu töten«, sagte Errtu schnell, als er das Zögern des Glabrezu bemerkte.

»Einmal ist besser als gar nicht«, antwortete der Glabrezu.

»Selbst wenn dieses eine Mal verhindert, daß ich auf die materielle Ebene zurückkehren kann?« fragte Errtu. »Selbst wenn es verhindert, daß ich hinübergehe und dich als meinen General mitnehme, auf daß wir ein Blutbad unter den schwächlichen Rassen auf der anderen Seite anrichten?«

Baenre rief erneut, und dieses Mal fiel es dem Glabrezu nicht mehr so schwer, sie zu ignorieren.

Errtu hob seine großen Hände, um dem Glabrezu zu bedeuten, er solle hier ein paar Augenblicke warten, dann eilte der Balor in das wirbelnde Wabern davon, um etwas zu holen, das ihm ein geringerer Unhold vor gar nicht so langer Zeit gebracht hatte, ein Überbleibsel der Zeit der Unruhe. Er kam rasch mit einer Metallkassette zurück, der er einen glänzenden, schwarzen Saphir entnahm. Sobald Errtu diesen hochhielt, verringerten sich die Flammen des magischen Portals und verlöschten sogar fast. Errtu legte den Gegenstand schnell wieder in seinen Kasten zurück.

»Hole dies hervor, wenn die Zeit dafür gekommen ist«, wies der Balor das andere Monster an. »Mein General.«

Er warf dem Glabrezu die Kassette zu, war aber ebenso unsicher wie der andere Unhold, wie die ganze Geschichte ausgehen würde. Aber schließlich zuckte Errtu mit den mächtigen Schultern – er konnte nichts weiter unternehmen. Er könnte zwar dieses Monster davon abhalten, Baenre zu Hilfe zu kommen, aber was dann? Baenre brauchte sicher keinen Glabrezu, um mit Drizzt Do'Urden fertig zu werden, der nur ein einfacher Krieger war.

Der Ruf von der materiellen Ebene erklang erneut, und dieses Mal reagierte der Glabrezu darauf, indem er durch das Portal trat, um sich Oberin Baenres Jagdtrupp anzuschließen.

Errtu sah frustriert zu, wie sich das Portal schloß, ein weiteres Tor zur materiellen Ebene, das ihm verwehrt war. Jetzt hatte der Balor alles getan, was in seiner Kraft stand, obgleich er nicht wissen konnte, ob es genug war, und er keinen Einfluß darauf hatte, wie alles ausgehen würde. Nun kehrte er in seinen Thronsaal zurück, um die Ereignisse zu beobachten und zu warten.

Und zu hoffen.

Bruenor erinnerte sich. Im Augenblick waren keine Feinde zu sehen, und der achte König von Mithril-Halle nahm sich Zeit nachzudenken. Wahrscheinlich würde dort oben bald die Dämmerung einen neuen kühlen, klaren Tag ankündigen. Aber würde dies zugleich auch der letzte Tag der Sippe Heldenhammer sein?

Bruenor blickte zu seinen vier Freunden, die eine schnelle Mahlzeit zu sich nahmen und kurz Rast machten. Nicht einer von ihnen war ein Zwerg, nicht ein einziger.

Und doch konnte Bruenor keinen außer diesen vieren seinen Freund nennen: Drizzt, Catti-brie, Regis und sogar Guenhwyvar. Es war das erste Mal, daß dies dem Zwerg auffiel. Obgleich Zwerge nicht fremdenfeindlich waren, blieben sie doch gewöhnlich unter sich. Man nehme nur General Dagna, der, würde man es ihm gestatten, Drizzt am liebsten aus Mithril-Halle vertreiben und Catti-brie den Bogen Taulmaril wegnehmen würde, um ihn wieder in Dumathoins Halle aufzuhängen. Dagna traute niemandem, der kein Zwerg war.

Aber hier waren sie, Bruenor und seine vier nichtzwergischen Gefährten, und sahen sich dem kritischsten und gefährlichsten Kampf gegenüber, der jemals zur Verteidigung von Mithril-Halle geführt worden war.

Ihre Freundschaft wärmte dem alten Zwergenkönig natürlich das Herz, aber der Gedanke an sie bewirkte auch noch etwas anderes.

Sie ließen Bruenor an Wulfgar denken, den Barbaren, der wie ein Sohn für ihn gewesen war, der Catti-brie hätte heiraten und damit sein Schwiegersohn und der unwahrscheinliche, sieben Fuß große Prinz von Mithril-Halle werden sollen. Bruenor hatte nie zuvor Trauer erlebt, wie sie nach Wulfgars Tod seine starken Schultern gebeugt hatte. Obgleich er noch wenigstens ein Jahrhundert seiner Lebenszeit vor sich hatte, hatte Bruenor sich in jenen Wochen des Trauerns dem Tode nahe gefühlt, und er hätte ihn als willkommene Erlösung angesehen.

Doch jetzt nicht mehr. Er vermißte Wulfgar noch immer – beim Gedanken an den edlen Krieger würde sich sein graues Auge für alle Zeiten verschleiern –, aber er war der Achte König, der Anführer seiner stolzen, starken Sippe. Bruenors Trauer hatte den Punkt der Resignation überschritten und war in den Bereich des Zorns übergegangen. Die Dunkelelfen waren wieder da, die gleichen Dunkelelfen, die Wulfgar getötet hatten. Sie waren die Anhänger Lloths, der bösen Lloth, und jetzt waren sie darauf aus, Drizzt zu töten und Mithril-Halle zu vernichten.

Bruenor hatte in der vergangenen Nacht seine Axt viele Male mit Drowblut benetzt, aber seine Wut war noch längst nicht verraucht. Tatsächlich wuchs sie sogar in einem langsamen, aber stetigen Brodeln an. Drizzt hatte versprochen, daß sie den Kopf ihres Feindes jagen würden, daß sie die Anführerin finden würden, die Priesterin, die hinter diesem Überfall steckte. Es war ein Versprechen, von dem Bruenor erwartete, daß der Waldläufer es einhielt.

Er hatte während der Vorbereitungen zum Krieg meist geschwiegen. Auch jetzt schwieg Bruenor und ließ Drizzt und den Panther vorangehen, während er seinen Platz in der Mitte seiner Freunde einnahm, wann immer sie in ein Gefecht gerieten.

In den wenigen Momenten des Friedens und der Ruhe bemerkte Bruenor mehrere besorgte Blicke, die auf ihn gerichtet wurden, und er wußte, daß seine Freunde befürchteten, daß er wieder vor sich hin brütete und nicht mit dem Herzen beim Kampf war. Nichts hätte weiter von der Wahrheit entfernt sein können. Diese kleinen Scharmützel bedeuteten Bruenor nichts. Er konnte hundert, ja tausend Soldaten der Drow töten, ohne daß dies seinen Schmerz und seine Wut besänftigen würde. Aber wenn er zu der Priesterin im Hintergrund gelangen, sie töten und der Eroberungsarmee der Drow den Kopf abschlagen könnte …

Dann würde Bruenor Frieden finden.

Der achte König von Mithril-Halle brütete nicht. Er nahm sich Zeit, um seine Energie langsam zum Sieden zu bringen. Er wartete auf den Augenblick, in dem die Rache am süßesten war.

☆ ☆ ☆

Baenres Gruppe, zu der jetzt auch der große Glabrezu gehörte, hatte sich gerade in jene Richtung in Bewegung gesetzt, welche die Oberin Mutter durch ihren Zauber ermittelt hatte, als Methil Baenre telepathisch darüber informierte, daß die Oberinnen Auro'pol und Zeerith ständig an das Ableben ihrer Konkurrentin dachten. Wenn Zeerith keine Möglichkeit finden sollte, das untere Tor von Mithril-Halle einzunehmen, würde sie einfach einen Rückzug organisieren. Und selbst in diesem Augenblick dachte Auro'pol über die Möglichkeit nach, die gesamte Armee zur Umkehr zu bewegen und Oberin Baenre tot zurückzulassen.

Schmieden sie Pläne gegen mich? wollte Baenre wissen.

Nein, erwiderte Methil ehrlich, *aber falls Ihr umkommen solltet, würden sie frohen Mutes nach Menzoberranzan zurückkehren, um eine neue Rangordnung in der Stadt zu errichten.*

In Wahrheit traf Methils Information Baenre nicht unvorbereitet. Man mußte keine Gedanken lesen können, um das Unbehagen und die stille Wut in den Gesichtern der Oberinnen Mütter des Vierten und des Fünften Hauses von Menzoberranzan zu sehen. Außerdem hatte Baenre solchen Haß bereits ihr ganzes langes Leben über von so vielen erduldet, darunter auch von vermeintlichen Verbündeten wie Mez'Barris Armgo und ihren eigenen Töchtern. Das war ein Preis, mit dem eine erste Oberin Mutter des chaotischen und eifersüchtigen Menzoberranzan rechnen mußte, die Erste in einer Stadt, die ständig im Krieg mit sich selbst lag.

Auro'pols Gedanken waren zu erwarten gewesen, aber ihre Bestätigung durch den Illithiden versetzte die bereits nervöse Baenre in Wut. Schließlich betrachtete sie diesen Krieg nicht als gewöhnlichen Konflikt. Dies war der Wille Lloths, und Baenre war die ausführende Hand der Spinnenkönigin. Dies war der Höhepunkt von Oberin Baenres Macht, der Gipfel der ihr von Lloth verliehenen Ehre. Wie konnten Auro'pol und Zeerith es wagen, solche blasphemischen Gedanken zu hegen?

Sie schaute böse zu Auro'pol hinüber, die einfach schnaubte und fortblickte – vielleicht das Schlimmste, was sie hätte tun können.

Baenre gab Methil telepathische Befehle, die dieser an den Glabrezu weitergab. Die Seite an Seite schwebenden Flugscheiben folgten gerade den Töchtern Baenres um eine Biegung des Tunnels, als sich große Kneifer um Auro'pols schlanke Taille schlossen, sie von ihrer Flugscheibe zerrten und der mächtige Glabrezu die Oberin Mutter vor sich in die Luft hielt.

»Was hat das zu bedeuten?« verlangte Auro'pol zu wissen und versuchte erfolglos, sich frei zu winden.

»Ihr wünscht meinen Tod«, antwortete Baenre.

Quenthel und Bladen'Kerst eilten an die Seite ihrer Mutter, und beide waren sehr darüber erstaunt, daß Baenre so offen gegen Auro'pol vorging.

»Sie will meinen Tod«, informierte Baenre ihre Töchter. »Sie und Zeerith glauben, daß Menzoberranzan ohne Oberin Baenre ein besserer Ort wäre.«

Auro'pol sah zu dem Illithiden hinüber, der offenkundig der einzige war, der sie hatte verraten können. Baenres Töchter, die während dieses langen, beschwerlichen Marsches selbst des öfteren verräterische Gedanken gehegt hatten, blickten Methil ebenfalls an.

»Oberin Auro'pol wird Zeuge Eures Ruhmes werden«, warf

Quenthel ein. »Sie wird Zeuge des Todes des Abtrünnigen werden und wissen, daß Lloth mit uns ist.«

Auro'pols Züge beruhigten sich bei dieser Aussage, und sie wand sich erneut, um den stählernen Griff des Tanar'ri zu lockern.

Baenre beäugte ihre Widersacherin mit gefährlichem Blick, und Auro'pol, hochmütig bis zuletzt, gab es ihr mit gleicher Härte zurück. Sie war der Überzeugung, daß Quenthel recht hatte. Baenre brauchte sie als Zeugin. Sie auf ihren Platz zu verweisen würde auch Zeeriths Loyalität stärken und damit die Drowarmee stärken. Baenre war eine bösartige alte Hexe, aber sie war immer sehr berechnend gewesen und nicht bereit, einen Zoll ihrer Macht einer gefühlsmäßigen Befriedigung zuliebe zu opfern. Man nehme nur Gandalug Heldenhammer, der noch immer am Leben war, obgleich Baenre ihm mit Sicherheit während der langen Jahrhunderte seiner Gefangenschaft oftmals am liebsten das Herz aus der Brust gerissen hätte.

»Oberin Zeerith wird froh sein, vom Tod Drizzt Do'Urdens zu hören«, sagte Auro'pol und senkte respektvoll den Blick. Diese Geste der Unterwürfigkeit würde genügen, nahm sie an.

»Der Kopf Drizzt Do'Urdens wird Beweis genug für Zeerith sein.«

Auro'pols Kopf schoß wieder hoch, und auch Baenres Töchter blickten ihre Mutter überrascht an.

Baenre ignorierte sie alle. Sie sandte Methil eine Botschaft, der diese erneut an den Glabrezu weitergab, und die großen Kneifer begannen damit, sich um Auro'pols Taille zusammenzuziehen.

»Das könnt Ihr nicht tun!« rief Auro'pol aus und keuchte bei jedem Wort. »Lloth ist mit mir! Ihr schwächt Euren eigenen Kriegszug!«

Quenthel stimmte ihr aus vollem Herzen zu, schwieg aber,

da sie sich bewußt war, daß der Glabrezu noch einen freien Kneifer besaß.

»Das könnt Ihr nicht tun!« kreischte Auro'pol. »Zeerith wird …« Ihre Worte gingen in ihrem Schmerz unter.

»Drizzt Do'Urden hat Euch getötet, bevor ich Drizzt Do'Urden töten konnte«, erklärte Oberin Baenre es Auro'pol. »Absolut glaubwürdig, und es macht den Tod des Abtrünnigen um so befriedigender.« Baenre nickte dem Glabrezu zu, und die Kneifer zerrissen Fleisch und zerbrachen Knochen, als sie sich schlossen.

Quenthel blickte weg, Bladen'Kerst beobachtete das Schauspiel mit einem breiten Grinsen.

Auro'pol versuchte, ein letztes Mal zu schreien, im Sterben noch einen Fluch gegen Baenre auszustoßen, aber ihr Rückgrat zerbrach, und ihre Kraft verebbte. Die Kneifer schlossen sich, und Auro'pols Körper fiel in zwei Teilen zu Boden.

Bladen'Kerst schrie entzückt auf, begeistert von dieser Demonstration der Macht ihrer Mutter. Quenthel hingegen war aufgebracht. Baenre hatte eine gefährliche Grenze überschritten. Sie hatte eine Oberin Mutter getötet, und sie hatte es zum Schaden des Kriegszuges gegen Mithril-Halle und aus rein persönlichen Gründen getan. Quenthel, die Lloth aus tiefstem Herzen ergeben war, konnte eine solche Dummheit nicht ertragen, und ihre Gedanken kreisten um die gleichen Themen, die dazu geführt hatten, daß die arme Auro'pol in zwei Teile zerfetzt worden war.

Quenthel schoß Methil einen gefährlichen Blick zu, da ihr bewußt war, daß der Illithide ihre Gedanken las. Würde er sie als nächstes verraten?

Sie konzentrierte ihre Gedanken zu einem festen Kern. *Es ist nicht Lloths Wille!* schrie ihr Verstand Methil an. *Die Spinnenkönigin steht nicht länger hinter den Handlungen meiner Mutter.*

Diese Behauptung hatte für Methil, der illithidischer Gesandter in Menzoberranzan und nicht im Haus Baenre war, mehr Bedeutung, als Quenthel ahnen konnte, aber sie war erleichtert, als Methil sie nicht verriet.

☆ ☆ ☆

Guenhwyvars Ohren legten sich flach an, und auch Drizzt glaubte, er habe einen leisen, weit entfernten Schrei vernommen. Sie hatten seit mehreren Stunden niemanden, weder Freund noch Feind, gesehen, und der Waldläufer war überzeugt, daß die nächste Gruppe von Dunkelelfen, der sie begegnen würden, jene war, in der sich die kommandierende Hohepriesterin aufhielt.

Er bedeutete den anderen, sich mit aller Vorsicht zu bewegen, und die kleine Gruppe schlich hinter Guenhwyvar her. Drizzt wurde jetzt wieder von seinen Unterreich-Instinkten geleitet. Er war wieder der Jäger, der Überlebende, der ein Jahrzehnt lang allein in der Wildnis gelebt hatte. Er blickte häufig zu Bruenor, Regis und Catti-brie zurück, denn obgleich sie sich mit all der Verstohlenheit bewegten, die sie aufbringen konnten, klangen sie für Drizzts scharfe Ohren wie eine schwergepanzerte Armee. Dies beunruhigte den Drow, denn er wußte, daß ihre Feinde viel lautloser sein würden. Er dachte daran, mit Guenhwyvar weit vorauszueilen und die Jagd allein aufzunehmen.

Es war jedoch nur eine flüchtige Überlegung. Dies waren seine Freunde, und niemand konnte sich bessere Verbündete wünschen.

Sie huschten einen schmalen, unauffälligen Tunnel entlang und erreichten eine Kammer, die sich nach links und rechts weit öffnete, obwohl die gegenüberliegende Wand nicht weit entfernt war. Die Decke war hier höher als in dem Tunnel, aber an vielen Stellen hingen Stalaktiten bis fast auf den Boden herab.

Guenhwyvar legte erneut die Ohren an und blieb am Eingang stehen. Drizzt trat neben sie und verspürte das gleiche prickelnde Gefühl.

Der Feind war nah, sehr nah. Jener Kriegerinstinkt, der sich mit normalen Sinnen nicht erklären ließ, sagte dem Waldläufer, daß der Feind so gut wie hier war. Er gab den dreien hinter ihm ein Zeichen, dann bewegten er und der Panther sich langsam und vorsichtig entlang der Wand zur Rechten in die Höhle.

Catti-brie erreichte den Eingang als nächste und ließ sich auf ein Knie nieder, während sie zugleich ihren Bogen spannte. Ihr Blick, der dank der Magie des Diadems verstärkt wurde, durch die selbst die dunkelsten Tunnel wie in Sternenlicht gebadet erschienen, suchte die Kammer ab und musterte die Stalaktitengruppen besonders sorgfältig.

Bruenor war schnell bei ihr, und Regis trat an ihre linke Seite. Der Halbling entdeckte eine kleine Einbuchtung, die nur ein paar Fuß entfernt war, und schob sich vorsichtig darauf zu.

An der gegenüberliegenden Wand erschien ein grünes Licht und vertrieb die Dunkelheit. Es wand sich spiralförmig und öffnete ein Loch in der Wand, durch das Oberin Baenre hereinschwebte, gefolgt von ihren Töchtern, dem Gefangenen und dem Illithiden.

Drizzt erkannte die verwitterte alte Drow und wußte, daß seine schlimmsten Befürchtungen eingetroffen und sie ihren Feinden weit unterlegen waren. Er dachte daran, direkt auf Baenre loszugehen, erkannte aber, daß er und Guenhwyvar nicht allein auf dieser Seite der Höhle waren. Aus dem Winkel seiner mißtrauischen Augen nahm Drizzt eine Bewegung zwischen den Stalaktiten wahr.

Catti-brie schoß aus Kernschußweite einen silbrigen Pfeil ab. Das Geschoß explodierte in einem Schauer vielfarbiger harmloser Funken, ohne in der Lage zu sein, die magischen Schilde der Oberin Mutter zu durchdringen.

Regis trat in die Höhlung und schrie in plötzlichem Schmerz auf, als ein magisches Wachzeichen explodierte. Elektrizität zuckte funkenschlagend an dem Halbling auf und ab und ließ ihn hin und her zucken, bevor er zu Boden fiel. Sein sonst krauses, braunes Haar stand gerade vom Kopf ab.

Guenhwyvar sprang nach rechts und begrub eine Drowsoldatin unter sich, die gerade von den Stalaktiten herabgeschwebt kam. Drizzt überlegte erneut, sich direkt auf die Oberin Mutter zu stürzen, fand sich aber plötzlich im Nahkampf wieder, als drei weitere Elitewachen Baenres aus ihren Verstecken geeilt kamen, um ihn zu umzingeln. Drizzt schüttelte unwillig den Kopf. Das Überraschungsmoment arbeitete jetzt gegen ihn und seine Freunde. Der Feind hatte sie erwartet, hatte sie gejagt, so wie sie den Feind gejagt hatten. Und dies war Oberin Baenre selbst!

»Lauft!« rief Drizzt seinen Freunden zu. »Flieht von hier!«

König gegen Königin

Die lange Nacht ging endlich in den Morgen über, als in der Schlacht im Tal der Hüter die Dunkelelfen erneut die Oberhand gewannen. Berg'inyons Einschätzung, daß der Widerstand selbst mit den zwergischen und gnomischen Verstärkungen fruchtlos sein würde, schien zuzutreffen, als die Reihen der Drow zunächst die Svirfnebli überrannten und dann die gegnerischen Linien aufs neue zurück nach Osten und auf die Bergwand zutrieben.

Doch dann geschah es.

Nach einer ganzen Nacht des Kämpfens, nach Stunden des planmäßigen Aufbaus der Schlacht, in der die Zauberer zurückgehalten und die Eidechsenreiter nur zu ganz speziellen Aufgaben verwendet worden waren, ohne sie dauerhaft in dem Kampf eingreifen zu lassen, nach all diesem sorgfältigen Vorgehen brachen die Pläne der mächtigen Drow zusammen.

Die Gipfel der Berge auf der Ostseite des Tales der Hüter wurden heller, erhielten einen silbrigen Rand, der den nahenden Morgen ankündigte. Für die Drow und die anderen Monster des Unterreiches war dies ungewohnt.

Ein Drowzauberer, der dabei war, einen Blitz zu schleudern, der einen nahen Feind vernichten sollte, brach seinen Zauber ab und beschwor statt dessen eine Kugel der Dunkelheit, die er auf die Oberkante der Sonne richtete, die just über dem Horizont aufstieg, um das Licht zum Verlöschen zu bringen. Der Zauber gelang, doch bewirkte er nichts weiter als einen schwarzen Fleck, der weit entfernt in der Luft hing. Und als der Zauberer in das gleißende Licht blinzelte und überlegte, was er als nächstes tun sollte, stürmten seine Gegner heran und stachen ihn nieder.

Ein anderer Drow, der gegen einen Zwerg kämpfte, hatte seinen Gegner so gut wie besiegt. Er war so begierig darauf, den Zwerg zu töten, daß er die nahende Dämmerung kaum bemerkt hatte – bis die Spitze der Sonne über dem Horizont erschien und einen Lichtstrahl, einen Strahl des Schmerzes, in seine empfindlichen Augen sandte. Geblendet und entsetzt fuchtelte der Drow wild mit den Waffen umher, ohne auch nur in die Nähe seines Opfers zu gelangen.

Dann spürte er eine heiße Explosion zwischen seinen Rippen.

All diese Dunkelelfen hatten bereits Dinge im normalen Lichtspektrum gesehen, doch noch nie in einem solch intensiven Licht, nie mit so kräftigen, hellen Farben. Sie hatten von dem schrecklichen Sonnenschein gehört – Berg'inyon war vor vielen Jahren Zeuge einer Morgendämmerung geworden, hatte sie über die Schulter gesehen, während er und seine plündernde Bande zurück in die sichere Dunkelheit der tieferen Tunnel geflohen waren. Jetzt wußten der Waffenmeister und seine Truppen nicht, was sie zu erwarten hatten. Würde die höllische Sonne sie ebenso verbrennen, wie sie sie geblendet hatte? Ihre Vorfahren hatten sie gelehrt, daß dies nicht geschehen würde, aber daß die Drow im Sonnenlicht verletzlicher wären, daß ihre Feinde durch die Helligkeit gestärkt würden.

Berg'inyon befahl seinen Truppen, eine dichte Kampfformation einzunehmen, und versuchte eine Neugruppierung. Der Waffenmeister war überzeugt, daß sie noch immer gewinnen konnten, auch wenn die neue Entwicklung vielen Drow das Leben kosten würde. Dunkelelfen konnten auch blind kämpfen, aber was Berg'inyon am meisten fürchtete, war nicht der Verlust der Sehkraft, sondern der Verlust des Kampfwillens. Die Strahlen, die von den Bergen herabschienen, waren etwas, das er und seine Leute noch nie erlebt hatten. Und so beängstigend es auch gewesen war, unter der Kuppel der unerreichbaren Sterne zu marschieren, so war dieses Ereignis, dieser Sonnenaufgang, vollständig grauenhaft.

Berg'inyon beriet sich kurz mit seinen Zauberern, ob es eine Möglichkeit gab, etwas gegen die Dämmerung zu tun. Was er von ihnen erfuhr, bereitete ihm jedoch noch mehr Pein als das teuflische Licht. Die Zauberer der Drow im Tal der Hüter hatten auch an anderen Orten Augen, und von diesen weitblickenden Magiern kamen die ersten Gerüchte, daß Drow in die tieferen Tunnel desertierten, daß jene, die am östlichen Tor aufgehalten worden waren, sich von Mithril-Halle zurückgezogen hatten und in die tieferen Gänge auf der östlichen Seite von Vier Gipfel geflohen waren. Berg'inyon verstand die Bedeutung dieser Information sofort; jene Drow waren bereits auf dem Weg zurück nach Menzoberranzan.

Dies konnte der Waffenmeister nicht ignorieren. Jede Allianz zwischen Dunkelelfen war wankelmütig, und Berg'inyon konnte nur raten, wie weit diese Desertionen bereits gediehen waren. Trotz der Morgendämmerung glaubte er, daß seine Streitmacht im Tal der Hüter siegen und das westliche Tor einnehmen würde, aber auf einmal mußte er sich fragen, was sie in Mithril-Halle vorfinden würden, sobald sie eingedrungen waren.

Oberin Baenre und ihre Verbündeten? König Bruenor, den abtrünnigen Drizzt und eine Horde kampfbereiter Zwerge? Der Gedanke beunruhigte den besorgten Waffenmeister nicht wenig.

Und so war es nicht die größere Zahl, welche die Schlacht im Tal der Hüter gewann. Es war nicht die Tapferkeit von Berkthgar oder Besnell und auch nicht die Wildheit Belwars und seiner Gnomen oder die Klugheit Stumpet Reißklaues. Es waren die Dämmerung und das Mißtrauen in den feindlichen Linien, der Mangel an Zusammenhalt und die sehr begründete Furcht, die Verstärkung würde nicht kommen, denn jeder Drowsoldat, von Berg'inyon bis zum geringsten Gefreiten, wußte, daß ihre Verbündeten keine Skrupel hätten, sie ungerührt dem Feind zu überlassen.

Berg'inyon Baenre hörte kein Wort des Widerspruchs, als er befahl, das Tal der Hüter zu verlassen. Die Eidechsenreiter, die immer noch mehr als dreihundert Mann stark waren, ritten zu dem rauhen Gelände im Norden hinüber. Ihre mit Saugnapffüßen versehenen Tiere ließen Freund und Feind weit hinter sich zurück.

Die Luft im Tal der Hüter prickelte von der Aufregung, aber die Geräusche der Schlacht wichen einer bedrückenden Stille, die hin und wieder von einem Schmerzensschrei durchbrochen wurde. Berkthgar der Tapfere stand aufrecht und stolz da. An seiner Seite waren Stumpet Reißklaue und Terrien Doucard, der neue Anführer der Ritter in Silber. Gemeinsam mit ihren siegreichen Soldaten warteten sie angespannt, was nun geschehen würde.

Zehn Fuß von ihnen entfernt stand Belwar Dissengulp vor den erschöpften Svirfnebli-Kriegern. Der höchstgeehrte Höhlenvater hielt den Leichnam des edlen Firble in seinen starken Armen, der als einer von vielen Svirfneblin an diesem Tag gestorben war, so fern von ihrer Heimat und doch gefallen zu ihrer Verteidigung.

Sie wußten nicht, wie sie einander begegnen sollten, dieser fast sieben Fuß große Barbar und der Gnom, der kaum halb so hoch war. Sie konnten nicht miteinander sprechen und nicht einmal Zeichen der Freundschaft austauschen, die der andere verstehen konnte.

Sie fanden ihre einzige Gemeinsamkeit in den Leichen der gehaßten Feinde und geliebten Freunde, die das Tal der Hüter bedeckten.

☆ ☆ ☆

Feenfeuer entflammte entlang Drizzts Armen und Beinen und machte ihn zu einem besseren Ziel. Er konterte dies, indem er eine Kugel der Dunkelheit über sich selbst fallen ließ, um dem Feind den Vorteil seiner Drei-zu-eins-Überlegenheit zu nehmen.

Die Krummsäbel des Waldläufers fuhren heraus, und er spürte ein seltsames Drängen von einem der beiden, nicht von Blaues Licht, sondern von dem anderen, den er im Hort des Drachen Dracos Eisiger Tod gefunden hatte, von der Klinge, die als Vernichter von Kreaturen des Feuers geschmiedet worden war.

Der Krummsäbel war hungrig; Drizzt hatte ein solches Drängen nicht mehr verspürt, seit …

Er parierte den ersten Angriff und stöhnte auf, als er sich an die andere Situation erinnerte, in der sein Krummsäbel diesen Hunger offenbart hatte, als er mit dem Balor Errtu gekämpft hatte. Drizzt wußte, was das zu bedeuten hatte.

Baenre hatte Freunde mitgebracht.

Catti-brie feuerte einen weiteren Pfeil direkt in das lachende Gesicht der verwitterten alten Oberin Mutter ab. Erneut explodierte das Geschoß lediglich in einem hübschen Feuerwerk harmloser Funken. Die junge Frau wandte sich zur Flucht, wie Drizzt es befohlen hatte. Sie griff nach ihrem Vater und wollte ihn mitziehen.

Bruenor wich nicht von der Stelle. Er blickte Baenre an und wußte, daß sie der Ursprung war. Er blickte Baenre an und überzeugte sich selbst davon, daß sie persönlich seinen Jungen getötet hatte. Dann schaute Bruenor an Baenre vorbei, sah den alten Zwerg, und tief in seinem Herzen erkannte der achte König von Mithril-Halle den Gründer seiner Sippe, obgleich er diese Verbindung nicht bewußt vollziehen konnte.

»Lauf!« schrie Catti-brie ihn an und riß ihn kurzfristig aus seinen Gedanken. Bruenor warf ihr einen Blick zu und schaute dann über die Schulter in den Tunnel zurück.

Irgendwo hinter ihnen hörte er Kampfgeräusche.

Jetzt schoß Quenthel ihren Zauber ab, und in dem schmalen Tunnel entflammte eine Feuerwand, die ihnen den Rückzugsweg abschnitt. Das bekümmerte den entschlossenen Bruenor kaum, nicht in diesem Augenblick. Er schüttelte Catti-bries Griff ab und wandte sich zu Baenre um – er wollte jetzt der bösen Dunkelelfin gegenübertreten, die seinen Jungen getötet hatte.

Er trat einen Schritt vor.

Baenre lachte ihn aus.

☆ ☆ ☆

Drizzt parierte und schlug zu, dann trat er im Schutz der Kugel der Dunkelheit zu schnell zur Seite, als daß die Dunkelelfin, die sich ihm von hinten näherte, seinen Ortswechsel hätte wahrnehmen können. Sie drang vor und schlug hart zu, wobei sie die gleiche Drow traf und tötete, die Drizzt bereits verwundet hatte.

Drizzt hörte diese Geräusche und kam mit wirbelnden Klingen wieder heran. Die Frau bemerkte die Konterbewegung rechtzeitig genug, um den ersten Angriff abzuwehren, und auch den zweiten, dritten und vierten.

Aber Drizzt gab nicht auf. Er wußte, daß seine zornige Wildheit eine gefährliche Sache war. Es war noch immer ein weiterer Feind in der Kugel der Dunkelheit, und so heftig auf einen einzelnen Gegner einzustürmen ließ ihn gegen Angriffe des anderen verwundbar werden. Aber der Waldläufer wußte ebenfalls, daß seine Freunde ihn dringend brauchten, daß jeder Moment, den er im Kampf mit diesen Kriegern verbrachte, den mächtigen Priesterinnen mehr Zeit gab, sie alle zu vernichten.

Der fünfte Angriff des Waldläufers, ein weiter Bogenhieb mit links, wurde sauber abgewehrt – ebenso wie der sechste, ein direkter Stoß nach vorn. Drizzt drängte heftig vor, wollte auf keinen Fall die Initiative aufgeben. Er wußte – ebenso wie die Frau –, daß die einzige Hoffnung der Drowsoldatin in ihrer letzten Kampfgefährtin ruhte.

Ein erstickter Schrei, vom Knurren eines Panthers gefolgt, machte dieser Hoffnung ein Ende.

Drizzt kämpfte nur noch heftiger, und die Frau wich immer weiter zurück, stolperte nun, plötzlich verängstigt, in der Dunkelheit umher. Und in diesem Augenblick der Furcht schlug sie mit dem Kopf hart gegen einen tiefhängenden Stalaktiten, ein Hindernis, das ihre scharfen Drowsinne eigentlich hätten entdecken müssen. Sie schüttelte ihre Benommenheit ab, und es gelang ihr, wieder Kampfhaltung einzunehmen. Sie stieß ein Schwert vor, um einen weiteren der wilden Angriffe des Waldläufers abzuwehren.

Sie verfehlte ihr Ziel.

Drizzt verfehlte nicht, und Blaues Licht spaltete die feine Panzerung der Drow und grub sich tief in die Lunge der Frau.

Drizzt riß seine Klinge frei und wirbelte herum.

Seine Kugel der Dunkelheit löste sich abrupt auf, vertrieben von der Magie des wartenden Tanar'ri.

☆ ☆ ☆

Bruenor trat einen weiteren Schritt vor, dann begann er zu laufen. Catti-brie schrie auf, da sie ihn für so gut wie tot hielt, als ein Feuerstrahl ihn erfaßte.

In wildem hilflosem Zorn feuerte die junge Frau einen weiteren Pfeil ab, und wieder zuckten harmlose Funken durch die Luft. Durch Tränen der Wut fast geblendet, hätte sie beinahe nicht bemerkt, daß Bruenor den brennenden Treffer von sich abgeschüttelt hatte und erneut mit voller Kraft vorstürmte.

Bladen'Kerst hielt den Zwerg auf, indem sie einen riesigen Block magischen, durchsichtigen Gels beschwor, der Bruenor einhüllte. Der Zwerg bewegte sich noch immer, aber so langsam, daß es kaum wahrzunehmen war, während die drei Priesterinnen ihn auslachten.

Catti-brie feuerte erneut, und dieses Mal traf ihr Pfeil den Schleimblock, in den er mehrere Fuß eintauchte, bevor er stoppte und nutzlos über dem Kopf ihres Vaters schwebte.

Catti-brie blickte zu Bruenor, zu Drizzt und dem zwölf Fuß großen Unhold, der auf der rechten Seite erschienen war, und zu Regis, der links von ihr stöhnend herumkrabbelte. Sie spürte die Hitze des Feuers, das hinter ihr in den Tunneln wütete, und sie hörte die anhaltenden Kampfgeräusche von dort hinten, deren Ursache sie nicht verstand.

Sie brauchten eine Atempause, eine Möglichkeit, das Blatt zu wenden, und dann glaubte sie, diese Chance gefunden zu haben. Guenhwyvar, die mit ihrem Opfer fertig war, knurrte und duckte sich, bereit, den Tanar'ri anzuspringen.

Aber Catti-bries Hoffnungsschimmer verlosch sehr schnell wieder, denn als der Panther sprang, warf eine der Priesterinnen beiläufig etwas in Guenhwyvars Richtung in die Luft. Der

Panther löste sich mitten in der Luft auf und war verschwunden, zurück auf die Astralebene gebannt.

»Und so werden wir also sterben«, flüsterte Catti-brie, denn dieser Feind war einfach zu stark. Sie ließ Taulmaril fallen und zog Khazid'hea. Ein tiefer Atemzug half ihr, ihre Ruhe wiederzufinden, und erinnerte sie daran, daß sie die meiste Zeit ihres Lebens als Erwachsene dicht an der Tür zum Tode gestanden hatte. Sie schaute zu ihrem Vater und bereitete sich auf den Angriff vor – ebenso wie auf den Tod.

Vor dem Schleimblock, zwischen Catti-brie und Bruenor, erschien ein undeutlicher Fleck, und der entschlossene Ausdruck auf dem Gesicht der jungen Frau wich dem der Abscheu, als ein scheußliches oktopusköpfiges Monster Gestalt annahm und ruhig auf sie zuging – nein, zuschwebte.

Catti-brie hob ihr Schwert, dann hielt sie inne, als plötzlich eine psionische Welle über ihr zusammenbrach, wie sie sie noch nie erlebt hatte.

Methil glitt heran.

☆ ☆ ☆

Berg'inyon sammelte und ordnete seine Truppen neu, nachdem sie das Tal der Hüter vollständig verlassen hatten. Sie hatten den Kampfplatz weit hinter sich gelassen und befanden sich auf dem letzten Teil des Weges zu den Tunneln, die sie wieder zurück ins Unterreich bringen würden. Nahe den Eidechsenreitern öffneten sich Dimensionstore, durch die Drowzauberer (und jene Dunkelelfen, die das Glück gehabt hatten, bei ihnen zu sein, als die Zauber zu wirken begannen) herbeieilten. Nachzügler, Fußsoldaten der Drow und ein paar verstreute Reste der humanoiden Sklaven mühten sich, sie einzuholen, aber sie konnten sich auf dem unwegbaren Untergrund auf dieser Seite des Berges kaum bewegen. Und für den Waffenmeister von Baenre hatten sie sowieso keine Bedeutung.

All jene, die aus dem Tal der Hüter entkommen waren, warteten auf Befehle von Berg'inyon, während der Tag immer heller wurde.

»Meine Mutter hatte unrecht«, sagte Berg'inyon grob und beging damit einen Akt der Gotteslästerung, denn in der Gesellschaft der Drow war jedes Wort einer Oberin Mutter ein von Lloth verkündetes Gesetz.

Niemand sprach dies aus oder tat seinen Widerspruch kund. Berg'inyon deutete nach Osten, und die Armee stolperte elend und besiegt weiter, in die aufgehende Sonne hinein.

»Die Oberfläche ist für Oberflächenbewohner«, meinte Berg'inyon zu einer seiner Beraterinnen, als diese ihr Reittier an seine Seite lenkte. »Ich werde niemals hierher zurückkehren.«

»Was ist mit Drizzt Do'Urden?« fragte die Frau, denn es war kein Geheimnis, daß Oberin Baenre wollte, daß ihr Sohn den Abtrünnigen erschlug.

Berg'inyon lachte nur, denn seit er Zeuge von Drizzts Taten an der Akademie gewesen war, hatte er niemals ernsthaft daran gedacht, gegen den Abtrünnigen zu kämpfen.

☆ ☆ ☆

Drizzt konnte außer dem riesenhaften Glabrezu kaum etwas sehen, und dieser Anblick war auch durchaus genug, denn der Waldläufer wußte, daß er nicht auf einen solchen Widersacher vorbereitet war. Er wußte, daß ihn die mächtige Kreatur wahrscheinlich vernichten würde.

Und selbst wenn er ihn nicht besiegte, würde der Glabrezu ihn mit Sicherheit lange genug aufhalten, daß Oberin Baenre alle töten konnte!

Drizzt spürte den wilden Hunger seines Krummsäbels, einer Klinge, die dazu erschaffen worden war, Bestien wie den Glabrezu zu töten, aber er unterdrückte den Drang anzugreifen, denn ihm war bewußt, daß er einen Weg finden mußte, diese teuflischen Scheren zu umgehen.

Er sah Guenhwyvars vergeblichen Sprung und ihr Verschwinden. Wieder ein Verbündeter weniger.

Drizzt erkannte jetzt, daß der Kampf vorüber war, bevor er noch begonnen hatte. Sie hatten eine Handvoll Elitewachen getötet, aber das war auch schon alles. Sie waren kopfüber in das Machtzentrum Menzoberranzans marschiert, zu den mächtigsten Priesterinnen der Spinnenkönigin, und sie hatten verloren. Wellen der Schuld wuschen über Drizzt hinweg, aber er schüttelte sie ab, weigerte sich, sie zu akzeptieren. Er war hierhergekommen, und seine Freunde hatten ihn begleitet, weil es die einzige Chance für Mithril-Halle gewesen war. Selbst wenn Drizzt gewußt hätte, daß Oberin Baenre persönlich den Kriegszug kommandierte, wäre er hergekommen und hätte Bruenor, Regis und Catti-brie nicht die Möglichkeit versagt, ihn zu begleiten.

Sie hatten verloren, aber Drizzt hatte vor, den Feind zumindest zu verletzen.

»Kämpfe, Dämonenabschaum«, zischte er den Glabrezu an und nahm eine geduckte Position ein. Er ließ seine Klingen vor sich kreisen, begierig, dem Krummsäbel zu dem Mahl zu verhelfen, nach dem es diesen so gelüstete.

Der Tanar'ri richtete sich auf und streckte eine seltsame Metallkassette vor.

Drizzt wartete nicht auf eine Erklärung und hätte, ohne es zu wollen, beinahe die einzige Chance vernichtet, die ihm und seinen Freunden blieb, denn als der Tanar'ri Anstalten machte, die Kassette zu öffnen, schrie Drizzt auf und stürmte vor. Die verzauberten Armschützer, die er trug, beschleunigten seine Bewegungen, und er huschte an den gesenkten Zangen vorbei und stieß seinen Krummsäbel tief in den Leib des Unholds.

Er spürte die Welle der Kraft, als der Krummsäbel sich sättigte.

Catti-brie war zu verwirrt, um zuzuschlagen, zu überwältigt, auch nur protestierend aufzuschreien, als Methil an sie herantrat und die widerlichen Tentakel über ihr Gesicht leckten. Dann erklang durch die Verwirrung hindurch eine einzelne Stimme in ihrem Kopf, die Stimme von Khazid'hea, ihrem Schwert.

Schlag zu!

Sie tat es, und obgleich sie nicht genau gezielt hatte, traf Khazid'heas scharfe Schneide Methil an der Schulter und trennte ihm fast den Arm ab.

Aus ihrer Benommenheit gerissen, wischte Catti-brie sich die Tentakel aus dem Gesicht.

Ein weiterer psionischer Schlag traf sie und machte sie erneut kraft- und hilflos, so daß ihr die Beine wegzuknicken drohten. Bevor sie zusammenbrach, sah sie den Illithiden noch seltsam zucken und dann umfallen. Hinter ihm stand wankend Regis, dessen Haar noch immer wild auf und ab tanzte. Der Streitkolben des Halblings war mit Blut bedeckt, und Regis brach über dem zuckenden Methil zusammen.

Das wäre das Ende des Illithiden gewesen, aber Methil hatte eine solche Katastrophe vorhergesehen und genügend psionische Energie aufgespeichert, um sich aus dem Gefecht verschwinden zu lassen. Regis hob den Streitkolben zu einem weiteren Schlag, aber er spürte, wie er nach unten sackte, als der Illithide sich unter ihm auflöste. Der Halbling schrie verwirrt und erschrocken auf und schlug dennoch zu, aber sein Streitkolben krachte nur laut klirrend auf den leeren Steinboden unter ihm.

☆ ☆ ☆

Es geschah alles in einem einzigen Augenblick, einem Sekundenbruchteil, in dem der arme Bruenor nicht einen einzigen Zoll dichter an seine spöttischen Feinde herankommen konnte.

Der Glabrezu, der von einem Schmerz gepeinigt wurde, der größer war als alles, was er jemals erfahren hatte, hätte Drizzt in diesem Moment töten können. Jeder Instinkt der Kreatur drängte danach, diesen unverschämten Drow in zwei Teile zu reißen. Jeder Instinkt außer einem: der Furcht vor Errtus Strafe, wenn er wieder in den Abgrund zurückkehrte – und der Schmerz, der ihm dieser tückische Krummsäbel verursachte, sagte ihm, daß diese Reise kurz bevorstand.

Er hätte Drizzt gerne in zwei Teile geschnitten, aber der Unhold war aus einem anderen Grund hierhergesandt worden, und Errtu würde keine Entschuldigung für sein Versagen gelten lassen. Der Glabrezu knurrte den abtrünnigen Do'Urden an und zog nur geringe Befriedigung aus dem Wissen, daß Errtu bald zurückkehren und ihn persönlich bestrafen würde. Dann griff er nach der abschirmenden Kassette, riß den Deckel hoch und holte den glänzenden, schwarzen Saphir hervor.

Der Hunger verschwand aus Drizzts Krummsäbel. Plötzlich bewegten sich die Füße des Waldläufers nicht mehr so schnell.

Überall in den Reichen waren die hervorstechendsten Erinnerungen an die Zeit der Unruhe jene Gebiete, die als tote Zonen bekannt waren, in denen keine Magie existieren konnte. Dieser Saphir trug in sich die negative Energie einer solchen Zone und besaß die Kraft, magische Energie zu rauben, und weder Drizzts Krummsäbel und Armschützer noch Khazid'hea oder die Magie der Drowpriesterinnen konnten dieser negativen Kraft entkommen.

Es geschah nur einen kurzen Moment lang, denn eine Folge der Enthüllung des Saphirs war die Entlassung des beschworenen Tanar'ri aus der materiellen Ebene, und der verschwindende Glabrezu nahm den Edelstein mit.

Für einen einzigen Augenblick erloschen die Feuer in dem Tunnel hinter Catti-brie. Für einen einzigen Augenblick verloren die Ketten, die Gandalug banden, ihre Magie. Für einen einzigen Augenblick war der Schleimblock verschwunden, der Bruenor umgab.

Es war nur ein einziger Augenblick, aber er war lange genug für Gandalug, in dem Jahrhunderte der Wut brodelten, um seine plötzlich schwachen Fesseln zu zerreißen, und es war lange genug für Bruenor, einen mächtigen Satz nach vorne zu machen, so daß er außerhalb des Schleimblocks war, als dieser wieder erschien, und brüllend angreifen konnte.

Oberin Baenre war würdelos zu Boden gefallen, und ihre Flugscheibe erschien wieder, als die Magie abermals wirksam wurde, und schwebte über ihrem Kopf.

Gandalug riß einen Rückhandschlag nach links, der Quenthel mitten im Gesicht erwischte und sie gegen die Wand schleuderte. Dann sprang er nach rechts und ergriff Bladen'Kersts fünfköpfige Schlangenpeitsche. In seiner Hand warfen sich sofort brennende Blasen auf.

Der alte Zwerg ignorierte den Schmerz, schob weiter und brachte die überraschte Tochter Baenres zu Fall. Er langte um ihre andere Schulter, packte den Griff der Peitsche mit seiner freien Hand und erdrosselte Bladen'Kerst mit ihrer eigenen Waffe.

Sie umklammerten sich gegenseitig und ließen nicht locker.

☆ ☆ ☆

In den gesamten Reichen gab es keine Kreatur, die besser durch Magie geschützt war als Oberin Baenre, keine Kreatur, die besser gegen Schläge abgeschirmt war, nicht einmal ein uralter, dicht beschuppter Drache. Aber die meisten dieser Schutzzauber waren jetzt verschwunden, waren ihr in jenem Moment der Antimagie entrissen worden. Und in den ganzen Reichen gab es keine Kreatur, die stärker von ihrer Wut verzehrt wurde als Bruenor Heldenhammer, den der Anblick des gequälten alten Zwergs, von dem er wußte, daß er ihn eigentlich erkennen müßte, in unbändige Wut versetzt hatte. Den der Gedanke daran, daß seine Freunde und seine geliebte Tochter tot waren oder es bald sein würden, wütend machte. Den die verwitterte alte Drowpriesterin wütend machte, die für ihn die Verkörperung des Bösen war, das ihm seinen Jungen genommen hatte.

Er ließ seine Axt in einem mächtigen Überkopfhieb herabsausen. Die vielgekerbte Klinge zischte, zerschmetterte die blau schimmernde Flugscheibe und schickte die Verzauberung ins Nichts. Bruenor spürte das Brennen, als die Klinge auf einen der wenigen verbliebenen magischen Schilde traf, als Energie den Waffenkopf und -griff entlangzuckte und in den wütenden König schoß.

Die Axt verfärbte sich von Grün zu Orange und Blau, während sie durch eine magische Verteidigung nach der anderen schnitt und wütender Zorn sich mit den Zaubersprüchen maß. Bruenor verspürte furchtbaren Schmerz, aber er weigerte sich, ihn zu akzeptieren.

Die Axt fuhr durch den zerbrechlichen Arm, den Baenre abwehrend gehoben hatte, senkte sich tief in ihren Schädel, zerschmetterte ihren Kiefer und schließlich ihren knochigen Brustkorb.

☆ ☆ ☆

Quenthel schüttelte die Benommenheit nach Gandalugs mächtigem Hieb ab und eilte instinktiv zu ihrer Schwester. Dann war plötzlich ihre Mutter tot, und die Priesterin rannte statt dessen zu der Wand zurück, durch das grünrandige Portal und in den dahinter liegenden Tunnel. Sie ließ etwas silbrigen Staub fallen, während sie hindurchtrat, verzauberten Staub, der das Tor verschwinden lassen und die Wand wieder glatt und massiv machen würde.

Das Gestein bog sich nach innen und formte sich rasch wieder zu einer festen Barriere.

Nur Drizzt Do'Urden konnte mit der Schnelligkeit, die ihm

seine verzauberten Bänder verliehen, hindurchgelangen, bevor das Tor geschlossen wurde.

☆ ☆ ☆

Jarlaxle und seine Offiziere waren nicht weit entfernt. Sie wußten, daß eine Gruppe wilder Zwerge und ein Wolfsmann auf der entgegengesetzten Seite der Tunnel auf Baenres Elitewachen getroffen waren, und er wußte auch, daß die Zwerge und ihr Verbündeter die Dunkelelfen besiegt hatten und sich jetzt schnell dieser Kammer näherten.

Jarlaxle spähte aus einer Höhlung weit oben im Tunnel, direkt hinter der Kammer, und sah von dort aus, daß die herbeistürmenden Zwerge den Kampf bereits verpaßt hatten, denn das Erscheinen von Quenthel, der Drizzt dicht auf der Spur war, sagte dem Söldnerführer, daß die Eroberung von Mithril-Halle zu einem abrupten Ende gekommen war.

Der Leutnant an Jarlaxles Seite richtete eine Armbrust auf Drizzt und schien eine perfekte Schußmöglichkeit zu haben, denn Drizzts gesamte Aufmerksamkeit war auf die fliehende Tochter von Baenre gerichtet. Der Waldläufer würde niemals erfahren, was ihn getroffen hatte.

Jarlaxle ergriff das Handgelenk des Leutnants und drückte seinen Arm nach unten. Dann deutete er auf die Tunnel hinter ihnen und huschte zusammen mit seinen etwas verwirrten, aber vollkommen loyalen Leuten lautlos davon.

Hinter sich hörte Jarlaxle Quenthels Todesschrei – »Sakrileg!« Sie schrie natürlich Drizzt Do'Urden – ihrem Mörder – ihren Trotz ins Gesicht –, aber Jarlaxle war bewußt, daß sie sich damit ebensogut auf ihn hätte beziehen können.

Das beeindruckte ihn kein bißchen.

☆ ☆ ☆

Die Dämmerung war strahlend hell, aber kalt, und es wurde noch kälter, während Stumpet und Terrien Doucard von den

Rittern in Silber die schwierige Seite des Tales der Hüter erklommen und Hand über Hand die fast senkrechte Wand hinaufkletterten.

»Bist du sicher?« fragte Stumpet Terrien, einen Halbelfen mit glänzendem braunem Haar und so ebenmäßigen Zügen, daß sie nicht einmal von der Tragödie der vergangenen Nacht verdüstert werden konnten.

Der Ritter gab keine andere Antwort als ein kurzes Nicken, denn Stumpet hatte ihm diese Frage in den letzten zwanzig Minuten bestimmt ein dutzendmal gestellt.

»Ist dies die richtige Wand?« stellte Stumpet eine weitere ihrer überflüssigen Fragen.

Terrien nickte. »Nahe dran«, versicherte er der Zwergin.

Stumpet erreichte einen kleinen Sims, schob sich hinauf, lehnte den Rücken gegen die Bergwand und ließ ihre Beine über den Rand baumeln, der sich mehr als zweihundert Fuß oberhalb des Talbodens befand. Sie hatte das Gefühl, daß sie dort unten sein sollte, um bei der Versorgung der vielen, vielen Verwundeten zu helfen, aber was war, wenn es stimmte, was der Ritter ihr berichtet hatte, wenn die Herrin Alustriel von Silbrigmond wirklich hier abgestürzt war? In diesem Fall wäre diese Kletterpartie die wichtigste Aufgabe, die Stumpet Reißklaue in ihrem ganzen Leben unternommen hatte.

Sie hörte, wie sich Terrien unterhalb von ihr abmühte, und beugte sich zu ihm vor. Sie langte hinab und packte den Halbelfen unter den Achseln. Stumpets kräftige Muskeln spannten sich an, und sie zog den schlanken Ritter nicht ohne Anstrengung über die Kante des Simses und neben sich an die Wand. Halbelf und Zwergin atmeten beide schwer.

»Wir haben das Tal gehalten«, sagte Stumpet fröhlich und versuchte, den schmerzlichen Ausdruck vom Gesicht des Halbelfen zu vertreiben.

»Wäre es der Sieg wert gewesen, wenn du hättest zusehen müssen, wie Bruenor Heldenhammer starb?« erwiderte der

Halbelf, und seine Zähne klapperten ein wenig in der frostigen Luft.

»Du weißt nicht, ob Alustriel wirklich tot ist!« schoß Stumpet zurück. Sie nahm ihren Rucksack ab und wühlte darin herum. Sie hatte ein wenig warten wollen, bevor sie das tat, und gehofft, ein wenig dichter an die Stelle heranzukommen, wo Alustriels Wagen angeblich abgestürzt war.

Sie zog eine kleine Schale aus Mithril hervor und nahm einen gefüllten Wasserschlauch vom Rücken.

»Es ist wahrscheinlich gefroren«, meinte der mutlose Halbelf und deutete auf den Schlauch.

Stumpet schnaubte. Heiliges Wasser der Zwerge gefror nicht, zumindest nicht die Art, die Stumpet braute und in die sie einen Schuß Neunzigprozentigen tat, um die Mischung ein wenig zu versüßen. Sie zog den Korken aus dem Wasserschlauch und begann rhythmisch zu singen, während sie die goldene Flüssigkeit in die Mithrilschale goß. Sie hatte Glück – das war ihr klar –, denn obgleich das Bild, das ihr Zauber erscheinen ließ, verschwommen und schnell wieder vergangen war, erkannte sie den gezeigten Ort und wußte, wie sie das Plateau finden konnte.

Sie machten sich sofort in einem wilden und halsbrecherischen Tempo auf den Weg, und Stumpet nahm sich nicht einmal die Zeit, ihre Schale und den Wasserschlauch wieder einzusammeln. Der Halbelf rutschte mehr als einmal aus und wurde nur durch Stumpets starken Griff an seinem Handgelenk gehalten, und mehr als einmal fiel auch Stumpet, und nur Terrien Doucards flinke Hände, die fleißig Kletterhaken einschlugen, um das Seil zwischen ihnen zu sichern, retteten sie.

Endlich erreichten sie das Plateau und fanden Alustriel, die reglos und kalt dalag. Das einzige Anzeichen dafür, daß ihr magischer Wagen einmal hier gewesen war, bestand in einem Brandfleck auf dem Boden des Plateaus nahe der Bergwand, an der Stelle, wo das Gefährt abgestürzt war. Es waren nicht einmal Trümmer übriggeblieben, da der Wagen vollständig aus Magie bestanden hatte.

Der Halbelf eilte zu seiner hingestreckten Herrin und legte ihren Kopf sanft in seine Armbeuge. Stumpet zog einen kleinen Spiegel aus der Gürteltasche und hielt ihn vor den Mund der Herrscherin.

»Sie lebt«, verkündete die Zwergin und warf Terrien ihren Rucksack zu. Die Worte schienen den Halbelfen zum Leben zu erwecken. Er legte Alustriels Kopf sanft auf den Boden, dann wühlte er im Rucksack, zog ein paar dicke Decken heraus und wickelte seine Herrin warm darin ein. Anschließend begann er damit, heftig Alustriels nackte, kalte Hände zu reiben. Die ganze Zeit über rief Stumpet ihre Götter an und bat sie um Zauber der Heilung und der Wärme, während sie zugleich jede Unze ihrer eigenen Energie an diese wundersame Herrscherin von Silbrigmond übertrug.

Fünf Minuten später schlug Alustriel die wunderschönen Augen auf. Sie holte tief Atem und schauderte, dann flüsterte sie etwas, das weder Stumpet noch der Ritter verstehen konnten, so daß der Halbelf sich zu ihr hinabbeugte und sein Ohr dicht an ihren Mund brachte.

»Haben wir standgehalten?«

Terrien Doucard richtete sich auf und lächelte strahlend. »Das Tal der Hüter ist unser!« verkündete er, und Alustriels Augen begannen zu funkeln. Dann schlief sie friedlich ein, darauf vertrauend, daß diese fieberhaft arbeitende Zwergenpriesterin sie warm und geborgen halten würde, und sie schlief in der Gewißheit, daß, was immer ihr eigenes Schicksal sein mochte, dem größeren Guten gedient worden war.

Dem Guten aller guten Völker.

Epilog

Berg'inyon Baenre war nicht überrascht, daß Jarlaxle und die Soldaten von Bregan D'aerthe weit unterhalb der Oberfläche und weit entfernt von Mithril-Halle auf ihn warteten. Sobald er Berichte über Desertionen gehört hatte, war Berg'inyon klar gewesen, daß der pragmatische Söldner höchstwahrscheinlich zu jenen Drow gehörte, die sich abgesetzt hatten.

Methil hatte Jarlaxle von Berg'inyons Kommen informiert, und der Söldnerführer seinerseits war in der Tat überrascht, daß Berg'inyon, der Sohn von Oberin Baenre und Waffenmeister des Ersten Hauses, ebenfalls geflohen war. Jarlaxle hatte angenommen, daß sich Berg'inyon seinen Weg nach Mithril-Halle erkämpfen und dort sterben würde, so wie seine Mutter gestorben war.

Dumm.

»Der Krieg ist verloren«, sagte Berg'inyon. Unsicher sah er Methil an, denn er hatte nicht vorausgesehen, daß der Illithide sich hier, fern von der Matriarchin, aufhalten würde. Die deutlich sichtbaren Wunden des Gedankenschinders – ein Arm hing schlaff herab, und an der Seite seines oktopusartigen Kopfes klaffte ein tiefes Loch, aus dem groteske Hirnmasse sickerte – hatten Berg'inyon ebenfalls unvorbereitet getroffen, denn er hätte nie erwartet, daß irgend jemand Methil erwischen und derart verletzen könnte.

»Eure Mutter ist tot«, erwiderte Jarlaxle unverblümt und lenkte damit die Aufmerksamkeit des jungen Baenre von dem verwundeten Illithiden auf sich selbst. »Und auch Eure beiden Schwestern und Auro'pol Dyrr.«

Berg'inyon nickte und schien nicht sonderlich überrascht zu sein.

Jarlaxle überlegte, ob er erwähnen sollte, daß es Oberin Baenre gewesen war, welche die andere Oberin Mutter ermordet hatte. Er hielt sich jedoch zurück, da er das Gefühl hatte, daß er diese kleine Information vielleicht später noch einmal gegen Berg'inyon gebrauchen konnte.

»Oberin Zeerith Q'Xorlarrin führt den Rückzug von dem unteren Tor von Mithril-Halle an«, fuhr der Söldner fort.

»Und meine eigene Streitmacht ist auf jene Drow gestoßen, die vergeblich versucht haben, durch das östliche Tor einzudringen«, fügte Berg'inyon hinzu.

»Und habt Ihr sie bestraft?« wollte Jarlaxle wissen, denn er war sich immer noch nicht darüber klar, wie Berg'inyon über all dies dachte und ob er und seine Truppe kurz davor standen, eine neue Schlacht ausfechten zu müssen.

Berg'inyon schnaubte nur, und Jarlaxle atmete ein wenig leichter.

Gemeinsam marschierten sie weiter, zurück in die dunkle und vertrautere Umgebung Menzoberranzans. Sie vereinigten sich kurz darauf mit Zeerith und ihrer Streitmacht, und viele andere Trupps von Dunkelelfen und Humanoiden schlossen sich ihnen im Laufe der Tage an. Alles in allem waren über zweitausend Drow bei dem Überfall auf Mithril-Halle umgekommen, davon ein Viertel Soldaten von Baenre. Von den humanoiden Sklaven war die doppelte Anzahl erschlagen worden, die meisten außerhalb des Berges, auf den südlichen Hängen von Vier Gipfel und im Tal der Hüter. Und ebenso viele Humanoide waren nach den Schlachten davongelaufen, waren an die Oberfläche oder in andere Korridore geflohen. Sie zogen es vor, ihr Glück in der unbekannten Welt über ihnen oder in der Wildnis des Unterreiches zu versuchen, statt zu einem qualvollen Leben als Sklave der Drow zurückzukehren.

Die Dinge hatten sich nicht so entwickelt, wie Oberin Baenre sie geplant hatte.

Berg'inyon reihte sich in die schweigende Streitmacht ein und überließ Zeerith das Kommando über die Prozession.

»Menzoberranzan wird viele Jahre benötigen, um sich von dem Irrsinn Oberin Baenres zu erholen«, meinte Jarlaxle später an diesem Tag zu Berg'inyon, als er ihn allein in einer Seitenkammer traf, während die Armee in einer Region zerklüfteter Kavernen und kurzer Verbindungstunnel lagerte.

Berg'inyon widersprach dieser Aussage nicht und zeigte auch kein Zeichen der Verärgerung. Er erkannte die Wahrheit von Jarlaxles Worten und wußte, daß in der kommenden Zeit viel Ärger über Haus Baenre hereinbrechen würde. Oberin Zeerith war außer sich vor Wut, und das würden auch Mez'-Barris Armgo und alle anderen Oberinnen Mütter sein, sobald sie von dem Desaster erfuhren.

»Das Angebot steht noch immer«, sagte Jarlaxle, verließ die Kammer und ließ Berg'inyon mit seinen Gedanken allein.

Berg'inyon nahm an, daß das Haus Baenre überleben würde. Triel würde die Herrschaft übernehmen, und obgleich sie fünfhundert erfahrene Soldaten verloren hatten, verblieben ihnen noch immer fast zweitausend, darunter mehr als dreihundert der berühmten Eidechsenreiter. Oberin Baenre hatte zudem ein riesiges Netz an Verbündeten außerhalb des Hauses geknüpft, und selbst diese Katastrophe und der Tod von Baenre würden das Erste Haus wahrscheinlich nicht zu Fall bringen.

Doch es würde mit Sicherheit Ärger geben. Oberin Baenre war die alles vereinende Kraft gewesen. Was mochte das Haus Baenre nun, da es sie nicht mehr gab, von dem Unruhestifter Gromph zu erwarten haben?

Und was war mit Triel? Und wie würde Berg'inyon in die Pläne seiner Schwester passen? Jetzt stand es ihr frei, eigene Kinder aufzuziehen und zu Macht kommen zu lassen. Der erste Sohn, den sie gebar, würde entweder zum zukünftigen Hauszauberer ausgebildet werden, oder er wäre ein Kandidat für Berg'inyons eigenen Posten als Waffenmeister.

Wie lange blieb Berg'inyon dann noch? Fünfzig Jahre? Hundert? Nicht viel in der Lebensspanne eines Dunkelelfen.

Berg'inyon blickte zu dem Bogengang, durch den der Söldner gerade verschwand, und dachte sorgfältig über Jarlaxles Angebot nach, sich Bregan D'aerthe anzuschließen.

☆ ☆ ☆

Mithril-Halle war ein Ort gemischter Gefühle: Tränen für die Toten und Jubel über den Sieg. Alle trauerten um Besnell und Firble, Regweld Harpell und so viele andere, die den Heldentod gestorben waren. Und alle bejubelten König Bruenor und seine mächtigen Freunde, Berkthgar den Tapferen, die Herrin Alustriel, die sich noch immer von ihren schweren Wunden erholte, und sie bejubelten Stumpet Reißklaue, die Heldin sowohl der Unterstadt als auch des Tales der Hüter.

Und der größte Jubel erhob sich um Gandalug Heldenhammer, den Gründervater der Königssippe, der, wie es schien, aus dem Grab zurückgekehrt war. Es war ein seltsames Gefühl für Bruenor, seinem eigenen Vorfahren gegenüberzustehen, zu sehen, wie die erste Büste aus der Halle der Könige wieder zum Leben erwacht war.

Die beiden Zwerge saßen Seite an Seite im Thronsaal, der sich in den oberen Ebenen der Zwergenfeste befand. Rechts von ihnen saß Alustriel (neben deren Sessel Stumpet kniete und die Herrin von Silbrigmond zu überreden versuchte, sich auszuruhen) und links Berkthgar.

Im gesamten Zwergenkomplex wurde gefeiert, von der Unterstadt bis zum Thronsaal. Es war eine Zeit der Zusammenkünfte und des Scheidens, eine Zeit, in der sich Belwar Dissengulp und Bruenor Heldenhammer endlich begegneten.

Durch Alustriels Magie, einen Zauber, der die Sprachprobleme beseitigte, waren die beiden in der Lage, eine Allianz zwischen Blingdenstone und Mithril-Halle zu schmieden, die Jahrhunderte überdauern sollte, und sie konnten zudem Geschichten über ihren gemeinsamen Drowfreund austauschen, insbesondere, wenn Drizzt umherwanderte und gerade weit genug weg war, um nicht zu merken, daß über ihn gesprochen wurde.

»Es ist diese verdammte Katze, die mich stört«, grollte Bruenor bei einer Gelegenheit laut genug, daß auch der Drow es hören konnte.

Drizzt schlenderte herbei, setzte einen Fuß auf die erhöhte Empore, auf der die Thronsessel standen, und lehnte sich zu Belwar hinüber. »Guenhwyvar macht sich über Bruenor lustig«, sagte Drizzt in der Sprache der Drow, die Belwar verstand, die aber von dem Zauber, den Alustriel gewirkt hatte, nicht für Bruenor übersetzt wurde. »Sie benutzt den Zwerg oft als Matratze.«

Bruenor, der erkannte, daß sie über ihn sprachen, aber nicht in der Lage war, das Gesagte zu verstehen, heulte protestierend auf – und sein Ärger wurde noch lauter, als Gandalug, der die Sprache der Drow ebenfalls ein wenig verstand, sich der Unterhaltung und dem Spott anschloß.

»Aber die Katze wird doch sicher nicht den Sohn des Sohnes des Sohnes des Sohnes des Sohnes meines Sohnes als Kopfkissen benutzen!« lachte der alte Zwerg. »Das wäre zu hart. Viel zu hart!«

»Bei Moradin, ich hätte mit den verdammten Dunkelelfen abziehen sollen«, grollte der gedemütigte Bruenor.

Diese Bemerkung ernüchterte den alten Gandalug und wischte in Windeseile das Lächeln aus seinem Gesicht.

So war die Feier in Mithril-Halle: eine Zeit starker Gefühle, sowohl guter als auch schlechter.

Catti-brie betrachtete dies alles von einem Platz an der Seite aus und fühlte sich seltsam entrückt und nicht recht dazugehörig. Natürlich war sie sehr erfreut über den Sieg, beeindruckt von den Svirfnebli, denen sie bereits früher einmal begegnet war, und noch mehr davon beeindruckt, daß der Stammvater der Sippe ihres Vaters auf wundersame Weise in die Zwergenfeste zurückgekehrt war, die er einst gegründet hatte. Doch neben diesen aufregenden Dingen verspürte die junge Frau auch ein Gefühl der Vollendung. Diesmal war die Bedrohung durch die Drow für Mithril-Halle abgewendet worden, und neue und stärkere Allianzen würden zwischen den Zwergen und ihren Nachbarn geschmiedet werden, sogar mit Nesme. Bruenor und Berkthgar wirkten nun wie alte Freunde – Bruenor hatte sogar bei mehreren Gelegenheiten angedeutet, daß er vielleicht bereit sein würde, den Barbaren Aegisfang tragen zu lassen.

Catti-brie hoffte, daß dies nicht geschehen würde, und sie nahm auch nicht an, daß es dazu kommen würde. Sie vermutete, daß Bruenor das großzügige Angebot nur deshalb angedeutet hatte, weil es ihn nichts kostete. Nach Berkthgars heldenhaften Taten im Tal der Hüter war seine eigene Waffe, Bankenfuere, selbst bereits auf dem Weg, bei den Kriegern von Siedelstein zur Legende zu werden.

Doch was auch immer Berkthgar geleistet hatte, für Catti-brie würde Bankenfuere niemals Aegisfang ebenbürtig werden.

Obgleich still und nachdenklich, war Catti-brie nicht in düsterer Stimmung und brütete auch nicht vor sich hin. Wie alle anderen in Mithril-Halle hatte sie in dem Krieg Freunde verloren. Aber wie alle anderen war auch sie kampferfahren und abgehärtet genug, um das Unveränderliche zu akzeptieren und das größere Gute zu erkennen, das durch den Krieg erreicht worden war. Sie lachte, als eine Gruppe Svirfnebli sich praktisch die wenigen Haare, die sie besaßen, ausrissen, so frustriert waren sie, daß ihr Bemühen, einem Trupp betrunkener Zwerge beizubringen, wie man Vibrationen im Gestein hörte, zu nichts führte. Sie lachte noch lauter, als Regis in den Thronsaal gehüpft kam. Unter beide Arme hatte er große Portionen Essen geklemmt, und sein Wanst war bereits derart vollgestopft, daß die Hemdknöpfe über seinem Bauch kurz vor dem Platzen standen.

Und am allerlautesten lachte sie, als Bidderdoo Harpell an ihr vorbeiraste. Hinter ihm rutschte Thibbledorf Pwent auf den Knien und bettelte darum, daß der Zauberer ihn biß!

Aber hinter Catti-bries Lachen lag eine nachdenkliche Ruhe verborgen, dieses nagende Gefühl der Vollendung und des Endes, das der jungen Frau nicht behagte, die gerade erst dabei war, ihre Augen zu öffnen und die weite Welt wahrzunehmen.

☆ ☆ ☆

Im Schmutz des Abgrunds hielt der Balor Errtu seinen Atem an, als die Drow sich seinem Pilzthron näherte.

Errtu wußte nicht, was er von Lloth zu erwarten hatte; beide waren Zeuge des Desasters geworden.

Der Balor schaute zu, wie die Drow aus dem Nebel auftauchte und dabei den Gefangenen, das versprochene Geschenk, hinter sich herzog. Sie lächelte, aber man konnte nie wissen, was dies bei der Herrin des Chaos zu bedeuten hatte.

Errtu saß hoch aufgerichtet und stolz da, überzeugt davon, daß er getan hatte, was von ihm verlangt worden war. Falls Lloth versuchen sollte, ihm die Schuld an der Katastrophe zu geben, würde er sich dagegen wehren, beschloß er. Doch wenn sie irgendwie von dem antimagischen Stein erfahren hatte, den er dem Glabrezu mitgegeben hatte …

»Du hast meine Bezahlung mitgebracht?« polterte der Balor los und versuchte, überlegen zu klingen.

»Natürlich, Errtu«, erwiderte die Spinnenkönigin.

Errtu legte den gewaltigen, gehörnten Kopf schief. Weder in Lloths Tonfall noch in ihren Bewegungen, als sie den Gefangenen auf den riesigen, sitzenden Balor zuschob, war ein Betrug zu entdecken.

»Du siehst zufrieden aus«, wagte Errtu anzumerken.

Lloths Lächeln reichte fast bis zu ihren Ohren, und dann begriff Errtu. Sie war wirklich zufrieden! Die alte Teufelin, diese Heimtückischste aller Heimtückischen war froh über den Ausgang der Sache. Oberin Baenre war vernichtet – und damit auch jegliche Ordnung in Menzoberranzan. Die Stadt der Drow würde nun ihr größtes Chaos erleben, mit aufregenden Kriegszügen zwischen den einzelnen Häusern und einem wahren Spinnennetz der Intrigen. Schicht auf Schicht von Lügen und Verrat würden sich durch alle herrschenden Häuser ziehen.

»Du wußtest von Beginn an, was geschehen würde!« beschuldigte der Balor sie.

Lloth lachte laut auf. »Ich hatte den Ausgang nicht vorhergesehen«, versicherte sie. »Ich wußte nicht, daß Errtu so massiv vorgehen würde, um jenen zu beschützen, der ihn aus seiner Verbannung befreien kann.«

Die Augen des Balor weiteten sich, und seine großen, ledrigen Flügel schlossen sich fest um ihn in einer symbolischen, wenn auch nutzlosen Verteidigungsbewegung.

»Fürchte dich nicht, mein monströser Verbündeter«, schnurrte Lloth. »Ich werde dir Gelegenheit geben, dich wieder in meine Gunst zu bringen.«

Errtu knurrte leise. Welchen Gefallen sollte er der Spinnenkönigin nun schon wieder erweisen?

»Ich fürchte«, fuhr Lloth fort, »ich werde in den nächsten Jahrzehnten mit dem Versuch beschäftigt sein, die Verwirrung in Menzoberranzan zu beenden.«

Errtu schnaubte. »Danach würde es dich niemals verlangen«, erwiderte er.

»Nun, dann werde ich damit zu tun haben, die Verwirrung zu beobachten«, gab Lloth zu. Und dann fügte sie lässig hinzu: »Und ich werde auch das beobachten, was du für mich tun sollst.«

Erneut stieß der Balor sein dämonisches Knurren aus.

»Wenn du frei bist, Errtu«, sagte Lloth ruhig, »wenn du Drizzt Do'Urden in den Schlingen deiner Peitsche gefangen hast, dann töte ihn langsam und unter großen Schmerzen, so daß ich jeden seiner Schreie hören kann!« Jetzt hob die Spinnenkönigin die Arme und verschwand in einem Nebel knisternder, schwarzer Energie.

Errtus Lippen bleckten sich zu einem bösen Lächeln. Er blickte zu dem armseligen Gefangenen, dem Schlüssel, der den Willen und das Herz von Drizzt Do'Urden brechen würde. Manchmal, so schien es, verlangte die Spinnenkönigin nicht allzuviel von ihm.

☆ ☆ ☆

Seit dem Sieg waren zwei Wochen vergangen, und die Feiern in Mithril-Halle dauerten noch immer an. Viele waren bereits abgereist – als erste die beiden überlebenden Männer aus Nesme und die Langreiter gemeinsam mit Harkle und Bella don DelRoy (während es Pwent gelungen war, Bidderdoo dazu zu überreden, noch eine Weile zu bleiben). Dann hatten Alustriel und ihre verbliebenen Ritter in Silber, fünfundsiebzig Krieger, ihre Reise zurück nach Silbrigmond angetreten. Sie gingen mit hoch erhobenen Häuptern, und die Herrin war bereit, jedem Vorwurf ihrer Rivalen offen zu begegnen, da sie überzeugt war, das Richtige getan zu haben, indem sie König Bruenor zu Hilfe gekommen war.

Die Svirfnebli hatten hingegen keine Eile abzureisen, sondern genossen die Gesellschaft der Sippe Heldenhammer, und die Männer aus Siedelstein schworen, sie würden bleiben, bis der letzte Met in Mithril-Halle ausgetrunken sei.

Weit unten am Berg, fern von der Zwergenfeste, befand sich Catti-brie auf einem kalten, windigen Plateau. Sie saß auf einem feinen Rotschimmel – es war eines der Pferde, die einem gefallenen Ritter in Silber gehört hatten. Sie saß ruhig und still da, aber der Schmerz in ihrem Herzen war deshalb nicht geringer, als sie zu Mithril-Halle hinaufblickte. Ihre Augen glitten prüfend über die Pfade, die zu dem felsigen Tor führten, und sie lächelte, ohne überrascht zu sein, als sie einen Reiter erblickte, der von dort herabkam.

»Ich wußte, daß du mir folgen würdest«, sagte sie, als der Waldläufer sie erreicht hatte.

»Wir alle haben unseren Platz«, erwiderte Drizzt.

»Und der meine ist jetzt nicht in Mithril-Halle«, erklärte Catti-brie mit ernster Miene. »Du wirst mich nicht umstimmen können.«

Drizzt sagte eine ganze Weile gar nichts, sondern musterte nur die entschlossene junge Frau. »Hast du mit Bruenor gesprochen?« fragte er.

»Natürlich«, erwiderte Catti-brie. »Glaubst du, ich würde das Haus meines Vaters ohne seinen Segen verlassen?«

»Einen Segen, den er dir sicher mit knirschenden Zähnen erteilt hat«, meinte Drizzt.

Catti-brie richtete sich in ihrem Sattel auf und schob kämpferisch das Kinn vor. »Bruenor hat viel zu tun«, sagte sie. »Und er hat Regis und dich …« Sie hielt inne, als sie die schweren Satteltaschen bemerkte, die auf Drizzts Pferd geschnallt waren. »Und Gandalug und Berkthgar noch dazu«, beendete sie den Satz. »Sie haben noch nicht einmal beschlossen, wer regieren und wer beobachten soll, obgleich ich glaube, daß Gandalug Bruenor weiter auf dem Thron sitzen lassen wird.«

»Das wäre jedenfalls die klügere Entscheidung«, stimmte ihr Drizzt zu.

Einen langen Moment herrschte Schweigen.

»Berkthgar spricht davon fortzugehen«, sagte Drizzt plötzlich. »Er will zum Eiswindtal und der alten Lebensweise seines Volkes zurückkehren.«

Catti-brie nickte. Sie hatte diese Gerüchte gehört.

Erneut verfielen sie in dieses unbehagliche Schweigen. Schließlich wandte Catti-brie ihre Augen von dem Drow ab. Sie glaubte, daß er sie verurteilte, glaubte, daß er sie für eine schlechte Tochter hielt, schlecht und selbstsüchtig. »Mein Vater hat nicht versucht, mich aufzuhalten«, platzte sie heraus, und ihre Stimme klang sehr entschlossen. »Und du kannst es nicht!«

»Ich habe nie gesagt, daß ich gekommen bin, um dich aufzuhalten«, erwiderte Drizzt ruhig.

Catti-brie wartete. Sie war nicht wirklich überrascht. Als sie Bruenor gesagt hatte, daß sie gehen würde, daß sie Mithril-Halle für eine Weile verlassen und die Wunder der Welt sehen wollte, hatte der knorrige Zwerg so laut gebrüllt, daß Catti-brie gefürchtet hatte, die Felswände würden über ihnen beiden zusammenbrechen.

Sie hatten sich zwei Tage später erneut getroffen, als Bruenor nicht mehr so voll heiligem Wasser gewesen war, und zu Catti-bries Überraschung und Erleichterung war ihr Vater jetzt viel vernünftiger gewesen. Er verstand sie, hatte er ihr versichert, obwohl seine knurrige Stimme bei diesen Worten brach, und er hatte erkannt, daß sie ihrem Herzen folgen mußte, daß sie fortgehen und herausfinden mußte, wer sie war und wo sich ihr Platz in der Welt befand. Catti-brie waren diese Worte für Bruenor ungewohnt verständnisvoll und philosophisch vorgekommen, und jetzt, da sie Drizzt gegenüberstand, war sie sicher, daß sie ihren Ursprung kannte. Jetzt wußte sie, mit wem Bruenor in jenen zwei Tagen gesprochen hatte.

»Er hat dich geschickt«, beschuldigte sie Drizzt.

»Du wolltest fortgehen, und das wollte ich auch«, erwiderte Drizzt einfach.

»Ich könnte einfach nicht den Rest meiner Tage in den Höhlen verbringen«, sagte Catti-brie, die plötzlich das Gefühl hatte, sie müsse sich rechtfertigen und das Schuldgefühl offenbaren, das auf ihr gelastet hatte, seit sie die Entscheidung getroffen hatte, ihr Heim zu verlassen. Sie sah sich um und musterte den fernen Horizont. »Es gibt noch so viel anderes für mich. Das weiß ich tief in meinem Herzen. Ich habe es gewußt, seit Wulfgar ...«

Sie stockte, seufzte und sah Drizzt hilflos an.

»Und auch für mich gibt es mehr«, sagte der Drow mit einem listigen Grinsen, »viel mehr.«

Catti-brie warf einen Blick über die Schulter zurück nach Westen, wo die Sonne bereits im Sinken begriffen war.

»Die Tage sind kurz«, meinte sie. »Und die Straße ist lang.«

»Nur so lang, wie du sie machst«, sagte Drizzt und zog damit ihren Blick wieder auf sich. »Und die Tage sind nur so kurz, wie du es ihnen erlaubst.«

Catti-brie sah ihn fragend an, da sie die Bedeutung seines letzten Satzes nicht verstanden hatte.

Drizzt, der ebenso voller Vorfreude war wie Catti-brie, grinste über das ganze Gesicht. »Ein Freund, ein blinder alter Waldläufer, erzählte mir einst, daß die Sonne niemals für dich untergehen wird, wenn du ausdauernd und schnell genug immer weiter nach Westen reitest.«

Noch bevor er diesen Satz ganz beendet hatte, hatte Catti-brie ihren Rotschimmel bereits herumgerissen und galoppierte über die winterliche Ebene nach Westen, in die Richtung, in der Nesme und Langsattel lagen, und hinter diesen das mächtige Tiefwasser und die Schwertküste. Sie beugte sich tief im Sattel vor, ihr Roß rannte schnell, ihr Mantel flatterte und peitschte hinter ihr im Wind, und ihr dichtes, kastanienbraunes Haar flog ihr wild um den Kopf.

Drizzt öffnete einen Beutel, der an seinem Gürtel hing, und sah die Pantherstatuette aus Onyx an. Niemand konnte sich bessere Gefährten wünschen, dachte er, und mit einem letzten Blick zu den Bergen, zu Mithril-Halle, wo sein Freund König war, spornte der Waldläufer seinen Hengst zum Galopp an und jagte hinter Catti-brie her.

Nach Westen und zu den Abenteuern der weiten Welt.

GOLDMANN

Der phantastische Verlag

Raymond Feists Midkemia-Saga – eine unerreichte Fantasy von Liebe und Krieg, Freundschaft und Verrat, Magie und Erlösung.

Midkemia-Saga 1:
Der Lehrling des Magiers 24616

Midkemia-Saga 2:
Der verwaiste Thron 24617

Midkemia-Saga 3:
Die Gilde des Todes 24618

Midkemia-Saga 4:
Dunkel über Sethanon 24611

Goldmann · Der Taschenbuch-Verlag